ROCHELLE MAJER KRICH

Bis zum letzten Atemzug

Buch

Auf einem Golfplatz wird die Leiche eines alten Mannes gefunden. Zuerst sieht alles nach einem Herzstillstand aus, doch genauere Ermittlungen ergeben, daß Norman Pomerantz, 84, an einer Überdosis Digitalis gestorben ist.

Jessica Drake, 35, Detective in West L.A., beginnt ihre Suche nach einem Motiv am letzten Aufenthaltsort des Toten: einem jüdischen Altersheim, in dem fast nur Holocaust-Überlebende wohnen. Hilde Rheinhart, eine alte Dame, schließt Jessica in ihr Herz und vertraut ihr an, daß sich merkwürdige Dinge in dem Altersheim zutragen. Ein gewisser Franz Klagswald aus Zürich würde mit großem Erfolg die Bewohner des Heims überreden, angeblich im Auftrag einer Schweizer Hilfsorganisation, bei Ansprüchen gegenüber Schweizer Banken schnelle Abschlagszahlungen statt langer Verhandlungen zu akzeptieren. Klagswald würde eng mit einem gewissen Maurice Steele zusammenarbeiten, der sich als Kunsthändler ebenfalls um die Pflege und die Suche jüdischer Vermögen aus dem Holocaust bemühte. Mehrere der Unterzeichner einer Vollmacht für Klagswald allerdings sind kurz darauf gestorben.

Als Jessicas Ermittlungen zeigen, daß Pomerantz selbst einem Riesenskandal auf der Spur war, bei dem er um das Vermögen seines Vaters gebracht wurde, schließt sich der Kreis der Verdächtigen.

Um den Täter zu enttarnen, plant Jessica mit Hilde Rheinharts Hilfe einen Hinterhalt, der nicht ganz ungefährlich ist …

Autorin

Rochelle Majer Krich wurde für ihren Roman *Und nur der Mond schaut zu* mit dem Anthony Award ausgezeichnet. Sie lebt mit ihrem Mann und ihren Kindern in Los Angeles, Kalifornien.

Von Rochelle Majer Krich sind bereits erschienen:

Bis daß der Tod uns scheidet. Roman (42793)
Sprich nichts Böses. Roman (43585)
Und nur der Mond schaut zu. Roman (42650)
Wohin du auch gehst. Roman (43278)

ROCHELLE
MAJER KRICH

Bis zum letzten Atemzug

Roman

Aus dem Amerikanischen
von Ariane Böckler

BLANVALET

Die Originalausgabe erschien 1999
unter dem Titel »Blood Money«
bei Avon Books, New York

Umwelthinweis:
Alle bedruckten Materialien dieses Taschenbuches
sind chlorfrei und umweltschonend.
Das Papier enthält Recycling-Anteile.

Blanvalet Taschenbücher erscheinen im Goldmann Verlag,
einem Unternehmen der Verlagsgruppe Bertelsmann

Deutsche Erstveröffentlichung Oktober 1999

Umschlaggestaltung: Design Team München
Umschlagmotiv: Zefa/Boddenberg
Satz: deutsch-türkischer fotosatz, Berlin
Druck: Elsnerdruck, Berlin
Verlagsnummer: 35110
FB · Herstellung: Heidrun Nawrot
Made in Germany
ISBN 3-442-35110-3

1 3 5 7 9 10 8 6 4 2

*Für unseren Enkel
Jacob Zachary Krich,
die reine Freude*

»Dann bringt ihr mein graues Haar
vor Kummer in die Unterwelt.«
GENESIS, 42,38

»Verwirf mich nicht, wenn ich alt bin,
verlaß mich nicht, wenn meine Kräfte schwinden.«
PSALMEN, 71,9

1

Der Tote lag auf einem Bett aus Zweigen und Blättern, halb verborgen von schlaff herabhängenden Ästen, die von einer warmen Brise bewegt, ihn sanft fächelten. Das Sonnenlicht des frühen Julimorgens funkelte aus seinem dichten braunen Haar, ein verblüffend jugendlicher Kontrast zu dem verwitterten Gesicht, dessen runzlige, von rotbraunen Flecken marmorierte Haut durch Jahrzehnte der Schwerkraft papierdünn in parallel verlaufende, eingesunkene Falten gezogen worden war.

Man sah nur seinen Kopf. Eine mattbraune, verfilzte Decke, feucht von den Rasensprengern, die schon vor Stunden den hügeligen Golfplatz des Parks besprüht hatten, bedeckte den Rest seines Körpers.

Er sieht aus wie eine Raupe, die aus einem Kokon hervorkommt, dachte Detective Jessica Drake, als sie sich aus kniender Stellung an der Seite des Mannes erhob. Sie wich zurück und achtete darauf, wieder genau auf die Grashalme zu treten, die sie schon zuvor mit ihren Schritten niedergedrückt hatte.

»Ich dachte zuerst, er schläft«, sagte der Golfer, der die Leiche entdeckt hatte. Seine Stirn glänzte. »Ich war auf der Suche nach meinem Ball, und da lag er. Es wäre nicht das erste Mal, daß ich auf einen Obdachlosen stoße, der sich den Park zum Schlafen ausgesucht hat.« Seine Stimme klang leicht gereizt, als wollte er darauf hinweisen, daß es Aufgabe der Polizei sei, in der Stadt für Ordnung zu sorgen.

Sie wandte sich um und sah ihn an, wobei sie wegen des hellen Sonnenscheins blinzeln mußte. Er war etwa einsachtundsiebzig groß und Ende Dreißig oder Anfang Vierzig. Vermutlich trieb er regelmäßig Sport, wenn man nach dem ausgeprägten Bizeps und dem flachen Bauch hinter dem weißen Ralph-Lauren-Polohemd ging, das ihm der Schweiß auf die Haut klebte. Eine Movado-Uhr bildete einen Streifen aus Silber und Gold um die rotbraunen Haare auf seinem gebräunten Arm.

Ein Anwalt? Arzt? Anlageberater? Leitender Angestellter? Sie hatte gelesen, daß Golf immer beliebter wurde, und zwar nicht nur unter Rentnern. Mit seinem Flair des Elitären, das von den panoramahaften Ausmaßen des Spielfeldes noch unterstrichen wurde, war Golf Ausdruck von Erfolg und ein Boulevard für die wichtigen Geschäftskontakte, die dorthin führten. O.J. Simpson wußte das schon lange.

»Haben Sie ihn angefaßt?« fragte sie, obwohl Steve Kolakowski, der Officer aus West L.A., der die Meldung entgegengenommen hatte, ihr schon gesagt hatte, daß der Golfer nichts berührt hatte.

»Nein.« Eine Grimasse zuckte über sein kantiges Gesicht, als wäre schon allein der Gedanke, den alten Mann anzufassen, widerwärtig. »Aber seine Gesichtsfarbe kam mir komisch vor. Und die Fliegen summten herum ...« Eine weitere Grimasse, gefolgt von übertriebenem Rucken seines Adamsapfels. »Deswegen habe ich gleich die Polizei gerufen.« Er nahm seine schwarze Schirmmütze ab, wischte sich mit dem Handrücken den Schweiß von der Stirn und setzte die Mütze wieder auf. »Glauben Sie, es war ein Herzinfarkt?«

Also kein Arzt, sagte sie sich. »Möglich. Jemand von der Gerichtsmedizin ist schon unterwegs.« Vielleicht war er einfach im Schlaf gestorben. Die Autopsie würde Aufschluß über die Todesursache geben.

»Sie kommen mir bekannt vor, Detective.« Er hatte den Kopf schiefgelegt und musterte sie. Sein Tonfall wurde vertraulicher. »Habe ich Ihr Gesicht schon mal in der Zeitung oder im Fernsehen gesehen?«

»Kann gut sein.« Sie wußte nicht, ob das ein Versuch sein sollte, sie anzumachen, oder ob er sie aus ihren vielbeachteten Pressekonferenzen von vor einem Jahr kannte. Sie war die Sprecherin der Sondereinheit Parker Center gewesen, die für die Jagd nach einem Serienmörder aufgestellt worden war – eine Belohnung für ihre Erkenntnis, daß es überhaupt einen Serienmörder gab, der für eine Reihe anscheinend unabhängig voneinander begangener Morde verantwortlich war.

»Das dachte ich mir.« Er nickte erfreut. »Aber damals haben Sie natürlich anders ausgesehen.«

Der Golfer – er war attraktiv und trug keinen Ehering – betrachtete sie jetzt voller Bewunderung; er flirtete eindeutig mit ihr, und sie wußte nicht, ob sie sich geschmeichelt fühlen oder sich ärgern sollte. Das Dilemma aller Polizistinnen. Sie hatte ihm ihr Abzeichen gezeigt, als sie am Tatort ankam, aber in ihrem ärmellosen, hellblauen Baumwoll-Strickkleid mit dem U-Boot-Ausschnitt und den weißen Riemchensandalen, in denen sie noch fünf Zentimeter größer war als ihre üblichen Einsachtundsechzig, in denen man den blauen Nagellack auf ihren Zehennägeln sogar durch die Polizeiüberschuhe aus Plastik sah, die sie übergestreift hatte, bevor sie sich der Leiche näherte, wirkte sie überhaupt nicht wie eine Fahnderin der Mordkommission.

Heute kein Halfter – das paßte nicht zum Kleid. Aber ihr privater Airweight-Revolver steckte in ihrer Handtasche. *Verlaß das Haus nie ohne ihn.*

Sie hatte nicht damit gerechnet, an diesem Sonntag morgen zum Einsatz gerufen zu werden. »Warum kann sich nicht dein Partner darum kümmern?« hatte Frances, ihre Mutter, gefaucht, als Jessie verkündet hatte, daß sie leider gehen müsse, obwohl der Gartenbrunch, zu dem ihre Schwester geladen hatte, köstlich aussah! *Warum gibst du diesen ekelhaften, gesellschaftlich inakzeptablen Job nicht auf?* Jessie hatte mit zusammengebissenen Zähnen erklärt, daß Phil, der seit fünf Jahren ihr Partner war und dessen Namen ihre Mutter immer demonstrativ vergaß, mit seiner Frau und seinen Kindern übers Wochenende nach San Diego gefahren war.

In diesem Moment hatte Jessie im Grunde nichts mehr dagegen gehabt zu gehen, da ihre Mutter sie traktiert hatte, seit sie mit Jessies Vater eingetroffen war. Wegen ihres Berufs, ihrer Haare (zu lang, zu lockig, warum ließ sich Jessie keine Strähnchen machen, um das Dunkelbraun aufzulockern?), ihrer Zehennägel (sie hatte gewußt, daß Frances das Blau beanstanden würde – hatte sie es deshalb nicht entfernt?) und wegen ihres Exmannes Gary, des Kriminalreporters.

»Warum hast du deinem Vater und mir nicht erzählt, daß du dich wieder mit ihm triffst? Warum muß ich das von Helen erfahren? Obwohl ich vermutlich noch dankbar sein sollte, daß du zur Vernunft gekommen bist und nicht mehr mit diesem Polizisten ausgehst.«

Helen ist sterbensblöd, dachte Jessie, und verzog erneut den Mund beim Gedanken an den Verrat ihrer Schwester, fühlte sich aber auf der Stelle beschämt, da sie nur wenige Schritte neben einem alten Mann stand, der in diesen Park gekommen war, um allein zu sterben.

Tot lag er da. Die Zeile aus einem Gedicht, mit dem sie sich in der Oberstufe beschäftigt hatte, kam ihr in den Sinn. Wie ging es noch weiter – irgend etwas über den »kraftvollen Sommer« und die »nackte Zerbrechlichkeit der Toten«? Der Golfer hatte recht, der Tote gehörte wahrscheinlich zu den Obdachlosen von L.A. Das machte seinen Tod aber nur um so ergreifender, oder nicht?

Die Sonne brannte auf ihren Rücken. Es würde ein weiterer heißer Tag in einem Sommer werden, der sich bereits als

»kraftvoll« erwiesen hatte. Sie dankte dem Golfer und sagte ihm, daß er gehen könne. Er hatte Kolakowski seinen Namen sowie eine Adresse und Telefonnummer in Beverly Hills genannt. Sie würden ihn anrufen, wenn sie noch weitere Angaben brauchten. Er schien zu zögern – vermutlich unschlüssig, ob er sich die Fortsetzung des Dramas ansehen oder lieber der schmutzigen Realität entfliehen sollte, die ihm sein Spiel ruiniert hatte.

Er stand immer noch herum, als der weiße Kleinbus des Gerichtsmediziners eintraf. Jessie gab Kolakowski ein Zeichen, woraufhin er den Golfer zu seinem Partner bugsierte, welcher zehn Meter weiter weg neben einem Golfwagen und einer Handvoll weiterer Schaulustiger stand, die vom gelben Band der Staatsgewalt zurückgehalten wurden. Dann ging sie hinüber, um den Mediziner zu begrüßen.

Henry Futaki. Jessie hatte ihn regelmäßig getroffen, als sie zum Sondereinsatzkommando gehört hatte, im Laufe des letzten Jahres allerdings seltener. Damals war sie Insiderin gewesen. Ab und zu vermißte sie die Privilegien und den Status, die Hochspannung und die umfassende Aufmerksamkeit. Meistens war sie aber dort zufrieden, wo sie war, bei Phil und den anderen in West L.A., in relativer Anonymität. Die gerahmte Belobigung des Bürgermeisters dafür, daß sie den Mörder gefaßt hatte, hing in ihrem Fernsehzimmer. Für Jessie war sie eine schaurige Erinnerung daran, daß ihre Schwester dabei fast ums Leben gekommen wäre.

Der Gerichtsmediziner war klein und dünn und hatte breite, buschige, schwarze Brauen über trügerisch schläfrigen, onyxschwarzen Augen, denen, soweit Jessie wußte, nichts entging. Nachdem sie sich begrüßt hatten – herzlich von ihr aus, ein wenig kurz angebunden von seiner Seite –, berichtete sie ihm das wenige, das sie wußte.

Sie folgte ihm hinüber zu der Leiche und fragte sich, was er wohl von ihr dachte. Er wußte sicher, daß sie eine monatelange Beziehung mit Detective Frank Pruitt beendet hatte, den sie im Sondereinsatzkommando kennengelernt hatte – Pruitt und Futaki waren dicken Freunde. Sie kam rasch zu dem Schluß, daß der Gerichtsmediziner keinen einzigen Gedanken an sie verschwendete. Er dachte an die Leiche, und das sollte er ja auch.

Futaki hatte einen Hang zur Show. Sie sah ihm zu, wie er die Latexhandschuhe anzog und sie geräuschvoll um seine Gelenke schnalzen ließ, bevor er mit der Eleganz eines Zauberers, der sein Publikum zum Staunen bringen will, die Decke beiseite zog.

Der Tote trug eine marineblaue Anzughose, ein in sich gestreiftes weißes Hemd mit Doppelmanschetten, eine Krawatte mit blau-goldenem Paisleymuster und leichte, schwarze Slipper. Ziemlich förmlich für den Park, dachte Jessie und runzelte die Stirn, und alles in viel zu gutem Zustand – die Bügelfalten in der Hose noch frisch; das Hemd gestärkt, wenn auch vom Kontakt mit der feuchten Erde verschmutzt. Die Fingernägel des Toten waren sauber und erst kürzlich geschnitten worden. Alles völlig unpassend für einen Obdachlosen.

Es sei denn, er hätte sich erst gestern abend unter sie gemischt. Jessie schüttelte den Kopf und schloß diese Möglichkeit aus. Wahrscheinlicher war, daß er von zu Hause weggegangen war und wieder dorthin zurückkehren wollte. Aber weshalb war er *hierher* gekommen, in den Rancho Park?

Sie blickte nach links, zum Pico Boulevard, am Hillcrest Country Club vorbei, der den Abschluß des Parks bildete. Wohnte der alte Mann in einer Miets- oder Eigentumswohnung in der Nähe? In einem der kleineren Häuser nördlich des Pico? Oder wohnte er im Süden, in Cheviot Hills, in der Nähe ihrer Schwester Helen?

»Wann hat der Golfer die Leiche gefunden?« fragte Futaki.

»Kurz nach neun heute morgen.«

Der Gerichtsmediziner nickte. »Ich würde sagen, er ist irgendwann gestern abend gestorben, nach der Körpertemperatur und den Leichenflecken zu urteilen. Aber bei dieser Hitze ist es schwer zu sagen.«

Hatte der alte Mann gestern abend beschlossen, spazieren zu gehen? Das war gefährlich – das wußte jeder. Was hätte ihn aus dem Haus getrieben haben können? Ein heftiger Streit mit seiner Frau? Mit seinen Kindern? So oder so, warum hatte er eine Decke mitgenommen, wenn er nicht vorhatte, im Park zu schlafen? Was eigentlich kaum stichhaltig war ...

»Weder Stich- noch Schußwunden, nichts, das auf einen Überfall hinweist«, erklärte Futaki kurz darauf in seiner eintönigen Art. »Keine Kopfverletzung.« Er studierte Hals und Kehle des Toten. »Keine Schürfwunden oder Schwellungen, die auf Erwürgen hinweisen würden. Sieht nach einem natürlichen Tod aus.«

Das Gras um den Toten herum war von mehreren Fußpaaren zertrampelt worden – ihren, Futakis und denen des Golfers. Dazu kamen natürlich die des Toten selbst und vielleicht noch andere. Nicht daß Gras in puncto Beweismittel viel hergäbe. Jessie ging in die Hocke und musterte die Fläche unmittelbar um die Leiche, die inzwischen offen dalag, da Futaki die Decke weggezogen hatte. Ein einziges Paar Fußabdrücke war zu erkennen. Sie sah genauer hin und betrachtete dann die Schuhsohlen des Toten.

Sie runzelte die Stirn. »Diese Abdrücke stammen von Gummisohlen mit Profil, vermutlich von Sportschuhen. Unser Mann hat glatte Ledersohlen. Ich sehe keine Spuren, die zu seinen Schuhen passen würden.«

»Sie glauben, jemand hat ihn hierher gelegt?« Auch Futaki runzelte jetzt die Stirn, und seine buschigen Brauen bildeten eine regelrechte Hecke.

Jessie musterte erneut den Boden und wies auf die Erde neben den Füßen des Toten. »Er wurde hierher gezerrt. Sehen Sie die Einkerbungen, die in einer Kurve vom Gras wegführen? Das könnten Spuren von Absätzen sein.« Die Spurensicherung würde sich darum kümmern müssen.

»Haben Sie nach einem Identitätsnachweis gesucht?«

Wollte Futaki sie auf die Probe stellen? Manchen Gerichtsmedizinern war es eine eiserne Regel, daß sie als erste eine Leiche berührten. »Nein. Ich habe auf Sie gewartet.« Sie lächelte ihn an.

Das Lächeln wurde nicht erwidert. Er schob eine behandschuhte Hand in die Hosentasche des Toten und zog ein kleines Fläschchen hervor. »Ohne Etikett«, sagte er, machte es auf und schüttete sich den Inhalt auf die Handfläche. Er nahm eine der runden, weißen Tabletten und musterte sie. »Lanoxin. Das ist der Markenname für Digoxin oder Digitalis«, sagte er und sah Jessie an. »Die Chargennummer ist X3A; damit kann ich herausfinden, wie viele Milligramm. Ich glaube, das hier hat Null Komma fünfundzwanzig.«

Futaki protzte mit seinem Wissen. Jessie nickte weise, als würde ihr die Dosierung irgend etwas sagen. Sie wußte, daß man Digitalis Herzpatienten verschrieb, um Kontraktionen des Herzmuskels anzuregen und die Häufigkeit des Herzschlags abzusenken. Demnach war der Tote herzkrank gewesen. Herzrhythmusstörungen vielleicht?

Futaki griff in die andere Tasche und schüttelte den Kopf. »Keine Brieftasche.«

Und auch keine Manschettenknöpfe. Eine Uhr fehlte ebenfalls. Aufgrund des Kreises hellerer Haut über seinem linken Handgelenk vermutete Jessie, daß er eine getragen hatte.

»Vielleicht hat der alte Mann einen Herzinfarkt bekommen, als er überfallen wurde«, sagte sie. »Er konnte nicht mehr zu seinem Lanoxin greifen und ist gestorben. Der Straßenräuber ist in Panik geraten und hat ihn hierher gezerrt und im Gebüsch versteckt.« Womit das Ganze Mord wäre, auch wenn kein Vorsatz bestanden hatte. »Entweder das, oder er hatte einen Herzinfarkt, hat es nicht mehr rechtzeitig geschafft, eine Tablette zu schlucken, und jemand hat die Leiche gefunden und hat sie beiseite geschleppt, nachdem er alle Wertsachen eingesteckt hat.«

Und ihn dann mit einer Decke zugedeckt? Vielleicht war das ein anderer gewesen – ein Obdachloser, der den alten Mann vor dem Golfer entdeckt hatte. Achtung vor den Toten?

Futaki nickte. »Es gibt keinerlei Hinweise auf einen Kampf. Ohne Zeugen können Sie nicht beweisen, daß der alte Mann bei einem Überfall ums Leben kam.«

Jessie überlegte. »Jemand hätte ihm etwas spritzen können, das den Herzinfarkt ausgelöst hat. Der Betreffende hat abgewartet, bis er tot war, ihn dann verschleppt und ihm seine Sachen abgenommen.«

»Wozu die Umstände?« fragte Futaki, schob aber doch die Ärmel des Toten bis über die Ellbogen hinauf. »Keine Einstiche«, sagte er ein bißchen selbstgefällig.

»Was ist das?« Jessie wies auf einen unebenen, fünf Zentimeter breiten Streifen an der Innenseite des linken Unterarms des Mannes.

Der Gerichtsmediziner besah sich die Stelle. »Sieht aus, als hätte er sich eine Tätowierung entfernen lassen, aber schon vor längerer Zeit. Nicht besonders gut gemacht.«

»Er wirkt auf mich nicht wie jemand, der sich tätowieren lassen würde.«

»Stimmt«, meinte Futaki.

»Vielleicht hat er sich tätowieren lassen, als er noch jung war, und es später bereut«, überlegte Jessie laut. »Aber warum eigentlich auf der *Innenseite* des Arms, wo es niemand sehen konnte?« Sie beugte sich vor. »Können Sie erkennen, was es war?«

Eine Tätowierung könnte dazu beitragen, den Toten zu identifizieren. Aber vielleicht war es gar nicht so schwer, seine Identität festzustellen. Besorgte Verwandte hatten ihn vielleicht schon vermißt gemeldet. Falls der Tote nicht allein gelebt hatte und es niemandem auffiel, daß er verschwunden war.

Futaki zog eine Lupe aus seiner schwarzen Mappe und besah sich den Arm des Toten genauer. Er bewegte den Kopf vor und wieder zurück. »Zahlen. Vielleicht.« Er schüttelte den Kopf. »Es ist schwer zu erkennen.«

Zahlen.

2

»Zehn zu eins, daß er ein Holocaust-Überlebender war«, sagte Jessie, während sie auf einem Holzbrett Champignons in Scheiben schnitt. »Daher auch die Zahlen – das ist seine Kennnummer aus dem Konzentrationslager.«

»Wahrscheinlich hast du recht«, meinte Gary. »Aber warum bist du so betroffen?«

Sie sah zu ihrem Exmann hinüber. »Ich bin nicht betroffen. Es war nur eine Bemerkung.«

»Okay.« Seine dunkelblauen Augen sagten etwas anderes. Er griff über den schmalen Raum hinweg zu der gegenüberliegenden Arbeitsfläche, zog eine weiße Schublade auf und runzelte die Stirn. »Wo ist denn die Knoblauchpresse?«

Sie legte ihr Messer auf das Brett und reichte ihm eine Presse aus einer anderen Schublade. »Ich habe ein paar Sachen umgeräumt«, erklärte sie. *Nachdem du ausgezogen bist.*

»Hey, es ist deine Küche.«

Sein Tonfall klang lässig, und er hatte sein verführerisches schiefes Lächeln aufgesetzt, doch sie hörte den Schmerz in seiner Stimme und ein wenig Wehmut. Oder vielleicht interpretierte sie es auch nur so. Es hatte sie gefreut, daß er sich zum Abendessen bei ihr eingeladen hatte, aber sie fühlte sich auch etwas seltsam. Obwohl sie sich nun seit fast drei Monaten wieder trafen, war es das erste Mal, seit er vor zwei Jahren ausgezogen war, daß sie ein gemeinsames Essen in dem Haus zubereiteten, in das sie sich verliebt und das sie gemeinsam renoviert hatten. Und in dem sie sich geliebt hatten.

Sie musterte ihn, als er zwei Knoblauchzehen zerquetschte und sie zu dem Weinessig und dem Olivenöl in dem gläsernen Meßbecher gab. Er war groß und schlaksig und trug ausgebleichte Jeans zu einem grauen UCLA-BRUINS-T-Shirt, das seine breiten Schultern und die muskulösen, aber nicht aufdringlich von Bodybuilding kündenden Arme gut zur Geltung brachte. Sein lockiges dunkelblondes Haar war ein bißchen zu lang – genau, wie sie es mochte. Sie fühlte den Drang, ihm mit den Fingern über den Nacken zu streichen.

Körperliche Anziehungskraft war nie das Problem gewesen. Sie hatte sich von dem Moment an, als sie sich vor fast acht Jahren auf einer Pressekonferenz über den Weg gelaufen waren, immer stark zu ihm hingezogen gefühlt. Selbst nach der Scheidung (sogar als sie mit Frank Pruitt zusammengewesen war) hatte sich kribbelnde sexuelle Spannung in ihrer Magengrube ausgebreitet, wenn sie ihrem Exmann begegnet war. Obwohl sie sich das damals nicht eingestehen wollte.

Sie hatte Gary gesagt, daß sie ihre wieder aufgenommene Beziehung nicht auf eine intime Ebene führen wollte. Sie wollte Sex und die Sehnsucht nach einem Gefährten nicht mit Liebe verwechseln. Das war bei Frank der Fall gewesen. »Ich möchte es langsam angehen«, hatte sie Gary erklärt, und er war einverstanden gewesen. »Ja, sicher – ich auch.« Aber »langsam« hatte sich schnell zu allabendlichen Telefongesprächen und mehreren Verabredungen pro Woche gesteigert, und auch wenn Gary sie nicht drängte, so hatte er doch ein paarmal alles andere als zurückhaltend davon gesprochen, wieder zu heiraten.

Dazu war sie noch nicht bereit. An den meisten Tagen glaubte sie, in ihn verliebt zu sein; sie war zweifellos glücklicher als seit Jahren. Aber sie war früher schon einmal in ihn verliebt gewesen. Außerdem gab es Dinge zwischen ihnen, die erst geklärt werden mußten, und sie hatte Angst, wieder zu scheitern und sich erneut der Mißbilligung ihrer Mutter auszusetzen *(»Du kannst überhaupt nichts richtig machen, oder, Jessica?«)*. Und ihrer eigenen.

»Und was hast du über den Toten herausgefunden?« fragte Gary und erwischte sie dabei, wie sie ihn musterte. Wieder das ironische Lächeln.

Da der Backofen eingeschaltet war, war es unerträglich heiß in der Küche, obwohl Jessie nur ein ärmelloses Baumwolltop und eine dünne, olivgrüne Hose trug. Sie senkte den Kopf, um ihr Erröten zu verbergen, fischte einen roten Paprikaschnitz aus der Salatschüssel und wünschte zum hundertsten Mal, sie hätte Geld für eine Klimaanlage – unter anderem. Oder sie wäre nicht zu verdammt stolz, wie es ihre Schwester Helen ausdrückte, um Geld von ihren Eltern anzunehmen. Unabhängigkeit hatte ihren Preis.

»Wir haben überhaupt nichts gefunden«, antwortete sie. »Keine Brieftasche, keinen Ausweis. Ich bin vom Golfplatz aus nach West L.A. gefahren ...«

»Von welchem?«

»Rancho. Warum? Möchtest du mit Golfen anfangen?« spöttelte sie.

Er grinste. »Das ist nur der Reporter in mir. Erzähl weiter.«

»Jedenfalls hat niemand eine Vermißtenmeldung aufgegeben. Ich habe in Hollywood, Wilshire und Culver City nachgefragt. Nichts. Das gleiche beim Century City Hospital, das liegt neben dem Park. Keiner ihrer Patienten hat sich selbständig gemacht.« Sie tauchte den Paprikaschnitz in den Meßbecher und biß ab. »Wunderbar.«

»Ich? Ach, du meinst die Salatsoße.« Er lächelte.

Sie erwiderte sein Lächeln. »Du bist auch nicht übel.«

»Mhm, vielen Dank.« Er probierte ebenfalls, fügte noch etwas Pfeffer hinzu und probierte sie noch einmal. »Also hat der alte Mann vermutlich allein gelebt, und niemand weiß von seinem Verschwinden.«

»Möglich.« Sie nickte. »Oder vielleicht hat er in einem Altersheim gewohnt, und die Leitung hat nicht gemerkt, daß er weg ist. Eventuell hat er auch in einem Hotel gewohnt. Mal sehen, was morgen reinkommt.«

Die gegrillte Forelle und die Frühkartoffeln mit Dill waren fertig. Sie richtete die Speisen auf Servierplatten an und trug sie zu dem Resopaltisch mit den Zierleisten aus Eichenholz in der Eßecke, auf dem nun eine pfirsichfarbene Decke lag und der mit dem grünen Villeroy & Boch-Geschirr und dem Oneida-Besteck gedeckt war, das sie und Gary vor sieben Jahren bei Geary's ausgesucht hatten. Hier war es mindestens zehn Grad kühler, dachte sie, während sie dankbar dem tiefen, regelmäßigen Surren des Deckenventilators lauschte, den sie vor kurzem montiert hatte.

Gary kam mit dem Salat, einem Korkenzieher und einer Flasche Rotwein, die er mitgebracht hatte, an den Tisch. »Wenn ich wieder bei dir einziehen würde, könnten wir im Eßzimmer essen«, sagte er und setzte sich ihr gegenüber. »Viel romantischer.«

Sie merkte, wie sie sich verspannte. »Du führst mich in Versuchung«, sagte sie leichthin. Im Rahmen der Scheidungsregelung hatte Gary den schwarzen Lacktisch und die sechs Stühle sowie Schlafzimmer- und Wohnzimmermobiliar mitgenommen.

»Ich tue mein Bestes.« Er entkorkte die Flasche, schenkte den Wein in die Orrefors-Kelche, ein Hochzeitsgeschenk von Freunden ihrer Eltern. »An die kann ich mich erinnern«, sagte er und hielt seinen gegen das Licht. »Schön.«

Sie waren von Erinnerungen umgeben. Vielleicht war es keine gute Idee gewesen, hier mit ihm zu essen. Als er ihr sein Glas entgegenhielt, wußte sie, daß er einen Trinkspruch ausbringen würde, und merkte, wie sich ihr Magen zusammenzog.

»Auf gute Freunde und glückliche Tage, Jess«, sagte er.

»Gute Freunde und glückliche Tage«, wiederholte sie und atmete gelassen weiter.

Die Gläser klangen. Sie trank einen Schluck Wein und dann, von plötzlicher Melancholie überkommen, drehte sie das Glas zwischen ihren Handflächen und studierte die rubinrote Flüssigkeit. Für den namenlosen alten Mann, der im Park gestorben war, ganz allein, würde es keine weiteren glücklichen Tage mit guten Freunden mehr geben …

Ihre Gedanken schweiften ab. Sie hörte Gary etwas sagen und sah ihn an. »Wie bitte? Was hast du gesagt?« Sie stellte ihr Glas ab.

»Nichts Wichtiges.« Er legte den Kopf schief. »Du denkst immer noch über den alten Mann nach, stimmt's? Ich sehe es an deinen Augen. Immer wenn du grübelst, sind sie mehr grau als grün.«

»Tatsächlich?« Sie lächelte verlegen. »Ich kriege ihn einfach nicht aus dem Kopf. Ich habe keine Ahnung, warum.«

»Nein?« hakte er sanft nach. »Du fragst dich, ob er ein Überlebender des Holocaust ist, und das hat dich vermutlich an deine Mutter erinnert und an alles, was sie durchgemacht hat.«

»Du hast recht«, gab sie zu. Sie war froh, daß er es begriff, und erstaunt, daß er nicht verärgert war. Ihre Arbeit und ihre

Beschäftigung damit hatte oft einen Keil zwischen sie und Gary getrieben.

Als sie vor drei Monaten den Mord an einem jüdischen Anwalt der Bürgerrechtsbewegung untersuchte, der die Rechte von Neonazis vertreten hatte, die in zwei von Holocaust-Überlebenden bewohnten Vierteln von L.A. aufmarschieren wollten, hatte Jessie eine bestürzende Wahrheit erfahren:

Ihre Mutter Frances Claypool, geborene Freide Kochinsky, war Jüdin. Während des Kriegs war das kleine blonde Mädchen von einem freundlichen katholischen Polen und seiner bösartigen Frau versteckt worden. Nach dem Krieg hatte die mittlerweile zehnjährige Frances sehnsüchtig darauf gewartet, daß ihre Familie sie wieder abholte. Aber alle – Eltern, Großeltern, Brüder, Schwestern und deren Gatten, Neffen und Nichten – waren umgekommen.

Frances war schließlich von den Holtzes, einem kinderlosen, orthodoxen jüdischen Ehepaar, adoptiert und nach Amerika geholt worden. Doch ihre Wut und Bitterkeit darüber, von ihrer Familie und von Gott verlassen worden zu sein, ließ sie die religiöse Lebensführung ihrer Adoptiveltern ablehnen.

Und so hatte Frances ihre jüdische Identität mitsamt dem Namen abgelegt, das Haus verlassen und Arthur Claypool kennengelernt und geheiratet. Stets hatte sie ihre Töchter in dem Glauben gelassen, daß sie genau wie deren Vater dem episkopalischen Glauben angehörte.

Doch Frances war Jüdin. Und, so hatte Jessie erfahren, dem jüdischen Gesetz der matrilinearen Abstammung folgend, waren sie und ihre Schwester Helen sowie Helens Sohn Matthew ebenfalls Juden. Diese Enthüllung war zwar verblüffend gewesen, hatte Jessie aber weder unglücklich gemacht noch verunsichert. Allerdings war sie aufgewühlt gewesen und durcheinander, was ihre spirituelle und ethnische Identität anging. Daher hatte sie in den letzten drei Monaten begonnen, ihr jüdisches Erbe zu erforschen und Hebräischunterricht zu nehmen.

Und als sie heute den Arm des toten Mannes gesehen hatte, hatte sie das stärker erschüttert, als es vor drei Monaten der Fall gewesen wäre.

»Ich mußte daran denken, daß mein Großvater jetzt vermutlich genauso alt gewesen wäre wie der alte Mann im Park«, fuhr Jessie nun fort. »Ich weiß überhaupt nichts über meinen Großvater, abgesehen von seinem Namen. Ist das nicht unglaublich?« Sie schüttelte den Kopf. »Es würde mich interessieren, ob er auch eine Nummer auf dem Arm hatte.«

»Ich dachte, deine Mutter hätte versprochen, dir etwas über ihre Familie zu erzählen.«

»Das dachte ich auch.« Sie lächelte gequält. »Immer, wenn ich das Thema anschneide, weicht sie aus.« Frances war nur ungern mit der Wahrheit herausgerückt und hatte mit Einzelheiten geknausert. *Es hat nichts Romantisches an sich, Jüdin zu sein, Jessie.*

»Vielleicht ist es zu schmerzhaft.«

Jessie nickte. »Das sage ich mir auch immer wieder. Aber würde es ihr nicht helfen, darüber zu reden, Gary?«

»Vielleicht, vielleicht auch nicht. Meine Großeltern sind vor dem Krieg nach Amerika gekommen, aber einige Verwandte und Freunde meiner Eltern sind Überlebende. Manche von ihnen sprechen über ihre Erlebnisse. Andere können es nicht.« Gary zuckte die Achseln.

»Da hast du wohl recht.« Sie legte sich eine Forelle auf den Teller.

Er tat es ihr nach. »Es schmeckt wirklich gut«, lobte er sie, nachdem er probiert hatte. Er aß noch einen Bissen und kaute nachdenklich. »Immerhin hat sie dir das Bild von ihrer Familie geschickt«, sagte er einen Moment später.

»Stimmt.« Frances hatte sie mit einer Vergrößerung des

braunstichigen Bildes überrascht, das Jessie schon vor Jahren entdeckt hatte, der förmlichen Aufnahme von Personen, die Frances anfänglich als »ein paar jüdische Verwandte, über die ich nicht viel weiß« abgetan hatte. Jessie hatte das Foto in ihrem Schlafzimmer an die Wand gehängt und betrachtete es täglich, erfüllt von endlosen Fragen über die Familie, die sie nie kennenlernen würde.

»Frag sie noch mal«, sagte Gary. »Wie lange bleibt sie denn hier?«

»Ein paar Tage. Mein Vater besucht morgen und am Dienstag eine Ärztekonferenz im Four Seasons.«

»Ideal. Geh am Montagabend mit ihr essen. Nur ihr beide. Kommt euch nahe.«

Jessie verzog das Gesicht und biß geräuschvoll in ein Stück Paprika.

Gary seufzte. »Der Brunch war also kein wirklicher Erfolg?«

»Nicht direkt. Meine Mutter war überkritisch wie immer. Und West L.A. hat mich praktisch angepiepst, sowie ich angekommen war. Übrigens hat Helen ihr erzählt, daß du und ich uns wieder treffen, also wappne dich.«

»Da habe ich keine Befürchtungen. Frances und ich kommen prima miteinander aus. Sie himmelt mich an, vor allem, seit ich dich ›diesem Polizisten‹ weggeschnappt habe.« Er grinste breit.

»Dich hätte noch Lizzie Borden angehimmelt.« Nun lächelte auch Jessie. Doch dann wurde sie ernst. »Sie tut mir wirklich leid, Gary. Jedesmal wenn ich sie sehe, denke ich an die Hölle, durch die sie gegangen ist.«

Zu erfahren, daß ihre Mutter ihre gesamte Familie verloren hatte, daß sie ein verstecktes Kind gewesen und körperlich mißhandelt worden war, hatte zwar die schmerzlichen Erinnerungen an Jessies eigene traumatische Kindheit nicht ausgelöscht, aber es hatte ihr geholfen, die Wut zu begreifen, die hinter den verbalen und körperlichen Mißhandlungen steckte, die Frances ihren eigenen Töchtern zugefügt hatte. Und es hatte Jessie geholfen, ihr mit Nachsicht zu begegnen.

»Hilft dir das denn nicht im Umgang mit ihr?«

»Müßte es eigentlich. Aber dann versetzt sie mir irgendeinen Seitenhieb, und ich nehme mir vor, nicht zu reagieren, aber ich tue es trotzdem.« Sie seufzte. »Dahin ist das Mitgefühl.«

»Verhaltensmuster sind eben schwer zu durchbrechen.«

Machte er ihr Vorwürfe? Sie wollte schon aufbrausen, doch dann kam sie zu dem Schluß, daß sie überempfindlich war. »Du klingst wie Manny«, sagte sie, indem sie auf einen Polizeipsychologen anspielte, mit dem sie befreundet war. »Du kannst dir gar nicht vorstellen, wie es ist, Gary. Du hast Glück – du kommst gut mit deinen Eltern aus.«

Sie mochte ihre Ex-Schwiegereltern. Harry Drake war Versicherungsvertreter und Martha Hausfrau. Nette Leute. *Unkomplizierte* Leute. Immer wenn Jessie sie zusammen mit Gary gesehen hatte, entweder hier oder bei ihnen zu Hause in Phoenix, war sie eifersüchtig auf ihre lässige Vertrautheit, die ungezwungene Zuneigung, das Lachen. Das ist eine richtige Familie, hatte sie gedacht.

»Ich bin ihr einziges Kind – sie müssen mich anständig behandeln«, sagte Gary leichthin. »Hör mal, es ist ja nicht so, daß wir keine Auseinandersetzungen gehabt hätten, Jess. Sie hoffen immer noch, daß ich den Kriminalreporter an den Nagel hänge und Jura studiere. Und du weißt auch, daß meine Mutter eine nervtötende Fürsorglichkeit entwickeln kann. Sie schickt mir immer noch Artikel über Gesundheitsthemen und Vitamine und regt sich auf, wenn ich nicht jeden zweiten Tag anrufe.« Er hielt inne. »Aber gut, ja, ich hatte Glück.« Er klang fast verlegen.

»Ich *will* ein gutes Verhältnis zu meiner Mutter haben, Gary.«

»Das weiß ich doch, Jess.« Er faßte über den Tisch und griff nach ihrer Hand. »Versuch's weiter.«

3

Phil Okum studierte gerade ein »Blaubuch« mit Fotografien eines Tatorts, als Jessie um halb acht am Montag morgen das Büro betrat, das im ersten Stock des Reviers West L.A. lag.

»Hey«, sagte er und sah auf, als er sie bemerkte.

Sie ließ ihre schwarze Sac-Tasche auf den verkratzten Holzschreibtisch fallen und setzte sich. »Wie war's in San Diego?«

»Heiß, ermüdend und teuer. Ich *liebe* Ausflüge.« Er grinste, wirbelte auf dem Drehstuhl zu ihr herum und verschränkte die Arme über seinem massigen Brustkorb. »Was ist mir entgangen?«

»Zum Beispiel die Krümel in deinem Schnurrbart. Ich dachte, du machst eine Diät.« Sie setzte eine übertrieben strenge Miene auf, aber sie sorgte sich ernsthaft um ihren Partner. Er hatte zugegeben, daß sein Cholesterinspiegel zu hoch war. »Nußschnecke?«

»Krapfen.« Sein ohnehin schon geröteter Teint war noch röter geworden. Er seufzte und wischte sich die verräterischen Spuren aus dem Gesicht. »Sag Maureen nichts davon, ja? Sie bringt mich um.«

Die Vorstellung, wie die zierliche, einsfünfundfünfzig große Maureen ihren einsdreiundneunzig großen, stämmigen Ehemann überwältigen sollte, brachte Jessie zum Schmunzeln.

»Was?« Seine Augen wurden schmal.

»Nichts. Keine Donuts mehr, einverstanden?« sagte sie streng. Sie sah sich um. »Wo sind Simms und Boyd?«

»Gegangen, kurz bevor du gekommen bist. Eine Schießerei

auf dem La Cienega direkt vor der Auffahrt auf die Zehn. Ein Zehnjähriger ist in kritischem Zustand, weil sein Dad versehentlich einen Drecksack geschnitten hat, der eine Pistole dabei hatte. Sie wissen nicht, ob er durchkommen wird.«

»Verdammt noch mal.« Jessie seufzte und schüttelte den Kopf.

»Ja.« Phil seufzte auch. »Brian ist zehn und Chris zwölf. Ich denke die ganze Zeit, das hätte auch mein Sohn sein können.«

Sie dachte an ihren Neffen, der gerade neun geworden war. Sie konnte sich nicht einmal ansatzweise vorstellen, wie Eltern mit einem solchen Schmerz fertigwerden sollten. Und wenn das Kind starb? »Gary schreibt gerade an einer Reportage über Gewalt im Straßenverkehr.«

»Ja?« Phil nickte. »Da tut sich einiges. Die Fahrerei ist heutzutage mörderisch«, sagte er mit einer Gelassenheit, die seinen schmerzlichen Blick Lügen strafte.

Jessie verzog das Gesicht. Sie wußte nicht, ob sie sich je an den Galgenhumor gewöhnen würde, der unter Polizisten so verbreitet war.

»Ich habe gehört, du hattest gestern eine Leiche«, sagte er.

»Ä-hä.« Sie erzählte ihm von dem alten Mann, den der Golfer gefunden hatte. »Ich hoffe, irgend jemand meldet ihn heute vermißt. Es sei denn, kein Mensch *weiß*, daß er verschwunden ist. Vielleicht hat er ganz allein in einem dieser Mietshäuser am Rancho Park gelebt.«

»Dann müssen wir eben von Tür zu Tür gehen und sein Foto zeigen. Wie amüsant.« Phil verschränkte die Arme hinter dem Kopf und dehnte sich.

Schon allein der Gedanke daran ermüdete sie. »Ich finde, in der Zwischenzeit sollten wir die Alten- und Pflegeheime in der Nähe des Rancho Parks abklappern und die Hotels in der Gegend.«

»Gute Idee.« Phil ließ die Hände rechts und links herabfallen. »Und was ist mit Krankenhäusern? Die würden ihn allerdings nicht unbedingt als vermißt einstufen. Wenn er von sich aus hineingegangen ist, gibt es kein Gesetz, das es ihm verbietet, von sich aus wieder zu verschwinden.«

»Oder sie denken, seine Familie hätte ihn abgeholt.« Sie nickte. »Daran habe ich gedacht. Ich habe im Century City angerufen. Nichts.«

»Und im Cedars?«

»Zu weit entfernt für einen Spaziergang. Genau wie das Midway.«

»Er hätte mit einem Taxi gefahren sein können.«

»Zum Rancho Park?«

»Warum nicht?«

Sie überlegte kurz und nickte dann erneut. »Du hast recht. Ich rufe die beiden und die anderen Krankenhäuser in der Umgebung an. Und wir werden vermutlich noch Seniorenheime, Pflegeheime und Hotels im weiteren Umkreis befragen müssen. Von dort aus hätte er nämlich auch mit dem Taxi gefahren sein können.«

Phil stöhnte. »Das könnten Hunderte sein.«

»Es war deine Idee. Sei nächstes Mal nicht so neunmalklug.«

Er drehte sich auf seinem Stuhl hin und her. »Vielleicht können wir die Liste der Heime einschränken. Du glaubst, er war ein Holocaust-Überlebender. Hätte er sich dann nicht für ein koscher geführtes Altersheim entschieden?«

»Nicht zwangsläufig. Nicht alle Überlebenden sind strenggläubig. Und ich bin mir nicht einmal sicher, daß er ein Überlebender war.« Auf ihrem Schreibtisch herrschte Chaos. Sie zerrte das Branchentelefonbuch heraus.

»Natürlicher Tod oder Mord, was?« sagte Phil. »Tür Nummer eins oder Tür Nummer zwei. Was sagt denn Futaki?«

Sie zuckte die Achseln. »Vermutlich ein Herzinfarkt, bevor er überfallen wurde.« Sie erzählte ihm von den verschwundenen Wertsachen. »Futaki meinte, es sei unmöglich zu beweisen, ob der Herzinfarkt während des Überfalls eingetreten ist. Er hat ein Fläschchen mit Digitalis-Tabletten in den Taschen des alten Mannes gefunden«, fügte sie hinzu.

»Da hast du's.« Er drehte sich halb zu seinem Schreibtisch.

»Das Fläschchen hatte kein Etikett, Phil.«

»Na und? Vielleicht war es ein Fläschchen von einem anderen Medikament, und der alte Mann hat es benutzt, um für den Notfall immer ein paar Digitalis-Pillen parat zu haben.«

»Da hast du wahrscheinlich recht.« Widerwillig.

»Autopsie?«

»Futaki meinte, frühestens heute nachmittag. Sie sind völlig überlastet.«

»Wann sind sie das nicht?« Phil schnaubte und trank einen Schluck Kaffee aus dem schiefen Keramikbecher, den sein jüngerer Sohn vor ein paar Wochen im Freizeitheim getöpfert hatte. »Und der Tote steht nicht an erster Stelle, weil es wahrscheinlich kein Mord war. Gibt's was Neues über die Hure oder das Baby?«

»Nein.«

Eine zwanzigjährige schwarze Prostituierte war am Donnerstag vergangener Woche um zwei Uhr morgens in ihrer Wohnung erstochen worden, nicht weit von ihrem Revier auf dem Santa Monica Boulevard, Nähe Overland. Die Leiche war noch warm gewesen, als die Polizei kurz nach dem Anruf eines unbekannten Mannes vor Ort gewesen war. Und vor einer Woche war ein neugeborenes, weißes, männliches Baby – das, wie der Gerichtsmediziner festgestellt hatte, nach der Geburt erstickt worden war – unter einem Berg Kleenex in einer leuchtend orangefarbenen Einkaufstüte gefunden worden, die in der Tiefgarage neben einem Kaufhaus im Westside-Pavillon-Einkaufszentrum abgestellt worden war.

Keine Hinweise, keine Spuren bei beiden Morden, aber

wenn Jessie hätte Wetten abgeben müssen, hätte sie darauf gesetzt, daß es ihnen schwerer fallen würde, die Kindsmörderin zu finden.

Die Spurensicherung hatte alle Toiletten im Einkaufszentrum kontrolliert – ein gewaltiges Unterfangen, das noch dadurch kompliziert wurde, daß es ihnen nicht gelungen war, den ganzen Komplex abzusperren. Doch sie hatten in einer Toilettenkabine des Kaufhauses Blut gefunden und im Abfalleimer weitere Hinweise auf die Geburt. Jessie und Phil hatten stundenlang die Mitarbeiter des Kaufhauses sowie das Verkaufspersonal in den anderen Geschäften des Einkaufszentrums befragt: »Haben Sie eine Schwangere in den Wehen gesehen ...?« Doch niemand hatte etwas bemerkt, und in der Toilette gab es keine Videokamera, die das grausige Ereignis aufgezeichnet hätte.

Auf der glänzenden Einkaufstüte fanden sich Fingerabdrücke. Einige davon gehörten dem erschütterten, totenbleichen Wachmann, der die Tasche und ihren schrecklichen Inhalt gefunden hatte. Die anderen stammten vermutlich von der Frau, die ihren Sohn umgebracht hatte, aber die ASIF, die im Computer gespeicherte Datenbank für Fingerabdrücke, fand keine Entsprechung.

Wenig erstaunlich – wie hoch war schon die Wahrscheinlichkeit, daß die Mutter jemals verhaftet worden war? Also waren die Abdrücke wertlos, es sei denn die Polizei hätte eine Verdächtige. Und die Tüte stammte aus einem Geschäft, das nicht in diesem Einkaufszentrum lag. Was in Jessies Augen bedeutete, daß die Mutter mit der Tüte in das Einkaufszentrum gekommen war und geplant hatte, das Baby in ihr zurückzulassen.

Aber warum hatte sie den Säugling umgebracht? Warum hatte sie ihn nicht am Leben gelassen, damit sich jemand anders um ihn kümmern konnte? Der Anblick des winzigen, leblosen Körpers hatte Jessie körperliche Übelkeit verursacht und sie an ihren eigenen Schmerz erinnert. (Der Sturz hat die Fehlgeburt nicht unbedingt ausgelöst, hatte ihr der Arzt vor zwei Jahren versichert, aber Gary war anderer Ansicht. *Du mußtest ja unbedingt den bösen Buben hinterherrennen, was, Jess?*)

Phil sagte: »Espes wird uns vermutlich nicht viel Zeit lassen, die Identität des alten Mannes herauszufinden. Warum warten wir nicht ab, ob heute ein paar Vermißtenmeldungen reinkommen? Da sparen wir uns eine Menge Zeit und Mühe.«

»Ich würde gern gleich ein paar Krankenhäuser anrufen, Phil.«

»Wahrscheinlich war es ein natürlicher Tod.« Er musterte sie jetzt.

»Das hat Futaki auch gesagt. Ich bin mir da nicht so sicher.« Sie ignorierte die Frage in seinen dunkelbraunen Augen und schlug die Gelben Seiten auf.

»Du willst wohl, daß ich wie ein Faulpelz dastehe, was?« Phil ging an Boyds Schreibtisch hinüber und kehrte mit einem zweiten Telefonbuch zurück. »Ich telefoniere zuerst die Hotels durch, dann mache ich mit den Senioren- und Pflegeheimen weiter.«

»Danke, Phil.«

»Reiner Selbstschutz. Damit du Maureen nichts von dem Krapfen erzählst.«

Jessie blätterte durch das Telefonbuch, bis sie zur Rubrik KRANKENHÄUSER kam. Als sie letzte Woche den Säuglingsmord untersucht hatte, hatte sie schon einmal sämtliche Ambulanzen und Kliniken in L.A. angerufen, weil sie hoffte, daß die Mutter irgendwann nach diesem Montag wegen postpartaler Blutungen aufgenommen worden war. Doch nirgends war eine solche Patientin bekannt. Das tote Neugeborene war nach wie vor nicht identifiziert. Vielleicht hatten sie mit dem alten Mann mehr Glück.

Eine Stunde später zweifelte sie bereits daran. Phil hatte die Hotels durch und rief nun die Seniorenheime an. Jessie hatte elf Kliniken der Umgebung befragt und bei keiner einzigen Glück gehabt. Sie machte gerade Pause und plauderte mit ein paar Detectives am Trinkbrunnen am anderen Ende des langen, unterteilten Raums, als sie sah, wie Phil ihr Zeichen machte.

Eilig ging sie an ihren Schreibtisch zurück. »Etwas gefunden?«

Er schüttelte den Kopf. »Eine Kollegin von Cassandra Jones hat angerufen und Namen und Adresse einer Freundin durchgegeben. Anscheinend verspätete Erinnerung.«

Cassandra Jones war die erstochene Prostituierte. Donnerstagnacht hatten Phil und Jessie den Santa Monica Boulevard abgeklappert und versucht, einigen der anderen Huren, die in der Gegend arbeiteten, Namen zu entlocken. Wir wissen gar nichts, hatten alle gesagt.

Genau das gleiche, was auch die Freundin eine halbe Stunde später behauptete, als Jessie und Phil in ihrer stickigen, heißen Einzimmerwohnung am Bundy saßen. Nein, Cassandra hatte nichts davon erwähnt, daß sie vor einem ihrer Kunden Angst hätte. Und sie sprach von keinem von ihnen je mit seinem richtigen Namen.

Cassandras Zuhälter, Henry Q., hatte am Freitagmorgen das gleiche gesagt, als Jessie und Phil ihn in einer Bar beim Beverly Glen aufgetrieben hatten. »He, Mann, wenn ich was wüßte, glauben Sie nicht, daß ich's Ihnen dann sagen würde? Es paßt mir überhaupt nicht, daß irgendein Irrer meine Mädchen absticht. Ist nicht gut fürs Geschäft, wissen Sie?«

Jessie hatte ihm geglaubt. Bei der Freundin, Lucinda Blake, war sie sich nicht so sicher, und das sagte sie auch Phil, als sie zu seinem grünen Buick Cutlass zurückgingen.

»Sehe ich genauso«, meinte Phil und nahm einen Strafzettel

von der Windschutzscheibe. »Vielleicht überlegt sie sich's noch mal und ruft uns an.«

»Vielleicht. Ist dir aufgefallen, wie verängstigt sie ausgesehen hat?«

»Allerdings. Ich dachte schon, sie dreht sich die Finger einzeln ab.« Er stopfte den Strafzettel in die Hosentasche. »Ich hoffe, mit dem toten Mann hast du mehr Glück.«

Der alte Mann war nicht vermißt gemeldet worden. Trübsinnig gab Jessie die Information an Phil weiter und fragte sich, warum sie das so schwer nahm. Wegen deiner Mutter, hatte Gary gesagt.

Sie verfaßte den Bericht über das Gespräch mit Lucinda Blake. Phil hatte zwar angeboten, das zu übernehmen, aber seine Handschrift war grauenhaft. Als sie fertig war, zögerte sie einen Moment, dann nahm sie den Hörer ab und wählte die Nummer ihrer Schwester.

Am anderen Ende meldete sich Frances. »Helen ist nicht da, Jessica. Sie spielt mit ein paar Freundinnen Tennis. Es ist ein Jammer, daß du es aufgegeben hast, Schätzchen. Du warst eine so gute Spielerin.«

»Ich wollte sowieso *dich* sprechen, Mom. Ich dachte nämlich, du und ich könnten heute abend zusammen essen, solange Dad auf der Konferenz ist. Das wäre doch nett«, fügte sie hinzu, während sie sich dachte, wie traurig es war, daß ihr die Vorstellung, mit ihrer Mutter einen netten Abend zu verbringen, so fremd war.

»Das ist ja eine *reizende* Idee, Jessica. Aber warum gehen wir nicht alle zusammen aus, und ich lade euch ein. Helen und Neil und du und ich. Das wäre eine Entschädigung für gestern, als du so überstürzt gehen mußtest.«

Sollte heißen: als du uns den Tag ruiniert hast. »Aber Helen wird Matthew bestimmt nicht mit der neuen Haushälterin allein lassen wollen.« Ihr Neffe war schüchtern gegenüber neuen Leuten, und Helen war überfürsorglich.

»Matthew mag Ismelda. Es ist ihm sicher recht. Vielleicht kann sich auch dein Vater eine Zeitlang frei machen. Und natürlich ist Gary auch eingeladen.«

Jessie merkte, wie sich ihr Magen verkrampfte. »Das ist wirklich nett von dir, Mom. Ich weiß aber nicht, ob er Zeit hat.«

»Sag ihm, daß ich mit ihm rechne, Jessica.« Freundlich, aber bestimmt. »Um sieben im Ivy. Und zieh etwas Passendes an.«

Frances legte auf. Jessie tat das gleiche und fragte sich, ob ihre Mutter den Vorschlag, »nur zu zweit« auszugehen, erweitert hatte, weil sie ungern mit ihrer Tochter allein war, oder weil sie Jessies Beziehung zu Gary fördern oder ruinieren wollte.

Bei Frances konnte man nie wissen. Sie war dagegen gewesen, daß Jessie einen Kriminalreporter heiratete (»dieser Mensch« hatte sie ihn genannt), aber mit der Zeit hatte sie ihn ins Herz geschlossen. Nach der Scheidung hatte sie unglaublich gemeine Dinge über ihn gesagt, doch auf Matthews Geburtstagsfeier im April – das erste Mal, daß sie ihren Ex-Schwiegersohn wiedergesehen hatte, seit er ausgezogen war – war sie freundlich und charmant zu ihm gewesen. Was, wie Jessie aus bitterer Erfahrung wußte, überhaupt nichts hieß.

Sie überlegte kurz, rief dann bei der *L.A. Times* an und ließ Gary ausrichten, daß er sie zurückrufen solle. Vielleicht war er ja heute abend verhindert. Wenn er Glück hatte.

Phil war in die Cafeteria gegangen. »Nur auf einen Salat«, hatte er versprochen. Sie wollte die Anrufe bei den Krankenhäusern der Umgebung fortsetzen, aber irgend jemand hatte ihr Telefonbuch mitgenommen. Sie griff sich Phils, das noch aufgeschlagen dalag, und beschloß, ein paar Seniorenheime anzurufen. Da sie nicht wußte, wo Phil aufgehört hatte, begann sie am Ende der Liste.

Bei den ersten vier Nummern hatte sie kein Glück. Beim fünften Anruf stellte sie sich dem Leiter von Golden Palms vor und merkte schon an seinem zögerlichen Tonfall, daß sie hier vielleicht auf etwas gestoßen war.

»Offen gestanden habe ich mir selbst schon überlegt, ob ich die Polizei verständigen soll«, erklärte er Jessie mit ausgeprägtem südafrikanischen Akzent. »Meine Wochenendvertretung hat Mr. Pomerantz am Freitag noch gesehen, aber am Sonntag hat das Zimmermädchen gemeldet, daß sein Bett unbenutzt sei. Mein Vertreter hat angenommen, daß er sich bei Freunden oder Verwandten aufhielt. Und im Grunde ging es uns ja nichts an.«

»Warum denn nicht?« Phil kam mit einem Salat und einem Sandwich zurück. Sie bedeckte die Sprechmuschel mit der Hand und flüsterte: »Ich habe vielleicht eine Spur, was den alten Mann betrifft.«

Phil nickte und setzte sich an seinen Schreibtisch.

»Mr. Pomerantz war kein Heimbewohner«, erwiderte der Leiter. »Er hat tageweise bezahlt, während unsere Heimbewohner monatlich bezahlen. Aber eine unserer Gästesuiten war frei, und deswegen habe ich ihn aufgenommen. Jedenfalls war er heute morgen immer noch nicht zurückgekommen, und da ich in den Nachrichten gehört habe, daß ein alter Mann tot im Park gefunden wurde, habe ich mich gefragt, ob er das sein könnte.« Er holte Atem. »Aber natürlich kann er jeden Moment oder heute abend hier auftauchen. Deshalb habe ich die Polizei auch nicht verständigt.«

»Wie sieht Mr. Pomerantz aus?« fragte Jessie und versuchte dabei, ihre Hoffnungen nicht allzu hoch zu schrauben.

»Alt. Was wollen Sie denn hören?«

Halb verärgert, halb belustigt unterdrückte sie ein Lächeln. »Könnten Sie sich ein bißchen genauer äußern?«

Der Heimleiter seufzte. »Ehrlich gesagt habe ich ihn kaum

je gesehen. Wir führen ein Haus mittlerer Größe – hundertzwanzig Betten –, und er ist erst seit einer Woche hier. Übrigens stammt er aus New York. Er hat mit dem Gedanken gespielt, hierherzuziehen.« Er hielt inne. »Noch viele Jahre, würde ich sagen.«

Nach Los Angeles mit seiner schlechten Luft, wo Jessie fast jeden Tag die Smogdecke sehen konnte? Sie runzelte die Stirn. »Er wollte hierherziehen, um noch viele Jahre zu leben?«

»Ich sagte, noch viele *Haare.* Sie haben doch gebeten, mich genauer über Mr. Pomerantz' Aussehen zu äußern. Mir ist aufgefallen, daß er ausgesprochen dichtes braunes Haar hatte – etwas ungewöhnlich für jemanden seines Alters.«

Genau wie der Tote.

4

Das Seniorenheim Golden Palms war ein zweistöckiger, cremefarbener Massivbau an der Ecke Croft und Willoughby. Vor und neben dem Haus lagen von hohen, weißlackierten Eisenzäunen umgebene Grünstreifen mit gepflegten Beeten, die das Anwesen freundlich, wenn auch unspektakulär aussehen ließen.

Gerald Mason, der Heimleiter, klein und mager und mit leicht ergrautem dunkelblonden, welligem Haar, mußte die Ankunft von Jessie und Phil bereits erwartet haben. Er erschien umgehend, so daß Jessie nur wenige Sekunden blieben, sich die Möblierung der klimatisierten Eingangshalle anzusehen: strapazierfähiger, brauner Teppichboden; zwei Sitzgruppen mit soliden, marineblauen Sofas und marineblau-weinroten Sesseln mit Wellenmuster, um Couchtische aus Kiefernholz herum angeordnet; ein Fernseher mit Zweiunddreißig-

Zoll-Bildschirm auf einem Holzgestell und mehrere Ficusstauden in Töpfen. Gedruckte Stilleben von Blumen und Früchten verliehen den beige tapezierten Wänden ein paar Farbtupfer.

Mehrere ältere Männer und Frauen saßen auf den Sofas und sahen fern. Ein Mann bewegte sich langsam mit einer Gehhilfe durch die Halle. Jessie spürte die Blicke der Heimbewohner auf sich, als sie und Phil Mason in sein Büro folgten, wo es wesentlich kühler war als in der Halle.

Sie zeigte dem Heimleiter ein Polaroidfoto des Toten, das sie selbst gemacht und zurechtgeschnitten hatte, und sah, daß er erbleichte.

»Das ist er, das ist Norman Pomerantz.« Er sprach mit gedämpfter Stimme. »Er kam mir eigentlich recht gesund vor, aber was heißt das schon?« Er gab Jessie das Foto zurück. »Hatte er einen Herzinfarkt?«

»Möglich wäre es. Wir warten noch auf die Ergebnisse der Autopsie. War Mr. Pomerantz herzkrank?«

»Nicht daß ich wüßte.« Auf einmal klang er reserviert.

Phil sagte: »Wir haben ein unbeschriftetes Fläschchen mit Digitalistabletten in Mr. Pomerantz' Hosentaschen gefunden. Wissen Sie irgend etwas darüber?«

Mason schüttelte den Kopf. »Wir geben zwar auch Medikamente aus, aber so etwas war nicht mit Mr. Pomerantz vereinbart. Wie ich Detective Drake schon am Telefon sagte, brauchte er nur vorübergehend eine Unterkunft. Falls er Medikamente genommen hat, so hat er sich selbst darum gekümmert.« Er klang zurückhaltend und versuchte abzuschätzen, wie Jessie und Phil reagierten.

»Wann ist er angekommen?« fragte Jessie.

»Vor acht Tagen, am Sonntag. Ich habe nach unserem Telefongespräch nachgesehen, weil ich mir schon dachte, daß Sie das wissen wollen.«

»Danke.« Sie lächelte, um ihm die Befangenheit zu nehmen. »Warum ist er hier abgestiegen und nicht in einem Hotel?«

Mason lehnte sich entspannt auf seinem Stuhl zurück. »Ist billiger. Ich habe Mr. Pomerantz pro Nacht vierzig Dollar für unsere Gästesuite berechnet – Frühstück eingeschlossen. Mittag- und Abendessen gingen allerdings extra, aber auch zu vernünftigen Preisen.«

»Ein Spottpreis«, sagte Phil gedehnt.

Jessie warf einen Blick zu ihm hinüber – wollte er sarkastisch sein? – und sah dann zu Mason, dessen Miene zum Ausdruck brachte, daß er sich das gleiche fragte.

»Das ist es in der Tat«, sagte der Leiter. »Erkundigen Sie sich in Hotels, Detective. Dann sehen Sie es.«

»Swimmingpool?« fragte Phil lächelnd. »Tennisplatz?«

Kurzes Schweigen. »Weder Pool noch Tennis«, gab er gelassen zurück. »Aber wir haben einen Billardraum, ein Fernsehzimmer mit Großbildschirm, eine Kapelle und einen Computerraum. Außerdem kommen regelmäßig eine Physiotherapeutin sowie eine Kosmetikerin, die Haare schneidet und frisiert sowie Maniküren macht. Wir sind stolz auf unsere Einrichtungen und die Dienstleistungen, die wir unseren Bewohnern anbieten.«

»Kann ich mir vorstellen«, sagte Phil, mittlerweile eindeutig sarkastisch. »Und wieviel müssen Ihre festen Bewohner für diese Luxusunterkunft berappen?«

Jessie warf ihrem Partner einen Blick zu. Was zum Teufel störte ihn so? Und was hatte all das mit Pomerantz' Tod zu tun?

Masons Gesicht war rot angelaufen. »Ohne Pflege berechnen wir zwischen elfhundert und fünfzehnhundert für ein Einzelzimmer mit Bad.« Er sprach abgehackt, und sein südafrikanischer Akzent war jetzt deutlicher. »Dazu gehört, daß täglich das Zimmer gemacht wird, der Wäscheservice, nahrhafte Mahlzeiten, Fahrten zu Arztterminen und zurück, Unternehmungen sowie Bastel- und Gymnastikkurse.«

Der Heimleiter funkelte Phil jetzt geradezu an. Phil starrte ungerührt zurück.

Jetzt reicht's, beschloß Jessie. »Mr. Mason, hat Mr. Pomerantz, als er sich hier eingetragen hat, den Namen von jemandem angegeben, der in einem Notfall verständigt werden sollte?«

Er wandte sich zu ihr. »Wie bitte?«

Sie wiederholte die Frage.

Er holte kurz Luft, um sich zu beruhigen. »Aber sicher. Das verlangen wir immer.« Sein Tonfall war nun freundlich. »Soll ich für Sie nachfragen?«

»Bitte.« Sie lächelte höflich.

»Kein Problem.« Der Heimleiter nahm den Telefonhörer ab, drückte einen Knopf und sprach ruhig in den Apparat. Kurz darauf kritzelte er etwas auf einen Notizblock. »Stanley Goldblum«, sagte er und legte den Hörer auf. »Er wohnt in Brooklyn, New York.« Er riß das Blatt ab, auf das er Namen und Telefonnummer geschrieben hatte, und reichte es Jessie.

Sie legte es in ihr Notizbuch. »Ein Verwandter?«

»Freund.« Er spielte mit seinem Stift.

»Irgendwelche Referenzen hier in der Stadt?« wollte Phil wissen.

Ohne den Blick von Jessie zu wenden, schüttelte Mason den Kopf.

»Wie ist er denn auf Ihr Heim gekommen? Hat er es sich aus den Gelben Seiten herausgesucht?« fragte Phil mit finsterer Miene.

Mason wandte sich mit gezwungenem Lächeln an Phil. »Wenn ich mich recht erinnere, hat Mr. Pomerantz meiner Geschäftsführerin gesagt, daß Mr. Goldblum ihn hierher empfohlen hat.« Nun klang seine Stimme wieder bissig.

»Woher soll den Mr. Goldblum Ihr Haus kennen?«

»Ich nehme an, daß einer unserer Bewohner Mr. Goldblum kennt. Sonst hätten wir Mr. Pomerantz nicht aufgenommen. Wir vermieten unsere Suiten normalerweise aus Gefälligkeit an Freunde oder Verwandte von Heimbewohnern.«

»Können Sie in Erfahrung bringen, welcher Heimbewohner Mr. Goldblum kennt?« fragte Phil jetzt ganz nüchtern.

»Das müßte meine Geschäftsführerin wissen, aber sie ist momentan nicht im Haus.« Er legte seinen Stift hin. »Warum so viele Fragen, Detective? Ich dachte, Mr. Pomerantz hatte einen Herzinfarkt. Was spielt es da für eine Rolle, wie er hierhergekommen ist?«

»Melden sich die Bewohner ab, wenn sie das Haus verlassen?« fragte Phil und ließ die Frage des Heimleiters unbeantwortet.

»Wir haben ein Eintragungsbuch an der Pforte liegen, und sie schreiben hinein, wann sie gehen und wann sie wiederkommen.«

»Schreiben sie auch, wohin sie gehen?« fragte Jessie.

»Manchmal, aber meistens nicht.« Er zuckte die Achseln. »Ich kann nicht behaupten, daß wir besonders streng damit wären, da alle unsere Bewohner geistig gesund sind. Es ist schließlich kein Internat, oder?« Seine Stimme zitterte nervös, bevor sie abbrach.

Phil sagte: »Können Sie feststellen, ob sich Mr. Pomerantz am Samstag abgemeldet hat und wenn ja, wann? Und wohin er wollte?«

Mason schürzte die Lippen. »Wie ich gerade erklärt habe, war Mr. Pomerantz kein Heimbewohner, also hat man ihn nicht auf das Eintragungsbuch hingewiesen.«

»Vielleicht hat er sich trotzdem eingetragen«, meinte Phil gelassen. »Erkundigen Sie sich doch.«

Mason seufzte vor übertriebener Erschöpfung und griff

nach dem Telefon. »Ich lasse die Rezeptionistin im Buch nachsehen.«

Kein »Dankeschön« von Phil.

Eine Minute später sah Mason ihn wieder an. »Mr. Pomerantz hat sich am Samstagabend nicht abgemeldet.« Ein Hauch von Ich-hab's-Ihnen-doch-gesagt schwang in seiner Stimme mit.

»Sie haben also keine Ahnung, wohin er gegangen ist?« sagte Phil. »Hat er irgendwelche Freunde in L.A. erwähnt?«

»Nein.« Mason nahm einen Brieföffner in die Hand und klopfte damit gegen seine Finger. »Detective Drake, stimmt es, daß Mr. Pomerantz' Leiche im Park gefunden wurde?«

»Ja.«

Mason zögerte und sagte dann: »Vielleicht wurde er erst *nach* seinem Tod dorthin gebracht. Vielleicht ist er entführt worden.«

Jessie starrte den Heimleiter an und wechselte einen kurzen Blick mit Phil. »Wie kommen Sie denn darauf?« fragte sie und musterte Mason eingehend.

»Vor ein paar Wochen machte sich Mrs. Braeburn, eine neue Heimbewohnerin, auf den Weg, um ein Hörgerät abzuholen, als eine Frau aus einem Wagen stieg, auf sie zuging und ihr erklärte, daß sie gekommen sei, um sie abzuholen. Mrs. Braeburn war ein wenig verwirrt und desorientiert, da sie neu hier war. Sie stieg ein, weil sie dachte, sie würde zu ihrem Termin wegen des Hörgeräts gebracht. Doch statt dessen hat die Frau Mrs. Braeburn zu ihrer Bank gefahren und überredet, fünfzehnhundert Dollar für das Hörgerät und sonstiges abzuheben.« Mason seufzte.

In Jessie regten sich Wut und Traurigkeit, aber kein Erstaunen. Die Welt war voll von kaltblütigen Leuten, die sich auf die Verletzlichen stürzten. »Und was geschah mit Ihrer Heimbewohnerin?«

»Die Frau hat Mrs. Braeburn hierher zurückgebracht. Gott sei Dank war sie unverletzt, aber sie war völlig aufgelöst, als ihr klarwurde, was vorgefallen war. Ich versuchte, sie und ihre Familie damit zu beruhigen, daß so etwas noch nie passiert war, aber ihre Familie hat trotzdem beschlossen, sie woanders unterzubringen.« Mason seufzte erneut.

»Der Polizist, mit dem ich deswegen gesprochen habe, hat gesagt, daß der Trick nicht neu sei«, fuhr er fort. »Sie haben sich die Videoaufzeichnung der Bank angesehen, aber die Person war schlau – sie hat der Kamera die ganze Zeit den Rücken zugekehrt.« Er beugte sich vor. »Vielleicht ist Mr. Pomerantz so etwas Ähnliches passiert. Aber dann bekam er einen Herzinfarkt, und der Täter mußte die Leiche loswerden.«

»Samstags sind die Banken nicht geöffnet«, wandte Phil ein.

»*Manche* schon, sie haben Zweigstellen in Supermärkten.« Man hörte Mason an, daß es ihm Spaß machte, Phil zu korrigieren. Zu Jessie sagte er: »Und was, wenn er schon am Freitag entführt worden ist?«

Mason wollte unbedingt überzeugend klingen – zweifellos wollte er Distanz zwischen sich und das Golden Palms und Pomerantz' Tod bringen, um eventuell daraus resultierende negative Medienberichte abzuschirmen. »Möglich wäre es«, gab sie zu.

Aber unwahrscheinlich. Futaki hatte angenommen, daß Pomerantz am Samstagabend gestorben war. Wenn er am Freitag entführt worden war, und zwar früh genug, um eine Bank aufzusuchen, und dann einen Herzinfarkt hatte, selbst wenn dieser nicht auf der Stelle tödlich war, was hatten die Kidnapper dann bis Samstagabend mit ihm angestellt?

»Können wir uns mal Mr. Pomerantz' Zimmer ansehen?« fragte Jessie.

Sie fuhren mit dem Aufzug ins Obergeschoß und gingen einen langen, niedrigen Flur entlang, der von einem leicht modrigen

Geruch durchzogen war. Mason blieb vor Zimmer 205 stehen und schloß die Tür auf.

»Wir müssen Schlüssel zu allen Zimmern haben«, erklärte er, als er die Tür öffnete. »Für alle Fälle.«

Die Suite – Wohnzimmer, Schlafzimmer und Bad – war erstaunlich geräumig. Sie hatte zwar nicht das Flair des Century Plaza, aber Mason hatte recht: Für 280 Dollar die Woche, einschließlich Frühstück, war sie wirklich spottbillig.

»Ich sollte mich gleich mal anmelden«, zischte Phil Jessie halblaut zu.

Das Wohnzimmer war mit einem Herculon-Sofa aus grauem Tweed und zwei grau-blau karierten Sesseln, einem Couchtisch mit Glasplatte, einem Fernseher, einem Schreibtisch und einem runden Walnußtisch mit vier Stühlen möbliert. In der Ecke, neben einem Minikühlschrank mit Walnußtäfelung, stand ein Klapptisch, auf dem sich eine Kaffeemaschine und ein Korb mit Kaffeetütchen befanden.

Zum Schlafzimmermobiliar gehörten ein Doppelbett mit blau-grau gemusterter Bettwäsche, eine Eichenkommode und zwei Nachttische aus Eiche. Auf der Kommode stand ein kleinerer Fernseher. Jessie waren außerdem in beiden Räumen Notrufknöpfe an den Wänden aufgefallen.

»Sein Gepäck ist noch da«, sagte Mason. »Ich habe heute morgen nachgesehen, bevor Sie angerufen haben. Aber ich habe nicht angenommen, daß etwas nicht in Ordnung sei, weil er ja eine kleine Reisetasche mitgenommen haben könnte.«

»Ich übernehme die Kommode«, sagte Phil zu Jessie.

Sie nickte und ging ins Wohnzimmer. Es gab wenig zu durchsuchen, abgesehen von einem kleinen Garderobenschrank, der außer einem schwarzen Regenmantel nichts enthielt, und dem Schreibtisch, auf dem die *L.A. Times* vom Samstag lag. Pomerantz hatte den Wirtschaftsteil durchgesehen und sich am Kreuzworträtsel versucht, womit feststand, daß er am Samstag noch hier gewesen war. In einem zweiten, größeren Schrank im Schlafzimmer hingen zwei Anzüge, ein halbes Dutzend Hemden und vier Hosen. Jessie durchsuchte sämtliche Taschen, fand aber nichts. Am Boden des Schranks, neben einem Paar brauner Halbschuhe, standen ein hellbrauner Lederkoffer, eine schwarze Nylonreisetasche und ein großer, weißer Plastikwäschesack voller ärmelloser, gerippter Unterhemden und Boxershorts, alle zusammengelegt. Ein ordentlicher Mann, der Verstorbene.

Sie trug die schwarze Tasche und den Koffer zum Bett. Es wunderte sie nicht, daß der Koffer leer war; er war sehr leicht gewesen. Sie griff in das obere und die seitlichen Fächer. Nichts. Sie durchsuchte die vielen Reißverschlußfächer an der Reisetasche und fand einen Kamm und mehrere Camay-Seifen im Hotelformat, deren Verpackung vom Alter vergilbt waren.

Im größten Fach der Tasche fand sie eine Ausgabe der *Art World*, einen Reiseführer für L.A. und mehrere Ausgaben des *Forward*, einer englischsprachigen jüdischen Zeitschrift, wie Jessie feststellte, als sie die Titelseite eines Exemplars überflog. Außerdem entdeckte sie eine blaue Samttasche mit einem Gebetsschal, einem Gebetbuch und einem zweiten, kleineren blauen Samtbeutel mit Gebetsriemen. Mit bunten Fäden waren hebräische Buchstaben auf die Vorderseite der äußeren blauen Tasche gestickt.

»Nachum ben Yehudah«, sagte Jessie, die sich nach zwei Monaten Hebräischunterricht immer noch schwertat, das einem Räuspern ähnliche, gutturale *»ch«* nachzusprechen, das ihrem Lehrer so leicht über die Lippen kam.

Sie packte die schwarze Tasche wieder ein und stellte sie mit dem Koffer in den Schrank zurück. Wenn Pomerantz orthodox gewesen wäre, so wußte sie aus ihrem Kurs über jüdische Riten und Gebräuche, dann wäre er am Samstag frühestens eine Stunde nach Sonnenuntergang aus dem Heim weggefahren. Aber sie vermutete, daß auch nicht-orthodoxe Juden mit religiösen Gegenständen reisten.

Sie wandte sich an Mason, der an der Tür zum Schlafzimmer stand. »Sind alle Ihre Bewohner orthodox?«

»Ehrlich gesagt glaube ich, daß keiner von ihnen orthodox ist. Unser Heim ist nicht koscher. Wir sind nur koscher angehaucht«, fügte er hinzu. »Sie wissen schon, traditionelle jüdische Küche. Räucherlachs mit Bagels, Kalbsbrust, Kugels und süßsauer eingelegte Gemüse.« Er lächelte.

Abwesend erwiderte Jessie sein Lächeln. Hieß das, daß Pomerantz *nicht* orthodox war? Oder war er orthodox und hatte beschlossen, hier zu wohnen, aber woanders zu essen? Aus dem Augenwinkel sah sie, daß Phil die Schubladen der Kommode durchwühlte. »Etwas gefunden?«

Er schob die unterste Schublade zu. »Nur Kleidung. Keine Briefe, kein Tagebuch oder dergleichen. In den Nachttischen ist auch nichts. Und du?«

Jessie schüttelte den Kopf. Seltsam, dachte sie, daß sie keine persönlichen Papiere gefunden hatten.

»Ich sehe mal im Bad nach«, erklärte Phil.

Jessie trat zum Bett. Sie fuhr mit der Hand zwischen Matratze und Federung und suchte unter dem Bett, wo sie ein Paar abgetragene Lederhausschuhe mit ausgefranstem Futter fand. Mit einem Anflug von Trauer schob sie sie wieder unters Bett.

Auf dem runden Tisch an der Wand lag eine weitere hebräische Zeitschrift. Sie nahm sie auf und mußte bekümmert feststellen, daß sie kein Wort lesen konnte. Vielleicht war es Jiddisch, nicht Hebräisch.

Phil kehrte aus dem Badezimmer zurück, in den Händen mehrere kleine Fläschchen. »Die gehören alle Pomerantz und stammen aus einer Apotheke in Brooklyn. Lotensin, Ditropan, Procardia und Zantac. Zantac ist für den Magen. Die anderen sagen mir nichts.« Er sah zu Mason hinüber.

»Lotensin und Procardia senken erhöhten Blutdruck«, erklärte der Heimleiter. »Und Ditropan reguliert die Harnsäure.«

»Das ist alles?« fragte Jessie Phil.

»Kein Lanoxin, falls du das meinst.« Er hob die Schultern.

»Woher hatte er dann die Tabletten?« Jessie runzelte die Stirn.

Phil wandte sich an Mason. »Vielleicht hat Pomerantz sie von einem anderen Heimbewohner bekommen.«

»Ausgeschlossen.« Der Heimleiter verschränkte die Arme über der Brust. »Die Verantwortliche für die Medikamente ist *überaus* gewissenhaft beim Bestellen und Verteilen der Mittel. Andernfalls könnte unser Haus geschlossen werden. Mr. Pomerantz hat das Lanoxin vermutlich aus New York mitgebracht.«

»In einem unbeschrifteten Fläschchen?« Das hielt Jessie für unwahrscheinlich.

Phil zuckte die Achseln. »Wir werden seinen New Yorker Arzt anrufen und fragen müssen, ob er Pomerantz Lanoxin verschrieben hat.«

»Und wenn nicht?« Jessie trat näher zu Phil und flüsterte ihm zu: »Jemand könnte ihm das Lanoxin untergeschoben haben, damit wir glauben, Pomerantz sei herzkrank gewesen und an einem Herzinfarkt gestorben.« Aber dann hatten sie es mit einem geplanten Mord zu tun, nicht mit einem Überfall.

Phil hatte vor Konzentration die Stirn gerunzelt. »Ich weiß nicht.«

Jessie drehte sich zu Mason um. »Hatte Mr. Pomerantz Besuch, während er hier gewohnt hat?«

»Nicht daß ich wüßte. Ich habe ihn nur selten in der Halle gesehen, und wenn, dann saß er allein da und las.«

»Was ist mit Anrufen? Ich sehe weder hier noch im Wohnzimmer ein Telefon.«

»Die meisten Bewohner bringen ihre eigenen Apparate mit und lassen sich einen Anschluß legen. Die Rechnungen gehen natürlich direkt an sie. Aber Gäste wie Mr. Pomerantz müssen unsere Münztelefone benutzen.«

Gemeinsam mit allen anderen Heimbewohnern, die keinen privaten Telefonanschluß besaßen. Damit wurde es wesentlich schwieriger herauszufinden, ob er irgendwelche Anrufe getätigt hatte. »Hat er sich irgendwohin fahren lassen?« wollte Jessie wissen.

Mason schüttelte den Kopf. »Einer unserer Angestellten fährt Heimbewohner zu ihren Arztterminen und wieder zurück, aber wie ich schon erklärt habe, traf das nicht auf Mr. Pomerantz zu.« Er klang ein wenig ungeduldig. »Ich nehme an, er hat ein Taxi oder den Bus genommen, wenn er irgendwohin wollte.«

Jessie zog ihr Notizbuch aus der Tasche ihres marineblauen Blazers. »Empfehlen Sie Ihren Bewohnern ein bestimmtes Taxiunternehmen?«

»Im allgemeinen erwähnen wir eins oder zwei. Ich habe die Namen in meinem Büro.« Er blickte hinter sich und trat dann einen Schritt näher. »Es gibt noch etwas anderes, das sie vielleicht in Betracht ziehen sollten«, sagte er mit verschwörerisch leiser Stimme. »Ich habe Ihnen doch erzählt, was Mrs. Braeburn zugestoßen ist und wie sie dazu überredet wurde, dieser Frau fünfzehnhundert Dollar zu geben? Tja, es laufen Leute herum, die Bewohner von Altersheimen kidnappen und sie in andere Heime bringen.«

»*Guter Gott.*« Phil rollte mit den Augen. »Warum denn das?«

»Wegen der Schecks von der Sozialversicherung und der Zuschüsse von MediCal und Medicare, die die Heimbewohner bekommen. Es ist relativ leicht, ein Altenwohnheim zu eröffnen, vor allem ein kleines. Schwieriger ist es schon, die Betten zu belegen – die Konkurrenz ist massiv. Manche Heime engagieren Schlepper, die ihnen gegen Provision Bewohner bringen.«

»Und wo suchen diese Schlepper?« wollte Jessie wissen.

»Kommt darauf an. Manchmal nehmen sie Obdachlose – es gibt mittlerweile so viele, daß mehr und mehr Leute in die Altenheimbranche einsteigen. Manchmal bekommen sie von Krankenhäusern Leute genannt. Und jetzt haben sie mit diesen Entführungen angefangen. Aber es sind nicht nur die Schlepper. Vor sechs Monaten, Detective, habe ich einen unserer Konkurrenten – jemanden, den ich *kenne* – nach Mitternacht im Zimmer einer der Bewohnerinnen erwischt, wie er versucht hat, uns die arme Frau eiskalt wegzuschnappen. Ist das zu fassen?« Empörung flackerte in seinen haselnußbraunen Augen.

»Sie glauben also, Pomerantz könnte entführt und in ein anderes Heim gebracht worden sein?« fragte Jessie.

Er warf erneut einen besorgten Blick hinter sich, als fürchtete er, von einem Heimbewohner belauscht zu werden. »Möglich wäre es, oder nicht? Wer auch immer es getan hat, konnte ja nicht wissen, daß Pomerantz keiner unserer festen Bewohner war oder daß er Herzprobleme hatte. Und als er tot war, konnten sie ihn ja schlecht wieder hierher bringen oder?«

Phil warf Jessie einen zweifelnden Blick zu. Sie hob kaum merklich die Schultern, war dies ein weiterer Versuch Masons, sich von Pomerantz' Tod zu distanzieren?

Mason mußte ihre lautlose Verständigung bemerkt haben, da sein Gesicht rot anlief. »Vielleicht ist das ja nicht Mr. Pomerantz passiert, Detective, aber diese Leute sind *skrupellos*. Ein Heimleiter, den ich kenne, wurde überfallen und mit vorgehaltener Waffe in Schach gehalten, während zwei Männer drei von seinen Schützlingen entführten. Sie nahmen nichts von ihren Habseligkeiten mit – nur die Papiere und ein paar

Medikamente. Die Heimbewohner waren verstört und aufgeregt, aber zu schwach, um sich zu wehren oder wegzulaufen. Einer von ihnen hatte Diabetes und hohen Blutdruck. Ein zweiter war infolge eines Schlaganfalls teilweise gelähmt. *Unmenschen.*« Mason seufzte.

»War das ein Einzelfall?« fragte Jessie.

»Schön wär's.« Er schnaubte. »Dieser Heimleiter hat mir erzählt, daß er von anderen Entführungen weiß, aber meistens werden sie nicht angezeigt.« Er fuhr sich mit der Hand durchs Haar. »Ich liebe meine Arbeit, Detective. – Es macht mir Freude, alten Menschen zu helfen und dafür zu sorgen, daß sie sich rundherum wohlfühlen. Aber offengestanden werde ich langsam nervös. Ich sage mir immer, daß das Heim meines Kollegen in der Nähe der USC liegt, einer Gegend mit hoher Kriminalität, und daher eher ein Ziel für Verbrecher darstellt. Unser Haus liegt in einer wesentlich sichereren Gegend. Aber die Menschen sind gierig, und diese Branche wird immer mörderischer. Wer weiß schon, wann sie das Golden Palms ins Visier nehmen?«

Vielleicht hatten sie das bereits getan, dachte Jessie.

5

Sie hatten einen Namen für den Verstorbenen, aber sonst kaum etwas.

Jessie und Phil wollten die Bewohner des Golden Palms befragen – vielleicht hatte Pomerantz jemandem erzählt, wo er am Samstag hinwollte –, aber Mason verwahrte sich dagegen.

»Ich fürchte, daß einige Bewohner sich beunruhigen oder sogar Angst bekommen könnten«, erklärte er, als sie wieder in seinem Büro waren. »Und ich sehe keinen Grund dafür, sie aufzuregen, wenn sie keinen Kontakt mit Mr. Pomerantz hatten.« Sein Tonfall war höflich, aber bestimmt, und er wich Phils Blick aus.

Jessie nickte. »Ich verstehe Ihre Bedenken. Aber was, wenn einer von ihnen Kontakt zu ihm *hatte* und Angst hat, es zuzugeben?«

»Das würde ich sofort weiterverfolgen, *glauben* Sie mir. Ich kenne meine Leute, Detective Drake. Wenn ich auch nur so etwas *ahne*, teile ich es Ihnen mit.« Er stellte seine Hände im spitzen Winkel zueinander auf. »Außerdem sind zwar alle meine Schützlinge geistig gesund – sonst dürften wir sie von Gesetzes wegen gar nicht in einem Haus wie dem unseren haben –, aber manche von ihnen kommen manchmal ein bißchen durcheinander und könnten etwas Mißverständliches sagen.« Er zuckte die Achseln, lächelte verhalten und bat so um Mitgefühl und Rücksichtnahme.

»Wir sind es gewohnt, die Wahrheit zu ergründen«, erklärte Phil gedehnt.

Mason schüttelte den Kopf. »Glauben Sie mir, es ist besser, wenn ich und mein Personal herausfinden, ob Mr. Pomerantz irgend jemandem erzählt hat, wohin er wollte.«

»Bringen Sie erst mal in Erfahrung, ob Mr. Pomerantz überhaupt mit jemandem gesprochen hat«, herrschte Phil ihn an. »Dann machen wir weiter.«

Er schaute finster und klang wütend. Jessie konnte es ihm nicht verdenken. Sie war von der dominanten Haltung des Heimleiters ebensowenig begeistert, aber sie konnte sich die Schlagzeilen schon vorstellen, wenn sie und Phil darauf bestanden, die betagten Bewohner des Golden Palms zu verhören. »Wie schnell können Sie uns eine Liste der Personen zusammenstellen, mit denen sich Mr. Pomerantz unterhalten hat?«

»Wir sprechen umgehend mit unseren Bewohnern. Aber manche von ihnen sind nicht da – sie besuchen Verwandte oder

Freunde, sind beim Arzt, beim Einkaufen oder auf der Bank. Daher kann es einige Zeit dauern. Ich verspreche, Sie anzurufen, sobald ich etwas weiß.« Der Heimleiter stand auf und brachte sie zur Tür.

»Das kann bis nächste Woche dauern«, grollte Phil einen Moment später, als er mit Jessie auf dem Flur stand.

»Optimist.«

In der Halle saßen die gleichen Leute, die sie zuvor gesehen hatten – oder zumindest sahen sie gleich aus. Als Jessie das klimatisierte Gebäude verließ, hatte sie das Gefühl, den Kopf in einen Ofen gesteckt zu haben.

»Warum magst du Mason nicht?« fragte sie, als sie auf Phils Auto zugingen, das um die Ecke stand.

»Mr. Ich-habe-hier-das-Sagen?« Phil brummte und beschleunigte seinen Schritt. »Was gibt's an dem zu mögen? Er ist ein schmieriger, unaufrichtiger, geldgieriger kleiner Wicht.«

Sie beeilte sich, um mit ihm Schritt zu halten. »Das kannst du nicht wissen. Er klang, als sei er ernsthaft um seine Schützlinge besorgt.«

»So klingen sie doch alle.«

»Du hast ihn hart angefaßt.«

Ein paar Sekunden ging er schweigend weiter. »Meine Großmutter Emily ist in einem solchen Heim gestorben. Okay, vielleicht war es nicht ganz so hübsch. Aber es hatte trotzdem das ganze Drumherum. Gymnastik- und Bastelkurse, eine Ernährungsberaterin im Haus, bla bla bla.« Er schnaubte. »Haben ihr das Blaue vom Himmel versprochen und sie mit Dreck abgespeist.«

Stanley Goldblum, Norman Pomerantz' New Yorker Freund, war nicht zu Hause, als Jessie bei ihm anrief. Anrufbeantworter hatte er keinen. William Cole, der Arzt, der Pomerantz die blutdrucksenkenden Medikamente verschrieben hatte, war gerade mit einem Patienten beschäftigt. Seine Sprechstundenhilfe versprach, dem Arzt auszurichten, daß er Jessie anrufen solle, wenn er fertig war.

Jessie rief die beiden Taxiunternehmen an und bat sie festzustellen, ob einer ihrer Fahrer am Samstag Pomerantz am Golden Palms abgeholt hatte. Sobald sie etwas in Erfahrung gebracht hätten, sollten sie sich bitte bei ihr melden.

Ein großer Teil der Arbeit als Detective, so hatte Jessie im Laufe der letzten fünfzehn Jahre erfahren, bestand aus Warten. Doch leider hatte ihr auch dieses Wissen nicht zu mehr Geduld verholfen.

Phil machte gerade Pause. Sie hoffte, er hatte nicht geschummelt und wieder ein Donut gekauft. Sie spülte einen Müsliriegel mit einer Tasse rotem Ingwertee hinunter und versuchte es noch einmal bei Goldblum. Diesmal war besetzt. Das hieß nicht unbedingt, daß er zu Hause war, sagte sie sich, es konnte auch nur jemand anders im selben Moment versuchen, ihn zu erreichen. Trotzdem …

Das Telefon klingelte. Vielleicht war es eine der Taxifirmen, überlegte sie, als sie nach dem Hörer griff, oder Pomerantz' Arzt. »West L.A., Detective Drake.«

»Das Ivy, was?« Gary pfiff durch die Zähne. »Sag deiner Mutter, daß ich ihre Einladung mit Freuden annehme, und das nicht nur, weil der Laden so vornehm und teuer ist, daß ich es mir nicht leisten kann, dich dorthin auszuführen.«

»Prima.« Sie konnte sich sein schiefes Lächeln vorstellen, und obwohl es sie immer noch nervös machte, ihn ihrer Mutter auszusetzen – Frances' Stimmungen waren so sprunghaft –, war sie doch froh, daß er mitkommen würde, und das sagte sie ihm. »Meine Mutter hat mich aufgefordert, etwas Passendes anzuziehen, als ob ich das nicht von allein wüßte.«

»Keinen Jogginganzug, meinst du?«

Jessie lachte. »Frances würde tot umfallen.«

Gary lachte auch. »A propos tot, was ist denn mit dem alten Mann aus dem Park? Hat er einen Namen?«

»Norman Pomerantz aus Brooklyn. Ich habe herausgefunden, daß er in einem Heim gewohnt hat.«

»Ein Überlebender?«

»Könnte sein. Jude ist er auf jeden Fall.« Sie erzählte Gary von dem Gebetsschal und den Gebetsriemen. »Was macht die Reportage über Gewalt im Straßenverkehr?«

»Es ist ziemlich gruselig. Und deprimierend. Aber danke, daß du fragst. Es gefällt mir, daß du dich für meine Arbeit interessierst, Jess.« Sein Tonfall war schelmisch.

»Das habe ich aus den *Tips für Heiratswillige*, erste Auflage.«

»Das ist ein echt gruseliges Buch.« Er intonierte den Refrain des Titelsongs von *Unheimliche Geschichten*.

Sie lachte. »Im Ernst.« Sie und einige der anderen weiblichen Ermittler vom Revier West L.A. hatten den Ratgeber, wie man einen Mann vor den Traualtar kriegt, gelesen und über die unterwürfigen Strategien gelacht. Sie zögerte und sagte dann: »Ich habe deswegen gefragt, weil wir heute morgen wieder eine Schießerei hatten, die zu deinem Thema passen würde.«

»Tut mir leid, das zu hören«, sagte er ruhig. Nach kurzem Schweigen räusperte er sich und fragte: »Hast du Einzelheiten?«

Immer ganz Reporter, dachte sie, stellte dann aber fest, daß das nicht fair war. »Nein. Wenn ich welche habe, muß ich mich zuerst mit den Kollegen absprechen, die den Fall bearbeiten, bevor ich dir etwas erzähle.« Was er bereits wußte, aber sie mußte es sagen.

»Es ist doch schön, daß wir etwas miteinander teilen können. Vor einem Jahr hättest du mir nicht einmal soweit getraut, daß du es erwähnt hättest.«

»Vor einem Jahr hattest du mein Vertrauen auch nicht verdient«, erwiderte sie leichthin.

Damals hatte er zufällig ein Gespräch von ihr mitgehört, und aus der Information eine Schlagzeile gemacht. Ihr Chef war stinksauer gewesen. Jessie selbst auch. Die Erinnerung hatte lange geschwärt.

Konflikte zwischen ihren beiden Berufen hatte es von Anfang an gegeben. Als Reporter glaubte Gary, daß die Leute ein Recht auf Wissen hatten. Als Polizistin wußte Jessie, wie wichtig, ja manchmal lebenswichtig, Verschwiegenheit war.

»Ich muß Schluß machen, Gary. Bis heute abend dann.« Sie wollte es unbedingt noch einmal bei Goldblum versuchen.

»Ich hole dich um Viertel vor sieben ab. Und, Jess, versuch, etwas Passendes anzuziehen.«

»Ich werd's mir überlegen.« Lächelnd drückte sie die Gabel des Telefons und gab Goldblums zehnstellige Nummer ein. Nach dem fünften Klingeln wollte sie schon auflegen, als sich jemand meldete.

»Mr. Goldblum?«

»Ja.«

»Mein Name ist Detective Jessica Drake, und ich bin von der Polizei Los Angeles. Ich rufe wegen –«

»Stimmt das wirklich? Es ist kein Witz?« Er hatte einen schweren europäischen Akzent und sprach das letzte Wort »Wiez« aus.

»Nein. Es ist kein Witz. Mr. Goldblum, soweit ich weiß, kennen Sie Norman Pomerantz.«

»Sie meinen Nachum? Sicher kenne ich ihn. Er ist mein bester Freund. Warum? Ist er in Schwierigkeiten? Ich habe ihm gesagt, er soll in Los Angeles nicht unachtsam über die Straße gehen. In Los Angeles, habe ich zu ihm gesagt, stecken sie dich dafür ins Gefängnis.«

Sie hörte seiner Stimme an, daß er nervös war, daß sein Plaudern ein Versuch war, die schlechten Neuigkeiten hinauszuschieben, die er befürchtete. Sanft sagte sie: »Mr. Goldblum, es tut mir leid, daß ich Ihnen das mitteilen muß, aber Mr. Pomerantz ist tot.« Das war der Teil, den sie haßte.

In der Leitung herrschte Schweigen.

»Mr. Goldblum?«

»Ich habe Sie verstanden, Detective«, sagte er leise. »Ich brauche einen Moment, ja?«

»Natürlich. Es tut mir wirklich leid«, erklärte sie noch einmal.

»Sind Sie sicher, daß es Nachum ist?« fragte er fast aggressiv nach weiterem, kürzerem Schweigen.

Jessie empfand einen Anflug von Mitleid mit Goldblum. »Der Leiter des Golden Palms Seniorenheims hat ihn anhand eines Fotos identifiziert. Unseres Wissens haben Sie ihm das Haus empfohlen.«

»Was ist denn passiert? Wie ist er ...?« Goldblum versagte die Stimme.

»Die Todesursache kennen wir noch nicht, aber er wurde in einem Park gefunden. Es könnte ein Herzinfarkt gewesen sein.« Oder Mord.

»Er hat sich *großartig* gefühlt, als ich ihn zuletzt sah. Ich kann nicht glauben, daß er tot ist.«

»Wann war das?«

»Heute ist Montag? Also vor zwei Wochen, am Sonntag. Wir haben bei mir zu Abend gegessen. Er war in bester Stimmung, wie immer. Lustig wie immer.«

»Wir haben Digitalistabletten in seiner Hosentasche gefunden. Wußten Sie, daß er dieses Mittel genommen hat?«

»Nein. Ich wußte, daß er erhöhten Blutdruck hat und daß ihn sein Magen manchmal plagte. Zuviel Schmalzhering.« Er seufzte. »Nachum, Nachum, was ist dir nur zugestoßen?« flüsterte er.

Sie hörte den Schmerz in seiner Stimme, und dann weinte er. Sie war verlegen und spielte unschlüssig mit der Telefonschnur, bis er sich wieder gefaßt hatte. »Mr. Goldblum, wissen Sie, warum Mr. Pomerantz nach Los Angeles gekommen ist?«

Goldblum räusperte sich. »Er hat Witze darüber gemacht: ›Stanley, ich werde ein Star‹, hat er zu mir gesagt. Er sagte, er wolle den Pazifik sehen, Beverly Hills und Grauman's Chinese Theater. Alles.«

»Es war also nur ein Urlaub?«

»Er sagte, wenn alles gutginge, würde er vielleicht dorthin ziehen. Ich weiß, daß ihm das kalte Wetter hier nicht gefiel, aber ich fragte ihn, warum Los Angeles mit dem vielen Smog? Warum nicht Miami? Nichts für ungut, Detective«, fügte Goldblum rasch hinzu. »Auf jeden Fall hat Nachum nur gelächelt, als hätte er ein großes Geheimnis.«

»Was glauben Sie, hat er mit ›wenn alles gut geht‹ gemeint? Machte er irgendwelche Geschäfte, um die er sich hier kümmern wollte?«

»Geschäfte?« Goldblum seufzte. »Nachum hat sein Geld seit vierzig Jahren in der Schmate-Branche verdient. Mit der Sozialversicherung und dem, was er in ein paar Wertpapieren beiseite legen konnte, kam er gerade so über die Runden.«

»Was ist denn die Schmate-Branche?« fragte Jessie und notierte sich das Wort.

»Entschuldigung.« Ein halbes Lachen. »Schmate ist jiddisch für Lumpen, aber wir benutzen das Wort für die Textilbranche. Kleider, Blusen, Röcke, Hemden, wissen Sie? Nachum hatte ein Einzelhandelsgeschäft auf der Lower East Side, in der Ludlow Street. Meines war in Orchard. Manchmal sind wir nach der Arbeit zu Ratner's gegangen und haben ein paar Piroggen mit Sauerrahm gegessen. Kennen Sie Ratner's?«

Sie verneinte und hörte ihn wieder seufzen, allerdings eindeutig nicht deswegen, weil ihr das Lokal kein Begriff war. »Hatte Mr. Pomerantz Freunde oder Verwandte in L.A.?«

»Nein. Zumindest hat er mir nichts davon erzählt. Und

Nachum hat mir *alles* erzählt. Wir kennen uns schon lange. Ich war auf seiner Hochzeit in München, 1946, direkt nach dem Krieg. Meine Frau und ich haben uns um ihn gekümmert, als Lola, seine Frau, vor fünf Jahren gestorben ist.«

»Hatten sie Kinder?«

Goldblum schnalzte mit der Zunge. »Sie haben sich so sehr Kinder gewünscht. Aber als Lola im Lager war, haben sie etwas mit ihr gemacht und sie innerlich ruiniert. Sie haben wahrscheinlich schon von so etwas gehört.« Sein Tonfall klang fragend.

»Ja. Es ist grauenhaft, unfaßbar«, sagte sie, wohl wissend, daß diese Adjektive fast zu banal waren, um die unmenschlichen »medizinischen« Experimente zu beschreiben, die Ärzte wie Mengele im Namen der Wissenschaft durchgeführt hatten. Waren auch an den Schwestern oder Schwägerinnen ihrer Mutter solche »Versuche« durchgeführt worden? Oder an ihrer Großmutter? Die Vorstellung verursachte ihr Übelkeit. Sie schluckte schwer.

»Sie dachten über eine Adoption nach, als sie 1950 in dieses Land kamen«, fuhr Goldblum fort. »Aber damals taten Leute aus unseren Kreisen so etwas nicht so schnell. Wer weiß, warum. Später überlegten sie es sich anders, doch jede Agentur, zu der sie gingen, erklärte ihnen, sie seien zu alt. Aber verstehen Sie mich nicht falsch, Detective. Nachum war nicht deprimiert. Er und Lola hatten ein wunderbares Leben zusammen, ein erfülltes Leben. Und sie waren die Paten meiner beiden Söhne.«

»Wie alt war er?«

»Vierundachtzig.«

Wie alt wäre ihr Großvater gewesen, wenn er verschont geblieben wäre? Sollte sie das heute abend ihre Mutter fragen, oder würde das Frances den ganzen Abend ruinieren? »Mr. Goldblum, wieso haben Sie Mr. Pomerantz das Golden Palms empfohlen?«

»Eine Bekannte hat mir davon erzählt. Ich habe es Nachum gegenüber erwähnt, als er mir sagte, daß er nach L.A. fahren will. Er war sehr froh darüber.« Goldblum seufzte.

»Weil es billiger war als ein Hotel?«

»Zum einen, ja, aber es war auch besser, weil er wußte, daß er sich dort wohler fühlen würde. Laut meiner Bekannten wohnen dort viele Juden, wahrscheinlich *grine* wie Nachum. Einwanderer«, erklärte er.

»Wer ist Ihre Bekannte?«

»Hilda Rheinhart. Sie lebt schon seit ein paar Jahren dort. Eine nette Frau. Ich kannte ihren Mann, möge er in Frieden ruhen, schon vor dem Krieg.«

Jessie notierte sich den Namen, froh, daß sie endlich einen möglichen Anhaltspunkt hatte. »Also ist Mrs. Rheinhart auch eine Überlebende?«

»Sicher«, sagte Goldblum mit erstauntem Tonfall, als wolle er fragen: ›Sind das nicht alle?‹

»Hat sich Mr. Pomerantz von Los Angeles aus bei Ihnen gemeldet?«

»Er hat letzte Woche ein paarmal angerufen, und er hat mir eine Postkarte von den Universal Studios geschickt.«

»Was hat er gesagt, als Sie mit ihm gesprochen haben?«

»Vor allem hat er mich nach meinen Söhnen und deren Familien gefragt und nach unseren Freunden. Wer beim Pokern gewonnen hat.«

»Hat er ...«

»Jetzt, wo ich darüber nachdenke, Detective, als wir letztes Mal miteinander gesprochen haben, klang er aufgeregt. Ich fragte ihn, was los sei, und er antwortete: ›Nichts, wieso?‹, aber ich wußte es besser. Nachum ist kein guter Schwindler. Wenn er einen Straight Flush hatte, bekam es jeder am Tisch mit.«

Jessies Interesse wurde wacher. »An welchem Tag war das? Als Sie das letzte Mal mit ihm gesprochen haben, meine ich.«

»Mittwoch oder Donnerstag. Genau weiß ich es nicht.

Sie notierte sich das. »Und er fühlte sich wohl?«

»Er hatte keine Klagen. Nachum ging jeden Morgen eine Meile, und er achtete darauf, was er aß. Er nahm seinen hohen Blutdruck sehr ernst, das kann ich Ihnen sagen.«

»Wie stand es um seine geistige Gesundheit?«

»Bestens. Wie gesagt, er machte gerne Witze und lächelte die ganze Zeit. Und er hatte einen messerscharfen Verstand. Nachum Pomerantz ließ sich nicht an der Nase herumführen, ausgeschlossen.«

Jessie bat Goldblum um die Namen und Telefonnummern der anderen Freunde des Toten.

»Einen Moment, bitte. Ich hole mein Adreßbuch.« Kaum eine Minute später war er wieder am Apparat und diktierte ihr mehrere Namen und Nummern. »Es würde mich wundern, wenn sie Ihnen etwas sagen würden, das ich Ihnen nicht schon gesagt habe, Detective. Nachum und ich standen uns sehr nahe. Wie Brüder.«

»Was ist mit Verwandten?«

»Alle tot. Sie kamen alle im Krieg um – seine Eltern, seine Großeltern, ein Bruder und zwei Schwestern, Cousins und Cousinen. Deshalb hat er ja auch dieses Video gemacht, sagte er. Damit es eine dauerhafte Erinnerung an seine Geschichte gibt.«

Wie gut standen die Chancen, daß sie Frances dazu bringen konnte, *ihre* Geschichte aufzuzeichnen? »Er hat erzählt und sich selbst aufgenommen?«

»Nein, es war für einen Dokumentarfilm. Sie wissen schon, wie das, was Spielberg macht, Interviews mit Überlebenden des Holocaust. Nachum sagte, ich solle es auch machen. Ich weiß nicht. Vielleicht machen meine Frau und ich es gemeinsam.«

»Wissen Sie den Namen der Firma, die diesen Film produziert hat?« Es war unwahrscheinlich, daß Pomerantz vor der

Kamera erzählt hatte, warum er nach L.A. gefahren war, falls Goldblum recht hatte und es tatsächlich einen mysteriösen Grund dafür gab. Aber Jessie war neugierig darauf, wie der Tote ausgesehen hatte, als er noch lebte, und sie wollte ihn gern sprechen hören.

»Er hat mir den Namen gesagt, aber ich weiß nicht genau ... Lassen Sie mich nachdenken.« Goldblum schwieg einen Moment und sagte dann: »Ich hab's, Morton Productions. Wie das Salz.«

Jessie dankte ihm und gab ihm ihre Nummer. »Wenn Ihnen noch irgend etwas einfällt, Mr. Goldblum, sagen Sie mir bitte Bescheid. Und noch einmal mein Beileid wegen Ihres Freundes.«

»Jah.« Er seufzte noch einmal. »Ich sollte wohl langsam Vorbereitungen für die Beerdigung treffen, Leute verständigen. Es gibt niemanden sonst, der das übernehmen könnte. Ich muß auch seine Wohnung ausräumen, aber was soll ich denn mit den ganzen Sachen anfangen?« fragte er wehmütig.

Darauf wußte Jessie keine Antwort. »Ich würde in seiner Wohnung noch nichts verändern, Mr. Goldblum. Vielleicht möchte sich die Brooklyner Polizei dort umsehen.« Sie würde die Kollegen verständigen, sowie sie ihr Gespräch mit Goldblum beendet hatte.

»Umsehen? Weshalb?« Goldblum klang verblüfft.

»Vielleicht hat Mr. Pomerantz etwas in einen Kalender oder auf einen Notizblock geschrieben, woraus hervorgeht, wohin er während seines Aufenthalts in L.A. wollte.«

»Ist es wichtig, wohin er wollte? Warum denn?« Ein Hauch von Argwohn hatte sich in seine Stimme geschlichen.

Es ist wichtig, falls er ermordet wurde. »Reine Routine«, log sie. »Wir möchten immer so genau wie möglich ergründen, was ein Toter unmittelbar vor seinem Tod gemacht hat.«

»Verstehe«, sagte Goldblum in einem Ton, der deutlich

machte, daß dem nicht so war. Er räusperte sich. »Wann wird denn Nachums Leiche hierher überführt?«

Jessie zögerte. »Zuerst muß die Autopsie gemacht werden.« War Futaki jetzt gerade dabei?

»Es ist entsetzlich, ihn so aufzuschneiden, und wofür überhaupt?« Sein Ärger knisterte durch die Leitung. »Sie haben doch gesagt, daß es wahrscheinlich ein Herzinfarkt war.«

»Wir müssen sichergehen.« Sie dachte wieder an die Tabletten in dem unbeschrifteten Fläschchen und an die skrupellosen Leute, die Mason zufolge Bewohner von Seniorenheimen kidnappten. »Ich verständige Sie, wenn Mr. Pomerantz' Leiche freigegeben wird.«

6

Hilda Rheinhart sei nicht im Haus, erklärte Mason Jessie, als sie im Seniorenheim anrief. Sie sei beim Arzt und käme in etwa einer Stunde wieder.

»Aber dann ist schon fast Abendessenszeit, und danach feiern wir eine Brautparty für Clara. Ich weiß, daß Hilda unbedingt dabeisein will. Morgen früh gegen zehn würde es besser passen.«

»Clara gehört zu Ihrem Personal?«

»Clara ist eine Heimbewohnerin. Sie ist dreiundachtzig und heiratet Simon. Er ist neunundsiebzig. Nicht das erste Paar, das sich hier im Golden Palms kennengelernt hat«, sagte Mason stolz.

Wenigstens war überhaupt jemand glücklich. Der Gedanke, daß zwei alte Menschen spät im Leben Liebe oder Kameradschaft fanden, brachte Jessie zum Lächeln. »Haben Sie jemanden gefunden, der mit Mr. Pomerantz gesprochen hat?«

»Noch nicht. Wir beeilen uns, so gut wir können, ohne die Leute nervös zu machen«, fügte er hinzu, und sein Tonfall brachte zum Ausdruck, daß er nicht daran erinnert werden mußte.

Sie dankte Mason und legte auf. Dann rief sie bei der Auskunft an und fragte nach der Nummer von Morton Productions – »wie das Salz«, erklärte sie der Telefonistin und mußte fast schmunzeln, als sie Stanley Goldblums Eselsbrücke wiederholte. Auf einmal hörte sie Karl Espes von der anderen Seite des Raums rufen: »Drake, in mein Büro!«

Sie wandte sich zu ihm um, sagte: »Komme gleich, Lieutenant«, und notierte sich rasch die Nummer in Manhattan. Dann erhob sie sich.

»Simms und Boyd sind bei mir. Und wo ist Okum? Ich muß Sie alle sprechen.«

Sie hatte die anderen Detectives nicht gesehen, seit sie von ihren Ermittlungen zurückgekommen waren. »Phil ist ...«

»Schon zur Stelle, Sir«, verkündete Phil, der gerade neben ihr auftauchte und sich mit dem Handrücken etwas Pudriges vom Mund wischte. Er wich Jessies Blick aus.

Espes machte auf dem Absatz kehrt, verschwand in seinem Büro und schloß die Tür hinter sich.

Jessie hatte sich noch keine feste Meinung über ihren Vorgesetzten gebildet. Er war vor drei Monaten aus der Foothill Division nach West L.A. gekommen, um die Stelle von Jack Kalish zu übernehmen, der auf unbestimmte Zeit beurlaubt war, um seine Frau zu pflegen, nachdem diese einen Schlaganfall erlitten hatte. Zuerst hatte Espes Jessie das Leben schwergemacht – zum Teil, so glaubte sie, weil er eng mit Frank Pruitts Gegenspieler im Parker Center befreundet war –, war aber bald zugänglicher geworden. Und zwar schon, bevor sie mit Frank gebrochen hatte.

Kalish fehlte ihr immer noch. Und sie fand nach wie vor, daß

Espes mit seinen braunen Knopfaugen und den scharfen, spitzen Zähnen wie ein Nagetier aussah. Wer ist schon fehlerlos? hatte Phil gesagt.

Detective Marty Simms jedenfalls nicht. Er und Boyd saßen auf Metallstühlen vor Espes' Schreibtisch, als Jessie und Phil das Büro des Lieutenants betraten. Jessie wählte den freien Stuhl neben Boyd. Phil setzte sich neben Simms.

Sie mochte Eddie Boyd. Der junge, gut einsachtzig große Kollege aus Arkansas mit dem sommersprossigen Landjungengesicht und dem rotblonden Haar war richtig nett. Bei Simms war sie sich da nicht so sicher. Er war einsdreiundsiebzig, schmächtig, hatte dichtes, lockiges, schwarzes Haar, unfreundliche, braune Augen, die von buschigen Brauen überschattet wurden, eine kurze, breite Nase und permanent aufgesprungene Lippen, an denen er ständig herumzupfte.

Und er war eingebildet, was sich in den zwei Jahren, seit er von Wilshire nach West L.A. gekommen war, nicht gebessert hatte. Manchmal wünschte sie, er wäre dort geblieben.

Espes ließ den Aktenordner fallen, den er studiert hatte, und lehnte sich auf seinem gepolsterten Stuhl zurück. Wie er da so hinter dem Tisch mit der Resopalplatte saß, schien er nur aus Schultern zu bestehen und wirkte kleiner als seine einsachtundsiebzig. Sein hellbraunes Haar, stets kurz geschnitten, war frisch geschoren und sah aus wie eine schlecht gemähte Wiese.

»Was tut sich mit der Hure?« fragte er.

Phil berichtete ihm von der Frau, mit der sie am Morgen gesprochen hatten. »Diese Lucinda weiß irgend etwas, aber sie hat zuviel Angst, um auszusagen.«

»Laß mich allein mit ihr in einen Raum, dann fällt mir vielleicht ein, wie ich sie überreden könnte«, höhnte Simms.

»Laß gut sein«, schalt ihn Boyd mit seinem weichen Näseln.

»Das schafft Okum auch.« Espes heftete seinen Blick auf Simms. Wieder an Phil gewandt fuhr er fort: »Ich stehe unter heftigem Beschuß von einer Frauenorganisation, sie glauben, wir kümmern uns nicht um den Fall, weil es uns egal ist, wenn eine Hure umgebracht wird.«

»Was nicht stimmt«, sagte Jessie.

Simms grunzte und warf ihr einen Blick zu, den sie nicht zu deuten wußte. Wollte er ausdrücken, daß sie und Phil nicht ihr Bestes taten, um den Mord an der Hure aufzuklären? Oder daß sie sich bloß kein Bein ausreißen sollten? Sie wußte, daß Simms etwas gegen Frauen hatte, irgendeine Geschichte mit seiner Mutter, die die Familie wegen ihrer Karriere hatte sitzen lassen.

»Auch wenn wir die Beschuldigungen zurückweisen, ist das Problem damit nicht gelöst.« Espes klopfte mit einem Bleistift auf den Tisch und sah Jessie an. »Und was ist mit dem Baby? Sie haben doch die Ambulanzen und Kliniken abgeklappert. Gibt's was Neues?«

Sollte das eine Kritik sein? Sie räusperte sich. »Ausgehend davon, daß die Mutter eine Schülerin sein könnte, haben wir sämtliche Schulen der Umgebung abgeklappert. Das Problem ist nur, daß die meisten Angestellten den Sommer über Ferien haben, und die Personen, mit denen wir gesprochen haben, sagen uns nicht, wer von ihren Schülerinnen am Schuljahresende hochschwanger war. Sie behaupten, das würde die verfassungsmäßigen Rechte der betreffenden Schülerinnen verletzen.«

Die Direktoren hatten nur ungern preisgegeben, wie viele schwangere Schülerinnen sie hatten. Jessie war von den hohen Zahlen schockiert und deprimiert gewesen.

Espes schnaubte. »Und was ist mit den Rechten dieses Babys?«

»Was für Rechte?« Simms zog die Augenbrauen hoch. »Haben Babys etwa Rechte?«

»Wir wissen ja nicht einmal, ob die Mutter überhaupt zur

Schule gegangen ist«, meinte Jessie. »Sie könnte auch vor dem Abschluß aufgehört haben. Vielleicht ist sie auch älter.« Sie konnte von sonstwoher stammen, aus einer anderen Stadt oder einem anderen Bundesstaat.

»Vielleicht ist die Mutter gar nicht in eine Notaufnahme gegangen«, mutmaßte Boyd. »Vielleicht hat sie einen niedergelassenen Arzt aufgesucht.«

Jessie schüttelte den Kopf. »Wenn sie mit postpartalen Blutungen zu ihrem Frauenarzt oder Hausarzt gegangen wäre, hätte er gewußt, daß etwas nicht stimmt, weil er sie nicht von dem Baby entbunden hat. Und wenn sie zu einem Arzt gegangen wäre, den sie *nicht* kannte, wäre der mißtrauisch geworden. Die Medien haben einen ziemlichen Wirbel um die Sache gemacht.« Gary hatte dafür gesorgt, daß in der *Times* jeden Tag ausgiebig darüber berichtet wurde.

Simms meinte: »Vielleicht hat sie einen Arzt gefunden, der nicht so schlau ist. Oder einen, der nicht fernsieht.« Er zuckte die Achseln.

»Guter Einwand. Oder vielleicht weiß ihr Arzt Bescheid, hat aber Skrupel, sie zu verraten.« Espes rollte den Bleistift zwischen seinen Fingern hin und her. »Finden Sie's raus.«

Phil wechselte einen raschen Blick mit Jessie. »Ich halte das für Zeitverschwendung, Lieutenant. Wir wissen nicht einmal, ob sie ärztliche Hilfe in Anspruch genommen hat. Wenn wir nicht einen Hinweis von jemandem bekommen, der der Mutter nahesteht, schätze ich, daß die Sache bei den anderen unaufgeklärten Fällen landet.«

Jessie sagte: »Ich finde, das Revier sollte eine Belohnung aussetzen.«

»Das finden Sie, so so.« Espes musterte sie.

»Das finden wir *beide*«, bestätigte Phil.

Espes schnaubte. »Sind Sie auch *beide* bereit, von Ihrem Gehalt dafür zu spenden?«

»Sehen Sie mich nicht an.« Simms stülpte seine Hosentaschen nach außen. »Was ist mit dir, Ed?«

»Hören Sie auf.« Espes warf den Stift auf den Schreibtisch. »Ich werde die Belohnung zur Sprache bringen und mal hören, was die hohen Tiere dazu sagen. Bis dahin kann es nicht schaden, ein paar Frauenärzte, Geburtshelfer und Hausärzte zu befragen.« Er hielt inne. »Also in zwei Fällen null Fortschritt, was?« Er schüttelte den Kopf. »Gibt's auch irgendwelche *guten* Neuigkeiten?«

»Wir haben den alten Mann identifiziert, der im Park gefunden wurde.« Jessie berichtete ihm, was sie herausgefunden hatten. »Ich warte auf einen Anruf von Pomerantz' New Yorker Arzt, damit er mir sagt, ob er ihm Digitalis verschrieben hat. Und wir müßten heute noch von den Taxifirmen hören. Wenn keiner ihrer Fahrer Pomerantz mitgenommen hat, rufe ich die anderen Taxiunternehmen in der Gegend an. Außerdem habe ich die Polizei in Brooklyn verständigt. Sie wollen Pomerantz' Wohnung nach sachdienlichen Hinweisen durchsuchen.«

»Verwenden Sie nicht zuviel Zeit darauf, Drake. Der alte Knabe hatte vermutlich einen Herzinfarkt. Sie haben ihn identifiziert. Gut. Und jetzt konzentrieren Sie sich auf die Hure und das Baby.«

»Jemand hat die Leiche transportiert.«

»Das heißt nicht, daß er ermordet wurde.«

»Und das unbeschriftete Fläschchen mit Digitalis?«

Espes atmete geräuschvoll aus. »Drake!«

»Der Leiter des Seniorenheims glaubt, Pomerantz könnte einen Herzinfarkt erlitten haben, nachdem er in ein anderes Heim entführt worden ist. Damit wäre es doch Mord, oder nicht?«

Espes schnaubte. »Der Heimleiter ist wahrscheinlich ein Möchtegern-Drehbuchautor wie jeder andere in dieser Stadt und probiert seine Story an Ihnen aus, bevor er sie seinem

Agenten aufdrängt.« Aber er sah nachdenklich drein und klopfte erneut mit dem Bleistift auf den Schreibtisch. »Drake, Sie bleiben an dem alten Mann dran, da es zuerst Ihr Fall war. Okum, Sie rufen die Ärzte an.«

Phil warf Jessie einen giftigen Blick zu.

»Und ich möchte, daß Sie gemeinsam die Freundin der Hure bearbeiten, bis sie auspackt.« Er sah Boyd an. »Woran arbeiten Sie und Simms?«

»Wir suchen immer noch den Verdächtigen, der den Ladeninhaber auf der Robertson umgebracht haben soll. Und morgen müssen Marty und ich in Santa Monica in Sachen Kopfkissen-Killer aussagen.«

»Nehmt euch einen Sack Hustenbonbons mit«, meinte Phil. »Mit Menthol«, fügte er hinzu.

Simms lachte. Espes und Boyd schmunzelten. Jessie rollte in gespielter Verzweiflung die Augen, konnte es aber den anderen nicht übelnehmen. Das Motiv war abartig. Ein älterer Mann hatte seine Frau, mit der er achtundvierzig Jahre verheiratet gewesen war, mit einem Kissen erstickt, weil er ihr nächtliches Gehuste nicht mehr ertragen konnte. Wenn es nicht so erbärmlich gewesen wäre, hätte es den idealen Stoff für Jay Leno abgegeben. Die tote Frau tat Jessie leid. Der alte Mann auch. Was sollten sie denn mit ihm machen? Ihn ins Gefängnis verfrachten?

»Was ist mit der Schießerei an der Autobahnausfahrt heute morgen?« wollte Espes wissen. »Ist das für den Staatsanwalt unter Dach und Fach?«

»Der Schütze wurde festgenommen, und wir haben Zeugen. Aber kein Motiv, außer der Tatsache, daß ihn der andere Wagen geschnitten hat.« Boyd schüttelte den Kopf.

Simms sagte: »Ich würde ihm am liebsten den Kopf abhacken, zusammen mit ein paar anderen Teilen seiner Anatomie«, und Jessie hatte nichts dagegen.

»Wie geht's dem Jungen?« fragte Phil sachte.

Sie hielt den Atem an.

»Ringt mit dem Tod«, antwortete Boyd leise. »Starke innere Blutungen. Sie wissen nicht, ob sie die stillen können.«

Einen Augenblick lang sagte niemand etwas. Dann räusperte sich Espes und sagte: »Das war's dann. Ach ja, eines noch.« Er ging um seinen Schreibtisch herum, nahm einen Stapel zusammengehefteter Blätter zur Hand und gab jedem der vier Detectives einen Satz.

»Der Chef will im Revier eine Umfrage über die Beziehungen zwischen den Geschlechtern und Rassen durchführen. Deshalb muß jeder von uns diesen Fragebogen ausfüllen. Ende nächster Woche will ich ihn wieder auf meinem Schreibtisch haben.«

7

»Vielen Dank, Mark Fuhrman«, murmelte Phil und klatschte den Fragebogen auf seinen Schreibtisch.

»Eigentlich nicht seine Schuld oder?« sagte Jessie, aber sie konnte verstehen, warum Phil und die anderen erbost waren.

Es war schon einige Jahre her, seit der ehemalige Detective von West L.A. das Revier während der Verhandlung gegen O.J. Simpson unter heftigen internationalen Beschuß gebracht hatte, mehrere Jahre, seit die Medien immer wieder Berichte über MGF – Männer gegen Frauen – brachten, eine Untergrundgruppierung, zu der Fuhrmann angeblich gehört hatte. Fuhrman war schon lange verschwunden, und MGF hatte sich vermutlich aufgelöst. Aber der häßliche Nachhall war geblieben.

»Wie ist er denn?« hatte ihre Schwester Helen aufgeregt gefragt, als sie spät abends aus dem Chicagoer Vorort anrief, wo sie damals wohnte. Sie war enttäuscht gewesen, als Jessie ihr erklärt hatte, daß sie Fuhrman so gut wie nicht kannte. Seinerzeit war sie in der Abteilung für Einbrüche gewesen und hatte kaum etwas mit Fuhrman und den anderen Ermittlern aus der Mordkommission zu tun gehabt. Auch Frances hatte angerufen. »Ich begreife nicht, warum jemand freiwillig in einem widerlich sexistischen und rassistischen Umfeld arbeitet«, hatte sie lautstark erklärt. Und Gary hatte nach Insiderinformationen über Fuhrman, O.J. Simpson und MGF verlangt.

Wie ihre Kolleginnen hatte Jessie immer wieder Belästigungen erlebt, seit sie bei der Polizei arbeitete, und das nicht nur in West L.A. In ihrer Probezeit hatten einige Kollegen versucht, ihr Ärger zu machen. Einer hatte sie angewiesen, eine Leiche zu untersuchen, bevor der amtliche Leichenbeschauer kam. »Befehl vom Lieutenant«, hatte er behauptet, was selbstverständlich gelogen war. Sie hatte dem Lieutenant zu erklären versucht, was geschehen war, aber der hatte sich nur am Kopf gekratzt und sie angestarrt, von ihrer Anschuldigung »vollkommen perplex«, und seine Kumpels hatten ihm den Rücken gestärkt. Und alle hatten gegrinst, als der Lieutenant sie beim Anwesenheitsappell heruntergeputzt hatte. Beim zweiten Mal hatte sie nicht einmal mehr versucht, die Sache zu erklären.

Männliche Kollegen hatten auch im Außendienst ihre Autorität untergraben oder sie mit Verdächtigen allein gelassen. Einmal hatte sie Todesängste ausgestanden, als sie auf dem Rücksitz eines Streifenwagens mit einem Verdächtigen rang und vergeblich nach der Hilfe ihres Partners schrie. Andere Vorfälle hatten sie zur Weißglut gebracht. Und jedesmal hatte sie sich erniedrigt gefühlt.

Manche männlichen Detectives hatten sich geweigert, mit ihr zusammenzuarbeiten und sie demonstrativ ignoriert, weil ihrer Meinung nach Frauen bei der Polizei von Los Angeles nichts zu suchen hatten. Und als Phil darum gebeten hatte, ihr

Partner zu werden, hatten sie versucht, ihn ebenso zu schneiden. Doch das hatten sie schnell aufgegeben. Alle mochten Phil, und obwohl er meistens den Teddybär spielte, reizte man ihn besser nicht. Jessie fragte sich immer noch, ob Marty Simms mit alledem zu tun gehabt hatte. Sie hatte Phil gefragt, und er hatte erwidert, sie solle es vergessen. Und das hatte sie getan.

Dazu kamen dann noch die sexuellen Belästigungen: anzügliche Blicke und Pfiffe; Klapse auf den Po; Tampons auf ihrem Schreibtisch; geschmacklose Anspielungen auf ihre Anatomie und ihr Sexualleben beim Appell. All das hatte sie innerlich vor Wut kochen lassen. Und mehr als einmal hatte sie erwogen, aufzuhören. Frances wäre sicher überglücklich gewesen. Was vermutlich der Grund dafür war, daß sie es doch *nicht* getan hatte – das, und weil sie ihren Gegenspielern den Triumph nicht gönnte.

Anfangs hatte sie einige der kleineren Zwischenfälle ignoriert. »Sei doch nicht kindisch«, hatte sie sich gesagt, unschlüssig, ob es normale jugendliche Streiche waren oder ob sie das Recht hatte, sich darüber aufzuregen. Später, als sie ihrem Vorgesetzten (das war noch vor Kalish gewesen) einzelne Fälle von sexueller Belästigung geschildert hatte, hatte er ihre Klagen beiseite gewischt, was die Täter nur ermuntert hatte und Jessie und ihre Kolleginnen davon abhielt, weitere Vorfälle zu melden.

Dann begann der Prozeß gegen O.J. Simpson. Und Fuhrman sagte aus. Eine Drehbuchautorin brachte Bänder und Abschriften von Gesprächen an, die sie mit dem Detective geführt hatte und in denen er damit prahlte, massive Gewalt gegenüber Verdächtigen ausgeübt, Beweismittel gefälscht und die Kommission für innere Angelegenheiten an der Nase herumgeführt zu haben. Die Bänder hatten eine siebzehnmonatige Untersuchung innerhalb der Polizei von Los Angeles zur Folge, und während die meisten Aussagen Fuhrmans zwar als

Übertreibungen oder Lügen entlarvt wurden, schloß der Bericht damit, daß seine Bemerkungen über sexuelle Belästigung in der Polizeitruppe, vor allem im Revier West L.A., nur allzu zutreffend waren.

Demnach mußten ihre Kolleginnen und sie Mark Fuhrman beinahe *dankbar* sein. Seinetwegen hatte das Revier die eigenen Praktiken intensiv unter die Lupe genommen. Der Bericht hatte dringend Veränderungen empfohlen, und Kalish hatte sein Bestes getan, um sie durchzuführen, indem er mit einem Sensibilisierungstraining für alle begann. Es war eine spannungsgeladene Zeit, als das Revier versuchte, sich an ein neues Klima ohne geschlechtsbedingte Vorurteile zu gewöhnen. Offiziell gab es MGF nicht mehr, diese Tage lagen hinter ihr und hinter West L.A.

Tatsächlich? Weibliche Detectives waren bei der Polizei von Los Angeles nach wie vor in der Minderheit – in West L.A. etwa zwanzig Prozent –, und sie hörte immer noch Geschichten von ihren Kolleginnen aus anderen Revieren und manchmal auch welche aus West L.A. Daher mußte sie sich fragen, ob die Vorurteile immer noch vorhanden waren, auch wenn sich das Verhalten geändert hatte. Vielleicht hatte es sich ja nur ihr gegenüber geändert, weil Phil sie beschützte. Sie war sich nicht sicher, was sie davon halten sollte.

Sie warf das Formular auf ihren Schreibtisch und wählte die Nummer von Morton Productions. Nach dreimaligem Klingeln schaltete sich ein Band ein. Sie wartete, bis die Ansage zu Ende war, und begann zu sprechen.

»Tut mir leid«, unterbrach sie eine weibliche Stimme. »Ich war kurz draußen. Sie haben gesagt, Sie sind von der *Polizei*?« Sie klang eher neugierig als nervös.

»Von der Polizei Los Angeles. Mein Name ist Detective Drake. Ich habe gehört, daß Morton Productions Norman Pomerantz für einen Dokumentarfilm über Holocaust-Überlebende interviewt hat. Ich würde gern mit demjenigen sprechen, der das Interview geführt hat.«

»Das bin ich. Abigail Morton.« Jetzt ganz auf der Hut. »Ich hoffe, es gibt keine Probleme. Mr. Pomerantz hat schriftlich erklärt, daß er damit einverstanden ist, sich befragen zu lassen.«

Die Frau klang sehr jung, dachte Jessie, und schrieb ihren Namen auf einen Block. Wahrscheinlich Mitte Zwanzig. Ruhig sagte sie ihr, daß Pomerantz tot war.

»Herrje!« rief Abigail leise. »So ein netter alter Mann! Das ist aber traurig.«

Jessie wartete einen Augenblick und fragte dann: »Wann hat er Ihnen das Interview gegeben?«

»Vor drei Wochen? Ich müßte in meinem Kalender nachsehen, um Ihnen das genaue Datum zu nennen. Was ist denn passiert, wissen Sie das?«

»Wir sind noch nicht sicher. Er könnte einen Herzinfarkt gehabt haben.« Sie überlegte und sagte dann: »Aber wir können auch eine Straftat nicht ausschließen.«

»Im Ernst? Aber warum sollte ihn jemand umbringen? Er war doch so *nett*.«

»Ich hatte gehofft, Sie könnten etwas Licht in die Angelegenheit bringen. Hat Mr. Pomerantz irgend etwas Ungewöhnliches gesagt, als Sie mit ihm gesprochen haben? Hat er erwähnt, daß ihm irgend jemand oder irgend etwas Kopfzerbrechen bereitet?«

»Nein, gar nicht. Er war bester Laune und riß andauernd Witze. Es hat ihm viel Spaß gemacht, das Interview zu geben, und dadurch habe ich mich auch wohl gefühlt. Und er freute sich unheimlich darauf, nach L.A. zu fahren.«

»Hat er gesagt, warum er dorthin wollte?«

»Nein. Er hat mir von seinen Reiseplänen erzählt, bevor wir mit der Aufzeichnung begonnen haben. Ich habe ihn auf den Arm genommen und gefragt, ob er dort eine Freundin träfe. Er hat nur gelacht. Aber dabei hat er so ein geheimnisvolles Lächeln aufgesetzt, wissen Sie? Als würde er sich auf etwas Spezielles freuen.«

»Glauben Sie, daß er an diesem Tag mit irgend jemandem von Ihren Mitarbeitern gesprochen hat?«

Abigail lachte. »Es gibt kaum Mitarbeiter. Ich mache diesen Dokumentarfilm für die Filmhochschule. New York University«, fügte sie hinzu. »Ich habe mir für die Interviews ein Studio gemietet und arbeite mit einem Tontechniker. Die Beleuchtung mache ich selbst. Ich war von dem Moment, in dem er eintraf, bis er wieder ging, mit Mr. Pomerantz zusammen. Ich glaube nicht, daß er mit irgend jemand anders gesprochen hat, aber ich kann mal fragen.«

»Da wäre ich Ihnen dankbar«, sagte Jessie. »Könnte ich eine Kopie des aufgezeichneten Interviews bekommen?«

»Es ist noch nicht geschnitten. Ich habe noch andere Interviews gemacht und keine Zeit zum Schneiden gehabt.«

»Ungeschnitten ist mir auch recht«, erklärte Jessie. Vielleicht sogar besser, dachte sie. »Können Sie es mir mit FedEx schicken? Ich gebe Ihnen meine Kreditkartennummer.«

»Klar. Ich ziehe eine Kopie und schicke sie gleich los.«

Jessie nannte Abigail die Nummer ihrer Visa-Card und die Adresse des Reviers West L.A. in der Butler Street, bedankte sich und legte auf.

Vielleicht würde sie Espes fragen, ob er ihr die Auslagen ersetzte, je nachdem, was auf dem Band zu sehen war. Wahrscheinlich nichts, das die Ermittlungen weiterbringen würde – nicht, wenn Mason recht hatte und Pomerantz von geldgierigen Schleppern eines anderen Seniorenheims gekidnappt worden und dabei gestorben war.

Jedes Revier gab ein tägliches Berichtsblatt heraus, auf dem die am Vortag in seinem Zuständigkeitsbereich verübten Straftaten vermerkt waren. Jessie ging nach unten ins Archiv und studierte die Berichte der vergangenen drei Wochen. In West L.A. hatte es keine Entführungen älterer Leute gegeben. Eine gute Nachricht für die älteren Leute und für West L.A.

Wieder oben, ging sie die Liste der Straftaten gegen Personen durch, die an der Pinnwand hingen.

Zwei Aushänge interessierten sie, einer vom 77. Revier und der andere vom Devonshire. Beide drehten sich um Entführungen aus Seniorenheimen.

Im 77. sprach sie mit einem Detective, der ihr berichtete, daß zwei Männer festgenommen worden waren, die man beschuldigte, drei ältere Bewohner eines Zwölf-Betten-Heims gewaltsam entführt zu haben. Die beiden saßen nun in der Innenstadt im Gefängnis, wo sie auf ihren Prozeß warteten.

Der Detective im Devonshire, Andy O'Connor, hatte nicht soviel Glück gehabt.

»Die Dreckskerle laufen immer noch frei rum«, sagte er zu Jessie. »Wir haben den ganzen Tag gebraucht, um vier der alten Leute aufzuspüren, die sie entführt hatten. Wo die restlichen zwei stecken, wissen wir immer noch nicht.«

»Wie viele Verdächtige?«

»Vier Männer. Fragen Sie die alten Leute, wie sie ausgesehen haben, und Sie bekommen vier verschiedene Beschreibungen. Sie sind sich nicht einmal über die Nationalität einig.« Er schnaubte. »Und warum interessiert Sie das?«

Jessie erzählte ihm von Pomerantz und wiederholte, was Mason vermutet hatte.

»Es würde mich nicht wundern, wenn es genau so gelaufen wäre«, sagte O'Connor. »Manche dieser alten Leute sehen aus, als würden sie jeden Moment über den Jordan gehen. Wenn man sie entführt, setzt ihre Pumpe aus. Falls ich irgend etwas erfahre, sage ich Ihnen Bescheid. Und umgekehrt.«

»Ich melde mich«, versprach Jessie.

Phil hatte Listen von Geburtshelfern durchtelefoniert und nach jedem Anruf laut geschimpft. Jessie wollte ihm gerade ihre Hilfe anbieten, als das Telefon klingelte.

Es war William Cole, Pomerantz' Arzt.

Endlich. Ihr Atem beschleunigte sich vor Erwartung, als sie ihm von Pomerantz' Tod erzählte.

»Norman ist *tot*?« rief Cole aus. »Ich habe ihn vor nicht allzu langer Zeit untersucht, und er schien mir gesund. Was ist denn passiert?«

»Wir haben ein Fläschchen mit Lanoxin in seiner Hosentasche gefunden, aber es hatte kein Etikett. Wir versuchen herauszufinden ...«

»Ich habe Norman *niemals* Digitalis verschrieben«, fiel Cole ihr ins Wort, eindeutig bestürzt. »Wollen Sie damit sagen, er hat eine Überdosis Digitalis genommen?«

Also *hatte* jemand Pomerantz das Digitalis untergeschoben. »Wir wissen gar nichts, bevor die Ergebnisse der Autopsie vorliegen.«

»Aber Sie haben gesagt, er hätte ein Fläschchen dieser Tabletten bei sich gehabt. Woher hatte er sie? Und warum sollte er sie nehmen?«

Große Fragen. Jessie dankte Cole für seine Angaben und versprach ihm, ihn zu verständigen, sobald das Ergebnis der Autopsie vorlag. Angesichts der schlechten Presse, die geldgierige Ärzte ständig bekamen, war es beruhigend zu hören, daß Pomerantz' Arzt etwas an seinen Patienten lag, selbst wenn sie schon gestorben waren.

Phil hatte das Gespräch mitgehört. »Und?« fragte er, nachdem sie aufgelegt hatte.

»Uuuund«, sagte sie, indem sie das Wort in die Länge zog. »Cole hat Pomerantz nie Digitalis verschrieben.« Sie erlaubte sich ein selbstzufriedenes »Hab'-ich's-doch-gleich-gesagt«-Lächeln.

»Also hat Pomerantz es von jemand anderem bekommen.«

»Von wem? Du weißt, daß ich recht habe. Jemand hat ihm die Pillen untergeschoben. Daraus folgt, daß Pomerantz ermordet wurde.«

Phil wirbelte auf seinem Stuhl herum. »Mason sagt, Pomerantz könne das Zeug nicht von einem anderen Heimbewohner bekommen haben, aber vielleicht sagt er das, weil er Angst hat.«

»Nicht gut, Phil. Warum hätte Pomerantz Digitalis nehmen sollen, ohne daß es ihm ein Arzt verschrieben hat?«

»Wer weiß?« Phil zuckte die Achseln. »Vielleicht hat er sich nicht ganz wohl gefühlt. Er sitzt in der Halle, quatscht mit ein paar anderen Bewohnern und erzählt von seinen Sorgen. Und einer sagt, probieren Sie das mal, dann fühlen Sie sich besser.«

»Ich weiß nicht.« Jessie runzelte die Stirn.

»Mein alter Herr kriegt ständig Pillen von seinen Kumpeln. Für seine Verstopfung, seine Beklemmungen, seine geschwollenen Knöchel, seine Rückenschmerzen. Sein Arzneischrank ist eine komplette Apotheke. Wir sagen ihm immer wieder, daß es gefährlich ist, Medikamente einfach so zu schlucken. Dann sagt er: ›Gut, ich mach's nicht mehr.‹ Und wenn ich ihn das nächste Mal sehe, erzählt er mir von irgendeiner neuen Pille, die ihm sein Freund gegeben hat und von der er sich zehn Jahre jünger fühlen wird. Es ist, als hätten wir nie zuvor darüber geredet.« Phil schüttelte den Kopf und seufzte.

»Du glaubst also, Pomerantz ist eines natürlichen Todes gestorben? Aber was hat er spät abends im Rancho Park gemacht, Phil? Wer hat seine Leiche bewegt? Woher wollen wir wissen, daß er nicht entführt worden ist wie diese Heimbewohner, die Detective O'Connor aufgespürt hat?«

»Woher wollen wir wissen, *daß* er entführt worden ist? Vielleicht finden wir heraus, daß er ein Taxi zum Rancho Park genommen hat.«

»Warum?«

»Um sich mit einer Frau zu treffen? Ich sage ja nur, Jess, daß wir nicht vorschnell auf Mord schließen sollten.«

Jessie dachte über seine Einwände nach. »Gib's zu, du hast nur keine Lust, allein die ganzen Frauenärzte anzurufen.«

Er nickte und grinste. »Das auch.«

8

Gary kam zu früh, und Jessie war spät dran, weil sie auf der Suche nach etwas, das ihre Mutter passend finden würde, die Hälfte ihrer Kleider anprobiert hatte, bis sie sich für ein cremefarbenes Seidenkostüm entschied, das sie im Ausverkauf bei Loehmann's zum halben Preis erstanden hatte.

Als er klingelte, hatte sie lediglich den kurzen Rock an. Sie schlüpfte in die Jacke und knöpfte sie zu, während sie zur Tür eilte und sie öffnete.

Er lehnte am Türrahmen, eine langstielige gelbe Rose in der Hand. Beim Hereinkommen reichte er ihr die Blume und küßte sie auf den Mund. Sie lehnte sich lässig gegen ihn und dachte, wie verdammt gut er in seinem doppelreihigen dunkelblauen Anzug aussah. Außerdem roch er gut.

Er folgte ihr durch das leere Wohnzimmer in die Küche, wo sie die Rose in eine schmale Vase stellte. »Die ist aber schön«, sagte sie und strich über die samtweichen Blütenblätter.

»Freut mich, daß sie dir gefällt.«

Sein Tonfall klang beiläufig, aber er lächelte auf eine jungenhaft schüchterne Art, die sie ungemein liebenswert fand. Und sexy. Sie blieb einen Moment stehen, sagte dann: »Ich brauche noch fünf Minuten« und ging hinaus.

In ihrem Schlafzimmer war es brütendheiß. Sie zog die Jacke aus und durchwühlte ihre Schmuckschatulle nach den Ohrringen und der kurzen, einreihigen Perlenkette, die ihre Eltern ihr geschenkt hatten, kurz nachdem sie und Gary sich getrennt hatten. Ein Scheidungsgeschenk hatte sie gesagt und ihrer befreundeten Kollegin Brenda Royes süßsauer zugelacht. Nimm, was du kriegen kannst, Mädchen, hatte Brenda gesagt.

Sie musterte sich im Spiegel über der Kommode. In der Hoffnung, ihrer Mutter zu gefallen, hatte sie ihr Haar nach dem Duschen glatt geföhnt, kein großer Aufwand. Aber die Feuchtigkeit hatte ganze Arbeit geleistet, und die Wellen waren von selbst zurückgekommen. Sie wand ihre Haare hinten zu einem Knoten – ganz Chanel, Frances würde begeistert sein –, aber ihr erschien es zu streng, zu künstlich, als wolle sie gleich einen Laufsteg hinabstolzieren.

Was soll's, dachte sie, zog die Nadeln wieder heraus und schüttelte den Kopf, um ihre Haare zu befreien. Sie war fünfunddreißig. Sie mußte aufhören, sich darüber Gedanken zu machen, was ihre Mutter sagen oder denken würde. Sie hörte Gary rufen: »Fertig, Jess?«, und im nächsten Moment stand er schon im Raum.

Sie griff nach ihrer Jacke, drehte ihm den Rücken zu und zog sie an. »Du hättest klopfen sollen«, sagte sie und kam sich blöd vor, weil er sie unzählige Male ausgezogen gesehen hatte, als sie verheiratet waren. Aber jetzt, wo sie sich wieder trafen, war alles anders.

»Die Tür war offen, und ich dachte, du bist fertig«, sagte er mit schuljungenhafter Zerknirschung. »Soll ich rausgehen?«

»Nein, schon in Ordnung.« Sie knöpfte die Jacke zu und drehte sich um. »Noch einmal danke für die Rose.«

»Es freut mich, daß sie dir gefällt. Du bist wunderschön, Jess. Und sehr passend angezogen, jetzt, mit der Jacke.«

Unter seinem eindringlichen Blick wurde sie rot. »Meine Haare findet sie sicher schrecklich.«

»Es sind *deine* Haare.«

Jessie nickte und steckte sich die Perlenohrringe in die Ohrläppchen. Sie hob ihre Halskette an und fummelte am Verschluß herum, als er sich hinter sie stellte.

»Laß mich das machen.« Er machte die Perlenkette zu und streifte dann mit den Lippen über ihren Nacken.

Ihr Magen schlug Wellen, wie immer, wenn er sie berührte.

»Gehen wir mal lieber«, sagte sie und wandte sich um. Und dann küßte er sie, und ihr wurde schwummrig und warm, allerdings nicht, weil im Zimmer Saunatemperatur herrschte.

»Meine Mutter bringt uns um, wenn wir zu spät kommen«, sagte sie, obwohl sie sich nur ungern von ihm löste.

Er seufzte. »Erklär mir noch mal, warum wir nicht miteinander schlafen.«

Sie lachte und schob ihn sachte beiseite. »Weil es keine gute Idee ist.«

»Sagt wer?« Sein finsterer Blick war übertrieben.

»Dr. Renée.« Renée Altman war eine beliebte Psychologin und Moderatorin einer Talkshow im Radio und einst eine Sandkastenfreundin von Jessie gewesen. Jessie hatte sich ihre Sendung öfter angehört – zuerst aus Verbundenheit und Neugier und dann aus Interesse. Es faszinierte sie auf eigenartige Weise, daß Menschen ihre intimsten Geheimnisse im Rundfunk offenbarten.

»Dr. Renée ist vermutlich eine frustrierte Männerhasserin, die alle anderen genauso unglücklich machen will, wie sie selbst ist«, sagte Gary.

»Sie ist glücklich verheiratet, das weißt du ganz genau.« Renée und ihr Mann waren auf der Hochzeit von Jessie und Gary gewesen, und die beiden Paare waren ab und zu gemeinsam ausgegangen, bevor sie sich auseinandergelebt hatten. »Sie glaubt eben nicht an außerehelichen Sex.« Jessie griff nach ihrer schwarzen Chanel-Handtasche – auch ein Geschenk ihrer Mutter – und steckte einen Lippenstift hinein. »A propos Ehe:

Der Leiter des Seniorenheims, wo Pomerantz gewohnt hat, hat mir erzählt, daß zwei seiner Schützlinge heiraten werden. Ist das nicht süß?«

»Entzückend. Ich bin tierisch eifersüchtig. Was ist denn eigentlich mit Pomerantz? Fall abgeschlossen?«

»Noch nicht.« Sie berichtete ihm von ihren Gesprächen mit Stanley Goldblum und Abigail Morton. »Sie hatten beide das Gefühl, daß Pomerantz einen ganz bestimmten Grund für seine Reise nach L.A. hatte.«

»Wahrscheinlich hat er von den tollen Freizeitangeboten im Seniorenheim gehört.« Gary schmunzelte. »Auch wenn er einen ganz bestimmten Grund hatte, Jess, macht das seinen Tod noch nicht verdächtig. Er war ein alter Mann mit Herzproblemen.«

Sie rief sich in Erinnerung, daß ihr Exmann Kriminalreporter war und sagte nichts von Masons Entführungstheorie und daß sie Tabletten in Pomerantz' Hosentasche gefunden hatten, die ihm nicht verschrieben worden waren. »Du hast wahrscheinlich recht. Phil ist auch dieser Meinung.«

Gary wartete vor dem Haus, während sie die Tür abschloß. Sie hielt sich zwei Finger an die Lippen und berührte mit ihnen den länglichen Zylinder aus gehämmertem Silber, den ihr Gary an den Türrahmen zu nageln geholfen hatte. Ihre Mesusa. Vor drei Monaten hatte ihr Ezra, ihr Judaistiklehrer, die Hülse und das darin eingeschlossene zusammengerollte Pergament gegeben, auf dem die handgeschriebenen hebräischen Bibelverse standen. Um dich in deinem Heim zu beschützen, hatte Ezra zu ihr gesagt.

Sie dachte an ihre Mutter und küßte die Mesusahülse, hoffend, die Schutzwirkung würde bis ins Ivy reichen.

Eine Kellnerin führte sie zu einem Tisch in der Mitte, an dem Jessies Eltern bereits saßen. Sie erhoben sich, als sie Jessie und

Gary sahen. Mit ihren einssechzig wirkte Frances elfenhaft neben Arthur, der fünfzehn Zentimeter größer war. Jahrelang hatte sie behauptet, sechs Jahre jünger als ihr Mann zu sein, doch hatte sie ihr wahres Alter, sie würde im Oktober einundsechzig werden, einen Monat vor Arthur, eingestanden, als sie ihre traumatische Vergangenheit enthüllt hatte.

Arthur schüttelte seinem Ex-Schwiegersohn die Hand, wandte sich dann an Jessie und murmelte: »Schön, dich wiederzusehen, Schatz« in ihr Ohr.

Sie hatte ihn am Tag zuvor bei Helens Brunch kurz gesehen. Er sah sportlich, fit und jünger aus, als er war, aber sie sah auch die feinen Fältchen um seine haselnußbraunen Augen und das zunehmende Grau in seinem dunkelbraunen Haar. Wahrscheinlich weil sie an Pomerantz und das Golden Palms denken mußte und an die alten Leute, die dort lebten. Sie hatte sich nie ernsthaft überlegt, was aus ihren Eltern werden sollte, wenn sie nicht mehr allein zurechtkamen oder wenn einer von ihnen starb ...

»Gary«, sagte Frances schlicht und majestätisch, streckte ihm die Hand entgegen und lehnte sich vor, um seinen Kuß auf ihre Wange entgegenzunehmen, die schon vor Jahren von einem Schönheitschirurgen geglättet worden war. »Es freut mich ja so, daß du mitgekommen bist.« Sie wandte sich an Jessie. »Du siehst wunderbar aus, Liebes. Die Perlen sind genau richtig, aber vielleicht möchtest du zu diesem Kostüm nächstes Mal eine Hochfrisur ausprobieren. Dana Buchman?«

Jessie nickte, unterdrückte ein Lachen und gab ihrer Mutter einen Kuß. »Du siehst phantastisch aus, Mom. Kommen Helen und Neil nicht?« Sie war ein bißchen nervös wegen Gary – okay, auch wegen sich selbst, gestand sie sich ein – und hätte gern Verstärkung gehabt.

»Sie müßten eigentlich schon da sein«, sagte Frances in einem Tonfall, der eher mißbilligend als besorgt klang. »Trinken wir doch etwas, bis sie kommen.« Sie setzte sich wieder und winkte der Kellnerin, die herüberkam und ihre Bestellungen aufnahm.

»Wie ist die Ärztekonferenz?« fragte Gary Arthur.

»Langweilig.« Er lächelte, und die Kerbe in seinem Kinn wurde tiefer. »Wie meistens. Dein Beruf ist viel aufregender, glaube ich. Bist du bei der *Times* noch zufrieden?«

Konversation für die Familie der Geschiedenen, dachte Jessie und spielte mit ihrer Salatgabel. Es war besonders heikel für Gary, weil er nicht wußte, wie er ihre Eltern ansprechen sollte. Sie hatten auf dem Herweg darüber gesprochen. »Mr. Claypool« und »Mrs. Claypool« war zu förmlich; »Arthur« und »Frances« ein bißchen anmaßend.

»Die können von Glück reden, daß sie jemanden von seinem Kaliber haben.« Frances warf Gary ein strahlendes Lächeln zu. »Ich *weiß*, daß du noch eine *glänzende* Karriere machen wirst.«

Für Frances bedeutete »*glänzende* Karriere« eine Reportage, mit der Gary den Pulitzer-Preis gewann und literarischen Ruhm errang. So hatte sie auch seinerzeit ihren zukünftigen Schwiegersohn ihren Freundinnen vorgestellt, nachdem sie es aufgegeben hatte, Jessie von Gary abzubringen. Jessie sah zu Gary hinüber, der Kommentar ihrer Mutter schien ihm nichts auszumachen.

»Wenn du jetzt nur noch Jessica zur Vernunft bringen könntest, Gary.« Frances schüttelte den Kopf, wobei sich ihr sorgfältig frisiertes und mit Festiger besprühtes blondes Haar kaum bewegte.

»Ich bin stolz auf das, was Jessie tut. Sie ist eine Kämpferin.« Er legte seinen Arm um Jessies Schulter.

»Tatsächlich?« sagte Frances, und ihr Lächeln gefror zu Eis.

Jessie empfand verblüffenderweise einen Anflug von Mitleid mit ihrer Mutter – Gary war immer ihr Verbündeter gewesen, wenn es darum ging, Jessie zur Aufgabe ihres Berufes zu bewegen. Sie trank einen Schluck Wasser und überlegte, ob er Spielchen mit Frances spielte oder ob er hoffte, bei ihr selbst Punkte zu machen. Er hatte ihr erklärt, er hätte sich damit abgefunden, daß sie ihren Beruf liebte. Sie zweifelte nicht an seiner Aufrichtigkeit, aber manchmal fürchtete sie, daß er sich etwas vormachte.

Sie erwog gerade die Möglichkeiten, als die Kellnerin mit ihren Getränken erschien, gefolgt von Helen und Neil, die Arm in Arm und mit strahlenden Gesichtern auf sie zukamen. Wirkt die Therapie also weiterhin Wunder, dachte Jessie und freute sich für ihre Schwester und ihren Schwager, die ein paar schwere Jahre hinter sich hatten.

Sie waren ein eindrucksvolles Paar. Helens hochgekämmtes hellblondes Haar verlieh ihr das Aussehen einer Märchenprinzessin. Neil, groß und gutaussehend mit anthrazitfarbenen Augen und fast schwarzem Haar, hätte Aschenputtel alle Ehre gemacht. In seinen Haaren fand sich keine Spur von Grau, obwohl er vierundvierzig war, vierzehn Jahre älter als Helen.

»Tut uns leid, daß wir zu spät kommen«, sagte Helen und ging zu Frances hinüber. »Matthew wollte noch eine Gutenachtgeschichte vorgelesen bekommen, bevor wir gingen.« Sie beugte sich hinab und gab ihr einen Kuß.

Ihre Schwester und ihre Mutter sahen sich sehr ähnlich: glattes, goldblondes Haar, moosgrüne Augen und herzförmige Gesichter. Jessies Augen waren auch grün, aber ein anderer Ton und mit grauen Sprenkeln, und ihr Gesicht war oval, umrahmt von Haaren in einem warmen Kastanienbraun – wie die ihres Vaters, bevor sich das Grau breitgemacht hatte.

Manchmal fühlte sie sich übergroß neben ihrer Mutter und ihrer Schwester, die beide schmal und zierlich gebaut waren; und manchmal fühlte sie sich durch die körperliche Ähnlichkeit der beiden ausgeschlossen. Sie ähnelten sich auch charakterlich und in ihrer Migräneanfälligkeit. Auf beides konnte Jessie verzichten.

Frances war außergewöhnlich guter Stimmung – aber schließlich hatte sie es schon immer genossen, die Gastgeberin zu spielen. Sie beschrieb die Cézanne-Ausstellung, die sie am Nachmittag im Los Angeles County Museum of Art gesehen hatte, und Neil sprach von seinem neuesten Beratungsprojekt für ein Ingenieurbüro in Seattle. Gary unterhielt die ganze Runde mit Anekdoten über Prominente, die er kennengelernt hatte, und Arthur hörte wie üblich fast nur zu. Jessie versuchte zu ergründen, wann – falls überhaupt – sie ihre Mutter nach ihrer jüdischen Familie fragen konnte. Vielleicht sollte sie auf eine andere Gelegenheit warten, wenn sie unter vier Augen waren.

»Es ist einfach wunderbar«, erklärte Frances, als sie den Hauptgang verzehrt hatten. »Alle vereint, die ganze Familie. Es ist schon viel zu lange her, nicht wahr, Gary?«

»Viel zu lang. Das sage ich deiner Tochter ja auch immer.« Er lächelte und zwinkerte Jessie zu.

Sie versetzte ihm unter dem Tisch einen Tritt.

»Neil und ich haben etwas mitzuteilen«, sagte Helen. »Wir wollten eigentlich noch eine Weile warten, bis wir es euch sagen, aber …« Sie sah ihren Mann an. Neil nickte und nahm ihre Hand. »Wir bekommen ein Baby.« Sie lachte verlegen.

Neil zog sie an sich und küßte sie. Nun lachten sie beide, und in einem Tonfall, der Jessie ein klein wenig bemüht erschien, sagte Frances: »Helen, wie herrlich!« Arthur stand auf und umarmte zuerst Helen und dann Neil.

»Du schaust ja ganz entsetzt, Jess«, witzelte Helen. »Freust du dich denn nicht für uns?«

»Aber natürlich.« Sie stand auf. »Ich habe nur gewartet, bis ich an der Reihe bin.«

Sie gab Neil einen Kuß und umarmte Helen fest, während sich ihre Augen mit Tränen füllten. Sie freute sich ehrlich für ihre Schwester und ihren Schwager, die schon seit einiger Zeit versuchten, ein zweites Kind zu bekommen, und für Matthew, der ihr anvertraut hatte, daß er sich ein Geschwisterchen wünschte. Andererseits wußte sie nicht, ob Helen schon so weit war, mit der Belastung durch ein zweites Kind zurechtzukommen. Vielleicht hätte sie noch ein bißchen warten sollen.

Außerdem spürte sie einen Anflug von Melancholie für das eigene Kind, das hätte werden sollen. Ihres und Garys. Sie sah ihn nicht an, wußte aber, daß er das gleiche dachte.

»Wann kommt denn das Baby?« wollte Frances wissen.

»Mitte Januar. Ich lasse natürlich eine Fruchtwasseruntersuchung machen, aber es ist bestimmt alles in Ordnung. Wir haben beschlossen, daß wir nicht vorher wissen wollen, was es wird«, fügte sie hinzu.

»*Helen* hat das beschlossen«, sagte Neil, klang aber nicht unfroh.

»Und du warst einverstanden«, sagte sie liebevoll. »Mathew ist natürlich Feuer und Flamme. Wir haben es ihm heute abend gesagt, kurz bevor wir gegangen sind.« Sie wechselte einen weiteren seligen Blick mit Neil.

»Ich hätte eine Weile gewartet, bevor ich es ihm gesagt hätte – eine Schwangerschaft kann einem ewig vorkommen. Aber schließlich seid ihr seine Eltern.« Frances' Lächeln drückte einen milden Vorwurf aus. »Habt ihr schon über Namen nachgedacht?«

»Bei einem Jungen wissen wir es noch nicht genau. Aber wenn es ein Mädchen wird, haben wir Louise in die engere Wahl gezogen. Wenn es dir recht ist, Dad.« Helen lächelte ihren Vater an.

»Mehr als recht.« Seine Augen wurden feucht.

Es war merkwürdig, ihren Vater den Tränen nahe zu sehen,

normalerweise hielt er seine Gefühle im Zaum. Und es war lieb und angebracht, daß Helen daran gedacht hatte, ein Mädchen nach seiner Mutter zu taufen. Louise war vor fast zehn Jahren gestorben; ihr Mann William Matthew (Helens Matthew war nach ihm benannt) kurz darauf. Jessie und Helen hatten wunderbare Erinnerungen an Weihnachtstage in ihrem Haus in Pittsburgh.

Frances sagte: »Wenn es ein Junge wird, wie wäre es dann mit Jakob, dem Namen meines Vaters?«

Jessie starrte ihre Mutter an, zuerst unsicher, ob sie richtig gehört hatte. Frances hatte die hebräische Version des Namens ihres Vaters, Yaakov, nur ein einziges Mal vor drei Monaten erwähnt, und das unwillig. Vielleicht hatte sie beim Gedanken daran, ein zweites Enkelkind zu bekommen, die Sentimentalität überwältigt. Oder vielleicht waren es auch die drei Gläser Wein, die sie während des Essens getrunken hatte.

Helen und Neil wechselten rasche Blicke. »Ich weiß nicht, Mom«, erwiderte sie. »Das ist so ...«

Jüdisch, dachte Jessie. *»Ich bin Episkopalin, wie Mom und Dad«*, hatte Helen erklärt, als ihr Jessie von der erstaunlichen Vergangenheit ihrer Mutter erzählt hatte. *»Und Matthew auch.«* Dann war sie aus dem Zimmer gestürmt.

»Wir werden's uns überlegen, Mom.« Neil wirkte und klang betreten. »Wir haben ja noch viel Zeit, um uns zu entscheiden.«

»Tja, fühlt euch nur nicht *verpflichtet*.« Frances blähte die Nüstern. Sie nahm die Speisekarte zur Hand.

»Mom«, begann Helen.

»Bestellen wir mal den Nachtisch, oder?« Frances' Tonfall klang gelassen, aber ihre Stimme bebte vor Verletztheit.

»Wie war denn dein Vater, Mom?« fragte Jessie und ergriff die Gelegenheit, auf die sie gewartet hatte.

»Das ist nicht wichtig. Ich glaube, ich werde mir den Zitronenkuchen mit weißer Schokolade gönnen. Der ist sündhaft gut, und sie garnieren ihn traumhaft, mit frischen Blumen. Was nimmst du, Arthur?«

»Ich möchte es wirklich wissen, Mom.« Aus dem Augenwinkel bemerkte sie Helens Stirnrunzeln. Auch ihr Vater sah unbehaglich drein, aber sie spürte Garys Hand beruhigend auf ihrer liegen.

»Ich erinnere mich nicht an viel. Ich war ein kleines Mädchen, als der Krieg ausbrach. Das habe ich dir doch gesagt.« Sie sprach jetzt in schneidendem Ton und verbarg sich immer noch hinter der Speisekarte.

»Erzähl mir doch das, woran du dich erinnerst.«

Frances atmete scharf ein. Helen zwinkerte nervös. Auch Jessie war nervös – vielleicht hatte sie ihre Mutter zu sehr bedrängt –, aber sie sagte sich, daß Frances keine Szene in aller Öffentlichkeit machen würde. Trotzdem verkrampfte sie sich, als ihre Mutter die Speisekarte hinlegte.

»Ich erinnere mich an den Bart meines Vaters«, sagte Frances mit leiser Stimme. »Er war dicht und dunkelbraun. Ich spielte damit, wenn ich auf seinem Schoß saß, und mit seinen langen Schläfenlocken. Ich habe mir die Haare um die Finger gewickelt, und er hat so getan, als müsse er vor Schmerz aufschreien. Und dann hat er mich gekitzelt.« Sie lächelte verhalten, doch ihr Gesicht war gerötet. »Das ist meine Erinnerung.«

»Was noch, Mom?« drängte Jessie sanft, da sie die Stimmung nicht zerstören wollte.

Frances schwieg einen Augenblick, und ihre grünen Augen konzentrierten sich auf etwas über Jessies Kopf. Als sie wieder sprach, tat sie dies mit einer zärtlichen Stimme, die Jessie noch nie an ihr vernommen hatte. »Er hatte einen Hut mit Pelzbesatz und einen schwarzen Seidenmantel, den er an Samstagen und Feiertagen trug, wie eine Hausjacke, nur länger. Ich liebte es, diese Stücke zu berühren, sie waren so weich, so plüschig.« Unwillkürlich strich sie mit den Fingern über die weiße

Tischdecke. »Und sie rochen nach Pfeifentabak. Das hat mir auch gefallen.« Ein zweites Lächeln, diesmal wehmütiger.

»Ab und zu durfte ich die Sachen anziehen. Dann wurden meine Geschwister eifersüchtig, und meine Mutter hielt auch nichts davon. ›Du verwöhnst sie‹, sagte sie dann immer. Aber er hat es mir immer wieder erlaubt.« Sie sah zu Jessie hinüber und wischte sich die Tränen aus den Augen. »Jetzt schau nur, was du angerichtet hast«, sagte sie leise.

In der Vergangenheit hatte ihre Mutter diese Worte so oft gesagt, um sie zurechtzuweisen, um Bestrafung anzukündigen. Doch diesmal klangen sie anders. »Erzähl mir mehr, Mom. Ich möchte gern mehr wissen.«

Frances räusperte sich und schüttelte den Kopf. »Jessica, wir können ein andermal darüber reden. Das ist kein Gesprächsthema fürs Abendessen.«

»Du bringst Mom in Verlegenheit«, sagte Helen.

Jessie warf ihrer Schwester einen ärgerlichen Blick zu und wandte sich wieder an Frances. »*Bitte*, Mom. Der Zeitpunkt ist ideal. Wir sind alle da.«

»Jessica.« Frances schüttelte erneut den Kopf und sah dann Arthur an. Er drückte ihr sachte die Schulter und nickte.

»Er war sehr nett«, sagte sie und sah Jessie dabei an.

»Alle Dienstboten bewunderten ihn. Außerdem war er klug und großzügig.« Sie hielt inne. »Ich erinnere mich, daß ständig Leute zu uns kamen und meine Mutter sagte, daß ich Tatti nicht stören …« sie korrigierte sich, »daß ich meinen Vater nicht stören solle, weil sie gekommen waren, um ihn um Rat oder einen Kredit zu bitten. Und meine Mutter erklärte mir, daß er nie jemanden wegschickte. Nie.«

»Deine Familie muß sehr gutsituiert gewesen sein«, sagte Neil.

Frances nickte. »Wir hatten ein riesiges zweistöckiges Haus mit einem herrlichen Garten. Wir besaßen zwei Kutschen und mehrere Pferde. Meine Mutter, meine Schwester und ich hatten schöne Kleider. Und es gab *immer* Geschenke.« Sie lächelte. »Mein Vater mußte ab und zu geschäftlich verreisen, und jedesmal, wenn er zurückkam, brachte er Schmuck, Spielsachen oder besondere Stoffe mit. Einmal hat er mir eine Kuckucksuhr geschenkt. Ein anderes Mal hat er mir zum Geburtstag eine wunderschöne Puppe mitgebracht. Stundenlang habe ich ihr die Haare gekämmt und sie immer wieder anders frisiert. Sie waren lang und blond, genau wie meine.«

Wie die Haare ihrer Mutter früher einmal waren, dachte Jessie mit einem Anflug von Mitleid. Die Polin, in deren Obhut Yaakov Kochinsky seine sechsjährige Tochter gegeben hatte, hatte ein grausames Vergnügen dabei empfunden, Frances eines Morgens ihre langen blonden Locken abzuschneiden, als sie noch schlief. Frances war aufgewacht und hatte die Frau an ihrem Bett sitzen sehen, wie sie die goldblonden Strähnen herumschwenkte. Ein eiserner Griff hatte ihren Aufschrei erstickt.

Jessica hatte unzählige Fragen. Sie wollte gerade nach Frances' Mutter Yiska fragen, nach der Jessie getauft worden war, aber Helen fragte: »Was ist denn aus dem Haus geworden, Mom? Glaubst du, daß es noch steht?«, Daran, wie sich das schöne Gesicht ihrer Mutter kaum merklich verhärtete, erkannte Jessie, daß eine Tür zugefallen war.

Frances zuckte die Achseln. »Das weiß ich nicht.«

»Ihr könntet versuchen, es zurückzubekommen«, meinte Gary.

»Meine Eltern haben erzählt, daß es Anwälte gibt, die sich darauf spezialisiert haben, das Eigentum von Holocaust-Überlebenden zurückzufordern.«

Frances schüttelte den Kopf. »Ich glaube nicht, daß ich das will.« Höflich lächelnd griff sie nach ihrem Wasserglas und trank einen Schluck.

»Ist dein Vater jemals in die Schweiz gereist, Mom?« wollte Neil wissen.

»Ich glaube schon. Die Uhr war aus der Schweiz.« Auf einmal klang sie desinteressiert, als beschriebe sie einen Gegenstand, den sie in einem Katalog gesehen hatte.

»Wenn er reich war, hat er vielleicht vor dem Krieg auf einer Schweizer Bank Geld angelegt, wie viele andere europäische Juden.«

»Glaubst du, daß er das getan hat?« fragte Helen Frances.

Jessie hatte von den Millionen gelesen, die Holocaustopfer auf Schweizer Nummernkonten hatten, und von den anderen Millionen, die die Nazis während des Kriegs eingezahlt hatten, Geld, das sie aus dem Verkauf jüdischer Immobilien, Kunstwerke und anderer Wertsachen erhalten hatten.

Sie wußte von den Goldbarren im Wert von mehr als vierhundert Millionen Dollar, die die Schweizer den Deutschen abgekauft hatten; Gold aus den Schatzkammern besetzter Länder, Gold aus geschmolzenen Eheringen und anderen Schmuckstücken von KZ-Häftlingen. Und aus Goldzähnen. Beim Gedanken daran erschauerte sie erneut.

»Möglich, daß er Geld angelegt hat«, sagte Frances. »Aber ich weiß nichts davon.« Jegliche Spur der vorherigen Zärtlichkeit in ihrer Stimme war verschwunden.

»Es könnte eine ganze Menge sein, mit den Zinsen, die im Laufe eines halben Jahrhunderts dazugekommen sind.« Neil sah seine Schwiegermutter eindringlich an. »Ich habe gehört, daß Milliarden von Dollars auf diesen nachrichtenlosen Konten liegen.«

Frances nahm wieder die Speisekarte zur Hand.

»Ich habe einen Artikel über die Schweizer Banken gesehen«, sagte Helen. »Aber warum haben denn die Nachkommen der Opfer das Geld nicht zurückgefordert?«

»Die Banken haben das sehr gut zu verhindern gewußt«, erklärte Jessie. »Bis vor kurzem haben sie noch geleugnet, daß es die Millionen überhaupt *gibt*. Sie haben alle möglichen Nachweise verlangt – zum Beispiel den Totenschein des Kontoinhabers, den natürlich die meisten Erben nicht haben, da in den Konzentrationslagern keine Totenscheine ausgestellt wurden. Aber inzwischen sind die Banken etwas kooperativer, und fordern keine so strengen Nachweise mehr. Sie wollen sogar einen Entschädigungsfonds gründen.«

»Warum jetzt?« Es wunderte Jessie nicht, daß Helen nicht auf dem laufenden war, was die Schweizer Banken betraf, solche Themen interessierten sie einfach nicht. Hatte Frances die Artikel gelesen? Jessie wünschte, sie könnte das Gesicht ihrer Mutter sehen, aber es war schon wieder hinter der Speisekarte verborgen. Sie fragte sich, was Frances wohl dachte.

Arthur seufzte. »Helen, es gibt offenbar Hinweise darauf, daß die Schweiz nicht nur die Vermögenswerte der Holocaust-Überlebenden behalten und den Nazis gestattet hat, Geld und Gold auf Schweizer Banken zu deponieren, sondern es gibt auch Beweise dafür, daß die Schweizer für die Nazis Geld gewaschen haben.«

»Das ist nicht dein Ernst!« rief Helen leise aus.

»Wahrscheinlich haben sie dazu beigetragen, den Krieg zu verlängern«, sagte Gary. »Das war die jahrhundertelange Neutralität.« Er lächelte grimmig. »Die Schweizer sind tierisch nervös, seit das alles ans Licht gekommen ist. Schlechte Presse für die Banken und schlecht für das ganze Land, da das Bankenwesen den wichtigsten Industriezweig darstellt. Also versuchen sie jetzt, ihr Image aufzupolieren.«

»Im Internet gibt es eine Liste mit Namen, die zu den nachrichtenlosen Konten gehören.« Neil wandte sich an Frances. »Wir könnten mal reinschauen und nach deiner Familie suchen, Mom.«

Frances ließ die Speisekarte sinken. »Vielen Dank, Neil. Das ist sehr nett von dir.« Ihr gemessener, kühler Ton sagte etwas anderes. »Aber mich betrifft das nicht.«

Warum nicht? wollte Jessie fragen. *Aus demselben Grund, aus dem du nie über deine Familie sprechen willst? Damit du so tun kannst, als wärst du nie Freide Kochinsky gewesen?*

»Der Schweizer Bankverein hat eine Liste der Besitzer von nachrichtenlosen Konten herausgegeben«, sagte Gary. »Die *Times* hat sie letzte Woche veröffentlicht. Fast achthundert Konten, aber ich habe gehört, daß es nur eine vorläufige Liste sei. Du hast sie nicht gesehen?« fragte er Jessie.

»Ich habe die Überschrift gelesen. Aber ich bin die Liste nicht durchgegangen.« Sie hatte nicht gedacht, daß es sie betreffen könnte. Sie überlegte, wie sie sich wohl gefühlt hätte, wenn sie den Namen ihres Großvaters entdeckt hätte. Kochinsky, Yaakov. Oder Jakob. Hatte Frances nachgesehen?

»Ich habe gehört, daß ein paar der Konten Nazis gehört haben. Große Überraschung.« Gary schnaubte.

»Tatsächlich?« Neil zog die Augenbrauen hoch. »Und wem?«

»Hitlers Schneider zum Beispiel. Und Eva Zimmer, alias Eva Braun, Hitlers Geliebte. Willy Bauer, das war ein Deckname für einen Gehilfen von Adolf Eichmann. Kurt Herrmann, er war offenbar am Verkauf des Schmucks beteiligt, der den Rothschilds gestohlen wurde. Und Hitler selbst hatte ein Konto für die Tantiemen aus seinem Buch *Mein Kampf*. Ich habe gelesen, daß alle Regierungsmitglieder der Achsenmächte Konten in der Schweiz hatten.«

»Unvorstellbar.« Arthur schüttelte den Kopf.

»Eigentlich sehr leicht vorstellbar. Die Schweiz war der sicherste Ort auf der Welt, um sein Geld zu deponieren, oder?« Gary lächelte sarkastisch. »Wollt ihr mal etwas Makaberes hören? Die Banken haben doch mit Hinweis auf das Bankgeheimnis die Erben daran gehindert, an die Konten ihrer Eltern heranzukommen, stimmt's? Und dieses Bankgeheimnis haben sie 1934 erst gesetzlich verankert, um die Juden dazu zu ermuntern, ihr Geld und ihre Wertsachen bei ihnen zu deponieren.« Er hielt inne. »Auf jeden Fall solltest du die Liste durchsehen. Womöglich hat deine Familie ein Konto.«

»Ich glaube, wir haben jetzt genug über Listen geredet, oder?« sagte Frances mit bemühter Höflichkeit. »Können wir jetzt bitte den Nachtisch bestellen? Es wird langsam spät.«

Neil sagte: »Mom, wenn dein Vater Geld angelegt hat ...«

»Ich hab's dir doch schon gesagt. Ich bin an diesem Blutgeld nicht interessiert, falls überhaupt welches vorhanden ist.« Ihr Gesicht war jetzt gerötet. »Gott sei Dank brauche ich es nicht. Und selbst wenn, würde ich es nicht anrühren.«

»Warum denn nicht, wenn es von Gesetzes wegen dir gehört?« wollte Helen wissen. »Dein Vater hätte doch gewollt, daß du es bekommst, oder nicht?«

Auf Frances' Wangen bildeten sich rote Flecken.

»Hör auf, Helen«, sagte Jessie ruhig. »Das ist Moms Entscheidung.« Sie wußte nicht, ob sie sich dafür entscheiden würde, dieses Geld einzufordern, falls überhaupt welches vorhanden war.

»*Natürlich* ist es ihre Entscheidung.« Helen beugte sich zu ihrer Mutter hinüber. »Aber warum willst du den Schweizern das Geld schenken, das dein Vater sich so schwer verdienen mußte?«

»Alles Geld der Welt kann nicht ändern, was geschehen ist«, flüsterte Frances erregt. »Das einzige, was es bewirken würde, wäre, mich wieder an alles zu erinnern, was ich zu vergessen versucht habe. Ich will es nicht, keinen Cent davon!«

»Vor zehn Minuten hast du mich gefragt, ob ich einen Jungen nach deinem Vater taufen würde. Wäre das nicht auch eine Erinnerung?«

Wie grausam, dachte Jessie, sie fühlte sich unbehaglich.

Frances starrte Helen an. »Vor zehn Minuten warst du noch nicht daran interessiert, Jüdin zu sein, oder?« Sie machte eine Pause. »Aber du hast recht«, sagte sie sanft. »Es war ein dummer Vorschlag. Ich weiß gar nicht, was über mich gekommen ist.«

9

Mason klopfte an die Tür des Zimmers im ersten Stock. »Hilda, hier ist jemand, der Sie besuchen möchte. Dürfen wir reinkommen?«

Nicht gerade ein Besuch, dachte Jessie, verärgert über die herablassend falsche Leutseligkeit des Heimleiters.

Es dauerte fast eine Minute, bis die Tür von einer schlanken älteren Frau geöffnet wurde. Sie lächelte schüchtern an Mason vorbei zu Jessie, die hinter ihm stand.

»Kommen Sie rein, kommen Sie rein!« Sie trat beiseite, um sie einzulassen, ging dann quer durchs Zimmer und setzte sich in einen Schaukelstuhl aus Kirschholz. Sie lächelte Jessie erneut an, während Mason die Tür schloß.

Der Raum war genauso möbliert wie das Schlafzimmer in Pomerantz' Suite, aber es war kleiner und wirkte bewohnter. Eine Wolldecke mit einem blau-beigen Zickzack-Muster zierte das Bett. Auf der Frisierkommode stand ein verspiegeltes Tablett mit Goldrand, auf dem sich Bürste und Kamm mit Perlmuttgriff, mehrere Lippenstifte und ein Sortiment Parfümfläschchen befanden, darunter einige Miniaturen.

Auf dem Nachttisch, neben dem gerahmten Foto eines Mannes mittleren Alters, neigte sich ein Stapel zerfledderter Taschenbücher gefährlich nach rechts. Auf dem Einband des obersten konnte Jessie die Heldin erkennen, das pechschwarze

Haar zurückgeworfen, sprühend vor Leben und verführerisch in Fuchsienrot und Hellgelb. Ein Liebesroman. Niedlich, dachte Jessie.

Der muffige Geruch, den Jessie gestern und heute in der Halle wahrgenommen hatte, war hier stärker, vielleicht weil es im Zimmer trotz Klimaanlage wärmer war als in der Halle. Allerdings nicht warm genug für seine Bewohnerin: Sie hatte sich eine naturweiße Häkelstola um die Schultern gelegt, die das Oberteil ihres rosafarbenen Baumwollkleids verdeckte.

»Hilda, das ist die nette Polizistin, von der ich Ihnen erzählt habe«, sagte der Heimleiter im selben überfreundlichen Ton. »Sie heißt Jessica Drake und möchte Ihnen ein paar Fragen stellen.«

Das Lächeln der Frau war verschwunden, und an seine Stelle war zuerst Enttäuschung und dann Angst getreten. Mason hatte Jessie darauf vorbereitet, daß Hilda Rheinhart nervös sein würde – das war einer der Gründe dafür, weshalb sie diese Befragung allein vornahm. Zwei Polizisten wären einschüchternd gewesen.

Sie lächelte die alte Frau an. »Bitte, nennen Sie mich Jessie.« Sie trat näher heran und streckte die Hand aus. Als sie sich vorbeugte, nahm sie den Hauch eines pudrigen Blütendufts wahr. Rosen, stellte sie fest. Ihre Großmutter Louise hatte nach Flieder geduftet.

Zaghaft nahm Hilda mit ihren langen, schwieligen Fingern Jessies Hand. »Das ist doch ein Männername«, sagte sie in fragendem Tonfall. »Wie Jesse James, der Revolverheld. Ich habe von ihm gelesen.« Ihre aquamarinblauen Augen zwinkerten hektisch.

»Das kann sein.« Jessie lächelte erneut und löste sachte ihre Hand. Die Haut der alten Frau fühlte sich an wie Pergament und wirkte leicht verletzlich, da sie mit rötlichen, braunen und violetten Flecken übersät war.

Als junge Frau mußte sie schön gewesen sein. Ihre Nase war kurz, gerade und prägnant geformt, ihre Ohren klein und zierlich, die hohe, faltige Stirn aristokratisch. Ihre Haut war schlaff geworden, was die Konturen des Kinns verwischte, und ihre gemeißelten Wangenknochen traten durch die eingefallenen Wangen stärker hervor. Zwischen den Büscheln ihres frisch gekämmten, wolkenweißen Haares konnte Jessie die rosafarbene Kopfhaut erkennen.

Hilda hatte pinkfarbenes Rouge aufgetragen, das vom darunterliegenden Gitterwerk der Äderchen bereits violett gefärbt war; dazu glänzte pinkfarbener Lippenstift auf ihren runzligen Lippen. Jessie fragte sich, ob sie immer Make-up trug, oder ob sie sich nur ihretwegen geschminkt hatte. Gesellschaft. »Sie bekommt selten Besuch«, hatte Mason erklärt, und Jessie war ganz traurig zumute geworden.

»Tja, dann lasse ich Sie beide mal allein«, sagte Mason. Man hörte ihm an, daß er es eilig hatte zu verschwinden. Er ging ein paar Schritte auf die Tür zu und blieb dann stehen. »Es sei denn, Sie möchten, daß ich bleibe, Hilda?«

Sie schüttelte langsam den Kopf, und ließ den Blick auf Mason ruhen, bis er die Tür hinter sich schloß.

Jessie zog sich einen Stuhl heran und setzte sich neben Hilda. »Ihre Stola gefällt mir. Haben Sie die selbst gehäkelt?«

Hilda nickte. »Der Arzt sagt, Handarbeit sei gut für meine Arthritis. Außerdem vergeht dann die Zeit schneller.« Sie hatte fast den gleichen Akzent wie Stanley Goldblum.

»Und was stricken Sie jetzt?« fragte Jessie und zeigte auf ein grünes Strickzeug.

»Eine Decke für Tracys kleine Nichte. Tracy verteilt die Medikamente. Ich habe einen ganzen Schrank voller Sachen – gehäkelt und gestrickt. Können Sie stricken?«

Jessie schüttelte den Kopf.

»Ich mache die Sachen schneller, als ich sie herschenken

kann.« Sie seufzte. »Früher habe ich auch gestickt, aber meine Augen sind nicht mehr so gut.«

Jessie setzte sich auf den Stuhl. »Ich möchte Ihnen nur ein paar Fragen stellen, Mrs. Rheinhart.«

»Sie sind wirklich von der Kriminalpolizei? Sie haben ein Abzeichen?« In ihrer Stimme schwang eine gewisse Nervosität mit. »Sie sind ein so hübsches Mädchen.«

Jessie bedankte sich und lächelte, da sie hoffte, so die Nervosität der Frau dämpfen zu können, und weil es schon lange her war, daß jemand sie ein Mädchen genannt hatte. Sie zeigte Hilda ihr Abzeichen und wartete geduldig, bis sie es studiert hatte und ihr zurückgab.

»Ich habe gehört, daß Sie Mr. Pomerantz kannten.«

Mrs. Rheinhart preßte ihre ohnehin schon dünnen Lippen zu einem Strich zusammen und seufzte. »Mr. Mason hat gesagt, er sei tot. Stimmt das?«

»Ja. Es tut mir leid«, sagte Jessie leise. »Wir haben versucht, ein bißchen mehr über ihn herauszufinden, darüber, wie er seine letzten Tage verbracht und mit wem er sich getroffen hat.« Keine Antwort von Hilda. »Stanley Goldblum hat mir erzählt, er hätte Mr. Pomerantz das Golden Palms empfohlen, weil Sie hier wohnen.«

Hilda legte den Kopf schief wie ein Vogel. »Sie haben mit Stanley gesprochen? Wie geht es ihm?«

»Gut.« Jessie wartete.

»Das ist schön.« Sie nickte. »Stanley war ein Freund meines verstorbenen Mannes Leon, möge er in Frieden ruhen.« Sie rutschte an die Kante des Schaukelstuhls vor, stemmte sich hoch und ging langsam zum Nachttisch. Sie holte das Foto und zeigte es Jessie. »Das ist Leon.«

»Sehr attraktiv.« Das war er wirklich – schwarz-silberne Haare, ein kantiges Kinn, strahlende blaue Augen und ein großartiges Lächeln.

Hilda sah sie erfreut an. »Er war ein guter Fang, mein Leon«, sagte sie zärtlich. Einen Moment lang stand sie in Gedanken versunken da, dann stellte sie das Foto wieder auf den Nachttisch und setzte sich. »Stanley ist ein netter Mann. Er ruft ab und zu an.«

Sie setzte den Schaukelstuhl in Bewegung. Die Stola war ihr von den Schultern gerutscht und gab die bis zum Ellbogen reichenden Ärmel ihres Kleides frei. Mit schauriger Faszination starrte Jessie auf das fünf Zentimeter breite Band aus sechs verblaßten blauen Ziffern auf Hildas linkem Unterarm. Hilda zog die Stola zurecht, und die Zahlen waren verschwunden, aber Jessie konnte immer noch blaue Sprenkel in den Lücken zwischen dem muschelförmigen Muster erkennen. Sie hätte Hilda gern gefragt, warum sie die Nummer behalten hatte, und überlegte, warum Norman Pomerantz seine hatte entfernen lassen. »Kannten Sie Mr. Pomerantz, bevor er hierher kam?«

Hilda schüttelte den Kopf. »Aber ich habe von Stanley so viel von ihm gehört, daß es fast so war, als hätte ich ihn gekannt. ›Nachum dies‹ und ›Nachum jenes‹.« Sie lächelte verhalten, wodurch sich die Falten auf beiden Seiten ihres Mundes vertieften.

»Haben Sie mit Mr. Pomerantz gesprochen?«

»Freilich habe ich mit ihm gesprochen.« Sie klang indigniert. »Er war doch Stanleys Freund. Ich habe ihn allen vorgestellt und ihm gesagt, was er essen soll und was nicht. In unserem Alter muß man vorsichtig sein, und manches von dem Essen, das sie einem hier servieren – o weh.« Sie rollte mit den Augen und schüttelte den Kopf.

Jessie mußte schmunzeln. »Worüber haben Sie gesprochen?«

Hilda schaute sie wachsam an. »Nichts Besonderes. Über gemeinsame Bekannte aus der Zeit, als ich noch an der Ostküste lebte. Die alten Zeiten, die Lager.« Ihre Hände hielten die Lehnen des Schaukelstuhls fest umklammert, so daß sich die Venen wie flache Hügelketten abzeichneten.

Zweifellos meinte sie die Konzentrationslager. »Hat Mr. Pomerantz Ihnen erzählt, warum er nach Los Angeles gekommen ist?« Jessie starrte erneut auf den Unterarm der Frau, auf die unter der Stola verborgenen Zahlen.

»Nicht genau. Jeder kommt gern nach Los Angeles. Leon und ich auch, vor siebenundvierzig Jahren, und wir haben uns in den Pazifik verliebt. Also sind wir hierher gezogen, einfach so.« Sie nahm das Strickzeug zur Hand und wickelte den Faden um den linken Zeigefinger.

Hilda hatte sich sichtlich verkrampft und sah Jessie nicht mehr an. »Leben Ihre Kinder auch hier?« erkundigte sich Jessie, da sie sie beruhigen wollte, und bedauerte die Frage auf der Stelle, da ihr wieder einfiel, daß die alte Frau nur selten Besuch bekam.

»Wir haben keine Kinder«, antwortete Hilda ruhig. »Nicht, daß wir keine gewollt hätten.« Ihr Seufzen klang wie Luft, die aus einem Ballon entweicht.

Jessie war rot angelaufen. »Es tut mir leid. Ich wollte nicht neugierig sein.«

»Schon gut. Woher sollten Sie das wissen?« Hilda sah sie freundlich an, langte dann herüber und tätschelte ihr die Hand. »Manchmal denke ich, wenn ich Kinder hätte, wäre ich nicht hier, sondern würde bei einem von ihnen wohnen. Aber viele der anderen Heimbewohner haben Kinder, also spielt es im Grunde keine Rolle.« Sie zuckte die Achseln. »Wissen Sie, was meine Mutter, gesegnet sei ihr Angedenken, immer gesagt hat?«

Jessie lächelte. »Was denn?«

»›Eine Mutter kann für acht Kinder sorgen, aber acht Kinder nicht für eine Mutter.‹ Damals wollte ich ihr nicht glauben, aber jetzt sehe ich, daß es stimmt.« Ein bitterer Unterton hatte sich in ihre Stimme geschlichen.

Jessie mußte erneut an ihre Eltern denken und daran, was geschehen würde, wenn einer von ihnen oder alle beide pflegebedürftig wurden. Würden sie bei Helen und Neil wohnen wollen? Bei Jessie? Sie glaubte, daß es ihr nichts ausmachen würde, wenn ihr Vater bei ihr lebte, aber sie konnte sich nicht vorstellen, mit ihrer Mutter in einer Wohnung zu wohnen. Sie hatte ihr Elternhaus verlassen, um Frances zu entkommen, und bei Helen war es genauso gewesen, aber das befreite sie nicht von der Verpflichtung, für sie zu sorgen. Sie konnten sie natürlich in ein Seniorenheim wie das Golden Palms schicken …

»Das Heim macht einen netten Eindruck«, sagte Jessie. »Mr. Mason scheint etwas an seinen Schützlingen zu liegen, und ich habe gehört, daß es viele interessante Freizeitangebote gibt.« Redeten sich Angehörige auf diese Art ein, daß sie das Richtige taten, wenn sie ihre Eltern in die Pflege anderer gaben? *Haben ihr das Blaue vom Himmel versprochen und sie mit Dreck abgespeist.*

Hilda schnaubte. »Mr. Mason fürchtet nur, er könnte Betten leerstehen haben.« Sie hielt inne. »Letztlich ist man doch allein. Aber was kann man machen?« Sie begann zu stricken. Klick, klick.

Jessie überrollte eine Welle der Traurigkeit für Hilda, die sie kaum kannte, und für die anderen Bewohner, die sie nie kennengelernt hatte. »Wann haben Sie Mr. Pomerantz zum letzten Mal gesehen?«

Die alte Frau schaukelte eine Weile schweigend mit ihrem Stuhl. »Am Samstag oder am Sonntag. Ich bin mir nicht ganz sicher.«

Am Sonntag war Pomerantz bereits tot gewesen. Vielleicht brachte Hilda manchmal die Wochentage durcheinander. »Wissen Sie, was heute für ein Tag ist?« fragte Jessie sanft.

»Natürlich weiß ich das. Dienstag. Ich bin alt, aber nicht senil.« Sie lächelte, legte eine Nadel ab und tippte sich an die Stirn. »Es ist alles noch hier drin.«

Jessies Gesicht brannte. »Entschuldigen Sie. Ich wollte Sie nicht beleidigen.« Sie wechselte die Sitzposition. »Wissen Sie, ob Mr. Pomerantz jemanden in L.A. besuchen wollte?«

»Er hat nichts davon gesagt, und ich habe nicht gefragt.« Hilda klang auf einmal gereizt.

Eine weitere Enttäuschung. Beide Taxiunternehmen hatten früh am Morgen zurückgerufen, keiner ihrer Fahrer hatte Pomerantz am Samstag oder irgendeinem anderen Tag vom Golden Palms abgeholt. Sie hatte sämtliche anderen Taxiunternehmen in L.A. angerufen und hoffte, später noch von ihnen zu hören. Außerdem hatte sie Pomerantz' andere Freunde verständigt, deren Nummern ihr Stanley Goldblum genannt hatte. Alle waren vom Tod ihres Freundes schockiert und erschüttert gewesen, aber niemand schien zu wissen, wohin er wollte oder mit wem er sich verabredet hatte. Die Polizei von Brooklyn wußte auch nicht mehr. Detective Addison hatte Jessie am Morgen angerufen und ihr mitgeteilt, daß sie in Pomerantz' Wohnung keinerlei Hinweise gefunden hatten.

»Hat er irgendwelche Freunde erwähnt?« wollte Jessie wissen.

»Nein.« Hilda schaukelte jetzt etwas schneller, und das stetige Klicken der Stricknadeln hielt den Takt mit ihrem Finger, der rhythmisch auf und ab fuhr, wodurch die Wolle an ihm entlangsauste und in dem grünen Meer verschwand.

»Schien er gesund zu sein, Mrs. Rheinhart?«

»Bin ich etwa Arzt?« Sie zuckte die Achseln und wich Jessies Blick immer noch aus.

Jessie unterdrückte ein Schmunzeln. »Wir haben Digitalis in seiner Tasche gefunden, aber sein Arzt sagt, er hätte ihm keine verschrieben. Wissen Sie, woher er sie gehabt haben könnte?«

Sie schüttelte den Kopf.

»Hat er erwähnt, daß er herzkrank war?«

Hilda schaukelte und schaukelte. Auf einmal hielt sie den Schaukelstuhl an und ließ das Strickzeug in den Schoß fallen. Sie musterte Jessies Gesicht. »Sie glauben, er ist an einem Herzinfarkt gestorben?«

Das Ergebnis der Autopsie war immer noch nicht eingetroffen. »Wir wissen es nicht. Deshalb könnte alles, was er zu Ihnen gesagt hat, wichtig sein. Wissen Sie, wohin er wollte, als er am Samstagabend weggegangen ist?«

Die alte Frau sah zur Tür. Sie zögerte, dann lehnte sie sich vor. »Sie haben ihn umgebracht«, flüsterte sie. Ihr Blick heftete sich wieder auf die Tür.

Jessies Herz fing an zu pochen. »Wer hat ihn umgebracht?«

Hilda leckte sich die Lippen. Ihr Atem wurde lauter.

»Wer hat Mr. Pomerantz umgebracht, Mrs. Rheinhart?«

»Er hatte Angst, sie würden ihn umbringen, deshalb hat er versucht wegzulaufen. Sie haben ihn trotzdem gekriegt. Das Böse hört nie auf.« Sie schüttelte den Kopf.

»Wer ist ›sie‹?« Jessie rückte näher heran.

In die blauen Augen der alten Frau trat auf einmal ein gehetzter Ausdruck. »Glauben Sie etwa, ich hätte nicht auch Angst?« Während sie weiterflüsterte, warf sie erneut einen ängstlichen Blick zur Tür. »Ich bin ganz allein hier, hilflos. Keine Verwandten, keine Kinder, die mich beschützen könnten.«

»Wovor haben Sie Angst, Hilda?«

»Sie werden mich auch umbringen, ich weiß es! Sie sind hinter meinem Geld her! Genau wie sie hinter Anna Seligmans Geld her waren.«

Mason hatte eine Frau erwähnt, die zur Bank gebracht worden und um fünfzehnhundert Dollar erleichtert worden war, aber das war nicht der Name, an den sich Jessie erinnerte. Vielleicht war einer zweiten Heimbewohnerin das gleiche passiert. Womöglich hatte Hilda Angst, sie könnte in eine andere Einrichtung verschleppt werden, die auf ihre staatlichen Zuschüsse aus war. War es das, was Pomerantz zugestoßen war? War er dabei umgekommen?

»Warum sind sie hinter Ihrem Geld her?« fragte Jessie.

»Irgend jemand muß dem Bösen Einhalt gebieten, aber wer kann das schon? Sie sind ja so gerissen.« In den Augen der alten Frau stand ein fiebriger Glanz.

»Wer ist Anna Seligman, Hilda?«

Keine Antwort. Frustriert biß sich Jessie auf die Lippen. »Mrs. Rheinhart, das könnte sehr wichtig sein. Hat Mr. Pomerantz Ihnen erzählt, daß jemand an ihn herangetreten ist?«

Hilda musterte Jessie lange mit unentschlossener Miene. Jessie war sich sicher, daß die alte Frau ihr etwas sagen wollte, doch dann wandte sie den Kopf ab.

»Er hat mir überhaupt nichts gesagt«, erklärte sie schließlich. »Ich bin jetzt ein bißchen müde.« Sie nahm ihr Strickzeug wieder auf und machte die Reihe fertig.

Klick, klick, klick.

10

»Hilda ist ein lieber Mensch, aber offen gestanden ist sie paranoid.« Lilly Gorcheck lächelte Jessie bedauernd an.

Die Geschäftsführerin des Golden Palms war schätzungsweise Anfang Vierzig, aber ihre füllige matronenhafte Statur, in ein beiges, unförmiges Sackkleid gehüllt, machte sie älter. Sie hatte ein freundliches Gesicht, rund, teigig und von schwarzen Löckchen umgeben. Ihre Augen waren von einem intensiven Smaragdgrün (Jessie tippte auf Kontaktlinsen) und von künstlich langen, spitz zulaufenden Wimpern eingerahmt. Ihren Schmollmund hatte sie leuchtend zinnoberrot geschminkt. Eine üppige Version von Betty Boop.

»Mrs. Rheinhart scheint ernsthaft zu befürchten, daß es jemand auf ihr Geld abgesehen hat«, sagte Jessie.

Ein weiteres bedauerndes Lächeln. »Sie hat leider nicht viel Geld. Nur ein kleines Sparbuch und das, was sie von der Lebensversicherung ihres Mannes ausbezahlt bekommen hat. Dazu kommen natürlich noch die Sozialversicherung sowie die Zuschüsse von Medicare.«

Was alles zusammen, so mutmaßte Jessie, für das Einzelzimmer mit Vollpension im Golden Palms aufgewendet werden mußte. Mason hatte gesagt, die Kosten beliefen sich auf elfhundert bis fünfzehnhundert Dollar im Monat. »Was passiert, wenn das Geld von der Versicherung verbraucht ist?«

»Tja, dann müßte sie in ein Zweibettzimmer wechseln«, sagte Lilly leicht betrübt. »Das kostet achthundert im Monat oder den staatlichen Tarif. Die Sozialversicherung bewilligt siebenhundertvierzehn Dollar Miete und zweiundneunzig Dollar Taschengeld im Monat.«

Über sechzehnhundert im Monat für zwei Heimbewohner. Jetzt verstand Jessie, warum die Heime Schlepper engagierten und warum niemand leere Betten wollte. Jemand war dahinter gekommen, daß die Alten letztlich doch etwas wert waren.

»Mr. Mason hat darauf hingewiesen, daß Mr. Pomerantz von Schleppern gekidnappt worden sein könnte«, sagte Jessie. »Halten Sie das für denkbar?«

»*Denkbar* wäre es.« Die Geschäftsführerin runzelte die Stirn. »Auf jeden Fall sind wir beunruhigt, seit die ersten Entführungen vorgekommen sind.« Sie beugte sich vor. »Aber wollen Sie damit sagen, daß Mr. Pomerantz wirklich ermordet wurde?« Ihre Lippen teilten sich leicht.

»Es ist sehr gut möglich«, antwortete Jessie und sah Lilly erbleichen. »Hilda glaubt es. Sie glaubt, jemand wird auch sie umbringen.«

Lilly seufzte. »Sie müssen sich Hildas Geschichte vor Augen halten, Detective. Sie hat durch ein Wunder den Holocaust überlebt. Sie hat gesehen, wie ihre Eltern und Geschwister ins Gas getrieben wurden.« Lilly erschauerte. »Sie ist überzeugt, daß es wieder geschehen könnte, daß sie in permanenter Gefahr schwebt. Als sie hörte, was Mrs. Braeburn passiert ist, hat sie entsetzliche Angst bekommen – sie war einer Panik nahe. Mr. Mason sagte, davon hätte er Ihnen schon berichtet.«

Jessie nickte. *Das* war die Frau, die ausgenommen worden war.

»Wir haben versucht, die Sache nicht laut werden zu lassen, aber natürlich haben alle Heimbewohner davon erfahren.« Lilly preßte die Lippen zusammen. »Und jetzt hat sie von Mr. Pomerantz gehört. Die arme Hilda! Ich kann verstehen, daß sie verängstigt ist. Sie redet ohnehin ständig übers Sterben.«

Hilda hatte zwar etwas gebrechlich gewirkt, aber nicht krank. Doch schließlich wußte Jessie nur wenig über die Leiden des Alters. »Ist sie ernstlich krank?«

Die Geschäftsführerin schüttelte erneut den Kopf, fast ohne die schwarzen Löckchen in Unordnung zu bringen. »Wenn sie ernstlich krank wäre, dürften wir sie gar nicht hierbehalten. Wir sind kein anerkanntes Pflegeheim.«

»Was heißt das?«

»Wir haben kein Pflegepersonal, das bettlägerige Patienten versorgen könnte. Wir schließen Verträge mit ambulanten Pflegediensten, falls ein Heimbewohner Krankengymnastik oder Beschäftigungstherapie, Sauerstoff, Insulinspritzen oder dergleichen braucht. Medicare oder MediCal übernehmen die Kosten. Allerdings dürfen wir Gehbehinderte aufnehmen, Leute, die einen Rollstuhl brauchen.«

»Ich habe in Hildas Zimmer keinen Rollstuhl gesehen.« Außerdem hatte sie Hilda ohne Hilfe gehen sehen.

»Hilda kann einwandfrei gehen, und darauf ist sie auch stolz.« Die Geschäftsführerin lächelte. »Sie macht Krankengymnastik wegen einer Hüftfraktur, die sie vor einiger Zeit hatte, aber sie braucht keine Gehhilfe mehr. Ich weiß nicht, ob sie die Therapie noch benötigt, aber ich vermute, sie mag die Zuwendung, die sie von Gloria bekommt. Gloria Pinkoff ist unsere Physiotherapeutin. Alle unsere Schützlinge lieben sie. Sie ist ein Schatz, ausgesprochen fürsorglich.«

»Das heißt, Hilda geht es gesundheitlich gut?« fragte Jessie.

»Sie hat erhöhten Blutdruck, einen leichten Parkinson und etwas Arthritis. Außerdem muß sie bald wegen grauem Star operiert werden. Aber in Anbetracht dessen, daß sie sechsundachtzig ist, würde ich sagen, daß sie bei guter Gesundheit ist. Der Körper funktioniert in diesem Alter eben nicht mehr so gut. Und der Geist auch nicht.« Ein betrübtes Lächeln zog über Lillys Gesicht. »Manchmal bildet sie sich Dinge ein. Das und ihre Vergangenheit ...«

Vor ihrem geistigen Auge sah Jessie die eintätowierten Ziffern auf Hildas Arm. Pomerantz hatte sie vielleicht entfernen lassen, weil er keine Erinnerung an das Grauen haben wollte, das er überlebt hatte. Hatte Hilda die Nummer als Warnung, stets auf der Hut zu sein, behalten?

»Und Anna Seligman?« fragte Jessie.

»Wer?« die Geschäftsführerin runzelte fragend die Stirn.

Jessie wiederholte den Namen. »Mrs. Rheinhart hat gesagt, sie seien auch hinter Anna Seligmans Geld hergewesen.«

Lilly schüttelte den Kopf. »Den Namen kenne ich nicht, und ich bin schon seit drei Jahren da.«

»Könnte sie davor hier gewohnt haben?«

»Wir bewahren unsere Unterlagen etwa fünf Jahre lang auf. Ich sehe mal nach.« Sie ging zu einem grauen Karteischrank an der rechten Wand des kleinen Büros, zog die oberste Schublade auf und ging die Kartei durch. Sie sah Jessie an. »Tut mir leid. Niemand mit diesem Namen.« Sie schob die Schublade zu und kehrte an ihren Schreibtisch zurück.

»Hat. Mr. Pomerantz mit irgendwelchen anderen Bewohnern gesprochen?« Mason hatte dies verneint, aber es lohnte sich immer, doppelt nachzufragen.

»Meines Wissens nicht, und ich habe mit allen – Personal und Bewohnern – gesprochen, abgesehen von denen, die noch bei ihren Verwandten sind. Offenbar hat Mr. Pomerantz keinen Kontakt gesucht. Ich habe ihn auch nicht näher kennengelernt, da er ja nur Gast war.« Die Geschäftsführerin sagte dies in entschuldigendem Tonfall, als hätte sie ihre Pflichten vernachlässigt.

»Danke, daß Sie sich für mich Zeit genommen haben. Wenn Ihnen noch etwas einfällt, geben Sie mir bitte Bescheid. Und wenn Mrs. Rheinhart irgend etwas sagt, verständigen Sie mich.«

»Mach ich.« Lilly nickte. »Aber wie gesagt, ich glaube, Sie sollten dem, was sie Ihnen erzählt hat, nicht allzuviel Gewicht beimessen.«

Mason hatte Jessie zu Lillys Büro gebracht, das direkt neben seinem lag, und war schnell wieder gegangen, weil er einen Termin mit der Familie eines potentiellen Neuzugangs hatte. Die Tür zu seinem Büro war geschlossen, und er war nirgends zu sehen. Wahrscheinlich hatte er noch mit seinem zukünftigen Schützling zu tun, oder er ging Jessie aus dem Weg.

Sie suchte sich den Weg zur Küche und unterhielt sich mit dem Küchenpersonal und den Kellnerinnen. Niemand erinnerte sich an Pomerantz. Aber schließlich war er auch nur eine Woche hiergewesen, und falls er sich koscher ernährte, hatte er wahrscheinlich nur Frühstücksflocken oder Obst gegessen. Doch selbst wenn er nicht streng koscher lebte, kannte er womöglich Hildas Meinung über die Küche des Golden Palms und hatte beschlossen, die meisten Mahlzeiten außer Haus einzunehmen.

Die Frau, die die Freizeitangebote organisierte, eine zierliche, ernst blickende junge Rothaarige namens Lorna, erinnerte sich ebensowenig an Pomerantz wie Mercedes, die Wirtschafterin, oder Tracy, die die Medikamente verwaltete. Drei Heimbewohner bekamen Digitalis, erklärte Tracy, aber sie hatte ihnen die Pillen persönlich ausgehändigt, und im Medizinschrank fehlte nichts.

Tracy war nervös. Auch das Küchenpersonal, die Kellnerinnen und die Wirtschafterin waren nervös gewesen. Rosa, das ausgesprochen hübsche, junge Latino-Hausmädchen das Mason Pomerantz' mögliches Verschwinden gemeldet hatte, war ebenfalls eindeutig nervös, als Jessie sie ansprach. Sie wußte nicht, wohin mit ihren Händen, und leckte sich die Lippen, doch wurde Jessie schon bald klar, daß die Frau keine Ahnung hatte, was dem toten Mann zugestoßen oder wohin er am Samstag gegangen war.

Jessie bezweifelte, daß Rosa, Tracy oder irgend jemand vom Küchenpersonal etwas mit Pomerantz' Tod zu tun hatte. Vielleicht waren einige von ihnen illegal eingewandert. Wahrscheinlicher schien jedoch, daß sie alle auf der Hut waren, weil Jessie Polizistin war. Als junge Kriminalbeamtin hatte es sie gestört, diese Wirkung zu haben. Doch nun begrüßte sie es, weil es sich meist zu ihren Gunsten auswirkte. Nervöse Menschen – nervöse *schuldige* Menschen – machten oft Fehler.

»Wie war Mr. Pomerantz?« fragte Jessie Rosa, und sah, daß sich die Schultern der jungen Frau entspannten.

»Mr. Pomerantz war immer sehr freundlich zu mir, er hat die ganze Zeit gelächelt«, antwortete sie schüchtern und mit schleppendem spanischen Akzent. »Und er hat mir am Freitag ein schönes Trinkgeld gegeben.«

Es gefiel ihr, daß er sie als Mensch behandelt hatte, erzählte sie Jessie, daß er ordentlich war und Kleidung und Abfälle nicht im ganzen Zimmer verstreut hatte.

»Sie können sich nicht vorstellen, was für Schweine manche Leute sind«, sagte sie, doch das konnte Jessie sehr wohl. Sie hatte schon Mordfälle untersucht, bei denen der Tatort – vom ärmlichen, heruntergekommenen Drei-Zimmer-Haus in South Central oder Compton bis hin zur Villa in Holmby Hills – derart vollgemüllt dreckig gewesen war, daß sie sich gefragt hatte, wie Menschen so leben konnten. Außerdem wurde ihnen die Arbeit dadurch zusätzlich erschwert, weil man nur mit Mühe feststellen konnte, ob am Tatort etwas nicht an seinem Platz war, wenn das gesamte Haus wie ein Saustall aussah, jeder Raum einer Müllhalde glich.

Mason hatte Jessie gesagt, daß es zwei Hilfskräfte für die Körperpflege gab, in jeder Schicht eine, aber keine von ihnen hatte Pomerantz kennengelernt. Auch Gloria Pinkoff nicht, die Physiotherapeutin, was nicht weiter erstaunlich war, da Pomerantz ja offensichtlich keine Therapie brauchte. Trotzdem wollte Jessie unbedingt mit jedem Mitarbeiter sprechen.

Zehn Minuten später erwischte Jessie die Physiotherapeutin, als sie aus dem Zimmer eines Heimbewohners kam.

Die stämmige Frau mit den muskulösen Armen und dem geröteten Gesicht bestätigte, daß sie den Toten nie gesehen hatte. »Ich habe schon Mr. Mason gesagt. Tut mir leid, daß dieser Mann ist tot, aber warum Sie fragen noch mal?« Sie sprach schwerfällig, mit starkem russischen Akzent und klang betroffen, während sie sich mit einer Hand durch ihr dickes mahagonirotes Haar fuhr.

Es freute Jessie zu hören, daß Mason nicht gelogen hatte, aber es war frustrierend, daß abgesehen von Hilda Rheinhart niemand auch nur das mindeste über Pomerantz wußte.

Mason war immer noch nicht zu sprechen, und jetzt hatte auch Lilly die Tür ihres Büros geschlossen. Jessie ging an die Rezeption und wartete ungeduldig darauf, daß der Mann vor dem Fenster der Empfangsdame zum Ende kam. Kein Heimbewohner, befand sie, als er den Kopf umdrehte und sie sein Gesicht sah. Selbst mit seinen grauen Haaren sah er zu jung aus, außerdem trug er einen Anzug. Wahrscheinlich ein Arzt oder der Sohn eines Heimbewohners. Er nickte Jessie höflich zu und ging an ihr vorbei in die Richtung, wo die Zimmer der Bewohner lagen.

Jessie trat an die Rezeption und wartete, bis sie sich der Frau auf der anderen Seite des Fensters vorstellen konnte, da diese sich von ihrem Tresen entfernt hatte und an einen Karteischrank gegangen war. Jessie hatte sie vorher kaum gesehen – Mason hatte Jessie in der Halle empfangen, als sie heute morgen gekommen war, und sie wie letztes Mal rasch in sein Büro geführt. Sie konnte es ihm nicht ernsthaft verübeln – offensichtlich versuchte er, ihren Kontakt mit seinen Schützlingen zu beschränken, da es diese verständlicherweise beunruhigen könnte, wenn sie erfuhren, daß die Kriminalpolizei im Haus war.

Die Empfangsdame drehte sich um, und Jessie starrte sie an. Selbst ungeschminkt war sie bildschön – jung, groß, schlank und gut gebaut, mit einem langen, säulenhaften Modigliani-Hals und ausgeprägten Wangenknochen. Ihr braunes Haar war glatt aus dem Gesicht gekämmt und wurde im Nacken von einer Schildpattspange gehalten. Ihr Teint war von einem dunklen Kupferton, ihre großen Augen waren samtbraune Teiche.

Sie hieß Yasmin. »Ich fand es echt traurig zu hören, daß Mr. Pomerantz gestorben ist«, sagte sie mit einer unglaublich weichen Stimme. »Ich konnte es gar nicht fassen, als Mr. Mason es mir erzählt hat.« Sie klang nervös, und in ihren Augen schimmerten Neugier und ein wenig Beklommenheit.

Aus dem Augenwinkel sah Jessie, daß einige der Senioren in der Halle sie auch anstarrten. »Wir versuchen herauszufinden, wohin Mr. Pomerantz am Samstag gegangen ist und zu wem er hier in Los Angeles Kontakt aufgenommen hat.«

»Ich habe keine Ahnung. Am Samstag habe ich ihn nicht gesehen, aber er hätte auch ausgehen können, ohne daß ich es bemerkt habe.«

»Hat er vom Haustelefon aus telefoniert?«

»Ferngespräche meinen Sie?« Yasmin nickte. »Er hatte eine bezahlte Telefonkarte, und wenn alle Münztelefone besetzt waren, hat er mich ein paarmal gefragt, ob er das Telefon im Büro benutzen könne. Ich sah keinen Grund, es ihm abzuschlagen; er war sehr nett.« Sie hielt inne und spielte geistesabwesend mit der Karte, die Jessie ihr gegeben hatte. »Am Freitag hat er mir eine Rose mitgebracht, einfach so. War das nicht lieb?« Sie lächelte sehnsüchtig.

Jessie stimmte ihr zu, daß das lieb war. »Wissen Sie, wen er angerufen hat?«

»Einen Freund in Brooklyn. Das hat er jedenfalls gesagt.«

Sicher Stanley Goldblum. Das half ihr nicht weiter. »Und Ortsgespräche?«

»Ja, er hat auch ein paarmal Ortsgespräche geführt. Er hat angeboten, seine Telefonkarte zu benutzen, aber ich habe gesagt, er soll nicht albern sein, auch wenn dieses Telefon strenggenommen nur für geschäftliche Gespräche gedacht ist. Ich weiß nicht, wen er angerufen hat, und ich kann Ihnen natürlich auch die Nummer nicht sagen, aber sie hatte die Vorwahl 310. Ich habe für ihn gewählt.«

Beverly Hills, Culver City, Westwood, Santa Monica oder ein Dutzend anderer Gebiete in deren Umkreis. Sogar Long Beach. »War es eine Privatperson oder eine Firma?«

»Tut mir leid, das weiß ich nicht. Ich wünschte, ich könnte Ihnen helfen.« Sie klang aufrichtig.

»Hat Mr. Pomerantz Gespräche empfangen?«

»Ein paar. Einmal war es der Freund aus New York. Ein andermal ein Mann, der mir seinen Namen nicht genannt hat. Ach, und ein anderes Mal hat jemand – ein Mann – angerufen, aber weder seinen Namen noch eine Nachricht hinterlassen. Mr. Pomerantz war darüber sehr enttäuscht.«

»War das derselbe Mann, der mit Mr. Pomerantz gesprochen hat, aber Ihnen seinen Namen nicht genannt hat?«

Yasmin runzelte die Stirn. »Ich weiß nicht.«

»Hat Mr. Pomerantz erwähnt, daß er jemanden besuchen wollte?«

Sie schüttelte den Kopf. »Ich weiß, daß er zu den Universal Studios gefahren ist.« Nach kurzem Zögern sagte sie: »Er hat mich gefragt, ob ich mitkommen will. Das war natürlich ein Scherz. Er war so süß.« Sie lächelte schüchtern und seufzte dann.

»Wissen Sie, ob er irgendwelche Besucher empfangen hat?«

»Ich habe ihn nie mit jemandem in der Halle sitzen sehen – außer mit Mrs. Rheinhart, und die wohnt hier. Und an der Rezeption hat auch nie jemand nach ihm gefragt. Aber dienstags bin ich nicht da. Das ist mein freier Tag. Falls ihn also am Dienstag jemand besucht hat, weiß ich das nicht.«

»Wer sitzt dienstags an der Rezeption?«

»Lorna oder Mercedes. Die beiden springen an den Wochenenden auch für Mrs. Gorcheck ein.«

Lilly Gorchek hatte Pomerantz mit niemandem gesehen. Und die anderen zwei Frauen waren ihm nie begegnet. »Kam Ihnen Mr. Pomerantz in den letzten Tagen verstört vor? Hat er geklagt, daß er sich nicht wohl fühlte?«

Die Frage schien Yasmin zu überraschen. »O nein. Ganz und gar nicht. Er war bester Laune, hat gelacht und geflirtet – aber nicht auf diese schlüpfrige Altmännerart«, fügte sie rasch hinzu. »Er hat das Leben einfach genossen. Ehrlich gesagt hat mich das aufgebaut, weil viele Leute hier die meiste Zeit irgendwie traurig und still sind. Das macht wohl die Einsamkeit.«

»Ich dachte, hier gibt es verschiedene Freizeitangebote?«

Die Rezeptionistin blinzelte. »Oh, sicher, man kann hier vieles machen«, sagte sie heiter, aber ihre Stimme und ihr Lächeln wirkten nicht überzeugend. Sie schaute erstaunt, als Jessie sie nach Informationsmaterial über das Golden Palms bat, fragte aber nicht, warum sie danach verlangte.

»Mr. Mason hat mir erzählt, daß jemand vom Personal die Bewohner zu Arztterminen fährt«, sagte Jessie. »Ist der Fahrer jetzt da?« Gestern, als Jessie mit Phil gekommen war, war er mit Heimbewohnern unterwegs gewesen.

»Sie meinen Randy Taylor. Den haben Sie leider gerade verpaßt. Er ist vor etwa zehn Minuten weggefahren, um einen Bewohner zum Arzt zu bringen.« Yasmin zog ein bedrucktes Blatt hervor, fuhr mit dem Finger eine Spalte hinab und sah dann auf. »Er muß erst um Viertel nach drei wieder jemanden fahren, aber ich kann ihn anpiepsen, wenn Sie wollen.«

»Das wäre nett von Ihnen.« Sie dankte Yasmin und ging in die Halle.

Die beiden Männer und die Frau, die sie vorher angestarrt hatten, saßen auf den Sofas und sahen sich eine Folge von *Happy Days* an. Sie musterten sie ohne Scheu – das Vorrecht des Alters, dachte sie, und das kleiner Kinder. Sie lächelte, setzte sich auf einen der Polstersessel und schlug die grün-beige Mappe auf, die ihr Yasmin gegeben hatte. Die alten Leute hatten ihre Aufmerksamkeit wieder dem Fernseher zugewandt.

Vor der Geräuschkulisse aus konserviertem Gelächter und dem verschnupften Husten eines der Männer auf dem Sofa blätterte sie die Mappe durch: ein Farbprospekt, eine Speisekarte, eine Liste der Freizeitangebote und eine Preisliste. Sie überflog die Preisliste und erfuhr, daß man sich für hundert Dollar extra im Monat von einer Pflegehilfe baden und sich für weitere fünfzig Dollar die Wäsche machen lassen konnte. Das Ganze hieß dann »Unabhängig gut leben.«

»Komplettversorgung« bot mehr – und kostete natürlich auch mehr: Hilfe beim Ankleiden wurde mit zweihundertfünfzig Dollar im Monat berechnet; Begleitung zum Essen und zu Freizeitunternehmungen, Überwachung der Nahrungsaufnahme und gelegentliche Hilfe bei der Körperpflege mit vierhundertfünfzig Dollar. Die Gebühren für inkontinente Personen bewegten sich zwischen fünfhundert und achthundert Dollar im Monat.

Jessie hatte noch nie an die Kosten des Altwerdens gedacht, an die Einsamkeit und den unvermeidlichen Verlust an Würde. Sie war niedergeschlagen und deprimiert und verspürte den Drang, die Kühle der klimatisierten Halle zu verlassen und gegen die drückende Hitze draußen einzutauschen. Sie schlug die Mappe zu.

»Haben Sie vor, ein Familienmitglied hier unterzubringen?« fragte die Frau Jessie mit zitternder Stimme. Sie hatte dünnes, silberfarbenes Haar, und ihr Gesicht war ein Puzzle aus Falten. In ihrem rechten Ohr steckte ein Hörgerät.

Jessie schüttelte den Kopf. Offenbar wußten diese Leute nicht, daß sie Kriminalbeamtin war. Mason wäre erleichtert.

»Haben Sie jemanden besucht?«

»Ich kann nicht fernsehen, wenn Sie reden«, murrte einer der alten Männer. Er griff nach der Fernbedienung und stellte den Ton lauter.

Die Frau sah sie erwartungsvoll an. Jessie zögerte und sagte dann: »Ja.« Wenn man es einen Besuch nennen konnte, jemanden wegen eines Toten zu befragen. »Mrs. Rheinhart«, fügte sie hinzu, obwohl die alte Frau nicht gefragt hatte.

»Das ist schön.« Die Frau wackelte mit dem Kopf. »Ich wußte gar nicht, daß Hilda Verwandte hat«, sagte sie, und Jessie korrigierte sie nicht. »Meine Tochter führt mich heute zum Essen aus. Es hätte schon letzte Woche sein sollen, aber es kam etwas dazwischen. Das passiert manchmal. Die hier hat sie mir zum Geburtstag geschenkt.« Sie tätschelte die schwarze Alligatortasche auf ihrem Schoß.

»Die ist aber schön«, sagte Jessie.

»Ja. Aus echtem Leder.«

Sie zog einen Ärmel hoch, entblößte ein mageres, abgezehrtes Handgelenk und äugte aus nächster Nähe auf ihre Uhr. Sie verzog den Mund, stützte sich auf ihren Stock, erhob sich vom Sofa und ging an die Rezeption.

Bald war sie wieder zurück. »Sie hat nicht angerufen, also kommt sie wahrscheinlich«, sagte die alte Frau unsicher. Sie setzte sich vorsichtig hin und stellte den Stock neben ihre Füße. Dann umfaßte sie die Tasche auf ihrem Schoß und starrte auf die Eingangstür.

»Manchmal verspätet sie sich«, erklärte sie nach einer Weile. »Das heißt nicht, daß sie nicht kommt.« Sie warf Jessie einen Blick zu.

»Natürlich nicht.« Jessie lächelte beruhigend.

Sie fühlte sich unbehaglich, als sie den Schmerz in den Augen der alten Frau sah, und mit der kollektiven Schuld aller Töchter beladen, die ihre Mütter enttäuschen. Sie entschuldigte sich und ging an die Rezeption.

Yasmin schüttelte den Kopf. »Tut mir leid. Randy reagiert nicht auf seinen Piepser. Möchten Sie warten oder später wiederkommen?«

Es war kurz nach halb zwei. »Ich komme später noch einmal. Ach, übrigens, kennen Sie jemanden namens Anna Seligman?«

»Anna Seligman.« Sie runzelte die Stirn und schüttelte erneut den Kopf. »Nein. Aber ich bin auch noch recht neu hier.«

Jessie bedankte sich. Sie ging durch die Halle auf den Ausgang zu, als ihr die alte Dame zuwinkte. Sie winkte zurück und lächelte. »Es war nett, mit Ihnen zu plaudern. Viel Spaß mit Ihrer Tochter.«

»Oh, den hab ich sicher. Sie kommt bestimmt. Sie hat nur sehr viel zu tun, wissen Sie. Werden Sie Hilda bald wieder besuchen?«

»Vielleicht.« Im Grunde keine Lüge, sagte sie sich selbst. Wahrscheinlich würde sie noch einmal mit Hilda über Pomerantz reden müssen.

»Das ist schön.« Die Frau nickte anerkennend. »Sehr, sehr schön.«

11

»Die Videokassette ist angekommen«, teilte Phil Jessie mit, als sie mit dem Handy von ihrem Honda aus anrief. »Ich habe den Empfang quittiert.«

»Mal wieder meine Unterschrift gefälscht, was?« Sie war neugierig auf das Band, auf dem Pomerantz seine Lebensgeschichte erzählte.

»Ich werde immer besser«, erwiderte er trocken. »Warte, bis du deine nächste Visa-Abrechnung bekommst.«

»Hat irgend jemand für mich angerufen?«

»Stanley Goldblum aus New York. Er möchte wissen, wann Pomerantz' Leiche freigegeben wird. Ich habe ihm gesagt, du würdest ihn zurückrufen, sobald du Genaueres wüßtest. Und Gary hat angerufen. Er hat nichts ausrichten lassen. Und, bist du bei Pomerantz' Freundin weitergekommen?«

Verdammt, war das heiß. Sie hatte die Klimaanlage des Wagens eingeschaltet, obwohl sie noch auf dem Parkplatz stand. Nun schob sie den Regler weiter nach oben. »Sie waren nicht gerade ein Pärchen.« Sie schilderte ihm ihr Gespräch mit Hilda. »Sie hat mir erzählt, daß sie sie ihres Geldes wegen umbringen wollen.«

»Nicht zu fassen. Mit ›sie‹ sind die Schlepper für andere Heime gemeint?«

Sie sah Phils hochgezogene Brauen geradezu vor sich. »Das hat sie nicht gesagt. Und die Geschäftsführerin des Golden Palms, Lilly Gorcheck, bezeichnet Hilda als paranoid. Außerdem hätte sie kein nennenswertes Vermögen.« Jessie wiederholte, was ihr die Geschäftsführerin erzählt hatte.

»Du kennst doch den Spruch, Jess. Bloß weil jemand paranoid ist, heißt das noch lange nicht, daß niemand hinter ihm her ist.« Er kicherte und fuhr dann fort: »Also, was meinst du? Jetzt im Ernst.«

»Ich weiß es nicht. Mir kam sie recht vernünftig vor. Ich hatte das Gefühl, daß sie etwas vor mir verbirgt – vielleicht weiß sie, mit wem sich Pomerantz getroffen hat. Sie wurde nervös, als ich sie nach ihm gefragt habe. Schließlich wurde er plötzlich tot aufgefunden, und diese Mrs. Braeburn wurde übertölpelt. Kein Wunder, daß Hilda verschreckt ist.«

Wenn Hilda etwas über Pomerantz' Unternehmungen wußte, hätte dieses Wissen und sein Tod sie verängstigt haben können. Oder war sie eine ältere, jüdische Inkarnation von Madame Defarge und arbeitete ihre Sorgen und Ängste in ihr Strickzeug ein?

»Haben wir das Ergebnis der Autopsie schon?« fragte sie.

»Futaki hat gesagt, wir würden es bis heute abend bekommen. Schaust du noch rein?«

»Du schaffst es wohl nicht allein, was?« Sie schmunzelte.

»Espes und ich fühlen uns einsam. Und Simms und Boyd sind nicht so hübsch wie du.«

»Sexuelle Belästigung, Phil.«

»Schreib es in deinen Fragebogen.«

»Paß auf deinen Cholesterinspiegel auf, sonst mach ich es tatsächlich.« Sie lachte. »Eigentlich wollte ich jetzt Mittagspause machen und dann noch einmal in das Seniorenheim gehen. Ich möchte den Fahrer befragen, er müßte vor zwei zurück sein. Es sei denn, du brauchst mich?«

»Kein Problem. Mach nur.«

»Was ist mit der Freundin der Hure?«

»Nicht zu Hause. Ich habe alle halbe Stunde angerufen. Ich hoffe, sie hat sich nicht aus dem Staub gemacht. Außerdem habe ich auf der Suche nach der frischgebackenen Mutter mit praktisch jedem bescheuerten Geburtshelfer in der ganzen Stadt telefoniert. Manche Docs waren echte Blödmänner. Manche waren nett. Wenn Maureen und ich beschließen sollten, noch ein Kind zu kriegen, weiß ich, zu wem wir *nicht* gehen werden.«

Jessies Augen wurden vor Erstaunen ganz weit. »Du hast mir gar nicht erzählt, daß ihr euch überlegt, noch ein Kind zu bekommen.«

»Maureen möchte ein Mädchen. Ich bin mit den zwei Jungs zufrieden, aber wer weiß? Womöglich ergebe ich mich eines Nachts ihren Wünschen.« Phil lachte.

»Helen ist schwanger«, sagte Jessie beiläufig. »Sie und Neil haben es uns gestern abend beim Essen erzählt.«

Kurzes Schweigen. Dann sagte er: »Das ist ja toll! Matthew ist sicher hellauf begeistert.«

»Allerdings. Das sind wir *alle*.«

»Ja sicher«, sagte er rasch. »Du sowieso. Du bist ja jetzt schon eine sagenhafte Tante.«

Und eines Tages wirst du eine sagenhafte Mutter sein. Sie wußte, was Phil dachte, und war froh, daß sie ihm die Neuigkeit am Telefon mitgeteilt hatte. Sie wollte sein Mitleid und seine Verlegenheit nicht sehen.

»Dann bis vier«, verabschiedete sie sich.

Sie aß nur einen Salat bei Souplantation im Beverly Connection auf dem La Cienega Boulevard, da sie in dem graubraunen

Monstrum namens Beverly Center auf der anderen Straßenseite nach einem neuen Kleid schauen wollte. Doch statt dessen fuhr sie zur Ohr Torah, der in einem Laden untergebrachten, einstöckigen Schule auf dem Pico Boulevard, wo sie Hebräisch lernte und die Grundlagen des Judentums studierte.

In der Gegend um Pico und Robertson wohnten viele orthodoxe Juden. Es gab Metzger und Bäckereien, ein Lebensmittelgeschäft mit Imbiß, mehrere Pizza-Buden und zahlreiche Restaurants – alle koscher. Gegenüber der Schule lag ein Bekleidungsgeschäft, das permanent einen RIESEN-SCHUH-AUSVERKAUF! ankündigte. Das koschere Dunkin Donuts war verschwunden.

Ezra Nathanson, ihr Lehrer, stand in dem kleinen Büro und kopierte. Hochgewachsen und schlaksig, mit dunkelbraunen, lockigen Haaren und einer braunen Hose zum Kamelhaarsakko mit Ellbogenflicken, sah er ganz nach Lehrer aus. Er mußte einen ganzen Schrank voller Kamelhaarsakkos und brauner Hosen haben, Jessie hatte ihn nie in etwas anderem gesehen.

Er zog die Brauen hoch, als er sie sah. »Sieh mal, wer da ist, Shulamit«, sagte er zu der hübschen, jungen Sekretärin mit den kastanienbraunen Haaren, und zu Jessie: »Ich wollte schon fast die Polizei anrufen und sie bitten, einen Fahndungsaufruf rauszugeben.«

Sie lächelte. »Ich bin ein bißchen zu alt, um als Schulschwänzerin zu gelten. Was habe ich denn verbrochen?«

»Sein Selbstbewußtsein als Lehrer verletzt.« Shulamit grinste. »Ezra nimmt es persönlich, wenn jemand seinen Unterricht verpaßt. Und ich glaube, er hat eine Schwäche für Sie.«

Ezra schüttelte den Kopf, doch sein Gesicht war rosa angelaufen. »Shulamit!«

»War nur ein Witz.« Sie wandte sich an Jessie. »Aber Sie sind wirklich seine Vorzeigeschülerin. Ach, hätten Sie vielleicht

Lust, am Schabess zu uns zu kommen? Meine Kinder sind ganz scharf drauf, eine echte Kriminalbeamtin kennenzulernen.«

»Tut mir leid, dieses Wochenende kann ich nicht. Aber danke für die Einladung.«

Es war nicht das erste Mal, daß Shulamit sie eingeladen hatte, das Sabbat-Wochenende bei ihr zu verbringen. Jessie war auch schon von anderen Lehrern der Schule, die das orthodoxe Judentum praktizierten, eingeladen worden. Zwar wollte sie gerne einmal einen jüdischen Sabbat erleben, doch zugleich scheute sie davor zurück, da sie fürchtete, daß Shulamit, Ezra oder die anderen ihre Neugier als Verpflichtung mißdeuten würden. Nicht daß sie sie bedrängt hätten ...

»Falls Sie mal Lust haben zu kommen, sagen Sie mir einfach Bescheid. Ich brauche keine lange Vorwarnung.« Einen Stapel Blätter in der Hand, erhob sich Shulamit und ging auf die Tür zu. »Benimm dich, Ezra, sonst läßt sie dich verhaften.«

Es war ein gutes Gefühl dazuzugehören, dachte Jessie, als die Sekretärin den Raum verließ. Vor vier Monaten hatte sie weder Shulamit noch Ezra gekannt; jetzt waren sie ein Teil ihres Lebens. Und sie waren keine Kollegen. Kürzlich war ihr klar geworden, daß sie im Lauf der letzten zehn Jahre außerhalb der Arbeit niemanden kennengelernt hatte. Abgesehen von Gary natürlich.

»Spaß beiseite, aber ich wollte dich wirklich anrufen, um mich zu vergewissern, daß dir nichts fehlt.« Ezra heftete mehrere Blätter zusammen und legte sie auf einen Stuhl.

»Ich habe nur zwei Kursabende verpaßt.« Jessie lehnte sich gegen Shulamits Schreibtisch, wobei sie darauf achtete, das messinggerahmte Foto ihrer zwei kleinen Töchter nicht umzustoßen.

»Ich dachte schon, du hättest vielleicht aufgehört.«

»Nicht, ehe ich das ›ch‹ beherrsche.« Sie hatte die Zunge gegen den hinteren Gaumen gepreßt, doch der Laut hatte immer noch nicht ganz richtig geklungen. Sie schüttelte den Kopf.

»Verdammt noch mal, wenn Zweijährige es können, warum kann ich es dann nicht?«

Ezra lachte. »Du machst auf jeden Fall Fortschritte. Wir könnten doch mal nach dem Kurs einen Kaffee trinken gehen, dann kannst du dein ›ch‹ mit mir üben.«

War sein Interesse beruflicher oder privater Natur? Sie wußte, daß er seit über einem Jahr verwitwet war. »Das ist sehr großzügig von dir, Ezra.«

»Offen gestanden ist es nur egoistisch. Ich würde dich gern besser kennenlernen.«

Ihr Gesicht fühlte sich unangenehm warm an. »Ich habe eine Beziehung, Ezra.«

»Ich meinte es *kameradschaftlich*. Shulamit hat nur Witze gemacht, weißt du.« Lächelnd heftete er den nächsten Stapel Blätter zusammen und legte ihn auf die anderen. »Und was führt dich am Nachmittag hierher?«

Offenbar versuchte er doch nicht, ihr Avancen zu machen. Er war streng orthodox und sicher nur daran interessiert, streng orthodoxe Frauen kennenzulernen. Sie fing ja gerade erst an, ihre Religion zu ergründen. Sie war verlegen und kam sich dumm vor, und an der Rötung seines Halses erkannte sie, daß sie ihn auch in Verlegenheit gebracht hatte.

»Ich untersuche den Tod eines alten Juden namens Norman Pomerantz«, sagte sie. »Er ist ein Holocaust-Überlebender und war zu Besuch in L.A. Wir haben ihn im Rancho Park gefunden. Es könnte ein Herzinfarkt gewesen sein, aber auch Mord.«

»Warum tippst du auf Mord?« fragte er ruhig. Er lehnte sich gegen den Kopierer und ließ die Hände seitlich herabhängen.

Sie erzählte ihm von den Tabletten, die Pomerantz' Hausarzt nicht verschrieben hatte, von den Entführungen aus Seniorenheimen und von Hilda Rheinharts Ängsten.

»Wann ist das passiert?«

»Der Gerichtsmediziner schätzt, daß Pomerantz irgendwann am Samstagabend gestorben ist.«

Ezra runzelte die Stirn. »Die Leiche liegt in der Gerichtsmedizin? Haben sie die Autopsie schon vorgenommen? Kannst du dich erkundigen?« fragte er hektisch.

»Soweit ich weiß, wurde sie gestern gemacht«, antwortete sie und hörte, wie er ausatmete. »Wir müßten die Ergebnisse heute noch bekommen. Warum bist du denn so bestürzt?«

Ezra verschränkte die Arme vor der Brust. »Eine Autopsie vorzunehmen verletzt die orthodoxe Halacha, das Gesetz.«

»Der Mann ist *tot*, Ezra.«

»Seine *Seele* nicht. Und die Würde seines Körpers, der die Seele beherbergt, muß gewahrt werden. Sein Körper muß intakt begraben werden.«

»Das ist aber nicht immer möglich, oder? Was, wenn jemand in einer Katastrophe umkommt? Explosionen, Feuer?« Sie sah ihn erbleichen, und dann fiel ihr – zu spät – wieder ein, daß seine Eltern und seine im neunten Monat schwangere Frau bei einem Feuer ums Leben gekommen waren, das Neonazis gelegt hatten, die ein Kreuz auf dem Rasen vor ihrem Haus verbrennt hatten. »Es tut mir leid, Ezra«, sagte sie kleinlaut. Ihr Gesicht brannte.

»Schon gut.« Er schwieg einen Augenblick und starrte auf einen Punkt über ihrem Kopf. »Unter solchen Umständen tun wir eben, was menschenmöglich ist, Jessie«, erwiderte er schließlich. Er räusperte sich. »Du hast doch bestimmt schon Berichte über die terroristischen Selbstmordattentate in Tel Aviv und Jerusalem gesehen?«

Sie nickte. Die Videos und Pressefotos der Blutbäder waren grauenhaft gewesen, überall Blut und Leichenteile.

»Wenn so etwas passiert, suchen Mitarbeiter des Dezernats zur Identifizierung von Katastrophenopfern die Gegend sorgfältig nach allem ab, was zu den Toten gehört, Gliedmaßen, Organteile, Gewebe, Haut. Noch das winzigste Stückchen wird für die Beerdigung gesammelt, und das Blut wird mit Watte und Wasser aufgesogen.« Er seufzte. »Es ist eine herzzerreißende Arbeit, aber unerläßlich, Jessie.«

»Autopsien sind auch unerläßlich, Ezra. Wir brauchen sie, um die Todesursache festzustellen.«

»Warum denn?« fragte er ungeduldig. »Was spielt es schon für eine Rolle, wie der alte Mann gestorben ist? Warum muß man ihn aufschneiden?«

Das gleiche hatte Stanley Goldblum auch gefragt. »Es könnte uns helfen herauszufinden, wie er ums Leben gekommen ist. Und wer ihn umgebracht hat.«

»*Wenn* er umgebracht worden ist. Du hast gesagt, er könnte auch an einem Herzinfarkt gestorben sein.«

»Ich glaube, er ist ermordet worden, Ezra«, entgegenete sie ruhig. »Hör mal, ich bin nicht zum Streiten hierhergekommen. Ich habe mit Stanley Goldblum gesprochen, Pomerantz' Freund in Brooklyn. Goldblum hat gesagt, er wird die Beerdigung arrangieren, wenn die Leiche freigegeben ist, aber ich dachte, vielleicht könnte man auch hier etwas tun. Religiös gesehen, meine ich. Ich weiß nicht, ob Pomerantz orthodox war, aber er hatte Gebetsriemen und einen Gebetsschal.«

Ezra verzog den Mund. »Religiös gesehen, hätte man an Pomerantz keine Autopsie vornehmen sollen.«

Jessie seufzte. »Ezra ...«

»Okay. Geschehen ist geschehen. Zuerst einmal soll die Leiche vom Zeitpunkt des Todes bis zur Beerdigung nicht allein sein. Ich wende mich an die Chewra Kadischa und sorge dafür, daß jemand ins Leichenschauhaus geht. Außerdem müssen wir jemanden finden, der mit dem Toten nach New York fliegt. Ich rufe seinen Freund an. Wie hieß er noch mal?«

»Stanley Goldblum. Moment mal bitte.« Sie zog ihr Notizbuch aus der Tasche und blätterte es durch, bis sie fand, was sie suchte. »Hier«, sagte sie und diktierte ihm Goldblums Nummer. »Diese Chewra Kadischa ist eine Gruppe von Rabbis?«

Ezra schüttelte den Kopf. »Die meisten von ihnen sind Laien, Freiwillige. Chewra Kadischa bedeutet ›Heilige Bruderschaft‹. Sie machen die Tahara, die Waschung des Körpers für die Beerdigung. Sie baden den Toten, richten ihn her und kleiden ihn in Tachrichim, die weißen Totengewänder. Männer kümmern sich natürlich um männliche Verstorbene, Frauen um weibliche.«

»Grausige Arbeit«, sagte Jessie leise. »Ich frage mich, warum das jemand freiwillig macht.«

»Es ist eine große Mizwe. Und es ist nicht wirklich grausig. Ehrlich gesagt fand ich es sogar erbaulich, und es hat mir ein Gefühl von Frieden vermittelt.« Er ignorierte ihren erstaunten Blick. »Wenn du die zärtliche, respektvolle Art siehst, mit der ein Toter behandelt wird, wärst du vermutlich beeindruckt.«

Sie wollte ihn fragen, ob er vor oder nach dem Tod seiner Frau an einer Tahara teilgenommen hatte, wollte aber nicht indiskret sein.

Ezra räusperte sich. »Okay. Wir müssen veranlassen, daß der Tote der Chewra Kadischa übergeben wird. Er heißt Norman Pomerantz, stimmt das?« Er zog einen Stift aus der Hemdtasche, beugte sich über den Kopierer und schrieb den Namen des Mannes auf. »Wie heißt der Gerichtsmediziner, mit dem ich sprechen muß?«

»Henry Futaki.« Sie buchstabierte es. »Sei diplomatisch, okay?«

»Der Zorn der Hebräer bricht über die Gerichtsmedizin herein.« Ezra lächelte verhalten. »Keine Sorge, ich verrate ihm schon nicht, daß du mich geschickt hast.« Er notierte sich Futakis Namen, faltete das Blatt zweimal zusammen und steckte es in die Innentasche seines Sakkos. »Du hast also keine Ahnung, wer Mr. Pomerantz ermordet hat?«

»Überhaupt keine.«

»Er wurde im Rancho Park gefunden, hast du gesagt. Und du hast keine Ahnung, wo er zuvor war?«

»Nicht die geringste. Warum?« Sie sah ihn neugierig an.

»Eigentlich ist es nichts. Mir fiel nur ein Gesetz aus der Thora ein. Es paßt zwar nicht *genau* auf die Umstände, aber ich habe es seit jeher faszinierend gefunden. Ich denke, dir wird es genauso gehen.« Er wechselte vom Kopierer zu einem Bücherregal in der Ecke des kleinen Raumes und nahm eine in schwarzes Leder gebundene Bibel heraus.

»Es steht im Fünften Buch Mose, und dort geht es um alle möglichen Gesetze: Kriegs-, Bürger-, Sexual-, Ehe- und Strafgesetze. Was man sich nur vorstellen kann.« Er blätterte durch den Text, hielt inne und sah auf. »Es geht um den zeugenlosen, unaufgeklärten Mord an einem Reisenden, dessen Leiche auf einem offenen Feld gefunden wird. Eine Delegation von fünf Mitgliedern der Großen Sanhedrin – also des Obersten Gerichts der damaligen Zeit – mißt die Strecke von dem Toten zu den Städten in der Nähe des Feldes und stellt fest, welche Stadt der Leiche am nächsten ist.«

»Warum?« fragte Jessie, neugierig geworden.

»Um die moralische Verantwortung zu bestimmen. Die Ältesten der Stadt bringen eine junge Kuh, die noch nicht zur Arbeit verwendet worden ist, zu einem Ort, den die Thora folgendermaßen bezeichnet: ›Ein ausgetrocknetes Bachtal, wo weder geackert noch gesät wird‹. Die Ältesten brechen der Kuh das Genick und waschen sich die Hände über ihr. Dann sagen sie: ›Unsere Hände haben dieses Blut nicht vergossen, und unsere Augen haben nichts gesehen.‹«

Jessie malte sich das kahle, trostlose Tal aus, das nie Früchte tragen würde, und die Ältesten in ihren Gewändern, wie sie über dem Tier standen und es schlachteten, bevor es seine Jungen gebären konnte. Genau wie das Opfer, dachte sie, dessen Leben vorzeitig beendet worden war.

»Warum waschen sich die Ältesten die Hände?« fragte sie.

»Damit demonstrieren sie ihre Schuldlosigkeit, was den Tod des Mannes betrifft. Dann bitten sie Gott, seinem Volk gnädig zu sein und den Menschen für das unschuldige Blut, das in ihrer Mitte vergossen wurde, zu vergeben.« Ezra schlug das Buch zu und sah Jessie an. »Nicht genau dein Fall, vor allem, da du dir ja nicht mal sicher bist, daß es ein Mord war, und hier wurde der Tote, den man auf dem Feld gefunden hat, eindeutig ermordet, manchen Bibelexegeten zufolge erstochen. Aber du erkennst die Parallelen, oder?«

Sie nickte. Pomerantz war ein Reisender. Seine Leiche war auf offenem Gelände gefunden wurden. »Warum erklären die Ältesten ihre Unschuld? Sie sind doch für den Tod des Mannes nicht verantwortlich.«

»Gute Frage«, sagte Ezra mit stolzer Lehrerstimme und schmunzelte. »Manche Weisen behaupten, die Ältesten hätten doch ein bißchen Verantwortung, denn wenn ihre Stadt frei von Sünde gewesen wäre, hätte so etwas gar nicht passieren können.«

»Denk nur daran, wie man Los Angeles nennt – die Stadt der Sünden.« Sie dachte an all die unaufgeklärten Morde, an die Toten, die sie und ihre Kollegen in Schluchten und Bachläufen in unbewohnten Gegenden gefunden hatten. »Aber keine Stadt war ohne Sünde, nicht einmal damals.«

»Natürlich nicht. Aber Mord war selten. Zumindest *damals.* Um das Jahr achtundzwanzig unserer Zeitrechnung gab es so viele Morde, daß dieses Ritual nicht mehr praktiziert wurde, ebensowenig wie die Todesstrafe.«

»Die Menschheit macht Fortschritte«, sagte Jessie sarkastisch.

»Ja.« Ezra stellte das Buch wieder ins Regal. »Im Grunde erklären die Ältesten mit diesem Ritual, daß sie dem Mörder nicht erlaubt haben, durch ihr Land zu streifen. Und daß sie den Reisenden nicht kannten und ihm nicht gestattet haben, ohne Essen oder Begleitung seinen Weg fortzusetzen. Deshalb muß man, wenn man einen Besucher hat, diesen auch ein gewisses Stück von zu Hause weg begleiten.«

»Ich *bin* meines Bruders Hüter.« Wohin war Pomerantz an diesem Samstag unterwegs gewesen? Niemand hatte ihn über die Türen des Golden Palms hinaus begleitet. Niemand hatte auch nur sein Ziel gekannt. Hatte es – von Hilda Rheinhart abgesehen – überhaupt jemanden gekümmert?

»Es gab noch einen zweiten Grund für die Zeremonie«, erklärte Ezra. »Da der Mord und das Ritual sich schnell herumgesprochen haben, ist meist eine große Menschenmenge herbeigeströmt, um zuzuschauen. Vielleicht konnten die Ältesten auf diesem Wege etwas in Erfahrung bringen, das ihnen half, den Mörder zu finden.«

»Vielleicht war ja auch einer der Zuschauer der Mörder.« Weshalb die Polizei meist an der Beerdigung eines Mordopfers teilnahm.

Ezra trat wieder an den Kopierer und legte ein Blatt Papier ein. »Übrigens, lag die Leiche von Mr. Pomerantz offen da?«

Sie schüttelte den Kopf. »Halb unter ein paar Büschen verborgen. Der Tote ist dorthin gebracht worden, wir wissen natürlich nicht, von wem. Warum fragst du?«

»Wenn die Leiche bewegt oder verborgen wurde, dann wurde die Zeremonie nicht durchgeführt.«

»Was macht das für einen Unterschied?«

»Jemand, der tötet und die Leiche offen liegenläßt, zeigt seine Verachtung für das Leben und die Gesellschaft. Jemand, der seine Tat zu verbergen sucht, ist zwar trotzdem des Mordes schuldig, aber offenbar macht ihm sein Verbrechen zu schaffen.«

»Höchstwahrscheinlich hat er nur Angst, gefaßt zu werden, Ezra.«

»Du hast recht. Aber das ist auch etwas, oder nicht? Angst, Reue, Schuldgefühle, all das sagt einem, daß es kein Soziopath war. Das könnte euch helfen, die Verdächtigen im Mord an Pomerantz einzugrenzen. Also hängt vieles davon ab, wer seine Leiche bewegt hat.«

»Ich wußte gar nicht, daß man mit der Thora Täterprofile erstellen kann«, sagte sie leichthin, aber sie fand es faszinierend.

Wer *hatte* den Toten transportiert – der Mörder oder jemand, der nichts mit dem Verbrechen zu tun hatte? Ein Räuber hätte sich nicht zwangsläufig die Mühe gemacht, ihn zu verbergen. Und eine Schlepperbande hätte versucht, den Tod wie einen Raubüberfall aussehen zu lassen …

»Vergibt ihm Gott?« fragte sie. »Dem Volk, meine ich?«

Ezra nickte. »Das ist ja der Zweck der Zeremonie. Aber das Volk ist trotzdem dafür verantwortlich, den Mörder hinzurichten.« Er hielt inne. »Wenn es ihn je faßt.«

12

Ein beiger Kombi mit der Aufschrift GOLDEN PALMS und einer großen dunkelgrünen Palme auf beiden Seiten stand vor dem Altenheim am Straßenrand als Jessie zurückkam. Sie fand einen halben Block weiter vorn eine Parklücke und beobachtete im Rückspiegel, wie ein blonder junger Mann in blauen Leinenschuhen und einem weißen Strickhemd auf der Fahrerseite ausstieg und einem alten Herrn aus dem Wagen und in die Halle half. Als er zurückkam, schloß sie den Honda ab und ging auf ihn zu.

Er wischte gerade Vogeldreck von der Motorhaube des Kombi. Die Sonne war unerträglich grell, und die Haube zischte und dampfte vom Kontakt mit dem nassen grauen Lumpen.

»Randy Taylor?«

Er sah auf und warf ihr ein Megawatt-Lächeln zu. »Das bin ich.«

Er war Mitte Zwanzig, mittelgroß, drahtig und muskulös. Verflucht gutaussehend. Stahlblaue Augen, markantes Kinn, dichtes blondes Haar, das offenbar von einem Profi frisiert worden war. Vermutlich ein Möchtegern-Schauspieler, der bis zu seinem Durchbruch als Chauffeur arbeitete.

»Ich bin Detective Drake von der Polizei Los Angeles. Ich möchte Ihnen ein paar Fragen stellen.«

Das Lächeln ließ ein wenig nach, und sie sah ihm an, daß er die Information verarbeitete und umschaltete. Er wischte noch einmal über die Motorhaube, ließ den Lappen auf das Blech fallen und quetschte seine Hände irgendwie in die Taschen seiner unglaublich engen Jeans. Es wunderte sie, daß er sich dabei nicht ein oder zwei Finger brach.

»Was für ein Detective?« fragte er. Neugierig, aber nicht nervös.

»Mordkommission.«

Er nickte düster. »Es geht wohl um diesen alten Knaben, der im Park gestorben ist, was? Man hat mir erzählt, daß er eine Woche lang hier gewohnt hat.« Er legte den Kopf schief. »Ich dachte, er hatte einen Herzinfarkt?«

»Wir wissen noch nicht genau, was die Todesursache war. Wir versuchen nachzuvollziehen, wo er gewesen ist, solange er sich in L.A. aufhielt, und ich dachte, Sie könnten uns vielleicht weiterhelfen.«

Randy schüttelte den Kopf. »Mann, ich wünschte, ich könnte. Aber der Typ ist mir ja nicht einmal begegnet. Ich fahre nur die festen Heimbewohner.«

Das hatte Mason ihr auch gesagt. Sie musterte den Fahrer, ohne zu wissen, warum sie ihm nicht glaubte. Nur ein seltsames Gefühl. Sie hatte gelernt, daß man sich auf seine Instinkte verlassen sollte.

Sie runzelte die Stirn. »Das ist aber merkwürdig, Randy, denn ein Heimbewohner hat mir erzählt, *daß* Sie Mr. Pomerantz einmal gefahren haben.«

Er zog eine finstere Miene. Die Finger kamen aus den Hosentaschen. »Wer hat Ihnen das erzählt?«

Sie lächelte.

»Tja, egal, wer es war, es ist gelogen. Ich darf nur feste Heimbewohner fahren. Das ist die Vorschrift, und warum sollte ich meinen Job riskieren?«

»Für ein bißchen schnelles Geld?«

Pomerantz war kein Geizhals, er hatte dem Zimmermädchen ein Trinkgeld gegeben. Er hatte Yasmin eine Rose gekauft. Er hatte Randy wahrscheinlich angeboten, ihn für seine Chauffeurdienste zu entlohnen. Es war praktischer, als ein Taxi zu rufen, und vermutlich billiger.

Randy schüttelte erneut den Kopf und verschränkte die Arme über der Brust. Er starrte sie unverwandt an. »Fehlanzeige.«

Schweiß war ihm auf die Stirn getreten, doch das konnte auch an der Hitze liegen. Ihre olivgrüne Bluse klebte an ihrem Rücken, und dabei stand sie erst seit einer Minute hier.

»Das glaube ich nicht, Randy.« Sie lächelte erneut, ganz geduldig. »Ich weiß, daß Sie keinen Ärger mit Mr. Mason kriegen wollen, aber das ist nicht das Schlimmste, was auf Sie zukommen könnte.« Sie beugte sich etwas vor. »Sie könnten wegen Behinderung der polizeilichen Ermittlungen vor Gericht gestellt werden.«

Er verlagerte das Gewicht aufs andere Bein. »Wie gesagt, ich habe ihn nie irgendwohin gefahren.«

Sie tippte sich mit dem Finger gegen die Lippen. »Es sei denn, Sie haben Angst, weil Sie ihn umgebracht haben. Lügen Sie *deshalb*?«

Randys stahlblaue Augen hatten sich geweitet, und er starrte sie mit offenem Mund an. »Sie sind ja verrückt. Warum sollte ich denn einem so netten alten Mann etwas tun?«

Sie ließ die Worte einen Moment lang in dem Schweigen zwischen ihnen stehen. Dann fragte sie leise: »Woher wissen Sie denn, daß er nett war, Randy, wenn Sie ihm nie begegnet sind?« Daran, wie er sich versteifte, sah sie, daß er seinen Fehler erkannte. »Ich muß Sie mit aufs Revier nehmen«, sagte sie, und in ihrer Stimme schwang Bedauern mit.

Randy leckte sich die Lippen. »Ich habe ihm nichts getan. Ich habe überhaupt nichts gemacht! Das ist die Wahrheit.«

»Wohin haben Sie ihn gefahren?«

Keine Antwort. Dann: »Muß Mr. Mason davon erfahren?«

»Ich sag's ihm nicht. Aber ich kann Ihnen nicht versprechen, daß er es nicht erfährt. Wohin haben Sie Mr. Pomerantz gefahren?« wiederholte sie.

Seine herabsackenden Schultern signalisierten, daß er sich geschlagen gab. »Ich habe ihn nach Santa Monica gefahren, er wollte das Meer sehen. Einmal habe ich ihn am Beverly Center abgesetzt, weil er Mitbringsel für ein paar Freunde in New York kaufen wollte. Und er ging gern ins Museum. Ich habe ihn zu dem großen am Wilshire Boulevard gebracht und zu einem jüdischen an der 405. Den Namen weiß ich nicht mehr, irgendwas mit ball. Dahin wollte er zuerst.«

Das Skirball? Das lag in West L.A., auf dem Sepulveda, gleich neben dem Freeway. Pomerantz' Interesse an Museen war nicht verwunderlich, Jessie erinnerte sich, daß sie unter seinen wenigen Habseligkeiten eine Kunstzeitschrift gefunden hatte. »Wohin noch?«

»Zum Farmer's Market. Er wollte dort in den Bus steigen,

der die Tour zu den Universal Studios macht. Für einen alten Knacker hatte er eine Menge Schwung, das kann ich Ihnen sagen.«

»Und was war letzten Samstag?« fragte sie, wobei sie versuchte, nicht ungeduldig zu klingen. »Wohin haben Sie ihn da gebracht?«

»Nirgendwohin. Das ist bei Gott die *Wahrheit*«, fügte er rasch hinzu, als er Jessies Stirnrunzeln sah. »Ich habe jeden zweiten Samstag frei.« Er musterte sie genau, um festzustellen, ob sie ihm glaubte. »Ich habe ihn aber noch woandershin gebracht, ein paar Tage vorher. Dienstag oder Mittwoch, glaube ich.«

»Wohin?«

»Das war am Beverly Drive, südlich vom Wilshire. Aber ich weiß nicht mehr, in welchem Block.«

»Denken Sie genau nach, Randy. Es ist wichtig.« Er zog vor Konzentration die Brauen zusammen, und sie hoffte, daß er ein schneller Denker war. Der Schweiß rann ihr den Rücken hinab, und das Pflaster briet ihre Schuhsohlen.

Schließlich sagte er: »Es war ein oder zwei Blocks vor dem Olympic Boulevard. Auf der westlichen Straßenseite.«

Zumindest hatte er es etwas eingegrenzt. »War es ein Geschäft oder ein Bürohaus?«

»Ein Bürohaus. Aber ich weiß die Nummer nicht. Warum auch?« fragte er mit leichtem Trotz.

Weil es mein Leben nur ein kleines bißchen leichter machen würde. »Es wäre mir lieb, wenn Sie mit mir fahren und mir das Haus zeigen könnten.«

»Jetzt gleich ist es ausgeschlossen.« Er schüttelte den Kopf. »Ich muß in fünf Minuten eine Heimbewohnerin zum Arzt bringen.«

Eine vernünftige Entschuldigung, das mußte sie zugeben. »Wo ist der Arzt?«

»In der Third Street, in den Ärztehäusern.«

Das war mit dem Auto nur wenige Minuten entfernt. »Wir nehmen meinen Wagen. Wir setzen die Patientin ab, fahren nach Beverly Hills, und ich bringe Sie rechtzeitig zurück, damit Sie sie wieder abholen können.«

»Ich weiß nicht, ob ich das Haus erkenne. Ich war ja nur dieses eine Mal dort.« Inzwischen winselte er fast.

Sie biß die Zähne zusammen. »Sie sind doch ein schlaues Kerlchen, Randy. Ich glaube an Sie.«

Im Auto war Randy mürrisch und wortkarg. Als er die Heimbewohnerin, eine übergewichtige Frau mit Hängebacken, ins Ärztehochhaus begleitete, durchlebte Jessie ein paar beklommene Minuten, weil er nicht sofort wiederkam – Randy hat sich aus dem Staub gemacht, dachte sie, er hat Pomerantz umgebracht. Aber wie sollte sie Espes das erklären? Doch dann sah sie ihn, wie er auf ihren Honda zugeschlendert kam.

Sie fuhren in völligem Schweigen weiter. Sie nahm die Third Street bis zum Doheny Drive, fuhr diesen in südlicher Richtung hinab bis zum Wilshire Boulevard, wo Sie rechts abbog und dem weiten Boulevard folgte, bis sie am Beverly Drive anlangte. Dort bog sie nach links ab und fuhr den Beverly Drive hinauf, bis über die erste Kreuzung. Sie verlangsamte auf zwanzig kmh und ignorierte das Hupen der Autos hinter ihr, während sie mit einem Auge die Straße musterte und mit dem anderen Randy.

Als sie sich dem Olympic Boulevard näherten, zuckte er die Achseln. »Diese Häuser sehen alle gleich aus. Können Sie noch mal einen Block zurückfahren?«

Sie fuhr zum Wilshire und bog erneut auf den Beverly Drive ein. Sie waren etwa hundert Meter am Gregory Way vorbei, als er sagte: »Ich glaube, das ist es.«

Sie bremste abrupt ab, was hinter ihr erbostes Hupen auslöste, und sah an Randys ausgestrecktem Finger vorbei auf ein dreistöckiges Gebäude mit Backsteinfassade.

»Vielleicht ist es auch das.« Er wies auf ein weiteres Backsteinhaus, das kaum dreißig Meter weiter im selben Häuserblock lag.

Sie bemühte sich, ihn nicht giftig anzuschauen. »Welches ist es, Randy?«

»Ehrlich, ich weiß es nicht. Aber es ist auf jeden Fall eines von den beiden. Können wir jetzt zurückfahren? Mr. Mason bekommt einen Anfall, wenn ich Mrs. Lubner zu spät abhole.«

Jessie sah auf die Uhr, Viertel vor vier. Sie würde mindestens eine halbe Stunde brauchen, um Randy zum Golden Palms zurückzubringen und wieder hierher zu fahren. Vermutlich länger im Spätnachmittagsverkehr. Sie würde morgen früh wiederkommen müssen, um herauszufinden, wen Pomerantz letzte Woche aufgesucht hatte.

Auf dem Rückweg war Randy eindeutig entspannter und klopfte auf dem Sitz mit dem Finger den Takt zur Radiomusik. Aber er stieg hastig aus, als Jessie vor dem Seniorenheim parkte, und ging auf den Kombi zu, ohne sich umzusehen. Sie sah ihn davonfahren und wollte es ihm gerade nachtun, als sie es sich anders überlegte.

Yasmin war an der Rezeption. Sie lächelte bedauernd, als sie Jessie sah. »Falls Sie Randy suchen, haben Sie ihn leider wieder verpaßt. Aber er müßte bald zurückkommen.«

»Ich habe ihn gerade gesprochen. Er sagte, er sei letzten Samstag nicht hiergewesen und hätte daher keine Ahnung, wohin Mr. Pomerantz gegangen sein könnte. Echt schade.«

»Echt schade«, wiederholte die Rezeptionistin. »Letzten Samstag hatte Randy frei. Da müßten Sie mit Joseph sprechen, unserem Hausmeister. Jedes zweite Wochenende fährt er die Heimbewohner.«

Randy hatte die Wahrheit gesagt. »Und wo finde ich den?«

»Im Moment ist er nicht da. Er mußte irgendein Ersatzteil besorgen. Tut mir leid.« Sie warf Jessie ein Lächeln zu. »Er müßte in einer Stunde oder so zurück sein. Sie können ihn aber auch morgen früh erreichen.«

Jessie reichte Yasmin ihre Karte. »Ich habe vorhin ganz vergessen, Ihnen die zu geben. Wenn Ihnen irgend etwas in bezug auf Mr. Pomerantz einfällt, rufen Sie mich bitte an.« Sie trat ein paar Schritte vom Fenster zurück und drehte sich um.

»Als ich vorhin hier war, saß eine Frau in der Halle. Sie wartete auf ihre Tochter, die sie zum Essen abholen wollte.«

Yasmin sah sie verständnislos an.

»Sie trug ein Hörgerät.« Immer noch keine Reaktion. »Und sie hatte eine schwarze Alligator-Handtasche, die ihre Tochter ihr zum Geburtstag geschenkt hat.«

Yasmin lächelte. »Mrs. Korda. Die ist unheimlich nett, was?«

»Ja. Ich wollte nur wissen, ob die Tochter gekommen ist.« Jessie kam sich bei der Frage blöd vor – es ging sie ja nichts an – und sah das Erstaunen in Yasmins tiefbraunen Augen.

»Nein. Sie hat angerufen und gesagt, daß etwas dazwischen gekommen sei. Ein Problem mit dem Installateur, glaube ich.«

Jessie nickte. Sie dankte Yasmin und verließ das Heim.

13

»Futaki hat angerufen und die Ergebnisse durchgegeben«, sagte Phil zu Jessie, als sie im Revier eintraf. »Pomerantz' Herz hat ausgesetzt, genau wie wir dachten.«

Sie wurde starr vor Spannung. »Und?«

»Genug Digitalis, um einem Mustang Starthilfe zu geben. Das und etwas Wein, den er irgendwann am Samstagabend getrunken hat.«

Sie lächelte zufrieden. »Ich wußte es.«

»Freu dich nicht zu früh. Der Coroner hat sich noch nicht entschieden, ob er auf Mord oder Tod ohne Fremdverschulden erkennen soll.«

Sie warf ihre Tasche auf den Schreibtisch. »Herrgott noch mal, Phil. Er *weiß*, daß Pomerantz' Leiche bewegt wurde. Er *weiß*, daß Pomerantz' Brieftasche und Armbanduhr fehlen.« Sie ließ sich auf ihren Stuhl sinken.

Phil nickte. »Pomerantz' Leiche wurde zweifellos bewegt, und zwar *nach* seinem Tod. Aber Futaki meint, das allein sei noch nicht genug für einen Mord. Und er sagt, Pomerantz sei wahrscheinlich erst nach seinem Tod beraubt worden.«

»Warum sollte ein Räuber Pomerantz ein unbeschriftetes Fläschchen mit Digitalis zustecken? Hast du Futaki erzählt, daß Pomerantz' Arzt ihm kein Lanoxin verschrieben hat?«

Phil nickte. »Er meint, Pomerantz hätte die Tabletten auch von einem Freund oder von einem anderen Arzt bekommen haben können. Pomerantz' Fingerabdrücke fanden sich auf dem Fläschchen.«

»Dann hat der Mörder Pomerantz eben das Fläschchen in die Hand gedrückt, bevor er es ihm in die Hosentasche geschoben hat.« Sie ballte die Fäuste. »Das ist doch lächerlich! Warum windet sich Futaki derart?«

»Weißt du, was ich glaube? Die Jungs vermuten, daß dieser Fall nicht so leicht aufzuklären sein wird. Pomerantz macht sich als Unfalltoter besser. Der Staatsanwalt will nicht noch mehr ungelöste Fälle ansammeln. Und der Chef auch nicht.« Phil drehte sich auf seinem Stuhl.

Reines Taktieren, dachte Jessie wütend. »Hast du Futaki von den Entführungen aus Seniorenheimen erzählt?«

»Ja. Seinem Ton nach zu schließen, war er nicht übermäßig beeindruckt. Aber er meinte, wir sollen ihm Bescheid sagen, falls wir etwas Konkretes in Erfahrung bringen.«

»Was will er denn? Ein unterschriebenes Geständnis?«

»Wollen wir das nicht alle?« Phil spielte mit seinem Schnurrbart. »Und was war mit dem Fahrer? Hast du irgendwas erfahren?«

»Pomerantz hat eine Menge touristisches Zeug unternommen, und er hat Mitbringsel für seine Freunde gekauft.«

»Ich rufe gleich Futaki an und berichte ihm die Neuigkeit.« Phil tat so, als griffe er nach dem Telefon.

»Außerdem hat er jemanden in einem Gebäude am Beverly Drive aufgesucht, südlich vom Wilshire.« Sie berichtete Phil von ihrer Fahrt mit Randy Taylor. »Ich sehe mich morgen früh mal in beiden Häusern um.« Sie stand auf und hängte sich ihre Tasche über die Schulter.

»Hast du nicht etwas vergessen?« Er griff über seinen Schreibtisch und reichte ihr ein FedEx-Päckchen.

Die Videokassette. Deshalb war sie ja überhaupt im Revier vorbeigekommen, anstatt gleich nach Hause zu fahren. »Danke. Dann bis morgen.« Sie nahm das Päckchen.

Er lächelte. »Mach Popcorn, dann komme ich und seh's mir mit dir an.«

Abigail Morton hatte dem Band ihre Visitenkarte und eine handschriftliche Notiz beigelegt: »Wie bereits erwähnt, ist der Film ungeschnitten und umfaßt Material, das vor dem Interview entstanden ist. Ich hoffe, es hilft Ihnen weiter. Mr. P.s Tod betrübt mich wirklich.«

Im Haus war es brütend heiß. Jessie zog normalerweise sofort Shorts an, wenn sie heimkam, doch sie war zu neugierig auf das Video. Sie schob die Kassette in den Videorecorder, streifte die Schuhe ab und setzte sich im Schneidersitz auf die schwarze Ledercouch. Mit der Fernbedienung schaltete sie Fernseher und Videogerät ein und begann an der lauwarmen Pizza zu knabbern, die sie auf dem Nachhauseweg gekauft hatte.

Schwarz-weißes Flimmern erschien auf dem Bildschirm, gefolgt von farbigen Streifen. Dann die Großaufnahme eines karg eingerichteten Filmstudios, ein grau gepolsterter Stuhl mit hoher Lehne, ein kleiner, runder Tisch mit einer bodenlangen, grünen Decke, eine Vase mit Blumen und im Hintergrund eine Topfpflanze.

Auf dem Stuhl saß ein zierlicher älterer Herr mit einem Wust mittelbrauner Haare und roten Backen. Norman Pomerantz. Er veränderte seine Position, keine spektakuläre Handlung, aber nachdem sie seinen reglosen Körper untersucht und sein bleiches Gesicht betrachtet hatte, war Jessie im ersten Moment verblüfft, ihn lebendig zu sehen.

»Am Anfang sagte Gott, es werde Licht«, sagte Norman Pomerantz mit hoher Stimme und schwerem Akzent, »aber wer hätte gedacht, daß es so heiß sein würde?« Er wischte sich das Gesicht mit einem schneeweißen Taschentuch.

»Tut mir leid. Die strahlen eine Menge Hitze ab. Möchten Sie etwas Kaltes trinken? Wasser? Limonade?«

Die Sprecherin, sie stand außerhalb des Blickfelds der Kamera, klang besorgt.

Pomerantz schüttelte den Kopf. »Sie denken sicher: ›Was, wenn mir der alte Mann umkippt?‹ Stimmt's?« Er schmunzelte. »Keine Sorge, Miss Morton, ich bin an Scheinwerfer gewöhnt. Ich habe vor ein paar Monaten erst einen anderen Dokumentarfilm gedreht. Aber wenn Sie Champagner hätten ...?« Seine graublauen Augen zwinkerten schelmisch.

»Schön wär's. Das ist eine Billigproduktion.«

»Vielleicht wenn Sie mal groß rauskommen, wie Spielberg. Er hat auch klein angefangen.« Der alte Mann kicherte. »Wie heißen Sie mit Vornamen, wenn ich fragen darf?«

»Abigail.«

»Abigail.« Er sprach das A wie »ah« aus. »Ein hübscher Name für eine hübsche junge Dame.« Er legte den Kopf schief.

»Ist es in Ordnung, daß ich das gesagt habe? Heutzutage muß man ja vorsichtig sein.«

»Ist schon recht.«

Jessie begriff, weshalb Yasmin, die Rezeptionistin, Pomerantz ins Herz geschlossen hatte. Er war charmant und witzig und flirtete auf gutmütige Art. Einen Moment später sah sie eine große, knochige junge Frau mit langer, lockiger, roter Mähne auf ihn zugehen.

»Meine Frau hatte auch einen schönen Namen: Lola.« Seine Augen glitzerten. Er neigte den Kopf und knöpfte sein blaues Wollsakko auf.

Die Frau steckte ihm ein winziges schwarzes Mikrophon ans Revers.

»Jetzt wird getestet, wie ich mich anhöre, stimmt's?« fragte er. »Das weiß ich noch vom letzten Mal.«

»Sprechen Sie ganz normal.« Abigail rückte das Mikrophon zurecht. »Es fällt Ihnen sicher schwer, über die Dinge zu sprechen, die Ihnen während des Krieges zugestoßen sind. Ich bin froh, daß Sie mir dieses Interview geben.«

»Es ist schwer und wohltuend zugleich, wissen Sie?« Er zuckte die Achseln und knöpfte sein Jackett wieder zu, um das Mikrophonkabel zu verbergen. »Und es ist wichtig. Wer wäre denn ohne diese Bänder«, er wies zu der auf ihn gerichteten Kamera, »wenn ich und die anderen alle weg sind, noch da, um zu berichten, was wirklich geschehen ist? Vielleicht gebe ich noch ein Interview, wenn ich in Los Angeles bin. Was meinen Sie? Habe ich das Zeug zum Star?« Er drückte die Schultern zurück und setzte sich in Positur.

»Eindeutig.« Die Frau klang belustigt. »Der neue Sean Connery.«

»Ich dachte mehr an Mel Gibson. Aber Connery ist auch nicht schlecht.« Er kicherte erneut. »Sie sind ein nettes Mädchen. Haben Sie einen Freund, Abigail?«

»Ja.«

»Ist er wunderbar?«

Sie lachte. »Ich glaube schon.«

»Sie sollten nicht nur glauben müssen.« Er drohte ihr mit dem Finger. »Und geben Sie sich nicht mit weniger als wunderbar zufrieden, Abigail. Ich habe das auch nicht getan.« Er lächelte sehnsüchtig. »Wie alt sind Sie? Wenn Ihnen die Frage nichts ausmacht.«

»Siebenundzwanzig.«

»Ach, so jung!« Er seufzte und schüttelte den Kopf.

»Und Sie?«

»Ich? Ich bin ein Dreizehner«, erklärte er voller Stolz.

»Ein was?« Abigail war wieder aus dem Blickwinkel der Kamera verschwunden.

»Ein Dreizehner. Ich bin neunzehnhundertdreizehn geboren. Mein Freund Stanley ist ein Fünfzehner. Max ein Einundzwanziger. Ein junger Hüpfer.« Pomerantz schmunzelte.

Jessie mußte auch schmunzeln.

»Sie fahren also nach Los Angeles«, sagte Abigail. »Zum ersten Mal?«

Er nickte. »Das erste Mal, daß ich New York verlasse, seit ich nach Amerika gekommen bin, können Sie sich das vorstellen? Vielleicht ziehe ich dorthin. Kommt ganz darauf an.«

»Worauf kommt es an? Haben Sie eine Freundin dort?« fragte Abigail spitzbübisch.

»Eine Freundin? Nein.« Er lächelte und schüttelte den Kopf.

»Was dann?«

»Ah!« Er zog die Augenbrauen hoch. »Das kann ich nicht einmal Ihnen sagen, der reizenden Abigail.«

»Ein Geheimnis?« sagte die junge Frau scheu, indem sie das Spiel mitmachte.

Anstelle einer Antwort lächelte er nur. »Ein ganz, ganz großes Geheimnis. Es könnte mein Leben verändern.«

»Ich hoffe, Sie werden nicht enttäuscht.«

»Ich bin schon öfter enttäuscht worden, Abigail. Man gewöhnt sich daran. Aber diesmal – diesmal habe ich ein gutes Gefühl.«

Ironische letzte Worte, dachte Jessie traurig.

Sie sah sich das ganze Band an, über zwei Stunden ungeschnittenen Filmmaterials. Pomerantz war so, wie sein Freund Goldblum ihn geschildert hatte – munter, klug, witzig und warmherzig. Während sie ihn betrachtete und den lebhaften, manchmal spaßigen Anekdoten aus seinem Leben lauschte, war Jessie zu Tränen gerührt über Nachum Pomerantz, der wundersamerweise die Konzentrationslager überlebt hatte, nur um ermordet und einer Autopsie unterzogen zu werden, erneut seiner Identität und Würde beraubt.

Sie wußte, daß sie Pomerantz' Tod nicht personalisieren sollte, und sie wußte, daß sie auch um Yaakov Kochinsky weinte, den Großvater, den sie nie kennengelernt und über den zu sprechen sich Frances bis zum gestrigen Abend geweigert hatte. Wie war er umgekommen? Was war mit seiner Leiche geschehen? Aller Wahrscheinlichkeit nach würde sie das nie erfahren.

Jessie hatte alles über Pomerantz' Kindheit und Jugend erfahren; über seine Familie, die komplett ausgelöscht worden war; über die brutalen Jahre in verschiedenen Konzentrationslagern; und über sein wundersames Überleben. Allerdings hatte sie nichts über das Geheimnis erfahren, das ihn vor etwas über einer Woche nach Los Angeles geführt hatte.

Wenn es überhaupt ein Geheimnis *gab*. Vielleicht hatte er nur mit Abigail Morton herumgeschäkert und versucht, sich als ein interessanteres Objekt für ihr Interview zu präsentieren.

Aber auch Stanley Goldblum hatte gesagt, daß sein Freund

Nachum sich sehr geheimnisvoll über seine Pläne in L.A. geäußert hätte.

»Ein ganz großes Geheimnis«, hatte Pomerantz erklärt. »Es könnte mein Leben verändern.«

Hatten skrupellose Schlepper Pomerantz daran gehindert, sein mysteriöses Vorhaben durchzuführen?

Oder hatte dieses Vorhaben selbst seinen Tod zur Folge gehabt?

14

»Ja, wir standen uns alle sehr nahe in unserer Familie.« Pomerantz nickte in die Kamera. »Mein Vater und meine Mutter. Ein jüngerer Bruder und zwei jüngere Schwestern. Und ein Hund.« Er schmunzelte. »Ich hatte Glück, ich konnte einige Bilder retten. Manche meiner Freunde haben nichts als Erinnerungen.

Ich weiß noch, wie kalt die Winter waren – ohne Zentralheizung, wissen Sie?« Er lachte. »Aber wir haben uns amüsiert. Schneeballschlachten, Schlitten, Picknicks. Im Sommer haben wir in den Bergen Lagerfeuer gemacht. Ein normales Leben.« Er seufzte. »Kaum zu glauben, was?

Mein Bruder Moshe sah sehr gut aus. Dichtes schwarzes Haar und Augen so blau wie das Meer. Die Mädchen waren verrückt nach ihm.« Pomerantz lächelte wehmütig. »Stark war er auch, aber er ist in Auschwitz an Typhus gestorben, kurz vor der Befreiung. Das haben mir jedenfalls die Amerikaner erzählt. Ich war nicht so stark, aber nun sitze ich hier.« Er zuckte die Achseln.

»Meine Schwester Liebe – sie war die ältere der beiden – ist in Treblinka umgekommen. Chava, die jüngere, war blond.

Sie sah aus wie eine polnische Schikße. *Sie hat sich oft rausgeschlichen, um uns Eier, Milch, Mehl oder Seife zu besorgen, was eben aufzutreiben war. ›Macht euch keine Sorgen‹, sagte sie immer zu meinen Eltern. ›Die kriegen mich nicht.‹*

Aber eines Tages kriegten sie sie doch.«

In den beiden Häusern mit den Backsteinfassaden am Beverly Drive, so erfuhr Jessie am Mittwoch morgen, gab es mehr als fünfzig Mieter. Darunter eine Import-Export-Firma, ein Perückengroßhandel, ein Fotostudio, mehrere Anwaltskanzleien, Anlageberater, Steuerberater, eine Werbeagentur, eine Immobilienfirma und eine Masseurin. Keine Ärzte.

Zwei Stunden später hätte sie sich am liebsten von der Masseurin durchkneten lassen – die Füße taten ihr weh, und ihre Nerven waren angegriffen, denn obwohl sie Pomerantz' Foto mehr Vorzimmerdamen gezeigt hatte, als sie normalerweise im ganzen Jahr traf (manche waren munter und aufgeweckt gewesen, andere blasiert und endlos gelangweilt), hatte keine einzige den alten Mann erkannt oder sich an seinen Namen erinnert.

Noch fünf Büros, dann wäre sie fertig. Vielleicht hatte sich Randy geirrt. Oder er hatte gelogen, um sie loszuwerden.

Sie betrat ein Reisebüro und starrte sehnsüchtig auf die einladenden Plakate. Australien. Frankreich. Die Alpen. Yucatán. Alaska. Abgesehen davon, daß sie gelegentlich an ihren freien Tagen nach Santa Barbara hinauffuhr, war ihr letzter Urlaub die fünftägige Hochzeitsreise nach Maui gewesen. Und soweit sie sich erinnerte, waren Gary und sie nicht viel unterwegs gewesen …

Die Angestellte warf einen Blick auf Pomerantz' Foto und schüttelte den Kopf. »Er könnte letzte Woche hiergewesen sein, aber ich erinnere mich nicht an das Gesicht. Sie können sich nicht vorstellen, was bei uns los war. Wir werden schon den ganzen Sommer überrannt.« Sie fuhr sich mit der Hand durch das zu oft dauergewellte, lange blonde Haar und sah dann interessiert zu Jessie auf. »Und was ist mit Ihnen, Detective? Kann ich Sie nicht zu einem Wochenendtrip nach Mazatlán verführen? Wir haben sagenhafte Pauschalangebote.« Sie lächelte.

»Wenn ich nur könnte«, antwortete Jessie aus vollem Herzen. Die Hitze hatte ein wenig nachgelassen, doch die Temperatur war für ihren Geschmack immer noch zu hoch. Phil war mit den Kindern nach San Diego gefahren. Helen und Neil wollten im August mit Matthew eine Reise zum Epcot Center in Florida machen. Gestern abend am Telefon hatte Gary vorgeschlagen, ein verlängertes Wochenende in Lake Tahoe zu verbringen. Mit getrennten Zimmern natürlich, hatte er erklärt. Vielleicht sollte sie zusagen. Oder würde ihm das zuviel Hoffnung machen?

Gegenüber dem Reisebüro lagen Hillister Graphics und die Steele Foundation. Tür Nummer eins oder Tür Nummer zwei, wie Phil sagen würde. Zuerst die Steele Foundation, beschloß sie. Der Name klang vertraut, und am Türrahmen hing eine reich verzierte silberne Mesusa.

Die Frau hinter dem Mahagonischreibtisch mit den schönen Intarsien telefonierte gerade, als Jessie eintrat. Mit den zarten Fältchen im Gesicht und dem silbern und dunkelgrau melierten Haar, das sie zu einem lockeren Knoten geschlungen trug, schätzte Jessie sie auf Mitte Fünfzig. Sie trug ein perfekt sitzendes, elfenbeinfarbenes Kostüm mit marineblauen Borten im Chanel-Stil. Zuchtperlen in den Ohrläppchen. Frances wäre angetan gewesen.

Der Empfangsbereich war großzügig und wie die Diele eines Privathauses eingerichtet: Zwei weiche Sofas mit Chintzbezügen, auf einem Beistelltischchen aus dunklem Holz mit Messingbeschlägen stand ein salbeigrünes chinesisches Goldfischglas, gefüllt mit frischen Blumen. Jessie betrachtete Gemälde an den mit ecrufarbener Moiréseide bespannten Wänden. Keinerlei Hinweise auf den Zweck der Steele Foundation (irgendeine Art von Wohltätigkeit?), doch selbst ihrem laienhaften Auge erschienen der Chagall und der Matisse wie Originale.

»Sie sind exquisit, nicht wahr?« Die Vorzimmerdame legte den Hörer auf und lächelte Jessie an. »Mein Name ist Barbara Loura. Kann ich Ihnen helfen?« fragte sie mit einer weichen, eleganten Stimme, die für die Moderatorin eines Klassiksenders ideal gewesen wäre.

»Ich bin Detective Jessie Drake von der Kriminalpolizei Los Angeles.« Sie reichte ihr eine Visitenkarte.

Nicht gerade das, was die Frau erwartet hatte. Jessie sah einen Funken von Widerwillen in ihren grauen Augen, der sich noch verstärkte, als Jessie ihr erklärte, weshalb sie gekommen war, und ihr Pomerantz' Foto vorlegte.

Die Vorzimmerdame hatte eine Halbbrille aufgesetzt und studierte das Foto eingehend. »Wie sagten Sie, war sein Name?« fragte sie, als sie schließlich zu Jessie aufsah.

Jessies Herzschlag beschleunigte sich erwartungsvoll. »Norman Pomerantz. Er war auf Besuch aus New York hier.«

Die Frau nickte. »Bei uns kommen viele ältere Herrschaften vorbei, daher sind sie schwer zu unterscheiden. Aber an diesen Herrn *kann* ich mich erinnern. Er war letzte Woche einmal hier.« Sie tippte sich mit einem professionell manikürten Fingernagel gegen die blaß korallenroten Lippen. »Am Dienstag, glaube ich. Ja, genau – es war nämlich, bevor Mr. Steele krank wurde, und das war am Mittwoch. Mr. Pomerantz war schrecklich enttäuscht, als ich ihm sagte, daß keiner der Steeles zu sprechen sei.« Sie gab Jessie das Foto zurück. »Was ist denn passiert? Ist er ...?« Sie verstummte.

Endlich eine Spur. Freu dich nicht zu früh, sagte sich Jessie.

»Wir kennen die Todesursache noch nicht genau. Wir versuchen gerade, Mr. Pomerantz' letzte Tage in L.A. zu rekonstruieren. Welchen Mr. Steele wollte er denn sprechen?« Sie steckte das Bild in einen Umschlag und diesen in ihre Handtasche.

»Mr. *Maurice* Steele. Er kommt schon seit einiger Zeit nicht mehr regelmäßig ins Büro, schon bevor seine Herzkrankheit so ernst wurde. Dann fragte Mr. Pomerantz, ob er mit Mr. Maurice' Söhnen sprechen könnte. Er sagte, es sei wichtig, aber sie waren in Besprechungen. Ich konnte sie *wirklich* nicht stören.« Sie klang bedrückt und sprach mit entschuldigendem Tonfall.

Der Tod gestattet keine Wiederholungen. »Das konnten Sie ja nicht wissen«, sagte Jessie verständnisvoll und gewährte der Frau damit die Absolution, die sie so offensichtlich ersehnte. »Hat Mr. Pomerantz erwähnt, warum er Mr. Steele sprechen wollte?«

Dic Frau tippte sich erneut mit dem Finger gegen die Lippen. »Da *war* etwas ...« Sie runzelte konzentriert die Stirn und schüttelte den Kopf. »Tut mir leid. Zu uns kommen so viele Leute«, fügte sie mit bedauerndem Lächeln hinzu. »Ich habe ihn gefragt, ob einer unserer Mitarbeiter ihm weiterhelfen könne, aber Mr. Pomerantz *bestand* darauf, einen der Steeles zu sprechen. Er sagte, er sei den ganzen Weg von New York gekommen, und er werde nicht eher nach Hause fahren. Sehr beharrlich, auf eine reizende Art.« Ein weiteres, eher belustigtes Lächeln. »Er tat mir leid, aber was konnte ich machen?«

»Und er ist nicht noch einmal gekommen?«

»Soweit ich weiß nicht. Höchstens während meiner Mittagspause. Ich habe aber seinen Namen und eine Telefonnummer notiert, unter der er zu erreichen war. Die habe ich sowohl Mr. Charles als auch Mr. Henry gegeben, aber ich weiß nicht, ob sich einer von ihnen mit Mr. Pomerantz in Verbindung gesetzt hat. In der Stiftung war *unglaublich* viel Betrieb«, fügte sie hinzu, »und die Steeles machten sich Sorgen wegen ihres Vaters.«

Yasmin, die Rezeptionistin des Golden Palms, hatte Jessie erzählt, daß ein männlicher Anrufer Pomerantz verlangt, aber keine Nachricht hinterlassen hatte. Entweder derselbe Mann oder ein anderer Anrufer hatte den alten Mann schließlich erreicht. Vielleicht war es einer der jüngeren Steeles gewesen? Aber wenn dem so war, weshalb hatte er dann keine Nachricht hinterlassen?

Die Tür zum Flur ging auf. Jessie drehte sich um, als ein gutaussehender Mann das Büro betrat. Er war mittelgroß, gut gebaut und schätzungsweise Mitte Vierzig. Imposanter doppelreihiger Anzug, imposante schwarz-grau melierte Haare. Das anthrazitfarbene Aktenköfferchen aus Alligatorleder, das er in der Hand hielt, sah teuer aus.

»Haben Sie die Unterlagen, Barbara?« fragte er die Vorzimmerdame in einem Ton, der vermittelte, daß seine Zeit kostbar war. Er nahm Jessies Anwesenheit nicht einmal zur Kenntnis.

»Hier sind sie.« Die Vorzimmerdame reichte ihm einen Stapel Aktendeckel, die von einem Gummiband zusammengehalten wurden. »Mr. Henry läßt Sie bitten, ihn bei seinem Vater anzurufen, wenn Sie fertig sind. Ich habe Ihnen die Telefonnummer notiert.« Sie wies auf ein grünes Post-it auf der obersten Mappe. »Und da ist noch ein Brief, den Sie bitte lesen möchten, bevor Sie gehen. Sie reichte ihm ein zusammengefaltetes Blatt.

Er runzelte die Stirn. »Ich wollte mich eigentlich nicht aufhalten. Ich stehe an einer Parkuhr.«

»Es dürfte nicht lang dauern. Sie können den Konferenzraum benutzen, wenn Sie möchten.«

»Also gut.« Mr. Aktenköfferchen lächelte. Es war ein verkniffenes Lächeln mit dem Anflug eines Michael-Douglas-artigen Feixens. Er ließ die Akten auf dem Tisch liegen und verschwand mit dem Brief um die Ecke.

»Ist er Anwalt?« fragte Jessie und erntete einen verwunderten Blick.

»Ja. Woher wußten Sie das?«

»Nur gut geraten.«

Barbara sah einen Moment lang unsicher drein, doch dann erlaubte sie sich ein kleines Schmunzeln. »Mr. Reynolds *kann* ein bißchen kurz angebunden sein. Aber er leistet hervorragende Arbeit. Er berät die Menschen, die sich an die Stiftung gewandt haben.«

»Was genau *ist* die Steele Foundation eigentlich?« fragte Jessie.

Die hochgezogenen Brauen der Frau zeigten ihre Verblüffung darüber, daß Jessie das nicht wußte. »Die Steeles haben die Stiftung gegründet, um Holocaust-Überlebenden bei der Wiederbeschaffung ihres Vermögens zu helfen. Mr. Maurice ist selbst ein Überlebender.« Sie sagte dies weich und voller Stolz.

»Die Schweizer Konten meinen Sie?« *Deshalb* war ihr der Name der Stiftung bekannt vorgekommen – sie hatte ihn in der *Times* gelesen.

Barbara nickte. »Außerdem unterstützen wir Überlebende bei ihren Auseinandersetzungen mit Lebensversicherungen. Sie würden nicht glauben, wie viele Policen nicht ausgezahlt worden sind – Policen bei Firmen, die vor dem Krieg Juden dazu ermuntert haben, sich zu versichern, um ihre Familien und ihr Eigentum zu schützen.« Sie schüttelte indigniert den Kopf.

»Ich habe, glaube ich, gelesen, daß einige Leute verschiedene europäische Versicherungsgesellschaften verklagt haben.«

Barbara nickte. »Das stimmt. Wir hoffen, daß wir einiges in Bewegung bringen können. Dazu kommen natürlich noch die persönlichen Besitztümer. Gemälde, Skulpturen, Schmuck, Tapisserien, Kunstgegenstände.« Sie seufzte. »Alles konfisziert, von Juden in Polen, Frankreich, Deutschland, Österreich, Ungarn … Sie sind ein Vermögen wert.«

»Sind solche Sachen überhaupt noch aufzuspüren?«

»Mr. Steele hofft es auf jeden Fall, ich meine Mr. Charles Steele. Er hat sich der Aufgabe verschrieben, Kunstwerke und persönliche Gegenstände aufzuspüren und sie ihren rechtmäßigen Besitzern wieder zurückzugeben. Genau wie sein Vater ist er ein leidenschaftlicher Kunstliebhaber.« Sie lächelte warm. »Mr. Maurice besitzt eine renommierte Sammlung. Er hat Stücke an verschiedene Museen auf der ganzen Welt verliehen. Die Werke, die Sie bewundert haben, sind Teil seiner Sammlung.«

»Hat er denn keine Angst vor Diebstahl?«

»Die Bilder sind an eine Alarmanlage angeschlossen. Und natürlich sind die hoch versichert.«

Jessie warf einen Seitenblick auf die Bilder an der Wand. Was kostete es wohl, die Werke in einem Büro zu versichern? Oder waren sie in Steeles private Police mit eingeschlossen? »Und die Schweizer Banken und Versicherungen?« fragte sie. »Das ganze verlorene Kapital?«

»Das ist Mr. Henrys Domäne. Er ist der Geschäftsmann in der Familie. Mr. Maurice war natürlich auch ein kluger Geschäftsmann.« Ihr Lächeln war zurückgekehrt, doch nun war es wehmütig. »Mr. Henry produziert außerdem einen Dokumentarfilm von Gesprächen mit Holocaust-Überlebenden.«

Pomerantz hatte Abigail Morton erzählt, daß er vielleicht ein zweites Interview geben werde, wenn er in Los Angeles sei. Vielleicht war er deshalb zur Steele Foundation gegangen. Aber wenn dem so war, warum hatte er dann nicht mit einem Mitarbeiter der Stiftung reden wollen? Warum hatte er darauf bestanden, einen der Steeles zu sprechen?

Eitelkeit vielleicht? Pomerantz hatte bereits zwei Interviews gegeben, in seinen eigenen Augen war er ein Profi. Ein Star.

Womöglich hatte er es als unter seiner Würde betrachtet, mit einem Assistenten zu sprechen. Doch nichts auf dem Videofilm, den sich Jessie am Vorabend angesehen hatte, hatte Pomerantz arrogant erscheinen lassen.

»Hat Mr. Pomerantz erwähnt, daß er sich inter ...« begann Jessie.

»*Jetzt* fällt es mir wieder ein!« rief die Vorzimmerdame leise aus. Ihre Augen funkelten begeistert. »Als Mr. Pomerantz mir die Telefonnummer gab, unter der er zu erreichen war, sagte er in etwa: ›Bestellen Sie den Steeles, ich möchte mit ihnen über eine Fundsache reden.‹ Er hat noch etwas anderes gesagt, aber ich kann mich nicht mehr genau an seine Worte erinnern.«

Also war Pomerantz wahrscheinlich doch nicht wegen des Dokumentarfilms gekommen. Und wenn er um Hilfe bei einer Klage gegen die Schweizer Banken bitten wollte, hätte er dies ohne weiteres von seiner Wohnung in Brooklyn aus tun können – Jessie hatte eine 800er-Nummer gesehen, die die Schweizerische Bankiervereinigung in ihrer Zeitungsanzeige angegeben hatte, zusammen mit einer e-mail-Adresse. Ging es um eine Versicherungspolice? Verschwundene Kunstwerke oder Wertsachen?

»Und er hat nicht erklärt, was er meinte?« fragte Jessie.

Barbara schüttelte den Kopf. »Ich hatte das Gefühl, daß es ihm Spaß machte, sich ein bißchen geheimnisvoll zu geben.«

Eine Fundsache. Vielleicht war Pomerantz daran interessiert gewesen, etwas zu finden, das seiner Familie abhanden gekommen war. Vielleicht hatte er sich mit einem der Steeles unterhalten und es ihm erklärt.

»Ich würde gern mit Charles oder Henry Steele sprechen«, sagte Jessie.

Barbara beugte sich vor und umklammerte eine Hand mit der anderen. »Es tut mir sehr leid. Keiner von beiden ist da. Ich habe, glaube ich, schon erwähnt, daß Mr. Maurice krank geworden ist? Tja, Mr. Charles und Mr. Henry setzen ihre Arbeit vom Haus ihres Vaters aus fort, damit sie bei ihm sein und sein Befinden überwachen können. Sie hängen abgöttisch an ihm, und an ihrer Mutter auch.«

»Wo wohnen sie denn?« Wenn Pomerantz mit Charles oder Henry gesprochen hatte, wollte Jessie das wissen.

Gesicht und Haltung der Frau versteiften sich. »Das kann ich Ihnen nicht sagen.«

Jessie unterdrückte ihren Ärger. »Ich kann mir die Adresse auch mit Hilfe einiger Anrufe beschaffen, Ms. Loura, aber Sie können mir wertvolle Zeit ersparen, wenn Sie sie mir sagen.«

»Die Familie soll damit nicht belästigt werden, nicht jetzt. Sie versuchen, mit Mr. Maurice' Krankheit zurechtzukommen und trotzdem ihre Projekte voranzutreiben.« Die Vorzimmerdame schien mit den Tränen zu ringen.

»Ermittlungen in einem Mordfall kommen immer ungelegen«, entgegnete Jessie sanft. »Die Steeles besitzen womöglich, ohne es zu wissen, brisante Informationen über Mr. Pomerantz, die uns dabei helfen könnten, seinen Mörder zu finden.« Nicht unbedingt wahr, aber man wußte ja nie.

Barbara sah Jessie prüfend an. Dann schüttelte sie den Kopf. »Das mit Mr. Pomerantz tut mir leid. Ganz ehrlich. Und ich hoffe, Sie finden seinen Mörder. Aber es wäre mir lieber, wenn Sie die Privatadresse der Steeles aus einer anderen Quelle bekämen.«

»Und wie steht's mit der Telefonnummer? Wenn ich die Angaben, die ich brauche telefonisch erhalte, muß ich die Steeles nicht belästigen.« Und wenn sie eine Telefonnummer hätte, könnte sie die Anschrift einem umgekehrten Telefonbuch entnehmen.

Barbara Loura verzog den Mund und sah beiseite.

Jessie hätte der Vorzimmerdame nun mit Sprüchen über »Behinderung der Justiz« oder »Sabotage offizieller polizeilicher Ermittlungen« kommen können, doch sie ließ es sein. Sie war nur ansatzweise verärgert. Sie wußte, daß sie die Privatadresse der Steeles herausfinden würde.

Und sie bewunderte die Loyalität der Frau.

Espes hätte sie nicht bewundert, dachte Jessie, als sie das Büro der Stiftung verließ. Sie war froh, daß er nicht dabeigewesen war und zugesehen hatte.

An der Windschutzscheibe ihres Honda fand sie einen Strafzettel vor, obwohl ihre offizielle Parkberechtigung gut sichtbar auf dem Armaturenbrett lag. Sie stieg ein, streifte die Schuhe ab und massierte sich die Fußballen. Mein Gott, taten die weh. Sie zog die Schuhe wieder an und trank Wasser aus der Plastikflasche, die sie stets bei sich hatte. Warm, aber naß. Dann meldete sie sich im Revier und sprach mit Boyd, weil Phil unterwegs war, um einer Spur bezüglich der Freundin der Hure nachzugehen.

Los, Phil. »Gibt's was Neues über den kleinen Jungen?« fragte Jessie.

»Hängt immer noch am seidenen Faden. Es sieht nicht gut aus, aber wie meine Mama immer sagt, man soll die Hoffnung nie aufgeben.«

»Wie lief's heute morgen im Gericht?«

Boyd seufzte. »Vertagt. Der Kopfkissenkiller ist krank geworden, dieser Glückspilz.«

Jessie hätte den alten Mann kaum als »Glückspilz« bezeichnet.

Im Telefonbuch war weder im Gebiet Greater Los Angeles noch in Beverly Hills ein Maurice Steele verzeichnet. Wenig erstaunlich. Sie erwog, Steeles Adresse bei einem der Mitarbeiter der Jüdischen Gemeinde zu erfragen, die sie in letzter Zeit kennengelernt hatte, als sie in Sachen Neonazis und Skinheads ermittelt hatte, beschloß aber, sich diesen Weg als letzte Rettung aufzusparen. Vermutlich würden sie sich weigern, genau wie Barbara Loura. Nicht aus Loyalität, sondern aus Angst, daß der millionenschwere Philanthrop sämtliche Gelder strich, die er ihnen zufließen ließ, falls er davon erfuhr.

Gary könnte sie wissen. Jessie versuchte ihn zu erreichen, aber er war unterwegs. Schon wieder ein Fall von Gewalt im Straßenverkehr? Der Gedanke deprimierte sie. In letzter Zeit, so gestand sie sich ein, deprimierte sie alles. Sie brauchte *wirklich* einen Urlaub, und zwar bald. Wahrscheinlich würde sie Gary wegen Lake Tahoe zusagen. Sie hinterließ ihm die Nachricht, daß er sie zurückrufen solle und rief dann bei Ohr Torah an.

»Sie haben ihn gerade verpaßt«, erklärte Shulamit.

Erst Phil, dann Gary und jetzt Ezra. Drei Fehlschläge. »Wissen Sie, wann er zurückkommt?« Aus dem Augenwinkel sah sie, wie ein Verkehrspolizist seinen Wagen ein paar Meter vor ihr einparkte. Derselbe, der den Strafzettel auf ihrer Windschutzscheibe hinterlassen hatte?

»Er hat gerade eine Freistunde. Ich bin ziemlich sicher, daß er in das Pizzalokal die Straße runter gegangen ist. Sie könnten dort nach ihm schauen.«

Keine schlechte Idee. Ezra könnte die Informationen haben, die sie brauchte, und dabei könnte sie noch schnell etwas essen. Sie hatte den ganzen Tag nichts zu sich genommen, abgesehen von einer halben Grapefruit und einem Apfel-Zimt-Müsli zum Frühstück, und ihr knurrte der Magen.

Eine kleine Frau mit dickem Hintern stieg aus dem Polizeiauto und watschelte auf eine Parkuhr vor einem Lexus zu. Dann sah sie sich um, zuerst nach rechts und dann nach links.

Und dann rüttelte sie an der Parkuhr!

Jessie starrte sie einen Moment lang mit offenem Mund an und stieg in dem Moment aus, als eine der Doppeltüren des Gebäudes, das sie vor wenigen Minuten verlassen hatte, aufschwang, und Mr. Aktenköfferchen zu seinem Auto eilte. Dort tippte die Parkuhrenfrau gerade Daten in ihren Strafzettel-Computer.

Das ist ein echtes Dilemma, dachte Jessie amüsiert. Was war schlimmer, die Herrin der Strafzettel mit ihrer Untat davonkommen zu lassen oder einen Anwalt zu verteidigen? Eine schwere Entscheidung. Sie rang einen Augenblick mit sich, dann ging sie auf die beiden zu.

Der Mann sah auf seine Armbanduhr. »Ich bin mir *sicher*, daß die Uhr noch nicht abgelaufen war.«

»Tut mir leid«, gab die Parkuhrenfrau zurück, der offenkundig gar nichts leid tat.

»Die Parkuhr muß vorgesprungen sein. Können Sie nicht ein Auge zudrücken?« Er hatte sein verkniffenes Lächeln aufgesetzt.

»Wenn ich erst einmal angefangen habe, den Strafzettel auszustellen, geht nichts mehr.« Jetzt ganz selbstgefällig.

Jessie sagte: »Sie haben an der Parkuhr gerüttelt.«

Sie drehten sich beide um und starrten sie an.

»Das ist nicht Ihre Angelegenheit, Ma'am.« Die Herrin der Strafzettel setzte eine finstere Miene auf, und ihre kleinen, blitzenden Augen verschwanden in den Falten ihres bulligen Gesichts.

Der Anwalt sah verwirrt aus. Jessie war klar, daß er angestrengt überlegte, wo er sie schon einmal gesehen hatte. Sie beschloß, es ihm zu verschweigen.

»Sie haben sie tatsächlich dabei beobachtet?« fragte er Jessie.

Sie nickte. »Sie sollten dagegen Einspruch einlegen.« Sie wünschte, Phil wäre da; er haßte Parkuhrenwächterinnen aus ganzem Herzen. Genau wie Gary. Und eigentlich jeder, den sie kannte. Nicht, daß sie Anwälte besonders gern gehabt hätten …

»Das habe ich auch vor.« Er drehte sich um und musterte die Parkuhrenfrau mit eisigem Blick.

Die Herrin der Strafzettel nahm eine drohende Haltung ein. »Diese Verwarnung ist vollkommen gerechtfertigt. Die Parkuhr ist gerade abgelaufen, als ich kam.« Sie gab immer noch Daten ein.

Jessie schüttelte den Kopf. »Sie haben nachgeholfen, damit sie ein bißchen schneller abläuft.«

Die Frau umklammerte ihren Laptop mit beiden Händen, als wäre sie Moses, der kurz davor steht, die Zehn Gebote zu zerschmettern. »Wenn Sie nicht augenblicklich verschwinden, rufe ich die Polizei.« Sie funkelte Jessie an und reichte dem Mann einen Ausdruck des Strafzettels.

»Ich *bin* Polizistin«, sagte Jessie gelassen. Der Anwalt starrte sie verblüfft an.

Die Frau stemmte die Hände in die Hüften. »Und ich bin Demi Moore.«

Jessie zog ihre Polizeimarke hervor ...

Es war ein unbedeutender, mickriger kleiner Sieg, dachte sie ein paar Minuten später, als sie zu ihrem Wagen zurückging. Nicht gerade das, wofür sie von der Stadt bezahlt wurde.

Aber sie fühlte sich verflucht gut. Sie konnte nicht sagen, was ihr mehr Befriedigung verschafft hatte, das dankbare Lächeln des Anwalts (diesmal kein Feixen) oder zu sehen, wie die aufgeblasene Arroganz aus dem Gesicht der Parkuhrenwalküre schwand wie Luft aus einem löchrigen Reifen.

Jessie Drake, die Volksheldin.

15

Ezra saß in einer Nische am Ende des langen, schmalen Pizzalokals. Er kehrte Jessie den Rücken zu, doch sie erkannte sein Kamelhaarjackett. Er knabberte an einer Pizzaschnitte und las ein Buch, so daß er sie nicht bemerkte, bis sie vor ihm stand und ihn beim Namen rief.

Er blickte auf und zog erstaunt die Brauen hoch. »Du hast wirklich eine gute Spürnase, Detective.«

Sie lächelte. »Shulamit hat gesagt, daß ich dich wahrscheinlich hier finden würde. Ist es dir recht, wenn ich mich zu dir setze?«

»Sicher.« Er schlug das Buch zu und legte es auf einen Stapel anderer Bücher, die er beiseite schob, um Platz zu schaffen. »Was möchtest du essen? Ich lade dich ein – und versuch bitte gar nicht erst, etwas dagegen einzuwenden.«

»Danke.« Sie setzte sich ihm gegenüber und musterte die mit Gemüse überladene Pizza. Paprika, Pilze, Auberginen. Die gedünsteten Zwiebeln rochen göttlich. Aber sie hatte erst am Tag zuvor Pizza gegessen. Zuviel Käse in zwei Tagen. »Gibt's hier auch Pasta?«

»Die Vermicelli mit Tomaten und Basilikum sind hervorragend.«

»Wunderbar.« Sie gab sich in Gedanken zwei Punkte für Willenskraft, als er aufstand und an die Theke ging. Sie griff nach dem Buch, in dem er gelesen hatte – ein philosophischer Text, wie sie beim Durchblättern sah –, und legte es wieder hin, als er mit Pappteller, Serviette, Styroporbecher, Plastikbesteck und einer Dose Cola light zurückkam.

»Es dauert ein paar Minuten«, erklärte er und stellte alles vor sie hin. »Ich hoffe, du magst Cola.«

»Mein Lieblingsgetränk. Hast du nie Freizeit?« Sie wies auf das Buch.

»Für mich ist Lesen eine Freizeitbeschäftigung.« Er setzte sich. »Ich habe auch noch andere Hobbys: Wandern, Radfahren, Tennis. Warum schaust du denn so verwundert? Hast du gedacht, ich säße immer am Schreibtisch?«

Sie lachte. »Eigentlich nicht. Ich glaube, es liegt daran, daß du Lehrer bist.« Sie zögerte. »Und du bist mir immer sehr ernst erschienen.«

»›Ernst‹ ist zweifellos ein Teil von mir.« Er nickte. »Aber das macht nicht meine ganze Person aus. Und im Grunde meinst du ›religiös‹, stimmt's?«

»Eigentlich nicht.« Sie beugte den Kopf, riß die Coladose auf und verbarg die Röte, die ihre Worte Lügen strafte.

»Viele orthodoxe Juden führen ein normales Leben, Jessie. Ich habe Freunde, die Börsenmakler, Ärzte, Installateure, Physiker, Elektriker und Ingenieure sind. Sie spielen Baseball und Basketball und gehen skifahren und segeln.«

»Ich kenne nicht viele orthodoxe Juden«, gestand sie. »Außer Manny Frieberg. Er ist Polizeipsychologe. Wir sind im Lauf der Jahre Freunde geworden.« Sie schenkte ein und trank einen Schluck Cola.

»Ich weiß ja nicht, ob ich einen Polizeipsychologen *normal* nennen würde.« Ezra kicherte. »Aber was führt dich eigentlich zu mir? Hast du jetzt doch beschlossen, dein ›ch‹ zu üben?«

Sie lächelte. »Ehrlich gesagt hat es mit Mr. Pomerantz zu tun, dem alten Mann, von dem ich dir gestern erzählt habe.«

Ezra verkrampfte sich. »Ich habe mit Mr. Goldblum gesprochen, aber Futaki habe ich nicht erreicht.« Er sah sie fragend an.

»Sie haben die Autopsie schon gemacht, Ezra.«

Er starrte auf seinen Teller. »Ich hatte gehofft, du würdest mir sagen, daß sie doch keine vorgenommen hätten.« Seine Stimme klang ruhig, aber wütend.

»Tut mir leid«, sagte sie leise. Sie wartete einen Moment und fragte dann: »Kennst du Maurice Steele von der Steele Foundation?«

»Es heißt, der Mensch hofft, solange er lebt, stimmt's?« Ezra seufzte. »*Jedem* aus der jüdischen Gemeinde sind die Steeles ein Begriff. Sie sind bedeutende Philanthropen. Neben Edgar Bronfman macht ihre Stiftung den Schweizer Banken den meisten Druck, was die Entschädigung der Erben der Holocaustopfer angeht.«

»Nummer sechs!« rief eine männliche Stimme aus dem vorderen Teil des Lokals.

»Das bin ich.« Ezra verließ die Nische.

Der Name Bronfman kam ihr bekannt vor. Jessie überlegte, wo sie ihn schon einmal gehört hatte.

Ezra kehrte zurück, in einer Hand den Teller mit den Nudeln und in der anderen eine Portion Käse-Nachos, die einen Berg Guacamole umgaben. »Du mußt die Nachos probieren«, sagte er, als er sich setzte. »Es sind die besten.«

Jessie seufzte. Dahin war ihre Willenskraft. »Nur eines, sonst ist meine Diät für diese Woche erledigt.« Sie nahm einen dreieckigen Chip, tauchte ihn in das Guacamole und stöhnte vor Lust.

Er lächelte. »Gut, was?«

»Sündhaft.« Sie probierte die Nudeln. »Du hast recht, die schmecken auch gut«, sagte sie zu Ezra und fragte ihn dann nach Bronfman.

»Er ist Aufsichtsratvorsitzender von Seagram und Präsident des Jüdischen Weltkongresses, des WJC. Übrigens ist er Kanadier.«

Sie nahm sich noch einen Chip. »Die Steeles arbeiten also mit Bronfman zusammen?«

Ezra schüttelte den Kopf. »Die Steele-*Söhne*, nicht der Vater, haben beschlossen, sich die Schweizer Bankkonten und dergleichen vorzunehmen. Maurice hat sich mehr mit wohltätigen Zwecken befaßt. Sie wollten sich mit dem WJC zusammentun, aber Maurice hat abgelehnt. Ich nehme an, es war ein Kompromiß.«

Vater weiß, was am besten ist. Oder er glaubt es zumindest.

Jessie fragte sich, warum Maurice nicht mit dem WJC zusammenarbeiten wollte. Vielleicht behielt er gern die Zügel in der Hand oder wollte selbst die Lorbeeren einheimsen. »Dann habe ich ja die richtige Quelle angezapft. Woher weißt du das alles, Ezra? Hast du einen Spion bei den Steeles eingeschleust?«

Er kaute ein Stück Pizza und zögerte, bevor er antwortete. »Ich lese einmal die Woche mit Henry Steele die Bibel. Allerdings nicht in letzter Zeit, weil sein Vater krank ist.«

»Ganz schön hinterhältig, Ezra.« Sie lachte. »Wann wolltest du es mir sagen?«

»Wenn du gefragt hättest. Übrigens ist nichts von dem, was ich dir erzählt habe, geheim.« Er klang angespannt.

»Sonst hättest du es mir ja nicht erzählt.« Sie lächelte. »Ich weiß.«

Sie bemerkte den Unterschied zwischen Ezra, der es skrupulös vermied, Klatsch zu verbreiten (auf hebräisch »rechilus« – schon wieder ein Wort mit diesem unmöglichen Phonem), und Gary, dessen Beruf vom Klatsch lebte. Genau wie ihrer. Bei Ermittlungen stützte sie sich häufig auf Informanten, Verwandte und Freunde von Verdächtigen und Opfern, die ganz scharf darauf waren, alles auszuplaudern.

»Sind die Steeles orthodox?« Mit einem Blick auf die Nachos wickelte sie Nudeln um ihre Gabel und führte sie zum Mund.

»Nein. Aber Henry möchte mehr über seine Wurzeln erfahren. Die Steeles unterstützen alle jüdischen Organisationen, orthodoxe, konservative und reformerische. Und sie unterstützen auch nichtjüdische Organisationen. Sie sind große Kunstmäzene.«

»Ich weiß. Sie haben einen sagenhaften Chagall im Eingangsbereich der Stiftung hängen.«

»Du solltest mal den Rest der Sammlung sehen, Jessie. Henry hat mich im Haus seiner Eltern herumgeführt. Ich dachte, ich bin im Louvre. Er hat mir von Kuratoren auf der ganzen Welt erzählt, die hoffen, daß Maurice ihren Sammlungen ein oder zwei Stücke vermacht.«

»Sicher lechzen sie schon jetzt vor Erwartung. Die Vorzimmerdame der Stiftung hat gesagt, Charles sei Kunstliebhaber. Dann will er doch wahrscheinlich die besten für sich behalten.«

»Vielleicht ist er gar nicht so gierig. Sie sind Philanthropen, vergiß das nicht.« Er lehnte sich zurück. »Warum interessierst du dich für die Steeles? Was hat das mit Mr. Pomerantz zu tun?«

Sie erzählte ihm von Pomerantz' fruchtlosem Besuch bei der Stiftung. »Vielleicht hat sich einer der Steele-Söhne mit ihm in Verbindung gesetzt. Wenn ja, will ich wissen, was er ihnen erzählt hat.«

»Du glaubst, er wollte sich für den Dokumentarfilm interviewen lassen?« Ezra runzelte die Stirn. »Warum sollte das von Belang für deine Ermittlungen sein?«

»Ist es nicht. Aber vielleicht hat Pomerantz nebenbei etwas erwähnt, das von Belang *ist*. Ich habe ein anderes Interview gesehen, das er in New York gegeben hat. Er hat erzählt, daß er eine Reise nach L.A. plant, und von einem großen Geheimnis gesprochen, das sein Leben verändern könnte.«

Ezra kaute nachdenklich. »Vielleicht wollte er nur ein bißchen angeben.«

»Möglich. Aber sag mal, womit hat denn der alte Herr sein Vermögen gemacht?«

Ezra zuckte die Achseln. Offenbar fühlte er sich erneut unbehaglich.

»Das ist kein Klatsch, Ezra. Ich kann auch in einem Dutzend Quellen nachschlagen und mir die Informationen dort besorgen.« Sie wartete.

»Baubranche«, antwortete er schließlich. »Die Hälfte aller Wohnhäuser in Orange County wurden von Steele gebaut.

Ebenso der größte Teil von Marina del Rey und viele der Einfamilienhäuser im San Fernando Valley. Das war vor Jahren, als man damit noch gut verdienen konnte.«

Jessies Vater hatte eine beträchtliche Summe verloren, als er bei einigen Bauprojekten in Orange County investiert hatte. Frances traktierte ihn immer noch damit. »Aber woher hatte Steele senior das Anfangskapital, um überhaupt einzusteigen, Ezra? Die Vorzimmerdame hat gesagt, er sei ein Holocaust-Überlebender.«

»Henry hat mir erzählt, sein Vater sei direkt nach dem Krieg mit etwas Geld aus Deutschland gekommen, hätte an der Börse ein kleines Vermögen daraus gemacht und sei dann in den Westen gezogen.« Er zuckte erneut die Achseln.

Sie aß noch ein paar Nudeln. »Komisch, daß ich sein Gesicht nie in der Zeitung gesehen habe, wenn er so eine große Nummer ist.«

»Ganz und gar nicht komisch. Maurice Steele führt ein *sehr* zurückgezogenes Leben. Er gibt keine Interviews. Er läßt sich nicht fotografieren. Er hat sich nie von irgendeiner der Organisationen ehren lassen, die er unterstützt – und glaube mir, versucht haben es alle. Seine Söhne sind nicht so kamerascheu.«

»Das ist gut, denn wie gesagt, ich möchte mit ihnen reden. Wo lebt denn der Vater?«

Ezra schüttelte den Kopf.

»Komm schon, Ezra. Es könnte wichtig sein.«

»Ich bin als Gast dort gewesen, Jessie. Ich finde es falsch, ihre Gastfreundschaft so zu mißbrauchen.«

Sie war von Barbara Louras Loyalität beeindruckt gewesen. Nun war sie verärgert. »Hör mal, ich verstehe deine Gefühle, aber ich brauche diese Information.«

»Kannst du sie nicht woanders bekommen?«

»Wahrscheinlich schon. Aber das kostet Zeit, die ich nicht verschwenden will.«

Er schwieg einen Moment. »Und du glaubst, es ist wichtig für den Fall?«

»Ich weiß es nicht«, antwortete sie ehrlich. »Es könnte auch bedeutungslos sein. Aber ich habe keine andere Spur.« Sie wußte immer noch nicht, wohin Pomerantz am Samstagabend gegangen war – Joseph, der Hausmeister und Aushilfsfahrer des Golden Palms hatte nie mit ihm gesprochen. Sie wartete immer noch darauf, von den anderen Taxiunternehmen in L.A. etwas zu hören. »Hilf mir weiter, Ezra.«

Er seufzte. Dann nickte er und gab ihr eine Adresse in der Carmelita Avenue in Beverly Hills. »Es ist in der Nähe von Robinsons und May.«

»So gefällst du mir. War nur ein Witz, Ezra«, sagte sie, als sie seine bestürzte Miene sah. »Vielen Dank.«

Er grunzte nur. Sie aßen eine Weile schweigend weiter. Sie aß die Nudeln auf und ertappte sich dann dabei, wie sie nach einem weiteren Chip griff.

»Ich war neulich nicht ganz ehrlich«, sagte Ezra.

Sie sah ihn verblüfft an. »In welcher Hinsicht?«

Er räusperte sich. »Als ich gesagt habe, daß ich dich näher kennenlernen möchte, habe ich das nicht nur rein kameradschaftlich gemeint. Ich ... ich mag dich sehr.« Sein Gesicht und sein Hals waren rot angelaufen.

Ihr ging es genauso. Ihr Gesicht fühlte sich ganz heiß an. »Ich fühle mich geschmeichelt, Ezra. Aber ich habe eine Beziehung zu jemandem. Das war keine Ausrede.«

Er rang sich ein Lächeln ab. »Ich hatte gehofft, es wäre eine. Ich dachte, dir sei nur unwohl bei der Vorstellung, mit mir auszugehen, weil ich dein Lehrer bin. Oder weil wir so verschieden sind – in religiöser Hinsicht, meine ich. Aber falls es daran liegt, möchte ich nicht, daß uns das daran hindert, uns besser kennenzulernen.«

»Aber wir *sind* verschieden. Du bist praktisch ein Rabbi.

Ich habe gerade erst erfahren, daß ich Jüdin bin. Ich lebe weder koscher noch sonst etwas. Ich weiß auch nicht, ob ich es jemals tun werde.«

»Ich bin kein Rabbi, Jessie. Und meine Geschwister können ein Lied davon singen, daß ich kein Heiliger bin.« Er schmunzelte. »›Jemals‹ ist ein langer Zeitraum. Du nimmst Unterricht, lernst Hebräisch. Ich habe das Gefühl, daß du dich ernsthaft fürs Judentum interessierst, daß es dich dazu drängt. Wer weiß, was in einem halben oder einem Jahr ist?«

Sie schüttelte den Kopf. »Ich bin nicht unglücklich mit meinem jetzigen Lebensstil, Ezra. Ich weiß nicht, ob ich mich ändern will.«

Er sah sie nachdenklich an. »Von all meinen Schülern stellst du die meisten Fragen. Du willst die Gesetze in allen Einzelheiten kennenlernen, mit allen Nuancen und Erläuterungen. Ich habe das Gefühl, da steckt mehr dahinter als intellektuelle Neugier.«

Sie überlegte, bevor sie antwortete. »Ich fühle mich geborgener, seit ich erfahren habe, daß ich Jüdin bin. Ich kann nicht erklären, warum. Außer daß ich nie eine klare Vorstellung davon hatte, wer ich bin und was wichtig ist. Jüdin zu sein hat mir eine neue Orientierung gegeben, eine, die mir gefällt. Es kommt mir einfach ... irgendwie richtig vor. Und ich will auch noch mehr über meine Herkunft und meine Religion lernen. Es stimmt, es ist nicht nur intellektuell.«

Er wartete.

Sie spielte mit ihrer Gabel. »Im Moment fühle ich mich wie in der Gourmetabteilung eines Supermarktes. Alles ist neu, exotisch, faszinierend. Vielleicht will ich alles probieren, aber womöglich stelle ich meine Ernährung nicht dauerhaft darauf um.«

»Aber bis jetzt hast du noch nicht alles probiert, oder? Shulamit lädt dich immer wieder für den Schabess ein. Dafna hat mir erzählt, daß sie dich auch eingeladen hat. Genau wie einige andere aus der Schule. Du lehnst immer ab. Wovor hast du Angst?« Seine braunen Augen sahen sie eindringlich an.

Sie dachte einen Moment lang nach. »Vielleicht davor, daß es mir wirklich gefallen könnte. Orthodox zu leben ist eine gravierende Verpflichtung, Ezra. Es würde mein ganzes Leben verändern. Ich weiß nicht, ob ich das will.« Sie legte die Gabel hin. »Und selbst wenn, würde es mein ohnehin schon kompliziertes Verhältnis zu meiner Familie weiter komplizieren.« Sie konnte sich Frances' Reaktion vorstellen, wenn sie ihr erklärte, daß sie koscher leben oder den Sabbat einhalten wollte. Und was würde Gary dazu sagen?

»Du kannst ja kleine Schritte machen, wenn du willst. Ich kann dir helfen.«

Sie schmunzelte. »Du Henry Higgins und ich Eliza?«

Er lachte. »Ich fühle mich dir nicht überlegen, Jessie. Offen gestanden glaube ich, daß du mir ein paar Dinge beibringen könntest.« Er hielt inne. »Jedenfalls bist du mit jemandem zusammen. Der Mann ist ein Glückspilz. Wie lange kennst du ihn schon?«

»Acht Jahre. Es ist mein Exmann.« Sie sah, wie sich Ezras Brauen hoben. »Wir haben beide Fehler gemacht. Wir versuchen, sie nicht zu wiederholen. Er ist auch Jude«, fügte sie hinzu, ohne zu wissen, warum sie es für nötig hielt, Ezra das anzuvertrauen.

»Ich hoffe, es geht gut.« Er sah auf die Uhr und erhob sich. »Ich muß zurück. Jessie, du fühlst dich jetzt aber in meiner Gegenwart nicht unwohl, nach allem, was ich gesagt habe, oder? Du verläßt meinen Kurs nicht?«

Sie lächelte. »Auf keinen Fall.«

»Es ist nämlich mein Ernst, wenn ich sage, daß es mir recht ist, wenn wir ›Freunde‹ sind.«

»Wie in ›Friends‹«, sagte sie, als Versuch, die Situation aufzulockern, obwohl sie sich unvermittelt fragte, ob er die Fernsehserie überhaupt kannte.

»Sechs Singles, die in Manhattan leben, stimmt's?« Er fing ihren Blick auf und schmunzelte. »Ja, ich *sehe* fern, wenn auch nicht oft. Ich finde nicht vieles, das das Anschauen lohnen würde.« Er nahm seine Bücher und klemmte sie sich unter den Arm. »Viel Glück mit Maurice Steele, Jessie. Und überleg dir, ob du nicht einen Schabess bei Shulamit oder Dafna verbringen willst. Ich glaube, es würde dir gefallen.«

Sie sah ihm nach, wie er das Pizzalokal verließ. Es waren noch ein paar Nachos übrig. Die Spitzen waren inzwischen von der Guacamole aufgeweicht. Sie aß sie trotzdem.

Sie saß im Auto und ließ sich noch einmal durch den Kopf gehen, was Ezra gesagt hatte. Dann grübelte sie eine Weile über die Steeles mit ihrer Stiftung nach sowie über Norman Pomerantz und sein Geheimnis und über die Möglichkeit, daß er es mit irgend jemandem geteilt hatte.

Zum Beispiel mit Hilda Rheinhart.

Die alte Dame war beim Gespräch mit Jessie nervös gewesen. Jessie hatte gespürt, daß sie etwas verschwieg. Vielleicht wußte sie, daß Pomerantz die Stiftung besucht hatte und warum. Vielleicht wußte sie auch, was »Fundsache« bedeuten sollte.

Eine andere Frau, eine ältere, der Stimme nach zu urteilen, meldete sich, als Jessie anrief. Jessie fragte, ob sie mit Hilda sprechen könne.

Am anderen Ende herrschte längeres Schweigen. Dann sagte die Frau: »Darf ich fragen, wer Sie sind, bitte?« Sie klang argwöhnisch.

»Detective Jessie Drake. Ist sie zu sprechen?«

Weiteres Schweigen. Dann: »Ich hole die Geschäftsführerin.«

Jessie hatte ein ungutes Gefühl. »Stimmt etwas nicht?« fragte sie, doch die andere hatte den Hörer bereits beiseite gelegt.

»Detective Drake?« sagte kurz darauf eine vertraute Stimme. »Hier ist Lilly Gorcheck. Womit kann ich Ihnen helfen?«

»Ich hätte gern Mrs. Rheinhart gesprochen und wollte fragen, ob ich jetzt vorbeikommen kann.«

»Tut mir leid, Detective.« Die Geschäftsführerin seufzte. »Hilda ist leider nicht mehr da.«

16

Jessies Herz pochte. »Nicht mehr da«, wie »verschwunden«? War Hilda von Schleppern gekidnappt worden? Oder war ihr noch Schlimmeres zugestoßen? Jessie räusperte sich, erstaunt vom Ausmaß ihrer Erschütterung. »Was ist denn passiert? Ist sie ...?«

»Wir mußten sie in ein Pflegeheim verlegen.«

»Es ist ihr also nichts zugestoßen?« fragte Jessie, zitternd vor Erleichterung. *Identifizier dich nicht mit ihr*, schärfte sie sich ein. Aber sie identifizierte sich ja gar nicht mit Hilda, sie war nur besorgt um eine verängstigte, einsame alte Frau, die keine Verwandten hatte, niemanden, der sich um sie kümmerte.

»Hilda wurde immer aufgeregter, die Ärmste, und ihr Blutdruck war gestiegen. Mr. Mason und ich haben schließlich einer Verlegung zugestimmt.«

»Inwiefern aufgeregt?«

»Sie war überzeugt davon, daß jemand sie umbringen würde, und hat verlangt, rund um die Uhr bewacht zu werden. Als wir ihr erklärten, daß wir das nicht konnten, geriet sie in Panik.«

Die arme Hilda. Jessie seufzte.

»Sie tat mir unheimlich leid, Detective Drake«, sagte Lilly, als hätte sie Jessies Gedanken erraten. »Und Mr. Mason auch. Wir sind sicher, daß das durch Mr. Pomerantz' Tod ausgelöst wurde.« Die Geschäftsführerin hielt inne. »Mr. Mason meint, ihre Angst sei womöglich durch das Polizeiverhör verstärkt worden.«

Übersetzung: durch Sie. Jessie merkte, wie sie in die Defensive ging. »Mrs. Gorcheck, ich *mußte* mit Hilda sprechen. Sie ist der einzige Mensch, der Mr. Pomerantz kannte.«

»Das verstehe ich voll und ganz, Detective. Sie haben nur Ihre Arbeit getan. Wie gesagt, ich bin sicher, daß Hildas Verfolgungswahn mehr mit ihren Erlebnissen während des Holocaust zu tun hat als mit irgend etwas anderem. Auf jeden Fall hatten wir Angst, sie könnte sich etwas antun.«

»Hätten Sie ihr nicht etwas zur Beruhigung geben können?«

»Wir verschreiben keine Medikamente, wir verteilen sie nur.« Lilly senkte die Stimme. »Und ehrlich gesagt haben ihre Ausbrüche langsam einige der anderen Heimbewohner nervös gemacht.«

Nicht gut fürs Geschäft, dachte Jessie. »Und wo ist Hilda jetzt?«

Das Pflegeheim lag fünf Blocks vom Golden Palms entfernt, und fünf Blocks näher am Cedars Sinai Medical Center. Sehr praktisch, dachte Jessie, als sie einparkte. Und gut fürs Geschäft.

Die Halle, in verschiedenen Rosttönen eingerichtet, war kleiner als die des Golden Palms und leer, abgesehen von einer Frau mittleren Alters, die vermutlich eine Besucherin war. Es roch wie in einem Krankenhaus, aber vielleicht war das auch nur Jessies Einbildung.

Arnold Samber, der Heimleiter, war groß und schlaksig und hatte unheimlich lange Arme, die Jessie an eine Brezel erinnerten.

»Mrs. Rheinhart ruht«, sagte er feierlich, nachdem sie sich vorgestellt und erklärt hatte, warum sie gekommen war.

»Geht es ihr gut?«

»Das hängt davon ab, was Sie mit ›gut‹ meinen.« Er runzelte die Stirn. »Körperlich betrachtet fehlt ihr nichts, aber sie war in heller Aufregung, als sie hierhergebracht wurde, und wir mußten ihr ein Beruhigungsmittel geben.«

Er sagte dies pointiert, und sie schloß daraus, daß er wohl mit Mason gesprochen hatte. »Ist sie wach? Ich würde gern mit ihr reden, wenn das geht.«

Sein Blick war mißbilligend. »Sie ist wahrscheinlich wach, aber es wäre mir lieber, wenn Sie morgen wiederkämen. Sie hat einen schweren Vormittag hinter sich.«

»Ich würde sie lieber jetzt sprechen, wenn möglich«, sagte Jessie. »Ich bleibe auch nicht lange.« Höflichkeit zuerst. Wenn das nicht funktionieren sollte ...

Er runzelte erneut die Stirn und kniff die Lippen etwas zusammen. »Na gut«, sagte er dann.

Hilda lag in einem kleinen Raum im zweiten Stock. Der Geschäftsführer schien Jessie nur ungern mit seinem Schützling allein lassen zu wollen, doch sie erklärte: »Ich muß unter vier Augen mit Hilda sprechen«, und so nickte Samber schließlich und verließ das Zimmer.

»Sie sind die Polizistin«, sagte die alte Frau halb geflüstert. »Jessie James, stimmt's?«

»Genau.« Jessie trat näher ans Bett heran und stellte erschrocken fest, wie bleich die alte Frau ohne Rouge und Lippenstift aussah. Sie zwang sich, Hilda anzulächeln, deren wäßrige Augen auf Jessies Gesicht geheftet waren. »Wie geht es Ihnen, Hilda?«

»Wie wohl?« sagte sie mit matter Stimme. »Sie haben mich mit Medikamenten vollgestopft.«

Jessie nahm Hildas Hand. Dünne Knochen, bedeckt von einer durchsichtigen Haut. »Sie waren aufgeregt, Hilda. Sie wollten Sie nur beruhigen.«

Hilda versuchte ein Grunzen. »Sie glauben mir nicht. Ich habe ihnen gesagt, daß jemand versuchen wird, mich umzubringen, genau wie sie Anna Seligman und die anderen umgebracht haben. Niemand glaubt mir.«

»Welche anderen?«

»Leute wie mich.« Sie leckte sich die Lippen. »Überlebende«, flüsterte sie.

Jessie runzelte die Stirn. »Warum sollte jemand Überlebende umbringen?« Hilda gab keine Antwort. »Wer versucht, Sie umzubringen, Hilda?«

»Ich weiß nicht, *wer*«, entgegnete die alte Frau gereizt. »Ich weiß nicht, wie viele es sind, aber sie sind überall.« Hektisch sah sie sich im Zimmer um.

Jessie unterdrückte ein Seufzen. Lilly Gorcheck hatte doch recht. Hilda war paranoid wegen ihrer Holocaust-Erfahrungen. Wer wäre das nicht? »Mr. Pomerantz hat letzte Woche die Steele Foundation aufgesucht. Hat er Ihnen gesagt, warum?«

»Ich kenne die Stifung.« Die alte Frau nickte. »Die leisten gute Arbeit.«

»Hat er Ihnen erzählt, warum er dort war?« wiederholte Jessie geduldig.

»Nein.« Hilda schloß kurz die Augen und seufzte.

»Hilda, Mr. Pomerantz hat zur Empfangsdame der Stiftung etwas über eine Fundsache gesagt. Haben Sie eine Ahnung, was das sein könnte?«

»Wenn man etwas verloren hat, hofft man, daß es jemand findet und im Fundbüro abgibt. Im Golden Palms haben sie auch eine Stelle für Fundsachen.«

Die alte Frau wich ihr offensichtlich aus. Jessie war frustriert, konnte sich aber nicht ärgern. »Hilda, wir versuchen herauszufinden, wer Ihren Freund umgebracht hat. Ich weiß, daß Sie Angst haben. Aber wenn Sie mir sagen, was Sie über Mr. Pomerantz wissen, hilft das *mir*, *Ihnen* zu helfen.«

Hildas blaßblaue Augen musterten Jessie einen Moment lang. »Sie haben mich gefragt, wann ich ihn zum letzten Mal gesehen habe«, sagte sie schließlich. »Es war am Samstag, nicht am Sonntag. Es ist mir wieder eingefallen.« Sie klang erfreut. »Er hat mir erzählt, daß er am Abend ins Century Plaza wollte, um sich mit jemandem zu treffen. Er hat sich richtig darauf gefreut.«

Jessie merkte, wie sich ihr Magen zusammenkrampfte. »Hat er gesagt, mit wem er verabredet war?« fragte sie und hielt den Atem an.

Hilda schüttelte den Kopf.

Natürlich, das wäre zu einfach gewesen. »Hat er gesagt, warum er sich so freute?«

Ein weiteres Kopfschütteln.

Sie vertraut mir nicht, dachte Jessie. »Ich hoffe, es geht Ihnen bald besser, Hilda. Bestimmt werden Sie hier gut gepflegt, und dann können Sie wieder ins Golden Palms und zu Ihren Freundinnen zurück.«

»Die vermissen mich nicht. Mr. Mason findet sicher jemand anders, dem er mein Zimmer geben kann.« Auf einmal sah sie bekümmert aus. »Könnten Sie ihnen sagen, sie sollen Gloria ausrichten, daß ich hier bin? Gloria ist meine Physiotherapeutin. Sie will es bestimmt wissen. Sie hat mich gern.«

»Ich sage es ihnen«, versprach Jessie. »Kann ich irgend etwas für Sie tun, bevor ich gehe?«

»Sie brauchen kein Mitleid mit mir zu haben. Die arme Hilda. Sie ist ganz allein.« Sie verzog den Mund. »Ich komme schon zurecht. Ich bin zäh, wissen Sie.« Trotzig reckte sie das Kinn vor.

»Das glaube ich Ihnen.« Jessie schmunzelte. »Ich habe kein Mitleid mit Ihnen, Hilda.«

»Sicher.« Hilda schnaubte. Kurz darauf fragte sie: »Mögen Sie Liebesromane?«

»Als ich noch in der Schule war, habe ich immer unter der Bettdecke welche gelesen. Meine Mutter hielt nichts davon.« Sie und Helen hatten sie stets heimlich aus der Bücherei ausgeliehen. Einmal hatte Frances sie erwischt. Sie hatte die Bücher zerrissen und Jessie und Helen befohlen, der Bücherei den Schaden zu ersetzen. Trotzdem war es die Sache wert gewesen ...

»Meiner Mutter war es auch nicht recht, wenn ich Romane las.« Hilda lächelte. »Ich lese leidenschaftlich gern, so habe ich auch Englisch gelernt, wissen Sie. Bücher. Aber meine Augen sind nicht mehr so gut. Grauer Star, hat der Arzt gesagt, aber noch nicht schlimm genug, um zu operieren. Könnten Sie mir etwas vorlesen, Jessie James? Es sei denn, Sie haben keine Zeit. Sie sind ja eine vielbeschäftigte Polizistin.«

»Ein paar Minuten kann ich Ihnen vorlesen. Sehr gern sogar.« Sie griff hinüber und nahm den Liebesroman vom Nachttisch, denselben, den sie kürzlich schon gesehen hatte. Die Heldin wirkte sogar noch verführerischer. »Wo soll ich anfangen?« fragte sie und blätterte das zerfledderte Taschenbuch auf.

»Beim vierten Kapitel.« Hilda lehnte sich gegen die Kissen. »Aber lassen Sie die sexy Stellen nicht aus. Die mag ich am liebsten, zusammen mit den Stellen, an denen man weinen muß. Sie auch?«

Jessie lächelte. »Ich auch.«

»Ich habe die sexy Stellen immer Leon vorgelesen. Und dann haben wir ... Sie wissen schon.« Sie lächelte schalkhaft und sah dann auf Jessies linke Hand. »Sie sind nicht verheiratet, ein hübsches Mädchen wie Sie?«

»Geschieden. Aber mein Ex und ich treffen uns wieder«, antwortete sie und fragte sich, weshalb sie einer alten Frau, die sie kaum kannte, persönliche Dinge anvertraute.

»Dann klappt es ja vielleicht diesmal.«

»Vielleicht.« Sie blätterte zum vierten Kapitel und räusperte sich. »Conrad zog sie mit seinem glutvollen Blick in seinen Bann«, begann sie. »Eleanor bekam weiche Knie, und ihr wurde schwindlig …«

Jessie kannte das Century Plaza, ihre Eltern waren immer dort abgestiegen, bevor Helen und Neil nach L.A. gezogen waren und ein Haus mit Gästehaus gekauft hatten. Frances hatte die Nähe des offenen Einkaufszentrums um die Ecke geschätzt, außerdem lag das Schubert Theater direkt gegenüber. Jessie hatte dort einige nette Abende mit ihren Eltern verbracht.

Sie und Gary hatten auch einmal in dem teuren Hotel übernachtet, zur Feier ihres ersten Hochzeitstags. Bei der Ankunft hatte man ihnen mitgeteilt, daß das Zimmer, das sie reserviert hatten, nicht zur Verfügung stand, ein schrecklicher Irrtum, und ob es ihnen etwas ausmachen würde, statt dessen die Penthouse-Suite zu nehmen?

Es machte ihnen schrecklich viel aus, hatten sie einander lachend erklärt, nachdem Gary die Tür geöffnet und sie über die Schwelle getragen hatte; fasziniert hatten sie einen Rundgang durch die großartigen Räume unternommen. Sie schmeckte noch einmal den Champagner, der auf sie gewartet hatte, köstlich und eisgekühlt, und verlor sich einen Moment lang in ihren Erinnerungen.

Zurück zur Arbeit. Sie steuerte den Honda in die halbkreisförmige Auffahrt und wartete, daß ihr der uniformierte Parkplatzwächter die Tür öffnete. Sie zeigte ihm ihr Abzeichen und gab ihm Punkte dafür, daß er seine höfliche Haltung beibehielt, obwohl er sich wahrscheinlich denken konnte, daß es kein Trinkgeld geben würde.

»Bleiben Sie lang, Ma'am?« fragte er.

Wenn sie Glück hatte, schon. »Ich weiß es nicht«, antwortete sie und betrat die klimatisierte Hotelhalle.

Der Mann an der Rezeption erkannte Pomerantz auf dem Foto nicht wieder. Ebensowenig der Geschäftsführer oder einer der Portiers, die Jessie fragte, die Pagen oder die Leute vom Parkplatzservice. Sie zeigte das Bild sogar dem gutaussehenden Pianisten, der gerade auf einem Stutzflügel in der riesigen abgesenkten Halle *Das Phantom der Oper* spielte, sie liebte diese Musik.

Sie hatte sich keine allzu großen Hoffnungen gemacht, sie wußte ja nicht einmal, ob Pomerantz überhaupt je im Hotel angekommen war.

Trotzdem war es eine Spur. Sie zeigte das Bild dem Personal im Hotelrestaurant. Weitere negative Antworten, aber die Geschäftsführerin sagte ihr, daß die Kellnerin, die an den Wochenenden abends bediente, mittwochs und donnerstags frei hatte.

»Vielleicht hat sie ihn gesehen«, sagte die Frau. »Wenn Sie am Freitag abend kommen, können Sie sie fragen.«

»Wie heißt sie?«

»Patsy Williams.«

Jessie notierte sich den Namen und hinterließ ihre Karte. »Falls jemandem doch noch etwas einfällt.«

Sie gab dem Mann von Parkplatzservice ein Trinkgeld. Nur weil sie einen schlechten Tag hatte, hieß das nicht, daß er auch einen haben mußte.

17

»Wir verließen die Stadt an einem Freitag und fuhren mit zwei Wagen Richtung Krakau los, einem für uns und einem zweiten, der unsere Sachen befördern sollte«, berichtete Pomerantz. »Mein Vater hatte ein zweites Pferd gekauft, weil er wußte, daß es Krieg geben würde und wir wegziehen müßten. Wir packten unsere besten Kleider ein und dazu Taschen voller anderer Dinge, die in den Westen geschickt werden sollten.

Unterwegs hörten wir, daß die Deutschen den Weg mit Panzern und Panzerkampfwagen blockierten und Juden ermordeten. Deswegen schlugen wir einen anderen Weg nach Krakau ein. In Krzeszowice ließen wir einen Teil der Ladung bei Freunden, weil wir mit der schweren Last zu langsam vorankamen. Dann wurde eines unserer Pferde krank. Wir mußten ein anderes Pferd kaufen.

Mit dem neuen Pferd fuhren wir weiter. Soldaten kamen und wollten uns aufhalten – wir haben sie bestochen. Wir gaben ihnen so viel, daß uns am Schluß überhaupt nichts mehr blieb.« Pomerantz lächelte bitter. »Wir hörten, daß ein Stück weiter geschossen wurde, daher mußten wir in Melitz bleiben.

Es war schon fast Schabess. Ein Jude gewährte uns Unterkunft. Wir hatten eine Kiste mit verschiedenen Silber- und Wertsachen, die meine Mutter im Keller vergrub, wo sie niemand finden würde.

Wir wurden vom Geräusch von Schüssen geweckt und beschlossen aufzubrechen. Wir spannten die Pferde an den Wagen und fuhren weiter nach Krakau, als die Deutschen uns erwischten. Sie brachten die Männer zu einem Haus in der Nähe und zwangen uns, uns auszuziehen. Sie hätten uns bestimmt umgebracht, aber einer der Soldaten sagte: »Frag sie nach Geld.« Der Hauptmann drohte, uns alle umzubringen, wenn ihm mein Va-

ter keinen Scheck über zehntausend Zloty ausstellte. Mein Vater schrieb den Scheck aus, erklärte ihnen aber, es sei unwahrscheinlich, daß die Bank ihn einlösen würde. Sie nahmen den Scheck und ließen uns, splitternackt, zum Wagen zurückgehen. Ich glaube, daß uns der Soldat das Leben gerettet hat.

Bis heute liegen die Wertsachen, die meine Mutter vergraben hat, vermutlich immer noch in Melitz in diesem Keller.« Pomerantz lächelte. »Wer weiß? Wenn ich die Sachen fände, wäre ich vielleicht ein reicher Mann …«

Maurice Steele lebte auf einem ausgedehnten Eckgrundstück in einem zart mokkafarbenen Haus, das ebenso anmutig wie imposant war. Jessie war auf Größe gefaßt gewesen – schließlich war sie in Beverly Hills –, aber trotz der Hitze blieb sie einen Moment auf dem Gehsteig stehen und musterte die eindrucksvolle Architektur und den perfekt gepflegten Garten. Und die Fenster. Für Fenster konnte sie sich begeistern. Im Erdgeschoß gab es zwei riesige Erkerfenster, und vor den Fenstertüren im ersten Stock waren Balkone, cremefarbene, wie die Glasur auf einem Kuchen.

Das Anwesen war mit schwarzem Schmiedeeisen eingezäunt, das alle fünf Meter von hohen, mokkafarbenen Pfeilern unterbrochen wurde, die wie Palastwachen wirkten. Zwei der schmiedeeisernen Abschnitte an jeder Seite bildeten die Begrenzung der gepflasterten Auffahrt, die sich im Halbkreis um die ausgedehnte Rasenfläche zog. Jessie sah einen weißen Rolls-Royce, einen blauen Cadillac, einen schwarzen Porsche und einen hellbraunen Volvo.

Dankbar für den Schatten zweier hochgewachsener Jacarandabäume, drückte sie auf die Klingel. Aus der rechteckigen, metallenen Platte mit den Schlitzen, die in die Wand zu ihrer Rechten eingelassen war, hörte sie erst Rauschen und dann ein knisterndes: »Ja?«

»Mein Name ist Detective Drake, ich bin von der Polizei Los Angeles. Ich hätte gern Mr. Charles oder Mr. Henry Steele gesprochen.«

»Haben Sie einen Termin?« fragte die Frau.

»Nein.«

»Bitte warten Sie.« Eine halbe Minute später wieder ein Rauschen, aber eine andere Stimme meldete sich. »Darf ich fragen, worum es sich handelt?«

»Das würde ich lieber mit den Steeles besprechen.«

»Moment bitte.« Noch einmal warten, diesmal länger. Dann: »Ich lasse Sie herein.«

Mit einem Klicken ging das Tor auf. Jessie überquerte die Wiese bis zu einem Kopfsteinpflasterweg, der sie zu einer schweren Doppeltür führte. Noch bevor sie einen der großen Messingklopfer mit Löwenkopf betätigen konnte, wurde die Tür von einer zierlichen, blonden Hausangestellten in Uniform geöffnet. Sie trat beiseite, um Jessie einzulassen.

In der Mitte einer weitläufigen, achteckigen Eingangshalle, die über zwei Etagen reichte, stand eine große, knochige, braunhaarige Frau in einem grauen Seidenkostüm neben einem runden Steintisch mit einem großartigen Blumenarrangement. Stilleben mit Mensch, dachte Jessie.

Die Frau lächelte höflich und ging auf Jessie zu. »Ich bin Sarah Miller, die Assistentin. Mr. Charles und Mr. Henry sind im Moment verhindert, aber sie lassen fragen, ob Sie ein andermal wiederkommen könnten oder ob ich Ihnen weiterhelfen darf.«

Die zweite Stimme. Sie gehörte vermutlich zu dem Volvo. Jessie erwiderte ihr Lächeln und sagte: »Es macht mir nichts aus zu warten. Aber ich muß die beiden persönlich sprechen.«

»Es könnte eine Zeitlang dauern.«

»Kein Problem«, erwiderte Jessie fröhlich.

Die Frau zögerte und sagte dann: »Na gut. Folgen Sie mir bitte.« Eher resigniert als freundlich.

Jessie hörte Schritte. Als sie den Kopf nach rechts drehte, sah sie den Anwalt. Wie hieß er noch? Reynolds? Es wunderte sie nicht, ihn hier zu sehen, aber ihn schien ihre Anwesenheit zu überraschen.

»Sie sind doch die Polizistin!« Er faßte sich an die Brust. »Sagen Sie bloß nicht, Sie sind mir gefolgt.«

Er klang nervös, und das konnte ihm Jessie nicht verdenken. Sie bemerkte, daß Sarah Miller etwas irritiert war. »Ich bin hier, um die Steeles zu sprechen. Übrigens wären wir uns heute beinahe schon früher über den Weg gelaufen.« Sie genoß sein verblüfftes Stirnrunzeln. »Ich war im Büro der Stiftung, als Sie kamen. Sie waren in Eile, daher haben Sie mich vermutlich nicht bemerkt.«

Nun erinnerte er sich langsam. »Sie kamen mir doch gleich bekannt vor. Ich bin fast immer in Eile, aber ich hätte trotzdem aufpassen sollen.« Er lächelte, legte den Kopf schief und musterte sie. »Aber Sie haben hinterher nichts gesagt.«

»Ich fand, das hatte nichts mit der Situation zu tun. Und ich wollte nicht, daß die Politesse glaubt, wir steckten unter einer Decke.«

»Da haben Sie recht.« Reynolds wandte sich an Sarah, die geduldig zugehört hatte. »Diese nette Frau hat mich vor einem ungerechtfertigten Strafzettel bewahrt. Die Politesse hat an meiner Parkuhr gerüttelt. Können Sie sich das vorstellen?« Er sah erneut Jessie an. »Ich habe mich noch gar nicht angemessen dafür bedankt, daß Sie mich gerettet haben.«

»Es war kein großer Aufwand. Ehrlich gesagt war es der Glanzpunkt meines Tages.«

»Meiner auch.« Er kicherte. »Sie sind also gekommen, um die Steeles zu sprechen? Ich weiß, daß sie immer großzügig für die Allgemeinheit gespendet haben.«

Sie registrierte die Neugier in seiner Stimme und wußte, daß er etwas zu erfahren suchte. »Das habe ich auch gehört.«

»Tja, jedenfalls nochmals vielen Dank. Bis morgen, Sarah«, sagte er, verabschiedete sich von der Assistentin.

»Glauben Sie, daß jetzt einer der Steeles zu sprechen wäre?« fragte Jessie.

»Ich sehe nach. Sie können im Wohnzimmer warten.«

Ihre Absätze klackten auf den beigen Marmorfliesen, als sie Jessie in einen Wohnraum führte, der einer Hotelhalle ähnelte und größer war als Jessies gesamtes Haus. Das Mobiliar – mit mattweißer Rohseide bezogene Sofas und Sessel, gläserne Couch- und Beistelltische mit Marmorsockeln, Aubusson-Teppiche in gedämpften Farben – war schön und von elegantem Understatement, doch es waren die Kunstwerke, die allem anderen die Show stahlen.

Ezra hatte recht gehabt. Es war, als beträte man ein Museum. »Eine faszinierende Sammlung«, sagte Jessie überwältigt. Frances wäre hingerissen, dachte sie.

»Ja, unbedingt.« Sarah lächelte erfreut. »Und das ist nur ein Teil davon. Das ganze Haus ist voll mit Werken, die Mr. Steele im Lauf seines Lebens erworben hat. Abgesehen von den Bildern finden sich noch weitere exquisite Kunstwerke im Raum. Ziemlich wertvoll, wie Sie sich vorstellen können, daher muß ich Sie bitten, nichts zu be – Oh, Mr. Larkins, Sie haben mich erschreckt. Ich wußte nicht, daß Sie noch hier sind.«

In diesem Haus herrscht wirklich viel Betrieb, dachte Jessie, als sie sich nach rechts wandte und einen dünnen mittelgroßen Mann mit kürbisfarbenem Haar und einem akkurat gestutzten Schnurrbart erblickte. Er hielt einen Stapel Blätter in der Hand.

»Miss Miller.« Er verbeugte sich allen Ernstes. »Ich habe mir nur ein paar Notizen gemacht.« Neugierig blickte er zu Jessie hinüber.

»Das ist Ms. Drake.« Die Assistentin wandte sich an Jessie. »Donald Larkins kommt von einem Privatmuseum in Pasadena, das in seiner Herbstausstellung einen Teil von Mr. Steeles

Sammlung zeigen wird. Bilder, Skulpturen und Kultgegenstände. Wir sind alle schon ganz aufgeregt.«

»Wie geht es Ihnen, Ms. Drake? Freut mich.« Eine zweite Verbeugung.

Einer der lechzenden Kuratoren. Jessie war versucht, einen Knicks zu machen. Interessant, daß Sarah sie ohne den »Detective« vorgestellt hatte, aber nicht erstaunlich.

»Nett, Sie wiederzusehen, Mr. Larkins«, sagte Sarah. »Wenn Sie irgend etwas brauchen, sagen Sie mir Bescheid.« Und zu Jessie: »Ich richte den Steeles aus, daß Sie warten.« Damit verließ sie den Raum.

Jessie hätte gern die Bilder betrachtet, fürchtete aber, unhöflich zu wirken, wenn sie sich von dem Kurator abwandte, der sie ansah. »Sie haben sicher viel Arbeit damit, die Ausstellung vorzubereiten«, sagte sie nach ein paar Sekunden.

»O ja, ziemlich.« Er wackelte mit dem Kopf. »Abgesehen davon, die Ausstellung an sich auszuarbeiten – ein *monumentales* Unterfangen, kann ich Ihnen sagen –, kümmere ich mich auch noch um den Katalog. Ich habe natürlich einen der besten Kunstfotografen engagiert und einen begabten Autor. Aber, meine Liebe, die *Details*! Soviel zu tun, und der Juli ist schon vorüber.«

»Bestimmt wird alles ganz wunderbar. Es ist sehr großzügig von Mr. Steele, seine Sammlung auszuleihen.«

»*Sehr* großzügig, in der Tat. Wir sind glücklich und stolz, daß er uns ausgewählt hat. Aber schließlich baut sich unser Museum, obwohl es klein ist, langsam einen bedeutenden Ruf auf – wenn ich so sagen darf. Und zwischen Mr. Steele und mir besteht eine besondere Beziehung. Arbeiten Sie auch im Kulturbereich, Ms. Drake?«

Hoffte Larkin, daß diese »besondere Beziehung« Steele veranlassen würde, einen Teil seiner Sammlung Larkins' Museum zu vermachen? Sie lächelte. »Nein. Aber ich sehe mir gern

Kunst an. Schon als Kind war ich häufig in Museen und Galerien.«

Er nickte anerkennend. »Ich kenne mehrere ernsthafte Sammler, aber ich kann Ihnen sagen, daß Mr. Steele das *schärfste* Auge für Komposition und Farbe besitzt, das mir je begegnet ist. Er erkennt Qualität und Talent.«

»Traurig, daß er krank ist. Es wäre ein Jammer, wenn er nicht zur Ausstellungseröffnung kommen könnte.«

Larkins seufzte aus tiefster Seele. »Ja. Man kann nur hoffen, daß er bald wieder zu Kräften kommt. Seine Herzbeschwerden sind ziemlich massiv, und er ist nicht mehr jung. Aber er ist eine Kämpfernatur. Wissen Sie über seinen Hintergrund Bescheid?«

»Sie meinen den Holocaust?«

»Genau.« Er wackelte wieder mit dem Kopf. »Er hat schier Unglaubliches überlebt. Wir beten darum, daß er es auch diesmal schafft.«

Anscheinend hatte Larkins Steele wirklich gern. Aber wenn der Sammler nicht überlebte und Larkins einer der Begünstigten war, wäre er dann tatsächlich tief betrübt? Jessie hatte kürzlich gelesen, daß das Los Angeles County Museum of Art gerade eine Sammlung mexikanischer Kunst im Wert von fünfundzwanzig Millionen Dollar geschenkt bekommen hatte. Wieviel war die Steelesche Sammlung wert?

»In welcher Branche sind Sie tätig, Ms. Drake?«

»Ich bin bei der Kriminalpolizei.« Sarah Miller wäre es wahrscheinlich lieber gewesen, wenn sie Larkins erzählt hätte, daß sie »bei der Stadt« arbeitete.

Er legte eine Hand auf seine Brust. »Ms. Miller hat gar nichts von einem Diebstahl gesagt. Wurde denn ...«

»Ich bin von der Mordkommission.«

Larkins erbleichte. »Wie ungewöhnlich. Darauf wäre ich nie gekommen.«

Er hätte nicht entsetzter aussehen können, wenn sie ihm gesagt hätte, sie sei Prostituierte. Er starrte sie mit derartigem Unbehagen an, daß er ihr direkt leid tat. »Ich wollte die Steeles nur nach jemandem fragen, der bei ihnen in der Stiftung gewesen war«, fügte sie hinzu.

»Aha. Na gut«, sagte er nach einer Weile und räusperte sich. »Ich gehe mal lieber. Es war mir ein Vergnügen, Sie kennenzulernen, Ms. Drake. Ich hoffe, Sie besuchen die Ausstellung.« Diesmal keine Verbeugung und keine ausgestreckte Hand.

Sie lächelte. »Danke. Ich werd's auf jeden Fall versuchen.«

Nachdem Larkins eilig davongegangen – oder eher geflüchtet – war, ging Jessie im Zimmer herum und betrachtete die Bilder, wobei sie sich fragte, welche der Kurator wohl für die Ausstellung gewählt haben mochte. Ihr erschienen sie alle phänomenal.

Sie bewunderte gerade ein kleines Ölgemälde, als Sarah Miller sie rief.

»Ich weiß nicht, wie Sie hier überhaupt zum Arbeiten kommen«, sagte Jessie. »Ich würde die Bilder den ganzen Tag anstarren.«

»Das habe ich anfangs auch getan. Jede Stunde habe ich mich hier hereingeschlichen.« Die Assistentin lächelte. »Mr. Steele kann Sie jetzt empfangen.«

»Charles oder Henry?«

»Sie sind beide zu sprechen.«

Beide Steeles. Glück war gar kein Ausdruck.

18

Charles war etwas über einssiebzig und hatte schütteres walnußbraunes Haar und grüblerische, dunkelbraune Augen. Henry war einige Zentimeter größer, und seine Haare und Augen waren ingwerfarben. Die Brüder, Jessie schätzte sie auf Ende Vierzig oder Anfang Fünfzig, waren schick in ihren ähnlichen, aber nicht identischen marineblauen Anzügen, die so gut saßen, daß sie maßgeschneidert sein mußten. Henry trug eine konservative weinrote Krawatte mit schmalen, grauen Diagonalstreifen. Charles' Krawatte hatte ein geometrisches Muster in Gelb auf Grau. Der Porsche gehörte vermutlich ihm, der Cadillac Henry. Und der Rolls gehörte zweifellos Papa Bär.

Hinter ihren Zweistärkenbrillen hatten beide Männer leicht violette Säcke unter den Augen, und dem dunklen Bewuchs auf Charles' Gesicht entnahm sie, daß er sich diesen Morgen nicht rasiert hatte.

»Setzen wir uns doch«, sagte Henry, nachdem Sarah alle einander vorgestellt und den Raum verlassen hatte. Er wies auf einen runden Mahagonitisch in der Ecke der Bibliothek. »Etwas zu trinken? Mineralwasser?« Er klang erschöpft.

»Cola light, wenn Sie haben.« Stillos, aber sie liebte es.

Charles blieb mit den Händen in den Hostentaschen stehen, während Henry zu einem Einbauschrank hinüberging, in dem sich eine verglaste Bar befand. Jessie ging auf den Tisch zu und blieb vor einem großen Familienporträt stehen – Papa, Mama und die zwei Jungs, ganz ernst in dunklen, schweren Ölfarben. Henry ähnelte seiner Mutter, einer zierlichen Rotblonden, die in einem zu engen schwarzen Samtkleid ein wenig pummelig wirkte. Maurice sah aus wie Charles, das gleiche schüttere braune Haar und die gleichen grüblerischen Augen. Weder ein attraktives noch ein einprägsames Gesicht, noch eines, das einem im Gedächtnis blieb – jedenfalls kein Gesicht, das sagte: »Ich bin Millionär.«

»Ein schönes Porträt«, bemerkte Jessie, um das Schweigen zu durchbrechen.

»Ja«, sagte Charles.

Ende des Gesprächs. Jessie setzte sich auf einen dunkelgrünen Lehnstuhl mit Chenillebezug und atmete den Duft der gelben Rosen ein, die auf dem Tisch standen. Henry brachte ein Glas voller Eiswürfel und eine Dose Cola. Er stellte beides auf weiße Papieruntersetzer und setzte sich. Charles setzte sich auch.

»Danke.« Sie riß den Verschluß von der Dose und sah beim Einschenken besorgt, daß das Getränk zu einem Vulkan aus Schaum aufwallte. Sie senkte den Kopf und nahm hastig einen Schluck. Die Brüder, so spürte sie, starrten sie an.

»Ich weiß, daß Ihr Vater krank und es kein günstiger Zeitpunkt ist«, begann sie. »Danke, daß Sie sich Zeit für mich genommen haben.«

»Sie haben uns ja kaum eine Wahl gelassen.« Charles' Stimme – kühl und etwas arrogant – drückte seinen Ärger aus. »Was ist denn so geheim und dringend, daß Sie es nicht mit Miss Miller besprechen konnten?«

Es wunderte Jessie, daß Barbara Loura ihnen nichts von ihrem Besuch erzählt hatte. »Wir untersuchen den Tod eines Holocaust-Überlebenden namens Norman Pomerantz, der am frühen Sonntagmorgen im Rancho Park gefunden wurde.« Nun hatte sie die Aufmerksamkeit der beiden. »Die Empfangsdame Ihrer Stiftung hat bestätigt, daß er letzten Donnerstag in Ihrem Büro gewesen und enttäuscht war, als er weder Ihren Vater noch einen von Ihnen sprechen konnte.«

»Sie sind von der *Mordkommission*.« Henry klang leicht schockiert.

»Ich würde sagen, das liegt auf der Hand, Henry«, sagte sein

Bruder trocken. »Barbara hat vorhin angerufen und eine ihrer ›dringenden‹ Nachrichten hinterlassen, garantiert ging es darum.« Charles wandte sich an Jessie. »Seit unser Vater krank ist, sind wir die meiste Zeit hier. Das mit Mr. Pomerantz tut mir leid, aber da wir ihn nie kennengelernt haben, verstehe ich nicht, weshalb Sie hier sind.«

»Ich dachte, er sei vielleicht noch einmal wiedergekommen, als Ms. Loura in der Mittagspause war. Wir versuchen, Mr. Pomerantz' letzte Tage zu rekonstruieren. Alles, was er vielleicht zu Ihnen gesagt hat, könnte uns bei unseren Ermittlungen helfen.« Sie trank einen Schluck Cola und beobachtete die Brüder über den Rand des Glases hinweg.

»Pomerantz, Pomerantz«, wiederholte Henry mit konzentriert gerunzelter Stirn, während er mit den Fingern auf den Tisch trommelte. »Warum kommt mir dieser Name bekannt vor?« Er sah seinen Bruder an.

Charles zuckte die Achseln. »Sagt mir nichts.«

Jessie zog das Foto heraus und reichte es Henry. Er betrachtete es kommentarlos, schüttelte den Kopf und gab es an Charles weiter. Auch er musterte es schweigend, auch er schüttelte den Kopf, und schon war das Bild wieder bei Jessie angelangt, wie eine Friedenspfeife, die herumgeht.

Henry sagte: »Detective, ich weiß nicht, ob Ihnen bekannt ist, daß unsere Stiftung Holocaust-Überlebenden hilft, das Geld wiederzubekommen, das sie selbst oder ihre Familien vor dem Krieg auf Schweizer Bankkonten eingezahlt haben.«

Jessie nickte.

»Nun, wie Sie sich vorstellen können, gibt es sehr viele ältere Leute, die uns um Hilfe bitten. Ziemlich viele von ihnen ähneln dem Mann auf diesem Foto.«

»Ms. Loura hat mir erzählt, sie hätte Mr. Pomerantz' Namen und die Telefonnummer notiert, unter der er zu erreichen war.« Sie trank noch einen Schluck Cola.

Charles schnaubte. »Falls mir Barbara eine Notiz auf den Schreibtisch gelegt hat, dann liegt sie vermutlich immer noch dort, begraben unter den anderen. Ich bin die ganze Woche kaum in der Stiftung gewesen, und mir graut schon vor zahllosen Anrufen, die ich erwidern muß.«

»Ich habe in den letzten Tagen ein paar Anrufe erledigt«, erklärte Henry. »Hat Barbara gesagt, weshalb Mr. Pomerantz in die Stiftung gekommen war?«

»Er erwähnte etwas von einer ›Fundsache‹, hat es aber nicht näher ausgeführt. Allerdings hat er jemand anderem erzählt, daß er ein Geheimnis hätte, das sein ganzes Leben verändern könnte.« Nichtssagende Blicke von beiden Steeles. »Er war übrigens aus New York und hat im Golden Palms Senio ...«

»In einem Seniorenheim.« Henry nickte. »Ich habe Barbaras Notiz tatsächlich bekommen. Ich habe ihn angerufen, aber er war nicht da, und ich muß leider sagen, daß ich es nicht noch einmal versucht habe. Ich habe auch weder eine Nachricht noch meine Privatnummer hinterlassen.« Ein kurzes, entschuldigendes Lächeln. »Wir müssen inzwischen aufpassen, wem wir unsere Privatnummern geben.«

Es hatte also einen *zweiten* männlichen Anrufer gegeben, nämlich den, der mit Pomerantz *gesprochen*, aber sich Yasmin nicht vorgestellt hatte. »Haben Sie die Notiz noch? Ms. Loura hat mir erzählt, daß Mr. Pomerantz noch etwas gesagt hätte, aber sie wußte nicht mehr, was. Vielleicht hatte sie etwas mehr notiert.«

Henry schüttelte den Kopf. »Tut mir leid. Ich bin mir ziemlich sicher, daß ich den Zettel weggeworfen habe.«

»Was glauben Sie, was Mr. Pomerantz mit ›Fundsache‹ gemeint hat?« fragte Jessie. »Und warum war er so interessiert daran, mit jemandem aus Ihrer Familie zu sprechen?«

»Keine Ahnung«, sagte Charles. Er klang desinteressiert.

Henry rieb sich das Kinn. »›Fundsache‹ könnte alles mögliche bedeuten. Die Schweizer Bankkonten vielleicht? Oder die Versicherungsgesellschaften? Es ist ja bekannt, daß die Stiftung Überlebende bei Forderungen auf beiden Gebieten unterstützt.«

»Er hätte nicht extra aus New York anreisen müssen, um seine Ansprüche geltend zu machen«, warf Charles ungeduldig ein. »Und er hätte auch nicht mit einem von uns sprechen müssen, falls es ihm darum ging.«

»Da hast du natürlich recht. *Vielen Dank* für diesen Hinweis.«

Jessie bemerkte eine gewisse Feindseligkeit zwischen den Brüdern. Aber vielleicht hatte die Krankheit ihres Vaters ihre Nerven bloßgelegt.

»Ihr Vater könnte es wissen«, meinte sie. »Mr. Pomerantz lag besonders viel daran, ihn zu sprechen. Ich habe gehört, daß Ihr Vater, genau wie Mr. Pomerantz, ein Holocaust-Überlebender ist. Vielleicht hat der Begriff ›Fundsache‹ für ihn eine spezielle Bedeutung.«

Charles schüttelte den Kopf. »Wir können Vater im Moment nicht mit Fragen belästigen. Selbst wenn wir wollten, würde es sein Arzt niemals erlauben.«

»Charles hat recht«, bestätigte Henry. »Aber offen gestanden, glaube ich auch nicht, daß er Ihnen mehr sagen könnte.«

Was im Grunde nichts war. »Vielleicht hoffte Mr. Pomerantz, einige Wertgegenstände wiederzubekommen, die seiner Familie gehört haben«, sagte Jessie. »Das könnte auch das Geheimnis gewesen sein, von dem er gesprochen hat, und warum ihm soviel daran lag.« Charles betrachtete sie. »Wenn der oder die Gegenstände, um die es ging, viel wert gewesen wären, hätte das mit Sicherheit sein Leben verändert.« Laut Goldblum hatte Pomerantz für seine Altersversorgung nur wenig beiseite gelegt.

»Das ist eine vage Vermutung, fürchte ich«, wandte Charles ein.

»Was sind die geraubten Kunstgegenstände denn gewöhnlich so wert?« fragte sie ihn, schließlich war er der Kunstliebhaber.

»Kommt darauf an. Und es ist schwer, nach so langer Zeit, Werte einzuschätzen.« Er seufzte. »Es ist wirklich herzzerreißend, wissen Sie. Überlebende kommen in der Hoffnung zu uns, daß wir ihnen bei der Beschaffung ihres Eigentums helfen können – Skulpturen, Bilder, Porzellanfiguren, Schmuck. Meist nicht des Geldes wegen, sondern weil es Erinnerungswert besitzt und um der Gerechtigkeit willen. Aber das ist ein langwieriges Unterfangen, und die Herkunft zu ermitteln ist manchmal nahezu unmöglich.«

»Ich habe gelesen, daß sehr viele Kunstgegenstände aus dem Besitz jüdischer Opfer nach Frankreich gelangt sind«, sagte Jessie.

»Quelle surprise.« Charles' Lächeln ähnelte eher einer höhnischen Grimasse.

Henry sagte: »Frankreich setzt sich endlich mit seiner nazifreundlichen Vichy-Vergangenheit auseinander und damit, daß fünfundsiebzigtausend Juden von französischen Staatsbürgern denunziert und in die Vernichtungslager geschickt wurden. Unter der Vichy-Regierung wurden unzählige wertvolle Kunstgegenstände bei französischen Juden konfisziert.«

»Bei den Rothschilds, den Familien Bernheim-Jeune und Alphonse Kann, um nur ein paar zu nennen.« Charles lehnte sich auf seinem Stuhl zurück. »Paul Rosenberg war ein jüdischer Kunsthändler – er besaß zahlreiche Kunstwerke. *Kann* verfügte über mehr als *zwölfhundert* Werke, einschließlich zwanzig Picassos. Können Sie sich das vorstellen?«

Sie konnte es nicht. Verblüfft von den Zahlen, schüttelte sie den Kopf. »Und was ist mit den Kunstwerken passiert?«

»Wenn Sie Einzelheiten wissen wollen, lesen Sie *Das verlorene Museum* von Hector Feliciano«, empfahl Henry. »Einige der konfiszierten Werke wurden nach Deutschland geschickt – Hitler plante, das größte Museum der Welt in Linz in Österreich zu bauen und es mit den wertvollen Werken zu füllen, die er in den überfallenen Ländern erbeutete. Manches wurde auch im Musée du Jeu de Paume ausgestellt, wo viel von der modernen Kunst verkauft wurde, die Hitler so haßte.«

»›Entartet‹ hat er sie genannt.« Charles kicherte. »Ist das nicht die reine Ironie?«

»Und wo sind die Werke jetzt?« fragte Jessie.

»Der Louvre hat schätzungsweise mindestens fünfhundert der Gemälde«, antwortete Charles. »Das Centre Pompidou, das Musée d'Orsay und das Rodin-Museum – ich habe gehört, daß sie alle einige dieser Werke von ›unbekannten Eigentümern‹ besitzen.« Wieder ein sarkastisches Lächeln. »Einige Werke hängen angeblich sogar in französischen Ministerien. Picassos, Légers, Matisses, Van Goghs, Renoirs – insgesamt Millionen von Dollar wert.«

Jessie war noch nie im Louvre gewesen, ja, sie war überhaupt noch nie im Ausland gewesen. »Die Franzosen haben alles behalten?«

Henry schüttelte den Kopf. »Nach dem Krieg hat die Regierung über fünfundvierzigtausend konfiszierte Objekte zurückgegeben. Und es wurde ein Gesetz verabschiedet, das die Behörden verpflichtete, nach den Eigentümern zu suchen und die Werke zurückzugeben. Aber meines Wissens haben französische Behörden Ansprüche entweder ignoriert oder umgangen.«

»Frankreich ist nicht das einzige Land, das gestohlene Kunstwerke behält«, sprach Charles weiter. »Es heißt, Schweizer Museen und staatliche Sammlungen seien voller geraubter Kunstwerke, die Schweizer Kunsthändler und Sammler während des Krieges im Jeu de Paume gekauft haben. Das schnelle Schnäppchen – bessere Sonderangebote als bei

Kmart.« Schon wieder ein Grinsen. »Und es würde mich nicht wundern, wenn ich erführe, daß sich auch in unserem Land gestohlene Werke befinden.«

Der Gedanke war abstoßend. »Ich hoffe, Sie irren sich«, sagte sie und sah Charles mit den Schultern zucken.

»Es geht nicht nur darum, ob ein Museum, ein Land oder eine Privatperson sich weigert, Gegenstände von großem Wert herauszugeben«, sagte Henry ernst. »Es geht ebenso um das stillschweigende Eingeständnis, daß der Erwerb dieser Kunstwerke durch die Verfolgung und Vernichtung ihrer ursprünglichen Besitzer erst möglich wurde. Und in manchen Fällen durch direkte Komplizenschaft mit den Nazis.«

Jessie fuhr mit dem Finger über den Glasrand. »Selbst wenn es keine Komplizenschaft gegeben hätte und kein Wissen um die Herkunft dieser Dinge, kann ich mir vorstellen, daß es schwer ist, sich von ihnen zu trennen. Soweit ich weiß, besitzt Ihr Vater eine renommierte Sammlung. Sicher wäre er äußerst bestürzt, wenn er erführe, daß auch nur eine seiner Erwerbungen zweifelhaften Ursprungs ist.« Offensichtlich hatte sie etwas Falsches gesagt. Beide Männer waren erstarrt.

»Mein Vater und ich«, entgegnete Charles kalt, »garantieren für die Herkunft jeden Stücks in unserer Sammlung.«

»Ich habe nichts anderes angenommen«, erwiderte Jessie aufrichtig. »Es tut mir leid, wenn ich Sie beleidigt habe.«

»Tja, Sie haben mich tatsächlich beleidigt. Als Holocaust-Überlebender wäre mein Vater der Allerletzte, der vom schrecklichen Leid unseres Volkes profitieren wollte.«

»Ich glaube nicht, daß Detective Drake irgend etwas unterstellen wollte, Charles«, sagte Henry ruhig.

Charles sah erst seinen Bruder an und nickte dann Jessie nichtssagend zu.

Verlegenes Schweigen machte sich breit. Jessie überlegte einen Moment und sagte schließlich: »Was, wenn Mr. Pomerantz gar nicht hoffte, etwas wiederzufinden? Er sprach von einer Fundsache. Ich weiß, daß er gern Museen besuchte. Was, wenn er in einem etwas gesehen und es als früheren Besitz einer jüdischen Familie erkannte, seiner eigenen oder einer anderen? Was, wenn er Kontakt zu Ihnen aufnehmen wollte, um Ihnen von seiner Entdeckung zu berichten?«

Ihr fiel auf, daß die Brüder einen schnellen Blick wechselten und sie dann erneut finster anstarrten.

»Es müßte etwas aus seiner eigenen Familie sein«, fuhr Jessie fort, indem sie laut dachte. »Warum hätte die Entdeckung sonst sein Leben verändern sollen?«

»Vielleicht dachte er, er bekäme eine Belohnung«, sagte Henry. »Oder vielleicht glaubte er, daß die Rückgabe des Gegenstands an seinen rechtmäßigen Besitzer sein Leben verändern würde, indem sie ihn mit enormer Befriedigung erfüllte.«

»Mag sein«, sagte Jessie der Höflichkeit halber.

Die Tür ging auf, und eine gebrechlich wirkende ältere Dame mit gefärbtem grau-blondem Haar betrat den Raum. »Tut mir leid«, sagte sie schnell und mit hoher, akzentuierter Stimme. »Ich wußte nicht, daß ihr jemanden dahabt.«

Henry und Charles sprangen auf. Henry durchquerte den Raum. »Ist Dad ...«

»Es geht ihm gut.« Neugierig sah sie Jessie an.

»Das ist Detective Drake«, erklärte Henry, der diese Vorstellung eindeutig ungern besorgte.

Jessie nahm es ihm nicht übel. Sie schob den Lehnstuhl zurück und erhob sich. »Ich danke Ihnen, daß Sie sich Zeit für mich genommen haben. Wenn Ihnen noch irgend etwas einfällt, rufen Sie mich bitte an.« Sie nahm eine Visitenkarte aus der Tasche und legte sie auf den Tisch. Zu Mrs. Steele sagte sie: »Ich hoffe, Ihr Mann erholt sich rasch.«

»Vielen Dank«, antwortete Mrs. Steele leise. Sie drängte die Tränen zurück.

Henry brachte Jessie zum Ausgang. »Tut mir leid, daß wir Ihnen keine große Hilfe waren«, sagte er und öffnete die schwere Tür. »Wenn mir noch etwas einfällt, melde ich mich auf jeden Fall.«

»Danke. Eventuell muß ich Ihnen und Ihrem Bruder weitere Fragen stellen. Wo kann ich Sie erreichen, wenn Sie nicht in der Stiftung sind?«

»Wahrscheinlich hier.« Er nahm eine Karte aus der Jackentasche und kritzelte eine Telefonnummer darauf.

Einen Augenblick später schloß er hinter ihr die Tür. Während sie den gepflasterten Fußweg entlangging, ließ sie sich Pomerantz Formulierung »eine Fundsache« durch den Kopf gehen. Je länger sie darüber nachdachte, desto wahrscheinlicher schien es ihr, daß Pomerantz etwas gefunden hatte, das verschollen gewesen war.

Wenn er ein Kunstwerk entdeckt hatte, das seiner Familie gehört hatte, dann hätte er logischerweise seine Entdeckung geheimgehalten und sich zunächst der Hilfe versichert, die er brauchte, um seinen Eigentümernachweis zu erbringen.

Vielleicht hatte er jemandem von seiner Entdeckung erzählt, von dessen Vertrauenswürdigkeit er überzeugt war. Vielleicht hatte diese Person es einer anderen gesagt, die es wiederum einer dritten mitgeteilt hatte ...

War die Entdeckung letztlich der falschen Person zu Ohren gekommen?

War Pomerantz deswegen ermordet worden?

19

»Ob Sie es nun glauben oder nicht – ich war gerade in der Bäckerei, als ich die Frau kennenlernte, die meine erste Frau werden sollte«, sagte Pomerantz. »Es war die Bäckerei ihrer Eltern, und sie arbeitete hinter der Theke. Sie hieß Esther, Estusha nannte ich sie. Sie war schön und klug und hatte stets ein Lächeln für die Kunden, auch für die schwierigen. Es war Liebe auf den ersten Blick – zumindest für mich.« Er legte sich die Hand auf die Brust und lächelte. »Estusha nahm mich gar nicht richtig wahr, aber sie hielt mich für eine ganz schöne Naschkatze, weil ich vier-, fünfmal die Woche auftauchte und behauptete, meine Mutter habe mich geschickt. Meine Schwestern waren begeistert, wegen der vielen süßen Teilchen!« Er kicherte.

»Ich war neunzehn, sie achtzehn. Ich konnte sie nicht fragen, ob sie mit mir ausgeht, das wäre damals unerhört gewesen. Ehen wurden arrangiert, wissen Sie. Also ließ ich einen Cousin meinem Vater die Verbindung vorschlagen, und mein Vater, der Estushas Familie kannte, rief einen Schadchen, *einen Heiratsvermittler. Und ehe ich mich's versah, wurden Estusha und ich einander offiziell vorgestellt …*

Wir hatten zwei Töchter, Malka und Baila. Malka war knapp zwei und Baila acht Monate alt, als die Deutschen kamen und die ersten ›Selektionen‹ vornahmen, also auswählten, wer in ein Arbeitslager und wer nach Auschwitz kam. Sie klopften an jede Tür und befahlen allen Juden, auf die Straße zu gehen.

Bei der ersten Razzia hatten wir Glück – wir konnten den deutschen Arzt bestechen. Bei der zweiten war Estusha nicht zu Hause. Sie nahmen unsere Töchter und ihre ganze Familie mit zu einem Sammelplatz. Als Estusha davon erfuhr, ging sie mit einem Eimer Wasser dorthin und sagte einem Polizisten, sie wolle die Kinder waschen. Ein Wunder geschah – er half ihr.« Pomerantz schüttelte den Kopf. »Er führte sie zu der Fabrik, wo die Juden gefangengehalten wurden, und sie wusch mehrere Kinder, während sie unsere Töchter suchte. Sie fand sie und schaffte es, sie herauszuholen und bei einer Freundin unterzubringen. Mit Hilfe des Polizisten konnte sie auch ihre Schwägerin und die Großeltern retten.

Dann kam die dritte Razzia.« Pomerantz seufzte und schwieg einen Moment. »Ich wollte die Mädchen vorher schon bei einer Polin lassen, die angeboten hatte, für sie zu sorgen, bis der Krieg vorbei war, aber Estusha hatte Angst. ›Was, wenn sie sie nicht zurückgibt?‹ hatte sie gefragt. Also behielten wir sie bei uns. Und dann holten sie eines Nachts die Frauen ab. Die Deutschen stellten meine Frau vor die Wahl – sie konnte ihre Kinder aufgeben und in ein Arbeitslager gehen. Oder sie konnte nach Auschwitz gehen.« Pomerantz hielt inne. »Sie wollte die Mädchen nicht aufgeben.

Die Deutschen fackelten nicht lange. Sie nahmen meine Frau mit den beiden Kindern und meine Mutter mit. Ich ging zum Bahnhof, und durch ein Fenster entdeckte ich Estusha. Auch sie sah sich nach mir um. Sie hielt Baila hoch, und meine Mutter Malka. Und sie halfen meinen kleinen Mädchen mir zu winken, während der Zug aus dem Bahnhof fuhr.

Adieu-adieu, adieu-adieu«, flüsterte Pomerantz, und in seinen Augen glitzerten Tränen. Er hob die rechte Hand, krümmte die Finger und winkte. »Adieu-adieu.«

»Das ist für das Baby«, sagte Jessie, nahm eine verpackte Schachtel aus ihrer Bloomingdales-Tüte und reichte sie Helen. »Ich weiß, daß es noch früh ist, aber ich konnte einfach nicht widerstehen.«

»Das ist ja so lieb von dir, Jessie!« Helen umarmte sie und stellte die Schachtel auf den runden Glastisch in ihrer Eßecke.

Jessie lächelte und freute sich an der kindlichen Begeisterung, die das Gesicht ihrer Schwester aufleuchten ließ. Sie war müde gewesen, als sie das Revier verließ, doch nun war sie froh, daß sie noch auf einen Sprung ins Century-City-Einkaufszentrum gegangen war, bevor sie zu Helen fuhr, um sich von ihren Eltern zu verabschieden, die am nächsten Morgen nach La Jolla zurückkehren würden.

Helen löste das gelb-weiße, glänzende Geschenkpapier ab, wobei sie darauf achtete, es nicht zu zerreißen, und nahm den Deckel von der Schachtel. Wie Frances hob sie Geschenkpapier, Bänder und Schleifen auf und sammelte alles ordentlich in einem Schrank im Flur.

»Das ist ja *traumhaft*!« rief sie und hielt das Mobile mit den schwarzen und weißen Schafen in die Höhe.

»Die Verkäuferin hat mir erklärt, daß die ersten Farben, die Babys erkennen, Schwarz und Weiß sind. Ich dachte immer, es sei Rot.«

»Ich auch.« Helen legte das Mobile auf den Tisch. »Danke, Jess. Ich kann es kaum erwarten, es dem Baby übers Bettchen zu hängen.«

Sie gab ihrer Schwester einen Kuß. »Wenn du mir doch nur früher gesagt hättest, daß du kommst. Dann hättest du mit uns essen können.«

»Das macht nichts. Ich habe unterwegs einen Happen gegessen.« Schon wieder Pizza. Wenn sie bei ihr einen Bluttest vornähmen, fänden sie vermutlich Käse und Tomatensauce in ihren Adern. »Wo ist Neil?«

»Er ist zu Borders gefahren, der neue Clancy ist erschienen.« Helen rollte mit den Augen. »Er müßte bald wieder da sein.«

»Mommy, kann ich ... ach, hi, Tante Jessie!«

Jessie wandte sich zur Tür und lächelte ihren neunjährigen Neffen an. Mit seinen blauen Shorts und dem schwarzen T-

Shirt mit dem Aufdruck irgendeiner Action-Figur, die sie nicht kannte, sah er niedlich aus. »Wo bleibt meine Umarmung?« fragte sie.

Grinsend lief er auf sie zu und preßte sich an sie.

Sie tat so, als stolperte sie rückwärts. »Mann, du wirst ja ein richtiger Rowdy! Platz da, Rambo!«

Er kicherte. Sie schloß ihn in die Arme, küßte ihn auf die Wange und zerzauste ihm das pechschwarze Haar; sie empfand zum wiederholten Mal eine fast schmerzliche Dankbarkeit dafür, daß Helen und Neil vor einem Jahr aus Winnetka, Illinois, nach L.A. gezogen waren und Matthew in ihr Leben gebracht hatten.

»Matthew, Schätzchen, schau mal, was Tante Jessie für das Baby mitgebracht hat. Ist das nicht traumhaft?«

Er blieb noch ein paar Sekunden in Jessies Umarmung und griff dann nach dem Mobile. »Macht es auch Musik?« fragte er und drehte es herum.

»M-hm.« Jessie beugte sich näher zu ihm und drehte ein paarmal an einem Knopf, bis leise plätschernde Kinderlieder im Raum erklangen. »Für dich habe ich auch etwas«, erklärte sie und zog einen weißen Power Ranger aus der Einkaufstasche.

Er nahm ihn in beide Hände. »*Tommy*! Das ist der *beste*!« Er drehte sich zu Helen um. »Ein Junge aus meiner Klasse hat die ganze Sammlung!« Er riß die Schachtel auf und nahm die zwölf Zentimeter große Figur heraus. Dann drückte er auf deren Gürtel, woraufhin sich Brust und Rücken teilten und der »menschliche« Kopf sich in den behelmten Kopf eines Power Rangers verwandelte.

»Bedank dich bei Tante Jessie«, forderte Helen ihn auf und legte ihm eine Hand auf die Schulter.

»Danke, Tante Jessie.« Sein breites Grinsen brachte mehrere Zahnlücken zum Vorschein. »Darf ich gleich damit spielen, Mom? Bitte?«

»Ist dein Zimmer aufgeräumt?«

»So gut wie.« Er sah verlegen drein.

»Mach das erst fertig.«

Spielverderberin, dachte Jessie.

»Na gut. Bis später, Tante Jessie.« Er gab Jessie noch einen Kuß und hüpfte aus dem Zimmer.

Helen sah ihm nach. »Er wächst so schnell, nicht wahr?« Seufzend wandte sie sich an Jessie. »Die Figur gefällt ihm wirklich. Und man merkt richtig, wie er dich anhimmelt.«

Klang da Eifersucht in Helens Stimme durch? Jessie betrat die geräumige, frisch umgebaute, weiße Küche – sie war blitzblank wie üblich, das Essensgeschirr weggeräumt – und machte den Kühlschrank auf. »Das beruht auf Gegenseitigkeit. Er ist ein klasse Junge.«

»Das stimmt. Der *beste*. Es war klug von dir, ihm etwas mitzubringen, Jessie. Aber schließlich machst du ja immer alles richtig.«

Jessie wandte sich um und musterte Helen, crstaunt über die Bissigkeit, die sie herausgehört hatte. Woher kam das? »Nein, tu ich nicht.«

»Na, egal«, sagte Helen, was heißen sollte, daß sie darüber nicht debattieren wollte. »Ich werde darauf achten, daß Matthew nicht zu kurz kommt, wenn das Baby da ist. Ich will nicht, daß er eifersüchtig wird.« Sie zog das Geschenkpapier zu sich herüber und begann an dem Klebefilm zu zupfen.

»Ich nehme an, ein bißchen Eifersucht ist unvermeidlich.« Jessie fischte einen Apfel aus dem Obstfach und machte den Kühlschrank wieder zu. »Aber du schaffst das, Helen. Du bist eine gute Mutter. Du weißt bestimmt, was du tun mußt.«

»Und was ich *nicht* tun darf«, sagte sie und sah auf. »Das ist es doch, was du denkst, oder? Vermutlich bereitet es dir Kopfzerbrechen, daß ich ein zweites Kind bekomme.« Ihr Lächeln war spröde.

»Nein, ganz und gar nicht«, erwiderte Jessie ruhig und hoffte, daß sie überzeugend klang. Sie kehrte zum Tisch zurück. »Du bist jetzt seit über einem Jahr in Therapie. Du bist nicht mehr so wie früher.« Sie biß in den Apfel. »Was sagt denn Dr. Rossman?«

»Du hast doch auch eine Therapie gemacht – dann weißt du ja, daß Psychiater nicht viel sagen.« Sie lächelte bitter. »Er hat gesagt, ich solle mir überlegen, warum ich ein Baby will – abgesehen von den offenkundigen Gründen wie etwa, daß Matthew ein Geschwisterchen haben soll. Weißt du, worauf ich gekommen bin?«

Jessie schüttelte den Kopf.

»Ich wollte eine zweite Chance haben, es richtig zu machen. Ich wollte die Nähe, die ich mit Matthew nie hatte.« Ihre Augen füllten sich mit Tränen. Sie wischte sie mit der Hand beiseite. »Mein Gott, diese Schwangerschaftshormone sind gräßlich.« Sie lachte kurz auf.

Auch Jessie traten Tränen in die Augen. »Du machst es schon richtig«, sagte sie sanft und tätschelte Helen den Arm.

»Freut mich, daß du das denkst.« Helen wandte ihre Aufmerksamkeit wieder dem Papier zu. Einen Moment später knüllte sie es zu einem Ball zusammen. »Mom ist da anderer Ansicht.«

Jessies Augen wurden schmaler. »Hat sie das gesagt?«

Helen verzog das Gesicht. »Seit dem Abend neulich im Restaurant redet sie kaum noch mit mir. Aber sie hat Anspielungen gemacht.« Sie setzte sich und streichelte eines der weißen Schafe. »Du kannst von Glück sagen, daß du kein Gästehaus hast.«

»Ziemlich unerfreulich«, stimmte Jessie ihr zu und setzte sich. Sie wußte nur zu gut, wie man sich in einer von Frances' eisernen Schweigephasen fühlte. Sie zögerte und sagte dann: »Sie ist gekränkt wegen der Sache mit dem Namen, Helen.«

Helen zog einen Schmollmund. »Aber es ist *mein* Kind, Jessie! Meines und das von Neil! Haben wir nicht das Recht, seinen Namen auszusuchen?«

»Natürlich. Aber ihr an den Kopf zu werfen, daß es ebenso eine Erinnerung wäre, das Kind nach ihrem Vater zu taufen, wie Geld von den Schweizer Banken zurückzufordern, war hart. Außerdem stimmt es nicht einmal.«

»Ich weiß. Das war gemein.« Helens Gesicht war gerötet. »Manchmal *möchte* ich einfach gemein zu ihr sein – ich möchte ihr alles heimzahlen, was sie mir angetan hat, als ich noch klein war. Vielleicht will ich das Kind deswegen nicht nach ihrem Vater nennen, wenn es ein Junge ist.« Sie zuckte die Achseln.

Jessie entgegnete nichts.

Helen drehte am Musikknopf des Mobiles. »Du glaubst, mir gefällt der Name Jakob nicht, weil er zu biblisch, zu jüdisch ist. Streit es nicht ab, Jess, ich sehe es dir an. Ich bin ja nicht blöd.«

»Das habe ich nie gedacht.« Jessie lauschte, während das Mobile sein Schlaflied spielte. *Twinkle, twinkle, little star.*

»Du findest, ich sollte einen Jungen Jakob taufen, stimmt's?« fragte sie provokant. »*Du* würdest es tun.«

»Helen! Es ist *dein* Baby.«

»Sie kann nicht erwarten, daß ich ein anderer Mensch werde, nur weil sie endlich zugegeben hat, daß sie Jüdin ist. Sie sieht sich nicht einmal als Jüdin. Das hat sie mir selbst gesagt.«

Wann hatte Frances das mit Helen besprochen? »Menschen ändern sich.«

»Madeleine Albright hat auch erfahren, daß ihre Eltern Juden waren, aber sie ist trotzdem Episkopalin geblieben. Sie hat ihr Leben nicht umgekrempelt.«

»Nein, aber sie erforscht ihre Familiengeschichte und hat den Geburtsort ihrer Vorfahren besucht.« *Wie gern wüßt' ich, wo du bist …* »Niemand zwingt dich, dein Leben umzukrempeln, Helen.«

»Du hast mich in ein schlechtes Licht gerückt, als du diese vielen Fragen nach Moms Vater gestellt und mich wegen des Schweizer Kontos nicht unterstützt hast. Ich dachte, du bist auf meiner Seite«, entgegnete sie ziemlich gereizt.

»Herrgott noch mal, Helen, es geht doch nicht um *Seiten*! Ich will über unseren Großvater Bescheid wissen – ist das so abwegig?« stieß sie hervor, über die Ichbezogenheit ihrer Schwester verärgert. »Ich will *alles* über Moms Familie wissen. Ich kann es nicht ändern, daß du das nicht willst.« Zornig biß sie in den Apfel. Saft lief ihr übers Kinn. Na prima, dachte sie und wischte ihn mit der Hand weg.

»Fang nicht schon wieder damit an, Jess. Mom hat kein Interesse, also warum sollte ich welches haben?«

»Sie hat durchaus Interesse. Sie gibt es nur nicht zu. Sie war praktisch den Tränen nahe, als sie über ihren Vater gesprochen hat. Du hast sie doch gesehen.«

»Allerdings.« Helen neigte sich vor. »Wozu soll es denn gut sein, auf den schrecklichen Dingen herumzureiten, die passiert sind? Nichts wird das ändern, Jess. Nichts wird die Familie zurückbringen, die Mom verloren hat.«

»Du willst also so tun, als hätte sie nie existiert?« Jessie schüttelte ungeduldig den Kopf. »Das kann ich nicht. Das *will* ich nicht.«

»Das ist deine Entscheidung.« Helen nahm das Mobile und legte es in die Schachtel.

»Und was ist mit Matthew? Hat er kein Recht darauf, etwas über seine jüdischen Wurzeln zu erfahren?«

Helen erbleichte. Sie warf einen Blick hinter sich. »Du hast ihm doch nichts gesagt, oder?«

»Das habe ich ja versprochen. Aber das heißt nicht, daß Mom nicht irgendwann etwas sagt.«

Helen schnaubte verächtlich. »Mom wäre die letzte, die das tun würde.«

»Sie hat dich gebeten, einen Sohn nach ihrem Vater zu taufen. Hast du je gedacht, daß Mom *das* tun würde?«

»Hast du je gedacht, daß ich *was* tun würde?«

Beide Schwestern drehten sich zu dem Durchgang zum Eßzimmer um, wo Frances stand, wie aus dem Ei gepellt in weißen Hosen und einem kurzärmeligen roten Baumwollpullover.

Jessie fühlte sich, wie sie sich als Kind Hunderte von Malen gefühlt hatte: Eine Faust bohrte sich tief in ihren Magen, ihr Herz schlug schneller und ihre Hände wurden feucht. Sie leckte sich die Lippen und sah Helen an, die flehentlich ihre ältere Schwester ansah. *Hilf mir*.

»Helen und ich haben darüber gesprochen, daß du gestern abend den Schokoladenkuchen bestellt hast«, sagte Jessie, indem sie das Erstbeste hervorsprudelte, was ihr einfiel. »Du bist immer so streng mit allem, was du ißt. Wir waren einfach erstaunt.«

»Aber *stolz* auf dich«, fügte Helen hinzu.

Frances lächelte erst Helen und dann Jessie an. »Tja, wenn ihr es mir nicht sagen wollt, dann laßt es. Ich weiß doch, daß ihr zwei mich hinter meinem Rücken kritisiert.« Sie sprach im abgehackten Ton der schon lange Leidenden.

Jessie seufzte. »Mom, wir haben dich nicht kritisiert.«

»Ich muß mal zu Matthew gehen und nachschauen, wie er mit seinem Zimmer vorankommt«, erklärte Helen. »Bin gleich wieder da.«

Lügnerin. Jessie hätte beinahe laut gelacht, als sie Helen quasi aus der Küche rennen sah. Es war einfach lächerlich – zwei erwachsene Frauen, die Angst davor hatten, offen mit ihrer Mutter zu sprechen.

Frances sagte: »Ich war gerade beim Packen, als ich dein Auto vor dem Haus stehen sah.«

»Ich bin gekommen, um auf Wiedersehen zu sagen. Ich weiß, daß ihr morgen früh fahrt. Wo ist Dad?«

»Guckt CNN. Hast du schon zu Abend gegessen?«

»M-hm. Aber nicht so gut wie im Ivy.« Sie lächelte. »Nochmals vielen Dank für den Abend. Gary hat sich auch gut unterhalten. Er hat mich gebeten, dir das auszurichten.« Sie wollten heute abend in einen Spätfilm gehen, je nachdem, wie weit er mit seiner Reportage war. Sie freute sich schon auf einen erholsamen Abend.

»Schläfst du mit ihm?«

Die Plumpheit der Frage reizte sie zum Lachen. »Nein. Ich möchte nichts überstürzen.«

Frances nickte beifällig. »Er ist ein anständiger junger Mann, Jessie. Klug und gutaussehend. Sicher magst du ihn, sonst würdest du dich nicht wieder mit ihm treffen. Und er ist offensichtlich verrückt nach dir. Wenn er bereit ist, ein zweites Mal in eine so dysfunktionale Familie wie unsere einzuheiraten, solltest du ihn an Land ziehen, bevor ihn dir eine andere wegschnappt.«

»Beim ersten Mal warst du aber gegen eine Heirat, weißt du noch?«

Frances zuckte zusammen. »Worauf willst du hinaus, Jessica? Daß ich mich geirrt habe? Gut. Ich gebe es zu. Ich *habe* mich geirrt.« Ihre Stimme hatte einen schrillen Unterton angenommen. Sie holte tief Luft und fuhr dann in ruhigerem Ton fort: »Warum hältst du es für nötig, mich permanent an meine Fehler als Mutter zu erinnern?«

Tat sie das? Der Gedanke beschämte Jessie. »Tut mir leid.«

Frances wandte sich ab. »Ich sage deinem Vater, daß du da bist«, erklärte sie und ging ein paar Schritte aufs Eßzimmer zu.

Jessie streckte die Hand aus und berührte ihre Mutter am Arm. »Es tut mir wirklich leid, Mom. Bitte, geh nicht.« Ihre Mutter reagierte nicht, aber sie war weder zornig davongestampft, noch hatte sie ihre Hand beiseite gefegt. Ein positives Zeichen. »Schau mal, was ich für das Baby gekauft habe«, sagte Jessie und ging auf den Tisch zu. Sie nahm das Mobile und sah aus dem Augenwinkel, daß ihre Mutter auf sie zukam.

»Das ist ja reizend«, sagte Frances einen Moment später und nahm das Spielzeug in die Hand. Sie lächelte. »Ich kann mich noch an das Mobile erinnern, das ich gekauft habe, als du zur Welt kamst. Kleine Clowns in karierten Anzügen – blau, rosa und gelb. Du konntest es stundenlang anstarren.« Sie gab Jessie das Mobile zurück. »Glaubst du, daß Helen für das Baby bereit ist?«

»Matthew ist neun Jahre alt.« Eigentlich keine Antwort auf das, was ihre Mutter gefragt hatte.

»Kommt sie ... jetzt besser mit Matthew zurecht?«

»Du meinst, ob sie ihn noch schlägt?« fragte Jessie leise. »Ich weiß es nicht. Neil hat nichts gesagt, und ich habe nicht das Gefühl, sie fragen zu können. Aber Matthew *wirkt* fröhlich.« Wesentlich fröhlicher als noch vor einem Jahr. Weniger zerbrechlich und weniger schreckhaft.

»Ein Baby bringt so viele Zwänge mit sich«, sagte Frances. »Monate von schlaflosen Nächten, alle zwei oder drei Stunden füttern, Koliken, Zahnen. Und wenn das Kind älter ist, kommen so viele andere Dinge hinzu ...« Sie seufzte. »Helen kann mit Streß nicht gut umgehen.«

Du auch nicht. »Helen kann sich ein Kindermädchen leisten, wenn sie findet, daß sie eines braucht. Und, was noch wichtiger ist, Neil ist nicht mehr so viel auf Reisen wie früher, und sie macht eine Therapie.«

»Wegen *meines* Problems, meinst du.« Frances lächelte verkniffen. »Bestimmt sagt ihr der Therapeut, daß all das meine Schuld ist.«

Was sollte Jessie sagen? *Du hast uns geschlagen, Mom. Du hast uns verdroschen. Du hast uns mit deiner Wut terrorisiert.*

Doch damit wäre nichts gewonnen. Gewiß nicht der Beginn der engen Mutter-Tochter-Beziehung, die sie sich wünschte.

»Ich habe immer versucht, eine liebevolle Mutter zu sein«, erklärte Frances. »Ich habe mein Bestes getan.«

»Das hast du.« Nach allem, was sie über die Vergangenheit ihrer Mutter wußte, glaubte Jessie, daß Frances wirklich ihr Bestes getan hatte. »Helen ist bestürzt, weil du nicht mit ihr redest.«

Frances reckte sich, bereit zum Kampf. »Sie war unhöflich und gefühllos. Und damit meine ich nicht, daß sie sich weigert, das Baby Jakob zu taufen, falls es ein Junge wird.«

»Es tut ihr leid, was sie gesagt hat. Und sie hat sich nicht geweigert, sie will es sich überlegen.« Jessie zögerte und fuhr dann fort: »Du hast mir und Helen erzählt, du seist nicht daran interessiert, Jüdin zu sein. Warum sollte dann sie daran interessiert sein?«

»Es hat nichts damit zu tun, Jüdin zu sein«, fauchte Frances. »Es hat etwas mit Achtung vor den Toten zu tun.«

»Du äußerst dich widersprüchlich Mom«, wandte Jessie vorsichtig ein.

Frances Augen wurden schmal. »Das ist *deine* Meinung.«

»Stimmt. Und wenn ich recht habe?«

»*Dann*, Jessica ...« Frances hielt inne. In weniger schneidendem Tonfall sagte sie: »Dann müßte ich eben darüber nachdenken.« Sie sah ihre Tochter eindringlich an. »Du findest, ich sollte mich um das Schweizer Geld bemühen, falls welches vorhanden ist, oder?«

»Ich weiß es nicht.« Es war Frances' Geld. Es war Helens und Neils Baby. Warum erwarteten ihre Schwester und ihre Mutter, daß sie für sie Entscheidungen traf?

»Was macht deine Arbeit?«

Jessie gab sich Mühe, nicht verdutzt dreinzusehen. Frances fragte sonst nie nach ihrem Job. War das eine Geste guten Willens oder wollte sie nur das Thema wechseln? »Viel Hektik. Wir untersuchen gerade den Tod eines Holocaust-Überlebenden.« Sie erzählte ihr kurz von Pomerantz und sah, wie die grünen Augen ihrer Mutter dunkler wurden.

»Wie entsetzlich traurig«, sagte Frances leise.

»Nicht wahr? Ich habe ein Video von einem Interview, das er gegeben hat. Er klingt wie ein ganz lieber Mensch. Er war vierundachtzig. Wahrscheinlich ungefähr so alt, wie dein Vater heute wäre, wenn er noch leben würde.«

»Ich weiß nicht genau, wie alt mein Vater war. Oder meine Mutter. Du glaubst, ich lüge, oder? Ich sehe es dir an.«

»Ich glaube nicht, daß du lügst. Ich bin nur sehr enttäuscht.« Frances berührte Jessie am Arm. »Ich versuche nicht, dir etwas zu verheimlichen. Ich könnte ja etwas erfinden, aber das ist auch nicht das, was du willst, oder?«

»Nein. Nein, natürlich nicht.« Sie konnte ihrer Mutter nicht übelnehmen, daß sie sich nicht erinnerte, das war weder fair noch vernünftig. Aber sie fühlte sich tief betrübt und – unlogischerweise – einer Sache beraubt, die sie nie besessen hatte.

»Ich habe mit einer Bekannten von Mr. Pomerantz gesprochen«, fuhr Jessie fort. »Sie lebt in einem Seniorenheim. Sie hat auch den Holocaust überlebt. Eine Witwe ohne Kinder.« Sie zögerte und sagte dann: »Ich frage mich einfach immer wieder, ob nicht doch Angehörige deiner Familie überlebt haben.« Und wenn Verwandte überlebt hatten, hatten sie dann neue Familien gegründet? Oder führten sie ein einsames Leben in einem Altenheim und warteten auf Besuch, der nie kam?

»Es hat niemand überlebt«, sagte Frances ein wenig barsch. Etwas sanfter fügte sie hinzu: »Das Rote Kreuz hat nachgeforscht, Jessica. Ich hätte davon erfahren.«

»Es gibt Geschichten von Überlebenden, die entdeckt haben, daß ein Bruder oder eine Schwester oder ein anderer Verwandter noch am Leben war ...«

Frances schüttelte den Kopf. »Ich hoffe, du engagiert dich nicht persönlich in diesem Fall, Jessica.«

»Nein.«

Ihre Mutter sah sie interessiert an. »Dieser Mr. Pomerantz ist nicht dein Großvater«, erklärte sie freundlich. »Und diese alte Dame ist nicht deine Großmutter.«

Jessie wurde rot. »Das weiß ich doch.«

Frances nickte. »Solange du es weißt.«

20

Der zehnjährige Junge, der an der La-Cienega-Ausfahrt angeschossen worden war, starb in der Nacht.

Das war das erste, was Phil ihr erzählte, als sie am Donnerstag morgen im Revier eintraf. Boyd drehte sich auf seinem Bürostuhl hin und her und starrte düster ins Leere. Auch Simms sah trübsinnig drein und verkniff sich einen seiner klugscheißerischen Kommentare. Ihr war schlecht bis ins Mark, wenn sie an den toten Jungen und seine trauernden Eltern dachte.

Sie sprachen eine Weile über die zunehmende Gewalt im Straßenverkehr. Am Vorabend hatte Gary ihr von einem Mann erzählt, der in falscher Richtung auf dem Freeway 101 gefahren war und völlig grundlos mit seinem Jeep fünf Autos gerammt hatte. Niemand war verletzt worden. »Ein Wunder«, hatte Gary gesagt, aber wie oft konnte man schon auf Wunder zählen?

Sie unterhielten sich darüber, was ihrer Meinung nach mit dem Schützen geschehen sollte.

»Laßt mich nur fünf Minuten mit ihm allein«, sagte Boyd.

»Zwei würden schon reichen.« Simms schlug sich mit der Faust gegen die Handfläche.

Ein paar Minuten Schweigen. Dann fragte Boyd. »Habt ihr diesen internen Fragebogen schon ausgefüllt?«

Phil schnaubte. »Haben wir nichts Besseres zu tun?«

»Ich mach's nicht.« Simms kaute auf seiner Unterlippe. »Espes hat gesagt, wir müssen«, wandte Boyd ein.

Simms schnaubte. »Glaubst du, die lesen wirklich Tausende dieser Dinger durch?« Er tat so, als nähme er ein Blatt und würfe es in den Papierkorb. »Jessie hat ihren natürlich sicher schon ausgefüllt. Genau wie sie ihre Hausarbeiten bestimmt immer rechtzeitig abgegeben hat.«

»Neidisch, Marty?« fragte Phil.

Simms sah sie an. »Hab ich recht?«

Sie lächelte geheimnisvoll. Eigentlich hatte sie sich am Abend zuvor an den Fragebogen machen wollen, aber Gary war lange dageblieben, und dann war sie zu müde gewesen und hatte sich außerdem nicht den herrlichen Abend mit Papierkram verderben wollen. Sie hatte noch jede Menge Zeit, Espes hatte gesagt, Ende nächster Woche.

»Das war übrigens ein Witz.« Simms zwinkerte ihr zu. »Verpetz mich nicht. Auf den Streß kann ich verzichten.«

Sie fragte sich, ob es sein Ernst war, den Fragebogen nicht auszufüllen. Wahrscheinlich nicht, er bellte viel öfter, als er biß, und er würde es nicht riskieren, Espes oder das Revier in schlechtem Licht erscheinen zu lassen.

Simms und Boyd fuhren noch einmal ins Gericht, um bei der Verhandlung gegen den »Kopfkissen-Killer« auszusagen, die heute morgen fortgesetzt wurde. Vielleicht. Falls der Anwalt nicht um Vertagung ersuchte.

Jessie sah die Nachrichten durch, die für sie eingegangen waren, nichts von irgendeinem Taxiunternehmen in bezug auf Pomerantz. Große Überraschung. Sie ging zum Heißwasserbereiter, überlegte, wen Pomerantz wohl im Century Plaza hatte treffen wollen und füllte ihren Becher.

Zurück an ihrem Schreibtisch hängte sie einen Früchteteebeutel in den Becher und atmete den fruchtigen Duft ein. Phil kritzelte etwas auf einen Block.

»Hast du irgend etwas über die Hure rausgefunden?« fragte sie.

Er sah zu ihr auf. »*Nada.* Ich hab' meine traurige Figur den ganzen Weg nach South Central rausgeschleppt, um mit einer früheren Kollegin von Cassandra Jones zu sprechen. Sie meinte, Cassandra sei in letzter Zeit nervös gewesen, hätte ihr erzählt, daß sich irgendein Stammkunde komisch benimmt. Aber die Freundin wußte seinen Namen nicht. War ja klar.«

Sie probierte den Tee, zu heiß. »Was ist mit dem Baby?« Sie blies in ihren Tee.

Er tippte auf das aufgeschlagene Branchenbuch vor sich. »Espes meint, ich soll weiter Ärzte anrufen. Ich sehe dir an, daß du unbedingt mithelfen willst, also fang nur an.« Er grinste. »Und was ist mit dir? In Sachen Pomerantz Glück gehabt?«

»Ich habe herausgefunden, wen er am Beverly Drive besucht hat.« Sie berichtete Phil von der Steele Foundation und ihrem Besuch im Haus der Steeles. »Es ist, als lebte man in einem Privatmuseum, Phil. Du würdest deinen Augen nicht trauen.«

»Maureen steht auf Kunst. Ich bin ein Banause in Sachen *Kultuah*«, sagte er, indem er das Wort mit einem übertriebenen Brooklyner Akzent aussprach. »Also hat Pomerantz mit keinem der beiden Steele-Söhne geredet?«

Jessie schüttelte den Kopf. »Ein anderer Mann hat ihn im Golden Palms angerufen, aber weder eine Nachricht noch seinen Namen hinterlassen. Vielleicht war das derjenige, mit dem er am Samstagabend im Century Plaza verabredet war. Ich habe mich im Hotel erkundigt – niemand hat Pomerantz wiedererkannt, aber die Kellnerin, die an den Wochenenden bedient, hat heute frei. Ich spreche am Freitag mit ihr.«

Phil neigte den Kopf. »Wer hat dir gesagt, daß er ins Century gegangen ist?«

»Hilda Rheinhart, seine Bekannte aus dem Seniorenheim. Sie ist übrigens nicht mehr im Golden Palms. Sie war zu erregt, daher hat man sie in ein Pflegeheim verlegt.« Die alte Frau war eingeschlafen, während Jessie ihr vorlas. Jessie hoffte, daß es ihr inzwischen besserging.

»Du hast also herausgefunden, daß Pomerantz sich an die Stiftung gewandt hat, weißt aber nicht, warum. Du glaubst, er könnte eventuell einen gestohlenen Kunstgegenstand entdeckt haben, weißt es aber nicht sicher. Und *falls* das zutrifft, was es war. Und er hatte vor, ins Century Plaza zu fahren, aber wir wissen wiederum nicht, warum oder ob er je dort angekommen ist.« Er hielt inne. »Viele unbeantwortete Warums.« Er verschränkte die Hände hinter dem Kopf. »Glaubst du immer noch, daß er entführt wurde?«

»Eigentlich nicht. Es ist ein zu großer Zufall, daß er dieses große Geheimnis hatte und dann ermordet wurde. Aber wer weiß?« Sie zuckte die Achseln. »Es gibt ja Zufälle.« Sie trank noch einen Schluck Tee. Schon besser. Sie kramte in ihrer Tasche nach einem Müsliriegel. Sie hatte verschlafen und nur ein Glas Milch zum Frühstück getrunken, nachdem sie eine Kurzversion ihres täglichen zwanzigminütigen Fitneßprogramms hinter sich gebracht hatte.

»Futaki hat den Todesfall noch nicht zum Mord erklärt.«

Sie nickte. »Ich rufe ihn an und sage ihm, daß Pomerantz ein paar Leuten von einem Geheimnis erzählt hat.«

»Viel Glück. Und was jetzt?«

»Ich bin mir sicher, daß Hilda mehr weiß, als sie sagt. Ich spreche noch einmal mit ihr. Und ich will noch einmal zur Stiftung. Vielleicht fällt der Vorzimmerdame doch noch ein bißchen mehr zu dieser Geschichte mit der ›Fundsache‹ ein.« Sie biß in ihren Müsliriegel.

Ihr Telefon klingelte. Sie nahm den Hörer ab, kaute hastig und sagte mit halbvollem Mund: »Drake.«

»Hast du Zugang zum Internet?« fragte Helen ganz aufgeregt.

»Warum?«

»Neil hat die Listen der Schweizer Banken durchgesehen. Er hat den Namen von Moms Vater gefunden – Jakob Kochinsky! Ist das zu fassen?«

Jessie wußte nicht, was sie sagen sollte. Sie kaute nachdenklich.

»Ich weiß nicht ob sich Mom die Liste ansehen wird«, meinte Helen. »Ich finde, wir sollten es ihr sagen, findest du nicht?«

»Sie will von dem Geld nichts wissen. Das hat sie deutlich gesagt.« Ihr fiel auf, daß Phil sie interessiert beäugte.

»Ich glaube nicht, daß sie das ernst meint. Und selbst wenn sie jetzt so denkt, ändert sie ihre Meinung im Lauf der Zeit vielleicht doch noch. Aber dann könnte es zu spät sein.« Helen hielt inne. »Ich finde, *du* solltest sie anrufen, Jessie. Auf dich hört sie.«

»A, tut sie nicht. Und B, ich werde sie nicht überreden, etwas zu tun, das sie nicht tun will.«

»Aber …«

»Ruf sie selbst an, wenn dir soviel daran liegt.«

»Überleg's dir wenigstens.«

»Helen …«

»*Bitte*, Jess?«

Kannst du bitte Mom sagen, daß du die Vase zerbrochen hast? Kannst du bitte diese Hausarbeit für mich schreiben? Bitte, Jess. Bitte, bitte, bitte.

Jessie seufzte. »Ich werd's mir überlegen.«

Barbara Loura wirkte nicht gerade begeistert darüber, Jessie zu sehen.

»Womit kann ich Ihnen helfen, Detective?« fragte sie mit einer Stimme, die so frostig war wie ein Tüteneis von 7-Eleven.

Vermutlich hatte man ihr die Hölle heiß gemacht, weil sie mit Jessie gesprochen hatte. Oder vielleicht hatten Henry und Charles auch gedacht, sie hätte ihre Privatadresse herausgegeben. »Ich hatte gehofft, Ihnen wäre doch noch etwas zu der ›Fundsache‹ eingefallen. Hat Mr. Pomerantz erwähnt, daß er einen Kunstgegenstand gefunden hat?«

Die Rezeptionistin schüttelte den Kopf. »Nichts dergleichen. Wie gesagt, ich glaube, er hat sich absichtlich vage geäußert.«

»Wirkte er irgendwie beklommen?«

»Ganz und gar nicht. Nur enttäuscht darüber, daß Mr. Steele nicht da war. Wenn das dann alles ist?« sagte sie und wandte sich halb wieder ihrem Computer zu.

»Sie haben erwähnt, daß Sie Charles und Henry Steele je eine Notiz hingelegt haben. Vielleicht haben Sie auf diesen Zetteln genauere Angaben gemacht.«

»Das glaube ich nicht.«

»Vielleicht könnten Sie nachsehen«, sagte Jessie. Freundlich, aber bestimmt.

»Na gut.« Barbara seufzte resigniert. Sie stand auf, bog um eine Ecke und verschwand.

Jessie trat vor einen Chagall. Was würde geschehen, wenn ein Besucher ihn von der Wand nähme und damit hinausspazierte? Alarmgeklingel zum Beispiel. Sie bewunderte noch das Gemälde, als sie eine Tür aufgehen hörte und eine männliche Stimme vernahm.

»... mich wieder anrufen.«

Als sie sich umwandte, erkannte sie Henry Steele und einen vornehm aussehenden Mann mit grau werdendem Haar und einer Metallbrille. Er kam ihr bekannt vor, und sie fragte sich, wo sie ihn schon einmal gesehen hatte.

»Detective Drake.« Henrys Augen waren vor Erstaunen weit geworden. »Ich wußte nicht, daß Sie hier sind. Was kann ich für Sie tun?« Seine Höflichkeit klang gezwungen.

»Ich habe Ihrer Sekretärin noch ein paar Fragen gestellt. Sie sieht gerade etwas für mich nach.« Mit einem gewinnenden Lächeln wandte sich Jessie an den grauhaarigen Mann. »Entschuldigen Sie, falls ich Sie bei etwas unterbrochen habe. Ich bin Detective Jessica Drake, Polizei Los Angeles.« Und *Sie* sind ...?

Er verbeugte sich und streckte ihr die Hand entgegen. »Ernst Zimmer. Freut mich, Ihre Bekanntschaft zu machen.« Er sprach mit kultivierter Stimme und europäischem Akzent.

Jessie schüttelte ihm die Hand. Aus dem Augenwinkel erkannte sie, daß Henry verärgert aussah. Invasion der Arbeiterklasse? Aber vielleicht ärgerte er sich auch über Barbara, weil sie ihren Platz verlassen hatte, und über Jessie, weil sie sie dazu veranlaßt hatte.

»Ich hoffe, es ist alles in Ordnung, Henry«, sagte Zimmer mit unverhohlener Neugier.

»Aber sicher«, erklärte Henry rasch. »Detective Drake untersucht den Tod eines Holocaust-Überlebenden. Rein zufällig hat der arme Mann letzte Woche das Büro der Stiftung aufgesucht.«

»Tz«, machte Zimmer leise. »Er ist hierhergekommen, um Ansprüche geltend zu machen?«

»Das weiß ich nicht.« Henry wandte sich zu Jessie. »Mr. Zimmer ist unser Verbindungsmann zu einigen Schweizer Banken. Er hofft, Forderungen von Überlebenden, die sich an die Stiftung wenden, beschleunigen zu können.«

Deshalb kam er ihr bekannt vor. Vermutlich hatte sie sein Gesicht in der Zeitung gesehen, im Zusammenhang mit einem Artikel über die Schweizer Banken oder die Stiftung.

Eine erneute Verbeugung von Zimmer, begleitet von einem

warmen Lächeln. »Ich hoffe, Ihr Vertrauen in mich erweist sich nicht als ungerechtfertigt, Henry. Bis jetzt waren meine Erfolge nicht gerade galaktisch.«

»Aber nicht infolge mangelnden Einsatzes«, sagte Henry zu Jessie. »Ich fürchte, Ernst vernachlässigt seine eigenen Geschäftsinteressen, weil er so viel Zeit damit verbringt, die Forderungen voranzutreiben. Und er bekommt nicht einmal eine Entschädigung dafür.«

»Sie auch nicht, Henry. Das ist doch das mindeste, was ich tun kann, um das Unrecht wiedergutzumachen, das mein Land begangen hat.« Zimmer klang betreten.

Bescheidenheit oder Gewissensbisse? »Sind Sie Mitarbeiter der Schweizerischen Bankiervereinigung?« wollte Jessie wissen.

Zimmer schüttelte den Kopf. »Wir haben uns zu einer unabhängigen Gruppe zusammengeschlossen, ohne großes Aufsehen, möchte ich hinzufügen. Ich kenne zwar viele Schweizer, die sich auch mit den Schattenseiten unserer Vergangenheit auseinandersetzen, aber es gibt auch sehr viele, die der Meinung sind, daß es nicht nötig war, einen Fonds zu gründen, um Holocaust-Überlebende zu entschädigen. Diese Leute glauben, daß die Schweiz sich nichts hat zuschulden kommen lassen. Sie wollen nicht hören, daß wir zweiunddreißigtausend jüdische Flüchtlinge abgewiesen und den Deutschen in die Hände gespielt haben, daß wir den Juden ein J in den Paß gestempelt haben, um sie leichter identifizierbar zu machen.« Erneutes Kopfschütteln. »Verdrängung.«

»Eine Reihe Schweizer Juden ist auch nicht besonders erfreut über den Fonds«, sagte Henry. »Oder über den Druck, der auf die Banken ausgeübt wird, damit sie die nachrichtenlosen Konten offenlegen. Sie haben Angst, daß der Antisemitismus in der Schweiz wieder aufflammen könnte.«

»Ich wünschte, ich könnte Ihnen sagen, daß diese Ängste

unbegründet sind.« Zimmer seufzte tief auf. »Tja, ich muß los, Henry. Wir sprechen uns morgen wieder.« Eine halbe Umdrehung zu Jessie: »Viel Glück bei Ihren Ermittlungen, Detective Drake.«

»Danke. Und viel Glück bei Ihrer Arbeit.«

»Das werde ich brauchen.« Zimmer lächelte gequält. Er nickte Henry und Jessie höflich zu, ging zur Tür und verließ das Büro.

»Klingt, als wäre er ein ungewöhnlicher Mensch«, sagte Jessie.

»Ja, ja, das ist er. Ganz bemerkenswert.« Henry hielt den Blick noch immer auf die Tür gerichtet.

»Es ist ja phantastisch, daß er soviel Zeit opfern kann, ohne sich Sorgen machen zu müssen, daß seine eigenen Geschäfte darunter leiden. In welcher Branche ist er denn tätig?«

Henry wandte sich zu ihr. »Er beschafft Kapital für verschiedene Projekte. Immobilien, Telekommunikation und dergleichen. Sind Sie mit Ihren Ermittlungen schon weitergekommen?«

Sie hatte das Gefühl, daß Henry das Thema wechseln wollte. »Wir verfolgen mehrere Spuren«, antwortete sie und wünschte, es wäre wahr. »Wie geht es Ihrem Vater?«

»Ein wenig besser. Danke der Nachfrage.« Er nickte knapp.

Die Vorzimmerdame kam zurück und blieb wie angewurzelt stehen, als sie Henry sah. »Oh, Mr. Steele. Ich habe nur gerade für Detective Drake etwas herausgesucht.«

»Ja, ich weiß. Sie hat es mir gesagt.« Sein Ton war ein bißchen kühl.

Barbara wurde rot. Sie lächelte Henry unsicher an und wandte sich dann an Jessie. »Es tut mir leid. Ich konnte die Notiz nicht finden, die ich geschrieben habe. Mr. Charles muß sie mitgenommen haben.« Sie runzelte die Stirn. »Was seltsam ist, da ich ihn weder gestern noch heute gesehen habe.«

Henry räusperte sich. »Offen gestanden, Detective, habe ich gestern abend den Schreibtisch meines Bruders aufgeräumt. Er hat mich gebeten, ihm die Nachrichten mitzubringen, um die er sich sofort kümmern muß. Ich habe sogar die gesehen, in der es um Mr. Pomerantz ging, aber auf dem Zettel stand nichts anderes als das, was Sie bereits wissen. Deswegen habe ich sie weggeworfen.«

Jessie fiel es schwer, ihren Ärger zu unterdrücken. »Liegt der Zettel vielleicht noch in Ihrem Papierkorb?«

Er schüttelte den Kopf. »Der Hausmeisterservice macht jeden Abend sauber, zu Ihrem Pech ausgesprochen gründlich.« Er schmunzelte.

Sie fand es nicht witzig. »Wie war der genaue Wortlaut?«

»Soweit ich mich erinnere nur: ›Sagte etwas über eine Fundsache‹.« Henry wandte sich an Barbara. »Kann das sein?«

Die Frau zögerte. »Ich *glaube* schon.«

Jessie sagte: »Mir haben Sie aber erzählt, Sie könnten noch etwas mehr notiert haben.«

»Wohl doch nicht.« Die Rezeptionistin lächelte nervös und setzte sich an ihren Schreibtisch.

»Barbara, wenn Sie einen Moment Zeit haben, hätte ich ein paar Briefe zu diktieren.« Henry wandte sich an Jessie. »Wenn mir noch etwas einfällt, Detective Drake, rufe ich Sie an.« Er drehte sich um, marschierte in sein Büro und schloß die Tür hinter sich.

Jessie schaute einen Moment lang nachdenklich auf die Tür und wandte sich dann erneut an die Sekretärin. »Mr. Steele schien ein bißchen verärgert zu sein, weil Sie nicht an Ihrem Schreibtisch waren. Ich hoffe, Sie bekommen keine Schwierigkeiten deswegen.«

Barbara seufzte. »Die Krankheit seines Vaters nimmt ihn stark mit. Genau wie Mr. Charles. Es wundert mich nicht, daß sie in letzter Zeit etwas angespannt sind.« Sie runzelte die

Stirn. »Ist jemand gekommen, während ich nicht an meinem Platz war?« Auf einmal klang sie ängstlich.

»Nein. Nur Mr. Henry und Mr. Zimmer.«

»Sie haben ihn kennengelernt?« Barbara lehnte sich entspannt gegen ihre Stuhllehne. »Er ist ein sehr netter Mann, ein richtiger Gentleman. Er hilft den Überlebenden bei der Durchsetzung ihrer Ansprüche auf jede erdenkliche Weise. Und er hat enormes Interesse an Mr. Henrys Dokumentarfilm gezeigt.«

»Er wirkt sehr nett.« Jessie hätte ihn um seine Karte bitten sollen, für den Fall, daß Frances ihre Ansprüche geltend machen wollte. »Würden Sie bitte in Ihren Unterlagen nachsehen, ob Mr. Pomerantz Sie vielleicht schriftlich um Hilfe gebeten hat? Ich habe vergessen, Sie letztes Mal danach zu fragen.«

Barbara runzelte die Stirn. »Glauben Sie wirklich, daß er das getan hat?«

Gute Frage. »Wahrscheinlich nicht. Ich möchte nur gründlich sein. Mein Chef mag keine Schlampereien.« Sie lächelte – Lohnabhängige unter sich – und sah erfreut, daß Barbara ihr Lächeln verständnisvoll erwiderte.

»Wie heißt er mit Vornamen?«

»Norman. Sie könnten es auch mit Nachum versuchen. Ich weiß nicht, welchen Namen er benutzt hätte.«

Barbara drehte sich zum Computer, lud ein Programm und tippte den Namen ein. Einen Augenblick später tippte sie einen zweiten. »Tut mir leid«, sagte sie und wirbelte zu Jessie herum. »Ich habe es unter beiden Namen versucht und nichts gefunden.«

Das wunderte Jessie im Grunde nicht. »Sie haben doch bestimmt die Listen, die die Schweizer Bankiervereinigung im Internet verbreitet hat, die mit den Namen, die zu den nachrichtenlosen Konten gehören. Könnten Sie da bitte nachsehen, ob ein Pomerantz dabei ist? Einen Vornamen habe ich nicht.«

Die Rezeptionistin lud eine andere Datei und suchte sie durch. »Tut mir leid. Kein einziger Pomerantz.«

»Tja, vielen Dank fürs Probieren.« Jessie wollte schon gehen, als sie sich noch einmal umwandte. »Noch eines – das hat allerdings nichts mit Mr. Pomerantz zu tun. Könnten Sie einen anderen Namen auf der Internetliste suchen? Jakob Kochinsky? Oder Yaakov.«

»Wissen Sie sicher, daß diese Person ein Schweizer Nummernkonto besaß?« Sie sah Jessie neugierig an.

»Mein Schwager hat den Namen meines Großvaters heute morgen im Internet gesehen. Ich wollte nur sichergehen.« Sie genoß den erstaunten Blick der anderen. »Ich weiß allerdings nicht genau, wie man den Familiennamen schreibt.«

»Ich überprüfe es für Sie.« Barbara kehrte an den Anfang der Datei zurück. Sie ließ die Seiten langsam durchlaufen und hielt dann inne. »Jakob Kochinsky, Polen.« Sie wies auf die Mitte des Bildschirms und sah dann zu Jessie auf.

Jessie beugte sich vor und hielt den Atem an. »Das muß er sein«, sagte sie leise.

Sie wußte nicht, warum sie erstaunt war. Sie hatte Neil nicht mißtraut – warum hätte er so etwas erfinden sollen? –, doch es hatte etwas Schockierendes an sich, dieses *Kochinsky, Jakob. Polen* vor sich zu sehen. Einfach so. Der Beweis dafür, daß ihr Großvater, den sie nie kennengelernt hatte, tatsächlich gelebt hatte.

Barbara Loura sagte etwas. Jessie bat sie, es zu wiederholen.

»Ich habe gefragt, ob Sie ein Antragsformular und nähere Erläuterungen haben wollen.«

Sie hatte nicht die Absicht, Ansprüche anzumelden. Sie wollte es nur pro forma ausfüllen, um zu spüren, wie es sein würde, den Namen ihres Großvaters auf die Zeilen zu schreiben.

Unentschlossen stand sie einen Moment lang da und sagte schließlich: »Ja.«

Hilda saß halb in ihrem Bett, als Jessie eintrat. Sie hatte die Augen geschlossen und ihr Strickzeug auf die graue Decke fallen lassen.

Jessie näherte sich so leise sie konnte, griff über sie hinweg und wollte gerade eine kleine Tüte auf Hildas Nachttisch legen, als sich die Augen der alten Frau flatternd öffneten.

Die Angst vertrieb alle Farbe aus ihrem Gesicht, und ihr Körper wurde ganz steif. Sie gab ein kleines, keuchendes Geräusch von sich und zog die Decke schützend bis zum Hals.

Auf einmal sank sie in ihr Kissen zurück. »Sie sind's«, ächzte sie, und ihre Stimme zitterte vor Erleichterung. Sie holte tief Atem und legte sich eine Hand auf die Brust. »Sie sollten sich nicht an eine alte Dame wie mich heranschleichen.« Sie rang sich ein Lächeln ab.

Jessie war rot geworden. »Es tut mir sehr leid. Ich habe mir nichts dabei gedacht.« Nicht, daß Hilda hohen Blutdruck hatte. Nicht, daß sie glaubte, jemand wolle sie umbringen, und daher natürlich vor Schreck erstarrte, wenn sie jemanden an ihrem Bett stehen sah, egal, ob sie nun paranoid war oder nicht. *Toll hingekriegt, Jessie.*

»Schon gut. Sie haben mich erschreckt, weiter nichts.« Sie hob den Arm, um das Kissen hinter ihrem Kopf zurechtzurücken, und entblößte die tätowierten Ziffern.

Jessie ertappte sich erneut dabei, wie sie sie anstarrte. »Sind Sie sicher, daß Ihnen nichts fehlt?« Die Frau hatte wieder etwas Farbe bekommen, aber sie war immer noch bleich.

»Warum wollen Sie das wissen? Damit Sie mehr Fragen stellen können?« Ihre Augen wurden schmal. »Ich habe Ihnen bereits alles gesagt, was ich weiß.«

»Offen gestanden habe ich Ihnen etwas mitgebracht.«

»Was denn, eine Vorladung?«

Jessie lachte. »Nein.« Sie reichte Hilda die Tüte.

»Von Borders. Sie haben mir ein Buch mitgebracht?« Hilda warf Jessie ein schüchternes Lächeln zu und zog das Taschenbuch heraus. »Nora Roberts. Die mag ich.«

»Ich hoffe, Sie haben es noch nicht gelesen. Die Verkäuferin sagte, es sei ziemlich neu.«

Sie war von dem großen Angebot an Liebesromanen überrascht gewesen und hatte gestaunt, als ihr die Verkäuferin sagte, daß deren Leserinnen außerordentlich treue Fans waren, die häufig mehrmals die Woche kamen.

Hilda sah auf. »Ehrlich gesagt bekomme ich nicht so oft die neuen. Sie sind zu teuer. Aber ich lese gern immer wieder die, die ich habe.« Mit einer abrupten Bewegung schüttelte sie den Kopf. »Jetzt hören Sie mich nur reden! Ich habe mich nicht einmal bedankt.«

»Keine Ursache.« Jessie lächelte vergnügt.

»So eine Überraschung.« Mit einem glücklichen Seufzer strich Hilda über den Einband und las dann den Klappentext. Nach einem Weilchen legte sie das Buch vorsichtig auf den Nachttisch. »Das war sehr nett von Ihnen, Jessie James. Dabei weiß ich nicht einmal, warum Sie das gemacht haben.«

Sie wußte, ohne in den Spiegel zu schauen, daß ihre Wangen gerötet waren. »Ich dachte mir, daß es Ihnen Freude machen würde.« Es war ein Spontankauf gewesen. Nachdem sie einen frustrierenden Nachmittag lang mit Phil Frauenärzte, Geburtshelfer und praktische Ärzte angerufen hatte, hatte sie beschlossen, zur Erholung in einer Buchhandlung zu stöbern, und war dort auf die Liebesromane gestoßen.

Auf einmal wurde der Blick der alten Frau argwöhnisch. Sie neigte den Kopf. »Sie bringen mir ein Geschenk mit und denken, dann erzähle ich Ihnen Dinge, die ich Ihnen vorher nicht erzählt habe?« fragte sie ruhig.

Offenbar deutete sie Jessies Erröten falsch. »Ganz und gar nicht.« Sie befeuchtete ihre Lippen und wählte ihre Worte sorgsam. »Ich dachte nur, daß es schwer für Sie sein muß, ganz ohne ein bekanntes Gesicht hier zu liegen.«

Hilda hatte sich nicht gerührt. Sie starrte Jessie nur an.

»Ich habe keine Großeltern, aber wenn sie irgendwo weit weg von allen Verwandten lebten, würde ich mir wünschen, daß ihnen hin und wieder jemand Gesellschaft leistet. Weiter nichts«, fügte sie hinzu, da sie wußte, daß sie nicht die ganze Wahrheit sagte, sondern auf irgendeiner Ebene tatsächlich versuchte, das Vertrauen der alten Frau zu gewinnen. Sie hoffte, Hilda konnte keine Gedanken lesen.

Hilda hielt den Blick noch etwas länger auf Jessie gerichtet. »Es ist schwer, Vertrauen zu fassen«, sagte sie schließlich.

Jessie nickte.

»Können Sie ein bißchen bleiben?« fragte Hilda. »Aber wenn Sie beschäftigt sind ...«

»Nicht allzusehr.« Sie setzte sich auf den Stuhl neben dem Bett und nahm das oberste Taschenbuch zur Hand. »Soll ich im vierten Kapitel weiterlesen?«

»Gerne. Sie haben also keine Großeltern?« fragte sie, solange Jessie nach der richtigen Stelle suchte.

»Die Eltern meines Vaters sind vor einigen Jahren gestorben. Sie haben in Pittsburgh gelebt. Und die Eltern meiner Mutter sind im KZ umgekommen.«

Hilda sah sie interessiert an und nickte dann. »Hitler hat auch viele Katholiken ermordet. Und Zigeuner.«

»Meine Großeltern waren Juden«, sagte Jessie und sah, wie sich das Interesse in Staunen wandelte.

»Dann sind Sie auch Jüdin?« Ein angedeutetes Lächeln. »Sie nehmen mich auf die Hand, oder?«

»Auf den *Arm*«, korrigierte Jessie und lächelte auch. »Nein, ich bin es wirklich.« Sie zögerte und fragte sich erneut, warum sie einer Frau, die sie kaum kannte, persönliche Dinge mitteilte. Dann sagte sie: »Ich habe es erst neulich herausgefunden.« In aller Kürze schilderte sie Hilda, was sie von ihrer Mutter erfahren hatte.

»So«, sagte Hilda, als Jessie fertig war. »Das ist wie aus einem Roman, nicht? Aber kein Liebesroman«, fügte sie ruhig hinzu. »Sie sind wütend, weil Ihre Mutter es ihnen nicht früher gesagt hat?«

Jessie überlegt. »Nein. Ich verstehe ihre Gründe.«

Beifällig tätschelte Hilda Jessies Hand. »Eine Freundin von mir hat ihre Tochter zu einer polnischen Familie gegeben. Sehr nette Leute. Nach dem Krieg wollte sie ihre Tochter zurückholen, aber die polnische Familie wollte das Mädchen nicht gehen lassen, und das Mädchen wollte nicht weg. Es weinte, es schrie, und es wollte sich nicht von meiner Freundin anfassen lassen. Es nannte sie eine dreckige Jüdin.« Hilda seufzte. »Dieser Schmerz.«

»Und wie ging es weiter?«

»Schließlich hat meine Freundin jemanden engagiert, der ihre Tochter entführte. Sie schaffte sie aus Polen heraus und nach Amerika, aber sie hatten nie ein gutes Verhältnis zueinander. Die Tochter lief mit irgendeinem Jungen davon, und meine Freundin hört vielleicht ein-, zweimal im Jahr von ihr.« Hilda zuckte die Achseln. »Familie ist alles, nicht? Sie können von Glück sagen, daß Sie noch beide Elternteile haben. Haben Sie auch Geschwister?«

»Eine Schwester. Sie ist verheiratet und hat einen neunjährigen Sohn. Matthew.«

»Wohnen Ihre Eltern in der Nähe?«

»In La Jolla, bei San Diego, aber sie kommen uns ziemlich oft besuchen.« Zu oft, hatte Jessie bisher gedacht.

Hilda nickte. »Sie sind ein Glückspilz.«

Vermutlich war sie das.

21

»Ich frage mich oft, was aus meinem Bruder geworden wäre, wenn er überlebt hätte, und aus meinen Schwestern. Chava, die jüngere? Sie wäre eine berühmte Designerin geworden. Sie konnte aus nichts alles machen. Liebe, die ältere? Ich weiß es nicht. Und mein Bruder Moshe – der hatte den Kopf fürs Geschäft. Und ich?« Pomerantz schmunzelte. »Mein Kopf steckte irgendwo in den Wolken, hat mein Vater immer gesagt. ›Immer am Träumen.‹ Und ich liebte Kunst.« Er seufzte. »Musik und Kunst. Sie auch?

Ich war nicht so religiös wie mein Bruder, auch nicht vor dem Krieg. Damit will ich nicht sagen, daß ich mich nicht an die Gebote gehalten hätte – doch, das schon. Ich war nur ein bißchen nachlässig. Aber Estusha nicht. Sie war eine Hundertprozentige wie mein Bruder. Als er im Lager war, aß er koscher oder gar nicht, können Sie sich das vorstellen? Er dachte sich sogar eine Methode aus, um Mazzes fürs Passahfest zu machen. Ich war nicht so gut. Ich aß alles, was sie mir vorgesetzt haben, was sowieso nicht viel war.

Und nach dem Krieg?« Pomerantz zuckte die Achseln. »Ich will nicht lügen – da habe ich nichts mehr eingehalten. Ich war verbittert. Gott hat zugelassen, daß sie meine Familie, meine Frau und meine Töchter umgebracht haben, die alle Heilige waren. Und mich ließ er am Leben? Warum? habe ich ihn gefragt, doch er gab mir keine Antwort.

Ob ich jetzt noch an Gott glaube? Die große Preisfrage, stimmt's?« Pomerantz schmunzelte. »Ich werde Ihnen eine interessante Geschichte erzählen. Ganz zu Anfang des Kriegs hat mich mein Großvater zu Reb Eliezer Kaminke geschickt, einem berühmten Rebbe in Oświeçim, wegen einer Bróche, *einem Segen. Der Rebbe legte mir die Hand auf und betete für mein Überleben. Später, als ich in einem Arbeitslager, in Fünfeichen, war, hatte ich einen schrecklichen Unfall. Die Deutschen zwangen uns, Bodenbretter zu zerhacken, um Keller zu bauen. Ich war gerade mit dem Vorschlaghammer zugange, als der Fußboden auf einmal nachgab und ich in den Keller fiel. Mein Kopf prallte frontal gegen einen Pfosten, der mir das ganze Gesicht zerschlug und mir die Nase wegriß. Alles war so voller Blut, daß sie mein Gesicht gar nicht erkennen konnten.*

Als ich mit dem Gesicht gegen den Pfosten schlug, sah ich ein Bild von Reb Eliezer vor mir. Es war, als stünde er neben mir und hielt die Hände in die Höhe. Und als er die Hände hochhielt, fühlte ich mich wohler.« Pomerantz hielt inne. »Also hat mich vielleicht sein Segen am Leben erhalten, weil sie mich ins Krankenhaus brachten und ich überlebt habe.

Ob ich an Gott glaube? Ich bin gläubig, aber ich lebe weder koscher, noch halte ich den Sabbat ein. Doch ich bleibe in Kontakt zu Gott. Ich gehe an Rosch Haschana und an Jom Kippur in die Synagoge. Ich gehe am Passahfest zu einem Sederabend. Und ich nehme meinen Gebetsmantel und meine Gebetsriemen überall mit hin. Weil man ja nie wissen kann, stimmt's?«

Jemand hatte einen großen, gepolsterten Umschlag auf ihre Türschwelle gelegt. Ezra. Das sah sie, als sie ihn aufhob und den Absender las. Kein Porto, also mußte er ihn selbst vorbeigebracht haben. Sie hatte ihm ihre Privatadresse nicht gegeben, aber die Schule hatte sie.

Wahrscheinlich schickte er ihr Aufzeichnungen über die Stunden, die sie verpaßt hatte, mutmaßte sie, als sie ihre Seitentür aufschloß. Sie warf ihre Tasche auf die Arbeitsfläche in der Küche, riß den Umschlag auf und fand eine in Geschenkpapier eingewickelte Schachtel. Sie musterte die Schachtel und fragte sich, was wohl darin war, während sie zu ergründen suchte, wie sie sich dabei fühlte, ein Geschenk von Ezra auszupacken. Eher beunruhigt als geschmeichelt. Sie löste das Geschenkpapier – nicht so sorgfältig wie Helen, sie riß es einfach ab – und sah an dem Etikett auf der Schachtel, daß es etwas aus dem Judaica-Laden seiner Schwester Dafna war.

Er hatte ihr ein Paar Kerzenständer gekauft, für Sabbatkerzen. Sie waren schön, ein rauchblaues, wirbelndes Muster auf einem glasierten, weißen Untergrund. Er hatte auch zwei gläserne Untersetzer und passende Stumpenkerzen beigefügt.

Sie las die Karte, die er dazugelegt hatte. »Um dir zu helfen, den ersten Schritt zu tun, wann immer du bereit bist. Ezra. P. S. Du kannst sie umtauschen, wenn du möchtest ...«

Ezra, der spirituelle Berater? Ezra, der Freund? Sie dachte einen Augenblick nach und stellte die Kerzenständer dann auf den vorstehenden Rand des kleinen Schränkchens an der einen Wand ihrer Eßecke.

Sie ging die Post durch – in erster Linie Rechnungen, ein Werbezettel von einem Dachdecker, der sie darauf hinweis, daß El Niño im Anzug war und sie sich nicht unvorbereitet treffen lassen sollte, einen weiteren von einer Maurerfirma mit der gleichen düsteren Warnung.

Helen hatte eine Nachricht auf Jessies Anrufbeantworter hinterlassen – hatte Jessie sich überlegt, ob sie Frances anrufen würde? Helen, so sagte sie sich, während sie in ein blaßgelbes, bauchfreies Baumwoll-T-Shirt und Shorts schlüpfte, mußte die Kunst des subtilen Winks noch lernen. Sie dachte noch über Helen und das Anmeldeformular nach, als es an der Tür klingelte.

»Ich habe ein Abendessen mitgebracht«, erklärte Gary, nachdem sie geöffnet hatte. Er hatte eine große, braune Einkaufstüte dabei. Als er in die Diele trat, gab er ihr einen Kuß. Seine freie Hand schlang sich um ihre nackte Taille. »Angenehm«, murmelte er.

Bemerkte er, wie sehr sie seine Berührung genoß? »Bitte,

bitte, sag, daß es keine Pizza ist«, flehte sie, ihre Lippen immer noch auf seinen.

»Chinesisch – und zwar jede Menge. Übrigens wird gleich mein Arm lahm.«

Sie lachte und machte sich los. Er folgte ihr in die Küche und stellte die Tüte auf die Arbeitsfläche. Während sie Teller und Schüsseln aus dem Hängeschrank nahm, holte er die dampfenden Behälter aus der Tüte.

Sein Blick fiel auf das zerrissene Geschenkpapier. »Habe ich einen Geburtstag vergessen?«

Sie fischte Messer und Gabeln aus einer Schublade. »Ezra Nathanson hat mir Kerzenständer für den Sabbat geschickt. Das ist mein Judaistiklehrer, weißt du noch?«

Gary nickte. »Er hat dir auch die Mesusa geschenkt, stimmt's?«

»M-hm.« Sie ging in die Eßecke und legte zwei grüne Platzdeckchen und Servietten auf den Tisch, bevor Gary die Teller und das Besteck brachte.

Er sah auf die Kerzenständer. »Hübsch«, sagte er und nahm einen in die Hand. Er stellte ihn wieder auf den Schrank. »Ezra ist verwitwet, oder? Ist das denn üblich, daß einem ein Lehrer Geschenke macht?«

»Nur Polizistinnen. Vielleicht hoffte er, daß ich ein paar seiner Strafzettel unter den Teppich kehren kann.« Sie lächelte. »Er möchte mich nur ermuntern, Gary.« Sie rückte Teller und Besteck zurecht und überlegte, wieviel sie ihm anvertrauen sollte.

»Ich weiß nicht, Jess. Vielleicht hat er ein Auge auf dich geworfen.«

Aufrichtigkeit war das beste, beschloß sie. »Ehrlich gesagt hat er mich gefragt, ob ich mit ihm ausgehe. Aber ich habe ihm erklärt, daß ich fest mit jemandem zusammen bin.«

Sie kehrte in die Küche zurück, wo sie einen der Behälter in eine Schüssel leerte und das würzige Aroma einatmete. Ihr knurrte der Magen. »Mein Gott, riecht das gut!«

»Wie fest?« fragte Gary und stellte sich zu ihr. »Fest genug, um diesen Jemand bei dir einziehen zu lassen?«

»Fest genug, daß ich kein Interesse daran habe, mich mit einem anderen zu treffen«, erwiderte sie leichthin und gab ihm einen flüchtigen Kuß auf die Wange. »Hilf mir mal.« Sie zeigte auf die anderen Behälter und hoffte auf einen Themawechsel.

Er hatte Rindfleisch mit Paprika, mongolisches Hühnchen, gebratenen Reis und Eierkuchenrollen mitgebracht. Sie aß von allem zuviel, genoß die scharfen Saucen und verputzte dann noch die Reste auf Garys Teller. Hinterher spülten sie das Geschirr – sie wusch, er trocknete ab.

Dann gingen sie ins Wohnzimmer. Sie legte eine Vivaldi-CD auf, setzte sich neben Gary aufs Sofa und erzählte ihm, während sein Arm sie umfaßte, von ihrem letzten Besuch bei Hilda.

»Klingt, als hättest du sie gern«, bemerkte er. »Beruf oder Vergnügen?«

»Natürlich hoffe ich, daß sie sich mir öffnet, wenn sie erst einmal Vertrauen gefaßt hat. Aber sie tut mir leid, Gary. Sie ist einsam und hat keine Familie. Und ich spreche gern mit ihr.«

»Warum klingst du so defensiv?«

»Tue ich das?« Sie seufzte. »Meine Mutter glaubt, ich betrachte Hilda als Ersatz für die Großmutter, die ich nie hatte.«

Er streichelte ihren Arm. »Stimmt das?«

Sie überlegte. »Ich weiß es nicht«, antwortete sie schließlich. »Und wenn? Was wäre so schrecklich daran? Wem tue ich damit weh?«

»Sie ist keine gesunde Frau, Jess. Was passiert, wenn du ihr richtig nahe kommst und sie stirbt?«

»Wer nicht wagt, der nicht gewinnt«, erwiderte sie ruhig.

»Was, wenn sie dich als die Enkelin sieht, die sie nie hatte,

Jess? Und wenn der Fall aufgeklärt ist und du sie nicht mehr so oft besuchst? Was dann, Jess? Wo bleibt Hilda dann?«

»Keine Sorge, dieser Fall wird nicht so schnell aufgeklärt sein.« Im Grunde keine Antwort. Gary hatte recht, daß er wegen Hilda besorgt war. Sie würde darüber nachdenken müssen.

»Es geht nichts voran?«

Sie schnaubte. »Keine Verdächtigen, kein Motiv, keine Spuren, abgesehen von einer Nachricht, die Pomerantz bei ...« Sie sah die Neugier in seinen Augen aufblitzen und wünschte, sie könnte ihre Worte zurücknehmen.

»Was für eine Nachricht?« fragte er.

»Gary ...«

»Es bleibt unter uns, Jess. Herrgott, ich bin nicht an diesem Fall interessiert. Ich stecke bis zum Hals in diesem Scheiß über Gewalt im Straßenverkehr.«

Sie zögerte.

»Du mußt lernen, mir zu vertrauen, Jess.«

Was hatte Hilda gesagt? *Es ist schwer, Vertrauen zu fassen.* »Ganz unter uns?«

»Ganz unter uns.«

Sie betrachtete ihn forschend. »Ich muß es nicht in der Zeitung von morgen lesen?« fragte sie ruhig.

»Nein.«

Sie erzählte ihm von der Steele Foundation, den zwei Brüdern und der Nachricht über die »Fundsache«, die Pomerantz bei den beiden hinterlassen hatte. »Ich habe mir das Video noch einmal angesehen – er hat mit keinem Wort eine ›Fundsache‹ erwähnt. Ich glaube, er hat ein Kunstwerk als gestohlenes jüdisches Eigentum erkannt und wollte seine Entdeckung den Steeles mitteilen. Daher der Begriff ›Fundsache‹.«

Gary nickte. »Mag sein. Und deshalb wurde er umgebracht? Weil er dieses Kunstwerk erkannt hat, was immer es auch sein mag?«

»Vielleicht war derjenige, dem das Kunstwerk gehört – oder der es gestohlen hat – nicht gerade begeistert davon, daß ihm Pomerantz auf die Spur gekommen war. Ein einziges Bild kann Millionen kosten.«

»Damit hättest du das Motiv.«

»Mag sein.« Sie kaute an ihrer Oberlippe. »Ich bin nicht ganz überzeugt davon, daß Henry die Wahrheit gesagt hat, als er behauptete, er hätte den Zettel weggeworfen, den die Sekretärin auf den Schreibtisch seines Bruders gelegt hat.«

»Warum sollte er lügen?«

»Vielleicht hat sein Bruder die Nachricht durchaus bekommen, es aber nicht zugegeben. Henry deckt ihn und behauptet, er hätte ihn vernichtet.«

»Warum sollte Charles fälschlicherweise behaupten, er hätte die Nachricht nicht bekommen?« Gary runzelte die Stirn. »Glaubst du, er ist in die Sache verwickelt?«

»Nicht unbedingt. Laut Yasmin, der Rezeptionistin des Seniorenheims, haben zwei Männer, von denen keiner seinen Namen genannt hat, für Pomerantz angerufen. Einer hat mit Pomerantz gesprochen. Der andere nicht. Der zweite war Henry. Er sagt, Pomerantz sei nicht da gewesen, als er ihn zurückrief. Ich glaube, Charles ist der andere Anrufer, will es aber nicht zugeben.«

»Warum?«

Sie warf ihm einen genervten Blick zu. »Das ist eine prominente, sehr reiche Familie, Gary. Bedeutende Wohltäter. Solche Leute wollen nicht in einen Mordfall verwickelt werden. Das ist nicht die Art von Publicity, die sie gewohnt sind. Und Ezra hat mir erzählt, daß Papa Steele überhaupt keine Publicity schätzt. Kannst du dir vorstellen, wie er reagieren würde, wenn er in den Zeitungen lesen müßte, daß seine Söhne von der Polizei verhört werden? Noch dazu jetzt, wo er krank ist?«

»Schon wieder Ezra, was?« Gary grinste wissend.

»Hör bloß auf.« Jessie knuffte ihn leicht in die Schulter.

»Und wer, glaubst du, hat den alten Mann umgebracht?«

»Ich habe keine Ahnung, und das macht mich ganz wahnsinnig. Ich sollte wahrscheinlich den *National Enquirer* lesen, die wissen es bestimmt noch vor mir.«

Er lachte. »Wahrscheinlich. Was ist mit ...«

»Laß uns nicht mehr über Berufliches reden«, sagte sie und lehnte sich gegen ihn. »Von diesem Fall bekomme ich Kopfschmerzen – oder vielleicht ist es auch nur das Glutamat.«

Sie schloß die Augen und ließ sich von Vivaldis Musik überfluten. Sie spürte Garys Atem warm auf ihrer Wange, und dann küßte er sie. Sie seufzte und schmiegte sich in seine Umarmung.

»Du fehlst mir, wenn wir nicht zusammen sind«, flüsterte er einen Moment später. »Ich will mit dir zusammensein, Jess. Ich will neben dir aufwachen.«

Sie verspannte sich. »Du fehlst mir auch, Gary.« Manchmal träumte sie von ihm und war beim Aufwachen enttäuscht, daß der Platz neben ihr leer war.

»Ich möchte wieder mit dir zusammenleben.«

»Ich muß mir erst sicher sein.«

»Wie kann man sich je sicher sein? Wir sind schlauer als zuvor, Jess. Wir gehen offener miteinander um. Wir haben vieles von dem durchgesprochen, was falsch war. Stimmt's?«

»Stimmt«, gab sie zu. Alles davon stimmte.

»Wir könnten glücklich sein. Wir könnten eine Familie gründen.«

»Wie Helen und Neil, meinst du?« Sie machte sich los. »Ich will nicht heiraten, nur um ein Baby zu bekommen, Gary.« *Um das zu ersetzen, das ich verloren habe*, fügte sie im stillen hinzu.

Er starrte sie an. »Ich auch nicht. Das habe ich nicht gemeint.« Er klang gekränkt und verärgert.

Das Schweigen lastete schwer zwischen ihnen. Sie tat, als lauschte sie der Musik, und fragte sich, was er dachte.

Er atmete heftig aus. »Hör mal, es tut mir leid, daß ich dich bedrängt habe. Ich will nicht das, was wir haben, ruinieren.«

Sie wandte sich zu ihm. »Das will ich auch nicht. Hast du Geduld mit mir?«

Er lächelte verhalten und nahm ihre Hand. »Habe ich etwa eine Wahl?«

Die CD war zu Ende. Sie nahm die Fernbedienung und schaltete den Fernseher ein. Eine Wiederholung von *Seinfeld* lief gerade. Sie kuschelte sich an Gary und versuchte, sich auf die Handlung zu konzentrieren, die bizarr, aber ungemein witzig war.

»Glaubst du, du wirst die Kerzenständer benutzen?« fragte Gary unvermittelt.

»Ich weiß nicht. Vielleicht.« Sie hatte immer wieder darüber nachgedacht, seit sie sie ausgepackt hatte. Konnte man sie in der einen Woche anzünden und in der nächsten nicht? Konnte man es ganz nach Laune handhaben?

Er strich ihr übers Haar. »Du interessierst dich ziemlich stark für das alles, oder? Das Judentum, meine ich.«

Sie nickte. »Aber ich weiß nicht, wohin mich das führen wird. Was hältst du davon?«

»›Wohin du gehst ...‹« Er schmunzelte. »Meine Mutter hat jeden Freitagabend Kerzen angezündet, obwohl sie und Dad nie streng nach den Vorschriften gelebt haben. Ich weiß noch, daß mir das als Kind gefallen hat.«

»Es gehört wesentlich mehr dazu, als nur Kerzen anzuzünden, Gary. Ich weiß nicht, ob oder wann ich je bereit sein werde, mich zu verpflichten. Ich weiß nicht, ob es das Richtige für mich ist.«

Er sah sie nachdenklich an. »Manchmal, Jess, mußt du einfach einen Vertrauensvorschuß gewähren.«

Sie wußte, daß er damit nicht nur die Religion meinte.

Das Einschlafen fiel ihr schwer. In ihrem Schlafzimmer war es brütend heiß, und obwohl sie sämtliche Fenster geöffnet hatte, stand die Luft im Raum. Sie lag im Bett, hoffte auf einen Windhauch und dachte an Gary. Sie war versucht gewesen, ihn über Nacht bleiben zu lassen, hatte sich aber in letzter Minute dagegen entschieden. Sie fragte sich, wie lange er sich mit dem Getrenntleben noch zufriedengeben würde.

Sie tappte in die Küche, füllte ein Glas mit kaltem Wasser und ging ins Wohnzimmer. Das Band mit Pomerantz' Interview lag oben auf dem Videorecorder. Sie schob es hinein und hörte sich erneut das Gespräch vor der eigentlichen Aufzeichnung an.

»*Keine Sorge, Miss Morton, ich bin an Scheinwerfer gewöhnt. Ich habe vor ein paar Monaten erst einen anderen Dokumentarfilm gedreht ...*«

Vielleicht hatte er in dem anderen Interview mehr preisgegeben.

22

Abigail Morton erinnerte sich nicht an den Namen der anderen Produktionsfirma.

»Er hat ihn zwar gesagt, als er den Termin für das Interview ausgemacht hat«, erklärte sie Jessie am Freitagmorgen. »Aber ich habe ihn nicht aufgeschrieben. Tut mir leid.«

Jessie strich Abigails Namen durch. »Wenn er Ihnen doch noch einfällt, rufen Sie mich bitte an.«

»Mach' ich. Glauben Sie immer noch, daß er ermordet worden ist?«

»Es ist stark zu vermuten. Ach, übrigens, hat Mr. Pomerantz zu Ihnen irgend etwas über Kunst gesagt?«

»Kunst? Nein, nichts dergleichen. Tut mir leid.«

Allen tat es leid. Jessie bedankte sich und legte auf. Dann wählte sie Goldblums Nummer. Besetzt. Sie rief neun Ärzte an: zwei Geburtshelfer, zwei praktische Ärzte und fünf Internisten. Keiner von ihnen hatte eine Frau behandelt, die gerade geboren hatte.

Sie versuchte es erneut bei Goldblum. Diesmal nahm er ab.

»Wann schicken sie denn die Leiche?« fragte er Jessie in kummervollem Ton, sobald sie ihren Namen genannt hatte. »Der Rabbi fragt mich. Nachums Freunde fragen mich. Alle wollen wissen, wann die Beerdigung ist, und ich sage ihnen, wir können keine Beerdigung ohne eine Leiche machen.«

»Es tut mir sehr leid, Mr. Goldblum. Ich habe heute morgen mit dem Gerichtsmediziner gesprochen, er gibt die Leiche heute an Ezra Nathanson heraus. Soweit ich weiß, hat sich Ezra bei Ihnen gemeldet?«

»Er ist von der Chewra Kadischa, ja? Ein netter Mann. Na gut. Dann ist das erledigt. Danke für Ihren Anruf, Detective. Hat mich gefreut.«

»Mr. Goldblum, das ist nicht der einzige Grund für meinen Anruf. Mr. Pomerantz hat sich für zwei Dokumentarfilme interviewen lassen. Ich habe ein Videoband von Morton Productions. Wissen Sie, wer das andere produziert hat?«

»Hat das mit der Mordtheorie zu tun? Sie haben mir gar nicht erzählt, daß Sie denken, Nachum sei ermordet worden«, sagte er vorwurfsvoll. »Ich habe es erst von Ezra Nathanson gehört. Ihm haben Sie es gesagt.«

Sie fühlte sich massiv gescholten. »Ich wollte Sie nicht noch mehr belasten, Mr. Goldblum. Vor allem, da ich mir nicht sicher war.«

»Wer würde denn so etwas *tun*, frage ich Sie? Nachum konnte keiner Fliege etwas zuleide tun. Er war nur gut. Einen solchen Freund findet man nicht wieder.« Goldblum weinte leise.

Jessie kam sich hilflos vor, wie so oft, wenn sie mit dem Kummer anderer konfrontiert war. Auch Phil hatte ein weiches Herz. Marty Simms kam mit so etwas vermutlich besser zurecht.

»Was möchten Sie denn wissen?« fragte Goldblum nach einer Weile. Er klang gefaßter. »Wer den anderen Dokumentarfilm produziert hat?«

»Ja.«

»Lassen Sie mir etwas Zeit, dann suche ich die Karte, die mir Nachum gegeben hat.«

Sie hörte, wie der Telefonhörer klappernd auf eine harte Oberfläche gelegt wurde. Eine Minute verging, zwei. Vermutlich fand er die Karte nicht, dachte sie, doch dann meldete er sich wieder.

»Robert Hahn Productions. Auch in Manhatten.« Goldblum las ihr Telefonnummer und Adresse vor. »Möchten Sie auch die Faxnummer?«

»Nein danke. Sie waren mir eine große Hilfe, Mr. Goldblum. Eines noch: Hat Mr. Pomerantz einmal erwähnt, daß er ein gestohlenes Kunstwerk wiederentdeckt hätte?«

»Ein gestohlenes Kunstwerk? Nein. Davon hat er nie gesprochen. Aber er liebte Kunst. Und Musik. Er ging leidenschaftlich gern in Museen und auf Kunstauktionen. Er konnte es sich nie leisten, etwas zu kaufen, aber er sah gern zu und versuchte zu erraten, zu welchem Preis ein Stück weggehen würde.«

Hatte Pomerantz auf einer Auktion etwas entdeckt? Hatte derjenige, der das Stück verkauft oder derjenige, der es gekauft hatte, etwas von Pomerantz' Entdeckung erfahren und war in Panik geraten? »Hat Mr. Pomerantz einmal etwas von einer ›Fundsache‹ erzählt?«

»Nicht daß ich wüßte. Ist das wichtig?«

»Vielleicht.« Es konnte auch belanglos sein.

»Ich denke mal darüber nach.«

Sie dankte Goldblum und legte auf. Dann wählte sie die Nummer von Hahn Productions. Eine junge Frau mit nasalem Brooklyner Akzent meldete sich. Jessie stellte sich vor und erklärte, daß sie eine Kopie des Videos mit Pomerantz' Interview haben wollte.

»Können Sie den Namen bitte buchstabieren?«

Jessie kam ihrem Wunsch nach. Bildete sie sich das nur ein, oder kaute die Frau tatsächlich Kaugummi?

»Einen Moment bitte.« Kurz darauf meldete sie sich wieder. »Mr. Pomerantz hat uns tatsächlich ein Interview gegeben, aber Sie müßten sich eine schriftliche Genehmigung von ihm geben lassen, bevor wir das Band herausgeben können.«

»Das dürfte schwierig werden. Mr. Pomerantz ist tot.«

»Wahnsinn!« Sie schwieg einen Augenblick. »Und Sie brauchen das Video zu ...?«

»Zu Ermittlungszwecken.«

»Oh. Also, ist er *ermordet* worden oder so?« fragte sie mit ehrfürchtigem Flüstern. »Da muß ich mit Mr. Hahn Rücksprache halten. Einen Moment bitte.« Erneutes, diesmal längeres Warten. Dann: »Mr. Hahn bittet Sie, eine schriftliche Anfrage auf offiziellem Briefpapier hereinzuschicken.«

Es war doch nur ein Video, Herrgott noch mal. »Bitte erklären Sie Mr. Hahn, daß wir das Video sofort brauchen. Wenn er überprüfen will, wer ich bin, kann er mich hier auf dem Revier anrufen.« Jessie gab ihr die Nummer.

»Ich sag's ihm. Moment bitte.«

»Jess«, rief Phil.

Sie drehte sich zu ihm um, den Hörer ans Ohr gepreßt. »Ich telefoniere gerade.«

Er winkte ihr mit dem Telefonhörer zu. »Hier ist ein zweiter Anruf für dich. Sie haben ihn auf meinen Anschluß durchgestellt. Lilly Gorcheck?«

Die Geschäftsführerin des Golden Palms. Hatte sie noch einen Bewohner ausfindig gemacht, der mit Pomerantz gesprochen hatte? »Bitte sie, einen Augenblick zu warten«, sagte sie und lauschte erneut der nasalen Stimme.

»Detective Drake? Mr. Hahn sagt, er kann Ihnen sofort eine Kopie mit FedEx schicken, wenn Sie ihm eine VisaCard-Nummer geben. Wollen Sie, daß es am Montag oder am Samstag ankommt?«

»Samstag.« Das war teurer, aber Jessie wollte nicht warten. Sie gab der Frau ihre Kartennummer und die Adresse des Reviers, bedankte sich und legte auf. Diesmal würde sie ihre Dienststelle die Rechnung bezahlen lassen, beschloß sie, als sie hinübergriff und Phils Hörer nahm.

»Mrs. Gorcheck?«

»Detective Drake, ich versuche schon die ganze Zeit, Sie zu erreichen.« Die Geschäftsführerin klang atemlos. »Ich habe im Pflegeheim angerufen, um mich nach Hildas Befinden zu erkundigen, und sie haben mir gesagt, sie habe einen Herzinfarkt gehabt.«

»O mein Gott!« Jessies Herz pochte. Sie biß sich auf die Lippen. »Ist sie …«

»Sie hat es Gott sei Dank überstanden. Sie ist schwach, aber stabil. Ich habe mit dem Arzt gesprochen, und er klang zuversichtlich.«

Phil sah sie besorgt an. Sie bedeckte die Sprechmuschel des Hörers, flüsterte: »Hilda Rheinhart hatte einen Herzinfarkt«, und entfernte ihre Hand wieder. »Wo ist sie jetzt?« fragte sie Lilly.

»Im Cedars. Ich dachte, das würde Sie interessieren.«

Hilda wirkte winzig und verschrumpelt. Vielleicht lag es an den vielen Schläuchen, an die man sie angeschlossen hatte, überlegte Jessie, als sie sie auf der Intensivstation besuchte. Schläuche in ihrer schmalen Nase. Schläuche, die aus runden Aufklebern auf ihrem Brustkorb zu einem blinkenden Monitor an der Wand hinter ihrem Bett führten. Ein Infusionsschlauch an ihrem Arm. Die tätowierten Ziffern waren allzu sichtbar.

Jessie hatte mit dem Stationsarzt gesprochen – eine leichte Herzgeschichte hatte er es genannt. Hilda konnte voraussichtlich am nächsten Tag wieder in das Pflegeheim zurück, falls ihre Werte stabil blieben. Warum war Jessie dann zum Weinen zumute?

Hilda hatte die Augen geöffnet, doch sie starrte an die Decke.

»Hilda«, sagte Jessie leise, da sie fürchtete, die alte Frau zu erschrecken. »Ich bin's, Jessie James.«

Die Frau drehte den Kopf langsam in Jessies Richtung. »Haben Sie denn keine Arbeit, daß Sie mich dauernd besuchen können?« fragte sie matt.

Jessie schmunzelte. »Ich habe gesagt, ich müsse eine wichtige Zeugin befragen.« Sie trat näher und nahm Hildas Hand. »Ich habe mit dem Arzt gesprochen. Er meinte, Sie seien bald wieder gesund.«

Hildas Lippen bebten. »Ich werde sterben, genau wie Anna Seligman«, wimmerte sie. Ihre Augen füllten sich mit Tränen.

»Sie werden nicht sterben«, widersprach Jessie entschieden.

»*Anna* war gesund. Und auf einmal ist sie gestorben. Einfach so.«

»Sie sind nicht Anna, Hilda.«

Hildas Finger umklammerten Jessies Hand fester. »Sie haben sie umgebracht, begreifen Sie das nicht? Und jetzt werden sie mich umbringen.«

»*Wer*, Hilda? Wer hat Anna umgebracht?«

»Ich weiß es nicht«, flüsterte sie. Sie zog ihre Hand weg. »Sie sind überall. Sie beobachten mich.«

»*Wer* ist überall? Hilda, wenn Sie mir nichts sagen, kann ich Ihnen auch nicht helfen.« Sie erkannte an Hildas gequältem Blick, daß sie darüber nachdachte.

Schließlich seufzte sie. »Ich habe Nachum von Anna erzählt und daß sie sie ermordet haben. Er sagte, er würde versuchen herauszufinden, was passiert ist. Und dann wurde er ermordet, also muß er ihnen Angst eingejagt haben. Und jetzt wissen sie, daß *ich* es weiß. Deswegen müssen sie mich auch umbringen!«

Jessie runzelte die Stirn. Wenn das, was Hilda sagte, zutraf, dann hatte Pomerantz' Tod nichts mit der ›Fundsache‹ oder einem gestohlenen Kunstwerk zu tun. Aber traf es zu? Oder war es ein Produkt von Hildas Paranoia?

»Wann ist Anna gestorben?«

»Vor zwei Monaten. Sie war in einem Pflegeheim. Davor hat sie in einem Altersheim gelebt, genau wie ich, aber dann fühlte sie sich nicht mehr so gut und konnte nicht dort bleiben.«

»Wie heißt dieses Pflegeheim?«

»Ich weiß es nicht.«

»Und das Seniorenheim?«

»Das weiß ich auch nicht, aber es liegt in der Gardner, Nähe Melrose, nicht weit von mir. Wir haben uns oft besucht.« Neue Tränen schimmerten in ihren Augen. »Gehen Sie mir zuliebe der Sache nach?«

»Ich gehe der Sache nach.« Jessie tätschelte ihr die Hand. »Sie müssen versuchen, sich etwas zu entspannen, Hilda. Die Aufregung ist nicht gut für Ihr Herz.«

»Kann ich etwas dafür, daß ich Angst habe?«

»Ihnen passiert nichts. Ich verspreche es.«

»Ihr Wort in Gottes Ohr«, flüsterte Hilda.

23

In der Gardner Street gab es tatsächlich ein Altersheim, direkt nördlich der Melrose Avenue. Soweit hatte Hilda recht gehabt. Und Anna Seligman hatte wirklich einige Jahre dort gelebt, wie Jessie von Sheila Henkins erfuhr, einer abgespannt aussehenden Frau mit allzu blond gebleichten und zu langen Haaren.

»Wissen Sie, wohin sie verlegt wurde?« fragte Jessie.

»Auf Anhieb weiß ich es nicht, aber ich sehe gern nach«, erklärte die Leiterin in knappem, höflichem Ton, der durchblicken ließ, wie wenig erfreulich es für sie war, daß Jessie ihrem bereits übervollen Katalog von Pflichten noch eine weitere Aufgabe hinzugefügt hatte.

Jessie wartete in der Halle. Sie unterschied sich kaum von der im Golden Palms, abgesehen von der Farbgebung – grün statt blau. Auch zwischen den Heimbewohnern, die hier saßen, und jenen, die ihr in der anderen Einrichtung begegnet waren, bestand wenig Unterschied. Sie sahen alle einsam aus, dachte sie. Aber vielleicht färbte auch ihre Sorge um Hilda auf ihre Wahrnehmung ab.

Sheila Henkins kehrte zurück. »Mrs. Seligman ist nach Lindenhurst Gardens umgezogen. Das ist ein nettes Haus, wir überweisen viele unserer Bewohner dorthin. Es liegt in der Fairfax Avenue, südlich der Fourth Street. Wissen Sie, wo das ist?«

Jessie erklärte, daß sie das wisse, und bedankte sich bei ihr.

Eine weitere Halle, ein weiterer Heimleiter. Dieser – sein Name war Vance Lemar – erzählte Jessie, daß er Anna Seligman natürlich gekannt hatte.

»Eine sehr nette Frau.« Er seufzte. »Es tat uns sehr leid, als sie gestorben ist.«

»Was hatte sie denn?«

»Diabetes, glaube ich. Deshalb haben sie sie ja aus dem Seniorenheim hierher verlegt.«

»War an ihrem Tod irgend etwas ungewöhnlich?«

Er schüttelte den Kopf. »Überhaupt nicht.« Auf einmal klang er argwöhnisch.

»Wie lange war sie hier?«

Ein weiterer Seufzer. »Nicht lange. Einen oder anderthalb Monate? Mehr nicht. Die Ärmste, sie hoffte die ganze Zeit, daß es ihr wieder besserginge und sie zu ihren Freundinnen im Seniorenheim zurückkehren könnte.«

»Könnten Sie mir den Namen ihres Arztes nennen? Und den ihres engsten Angehörigen, bitte.«

»Mrs. Seligman *hatte* keine Angehörigen. Sie war eine Holocaust-Überlebende und hat ihre ganze Familie im Krieg verloren, die arme Frau. Das machte ihren Tod noch trauriger. Niemand, der um sie getrauert hätte. Außer den Freundinnen natürlich.« Er lächelte betrübt.

»Wer hat die Beerdigung arrangiert?«

»Zum Glück hatte sie all das schon vor langer Zeit geregelt. Alles ganz schlicht, sie hatte nicht viel Geld, nur die Sozialversicherung und eine kleine Pension von ihrem Mann. Ich hole Ihnen Namen und Telefonnummer des Arztes.« Er blieb einen Moment weg, und als er zurückkam, reichte er Jessie einen Zettel, auf den er die Angaben geschrieben hatte.

Dr. Elliott Walgren, las sie. Und eine Adresse am Wilshire Boulevard.

»Vor allem haben ihre Nieren versagt«, erklärte Dr. Walgren Jessie am Telefon. »Anna war seit Jahren Diabetikerin. Sie hat im Seniorenheim Insulin bekommen – Medicare übernimmt die Kosten für eine Krankenschwester, die die täglichen Spritzen verabreicht. Aber als sich ihr Zustand so stark verschlechterte, daß sie Pflege brauchte, haben wir sie in ein Pflegeheim verlegt.«

»Und an ihrem Tod war nichts ungewöhnlich?«

»Ungewöhnlich?« Er klang verwirrt. »Überhaupt nichts. Warum fragen Sie?«

»Eine Freundin von ihr hat davon gesprochen, daß es bei Mrs. Seligmans Tod nicht mit rechten Dingen zugegangen sei.«

»Was wollen Sie damit sagen? Daß Anna ermordet wurde?« Walgren schnaubte. »Das ist ja lächerlich!«

»Haben Sie den Totenschein ausgestellt, Dr. Walgren?«

»Ja, das habe ich, und ich hatte keinerlei Zweifel an der Todesursache«, erwiderte er in leicht gereiztem Ton. »Die Frau war sechsundachtzig Jahre alt, Detective. Sie ist an Nierenversagen gestorben. Sie kann von Glück sagen, daß ihr so viele Jahre geblieben sind. Das einzige, was sie hätte retten können, wäre eine Transplantation gewesen, und in ihrem Alter hatte sie keinen Anspruch auf eine Niere.«

Es sah so aus, als hätte Lilly Gorcheck mit Hildas Paranoia recht gehabt. Hilda behauptete, »sie« hätten Anna und andere Holocaust-Überlebende ermordet, aber Anna Seligman war offensichtlich eines natürlichen Todes gestorben. Die einzige Ähnlichkeit zwischen ihr und Anna war die, daß beide Frauen Holocaust-Überlebende waren und keine Familie mehr hatten.

Anna war im Alter von sechsundachtzig Jahren gestorben. Zweifellos waren in letzter Zeit auch andere Holocaust-Überlebende gestorben, und in nächster Zukunft würden weitere sterben. Kaum ein fragwürdiger Vorgang – die Natur nahm ihren unvermeidlichen Lauf.

Trotzdem ...

Jessie rief im Gesundheitsamt an, und nachdem sie eine halbe Ewigkeit gewartet hatte, wurde sie mit einer Beamtin verbunden, die sie kannte.

»Und, wie geht's meiner Lieblingsfahnderin von der Mordkommission?« fragte Corinne Ayers.

»Bestens. Und dir?«

»Kann nicht klagen. Und selbst wenn ich es täte, wer würde mir schon zuhören? Was kann ich für dich tun, Herzchen?«

»Corinne, ich brauche die Daten aller älteren Leute – Männer und Frauen –, die in den letzten zwei bis drei Monaten eines natürlichen Todes gestorben sind.« Sie hatte die drei Monate aufs Geratewohl gewählt. »Sie müssen alle in Mittel- oder Osteuropa geboren sein – Deutschland, Österreich, Tschechoslowakei, Rumänien, Polen und Rußland. Meinst du, du kannst mir weiterhelfen?«

»Eine Nadel im Heuhaufen ist nichts dagegen. Hast du eigentlich eine Ahnung, wie viele alte Leute jeden Tag eines natürlichen Todes sterben?« grummelte Corinne. »Und wie alt ist ›alt‹?«

Jessie überlegte. Frances war einundsechzig, und sie war bei Kriegsausbruch drei gewesen. Die meisten so kleinen jüdischen Kinder waren umgekommen. »Niemand unter sechzig«, legte sie fest. »Und es müssen Weiße sein. Habe ich das gesagt?«

»Nein, hast du nicht. Das hilft ein wenig, aber nicht viel. Als nächstes erzählst du mir wahrscheinlich, du brauchst die Daten heute noch, stimmt's?«

Jessie lächelte. »Genau.«

»Tja, Herzchen, das geht nicht. Wir haben Totenscheine rumliegen, die noch nicht einmal einsortiert sind. Und wir haben nicht das Personal dazu, Hunderte von Zetteln durchzuschauen.«

»Aber die, die einsortiert *sind*, sind doch in der EDV erfaßt, oder, Corinne? Fangen wir einfach mit denen an.«

»Das sind Unmengen von Namen. Kannst du mir noch irgend etwas anderes sagen, das die Liste begrenzen würde?«

Alle von ihnen sind Holocaust-Überlebende, aber das ist nicht auf einem Totenschein vermerkt. Ebensowenig wie die Tatsache, daß es Juden waren. »Weiter nichts.«

»Tja, ich werde versuchen, so bald wie möglich etwas für dich zu finden, Jessie. Aber das wird dauern.«

»Danke, Corinne.«

Sie legte auf und setzte sich an ihren Schreibtisch, wo sie auf einem Block herumkritzelte. Ihr kam der Gedanke, daß viele der Holocaust-Überlebenden sicher Wert auf ein jüdisches Begräbnis gelegt und entsprechende Vereinbarungen mit jüdischen Bestattungsinstituten getroffen hatten.

Es war eine Nachfrage wert. Sie griff nach den Gelben Seiten – in letzter Zeit ihr bester Freund –, schlug unter BESTATTUNGSINSTITUTE nach und notierte sich die Namen von sieben, deren Anzeigen oder Einträge darauf hinwiesen, daß sie jüdische Begräbnisse vornahmen. Einige davon befanden sich in Downey. Eines nahe der City of Industry. Ein weiteres bei den Universal Studios, dort war sie vor ein paar Monaten wegen eines anderen Falls mit Phil gewesen. Hier waren auch Ezras Frau und Eltern beerdigt worden.

Sie rief beim ersten Namen auf ihrer Liste an, dem Bestattungsinstitut Lieberman. Nachdem sie sich vorgestellt hatte, wurde sie mit dem Chef verbunden, einem Mann mit rauher Stimme.

»Was kann ich für Sie tun, Detective?« Er klang vorsichtig.

»Ich brauche Angaben zu einem Fall, in dem wir ermitteln«, sagte sie in – wie sie hoffte – nicht bedrohlichem Tonfall. »Vermerken Sie bei Ihrer Registrierung auch das Alter des Verstorbenen und sein Geburtsland?«

»Ich kann Ihnen versichern, daß wir akkurat Buch führen.« Nun war er eindeutig auf der Hut. »Und um Ihre Frage zu beantworten, ja, wir vermerken diese Angaben.«

»Ich interessiere mich für Männer und Frauen, die in den

letzten zwei bis drei Monaten gestorben sind, über sechzig waren und in Mittel- oder Osteuropa geboren sind.«

»Darf ich fragen, warum?«

»Das darf ich Ihnen leider nicht sagen.«

»Verstehe.«

Er verstand es offenbar nicht. Doch das war nicht Jessies Problem. »Geht aus Ihren Aufzeichnungen auch hervor, wo der Verstorbene zum Zeitpunkt seines Todes gewohnt hat?«

»Ja, natürlich. Wir haben sämtliche Daten, die auf dem Totenschein stehen.«

Das hieß einschließlich der Todesursache. »Diese Angaben möchte ich auch haben. Wie schnell können Sie mir eine Namensliste geben?«

»Ohne richterliche Verfügung, Detective, kann ich leider überhaupt keine Daten über unsere Kunden herausgeben. Das ist vertraulich«, erklärte er in einem Ton, der besagte, daß Jessie das doch wissen müßte.

»Ich kann mir eine richterliche Verfügung besorgen, aber das dauert, und diese Daten könnten entscheidend sein.« Sie log wie gedruckt, wie Phil sagen würde. Sie hatte keinen Grund zu der Annahme, daß die Daten entscheidend oder auch nur wichtig sein könnten. Und kein Richter würde ihr aufgrund der nebulösen Ängste einer paranoiden alten Frau, die Angst vorm Sterben hatte, eine Verfügung ausstellen.

»Tut mir leid. Bringen Sie mir die richterliche Verfügung, dann kann ich Ihnen vielleicht weiterhelfen.« Er legte auf.

Die Chefs der nächsten beiden Bestattungsintitute, die sie anrief, waren nicht zu sprechen. Jessie hinterließ ihre Telefonnummer, aber keine Nachricht. Im vierten Bestattungsinstitut sprach sie mit Thelma Gradon, die das gleiche über Vertraulichkeit wiederholte, was Chef Nummer eins gesagt hatte, allerdings wesentlich freundlicher. Sie klang betrübt, daß sie Jessie nicht helfen konnte.

»Wir dürfen das Vertrauen unserer Kunden nicht mißbrauchen, auch wenn sie tot sind. Ich weiß, das klingt seltsam, aber ziemlich oft geht es um heikle Angelegenheiten. Die Todesursache zum Beispiel. Wenn der Tote AIDS hatte, wollte er vielleicht nicht, daß das bekannt wird, auch nicht gegenüber seiner Familie. Und das ist nur ein Beispiel.«

»Wenn ich also nicht an der Todesursache interessiert bin, könnten Sie mir helfen?«

»Nun ja ...« Thelma hielt inne. »Ich schätze, das würde die Lage *etwas* verändern. Aber offen gestanden können wir es uns nicht leisten, einen Mitarbeiter stundenlang sämtliche Unterlagen aus den letzten drei Monaten durchsehen zu lassen und diejenigen herauszusuchen, die mit Ihren Kriterien übereinstimmen.«

»Sie haben Ihre Daten nicht auf EDV?«

»Die Totenscheine nicht, die legen wir manuell ab. Wir geben zwar Daten in die EDV ein, aber wir verwenden ein simples Programm, das speziell auf Bestattungsinstitute zugeschnitten ist, und das sortiert nicht nach Alter oder Geburtsland. Es ist mehr oder weniger alphabetisch und geht nach Familiennamen und Todesdatum. Andere Bestattungsinstitute mögen ausgeklügeltere Programme haben, wir nicht.« Es klang wie eine Entschuldigung.

»Was, wenn ich die Unterlagen selbst durchsehe?«

»Wie gesagt, ich kann Sie die Unterlagen nicht ohne richterliche Verfügung ansehen lassen.« Weitere Pause. »Wir geben zwar die Todesursache nicht in die EDV ein, aber mir wäre trotzdem unwohl dabei, wenn ich Ihnen ohne rechtliche Grundlage Zugang zu unseren Unterlagen gewähren würde. Selbst wenn ich sicher wüßte, daß Sie Kriminalbeamtin sind.« Thelma lachte.

»Sie können mich hier auf dem Revier anrufen, wenn Sie meine Identität überprüfen wollen. Das kränkt mich nicht.«

»Ach, Sie klingen durchaus echt. Aber Sie würden sich wundern, wie viele Betrüger bei Bestattungsinstituten anrufen und so tun, als wären sie Polizisten, nur um an Informationen zu kommen, Sozialversicherungsnummern etwa. Die stehen auf dem Totenschein, wissen Sie. Können Sie mir sagen, wonach Sie suchen?«

Chef Nummer eins hatte sie das gleiche gefragt, und sie hatte ihn abblitzen lassen. Vielleicht war das ein Fehler gewesen. »Eine ältere Dame, die ich kenne, glaubt, daß eine Freundin von ihr, die anscheinend eines natürlichen Todes gestorben ist, in Wirklichkeit ermordet wurde. Sie glaubt, das sei auch anderen Holocaust-Überlebenden zugestoßen.«

»Meine Güte!« rief Thelma leise aus. »Und hat diese Frau irgendwelche Beweise?«

»Nein. Aber ich habe ihr versprochen, mich darum zu kümmern, weil sie auch Angst um sich selbst hat. Mir war nicht klar, daß es so kompliziert sein würde. Ich habe es zuerst beim Gesundheitsamt versucht und mich dann an jüdische Bestattungsinstitute gewandt, um die Suche einzugrenzen. Ich dachte, die meisten Holocaust-Überlebenden würden auf einem jüdischen Friedhof beerdigt werden wollen.«

»Da haben Sie vollkommen recht. Sogar die, die nicht streng religiös leben –und das ist übrigens die Mehrheit –, wünschen sich eine jüdische Beerdigung. Deswegen treffen viele von ihnen zu Lebzeiten entsprechende Vorkehrungen. Vor allem diejenigen, die in Pflegeheimen wohnen, diese Einrichtungen wollen meist den Namen des Bestatters wissen, den man beauftragt hat.«

Wenn der unselige Moment kommt. Gruslige Angaben, die man bei der Aufnahme in einem Pflegeheim machen mußte, aber offenbar notwendig und praktisch. Jessie fragte sich, ob ihre Eltern auch schon Vorkehrungen für ihre Beerdigung getroffen hatten. Ihr Vater war ausgesprochen methodisch und systematisch, aber wenn es um den Tod ging, wurden viele Leute zimperlich. Wie ich, gestand sie sich ein und zog eine Grimasse.

»Hören Sie«, sagte Thelma. »Geben Sie mir doch Ihre Nummer, dann schaue ich mal, was ich in einem Tag oder so finden kann.«

»Das wäre prima.« Jessie gab ihr die Nummer des Reviers und bedankte sich. Sie hatte auf schnellere Informationen gehofft, aber zumindest war diese Frau kooperativ.

Sie rief Corinne an und erzählte ihr von den Bestattungsinstituten. »Du brauchst dich also nicht mit Suchen abzuplagen«, sagte Jessie. »Trotzdem danke.«

»Dabei hab' ich mich schon so darauf gefreut, diese Nachforschungen für dich anstellen zu dürfen, Herzchen. Ich bin *zutiefst* enttäuscht.« Sie kicherte. »Paß gut auf dich auf. Und viel Glück.«

Jessie rief die anderen vier Bestattungsinstitute an – alle vier Chefs waren beschäftigt. Das Geschäft mit dem Tod boomte offenbar. Sie wollte gerade im Krankenhaus anrufen, um sich nach Hilda zu erkundigen, als das Telefon klingelte.

Es war Thelma Gradon. »Nachdem wir aufgelegt haben, habe ich unseren Kalender durchgesehen, Detective. Wir hatten erst kürzlich eine Beerdigung, die Sie interessieren könnte.«

»Ach?« Jessie zog ein Blatt Papier zu sich heran.

»Ja. Mendel Blumenkrantz.« Thelma buchstabierte den Namen. »Er starb mit achtundsiebzig Jahren. Ein reizender Mann, ich habe ihn kennengelernt, als er alles mit uns besprochen hat, und das ist schon ziemlich lange her. Es war gleich nach dem Tod seiner Frau. Leider hatte er keine Kinder, daher war er auf sich allein gestellt. Wir haben auch die Beerdigung der Frau organisiert. Sie haben Grabstellen nebeneinander.«

»Und Mr. Blumenkrantz ist in Europa geboren?«

»In Polen. Jedenfalls ist er unseren Unterlagen zufolge vor ein paar Wochen in einem Pflegeheim gestorben.«

»Können Sie mir den Namen des Heimes sagen?«

Kurzes Zögern. »Ich wüßte nicht, was dagegen spräche. Es ist das Crestview Arms in Burbank.« Sie gab Jessie die Adresse. »Und auch wenn ich Ihnen die Todesursache nicht sagen kann, kann ich Ihnen doch verraten, daß es ein natürlicher Tod war.«

»Wissen Sie, wo Mr. Blumenkrantz gelebt hat, bevor er in das Pflegeheim zog?«

»Moment. Hier steht es – im Belleview Manor, ebenfalls in Burbank. Ich kenne es sogar. Es ist ein Seniorenheim. Ich dachte, das würde Sie interessieren. Ich rufe Sie wieder an, wenn ich etwas anderes finde.«

Allerdings interessierte es Jessie. Sogar sehr.

Mendel Blumenkrantz hatte seine Frau verloren, und er hatte keine Kinder.

Genau wie Anna Seligman. Sie hatte in einem Seniorenheim gelebt, bis sie in ein Pflegeheim verlegt worden war. Und kurz darauf war sie gestorben.

Auch Hilda war Witwe. Keine Kinder, wie sie Jessie anvertraut hatte. Sie war aus einem Altenheim in ein Pflegeheim verlegt worden und hatte vierundzwanzig Stunden später eine »Herzgeschichte« erlitten.

Vielleicht waren Blumenkrantz und Seligman schwerkrank gewesen. Das passierte eben, wenn man alt wurde. Und Hilda hatte hohen Blutdruck, Parkinson, eine bevorstehende Staroperation und weiß Gott was noch alles. Sie war angespannt und beunruhigt wegen Pomerantz und ihrer Freundin Anna. Das allein hätte einen Infarkt auslösen können.

Jessie runzelte die Stirn. Es sei denn, jemand anders hatte ihn ausgelöst und Seligmans Diabetes ebenso verschlimmert wie Blumenkrantz' Krankheiten, was immer er auch gehabt hatte.

Aber warum? Sie wünschte, Phil wäre hier. Sie konnte immer besser denken, wenn sie ihre Einfälle an ihm ausprobierte, aber er jagte einer neuen Spur im Mordfall Cassandra Jones hinterher. Jessie kritzelte ein paar Kästchen auf ihren Block und drehte sich auf ihrem Stuhl hin und her, während sie nachdachte.

Hilda behauptete, daß jemand Holocaust-Überlebende umbrachte. Tat dieser »Jemand«, falls er oder sie existierte, das, um die Überlebenden als Zeitzeugen auszulöschen? Aber das war unlogisch. Mittlerweile gab es zahlreiche Dokumentarfilme, Pomerantz hatte selbst zwei gemacht, von denen Jessie wußte. Die Zeugnisse waren aufgezeichnet, bewahrt für zukünftige Generationen, wenn die Opfer schon lange nicht mehr lebten.

Neonazis, die Überlebende ins Visier nahmen, um das zu Ende zu führen, was Hitler nicht geschafft hatte? Aber warum jetzt? Und warum sich die Mühe machen, einsame alte Leute umzubringen, die sowieso bald sterben würden?

Sie hielt den Stuhl abrupt an. Vielleicht steckte gar keine Bosheit dahinter. Vielleicht brachte jemand in einer Art verblendeter Barmherzigkeit die Überlebenden nicht um, um sie zu bestrafen, sondern um diese Männer und Frauen, die unaussprechliche Greuel erlitten hatten, vor einem leeren, trostlosen Leben zu bewahren, das unweigerlich mit Schmerzen und dem Würdeverlust des Alters verbunden war.

Morde aus Barmherzigkeit?

Möglich wäre es, dachte Jessie. Und wer immer dafür verantwortlich war, war schlau: Der Betreffende hatte das Risiko des Entdecktwerdens minimiert, indem er die Verlegung seiner Opfer in Pflegeheime veranlaßt hatte. Todesfälle mit natürlicher Ursache, die in solchen Einrichtungen vorkamen, mußten nicht durch einen Anruf beim Notarzt bestätigt werden.

Vielleicht hatte Pomerantz etwas darüber rausgefunden. Er hatte Hilda versprochen, den Tod Anna Seligmans zu untersuchen. Hatte er der richtigen Person eine Frage zuviel gestellt?

Und wer war diese Person? Es mußte jemand sein, der einen Grund hatte, zahlreiche Seniorenheime aufzusuchen, jemand, der in engen Kontakt mit den Bewohnern kam, jemand, der kommen und gehen konnte, ohne Aufmerksamkeit oder Verdacht zu erregen.

Eine Schwester von einer Pflegeagentur? Ein Arzt? Eine Therapeutin? Ein Sozialarbeiter?

Jemand, der freundlich tötete ...

»Sie werden mich umbringen, genau wie sie Anna Seligman umgebracht haben.«

Vielleicht gab es aber auch gar keinen Mörder. Vielleicht waren Blumenkrantz und Seligman eines natürlichen Todes gestorben. Vielleicht, dachte Jessie, ließ sie sich langsam von der Paranoia der alten Frau anstecken.

24

»Mein Bruder Moshe und ich waren anfangs zusammen in einem Arbeitslager. Dann haben sie ihn nach Auschwitz und mich nach Blechhammer geschickt, ein Konzentrationslager, das zu Auschwitz gehörte. Das war 1944. Die Lager waren nicht besonders weit voneinander entfernt, daher konnten wir uns gegenseitig Nachrichten zustecken. Im April dieses Jahres haben sie uns die Nummern auf die Arme tätowiert.

Nicht jedes Lager hat Nummern verteilt. Das wußten Sie nicht?« Pomerantz nickte. *»Von den Arbeitslagern überhaupt keines. Treblinka nicht, soweit ich weiß. Auch Dachau nicht.*

Wissen Sie, wer meine tätowiert hat? Ein Jude, den ich aus meiner Heimatstadt kannte. Das Leben ist komisch, nicht wahr?« Er lächelte und schüttelte den Kopf. »Warum er das getan hat, fragen Sie?« Pomerantz hob die Brauen. »Wenn die Deutschen einem etwas gesagt haben, hat man es getan. Man stellte keine Fragen.

Als ich nach dem Krieg in dieses Land kam, ließ ich die Nummern von einem Arzt entfernen. Er hat es aber nicht besonders gut gemacht. Und später habe ich es bedauert. Ich dachte, wenn ich sie nicht die ganze Zeit sähe, wäre es vielleicht einfacher zu vergessen. Als ob man so etwas vergessen könnte.« Er schnaubte. »Mein Freund Stanley wollte, daß seine Jungen seine Lagernummer sähen. Er wollte, daß sie Fragen stellten. Jetzt zeigt er sie seinen Enkeln.« In Pomerantz' Augen trat ein abwesender Blick. »Moshe hätte sich die Nummer auch nicht wegmachen lassen«, sagte er ruhig. »Moshe nicht ...

In den Lagern gab es Stockbetten, drei übereinander. Stanleys Kinder haben Stockbetten für ihren Nachwuchs gekauft. Ich war einmal bei ihnen zu Hause, und sie zeigten mir die Betten. So praktisch, Onkel Nachum, sagten sie. ›Schau nur, wieviel Platz das spart. Sind sie nicht toll?‹ Ich konnte die ganze Zeit nur daran denken, wie es war, im Lager in der obersten Koje zu schlafen ...

Wie ich die Lager überstanden habe? Ich hatte mehr Glück als die meisten. Bevor wir abgeholt wurden, hatte ich den Brillantring meiner Frau in die Westentasche gesteckt, um ihn beim Juwelier reparieren zu lassen. Hätte ich gewußt, daß wir festgenommen werden würden, hätte ich ihn woanders versteckt. Der Diamant war eine Menge Geld wert. Ich fand jemanden, der Schmuck kaufte und verkaufte und einen Trupp von Verkäufern beschäftigte, die nach Kottowitz, Sosnowitz und in andere Orte fuhren. Auch Deutsche arbeiteten für ihn. Auf jeden Fall hat dieser Mann für mich den Diamanten verkauft, und mit dem Geld, das ich dafür bekam – dreitausend Reichsmark, damals eine Menge Geld – haben Moshe und ich überlebt.

Wofür wir es verwendet haben? Eine Extraschreibe Brot. Eine Kartoffel. Ein Ei, ein winziges Stückchen Fleisch. Ein warmes Hemd. Ein Paar Handschuhe, die man anziehen konnte, wenn man im Schnee graben mußte.« Pomerantz lächelte bitter. »Luxusartikel.«

Hilda ging es gut, versicherte die Krankenschwester Jessie, als sie anrief, ihr Zustand war stabil, und ihre Vitalfunktionen hatten sich verbessert. Sie war aus der Intensivstation in ein normales Zimmer verlegt worden und würde wahrscheinlich am nächsten Morgen entlassen werden.

»Hat sie viel Besuch bekommen?« wollte Jessie wissen.

»Kann ich Ihnen nicht sagen. Es ist ja nicht wie auf der Intensivstation, wo die Besuche kontrolliert werden. Leute kommen und gehen andauernd. Aber Sie können sich an der Rezeption erkundigen. Alle Besucher müssen sich dort anmelden und einen Besucherschein geben lassen.«

Jessie fragte an der Rezeption nach und erfuhr, daß Hilda bislang keinen Besuch gehabt hatte.

»Sind Sie sicher?« fragte Jessie.

»Dem Besucherbuch zufolge jedenfalls schon«, erklärte die Frau Jessie. »Ich möchte nicht behaupten, daß es unmöglich ist, sich an uns vorbeizuschleichen – manchmal haben wir unheimlich viel zu tun, und es sind so viele Leute in der Halle. Außerdem wäre denkbar, daß jemand, der uns erzählt, er möchte einen Patienten besuchen, dann beschließt, auch noch einen anderen zu besuchen.«

Und natürlich konnten Angehörige medizinischer Berufe, die dem Personal am Empfang bekannt waren, vorüberflitzen, ohne gefragt zu werden.

Jessie hätte die Klinik gern angewiesen, keine Besucher zu

Hilda zu lassen, aber ohne jemanden, der vor ihrer Tür Wache hielt, konnte die Klinik nicht garantieren, daß niemand ins Zimmer der alten Frau gelangen würde.

Espes war in seinem Büro – sie hatte ihn vor kurzem hineingehen sehen. Sie klopfte an und trat ein, als er in seinem gewohnt barschen Ton »Herein« rief.

»Ich hoffe, Sie bringen mir gute Neuigkeiten«, sagte er, als er sie sah. Kein Lächeln.

Sie erzählte ihm von Hilda Rheinhart, Anna Seligman und Mendel Blumenkrantz und ihrem Verdacht. »Hilda hat Norman Pomerantz gebeten, den Tod von Mrs. Seligman zu untersuchen. Wenn jemand Mrs. Seligman und Pomerantz ermordet hat, dann weiß er womöglich auch über Hilda Bescheid. Ich würde gern eine Wache an der Tür ihres Krankenzimmers postieren.«

Espes runzelte die Stirn und klopfte mit seinem Stift auf den Schreibtisch. »Klingt weit hergeholt«, sagte er schließlich. »Alte Leute sterben, Drake. Erzählen Sie mir was Neues.«

»Ein paar Tage nachdem Mrs. Rheinhart Pomerantz gebeten hat, Mrs. Seligmans Tod zu untersuchen, liegt er tot im Rancho Park. Halten Sie das für Zufall?«

»Wir wissen nicht, ob Pomerantz sich tatsächlich um den Tod der Seligman gekümmert hat.« Weiteres Klopfen mit dem Stift. »Ich dachte, Sie wären Feuer und Flamme für diese Theorie mit dem gestohlenen Kunstgegenstand.«

Sie hatte Espes von ihrem Gespräch mit den Steele-Brüdern erzählt. »Da bin ich mir nicht mehr so sicher.«

»Sie haben gesagt, Pomerantz habe einigen Leuten erzählt, er habe ein Geheimnis – was sollte das mit dem Tod dieser Seligman zu tun haben? Das Geheimnis ist das, was ihn nach L.A. geführt hat, Drake, nicht diese Mrs. Seligman.«

»Ich glaube, Hilda braucht Schutz«, erklärte Jessie stur.

»Ausgehend davon, was Sie mir erzählt haben, kann ich es

nicht rechtfertigen, Gelder der Dienststelle für eine Bewachung dieser Frau auszugeben. Bringen Sie mir ein überzeugendes Motiv oder irgendeinen Hinweis, dann will ich sehen, was ich tun kann.«

Sie wandte sich zum Gehen.

»Wo wir schon bei Geldern sind«, fuhr Espes fort. »Es wird Sie sicher freuen zu hören, daß das Revier eine Belohnung in Höhe von zehntausend Dollar für Informationen über die Frau ausgesetzt hat, die ihren neugeborenen Sohn umgebracht hat. Heute abend kommt es in den Nachrichten.«

Das freute sie tatsächlich – ohne eine Belohnung wären sie bei diesem Fall vermutlich in einer Sackgasse gelandet. Sie hoffte, es würde ihnen mit Norman Pomerantz nicht genauso ergehen.

Sie rief beim Gesundheitsamt an und ließ sich mit Corinne verbinden.

»Du schon wieder«, sagte Corinne, als sie sich meldete.

Die Frau brachte sie regelmäßig zum Schmunzeln. »Schaust du was für mich nach? Mendel Blumenkrantz.« Sie buchstabierte den Namen. »Er ist vor ein paar Wochen gestorben. Ich interessiere mich für die Todesursache und den Namen des Arztes, der den Totenschein ausgestellt hat.«

»Für dich tu' ich doch alles«, knurrte Corinne. Ein paar Minuten später war sie wieder am Apparat. »Der Doc heißt Sheldon Abel. Todesursache war kongestives Herzversagen. Bringt dich das irgendwie weiter, Herzchen?«

»Ich weiß nicht.« Wie leicht war es, ein kongestives Herzversagen oder dessen Symptome herbeizuführen? Würden Digitalispillen ausreichen?

Sie rief bei Abel an und erfuhr, daß er die Praxis bereits verlassen hatte.

»Er ist übers Wochenende verreist. Ich kann ihn aber anpiepsen«, erklärte seine Sprechstundenhilfe.

Sie brauchte Abel. »Bitte richten Sie ihm aus, daß es dringend ist«, sagte sie und hinterließ ihre Privatnummer und die Nummer des Reviers.

Sie setzte sich an ihren Schreibtisch, trommelte mit den Fingern auf das verkratzte Holz und dachte nach. Dann nahm sie erneut den Telefonhörer ab und wählte die Nummer von Lindenhurst Gardens, dem Pflegeheim, in dem Anna Seligman bis zu ihrem Tod gewohnt hatte.

Vance Lemar, der Geschäftsführer, den Jessie bereits kannte, kam rasch an den Apparat. »Wie kann ich Ihnen helfen, Detective?« fragte er mit der gleichen Grabesstimme.

»Ich brauche eine Liste der medizinischen Mitarbeiter, die sich in Ihrem Heim um die Bewohner kümmern. Ärzte, Schwestern, Physiotherapeuten, Sozialarbeiter, Psychiater. Aber nicht diejenigen, die ausschließlich für Sie arbeiten.«

»Sie sind also *nicht* an unseren festen Angestellten interessiert?« Er klang verwirrt.

»Nur an denen, die in Ihrem Heim und in anderen Einrichtungen arbeiten.« Diejenigen, die unauffällig und problemlos Zugang zu den verschiedenen Heimen haben – Wohnheime wie Pflegeheime.

»Wir arbeiten mit Schwestern und Therapeuten von einer Pflegeagentur. Die Heimbewohner haben natürlich ihre eigenen Ärzte. Ich kenne viele Ärzte mit Namen, aber wenn Sie eine vollständige Liste wollen, müßte ich in unseren Akten nachsehen.«

»Da wäre ich Ihnen dankbar.«

»Es wird einige Zeit dauern. Ich könnte sie am Montag fertig haben.«

»Ich brauche sie früher«, erklärte sie bestimmt. »Könnte ich nicht morgen nachmittag vorbeikommen und sie abholen?«

Nach kurzem Zögern sagte er. »Na gut. Ich werde mein Bestes tun.«

Sie rief das Altenheim an, in dem Anna Seligman gelebt hatte, und erbat dort die gleichen Daten. Ebenso machte sie es bei den Heimen, wo Mendel Blumenkrantz gelebt hatte und dem Pflegeheim, in das Hilda verlegt worden war. Schließlich sprach sie mit Lilly Gorcheck im Golden Palms und erklärte, was sie wollte.

»Ich stelle die Liste so schnell wie möglich zusammen«, sagte Lilly. »Ich habe mich im Cedars erkundigt. Sie meinen, Hilda erholt sich wieder. Ich hoffe, das stimmt.«

Jessie hoffte es auch.

Es war zehn vor fünf. Simms und Boyd waren bei Gericht; sie hatten schon den gestrigen Tag dort verbracht und ihre Aussage immer noch nicht machen können. Phil war immer noch unterwegs – wahrscheinlich würde er gar nicht mehr aufs Revier kommen. Sie unternahm einen halbherzigen Versuch, ihren Schreibtisch aufzuräumen, hängte sich die Tasche über die Schulter und ging.

Sie fuhr an einem Supermarkt vorbei und kaufte Milch, Waschmittel, Frühstücksflocken, Obst und Gemüse. Gary wollte sie zum Essen und ins Kino ausführen, also mußte sie abends nichts kochen.

Zu Hause verstaute sie die Lebensmittel, zog Shorts und ein ärmelloses Top an und warf eine Ladung Wäsche in die Maschine. Dann hörte sie den Anrufbeantworter ab. Helen hatte sich gemeldet, »Nur, um mal hallo zu sagen«, aber Jessie wußte es besser. Und ihre Freundin Brenda Royes hatte angerufen und wollte sich mit ihr treffen.

Sie schenkte sich ein Glas Mineralwasser ein und nahm es mit in die Frühstücksecke, wo sie die Post durchsah. Nichts von Interesse, Rechnungen und eine Erinnerung ihres Gynäkologen, daß ihre alljährliche Kontrolluntersuchung fällig war. Toll.

Sie sollte wirklich ein paar Rechnungen bezahlen, sie stapelten sich schon. Sie stellte das Radio an, holte den Stoß Rechnungen vom Schreibtisch im Schlafzimmer und breitete sie auf dem kleinen Eßtisch aus. So viele Rechnungen, so wenig Geld. Und außerdem war es so verdammt heiß. Seufzend trank sie einen großen Schluck Wasser und überlegte, ob sie ihren Stolz ignorieren und sich von ihren Eltern Geld für eine Klimaanlage leihen sollte, wie es Helen vorgeschlagen hatte.

Nicht, daß Helens Ideen immer brauchbar gewesen wären. Jessie dachte an ihre Schwester und ihre Eltern und fragte sich, wie es ihnen wohl ging. Sie nahm den Hörer ab und wählte die Nummer in La Jolla.

Ihre Mutter meldete sich. »Wie nett von dir, daß du anrufst, Jessica«, sagte sie, als sie Jessies Stimme hörte. »Ist alles in Ordnung?«

»Alles bestens. Ich wollte mich nur mal melden.« *Red du mit Mom.* Jessie schüttelte den Kopf, um den Gedanken loszuwerden. Sie würde die Schweizer Konten nicht erwähnen, beschloß sie. »Du fehlst mir«, sagte sie verlegen, nicht weil es nicht wahr gewesen wäre, denn das war es merkwürdigerweise, sondern weil sie nicht daran gewohnt war, es zu sagen oder zu empfinden.

»Das ist aber lieb, Jessica«, sagte ihre Mutter sanft. »Du fehlst mir auch. Dein Vater und ich haben gerade darüber gesprochen, wie schön es bei euch gewesen ist. Wie geht's Gary?« Keine Spur von Scheu.

»Prima. Wir gehen heute abend essen und ins Kino. Ich mußte neulich an dich denken, Mom. Ich habe dir doch von dem Fall erzählt, in dem ich ermittle, von dem Holocaust-Überlebenden? Jedenfalls habe ich mit Leuten gesprochen, die eine phänomenale Kunstsammlung in ihrem Haus haben. Oder vielmehr im Haus ihres Vaters. Maurice Steele?«

»Der Name kommt mir bekannt vor.«

»Er ist Sammler. Vielleicht hast du schon Werke aus seinem

Besitz gesehen, offenbar verleiht er manchmal Stücke an verschiedene Museen. Auf jeden Fall habe ich diese sagenhaften Bilder gesehen und an dich gedacht. Du wärst begeistert gewesen.«

»Es ist ja so nett von dir, daß du an mich denkst, Jessica. Vielleicht können wir beide, wenn dein Vater und ich nächstes Mal kommen, zusammen in ein Museum gehen.«

»Im Herbst gibt es in Pasadena eine Ausstellung. Ich kann dir ja Bescheid sagen.« Es lief gut, ein normales Gespräch ohne Konfliktstoff. Gary wäre stolz auf sie.

»Das wäre schön. Ehrlich gesagt, Jessica, dachte ich zuerst, daß du wegen der Schweizer Konten anrufst.« Sie lachte kurz auf. »Ich nahm an, daß dich Helen dazu angestiftet hätte. Sie ist ganz besessen von dieser Geschichte, aber vermutlich hat sie Angst, ich reiße ihr den Kopf ab, wenn sie selbst anruft. Frances die Schreckliche«, sagte sie sarkastisch und mit nur einer Spur Selbstmitleid.

Die Spannung war sofort da. Jessie spürte, wie sich ihr Magen verkrampfte, und war froh, daß ihre Mutter ihr Gesicht nicht sehen konnte. »Helen weiß, daß du deine Entscheidung getroffen hast, Mom«, sagte sie, vorsichtig ihre Worte wählend.

»Ja, aber sie hält sie für dumm und egoistisch. Die ganze Sache ist lächerlich, Jessica. Ich weiß nicht einmal sicher, ob mein Vater überhaupt ein Konto in der Schweiz hatte.«

Jessie zögerte. Sollte sie es sagen oder nicht? »Ich habe gestern im Internet die Liste gesehen, es hängt mit dem Fall zusammen, in dem ich gerade ermittle. Der Name deines Vaters stand auch darauf.«

Eisernes Schweigen.

»Tja«, sagte Frances schließlich. »Das ändert meine Meinung nicht. Ich will das Geld nicht haben.«

»Okay.« Jessie wußte nicht, was sie sonst hätte sagen sollen.

»Bist du sicher, daß es mein Vater war?«

»Der Eintrag, den ich gesehen habe, lautete auf einen Jakob Kochinsky aus Polen.« Sie dachte an das Formular, das sie gestern in der Steele Foundation mitgenommen hatte. Es lag auf ihrem Nachttisch.

»Es könnte auch jemand anders mit dem gleichen Namen sein«, sagte Frances.

»Das könnte sein«, stimmte Jessie zu.

Erneutes Schweigen. Schließlich: »Dann rufst du also doch wegen der Banken an.« Ihre Stimme war vor Gekränktheit ganz leise. »Helen hat dich gebeten anzurufen, stimmt's? Wollte sie, daß du mich dazu überredest, Ansprüche geltend zu machen?«

»Nein.« Ihr Gesicht lief bei der Lüge rot an.

»Du nimmst sie immer in Schutz«, sagte Frances, eher traurig als verärgert.

»Ich habe einfach so angerufen, Mom. Ich wollte dir von den Bildern erzählen, die ich gesehen habe. Ich dachte ... ich dachte, dann hätten wir etwas gemeinsam.« Vielleicht war es ein Anfang. »Es tut mir leid, wenn ich dich gekränkt habe. Grüß Dad schön von mir.«

»Mach ich. Jessica ...«

Sie wappnete sich. »Was?«

»Sag mir wegen der Ausstellung Bescheid. Dann richte ich es so ein, daß wir gemeinsam hingehen können.«

Gerade wenn man sich sicher war, einen Menschen durchschaut zu haben.

25

Jessie beschloß, die Kerzen anzuzünden. Sie hatte geduscht und einen kurzen schwarzen Leinenrock und eine blaugrüne Seidenbluse angezogen, die Gary liebte. Dann war sie in die

Eßecke gegangen, um auf ihn zu warten, als sie sie auf dem Schranksims liegen sah.

Ezra hatte einen kleinen Kalender beigelegt, in dem die Anzündzeiten für die Kerzen für das ganze jüdische Jahr verzeichnet waren; dazu eine kleine Karte, auf der der Segen für das Anzünden der Kerzen auf hebräisch und darunter in lateinischer Schrift gedruckt war.

Für diesen Freitag lag der Zeitpunkt zum Anzünden der Kerzen bei 7 Uhr 37. Es war fast halb acht. Sie steckte eine weiße Stumpenkerze in den Kerzenhalter, riß ein Streichholz an und sah zu, wie die Flammen aufflackerten.

Es klingelte.

Sie ging zur Tür und ließ Gary herein. »Ich bin gleich fertig«, erklärte sie und ging wieder in die Eßecke.

Er folgte ihr. »Du hast die Kerzen angezündet«, sagte er, als er den Raum betrat.

»Ich muß den Segen sprechen.« Sie zeigte ihm die beschichtete Karte und begann die transkribierten Worte zu rezitieren. »*Baruch atah ...*«

»Du mußt mit den Händen um die Kerzen kreisen, bevor du das Gebet aufsagst«, meinte Gary. »Dreimal, glaube ich. Das macht meine Mutter jedenfalls immer.«

Sie nickte. »Du hast recht. Ezra hat gesagt, das tut man, um den Sabbat in seinem Heim willkommen zu heißen.« Sie hob die Hände und hielt sie dreimal kreisförmig um die Kerzen, als wollte sie sie umarmen. Dann führte sie die Hände an die Augen. Sie hielt inne. »Wenn ich meine Augen bedecke, wie soll ich dann den Segen sprechen? Ich kann ihn nicht auswendig.«

»Ich spreche ihn mit dir, wenn du willst.«

Er sprach das Gebet und hielt nach jedem Wort inne, damit sie es wiederholen konnte. Als sie fertig war, blieb sie noch einen Moment mit den Händen auf den Augen stehen und genoß den Frieden der umfassenden Stille. Frances' Mutter hatte jeden Freitagabend Sabbatkerzen wie diese angezündet, wurde Jessie auf einmal klar. Sie hatte denselben Segen gesprochen, und Frances hatte ihr vermutlich dabei zugesehen. Auch Frances' Großmutter hatte die Sabbatkerzen angezündet, und davor deren Mutter und Großmutter. Eine lange Reihe von Frauen, die bis zur Matriarchin Sarah zurückreichte, Abrahams Frau, die spirituell so erhaben und deren Zeit von solcher Harmonie erfüllt war, daß ihre Sabbatkerzen von einem Freitag bis zum nächsten hielten.

Eine Verbindung, dachte Jessie mit einem Anflug von Schmerz, die von einer so unbeschreiblichen Grausamkeit gekappt worden war, daß sie den Glauben eines kleinen Mädchens an Gott und die Menschen für immer zerstört hatte. Sie fragte sich, ob ihre Mutter wohl je Sabbatkerzen angezündet hatte. Irgendwann würde sie sie fragen.

»Danke«, sagte sie und küßte Gary zart auf den Mund.

»Gern geschehen.« Er nahm ihre Hand und verflocht seine Finger mit ihren. »Können wir gehen?«

»M-hm. Aber ich muß erst noch an zwei anderen Orten vorbeifahren, einverstanden?«

»Wo denn?«

Sie lächelte geheimnisvoll.

Patsy Williams starrte auf das Foto von Pomerantz.

»Das ist er eindeutig«, sagte sie zu Jessie. Die Kellnerin wies mit einem spitzen, weinrot lackierten Fingernagel auf Pomerantz' Kopf. »Er war letzten Samstagabend gegen neun Uhr hier. Ich kann mich an sein Haar erinnern, ich fand es nämlich flott, vor allem, da er offenbar schon recht alt war. Und er war ein echter Gentleman, er hat mich ›junge Dame‹ genannt.« Sie lächelte.

Jessie durchfuhr ein Anflug von Befriedigung. Zumindest

wußten sie jetzt, daß Pomerantz tatsächlich im Century Plaza gewesen war. »War er allein?«

»Zuerst schon. Er sagte, er warte auf jemanden. Ich fragte ihn, ob er bis dahin etwas trinken wolle. Er hat Wein bestellt, meinte, für harte Sachen sei er noch zu jung. Er war irgendwie süß.« Erneutes Lächeln. »Ein paar Minuten später ist der andere Mann aufgetaucht.«

Jessies Herz machte einen Satz. »Können Sie ihn beschreiben?« fragte sie mit erzwungener Gelassenheit.

Die Augen der Kellnerin wurden schmal. »Oh, tut mir leid. Er hat keinen besonderen Eindruck auf mich gemacht, wissen Sie?« Sie zuckte die Acheln.

Jessie versuchte ihre Enttäuschung zu verbergen. »War er groß oder klein? Dick oder dünn?« fragte sie und zwang sich zu einem geduldigen Ton.

»Tja, er saß, daher kann ich über seine Größe nichts sagen. Aber er war weder besonders groß noch klein, sonst wäre es mir aufgefallen. Und dick war er auch nicht. Das hätte ich bemerkt.«

Jessie war sich da nicht so sicher. »Erinnern Sie sich, wie alt er war?«

»Hmmm, vielleicht um die Vierzig oder Fünfzig. Deutlich jünger als der andere.«

»Trug er eine Brille?«

»Das weiß ich nicht mehr.«

»Was ist mit seiner Haarfarbe?«

Ihre Augen wurden wieder schmal. »Vielleicht braun? Tut mir leid. Wie gesagt, ich habe nicht auf ihn geachtet. Ach, und dann ist noch ein dritter Typ aufgetaucht.«

Jessie runzelte die Stirn. »Ein *dritter* Mann?«

Die Kellnerin nickte. »Die beiden schienen erstaunt zu sein, ihn zu sehen. Der alte Mann wirkte zunächst gar nicht so erfreut, aber dann schien er doch einverstanden zu sein.«

Auch diesen Mann konnte Patsy nicht beschreiben. »Tut mir leid. Ich bin nicht gut mit solchem Zeug.« Wenigstens wurde sie rot. »Auf jeden Fall hat der dritte Mann Kaffee und Kuchen bestellt. Kurz darauf ist der zweite Typ gegangen, aber der alte Mann ist geblieben und hat noch einen Kaffee getrunken.«

Phantastisch. Nun hatten sie nicht nur *einen* Unbekannten, sondern zwei.

»Wissen Sie noch, wer bezahlt hat?« Falls Pomerantz' Begleiter mit einer Kreditkarte bezahlt hatte, konnten sie ihn vielleicht ausfinden machen.

»Der dritte Mann. In bar.«

Diese Möglichkeit war also dahin. »War er ...«

»Kein großer Trinkgeldgeber«, unterbrach sie Patsy. »Er hat genau zehn Prozent dagelassen. Aber das hilft Ihnen nicht, ihn zu identifizieren, was?«

»Nicht direkt.« Jessie lächelte und hoffte, daß man ihr die Frustration nicht anmerkte. Irgendwie war es ja auch witzig, was sich die Leute merkten und was nicht. »Sind sie gemeinsam gegangen?«

»M-hm. Ich habe sie hinausgehen sehen.« Die Kellnerin runzelte die Stirn. »Offen gestanden, jetzt, wo ich darüber nachdenke, fällt mir wieder ein, daß sich der alte Mann praktisch auf den anderen gestützt hat.«

Jessie zog die Brauen hoch. »Sie meinen, er hat sich nicht wohl gefühlt?«

Patsy dachte einen Moment lang nach und nickte dann. »Könnte sein.«

Hatte der Unbekannte Nummer zwei Pomerantz Digitalis in den Wein geschmuggelt, ihn zum Rancho Park gebracht und ihn dort allein sterben lassen? »Falls Ihnen noch irgend etwas einfällt, rufen Sie mich bitte an. Es ist sehr wichtig.« Sie reichte der Kellnerin eine Visitenkarte und verließ das Restaurant.

Gary saß in der Halle und wartete auf sie.

»Glück gehabt?« fragte er und stand auf.

Sie berichtete ihm, was sie erfahren hatte. »Die Kellnerin weiß nicht mehr über die beiden anderen Männer. Außer daß der dritte kein großzügiges Trinkgeld gegeben hat.«

Gary hielt die Handflächen in die Höhe. »Schau mich nicht so an, ich habe ein Alibi für Samstag abend. Ich war mit einer Polizistin zusammen.«

Sie schmunzelte.

»Du hast gesagt, du mußt zwei Orte aufsuchen. Wohin als nächstes?«

Hilda schlief. Ihr Brustkorb hob sich leicht bei jedem Atemzug, der als flatterndes Schnarchen durch ihre Nase pfiff.

»Sie sieht so hinfällig aus«, flüsterte Gary.

»Dabei ist ihre Gesichtsfarbe sogar besser als heute morgen. Ich glaube, wir sollten gehen.« Sie wandte sich zur Tür.

»Sie hat gerade die Augen aufgemacht, Jess.«

Sie wandte sich wieder um. Hilda sah sie an. Jessie ging aufs Bett zu und hob die Hand der alten Frau. »Ich wollte nur mal sehen, wie es Ihnen geht. Der Arzt meint, Sie dürfen morgen nach Hause.« Sie drückte ihr die Hand.

»Nach Hause? Wo ist zu Hause?« Hilda seufzte. »Ist das Ihr Freund?« Sie wies mit dem Kinn auf den Türrahmen, in dem Gary stand.

»M-hm. Süß, was?«

»Warum steht er so weit weg? Glaubt er, ich beiße?«

»Ich habe ihm gesagt, daß er dort warten soll. Ich habe Angst, er wirft einen Blick auf Sie und läßt mich sitzen.«

Hilda kicherte. Jessie winkte Gary herüber.

»Sie sind also der Ex?« Hilda sah ihn prüfend an. Zu Jessie sagte sie: »Ein gutaussehender junger Mann.«

»Vielen Dank.« Gary schmunzelte. »Jessie hat mir schon viel von Ihnen erzählt.«

»Sie behandeln sie gut?«

»Sehr gut«, antwortete er ernst.

Hilda nickte. »Hat sie Ihnen erzählt, daß jemand versucht, mich umzubringen?« fragte sie, auf einmal ganz düster.

Gary wechselte einen raschen Blick mit Jessie. »Sie hat mir erzählt, daß Sie sich Sorgen machen.«

»Aber *glaubt* sie mir?« fragte Hilda fast flehentlich.

Jessie drückte ihr erneut die Hand. »Ich habe Nachforschungen wegen des Todes von Anna Seligman angestellt, wie versprochen. Ich wollte Ihnen noch ein paar Fragen stellen.«

»Dann fragen Sie.«

»Hat Anna erwähnt, daß sie zu einem Arzt oder einer Pflegeschwester ein besonderes Verhältnis hätte?«

Hilda schüttelte den Kopf. »Sie mochte ihren Arzt nicht, zu beschäftigt, hat sie mir immer erzählt. Hatte nie Zeit für sie. Über eine Schwester hat sie nichts gesagt.« Hilda zog die Augen zusammen. »Sie glauben, ein *Arzt* hätte sie umgebracht?« Auf einmal sah sie verängstigt aus und schien unter ihrer Krankenhausdecke zu schrumpfen.

»Ich klopfe nur verschiedene Möglichkeiten ab. Ich bin mir nicht sicher, daß sie überhaupt jemand umgebracht hat, Hilda.« Sie tätschelte ihr die Hand. »Kannten Sie einen Mann namens Mendel Blumenkrantz?«

»Blumenkrantz?« Hilda blinzelte. »Nein, ich glaube nicht. Warum?«

»Es hat mich nur interessiert.«

Hilda wurde bleich. Sie leckte sich die Lippen. »Er ist auch tot?«

»Nein«, log Jessie. Was hatte es für einen Sinn, die Angst der alten Frau noch zu vergrößern? »Hilda, letztes Mal haben Sie mir erzählt, daß jemand versucht, Holocaust-Überlebende umzubringen. Was meinten Sie damit?«

»Was ich gemeint habe?« Sie versuchte, mit den Schultern zu

zucken, aber die Anstrengung war zuviel. Sie seufzte. »Um das zu Ende zu führen, was dieser Rojzéjach, Hitler, schon versucht hat. Dieser Mörder.«

Das half ihr nicht weiter. Jessie überlegte kurz. »Als wir uns das erste Mal unterhalten haben, haben Sie gesagt, man hätte Anna ihres Geldes wegen umgebracht. Aber ich habe gehört, daß sie nicht viel Geld hatte.«

»Warum hat man sie dann umgebracht?« sagte Hilda provokant.

»Wissen Sie, ob Anna eine Lebensversicherung hatte?« Wenn sie eine gehabt hatte, hätte ein medizinischer Mitarbeiter sich bei ihr eingeschmeichelt und sie dazu überredet haben können, ihn oder sie als Begünstigten einzusetzen.

»Ich weiß es nicht. Darüber haben wir nicht gesprochen.«

Doch das hieß nicht, daß Anna Seligman keine Lebensversicherung hatte. Mendel Blumenkrantz konnte auch eine Lebensversicherung abgeschlossen haben. Es war denkbar, daß die Morde, falls es sich tatsächlich um Morde handelte, aus Gier begangen worden waren, nicht aus Barmherzigkeit.

»Vielleicht sollten Sie mit Bernice sprechen«, sagte Hilda. »Das war Annas beste Freundin im Altersheim. Vielleicht hat Anna ihr irgend etwas erzählt.«

Jessie wünschte glühend, daß Hilda diese Bernice schon früher erwähnt hätte. »Wie heißt sie mit Nachnamen?«

»Ich weiß es nicht. Aber Sie finden sie doch, oder?«

»Das kann ich sicher.«

Hilda seufzte erneut. »Sie sind ein nettes Mädchen, Jessie James. Sie haben Ihr Versprechen gehalten. Sie lassen mich nicht sterben, oder?«

26

»Als ich in Markstadt war, einem rein jüdischen Arbeitslager, machte mich eine Tante mit einer Nachbarstochter namens Pola bekannt, deren Verlobter in der arischen Küche arbeitete. Dort war das Essen besser. Richtiges Fleisch statt Pferdefleisch.« Pomerantz schmunzelte. »Pola sagte, daß sie mir helfen wolle, also ging ich mit einem großen Teller zu ihr, und sie füllte ihn mir mit Eintopf, den mir ein Freund in dem Badehaus, wo er arbeitete, aufwärmte. Ein anderer Bekannter von mir war wütend auf Pola, daher hat er den Deutschen erzählt, ich würde Essen aus der Küche stehlen.

Drei jüdische Schlägertypen gingen auf mich los und wollten wissen, wo der Eintopf war. Ich sagte es ihnen, aber dann wollten sie wissen, woher ich ihn hatte.« Pomerantz' Lippen wurden schmal. »Ich habe ihnen Polas Namen nicht verraten. Einer der Schläger hat brutal zugeschlagen, zweimal mit einer Hand, an der er einen großen Ring trug. Meine Brille flog davon, und er verlangte erneut, daß ich ihm den Namen des Mädchens nannte. Ich weigerte mich wieder. Er befahl den beiden anderen, mich über eine Bank zu legen, damit sie mich mit einem Gummischlauch verprügeln konnten. Meistens verpaßten sie einem vierzig, fünfzig Schläge, genug, um einen Menschen zu töten.

Sie legten mich hin, und ich sagte den Namen immer noch nicht. Dann erklärte einer der Schläger – er hieß Weiß –, daß er mich kenne, und wenn ich in dieser Situation immer noch nichts verriete, dann wüßte ich wirklich nichts. Also haben sie mich mit einer Verwarnung gehen lassen.

Später habe ich den Eintopf mit meinem Freund zusammen gegessen. Köstlich.« Pomerantz hielt inne und lächelte bitter. »Und er hat mich nur zwei Hiebe gekostet.«

Sheila Henkins wirkte am Samstagmorgen noch gehetzter als bei Jessies erster Begegnung mit ihr.

»Ich habe den größten Teil des gestrigen Tages und heute den ganzen Morgen damit verbracht, die Liste der medizinischen Mitarbeiter aufzustellen, um die Sie gebeten haben«, erklärte die Verwalterin fast vorwurfsvoll. »Ganz fertig ist sie noch nicht.«

»Ich bin Ihnen wirklich dankbar.« Jessie lächelte herzlich. »Mir ist völlig klar, daß das eine zusätzliche Belastung für Sie bedeutet. Ich kann mir denken, wieviel Arbeit es macht, dieses Heim zu leiten.«

Die Frau atmete tief aus und rollte mit den Augen. »Das können Sie sich nicht einmal ansatzweise vorstellen.« Sie klang versöhnt. »Einer unserer geistig Verwirrten hat gerade eine Heimbewohnerin angefallen – offenbar hatten sie etwas miteinander, und er wurde eifersüchtig. Die Frau blieb zwar unverletzt, aber ihre Angehörigen sind fuchsteufelswild, und ich kann es ihnen nicht verübeln. Jedenfalls muß ich jetzt den Verwirrten in ein anderes Heim verlegen – wenn ich eines finde, das ihn nimmt.«

»Kein toller Tag, was?«

»Soll ich Ihnen was verraten? Nicht viel schlimmer als die meisten.« Sie lächelte matt. »Hören Sie, lassen Sie mir noch eine halbe Stunde, dann ist die Liste fertig. Sie können warten, oder ich faxe sie Ihnen.«

»Ich warte. Und nochmals vielen Dank. Übrigens, haben Sie je diesen Mann gesehen?« Jessie nahm das Foto von Pomerantz aus der Tasche und zeigte es der Geschäftsführerin. »Er könnte hiergewesen sein und sich nach Mrs. Seligman erkundigt haben.«

Sheila betrachtete das Foto und schüttelte den Kopf. »Ich glaube nicht. Aber ich bekomme nicht alle Besucher zu Gesicht. Sie könnten aber die Rezeptionistin fragen.«

»Hab ich schon. Sie weiß es auch nicht.« Jessie steckte das

Foto wieder ein. »Wissen Sie, ob Mrs. Seligman eine Lebensversicherung besaß?«

Die Verwalterin sah Jessie erstaunt an. »Keine Ahnung. Darüber haben wir nie gesprochen.«

»Ich habe gehört, daß sie mit einer anderen Heimbewohnerin befreundet war, einer Frau namens Bernice. Ihren Nachnamen weiß ich nicht.«

»Sie meinen bestimmt Bernice Kotowitz.« Sheila nickte. »Sie und Anna waren Freundinnen. Es hat sie sehr getroffen, als sie von Annas Tod erfahren hat.«

»Ich würde sie gern sprechen. Ist sie da?«

Sheila runzelte die Stirn. »Ehrlich gesagt könnte sie Angst davor haben, mit einer Polizistin zu sprechen.«

Genau das gleiche, was auch Mason, der Leiter des Golden Palms, gesagt hatte. »Ich verstehe Ihre Bedenken, aber ich muß sie sprechen.«

Sheila beugte sich vor. »Was ist denn eigentlich los, Detective?« Auf einmal klang sie beunruhigt, und der harte Ton war in ihre Stimme zurückgekehrt. »Was ist der Zweck dieser Listen? Ich habe gestern mit Mrs. Seligmans Arzt gesprochen, und er hat mir versichert, daß sie eines natürlichen Todes gestorben ist. Wollen Sie behaupten, daß dem nicht so war?«

»Dazu kann ich leider nichts sagen, außer daß es Teil laufender Ermittlungen ist«, erklärte Jessie mit einstudierter Glätte. »Könnten Sie bitte nachfragen, ob Mrs. Kotowitz zu sprechen ist?«

Die Heimleiterin zögerte kurz und griff dann zum Telefonhörer.

»Das ist Bernice.« Sheila zeigte auf eine füllige Frau mit einem riesigen Busen und kleinen, roten Löckchen, die vor einem Ping-Pong-Tisch im Freizeitraum stand und mit einem älteren, gebeugten Mann sprach.

Sheila trat auf Bernice zu. Jessie folgte ihr, hielt sich aber ein paar Schritte im Hintergrund.

»Bernice, da ist jemand, der Sie gern sprechen würde«, sagte die Heimleiterin fröhlich. Sie wandte sich an den Mann. »Würden Sie uns bitte entschuldigen, Mr. Orrins?«

»Was?«

Sie beugte sich näher zu ihm und sprach ihm laut und langsam ins Ohr. »Würden Sie uns bitte entschuldigen?«

Der alte Mann zwinkerte. »Wir wollten gerade ein neues Spiel anfangen.«

Bernice musterte Jessie neugierig. Jessie lächelte ihr zu.

»Es wird nicht lange dauern«, versicherte Sheila.

»Sicher«, brummte er. Er legte seinen Schläger und den Ball auf den Tisch. »Zwei von drei Spielen«, sagte er zu Bernice. »Und ich habe Aufschlag. Vergessen Sie das nicht.« Er wartete auf ihr Nicken und schlurfte dann quer durch den Raum davon, wobei er mehrmals über die Schulter zurückblickte.

»Das ist Detective Drake«, erklärte Sheila Bernice. »Sie möchte sich gern mit Ihnen über Anna Seligman unterhalten.«

Bernices Augen wurden weit. »Über *Anna*?«

»Nur ein paar Fragen«, beruhigte Jessie sie. »Danke für Ihre Hilfe«, sagte sie zur Heimleiterin, während sie hoffte, diese würde den Wink verstehen und sich zurückziehen.

»Soll ich dableiben, Bernice?«

»Nein, ist schon gut.«

Sheila wirkte unsicher. »Wenn Sie mich brauchen, ich bin in meinem Büro.«

Jessie wartete, bis die Heimleiterin gegangen war. »Möchten Sie in die Halle gehen oder in Ihr Zimmer?« fragte sie. »Wo Sie sich eben wohler fühlen.«

»Könnten wir hierbleiben? Ich mußte eine Stunde warten, bis der Tisch frei war, und ich möchte die Gelegenheit jetzt nicht verlieren.«

Der Raum war voll mit älteren Männern und Frauen. Manche sahen fern. Manche spielten Karten. Andere, wie zum Beispiel Mr. Orrins, der auf einem der Sofas saß, lasen. Jessie bezweifelte, daß irgend jemand ihr Gespräch mithören konnte.

»Okay«, sagte sie.

»Spielen Sie Ping-Pong?« fragte Bernice.

»Ja, manchmal.« Sie und Helen hatten immer an den Wochenenden mit ihrem Vater in der zu einem Sportraum umfunktionierten Garage gespielt. Frances hatten sie nie dazu überreden können.

»Ich spiele oft. Es entspannt mich, und ich kann dabei besser denken. Seltsam, was?« Sie rang sich ein Lächeln ab.

Ein Mann trat an den Tisch. »Sind Sie fertig?«

Bernice schüttelte den Kopf. »Ich fange gerade ein Spiel an.«

»Ich sehe aber keinen Partner.« Er stemmte die Hände in die Hüften.

»Sie ist meine Partnerin.« Bernice wies auf Jessie. »Wir wollten gerade anfangen.«

Was tut man nicht alles dem Beruf zuliebe, dachte Jessie. Sie stellte ihre Tasche auf den Boden und nahm den Schläger. Der Mann schlich davon.

»So ein Rüpel«, flüsterte Bernice wütend. »Andauernd versucht er, andere auszubooten. Drehen Sie sich bloß nicht um! Er beobachtet uns, das weiß ich. Schlagen Sie den Ball«, verlangte sie. »Hoher Aufschlag?«

Jessie unterdrückte ein Lächeln. »Hoher Aufschlag.« Sie ließ den Ball einmal aufhüpfen, schlug und sandte ihn diagonal über das niedrige Netz und über den Tisch hinaus. Sie lachte bedauernd. »Tut mir leid. Es ist schon eine Weile her.«

Bernice bückte sich, um den Ball aufzuheben. »Also, was wollen Sie über Anna wissen?«

Wieviel sollte sie preisgeben? »Kennen Sie Hilda Rheinhart?«

»Sicher. Annas Freundin.« Ihre Augen wurden schmal. »Warum? Ist ihr etwas zugestoßen?«

»Sie hatte einen Herzinfarkt, aber der Arzt sagt, sie erholt sich wieder.« Sie hörte, wie Bernice erleichtert aufseufzte. »Hilda glaubt, Anna sei etwas zugestoßen.«

Bernice runzelte verwirrt die Stirn. »Was soll das heißen, ›zugestoßen‹? Sie ist gestorben.« Sie sah Jessie fragend an.

»Hilda glaubt, jemand habe sie umgebracht«, sagte Jessie leise.

»Das ist doch verrückt. Anna hatte ein schwaches Herz.« Bernice starrte sie verständnislos an. »Sie hat mir erzählt, daß Hilda immer Angst hat, immer auf der Hut ist und mit dem Schlimmsten rechnet. Aber warum sollte jemand Anna umbringen?« Sie schnaubte.

»Hilda sagt, wegen des Geldes, aber soweit ich gehört habe, hatte Anna gar kein Geld.« Bildete sich Jessie das nur ein, oder war tatsächlich etwas über das Gesicht der alten Frau gezogen? Sie wartete.

Bernice nahm den Ball und spielte ihn ihr zu. Jessie schlug ihn zurück. Sie spielten ein paar Sekunden hin und her, bis Jessie den Ball ins Netz schlug.

»War Anna mit ihrem Arzt oder einer Krankenschwester besonders vertraut?« wollte Jessie wissen.

»Sie hat ihren Arzt weder geliebt noch gehaßt.« Bernice zuckte die Achseln. »Er war immer beschäftigt, immer auf Achse. Und Anna hatte ja keine Kinder.«

Jessie sah Bernice irritiert an. »Was spielt das für eine Rolle?«

Bernice lächelte traurig. »Sie sind jung, Sie wissen nicht, wie es läuft.« Sie hielt den Ball in der Hand. »Ich kann Ihnen eines sagen, junge Frau, es ist anders, wenn Sie Kinder haben und Familie. Wenn Sie Angehörige haben, nehmen sich die Ärzte mehr Zeit für Sie. Sie erklären Ihnen alles besser. Sie rufen an, um sich zu erkundigen, wie es Ihnen geht. So läuft es einfach.«

Bernice hatte Aufschlag. Der Ball kam in Jessies Hälfte auf und kullerte dann vom Tisch.

»Was ist mit den Krankenschwestern? Ich nehme an, daß irgend jemand Anna die Insulinspritzen gegeben hat.«

Bernice nickte. »Die Schwester war in Ordnung. Und richtig gern hatte Anna die Physiotherapeutin, eine Russin. Hände wie ein Bildhauer und ein Herz aus Gold, hat Anna immer gesagt.«

Hatte die Physiotherapeutin Mitleid mit Anna gehabt und ihren Tod beschleunigt? Oder hatte sie sich aus Eigennutz bei Anna eingeschmeichelt? »Wie hieß sie denn?«

»Den Nachnamen weiß ich nicht mehr. Ihr Vorname fing mit G an. Gladys vielleicht.«

»Gladys« sagte Jessie nichts. Aber schließlich hatte sie in den letzten Tagen so viele Namen gehört. Sie würde in ihren Aufzeichnungen nachsehen müssen. »Hatte Anna eine Lebensversicherung?« fragte sie beiläufig.

Ein Schnauben. »Wozu denn? Sie hatte weder Kinder noch andere Verwandte, also wozu hätte sie eine Lebensversicherung gebraucht?«

Ein guter Einwand. Was bedeutete, daß finanzielle Bereicherung als Motiv ausfiel ... Damit zurück zum Anfang.

Vermutlich war es Zeitverschwendung, den Tod von Anna Seligman zu untersuchen. Jessie hatte die Verbindung zwischen dem Tod von Mendel Blumenkrantz und Anna Seligman nur wegen Hildas Äußerungen hergestellt. Vielleicht hatte Pomerantz, genau wie Lilly Gorcheck, Hildas Ängste als Paranoia erkannt. Vielleicht hatte er sie nur beruhigen wollen, als er ihr versprach, Nachforschungen wegen Annas Tod anzustellen.

»Kennen Sie einen Norman Pomerantz? Oder Nachum Pomerantz?« fragte Jessie.

Bernice überlegte kurz. »Sagt mir nichts.« Sie spielte Jessie in hohem Bogen den Ball zu.

»Hat sich kürzlich jemand an Sie gewandt und nach Anna gefragt?«

Bernice schüttelte den Kopf. »Sie haben Aufschlag.«

Ein weiterer hoher Ball und ein weiterer Punkt für Bernice. Und null Information für Jessie. Sie beschloß, das Spiel zu Ende zu spielen. Was machte es schon, Bernice hätte sie ohnehin in wenigen Minuten geschlagen. Sollte die alte Dame doch ihren Spaß haben.

Wortlos spielten sie eine Weile weiter, nur das rhythmische Klick-Klack des Balls war zu hören. Aus Bernices angespannter Miene ging nicht hervor, ob sie sich auf das Spiel konzentrierte oder über Anna nachdachte. Es stand neunzehn zu drei für Bernice, als Bernice auf einmal um den Tisch herumging und auf Jessie zukam.

»Anna hatte *doch* Geld«, flüsterte sie. »Ich mußte ihr versprechen, niemandem etwas zu verraten. Sie wollte nicht, daß es jemand hier erfuhr – sie hatte Angst, sie würden dann ihre Miete erhöhen. Aber jetzt ist sie tot, und Sie stellen all diese Fragen ...«

Jessies Herz klopfte. Freu dich nicht zu früh, schärfte sie sich selbst ein. »Woher hatte sie das Geld?« Und wie hatte sie es vor der Heimleiterin verborgen?

»Ihre Eltern hatten eine Versicherung abgeschlossen«, sagte Bernice, immer noch im Flüsterton. »In Europa. Die Gesellschaft war bereit, die Summe auszuzahlen.« Sie sah sich ängstlich um und wandte sich wieder an Jessie. »Anna sagte, daß sie mit den Zinsen Millionen von Dollar wert sei.« Bernices Augen glänzten. »Außerdem hat sie gesagt, daß ihre Eltern vor dem Krieg Geld auf einer Schweizer Bank angelegt hätten.«

Jessie bemühte sich, ihre Enttäuschung nicht zu zeigen. »Aber sie ist gestorben, bevor sie das Geld erhielt.«

Bernice schüttelte heftig den Kopf. »Sie hat das Geld *vor*

ihrem Tod bekommen. Von der Versicherung *und* von der Schweizer Bank.«

»Mrs. Kotowitz«, entgegnete Jessie ruhig. »Soweit ich weiß, haben die Banken und Versicherungen gerade erst angefangen, die Forderungen zu bearbeiten.«

Bernice beugte sich vor, bis ihr Mund nur noch Zentimeter von Jessies Ohr entfernt war. »Ja, aber Anna hatte einen cleveren Anwalt. Er hat es so geregelt, daß sie das Geld gleich bekam. Natürlich hätte sie mehr bekommen, wenn sie gewartet hätte, bis alle ihre Ansprüche geklärt waren, aber so bekam sie das Geld auf der Stelle. Sie sollte es niemandem sagen. Er ließ es sich von ihr versprechen, weil er meinte, wenn zu viele Leute davon wüßten, könnte etwas schiefgehen. Aber mir hat sie es natürlich verraten.« Ein Hauch von Stolz lag in ihrer Stimme.

Jessie runzelte die Stirn. »Und was ist mit dem restlichen Geld geschehen?«

»Ich nehme an, das haben die Bank und die Versicherung behalten. Anna hat ihre Rechte dem Anwalt übertragen. Sie hat mich gefragt, ob sie warten solle, bis sie alles bekäme, oder sich mit weniger Geld zufriedengeben, das sie aber sofort hätte. ›Das Leben ist kurz‹, habe ich zu ihr gesagt. ›Nimm das Geld.‹ Wer konnte schon wissen?« Bernice seufzte.

Jessie atmete schwer. Vielleicht hatten ja nicht Bank und Versicherung das Geld behalten. Vielleicht hatte es der Anwalt. »Wissen Sie, wie der Anwalt heißt?«

»Das hat sie mir nie verraten. Er ist zwar ein paarmal hier gewesen, um sie zu besuchen, aber ich habe ihn nie kennengelernt. Anna sagte, er sei nett, ein echter Gentleman. Sie hatte nicht vor, das Geld für sich selbst auszugeben, wissen Sie. Anna ging es nicht darum, reich zu werden. Sie wollte nur das Richtige tun. Sie wollte das meiste für wohltätige Zwecke spenden.«

Das könnte Frances auch tun, dachte Jessie, wenn sie das Geld nicht behalten wollte. Falls sie jemals ihre Ansprüche geltend machte. »Wenn Ihnen noch etwas über den Anwalt oder sonst etwas einfällt, geben Sie mir bitte Bescheid«, sagte sie und reichte Bernice ihre Karte.

Die Frau nickte. Sie musterte die Karte und sah dann Jessie an. »Glauben Sie, Hilda könnte recht haben? Daß jemand Anna umgebracht hat?« Ihre Stimme bebte, und auf einmal wirkte sie trotz ihrer Körperfülle schwach und verletzlich.

»Spielen Sie oder plaudern Sie?« fragte der alte Mann, der den Ping-Pong-Tisch beansprucht hatte, und kam näher.

Bernice ließ den Schläger auf den Tisch fallen. »Wenn Sie spielen wollen, spielen Sie«, erklärte sie gelassen.

27

Belleview Manor, das Seniorenheim in Burbank, wo Mendel Blumenkrantz gelebt hatte, war kleiner als das Golden Palms, strahlte aber die gleiche Grundstimmung aus.

Jessie stellte sich dem Geschäftsführer vor, einem stämmigen Mann Mitte Fünfzig, der Hosenträger und eine Fliege trug.

»Sie haben wegen dieser Liste angerufen«, sagte er. »Ich habe sie schon fertig.« Er zog ein paar zusammengeheftete Blätter unter einem Aktenordner auf seinem Schreibtisch hervor und reichte sie Jessie.

»Das ist ja wunderbar. Vielen Dank.« Sie faltete die Blätter längs zusammen und schob sie in ihre Tasche, zu der Liste, die sie von Sheila Henkins bekommen hatte. »Ich würde gern noch ein paar Fragen über Mr. Mendel Blumenkrantz stellen. Soweit ich weiß, hat er einige Jahre hier gewohnt.«

Der Geschäftsführer nickte. »Ein sehr, sehr netter Mann. Ein *gutmütiger* Mann. Alle hatten ihn gern.« Er seufzte. »Es hat uns sehr betrübt, von seinem Tod zu hören.«

Jessie nickte mitfühlend. »War er lange krank?«

»Er war nicht gerade ein Paradebeispiel für blühende Gesundheit.« Der Geschäftsführer lächelte verhalten. »Er hatte schwere Arthritis, ein leichtes Emphysem und hohen Blutdruck. Es ging ihm nicht gut, aber er hielt sich. Er war sehr tapfer, unser Mr. Blumenkrantz.«

»Warum ist er in das Pflegeheim verlegt worden?«

»Er hatte Herzklopfen, und sein Emphysem wurde schlimmer. Wir fürchteten, daß er rund um die Uhr Pflege brauchen würde, und offenbar hatten wir recht. Nicht lange, nachdem er ausgezogen war, verschlechterte sich sein Zustand, und er starb. Kongestives Herzversagen, hieß es, glaube ich.«

Jessie nickte wieder. »Ich würde gern mit ein paar Leuten sprechen, die Mr. Blumenkrantz nahestanden, solange er noch hier gewohnt hat.«

Der Geschäftsführer sah auf der Stelle betreten drein. »Ich möchte nur ungern jemanden belästigen. Alte Leute bekommen sehr schnell Angst, wissen Sie?«

»Das verstehe ich. Aber ich muß die Betreffenden dringend sprechen.« Sie sagte es freundlich, aber bestimmt, und fragte sich, wie oft sie diesen Wortwechsel mit dem Geschäftsführer eines Seniorenheims noch haben würde. »Wer war sein bester Freund?«

Nach kurzem Zögern kam die Antwort. »Das müßte Joe Lifshutz sein. Aber er ist momentan nicht da. Er ist heute zu seinem Sohn gefahren.«

Jessie notierte sich den Namen des Mannes. »Wann kommt er wieder?«

»Ich weiß nicht. Schätzungsweise gegen fünf oder sechs.«

Zu lang, um zu warten, es war gerade erst Mittag vorbei. »Hatte Mr. Blumenkrantz noch andere enge Freunde?«

»Er hatte *viele* Freunde, aber Joe war sein engster. Sie teilten sich ein Zimmer.« Der Geschäftsführer beugte sich vor. »Mendel und ich haben uns auch öfter unterhalten, wissen Sie. Vielleicht kann ich Ihnen auch weiterhelfen?«

Vielleicht. »Er hat in einem Zweibettzimmer gelebt?« Also kein Geld.

»Mehr konnte er sich nicht leisten. Aber unsere Zweibettzimmer sind sehr hübsch«, sagte der Geschäftsführer rechtfertigend.

»Das glaube ich Ihnen gern. Wissen Sie, ob er eine Lebensversicherung hatte?«

»Das glaube ich nicht. Er hatte allerdings eine Police, die die Beerdigungskosten abdeckte. Das hat er mir gleich bei seinem Einzug gesagt. Mendel regelte gern alles im voraus.«

»Hat er angedeutet, daß sich seine finanzielle Situation in nächster Zeit verbessern würde?«

Der Geschäftsführer schüttelte den Kopf. »Ich wüßte nicht, wodurch. Er war im Ruhestand. Er hatte nur die Sozialversicherung und MediCal/Medicare. Keine Geldanlagen oder Besitz.«

Keine Schweizer Konten oder europäische Versicherungspolicen? Sie würde später noch einmal kommen und mit Joe Lifshutz sprechen müssen. Vielleicht wußte er mehr über Blumenkrantz als der Geschäftsführer.

Vielleicht gab es aber auch gar nichts zu wissen.

Eine Stunde später hatte sie vier Listen mit Angehörigen medizinischer Berufe: eine von Blumenkrantz' Seniorenheim und eine von seinem Pflegeheim; eine von Anna Seligmans Seniorenheim und eine vom Golden Palms. Arnold Samber, der Leiter des Pflegeheims, in dem Hilda lag, hatte die Liste noch nicht fertig. Ebensowenig der Leiter des Pflegeheims, in dem Anna Seligman gestorben war. Beide wollten ihr morgen die Listen zukommen lassen.

Jessie fuhr zum Revier und holte sich das Video mit dem ersten Interview, das Pomerantz gegeben hatte. Zu Hause schlüpfte sie in Shorts und ein weißes T-Shirt. Sie überlegte, ob sie sich über das Unkraut hermachen sollte, das mittlerweile das kleine Blumenbeet in ihrem Gärtchen überwucherte, aber es war entschieden zu heiß.

Gary war in seiner Wohnung und arbeitete an der Reportage über Gewalt im Straßenverkehr. Sie war versucht, ihn anzurufen und einzuladen, doch das wäre nicht fair gewesen. Sein Abgabetermin rückte bedrohlich näher.

Ihrer auch. Der Fragebogen mußte Ende der Woche abgegeben werden. Sie machte sich ein Thunfischsandwich, setzte sich an den Eßtisch und begann, die Fragen zu beantworten. Anderthalb Stunden später war sie erst halb fertig. Sie gönnte sich ein Glas Eistee und ging ins Fernsehzimmer.

Die Listen lagen auf dem Couchtisch, neben dem Video.

Sie war neugierig auf das Video, aber Sheila Henkins und die anderen hatten schwer daran gearbeitet, Jessies Bitte so rasch zu erfüllen. Nicht, daß sie verstanden hätten, was sie damit wollte. Trotzdem ...

Sie setzte sich im Schneidersitz auf die Couch und nahm die erste Liste zur Hand. Das Seniorenheim von Mendel Blumenkrantz. Sie überflog drei Seiten, legte die Liste beiseite und nahm die nächste zur Hand. Blumenkrantz' Pflegeheim.

Namen von Ärzten, Schwestern und Therapeuten wiederholten sich. Wenig erstaunlich, beide Einrichtungen lagen im Valley; und da Seniorenheime Bewohner in Pflegeheime überwiesen, gab es natürlich auch Überschneidungen beim medizinischen Personal.

Sie ging die Liste durch, die ihr Sheila Henkins gegeben hatte. Sie erkannte keinen Namen der medizinischen Fachkräfte – was auch heißen konnte, daß zu viele Namen auf den Listen standen; es war leicht, Überschneidungen zu übersehen.

Einen Namen entdeckte sie allerdings: Gloria Pinkoff, Physiotherapeutin. So hieß Hildes Therapeutin, da war sich Jessie fast sicher, aber sie sah in ihren Unterlagen nach, um sicherzugehen.

Da stand es: Gloria Pinkoff. Jessie hatte im Golden Palms mit der Frau gesprochen. Hilda hatte sie sehr gern. Sie hatte befürchtet, niemand hätte Gloria mitgeteilt, daß man sie in ein Pflegeheim verlegt hatte.

Bernice Kotowitz hatte erwähnt, daß auch Anna von ihrer Physiotherapeutin begeistert war. Gladys Soundso. Jessie überflog die Liste von Annas Seniorenheim, fand aber keine »Gladys«.

Vielleicht hatte sich Bernice mit dem Vornamen geirrt. Sie hatte Jessie gesagt, daß sie sich nicht sicher sei. Vielleicht war Gloria Pinkoff auch Annas Therapeutin gewesen.

Jessie studierte die ersten beiden Listen noch einmal, keine »Pinkoff« auf der Liste von Blumenkrantz' Pflegeheim, doch hier, auf der Liste seines Seniorenheims, stand sie in Großbuchstaben: GLORIA PINKOFF.

Was noch gar nichts heißen mußte, sagte sich Jessie. Fachkräfte in Pflegeberufen arbeiteten vermutlich in zahlreichen Einrichtungen.

Gloria war eine kräftige Frau, erinnerte sich Jessie. Muskulös, mit starken Armen. Nicht daß man körperlich stark sein mußte, um tödliche Injektionen zu verabreichen.

Hilda himmelte sie an. Bei Anna war es genauso gewesen. Ein Herz aus Gold, hatte Anna zu ihrer Freundin Bernice gesagt. Hatte sich Gloria bei Anna und Mendel eingeschmeichelt, damit sie sie als Begünstigte einsetzten? Versuchte sie nun das gleiche bei Hilda?

Anna hatte am Ende ihres Lebens Geld. Aber laut Lilly Gorcheck hatte Hilda überhaupt kein Vermögen. Und Mendel Blumenkrantz hatte vermutlich auch nichts besessen. Falls doch, warum hatte er dann in einem Zweibettzimmer gewohnt?

Vielleicht war Glorias Motiv gar nicht Geld gewesen. Vielleicht hatte sie tatsächlich ein Herz aus Gold.

Vielleicht war sie von Mitgefühl für Anna und Mendel verzehrt gewesen und fühlte sich getrieben, deren Leiden ein Ende zu machen.

Und was war mit Hilda?

28

Pomerantz sah in diesem Video genauso aus – ja, Jessie war sich sogar sicher, daß er denselben Anzug anhatte wie bei dem anderen Interview. Es gab kein Geplauder vor der eigentlichen Aufzeichnung, und er wirkte anfangs etwas steifer, weniger vertraut mit seinem Umfeld. Doch bald wurde er gelöster.

Er sprach über seine Kindheit, seine Familie und den Krieg. In der Mitte des Videos war die Rede von ein oder zwei Vorfällen, die Jessie unbekannt waren, aber nichts daran erschien ihr bemerkenswert. Sie hörte auch kein Wort von gestohlenen Kunstgegenständen oder irgend etwas, das das Geheimnis erklären würde, das er gegenüber Abigail Morton und seinem Freund Stanley erwähnt hatte.

Sie bezweifelte, daß sie Neues erfahren würde, sah aber weiter zu. Fünf Minuten später horchte sie interessiert auf. Pomerantz sprach erneut über seine Familie und das gemeinsame Leben vor dem Krieg …

»Mein Vater Yerachmiel Shtuelberg war ein schlauer Geschäftsmann. Mein Bruder auch. Was meinen Sie? Warum ich einen anderen Nachnamen trage?« Er schmunzelte. »Meine Eltern wurden von einem Rabbi getraut, hatten aber bei meiner Geburt keine gültige polnische Heiratsurkunde. Also bekam ich den Mädchennamen meiner Mutter, Pomerantz. Als mein

Bruder zur Welt kam, waren meine Eltern schon nach polnischem Recht verheiratet. Daher hieß er Shtuelberg wie mein Vater. Das ist das ganze Geheimnis.« Ein weiteres Schmunzeln.

»Mein Vater verließ sich auf meinen Bruder und vertraute seinem Rat, obwohl Moshe erst Mitte Zwanzig war. Ein Jahr bevor der Krieg ausbrach, überredete er meinen Vater, ein Bankkonto in der Schweiz zu eröffnen. ›Für alle Fälle‹, sagte er.« Pomerantz verzog den Mund. »Sie sind gemeinsam in die Schweiz gefahren. Moshe wußte die Nummer des Kontos, und mein Vater natürlich auch. Ich wußte nur den Namen der Bank. ›Wenn dieser verrückte Krieg vorbei ist‹, hat mein Bruder, kurz bevor wir getrennt wurden, erklärt, ›suche ich dich, unsere Schwestern und unsere Eltern. Dann fangen wir von vorne an.‹ Aber Moshe ist umgekommen, genau wie meine Mutter und meine Schwestern. Auch mein Vater starb, und mit ihnen ging die Kontonummer verloren.« Pomerantz seufzte.

»Nach meiner Befreiung bin ich zu der Bank in Zürich gegangen. Ganz höflich, ganz formell. Sie verlangten einen Totenschein. Sie verlangten Nummern. Ich erklärte ihnen, daß ich keinen Totenschein hatte. Ich hatte nichts als einen Namen, Yerachmiel Shtuelberg. Ich sagte: ›Mein Vater hat bei Ihrer Bank Geld angelegt. Das weiß ich.‹ ›Tut uns leid‹, war die Antwort. ›Tut uns leid, aber wir können Ihnen nicht helfen. Wir haben Vorschriften, es gibt Gesetze.‹ Sie taten so, als wäre alles auf der Welt ganz normal, als hätte jeder ein geordnetes Leben.« Er zuckte die Achseln. »Inzwischen sind sie etwas aufgeschlossener. Also werde ich vielleicht Ansprüche geltend machen. Ich weiß noch nicht ...«

Hatte Pomerantz schließlich Ansprüche angemeldet? Jessie hatte Barbara Loura gebeten, die Liste der nachrichtenlosen Konten durchzusehen, aber sie hatte ihr Pomerantz' Familiennamen genannt. Sie hatte ja nicht gewußt, daß sein Vater Shtuelberg geheißen hatte.

Doch selbst wenn Pomerantz Ansprüche geltend gemacht hatte und große Geldsummen erwartete, die sein Leben verändern würden, war das schwerlich ein »Geheimnis«.

Und was war die »Fundsache«? Hatte er die Nummer des Schweizer Bankkontos gefunden? Aber die brauchte er im Grunde gar nicht mehr, die Banken bestanden nicht mehr auf Papieren und Nummern.

Pomerantz beschrieb sein Zuhause und die Kunstwerke, die sein Vater im Lauf der Jahre erworben hatte. Offenbar hatte Pomerantz seine Liebe zur Kunst von ihm geerbt, dachte Jessie.

»Wir hatten wunderbare Bilder, Ölgemälde, Aquarelle, Kohlezeichnungen. Mein Vater sammelte aber auch jüdische Ritualgegenstände. Menoras, Kiduschbecher, Megillarollen, Mesusakapseln, alle aufwendig gearbeitet, ganz ungewöhnlich. Wir hatten auch einen schönen Kelch – den Becher des Propheten Elia nannten wir ihn. Ganz herrlich. Ich sehe ihn noch vor mir.« Pomerantz schloß die Augen und zeichnete mit beiden Händen die Umrisse eines imaginären Bechers nach. »Mein Vater hat uns erzählt, ein italienischer Künstler habe nur fünf davon gemacht. Ich würde ihn überall erkennen, selbst wenn die Initialen meines Vaters nicht in die Unterseite geritzt wären. Er war aus Gold und mit Smaragden, Saphiren und Rubinen besetzt. Mein Vater und Moshe haben ihn und einige andere unbezahlbare Gegenstände mit in die Schweiz genommen. So viele schöne Dinge, alle verloren.«

Verloren – und dann wieder gefunden? Jessie runzelte die Stirn. War es das, was Pomerantz gemeint hatte? Hatte er einen Gegenstand wiedererkannt, der seiner Familie gehört hatte? Den Kelch womöglich? War er zur Steele Foundation gegangen, um sie zu bitten, ihm bei der Wiederbeschaffung behilflich zu sein?

Vielleicht hatte er sich Hilda anvertraut. Aber was war dann mit Anna Seligman und Mendel Blumenkrantz? Worin bestand der Zusammenhang?

Sie sah sich den Rest des Videos an und grübelte.

Joe Lifshutz wirkte eher fasziniert als verängstigt, als ihm der Heimleiter erklärte, daß Jessie Kriminalbeamtin war und mit ihm über Mendel Blumenkrantz sprechen wollte.

»Eine echte Kriminalbeamtin?« sagte er und starrte sie an, nachdem der Heimleiter sie in der Halle allein gelassen hatte. »Darauf wäre ich nie gekommen.«

Sie lächelte und setzte sich auf eines der beiden braunen Kunstledersofas. Lifshutz war ein kleiner, knochiger Mann, und sie versuchte, nicht auf seinen Schädel zu starren. Offenbar hatte er sich die letzten Haare wachsen lassen, damit er sie quer über den Kopf kämmen und so seine zunehmende Glatze verbergen konnte.

»Wie lange machen Sie das schon?«

»Fünfzehn Jahre.« Manchmal kam es ihr wie ein ganzes Jahrhundert vor. Und manchmal hatte sie das Gefühl, als sei sie gerade erst von der Polizeischule gekommen. »Mr. Lifshutz ...«

Er beugte sich näher zu ihr. »Sie haben doch manchmal Angst, oder nicht?« fragte er in verschwörerischem Ton.

»Manchmal schon«, gab sie zu. »Aber offen gestanden geraten Streifenpolizisten viel eher in gefährliche Situationen als Kriminalbeamte. Wir dürfen nur eine Menge Fragen stellen.«

Er nickte. »Mein Sohn ist Lehrer für Naturwissenschaften. Er lebt mit seiner Frau in Woodland Hills. Ein hübsches Haus, drei Schlafzimmer, und gerade haben sie noch ein Zimmer angebaut. Er will, daß ich bei ihnen einziehe, aber ich habe ihm gesagt, daß es mir hier gut gefällt. Ich bin beschäftigt und habe Freunde. Wer möchte schon anderen zur Last fallen?«

Jessie lächelte. »Sie wären doch bestimmt keine Last.«

»Momentan nicht. Aber wer weiß, was in zwei, drei Jahren ist?« Er zuckte die Achseln. »So ist es besser. Ehrlich gesagt bin ich lieber mit Leuten meines Alters zusammen. Wir jammern und wir lachen. Wir vergleichen unsere Blähungen.« Lifshutz kicherte. »Aber er ist ein guter Junge, mein Sohn. Meine Schwiegertochter auch. Warten Sie, ich zeige Ihnen ein Bild.«

Er zeigte Jessie Fotos von seinem Sohn, seiner Schwiegertochter und den zwei Enkelinnen und strahlte, als sie ihm sagte, wie sympathisch sie aussähen.

»Mr. Lifshutz«, begann sie, als er seine Geldbörse wieder eingesteckt hatte. »Soweit ich weiß, waren Sie und Mr. Blumenkrantz eng befreundet.«

»Wir waren so.« Seufzend überkreuzte Lifshutz Zeige- und Mittelfinger. »Er fehlt mir entsetzlich. Aber was kann man machen? So ist das Leben. Wir werden alle älter. Jedes Jahr ist ein Geschenk, stimmt's?«

Jessie nickte. »Hatte er ein besonders enges Verhältnis zu seinem Arzt, einer Krankenschwester oder irgend jemand anderem vom Pflegepersonal?« Sie hielt den Atem an.

Lifshutz überlegte und schüttelte den Kopf.

»War er in physiotherapeutischer Behandlung?« Vielleicht mußte sie genauere Fragen stellen.

»Ja. Er hatte Kreislaufprobleme.«

Jessies Puls raste. »Und wer war sein Therapeut, wissen Sie das?« G-L-O-R-I-A sang sie innerlich.

»Ein dünner Typ.«

Jessie blinzelte. »Ein Mann?«

Lifshutz zuckte die Achseln. »Ich habe zu ihm gesagt: ›Mendel, besorg dir eine Frau. Amüsier dich ein bißchen.‹« Er lachte. »Aber er mochte diesen Kerl, und damit hatte sich's. Unglaublich.«

»Hatte er früher mal eine Therapeutin?« Gib's auf, sagte sie sich.

»Nee. Nicht, seit ich ihn kannte. Und ich kenne ihn schon lange.«

Damit war das also erledigt. Reiner Zufall, angeheizt durch Jessies Phantasie. Sie überlegte kurz. »Wissen Sie, ob Mr. Blumenkrantz eine Lebensversicherung hatte?«

Lifshutz nickte. »Er hat vor langer Zeit eine abgeschlossen, um seine Frau zu versorgen, aber sie ist vor ihm gestorben, vor ein paar Jahren schon. Er hat mir erzählt, daß er die Police geändert hat, damit das Geld nach seinem Tod an eine jüdische Organisation geht.«

Also hatte keine Einzelperson von seinem Tod profitiert. Ergo gab es kein Motiv und keinen Mord. Und hierher zu kommen war die reine Zeitverschwendung gewesen. Sie griff nach ihrer Tasche.

»Er und seine Frau hatten keine Kinder«, fuhr Lifshutz fort. »Deswegen läßt diese Organisation das ganze Jahr lang jemanden das Kaddisch für Mendel sprechen und danach immer an seiner Jorzajt.«

»Jorzajt?«

»Am Jahrestag seines Todes«, erklärte Lifshutz. »Was er mit dem anderen Geld gemacht hat, weiß ich nicht.«

Jessie verkrampfte sich. »Was für anderes Geld denn?«

»Mendel war wie ich Holocaust-Überlebender. Er wußte, daß sein Vater ein Schweizer Nummernkonto hatte, aber Mendel wußte die Nummer nicht. Und auf einmal sagen die Schweizer Banken, daß man die Nummern gar nicht braucht. Also hat er beschlossen, seine Ansprüche geltend zu machen. Und dann …« Lifshutz hielt inne. Unentschlossenheit flackerte in seinem Blick. »Er hat mir das Versprechen abgenommen, nichts zu sagen, aber ich schätze, jetzt, wo er tot ist, spielt das keine Rolle mehr«, sagte er, als dächte er laut.

Es fiel Jessie schwer, Lifshutz nicht zu drängen, aber sie wollte ihn auf keinen Fall einschüchtern.

»Ein Anwalt hat sich bei ihm gemeldet«, fuhr Lifshutz schließlich fort. »Er hat Mendel angeboten, ihm zu helfen, schneller an das Geld zu kommen. Mendel sollte mit niemandem darüber sprechen.«

Jessie nickte. »Und als Gegenleistung dafür, daß er das Geld schneller bekam, sollte sich Mr. Blumenkrantz mit einer kleineren Summe zufriedengeben?« fragte sie ruhig.

Lifshutz sah überrascht aus. »Woher wissen Sie das? Ich habe ihm geraten, Erkundigungen über diesen Anwalt einzuziehen, aber Mendel hat ihm vertraut. Ehrlich gesagt war ich ein bißchen besorgt, denn wenn es um geschäftliche Dinge ging, war Mendel in letzter Zeit nicht mehr so fix. Auf jeden Fall hat er mehrere Papiere unterschrieben und dem Anwalt eine Vollmacht gegeben, und der Anwalt hat Mendel tatsächlich sein Geld besorgt.«

Jessie befiel eine vertraute Mischung aus Erregung und Unruhe. Das war ein zu großer Zufall: Zwei betagte Holocaust-Überlebende, die darauf hofften, Geld von Schweizer Banken zurückzuerhalten, hatten jemanden beauftragt, der ihnen eine raschere, wenn auch geringere Auszahlung versprochen hatte. Beide Überlebenden waren kinderlos und hatten keine Angehörigen. Beide waren kürzlich eines »natürlichen Todes« gestorben.

Hier ging es nicht um Neonazis, die es auf Holocaust-Überlebende abgesehen hatten, oder um Morde aus Barmherzigkeit! Hier ging es um Geld! Anna Seligman und Mendel Blumenkrantz waren eine leichte Beute.

Leichte Beute, vor allem, da es keine Kinder oder andere Angehörige gab, die sich einmischen oder darüber wundern konnten, warum ihre Verwandten starben, kurz nachdem sie ihre Rechte auf beträchtliche Geldsummen per Unterschrift abgetreten hatten. Bevor sie es sich anders überlegen und dem Anwalt die Vollmacht wieder entziehen konnten.

Jessie war empört. Und sie machte sich Sorgen. Hilda war kinderlos, verletztlich und allein. Hatten ihre Eltern oder die ihres verstorbenen Mannes Geld oder Wertsachen bei einer Schweizer Bank hinterlegt? Hatte Hilda jemanden damit beauftragt, ihre Ansprüche durchzusetzen?

Sie hatte bereits eine »Herzgeschichte« gehabt und war nun wieder im Pflegeheim.

Wäre ihr nächster Herzanfall tödlich?

»Sie haben erwähnt, daß der Anwalt sich an Mr. Blumenkrantz gewandt hat«, sagte Jessie. »Wie kam es dazu?«

»Ein Bekannter eines Bekannten, nehme ich an.« Lifshutz zuckte die Achseln. »Ich weiß es nicht mehr genau. Aber Mendel hat mir erzählt, daß der Anwalt eine Menge über ihn wußte, es war nicht so, daß er seinen Namen einfach von einer Liste abgeschrieben hätte.«

»Wissen Sie, wie der Anwalt heißt?« fragte sie und hielt den Atem an.

Lifshutz schüttelte den Kopf. »Er hat es mir einmal gesagt, aber ich weiß es nicht mehr. Tut mir leid.«

Jessie schluckte ihre Enttäuschung hinunter.

»Also hatte Mendel schließlich doch recht«, sagte Lifshutz. »Er besaß nichts außer der Sozialversicherung und Medicare, er mußte jeden Dollar umdrehen. Wenn er seine Ansprüche geltend gemacht und dann abgewartet hätte, wäre er gestorben, ohne je einen Penny zu sehen. So war er immerhin ein paar Monate lang reich. Das ist doch etwas, oder nicht?«

29

»Ich habe in den Lagern schreckliche Dinge gesehen«, berichtete Pomerantz. »Menschen, die sich um ein Stück Brot schlugen. Juden, die sich gegen Juden wandten, da sie hofften, so die Gunst der Wachleute zu gewinnen.« Er seufzte. »Wir bauten eine Straße in den Wald, wo die Deutschen Munition lagerten. Wir waren eine Kolonne, und jede Kolonne hatte einen jüdischen Vorarbeiter. Unserer, ein Chrzanówer, den alle aus Chrzanów haßten, schlug uns oft«, erzählte Pomerantz beiläufig, als rede er über das Wetter. »Eines Sonntags war es regnerisch und matschig, und ich hatte mir gerade zwei Säcke Zement auf die Schultern geladen, als einer der Säcke hinunterfiel und aufplatzte. Der deutsche Kapo sagte nichts. Der jüdische Vorarbeiter versetzte mir zwei Schläge, mit voller Wucht. Ich sah Sterne, und mir war tagelang schwindlig …

Manchmal sah ich auch Schönes. Akte menschlicher Güte.« Pomerantz schossen die Tränen in die Augen. »Es heißt doch ›Wie man sich bettet, so liegt man‹. Ich würde heute nicht mehr leben, wenn mein Vater nicht so viel Gutes getan hätte. Nein, das stimmt wirklich.« Pomerantz nickte heftig. »Einmal, das war in Markstadt, war ich schwer verletzt: Ein Anhänger überrollte mich und brach mir die Schulter und einen Arm. Im Krankenrevier erklärte mir der Arzt, daß ich arbeitsunfähig sei. Er war Jude, war aber zum Christentum konvertiert, damit ihn die Deutschen besser behandelten. Dieser Arzt weigerte sich, mir zu helfen. Ich wußte, was das bedeutete, ich würde nach Auschwitz geschickt und dort ›verarztet‹ werden. Meine Freunde weinten. Ich erklärte ihnen, daß wir früher oder später alle fällig wären.

Einer meiner besten Freunde, Chaim Lubliner, überredete den Arzt, meine Schulter zu behandeln. ›Ich habe seinem Va-

ter versprochen, ihn lebend nach Hause zu bringen!‹ erklärte Chaim. Mein Vater, müssen Sie wissen, hatte nämlich Chaims Vater das Leben gerettet und jede Gegenleistung abgelehnt. Chaim hatte Verbindungen zu einem deutschen Geschäftsmann, und er schaffte es, alle Hilfsmittel und Medikamente zu beschaffen, die der Arzt brauchte. Ein paar Tage später, während ich mich noch im Krankenrevier erholte, kam der Arzt hereingerannt und rief mir zu, ich solle rasch verschwinden und mich unter dem Bett in seinem Zimmer verstecken. Die SS war im Anmarsch, um diejenigen abzuholen, die nicht arbeiten konnten oder wollten. Ich versteckte mich vier, fünf Stunden, bis der Arzt zurückkam.« Pomerantz hielt inne. »Von den etwa sechzig Leuten im Krankenrevier waren nur noch zwei übrig. Die anderen waren nach Auschwitz geschickt worden …

Der Jude, der mich geschlagen hat? Später versuchte er sich zu entschuldigen, aber ich hörte gar nicht hin. Nach dem Krieg kaufte er oft bei mir ein, und ich versuchte zu vergessen, was er mir im Lager angetan hatte.« Pomerantz zuckte die Achseln. »Wie lange kann man hassen?«

Auf der Heimfahrt dachte Jessie über den »Anwalt« nach, der Anna Seligman und Mendel Blumenkrantz bearbeitet hatte – sie war sicher, daß es derselbe war.

Ein Betrüger, der auf Millioneneinnahmen hofft, indem er aus der jüngsten Entscheidung der Schweizer Banken Kapital schlägt, nachrichtenlose Konten von Holocaustopfern freizugeben und das Geld deren Erben zurückzugeben.

Kein junger Mann, beschloß sie. Jemand mittleren Alters, der Vertrauen erweckt. *Ich weiß, was Sie erlebt haben. Ich will Ihnen helfen, das wiederzubekommen, was Ihnen von Rechts wegen zusteht.*

Ein erfahrener Anwalt, der wußte, wie man mit Banken verhandeln mußte. Vielleicht einer, der auf internationales Recht spezialisiert war. Vielleicht ...

Auf einmal kam ihr Reynolds in den Sinn, der Anwalt, den sie bei der Steele Foundation kennengelernt hatte. Angeblich half er den Überlebenden, ihre Ansprüche geltend zu machen. Aber was, wenn er statt dessen selbst Kapital daraus schlug? Er hatte Zugang zu den Unterlagen der Stiftung. Er wußte, welche Überlebenden gute Aussichten auf Erstattung ihrer Ansprüche hatten. Und er wußte, wo sie wohnten ...

Während sie mit der linken Hand lenkte, wühlte sie mit der rechten in ihrer Tasche, bis sie ihren Notizblock fand. Sie schlug ihn auf der Seite auf, wo sie die Telefonnummer des Altenheims notiert hatte, in dem Joe Lifshutz wohnte. Dann wählte sie auf ihrem Handy die Nummer.

Lifshutz war da, teilte ihr die Rezeptionistin mit. Kurz darauf kam er an den Apparat.

Jessie nannte ihren Namen. »Mr. Lifshutz, dieser Anwalt, der Mr. Blumenkrantz geholfen hat: Hieß er Reynolds?« Unbewußt umfaßte sie das Lenkrad fester.

»Reynolds? Nein. So hieß er nicht.«

»Tja, trotzdem danke.« Sie bemühte sich, dankbar zu klingen – es war ja nicht Lifshutz' Schuld. Und eigentlich mußte sie an Enttäuschungen gewohnt sein. Jedesmal, wenn sie dachte, sie wäre ein Stück weiter, landete sie wieder in einer Sackgasse.

»Keine Ursache. Ich habe Ihnen doch gesagt, daß er Schweizer war, der Anwalt, oder? Ich habe zu Mendel gesagt: ›Wie kannst du ihm vertrauen? Es ist sein Land, das dein Geld gestohlen hat.‹ Aber Mendel meinte, der Mann sei sehr bestürzt über alles, was geschehen ist. Aber es ist schon komisch, oder?«

Jessie stimmte ihm zu. Sie bedankte sich noch einmal, beendete das Gespräch und dachte an Zimmer, den Schweizer, der die Verbindung zwischen der Stiftung und einigen Schweizer Banken hielt.

Sie schüttelte den Kopf. »Nicht Zimmer«, sagte sie laut. Zimmer versuchte, die Erstattungen für die Antragsteller der Stiftung zu beschleunigen. Ein bemerkenswerter Mann, hatte Henry gesagt. Er hatte seine eigenen Geschäftsinteressen hintangestellt, um mehr Zeit für die Antragsteller zu haben.

Was, wenn es Zimmers Geschäft *war*, Ansprüche abzuwickeln? Was, wenn er Überlebende dazu bewegte, sich mit wenig Geld sofort zufriedenzugeben, anstatt zu riskieren, daß sie starben, bevor sie überhaupt etwas bekamen? Er könnte es um des Profits willen tun. Er könnte aber auch ein rechtslastiger Patriot sein, der es tat, um einen möglicherweise gravierenden Schaden für die Schweizer Wirtschaft zu minimieren.

Barbara hatte Jessie erzählt, daß sich Zimmer für den Dokumentarfilm interessierte, den Henry Steele produzierte. Hatte er Interesse an dem Film gezeigt, um seine wahren Ziele zu kaschieren und gleichzeitig neue Opfer auszuwählen?

Jessie rief noch einmal Lifshutz an. »Entschuldigen Sie die Störung«, sagte sie und fragte ihn, ob ihm der Name Zimmer bekannt vorkäme.

Lifshutz schwieg einen Moment. »Vielleicht ja, vielleicht nein. Ich weiß es nicht mehr.«

Kein *eindeutiges* Nein – das war zumindest ein gewisser Fortschritt. Sie dachte erneut über den Dokumentarfilm nach. Waren Anna Seligman und Mendel Blumenkrantz dafür interviewt worden? Und Hilda?

War Zimmer der geheimnisvolle Mann, der zusammen mit Pomerantz das Century Plaza verlassen hatte? Und wenn ja, wer war dann der *erste* Tischgenosse gewesen?

Und wie zum Teufel hing all das mit dem Mord an Pomerantz zusammen?

Hilda schlief tief und fest.

»Ich rufe Sie an, wenn sie aufwacht«, versprach der Heimleiter Jessie. »Aber ich vermute, daß sie die Nacht durchschläft. Sie hat einen anstrengenden Tag hinter sich, die Ärmste, nachdem sie aus der Klinik hierher verlegt wurde und so weiter.« Er schüttelte den Kopf.

»In welchem Zimmer liegt sie?«

»Zweihundertsechs. Aber ich finde, Sie sollten sie nicht stören.«

»Tu ich nicht. Ich würde nur gern nach ihr sehen«, sagte Jessie und ging rasch den Flur hinab, bevor der brezelförmige Heimleiter etwas einwenden konnte.

Vielleicht wacht Hilda ja auf, dachte sie, als sie die Tür zu ihrem Zimmer öffnete und leise hineinging. Als sie sich dem Bett näherte, nahm sie das sanfte Heben und Senken des Brustkorbs der alten Frau wahr. Sie blieb ein paar Minuten stehen und betrachtete sie. Mach die Augen auf, beschwor sie sie im stillen. *Komm schon, Hilda.*

Sie wartete noch ein bißchen länger. Dann beugte sie sich hinab, drückte einen Kuß auf Hildas Stirn und verließ das Zimmer.

Als sie nach Hause kam, war es halb acht. Sie rief bei der Steele Foundation an und erfuhr vom Band, daß die Stiftung montags bis donnerstags von zehn bis siebzehn Uhr und freitags von zehn bis dreizehn Uhr geöffnet hatte. Keine Nummer, unter der in Notfällen jemand erreichbar war, dachte Jessie mit einem Anflug von Verärgerung, obwohl sie sich der Ehrlichkeit halber eingestehen mußte, daß sie sich keinen Notfall vorstellen konnte, der es erfordern würde, einen der Steeles zu sprechen.

Sie kramte in ihrer Tasche, bis sie die Karte fand, die ihr Henry Steele gegeben hatte.

Es klingelte zweimal, dreimal. Schließlich nahm ein Hausmädchen ab und teilte Jessie mit, daß weder Mr. Henry noch Mr. Charles zu Hause seien.

»Ist Ms. Miller da?« Vielleicht wußte die Assistentin etwas über Ernst Zimmer.

»Leider nein.«

»Wie geht es Mr. Maurice?« fragte Jessie geistesgegenwärtig.

»Ein bißchen besser, vielen Dank. Rufen Sie morgen wieder an, ja?«

»Ja.« Gute Neuigkeiten für seine Söhne, vermutlich hatten sie sich deswegen den Abend freigenommen.

Sie machte sich einen Salat und wärmte in der Mikrowelle ein Pittabrot. Eigentlich hatte Gary am Abend vorbeikommen wollen, doch sie hatte erklärt, daß sie ihm noch Bescheid geben werde. Sie wußte nicht, ob es so ideal war, sich jeden Abend zu treffen.

Sie ging ins Wohnzimmer, schaltete den Fernseher ein und nach wenigen Minuten wieder aus. Es kam nichts Interessantes. Sie rief bei Helen an. Ein Babysitter meldete sich und teilte Jessie mit, daß Helen und Neil ausgegangen seien. Aus einem Impuls heraus suchte sie Ezras Nummer aus ihrem Rolodex heraus – sie mußte sich bei ihm noch für die Kerzenständer bedanken. Sie drückte die Ziffern, legte aber vor dem ersten Läuten auf. Ezra könnte ihren Anruf falsch interpretieren. Sie würde sich persönlich bei ihm bedanken, wenn sie nächstes Mal in den Kurs kam.

Sie zögerte, griff dann erneut zum Telefon und rief bei Gary an.

Er war nicht zu Hause. Geschieht dir recht, sagte sie sich, als sie eine Nachricht auf seinem Anrufbeantworter hinterließ. Sie fragte sich, wo er war.

Sie schaltete das Videogerät ein und schob die Kassette von Pomerantz hinein, und zwar den Film, den Abigail Morton produziert hatte. Jessie hatte ihn schon so oft gesehen, daß sie jedes Lächeln und Achselzucken, jede Regung von Pomerantz im voraus wußte.

Sie kannte ihn auswendig und war dennoch den Tränen nahe.

Sarah Miller war überrascht, Jessie am Sonntagmorgen zu sehen, kaschierte ihre Reaktion aber schnell mit einem Lächeln.

»Detektive Drake. Was kann ich für Sie tun?« fragte sie und trat in die Halle heraus.

»Ich muß einen der Steeles sprechen.« Sie nahm an, daß beide Brüder zu Hause waren, in der Einfahrt standen die gleichen Autos, die sie letzte Woche schon hier gesehen hatte.

»Das geht momentan schlecht. Sie sind bei ihrem Vater.«

»Ich störe höchst ungern, aber es ist wichtig. Sonst wäre ich an einem Sonntagmorgen nicht hier, glauben Sie mir.« Sie setzte ein gewinnendes Lächeln auf.

Nach kurzem Zögern sagte die Assistentin: »Ich sehe mal nach, ob einer von beiden mit Ihnen sprechen kann. Entschuldigen Sie mich bitte.«

Jessie wartete in der Halle, neben dem großen Tisch in der Mitte. Nach wenigen Minuten erschien Henry Steele. Er sah ungehalten aus.

»Detective Drake«, sagte er in einem Ton, als wollte er fragen: Was ist denn nun schon wieder?

»Es tut mir leid, daß ich Sie stören muß, noch dazu am Sonntag.« Sie schenkte ihm ihr schönstes Entschuldigungslächeln. »Ich habe einige Fragen, und außerdem brauche ich ein paar Angaben aus den Unterlagen Ihrer Stiftung.«

»Und das kann vermutlich nicht bis Montag warten?« In seiner Stimme schwang leiser Sarkasmus mit. Er spielte mit einer Orchidee in dem frischen Blumenarrangement auf dem Tisch.

Sie überging das. »Ich muß wissen, ob bestimmte Personen für Ihren Dokumentarfilm interviewt worden sind.«

Er starrte sie an. »Wollen Sie damit andeuten, daß dieser Film in irgendeiner Weise mit Ihren Ermittlungen in einem Mordfall zusammenhängt?« fragte er schließlich. Er klang entsetzt.

»Nicht unbedingt. Aber es besteht die Möglichkeit, daß jemand den Film benutzt hat, um diese Menschen zu schädigen.« Sie sah, wie sich Henrys Hand um eine der Blumen krampfte. »Sie heißen Mendel Blumenkrantz, Anna Seligman und Hilda Rheinhart.«

Henry schüttelte den Kopf. »Ich führe die Interviews nicht selbst, Detective, und ich bearbeite auch die Bewerbungen nicht. Das machen meine Angestellten. Ich habe mir natürlich einen Teil des ungeschnittenen Filmmaterials angesehen, aber ich kann mich nicht an die Namen der Interviewten erinnern.«

»Sie haben doch sicher eine Datei, in der sämtliche Interviewten gespeichert sind. Ich wäre Ihnen dankbar, wenn Sie diese Namen damit abgleichen würden.«

Er seufzte. »Kann das bis Montagmorgen warten, Detective? Ich will heute nicht ins Büro gehen, wenn ich nicht unbedingt muß.«

»Das verstehe ich, aber ich brauche diese Angaben heute noch. Hören Sie, ich fahre Ihnen jetzt gleich ins Büro hinterher. Dann brauchen Sie mich nicht anzurufen, und ich muß Sie nicht noch einmal belästigen.« Sie sah an seinem verzogenen Mund, daß er ungehalten war. Vermutlich war er es gewohnt, die Anordnungen zu erteilen, nicht sie entgegenzunehmen, schon gar nicht von einer Frau. Tja, Pech gehabt.

Er antwortete nicht sofort, und sie überlegte, ob er sich weigern würde zu fahren oder ob er der Polizistin ihren Willen lassen würde.

»Ich sage meinem Bruder, daß ich wegfahre«, erklärte er schließlich in markigem Ton. Er drehte sich beinahe theatralisch auf den Hacken um und verließ die Halle.

Während sie wartete, trat sie näher an das Blumenarrangement heran. Die Blumen waren herrlich: weiße Orchideen, gelbe und lavendelfarbene Rosen, gelbe Tulpen und einige exotische Blumen, deren Namen sie nicht wußte. Sie überlegte, wieviel der Strauß wohl gekostet haben mochte und wie oft er durch frische Blumen ersetzt werden mußte.

Sie hörte Schritte näher kommen und schlang sich die Tasche fester um die Schulter, bereit zu gehen, doch es war nicht Henry, der in die Halle zurückkehrte. Es war ein älterer Mann, der sich auf einen Stock stützte. Maurice Steele?

Zuerst sah er sie gar nicht. Er tappte den marmornen Fußboden entlang, und erst als er schon halb in der Halle war, blickte er auf. Er starrte sie an.

Er sah wesentlich älter aus als auf dem Porträt, das sie in der Bibliothek gesehen hatte. Magere, knochige Arme stachen aus den Halbärmeln seines hellblauen Baumwollbademantels hervor. Sein Gesicht erschien ihr kleiner, und die spärlichen Überreste seines Haares waren fast ganz weiß. Nur seine dunkelbraunen Augen waren gleich geblieben – eindringlich und grüblerisch.

»Hallo«, sagte sie, da ihr nichs anderes einfiel. Sie lächelte.

»Okay, wir können jetzt gehen«, sagte Henry, der gerade in Sichtweite kam. Er machte ein verblüfftes Gesicht, als er seinen Vater sah. »Dad, solltest du nicht im Bett liegen?« fragte er streng.

»Ich habe es satt, im Bett zu bleiben«, schimpfte der alte Mann. Er warf Jessie einen fragenden Blick zu.

»Das ist Miss Drake«, stellte Henry sie vor. »Sie hilft mir bei etwas, das mit der Stiftung zu tun hat.« Zu Jessie sagte er: »Das ist mein Vater, Maurice Steele.«

Der alte Mann nickte. »Erfreut, sie kennenzulernen.« Er streckte ihr eine zitternde Hand entgegen.

»Dad, Miss Drake und ich fahren jetzt ins Büro. Mir wäre wohler, wenn ich wüßte, daß du wieder in deinem Zimmer bist.«

»Der Arzt meinte, ich soll ruhig ein bißchen gehen, wenn mir danach ist.« Er klang verdrießlich und abwehrend.

»Aber nicht allein. Wo ist Mom?«

»Sie mußte ein paar Anrufe erledigen.«

»Die Pflegerin kommt gleich. Sie kann dich sogar nach draußen bringen.«

»Draußen ist es zu heiß.«

»Du kannst dich ein paar Minuten auf die Veranda setzen«, sagte er mit eindeutig strapazierter Geduld. Er entschuldigte sich bei Jessie, nahm seinen Vater am Arm und bugsierte ihn aus der Halle.

Sie sah dem alten Mann nach, wie er hinausschlurfte. Selbst wenn man eine Menge Geld hatte, stellte sie fest, war es nicht immer einfach, mit alten Menschen umzugehen.

Zwangsläufig verglich sie Maurice Steele mit Hilda. Beide waren alt und bei schlechter Gesundheit. Aber während Hilda mutterseelenallein war und auf die Freundlichkeit Fremder und die Sozialversicherung angewiesen war, war er von aufopfernden Angehörigen umgeben und konnte sich rund um die Uhr Pflegekräfte und die beste medizinische Versorgung leisten.

Und niemand trachtete ihm nach dem Leben.

30

Sie betraten das Gebäude und fuhren mit dem Aufzug zu den Büroräumen im dritten Stock. Henry entschärfte die Alarmanlage, schloß die Außentür auf und führte Jessie hinein.

Er ging um den Schreibtisch herum und schaltete den Computer ein. Dann setzte er sich auf Barbaras Stuhl, drehte sich ungeduldig hin und her, bis das Programm geladen war, und drückte verschiedene Tasten.

Er hatte kein Wort gesprochen, seit sie das Haus seiner Eltern verlassen hatten. Jessie wußte nicht, ob er nicht mit ihr sprach, um seinen Groll zu demonstrieren, oder ob er sich Sorgen um seine Dokumentation machte.

»Wie war der erste Name?« wollte er wissen.

»Anna Seligman.« Über den Schreibtisch gebeugt, musterte sie den Bildschirm, vor Spannung ganz verkrampft, während er den Namen eingab.

Der Cursor blinkte. Kurz darauf erschien ein Dokument auf dem Bildschirm. Ganz oben las Jessie die Überschrift: SELIGMAN, ANNA. Ihr schnürte es die Luft ab. Der Rest des Bildschirms war mit biographischen Daten gefüllt. Sie überflog alles schnell.

»Ich hätte gern einen Ausdruck«, sagte sie zu Henry.

Er runzelte die Stirn. »Dabei ist mir aber nicht ganz wohl. Es wäre eine Verletzung der Privatsphäre dieser Frau.«

»Sie ist tot«, erklärte Jessie, und sah, daß sich seine Augen erstaunt weiteten. »Ich glaube nicht, daß sie etwas dagegen hätte.«

Henry zögerte. »Na gut.« Er klang unsicher, doch er schaltete den Drucker ein und reichte ihr eine Minute später zwei Blätter.

Sie war dankbar, daß er weniger vorsichtig oder weniger kundig war als der Chef des Bestattungsinstituts, der sich geweigert hatte, ihr Einblick in die Papiere der Toten zu gewähren. Dabei hatte sie ihm nicht einmal mit einer richterlichen Verordnung drohen müssen. »Der zweite Name ist Mendel Blumenkrantz.«

Henry tippte die Buchstaben. Jessie rechnete damit, Blumenkrantz' Datei auf dem Bildschirm erscheinen zu sehen. Trotzdem atmete sie scharf ein, als es tatsächlich geschah.

»Davon hätte ich auch gern einen Ausdruck«, sagte sie gelassen, obwohl sich ihre Gedanken überschlugen. Diesmal kam kein Einwand von Henry. Er druckte die Datei aus und erhob sich. »Ich nehme an, Mr. Blumenkrantz ist auch tot?« fragte er mit unnatürlich ruhiger Stimme. Seine Hand zitterte ein wenig, als er Jessie die bedruckten Blätter reichte.

»Ja, ist er.«

Henry nickte ein paar Sekunden lang ernst und verarbeitete diese Information. »Und sie glauben, die beiden wurden *ermordet*?« Er flüsterte das Wort.

»Mr. Steele ...«

»Ich weiß. Sie dürfen nicht über Einzelheiten sprechen«, fauchte er. Er fuhr sich mit den Fingern durchs Haar. »Falls es eine Verbindung zwischen dem Tod dieser beiden Personen und der Stiftung gibt, muß ich darüber Bescheid wissen.« Er klang erregt.

Sie konnte es ihm nicht verübeln. Sie rang mit sich und sagte dann: »Mrs. Seligman und Mr. Blumenkrantz hatten vor, ihre Ansprüche gegenüber Schweizer Banken geltend zu machen.« Keine Reaktion von Henry. »Offenbar hat jemand, der sich als Anwalt ausgegeben hat, angeboten, ihnen ihr Geld schneller zu beschaffen, wenn sie sich bereit erklärten, eine niedrigere Summe zu akzeptieren.«

Er zog erstaunt die Brauen hoch. »Wirklich? Wer?«

»Das versuche ich ja herauszufinden.«

Schweigen. Dann: »Sie vermuten, daß der Betreffende versucht hat, die Leute zu betrügen, stimmt's?«

»Ich glaube, er hat sie dazu überredet, ihm eine Vollmacht zu geben, so daß er oder derjenige, für den er arbeitet, den größeren Teil des Geldes behalten konnte, wenn es eine offizielle Entschädigung gegeben hatte. Keine dieser Personen hatte Erben, alle lebten in Seniorenheimen.«

Henry schüttelte den Kopf. »Schändlich«, sagte er mit verhaltenem Grauen. Er schwieg einen Moment. »Aber die Tatsache, daß sie von der Stiftung interviewt wurden, ist sicher ein

Zufall. *Alle*, die wir interviewen, sind Holocaust-Überlebende, Detective. Und wir sind mit Hilfeersuchen *überschwemmt* worden.«

»Diese beiden Personen sind *tot*, Mr. Steele.«

»Alte Menschen sterben eben«, sagte er nicht unfreundlich. »Das ist ja der Zweck der Dokumentation, die Geschichten der Überlebenden für die Nachwelt zu erhalten.« Auf einmal runzelte er die Stirn. »Wollen Sie damit sagen, daß sie unter zweifelhaften Umständen gestorben sind?« Die Beklommenheit war in seine Stimme zurückgekehrt.

Ein natürlicher Tod, hatte Anna Seligmans Arzt Jessie erklärt. Das gleiche bei Blumenkrantz. Jessie gab ihm keine Antwort. Sollte Henry doch denken, was er wollte. »Es gibt noch einen anderen Namen, den ich gern von Ihnen überprüfen lassen würde.«

Henry öffnete den Mund, um etwas zu sagen, schloß ihn dann wieder und verzog den Mund. Er ließ sich schwer auf den Stuhl sinken, legte die Hände auf die Tastatur und gab Hildas Vor- und Nachnamen ein.

Einen Moment später erschienen ihre Lebensdaten auf dem Schirm. Jessie ballte die Fäuste.

Henry starrte auf den Bildschirm. »Sie ist auch tot?« Seine Stimme klang fast wie ein Stöhnen.

»Sie hat letzte Woche einen Herzinfarkt überstanden, aber ich fürchte, jemand könnte dafür sorgen, daß sie noch einen bekommt.«

»Mein Gott«, sagte er nur.

»Wie viele Holocaust-Überlebende wurden für Ihre Dokumentation interviewt?«

»Hunderte. Leute aus dem ganzen Land, nicht nur aus Los Angeles.«

»Ich hätte gern Kopien der biographischen Daten von allen von ihnen. Ich brauche Namen, Telefonnummern und Adressen, damit ich mich an sie wenden kann, falls nötig.« Wenn sie kinderlos und verwitwet waren und entweder allein oder in einem Altersheim wohnten.

»Sie glauben, es könnte noch weitere geben?« Er senkte den Kopf und umfaßte ihn mit den Händen.

Auf einmal tat er ihr leid. »Ich hoffe nicht, aber es ist auf jeden Fall denkbar. Was wissen Sie über Ernst Zimmer?«

Ruckartig riß Henry den Kopf in die Höhe. »Warum?«

Jessie gab ihm keine Antwort.

Seine Augen wurden weit wie die eines verschreckten Rehs im Scheinwerferlicht eines Autos. »Sie glauben doch nicht …« Seine Stimme versagte. »Viel weiß ich nicht«, sagte er nach einem Augenblick. »Nur, daß er versucht, die Abgeltung von Ansprüchen zu beschleunigen, die von der Stiftung bearbeitet werden. Das habe ich Ihnen doch schon gesagt.«

»Hat er den Dokumentarfilm gesehen?«

Henry schien die Frage zu verwundern. »Ja. Ich habe ihm ein Band mit dem ungeschnittenen Material gegeben. Er interessiert sich sehr dafür. Er hat gesagt, daß er es für ein unverzichtbares Projekt hält.«

Unverzichtbar für seinen Plan, hätte Jessie am liebsten gesagt. Zimmer hatte sich den Film vermutlich deshalb angesehen, damit er seine Opfer beobachten, sich ihre Geschichten anhören und sich intime Einzelheiten aus ihrem Leben einprägen konnte, bevor er Kontakt zu ihnen aufnahm und sein Wissen dazu benutzte, sich ihr Vertrauen zu erschleichen.

Henry beugte sich vor. »Sie *täuschen* sich in ihm, Detective. Ernst versucht, unserem Volk zu *helfen*.« In seinem Blick und seiner Stimme lag ernsthaftes Flehen.

»Mag sein.« Sie rief sich in Erinnerung, daß sie erst gestern vorschnell einen anderen Schluß gezogen hatte, als sie bereit gewesen war, Gloria Pinkoff zu unterstellen, Anna Seligman und Mendel Blumenkrantz umgebracht zu haben und die Beseitigung Hildas zu planen. »Ich brauche Mr. Zimmers Adresse und Telefonnummer«, erklärte sie.

Henry nickte. Unsicher stand er auf und ging so langsam auf sein Büro zu, als wäre er betäubt. Kurz darauf kam er zurück und reichte Jessie ein Blatt Papier, auf das er ein paar Ziffern geschrieben hatte.

»Das ist seine Telefonnummer. Auf der Karte, die er mir gegeben hat, steht keine Adresse, aber ich glaube, er wohnt in einem kleinen Apartmenthotel.«

»In welchem Hotel?«

»Ich weiß es nicht. Wir haben uns immer hier getroffen. Ich kann nicht glauben, was Sie andeuten, Detective. Ernst hat so schwer gearbeitet ...« Er fuhr sich erneut mit den Fingern durchs Haar.

»Wie heißt die Gesellschaft, zu der er gehört?«

»Suisse Générale.« Henry sprach den Namen gekonnt europäisch aus. »Ich habe das offizielle Briefpapier der Gesellschaft gesehen. Es ist eine bekannte Organisation«, erklärte er mit einem Anflug verzweifelter Hartnäckigkeit.

Jessie empfand Mitleid mit Henry; ganz offensichtlich verdrängte er. Und sie konnte es ihm nicht verübeln. Wenn Zimmer tatsächlich ein Verbrecher war, wären die Auswirkungen für die Stiftung verheerend.

»Briefpapier kann sich jeder drucken lassen«, sagte sie und notierte sich den Namen. Zimmer konnte das schwarze Schaf der Organisation sein; vielleicht war aber auch die ganze Organisation in die Betrügereien verwickelt. »Hat Zimmer als Verbindungsmann zu einer bestimmten Bank agiert, oder hatte er Kontakte zu mehreren Banken?«

»Zu mehreren.« Henrys Stimme klang erstickt.

»Haben Sie die Telefonnummer der Schweizerischen Bankvereinigung?«

Henry versuchte sein Seufzen gar nicht zu verbergen. Er

beugte sich über Barbaras Schreibtisch und blätterte ihr Rolodex durch. »Hier ist sie. Wie ich Ihnen schon sagte, ist Mr. Zimmer dort kein Mitglied, und er hält sich absichtlich im Hintergrund. Ich bezweifle, daß man dort seinen Namen kennt.« Er diktierte ihr eine Reihe von Zahlen.

Jessie schrieb sie sich auf.

»Ich verstehe nicht, was all das mit Mr. Pomerantz zu tun hat. Er ist nur ein einziges Mal in unserem Büro gewesen, daher wurde er logischerweise auch nie für den Dokumentarfilm interviewt.«

»Dazu kann ich momentan leider nichts sagen«, erklärte Jessie mit gelassener Autorität und war froh, daß Henry keine Einwände erhob.

Sie fragte sich selbst seit Stunden das gleiche, nämlich seit sie sich mit Joe Lifshutz getroffen hatte. Möglicherweise bestand ja gar kein Zusammenhang zwischen Zimmer und Pomerantz' Tod, und sie war rein zufällig auf ein verbrecherisches, profitgieriges Komplott gestoßen, das im Mord an drei betagten Holocaust-Überlebenden gipfelte.

»Wenn Sie mit Mr. Zimmer oder irgendeinem anderen Mitglied seiner Organisation sprechen«, sagte sie streng, »erwähnen Sie unser Gespräch nicht. Es könnte Sie in ernstliche Gefahr bringen.«

»Nein, ich ... nein, natürlich nicht.« Henry sah krank aus. Er umrundete den Schreibtisch und ließ sich schwer auf den Stuhl der Vorzimmerdame fallen.

»Eines noch«, sagte Jessie und sah, wie er sich verkrampfte. »Ich möchte Sie bitten, einen Namen mit der Internetliste der nachrichtenlosen Schweizer Konten abzugleichen.«

»Na gut«, antwortete Henry lustlos. »Ich muß nur zuerst die Online-Adresse suchen.« Er blätterte unter S im Rolodex der Rezeptionistin. Sekunden später hatte er die Internetliste angeklickt.

»Wie lautet der Name?« fragte er ohne aufzusehen.

»Yerachmiel Shtuelberg. Bei der Schreibung bin ich mir nicht sicher. Vielleicht schreibt man Yerachmiel mit J«, fügte sie hinzu, während Henry die Namen mit S durchging. Ihr war aufgefallen, daß Ezra Jerusalem »Yerushalayim« aussprach und den Propheten Jonah »Yonah«.

»Da ist kein Shtuelberg«, erklärte Henry einen Moment später. »Sind wir jetzt fertig?«

»Können Sie noch ein paar Schreibvarianten ausprobieren?«

»Ich habe schon mehrere durch. S-c-h statt S-h. Und ›b-u-r-g‹ statt ›b-e-r-g‹.«

Jessie runzelte die Stirn. Pomerantz hatte gesagt, daß sein Vater und sein Bruder Geld und Wertsachen bei einer Schweizer Bank deponiert hatten. »Vielleicht hat er den Familiennamen ohne ›h‹ geschrieben«, schlug sie vor.

Henry kehrte an den Anfang der Liste zurück und ließ sie dann langsam durchlaufen. Er schüttelte den Kopf. »Nichts, das diesem Namen ähneln würde.« Erwartungsvoll sah er Jessie an.

»Danke«, sagte sie. »Das war's dann wohl.«

Sie war sich so *sicher* gewesen …

31

Zu Hause wählte Jessie die Nummer, die Henry ihr gegeben hatte, und erklärte der Rezeptionistin am anderen Ende, daß sie Ernst Zimmer sprechen wolle.

»Er wohnt nicht mehr bei uns«, zwitscherte die Frau im Singsangton. »Er ist vor ein paar Tagen ausgezogen.«

Ausgezogen oder ausgeflogen? Bei Jessie klingelten die

Alarmglocken. »Hat er eine Nachsendeadresse oder eine Telefonnummer hinterlassen?«

»Leider nein.«

Verdammt. »Hat er gesagt, daß er irgendwann zurückkommen wolle?«

»Nein, auch nicht.«

Die Stimme der Frau zerrte an Jessies Nerven. »Ich bin von der Polizei Los Angeles. Ich muß Mr. Zimmer unbedingt erreichen. Wie lang hat er bei Ihnen gewohnt?«

»Ein paar Monate.« Der Singsang war von Nervosität abgelöst worden.

»Können Sie im Gästebuch der vergangenen Wochen seine Heimatadresse und Telefonnummer nachschlagen?«

»Diese Daten kann ich Ihnen leider nicht am Telefon sagen. Da müßte ich mich schon vergewissern, daß Sie wirklich Polizistin sind.«

Warum, fragte sich Jessie müde, mußten alle so verflucht vorsichtig sein? »Würden Sie mir bitte Ihre Adresse geben?«

Zimmer hatte in einem Apartment-Hotel am Burton Way, Nähe Doheny, gewohnt. Ansprechende, geschmackvolle Einrichtung. Palmen in Töpfen und ein Stutzflügel in der Ecke einer kleinen, gemütlichen Halle.

Miss Singsang war blond und keck und nicht größer als einsfünfzig. Sie studierte Jessies Polizeimarke. »Bin gleich wieder da«, sagte sie.

»Gleich wieder da« zog sich über zehn Minuten hin. Dann kam die Frau zurück und reichte Jessie einen Zettel.

»Wir haben nur Mr. Zimmers Adresse und Telefonnummer in Zürich. Ich weiß nicht, ob Ihnen das weiterhilft.«

Wahrscheinlich nicht. Sie ging davon aus, daß beides falsch war. »Wie hat Mr. Zimmer seine Rechnung bezahlt?« fragte Jessie und steckte den Zettel ein.

»Mit Reiseschecks. Damit hat er auch die Kaution bezahlt.«

Natürlich, so hinterließ er keine Spuren. »Wie hat er seine Reservierung angezahlt?«

»Er hat uns das Geld telegrafisch angewiesen.«

Ein vorsichtiger Mensch, dieser Ernst Zimmer. Und schlau. Jessie bedankte sich und verließ die Rezeption, als ihr auf einmal einfiel, warum ihr Zimmer bekannt vorgekommen war.

Sie hatte sein Foto nicht in der *Zeitung* gesehen. Sie hatte ihn im Golden Palms gesehen, als sie das erste Mal mit Hilda gesprochen hatte. Er hatte gerade den Eingangsbereich verlassen, als Jessie hereinkam, und war in Richtung der Zimmer davongegangen.

Hatte er Hilda besucht?

Jessies Herz klopfte, als sie das Hotel verließ und zum Auto ging. Zieh keine voreiligen Schlüsse, schärfte sie sich selbst ein, während sie zu dem Pflegeheim fuhr, in dem Hilda lag. Doch es fiel ihr schwer, ruhig zu bleiben.

Arnold Samber war der Meinung, daß Hilda nicht in der Verfassung sei, Besuch zu empfangen. »Mrs. Rheinhart ist nach wie vor ziemlich schläfrig«, erklärte er Jessie vorwurfsvoll.

»Außerdem ist sie leider ein bißchen durcheinander. Die Medikamente vermutlich.« Er schnalzte mit der Zunge.

Jessie nickte. »Ich würde sie trotzdem gern sehen. Ich verspreche, sie nicht zu überanstrengen.« Sie ignorierte den finsteren Blick des Heimleiters und marschierte den Flur hinab.

Hildas Augen flogen zitternd auf, als Jessie ins Zimmer kam.

Sie trat ans Bett und nahm die Hand der alten Frau. »Hey«, sagte sie leise. »Ich habe Ihnen doch gesagt, daß Sie bald wieder hiersein würden.«

Hilda rang sich ein Grunzen ab. »Müde«, sagte sie.

»Das gibt sich. Sie werden von Tag zu Tag kräftiger.« Jessie lächelte herzlich, zog sich einen Stuhl heran und setzte sich. »Ich habe mich mit der Freundin von Anna Seligman unterhalten, wie ich es versprochen habe.«

»Anna war meine Freundin, aber jetzt ist sie tot«, keuchte Hilda. In ihren Augenwinkeln bildeten sich Tränen.

»Hilda, hat Anna Ihnen erzählt, daß sie versuchen wollte, Geld von einer Schweizer Bank zu bekommen?«

»Mein Vater hat bei einer Schweizer Bank Geld angelegt. Ich weiß nicht, wieviel.«

»Hat Anna Ihnen erzählt, daß sie Ansprüche geltend machen wollte?« fragte Jessie noch einmal.

Hilda blinzelte hektisch. Sie starrte Jessie an. »Sie hat Ihnen davon *erzählt*? Wann?«

Der Heimleiter hatte ja gesagt, daß Hilda ein bißchen durcheinander war. »Sie hat es mir nicht erzählt«, erwiderte Jessie geduldig. »Was hat sie Ihnen denn erzählt?«

Von Hilda kam keine Antwort. Weil sie nicht verstand, was Jessie gefragt hatte, oder weil sie ihr keine Antwort geben wollte?

»Sie haben mich gebeten herauszufinden, was Anna zugestoßen ist«, fuhr Jessie leise fort. »Sie müssen mir helfen, Hilda.«

Die freie Hand der alten Frau knüllte die Bettdecke zusammen. Immer wieder drückte sie zu und ließ wieder los. »Ich habe ihr geraten, es niemandem zu erzählen«, sagte Hilda schließlich. »Sie wollte nicht hören, und jetzt ist sie tot!«

»Geraten, was niemandem zu erzählen, Hilda?«

»Von dem Geld. Sie hat sich einen Anwalt genommen, der dafür sorgte, daß sie ihr auszahlten, was sie ihr schuldig waren. Na ja, nicht alles, aber eine Menge Geld. Deshalb haben sie sie ja umgebracht«, flüsterte sie eindringlich. »Ich habe sie *angefleht*, es niemandem zu sagen. ›Wenn sie wissen, daß du reich bist‹ habe ich zu ihr gesagt, ›sind sie hinter dir her.‹ Warum hat sie nicht auf mich gehört?« Sie umklammerte Jessies Hand und zog sich in eine halb sitzende Position.

»Sie müssen ruhig bleiben, Hilda«, drängte Jessie, wegen der Herzschwäche der alten Frau besorgt. Sie drückte sie sachte wieder in die Kissen und streichelte ihre Hand. »Was hat Ihnen Anna über diesen Anwalt erzählt?« fragte sie, als sie zufrieden feststellte, daß Hilda wieder entspannter wirkte.

»Er hat sich um alles gekümmert. Anna hat mir erzählt, daß er sehr nett war.«

»Hat sie Ihnen seinen Namen genannt?« Jessie hielt den Atem an.

»Kann sein. Ich weiß ihn aber nicht mehr.«

Jessie biß sich auf die Lippe. »Hieß er Zimmer? Ernst Zimmer?«

Hilda runzelte die Stirn. »Ernst Zimmer«, wiederholte sie und schüttelte dann den Kopf. »Nein. So hieß er nicht.«

Jessie fühlte, wie eine Welle der Enttäuschung sie überflutete. »Sind Sie sicher?« Sie vernahm ihre Stimme, drängender, als sie beabsichtigt hatte, fast schneidend, und bedauerte es, noch bevor sie Hilda erröten sah.

»Jetzt sind Sie mir böse, weil ich es nicht mehr weiß. Es tut mir leid.« Ihre Lippen bebten, und Tränen liefen über ihre faltigen Wangen.

Jessies Gesicht brannte vor Scham. »Ich bin Ihnen nicht böse, Hilda. Überhaupt nicht.« Sie beugte sich hinüber, zog ein Kleenex aus der Schachtel auf dem Nachttisch und tupfte der alten Frau sanft die Tränen ab.

»Wenn es mir wieder einfällt, sage ich es Ihnen. Ich verspreche es.«

»Zerbrechen Sie sich darüber nicht den Kopf.« Sie tätschelte Hildas Hand. »Sie haben gesagt, Ihr Vater habe bei einer Schweizer Bank Geld angelegt. Haben Sie deswegen schon etwas unternommen?«

Wieder kam keine Antwort.

»Hilda?« drängte Jessie sanft.

»Er hat mir das Versprechen abgenommen, daß ich nichts sage«, flüsterte sie schließlich.

Jessies Herz setzte einen Schlag aus. »Wer?« fragte sie, indem sie sich zwang, gelassen zu klingen.

»Mr. Leider. Hermann Leider. Er hilft mir, weil es da Dinge gibt, von denen ich nichts verstehe.«

Jessie runzelte die Stirn. Wer zum Teufel war Hermann Leider? »Ist das derselbe, der auch Anna geholfen hat?«

Hilda schüttelte den Kopf. »Ich habe es Ihnen doch gesagt – ich weiß seinen Namen nicht mehr.« Sie klang betrübt.

»Sie haben ja recht. Es tut mir leid.« Jessie lächelte zerknirscht. »Wo haben Sie diesen Mr. Leider kennengelernt?«

»Er hat mich angerufen. Er hatte meinen Namen vom Freund eines Freundes, von jemandem, den ich vor langer Zeit kannte, als Leon und ich noch in New York lebten. Er sagte, er könne mir helfen, das Geld von dem Schweizer Bankkonto zu bekommen, so daß ich nicht jahrelang zu warten brauchte. Ein sehr netter Mann.« Hilda lächelte zum ersten Mal an diesem Tag. »Er ist Schweizer, wissen Sie. Ein echter Gentleman und *sehr* kultiviert. Er hat mir immer wieder kleine Geschenke mitgebracht, und verblüffenderweise wußte er genau, was mir gefiel.« Ein zweites Lächeln.

Das kann nur Zimmer sein, schloß Jessie. Er hatte den Namen des alten Freundes von Hilda und Leon aus dem Interview, das Hilda für den Dokumentarfilm gegeben hatte. Er hatte einen falschen Namen benutzt, um sich zu schützen und weil er nicht wollte, daß die Steeles erfuhren, was er trieb. Aus demselben Grund hatte er vermutlich noch einen weiteren Namen verwendet, als er Kontakt zu Anna Seligman und Mendel Blumenkrantz aufgenommen hatte.

»Einmal hat er mir ein schönes Spitzentaschentuch geschenkt – mit echten Spitzen, stellen Sie sich vor«, erzählte Hilda. »Und ein andermal hat er mir mehrere Päckchen Tee mit verschiedenen Aromen mitgebracht – ich habe ihn gefragt, woher er wüßte, daß ich Tee liebe. Er sagte, er wüßte es einfach. Und letztes Mal hat er mir eine Schachtel Pralinen geschenkt. Ich habe zu viele davon gegessen, aber sie waren sooo gut.« Sie seufzte erneut.

Hüte dich vor den Schweizern, auch wenn sie Geschenke bringen, dachte Jessie grimmig. »Und Sie haben ihm vertraut?«

»Er hat mir offizielle Unterlagen von der Bank gezeigt«, erwiderte Hilda schlicht. »Er hat auch vielen anderen Leuten geholfen. Ich habe letzte Woche die Papiere unterschrieben, am selben Tag, als Sie hier waren, um mit mir zu sprechen. Er kam kurz nachdem Sie gegangen sind.«

Zimmer, dachte Jessie wieder. Es paßte alles zusammen.

»Er wollte mir am nächsten Tag eine Kopie bringen, aber dann haben sie mich hierher verlegt. Ich habe Lilly angerufen und sie gebeten, ihm auszurichten, wo ich bin, aber vielleicht hat sie es vergessen. Deswegen weiß er nicht, wo ich bin.« Auf einmal klang Hilda ängstlich.

Vermutlich wußte er es durchaus, da er wahrscheinlich dafür gesorgt hatte, daß Hilda in das Pflegeheim verlegt werden mußte. Hatte er ihr bei seinem Besuch etwas in den Tee getan, das ihren Erregungszustand ausgelöst hatte? Oder die Pralinen präpariert?

»Haben Sie eine Nummer, unter der Sie ihn erreichen können?« fragte Jessie.

Sie schüttelte den Kopf. »Er ruft immer mich an, weil er so beschäftigt ist und so viel reist, um Leuten wie mir zu helfen.«

Schlau, dachte Jessie. So verdammt schlau. »Warum hat er Sie gebeten, niemandem davon zu erzählen?«

»Er meinte, wenn zu viele Leute versuchten, schnell an ihr

Geld zu kommen, würden die Banken nicht mehr mit ihm oder sonst jemandem verhandeln.« Sie zögerte und fügte dann hinzu: »Ich habe es allerdings Nachum erzählt. Ich war so begeistert, ich mußte es einfach jemandem mitteilen, verstehen Sie?« Ein finsterer Blick zog über ihre Miene. »Aber ich habe es bereut. Er war sehr ablehnend. Er hat gesagt, ich solle nichts unterschreiben, ohne daß ein Dritter alles überprüft. Er wollte sich mit Mr. Leider treffen und ihm ein paar Fragen stellen. Genau wie mein Leon. Er hätte auch Fragen gestellt.« Sie seufzte erneut.

»Und haben sich Mr. Pomerantz und Mr. Leider getroffen?« fragte Jessie in beiläufigem Tonfall.

Sie nickte. »Ich dachte, Mr. Leider wäre ungehalten, als er in mein Zimmer kam und Nachum sah, weil ich ihm nicht vorher gesagt hatte, daß er da sein würde, wissen Sie. Ich wollte ihn eigentlich fragen, ob er damit einverstanden wäre, aber Nachum meinte, das solle ich nicht tun. Doch Mr. Leider war überhaupt nicht ungehalten. Er hat Nachum alle Fragen beantwortet – Nachum gefiel *dies* nicht, Nachum gefiel *jenes* nicht. Er wollte wissen, warum Mr. Leiders Name nicht auf dem Dokument stand.« Sie klang ungeduldig.

Jessie runzelte die Stirn. »Sie meinen auf der Vollmacht?«

»Genau.«

»Wessen Name stand denn darauf?«

»Der von Mr. Leiders *Partner*«, antwortete Hilda, als wäre das selbstverständlich. »Ich weiß seinen Namen nicht mehr. Es war einfacher, weil der Partner in der Schweiz war und sich daher schneller um alles kümmern konnte als Mr. Leider. Nachum gefiel das nicht.«

Das kann ich mir vorstellen, dachte Jessie. Stanley Goldblum hatte ja gesagt, daß Pomerantz gewitzt war. Hatte Anna Seligman demselben »Partner« eine Vollmacht erteilt?

» Mr. Leider hat gesagt, er würde Nachum gern alles noch

einmal erklären«, fuhr Hilda fort. »Und er hat gesagt, er würde Kontakt zwischen Nachum und seinem Partner herstellen. Aber dann ist Nachum gestorben«, sagte Hilda leise. In ihren Augen funkelten erneut die Tränen. »Ich bin sicher, daß er Mr. Leider mochte.«

»Ganz bestimmt.«

War Pomerantz Zimmer auf die Schliche gekommen und eine Bedrohung für ihn geworden? Selbst wenn er ihm *nicht* auf die Schliche gekommen war, sondern nur den Namen des »Partners« – Zimmers richtigen Namen, vermutete Jessie – gesehen hatte, konnte er Zimmer identifizieren.

»Sie haben mir erzählt, daß Mr. Pomerantz sich an dem Samstagabend vor seinem Tod mit jemandem im Century Plaza treffen wollte. Könnte er mit Mr. Leider verabredet gewesen sein?«

Vielleicht war er der Unbekannte Nummer zwei, über dessen Erscheinen Pomerantz der Kellnerin zufolge nicht erfreut war, zumindest anfangs. Aber wer war dann der erste Mann gewesen?

»Warum im Century Plaza? Warum hätten sie sich nicht hier treffen sollen, wie das erste Mal?« Hilda schüttelte den Kopf. »Nein, das glaube ich nicht.«

Daß Hilda das nicht glaubte, war noch lange kein Beweis. Jessie überlegte, ob Henry Steele ein Foto von Zimmer besaß. »Hilda, haben Sie Mr. Leider erzählt, daß Sie glauben, Anna Seligman sei ermordet worden?«

Sie nickte. »Er sagte, er würde sich darum kümmern, aber er hat sich leider nicht mehr gemeldet.« Sie fuhr sich mit zitternden Fingern an den Mund. »Glauben Sie, daß ihm etwas zugestoßen ist?«

»Es geht ihm sicher gut.« Zu verdammt gut. »Soll ich Ihnen ein bißchen vorlesen? Das heißt, wenn Sie nicht zu müde sind.«

»Haben Sie keine Verabredung mit Ihrem Freund?«

Jessie lächelte. »Heute abend nicht. Außerdem bin ich neugierig darauf zu erfahren, wie es mit Eleanor weitergeht.«

Der Liebesroman lag auf Hildas Nachttisch. Jessie schlug das Buch dort auf, wo sie zuletzt aufgehört hatte, und begann zu lesen. Binnen weniger Minuten war Hilda fest eingeschlafen und schnarchte leise. Jessie schlug das Buch zu und ging aus dem Zimmer.

Bevor sie das Heim verließ, sprach sie mit Samber und bat ihn, Hildas Anrufe und Besucher zu überwachen.

Die Augen des Heimleiters wurden weit. »Wollen Sie damit sagen, daß sie in Gefahr schwebt?« Er klang erschrocken und fasziniert zugleich.

Eine gute Frage. Zimmer war aus seinem Hotel ausgezogen und spurlos verschwunden. Zweifellos hatten ihn die Ermittlungen wegen Pomerantz' Tod aufgeschreckt. Daß er Jessie im Büro der Stiftung begegnet war, hatte ihn vermutlich zur Flucht bewegt. Außerdem hatte er Jessie im Golden Palms gesehen. Wahrscheinlich wußte er, daß sie mit Hilda gesprochen hatte. Er war zu schlau, um sich Hilda jetzt direkt zu nähern, obwohl sie die Papiere bereits unterzeichnet hatte, die ihn bevollmächtigten …

Andererseits konnte Hilda ihn identifizieren und als den Schwindler entlarven, der er war. Und ihn mit Pomerantz in Verbindung bringen. Der tot war.

»Es ist durchaus denkbar«, antwortete Jessie. »Ich will eine Liste von allen, die vorbeikommen. Würden Sie darauf achten, daß nur Mitarbeiter und Angehörige medizinischer Berufe ihr Zimmer betreten? Sie können ja sagen, daß sie zu schwach ist, Besucher zu empfangen.«

Samber leckte sich die Lippen und nickte.

»Und wenn ein Mr. Leider anruft, lassen Sie sich eine Nummer von ihm geben, unter der er erreichbar ist, und teilen Sie es mir sofort mit. Und lassen Sie ihn unter keinen Umständen in Mrs. Rheinharts Zimmer.«

»Was, wenn er einen anderen Namen benutzt?« fragte der Heimleiter beflissen.

Der Gute sah vermutlich zuviel fern, dachte Jessie. Jessie beschrieb den Mann, den sie als Zimmer kannte. »Er ist Mitte Vierzig. Dunkel, mit leicht ergrautem Haar. Brille. Und er spricht mit Schweizer Akzent.«

Der Heimleiter nickte. »Ich werde mein Bestes tun.«

Und morgen würde Jessie ihr Bestes tun, um Espes davon zu überzeugen, daß er eine Wache vor Hildas Tür stellte.

32

»Im Januar 45 kamen die Russen immer näher. Die Deutschen evakuierten Auschwitz am fünfzehnten und sechzehnten Januar, und Blechhammer, eine Art Unterlager von Auschwitz, am einundzwanzigsten. Ungefähr hundert Juden weigerten sich, das Lager zu verlassen. Sie waren zu krank, um zu marschieren. Sie dachten, sie müßten sowieso sterben.« Pomerantz schluckte. »Die Deutschen haben einige von ihnen erschossen. Andere ließen sie am Leben.

Wir verließen Blechhammer und stießen zu den Juden aus Auschwitz. Ich habe überall nach Moshe gesucht, er war nirgends zu finden. Dann hat mir jemand erzählt, daß er an Typhus erkrankt sei und das Lager nicht verlassen konnte.

Wir marschierten zwei, drei Tage. Dann befahlen uns die Deutschen umzukehren, die Russen kamen von allen Seiten. Also zogen wir zurück nach Blechhammer. Die ganze Zeit fragte ich mich, ob Moshe noch lebt. Haben ihn die Deutschen erschossen? Soll ich das Kaddisch sprechen?

Ein paar Tage später wurde das ganze Lager ein zweites Mal evakuiert. Und wieder weigerten sich einige der Kranken, zu gehen, es waren jetzt nur noch fünfzig bis achtzig Männer. Später erfuhr ich, daß die Russen sie befreit haben. Auschwitz auch. Zu spät für Moshe.« In Pomerantz' Augen standen Tränen.

»Von Blechhammer aus mußten wir im tiefsten Winter sieben Tage marschieren. Die, die es nicht mehr schafften oder nicht mehr laufen konnten, wurden auf der Stelle erschossen und auf der Straße liegen gelassen. Ein Chasn, *den ich kannte, ein Kantor, konnte nicht mehr weiter. Ich und ein anderer schleppten ihn mit.*

Wir marschierten durch den Schnee, und wir schliefen im Schnee auf ein paar Decken, bis wir zu einer völlig verdreckten Scheune kamen. Dort schliefen wir auf dem Fußboden, und davon bekam ich eine schreckliche Eiterbeule am Hals. Wir lagen einer auf dem anderen, dicht gedrängt wie die Sardinen, die Füße eines anderen an meinem Kopf, und meine Füße am Kopf des nächsten.

Von dort aus marschierten wir nach Groß-Rosen. Das war ein Konzentrationslager in Deutschland, wohin Juden aus ganz verschiedenen Lagern kamen. Ein ganz, ganz grauenhafter Ort.« Pomerantz schüttelte den Kopf und holte tief Luft. »Überall lagen Leichen, und es gab eine Gaskammer, in die ich viele meiner Freunde, die dem Tod schon nahe waren, verschwinden sah. In Groß-Rosen hausten wir in Baracken. Dann lösten sie das Lager auf, und wir wurden nach Weimar getrieben und in einen Güterzug gestopft, der uns weit nach Deutschland hinein brachte. Jeder bekam ein kleines Würstchen. Meines wurde mir gestohlen.«

Pomerantz hielt inne. »Viele Leute starben im Zug«, sagte er ruhig.

Jessie hatte ihren Wecker für Montag morgen auf fünf Uhr gestellt, damit sie im Zürcher Büro von Suisse Générale anrufen konnte. Henry hatte ihr einen Brief von Zimmer kopiert, der auf Briefpapier von Suisse Générale getippt war.

Sie konnte noch ein paar Brocken Schulfranzösisch, allerdings kein Deutsch, und so ließ sie den Anruf von einer Mitarbeiterin der internationalen Vermittlung erledigen.

»Diese Nummer existiert nicht mehr«, berichtete ihr die Vermittlung nach ein paar Minuten.

Enttäuschend, aber kaum erstaunlich. »Können Sie feststellen, wann sie abgemeldet wurde?«

»Einen Moment bitte.«

In der Küche war es noch nicht heiß – vielleicht sollte sie öfter früh aufstehen, dachte sie, und ertappte sich dabei, wie sie aus Protest gähnte. Sie rieb sich den Schlaf aus den Augen und überflog die Schlagzeilen auf der Titelseite der *Times*, die sie gerade von der Veranda hereingeholt hatte. Schon wieder ein tödlicher Raubüberfall vor einem Geldautomaten. Weitere Unruhen in Rußland. Ein neuer Skandal im Weißen Haus.

Plus ça change, plus c'est la même chose. Das französische Sprichwort kam ihr in den Sinn. Was wäre ihre alte Französischlehrerin stolz!

»Ma'am?« Die Telefonistin meldete sich wieder. »Die Schweizer Vermittlung sagt, die Nummer wurde Freitag morgen, Zürcher Ortszeit, abgemeldet.«

Mit den neun Stunden Zeitunterschied wäre das in Los Angeles am späten Donnerstagabend gewesen. Donnerstag war ihr Zimmer im Büro der Stiftung begegnet. »Können Sie bitte erfragen, auf welchen Namen diese Nummer eingetragen war?«

»Da müßte ich die Schweizer Telefonauskunft anrufen«, erklärte ihr die Telefonistin. »Das kostet sieben Dollar fünfundneunzig Gebühr. Und ich bin mir nicht sicher, ob sie diese Information herausgeben.«

Wahrscheinlich nicht. Jessie würde vom Revier aus anrufen und die Schweizer Vermittlung, falls nötig, zurückrufen lassen, damit sie sich vergewissern konnten, daß sie wirklich Polizistin war.

Sie versuchte wieder einzuschlafen; es war Viertel nach fünf, und normalerweise stand sie um sechs auf. Doch nun war sie vollkommen wach. Sie machte eine halbe Stunde Gymnastik, duschte und zog sich an. Dann gönnte sie sich ein üppiges Frühstück: Rührei, zwei Scheiben Toast und ein Glas Orangenschaft anstelle der üblichen Portion Haferflocken. Es war noch dunkel draußen, als sie zur Arbeit fuhr.

Abgesehen von ein paar Streifenwagen war der Parkplatz praktisch leer, als sie am Revier ankam. Ein weiterer Vorteil des frühen Aufstehens, sagte sie sich, als sie ihren Honda parkte.

Zuerst war es ein bißchen unheimlich, ganz allein in dem unterteilten Großraumbüro zu sein. Sie setzte sich an ihren Schreibtisch, wählte die Nummer der Auslandsvermittlung und bat, mit der Auskunft in Zürich verbunden zu werden.

»Bitte bleiben Sie in der Leitung«, fügte Jessie hinzu. »Womöglich brauche ich Ihre Hilfe.«

Kurz darauf meldete sich die Schweizer Telefonauskunft. Jessie bat die Frau, die mit schwerem Akzent Englisch sprach, ob es einen Eintrag auf den Namen Ernst Zimmer gab.

Es gab keinen.

Auch keinen auf Hermann Leider. Und keinen neuen Anschluß für Suisse Générale.

Drei Nieten, dachte Jessie. Ihre Trefferquote konnte nur noch besser werden. »Ich habe eine alte Nummer von Suisse Générale«, erklärte sie der Dame von der Auskunft. »Sie ist abgemeldet worden, und ich wüßte gern, auf welchen Namen die Telefonnummer eingetragen war.«

»Es tut mir leid, aber diese Information können wir nicht herausgeben.«

»Ich bin Fahnderin bei der Kriminalpolizei Los Angeles. Diese Information ist wichtig für einen Mordfall, in dem wir ermitteln. Mir ist klar, daß Sie meine Identität überprüfen müssen, daher möchte ich Sie bitten, mich hier auf dem Revier anzurufen. Würden Sie das tun?«

»Ja. Einverstanden.« Die Frau klang argwöhnisch.

Jessie nannte ihr die Nummer des Reviers und die Vorwahl, verabschiedete sich und legte auf. Die Wartezeit kam ihr vor wie eine halbe Stunde, obwohl es nur ein paar Minuten dauerte, bis ihr Telefon klingelte.

Hastig riß sie den Hörer von der Gabel. »Detective Drake.«

Es war die Dame von der Schweizer Auskunft. »Wie lautet die alte Nummer, die ich für Sie nachsehen soll?« fragte sie.

Jessie las die Nummer von dem Schreiben mit dem Suisse-Générale-Briefkopf ab. Erneutes Warten. Sie zeichnete ein Käsekästchenfeld auf ihren Block und spielte.

Katz und Maus.

»Detective Drake?«

»Haben Sie den Namen gefunden?«

»Ja. Franz König.« Die Telefonistin buchstabierte den Namen langsam. »Ich habe nachgesehen, ob es unter diesem Namen einen zweiten Eintrag gibt, aber es gibt keinen. Kann ich sonst noch etwas für Sie tun?«

»Nein. Vielen Dank.«

Die nächste halbe Stunde telefonierte sie mit der Zürcher Polizei und erklärte, warum sie Angaben über den Aufenthaltsort von Franz König und/oder Ernst Zimmer und/oder Hermann Leider brauchte. »Ich glaube, Zimmer und Leider sind ein und dieselbe Person«, erklärte sie dem Kriminalbeamten. »Über König weiß ich nichts.«

Er versprach ihr, sich zu melden, sobald er etwas in Erfahrung gebracht hatte.

Was auch nie heißen konnte, dachte sie beim Auflegen.

Espes kam. Er nickte ihr zu und verschwand in seinem Büro. Jessie ließ ihm ein paar Minuten, bevor sie an seiner Tür klopfte.

»Sie sind ja schon früh da«, bemerkte er, als sie hereinkam.

»Ich bin seit fünf Uhr auf, weil ich mit Zürich telefoniert habe.«

Er zog eine Grimasse. »Ich hoffe, Sie haben wenigstens etwas herausgefunden. Hängt das mit dem Fall Pomerantz zusammen?«

Sie nickte. Sie erzählte ihm, was sie über Anna und Mendel erfahren hatte und schilderte ihm ihren Verdacht.

Espes hatte die ganze Zeit mit dem Bleistift auf den Tisch geklopft. »Also er beschwatzt sie, ihm eine Vollmacht zu geben, damit er im richtigen Moment kassieren kann. Aber warum muß er sie umbringen?«

»Er hat Angst, daß sie es sich anders überlegen. Irgendwann reden sie mit ihren Freunden, die Freunde sagen ihnen, daß es kein gutes Geschäft ist. Er rechtfertigt vermutlich rational, was er tut; sie sind alt, sie sind krank, sie sind allein. Sie sterben sowieso bald. Eigentlich tut er ihnen einen Gefallen, indem er sie von ihrem Elend erlöst.«

Espes schnaubte. »Wie bringt er sie um?«

»Das weiß ich nicht. Anna Seligman war Diabetikerin. Er hätte sie betäuben und ihr eine Insulinspritze geben können. Mendel Blumenkrantz starb an kongestivem Herzversagen. Ich warte noch auf einen Anruf seines Arztes, aber ich schätze, daß es nicht allzu schwierig ist, das zu simulieren.«

Weiteres Klopfen mit dem Stift. Jessie fragte sich, was Espes dachte.

»Wie hängt das mit Pomerantz zusammen?« fragte er schließlich.

»Hilda Rheinhart hat Pomerantz von ihrem ›Anwalt‹ erzählt. Sie sagte, Pomerantz sei ihm einmal begegnet, in ihrem

Zimmer. Ich glaube, daß sie sich noch einmal getroffen haben, im Century Plaza Hotel, an dem Samstagabend, als Pomerantz umgebracht wurde.«

Espes lehnte sich auf seinem Stuhl zurück und rollte den Stift zwischen den Fingern hin und her. »Warum hat Zimmer ihn umgebracht?«

»Pomerantz konnte ihn identifizieren. Er hat Zimmers richtigen Namen gesehen, der stand nämlich auf der Vollmacht. Zimmer könnte auch befürchtet haben, daß ihm Pomerantz auf die Schliche gekommen war – Hilda sagte, Pomerantz hätte ihm eine Menge Fragen gestellt. Außerdem hat sie Pomerantz erzählt, daß sie glaube, ihre Freundin Anna sei ermordet worden. Ich glaube, Hildas Angst beruhte auf Paranoia. Der Witz ist nur, daß sie tatsächlich recht behalten hat.«

»Wie hat Zimmer seine Opfer ausgewählt?«

»Anna Seligman, Mendel Blumenkrantz und Hilda Rheinhart haben sich alle für den Dokumentarfilm interviewen lassen, den die Steele Foundation produziert hat. Zimmer hat sich den Film angesehen und damit alle nötigen Informationen erhalten.«

»Gerissener Dreckskerl«, sagte Espes leise. »Sie sagen, er habe ihnen die ›vereinbarte‹ Summe bezahlt. Woher hatte er das Geld?«

Darüber hatte sie sich auch schon den Kopf zerbrochen. »Henry Steele hat mir erzählt, daß Zimmer Investmentmakler sei. Das könnte zwar auch eine Lüge sein, aber sagen wir mal, es stimmt. Er könnte mit dem Kapital, das seine Investoren für ein bestimmtes Projekt aufgebracht haben, die ersten Zahlungen bestreiten.«

Espes klopfte wieder mit seinem Stift. »Wie verwischt er seine Spuren?«

»Er stiehlt von Peter, um Paul zu bezahlen. Er verläßt sich darauf, daß er die große Zahlung bald erhält. Und er bringt die alten Leute um, so daß kein Zweifel daran besteht, wer das Geld bekommt.«

»Und was passiert mit dem Geld, das Zimmer ihnen gibt?«

»Anna wollte es einer Wohltätigkeitsorganisation hinterlassen, aber ich weiß nicht, ob sie vor ihrem Tod ein Testament gemacht hat. Zimmer hat sich nur Opfer ausgesucht, die weder Kinder noch nahe Angehörige hatten, also vermute ich, daß der Staat erbt.«

»Könnte ein unverhoffter Geldsegen für den Staat werden, je nachdem, wie viele dieser Leutchen Zimmer umgebracht hat«, bemerkte Espes trocken.

»Ich habe die Daten sämtlicher Holocaust-Überlebenden, die für die Dokumentation der Steele Foundation interviewt wurden.« Über dreihundert Biographien. Es würde sie Stunden kosten, sie alle durchzugehen. »Ich möchte Kontakt zu denjenigen aufnehmen, die verwitwet und kinderlos sind und in Altenheimen oder allein leben. Vielleicht ist Zimmer an einen oder mehrere von ihnen herangetreten.« Sie hoffte, daß er nicht noch mehr Menschen auf dem Gewissen hatte.

»Gute Idee.« Espes nickte. »Und Sie wissen nicht, wo er sich momentan aufhält?«

»Er ist aus seinem Hotel ausgezogen, womöglich hat er mittlerweile das Land verlassen. Das würde ich jedenfalls an seiner Stelle tun. Wir wissen nicht einmal seinen richtigen Namen. Ich hoffe, ich höre bald etwas von der Schweizer Polizei.«

»Gut gemacht, Drake.« Er lächelte. »Sieht so aus, als hätte ich mich im Fall Pomerantz geirrt. Ich rufe Futaki an und berichte ihm, was Sie mir erzählt haben.«

Espes lobte sie nur selten. Vor Freude lief sie rot an. »Hilda Rheinhart ist in Gefahr, Lieutenant. Sie kann Zimmer identifizieren und ihn mit Pomerantz in Verbindung bringen. Ich habe den Leiter des Pflegeheims, wo sie wohnt, gebeten, keine Besucher zu ihr zu lassen und sich die Namen von jedem zu notieren, der sie sehen möchte. Aber sie braucht Polizeischutz.«

»Sie haben selbst gesagt, daß Zimmer vermutlich das Land verlassen hat.«

»Und was, wenn nicht? Was, wenn er glaubt, vorher noch Hilda ausschalten zu müssen?«

»Warum sollte er riskieren, gefaßt zu werden? Er weiß doch, daß Sie ihm auf den Fersen sind.« Espes schwieg einen Moment. »Lassen Sie mich darüber nachdenken«, sagte er schließlich.

Als ob sie eine Wahl hätte.

»Was ist mit Pomerantz' großem Geheimnis?« wollte Espes wissen. »Wie fügt sich das in die Geschichte ein?«

Gar nicht. Das störte sie. Und sie verstand nicht, wieso der Name Yerachmiel Shtuelberg nicht auf der Liste der nachrichtenlosen Schweizer Konten aufgeführt war. Keine große Sache, aber es störte sie auch.

»Ich dachte, Sie wären vom Bestattungsinstitut«, sagte Stanley Goldblum zu Jessie. »Mit denen muß ich noch abrechnen. Die Beerdigung war übrigens gestern. Es war richtig voll – Nachum kannte eine Menge Leute. Und der Rabbi hat schön gesprochen. Nachum hätte es gefallen.«

»Freut mich, daß alles gut gegangen ist.« Nachdem sie sich das Video so oft angesehen hatte, kam es Jessie vor, als hätte sie Pomerantz gekannt. Sie konnte sich vorstellen, wie er seine eigene Beerdigung beobachtete und ironische Kommentare zu den Feierlichkeiten abgab.

»So. Jetzt ist es vorbei.« Goldblums Stimme klang erstickt. »Ich bin heute morgen aufgewacht und konnte immer noch nicht glauben, daß Nachum nicht mehr da ist.« Er seufzte und räusperte sich anschließend. »Sie wissen immer noch nicht, was ihm zugestoßen ist?«

»Wir machen Fortschritte. Mr. Goldblum in einem der Interviews, die Mr. Pomerantz für die Dokumentationen gab, sagte er, daß er versuchen wolle, Geld und andere Wertsachen wiederzubekommen, die sein Vater bei einer Schweizer Bank deponiert hat. Hat er Ihnen davon erzählt?«

»Sicher. Wie gesagt, Detective, vor mir hatte er keine Geheimnisse.«

Außer einem, dachte Jessie. »Das Problem ist nur, daß ich die Internetliste mit den nachrichtenlosen Konten durchgesehen habe, aber seinen Namen nicht gefunden habe.«

»Weil Sie Pomerantz eingegeben haben, stimmt's? Sein Vater hieß aber Shtuelberg.«

»Ich weiß, das hat Mr. Pomerantz in dem Videofilm gesagt. Ich habe es unter Shtuelberg versucht, aber da fand sich auch kein Eintrag.«

»Ausgeschlossen.« Goldblum klang indigniert. »Aber sie erweitern die Liste doch ständig, oder nicht?«

»Ich glaube schon. Hat Ihnen Mr. Pomerantz vielleicht den Namen der Bank genannt?«

»Hat er, ja. Er hat ihn mir aufgeschrieben. ›Für den Fall, daß mich mein Gedächtnis im Stich läßt‹, meinte er. Einen Moment, ich hole den Zettel.« Kurz darauf war Goldblum wieder am Apparat. »Haben Sie einen Stift?«

Jessie bejahte. Sie notierte sich den Namen der Bank und deren Telefonnummer.

»Sie teilen mir doch mit, was Sie in Erfahrung bringen?« fragte er.

»Aber sicher«, versprach sie. Sie dankte Goldblum und legte auf.

Sie sah auf die Uhr. Es war kurz vor acht; fast fünf Uhr nachmittags in Zürich. Sie rief bei der Auslandsvermittlung an, nannte der Frau die Nummer der Bank und wartete, während das Gespräch durchgestellt wurde.

»Ich habe Ihren Teilnehmer in der Leitung«, erklärte die Dame von der Vermittlung kurz darauf.

»Grüezi. Wie kann ich Ihnen behilflich sein?« Eine Männerstimme.

Was immer das heißen sollte. Jessie nahm an, daß es eine gängige Begrüßungsfloskel war. »Ich rufe aus Amerika an«, sagte sie. »Sprechen Sie Englisch?«

»Einen Moment bitte.«

Kurz darauf meldete sich ein anderer Mann. »Mein Name ist Mannheim. Guten Tag. Was kann ich für Sie tun?«

»Mein Name ist Detective Jessica Drake«, sagte sie langsam und betont deutlich. »Ich brauche Angaben über eines Ihrer nachrichtenlosen Konten. Der Kontoinhaber hieß Yerachmiel Shtuelberg. Oder Jerachmiel mit ›j‹. Ich buchstabiere Ihnen ...«

»Ich kann Ihnen eine gebührenfreie Nummer geben, über die Sie ein Formular anfordern können, um Ihre Ansprüche geltend zu machen. Es gibt auch eine E-mail-Adresse. Was ist Ihnen lieber?«

Wie kam es, fragte sie sich neidisch, daß Europäer die englische Sprache anscheinend ohne weiteres meisterten, während sich Amerikaner mit Fremdsprachen dermaßen schwertaten? »Ich möchte keine Ansprüche geltend machen. Ich möchte nur wissen, ob das Konto existiert. Ich bin Fahnderin bei der Kriminalpolizei Los Angeles.«

»Dieses Konto gehört also nicht Ihnen oder Ihrer Familie?« Nun klang er argwöhnisch.

»Nein.«

»Dann tut es mir leid, aber ich kann Ihnen nichts Näheres sagen. Wir müssen die Anonymität unserer Kunden wahren.«

Nur Geduld, sagte sie sich. »Das verstehe ich vollkommen. Aber ich will momentan gar nichts Näheres wissen. Ich will nur sicher sein, daß das Konto besteht.«

»Das können Sie im Internet nachsehen.«

»Das habe ich bereits getan. Ich konnte den Namen nicht finden. Aber ich habe gehört, daß die Listen im Internet nicht vollständig sind, und ich habe Grund zu der Annahme, daß es dieses Konto gibt. Ich möchte nur Gewißheit haben.«

»Einen Moment bitte. Da muß ich meinen Vorgesetzten fragen.«

Fünf Minuten später war Mannheim immer noch nicht zurückgekehrt. Den Hörer zwischen Schulter und Ohr eingeklemmt, spielte sie mehrere Runden Käsekästchen, solange sie wartete.

»Detective Drake?« Wieder eine andere Männerstimme. »Guttmann am Apparat. Herr Mannheim hat mir Ihr Anliegen erläutert. Bitte geben Sie mir Ihre Telefonnummer, dann rufe ich Sie zurück.«

Sie gab Guttmann die Nummer des Reviers und legte in dem Moment auf, als Phil hereinkam. Sie winkte ihm zu.

»Wie war das Wochenende?« fragte sie.

Er verzog die Miene. »Heiß. Wir waren mit den Kindern am Strand. Und deines?«

»Ausgesprochen interessant.« Sie schilderte ihm, was sie über Zimmer herausgefunden hatte. »Und jetzt warte ich auf einen Anruf von der Bank.«

»Vielbeschäftigte Frau.« Er lächelte.

Das Telefon klingelte. Sie nahm den Hörer ab. »Detective Drake.«

»Detective, hier ist Guttmann. Entschuldigen Sie die Verzögerung, aber bestimmt verstehen Sie, daß wir verpflichtet sind, umsichtig mit unseren Kunden umzugehen.«

»Was ist mit dem Konto? Existiert es?«

»Nein. Aber …«

»Haben Sie es unter verschiedenen Schreibweisen versucht?« fragte Jessie ungeduldig. Vielleicht hatte Pomerantz Stanley etwas Falsches gesagt, schoß es ihr auf einmal durch den Kopf. So viele Jahre waren vergangen, seit das Konto eröffnet worden war. Pomerantz konnte den Namen der Bank vergessen und einfach einen ausgewählt haben, der ihm richtig vorkam.

»Lassen Sie es mich erklären. Yerachmiel Shtuelberg hat tatsächlich 1938 ein Konto eröffnet.«

Was zum Teufel hatte Guttmann eigentlich? »Also gibt es *doch* ein Konto?«

»Nein. Es wurde aufgelöst.«

»Von der Bank?« Jessie hatte von Fällen gelesen, in denen die Konten mit astronomischen Gebühren belastet wurden, die schließlich die Einlagen auffraßen.

»Vom überlebenden Sohn.«

Jessie runzelte die Stirn. *Pomerantz* hatte das Konto aufgelöst?

»Sie haben übrigens Glück, Detective Drake«, erklärte Guttmann. »Normalerweise hätte es mehr Zeit gekostet, an diese Daten zu kommen, aber zufällig hat vor drei Wochen jemand wegen desselben Kontos angerufen. Daher ist es mir vertraut.«

»War der Anrufer Norman Pomerantz?« Aber wie hatte er seine Ansprüche so schnell durchgesetzt? Soweit Jessie wußte, waren noch überhaupt keine Zahlungen erfolgt.

»Genau.« Guttmann klang erfreut. »Ich habe Mr. Pomerantz das gleiche gesagt wie Ihnen.«

Jessie runzelte die Stirn. »Das verstehe ich nicht. *Was* haben Sie ihm gesagt?«

»Daß das Konto aufgelöst wurde. Mr. Pomerantz war ziemlich schockiert, das zu hören, kann ich mich erinnern.«

In ihrem Kopf begann sich alles zu drehen. »Wollen Sie damit sagen, daß jemand anders als Mr. Pomerantz das Konto aufgelöst hat?«

»Tja, ich dachte, das hätte ich deutlich gesagt.« Er klang wie ein Lehrer, der es mit einem begriffsstutzigen Schüler zu tun hat. »Das Konto wurde 1946 aufgelöst. Ich habe aus unseren Unterlagen ersehen, daß der Sohn die erforderlichen Nachweise erbracht hatte.«

Völlig perplex saß sie da und hielt den Hörer umklammert. Pomerantz' Bruder hatte ihren Vater in die Schweiz begleitet, um ein Konto zu eröffnen ... »Moshe wußte die Kontonummer«, hatte Pomerantz gesagt. »Ich wußte nur den Namen der Bank.«

»Moshe Shtuelberg?« fragte sie. Ihr war ganz wirr im Kopf.

»Moses Shtuelberg, genau. Mr. Pomerantz war ganz aufgeregt, als er anrief. Er behauptete, jemand hätte Geld und Besitz seiner Familie gestohlen. Aber als ich ihm die Umstände erklärte, war er natürlich außer sich vor Freude. Stellen Sie sich vor, nach fünfzig Jahren einen verlorenen Bruder wiederzufinden. Unglaublich, was?«

33

Fundsache.

Jessie sprach das Wort mit lautlosen Lippenbewegungen. War es das, was Pomerantz gemeint hatte – daß er herausgefunden hatte, daß sein Bruder noch lebte?

»Alles in Ordnung, Jess?« fragte Phil. »Du siehst aus, als hättest du ein Gespenst gesehen.«

Sie schaute ihn an. »Ich habe gerade mit der Schweizer Bank telefoniert. Sie haben gesagt, Pomerantz' Bruder hätte das Konto des Vaters 1946 aufgelöst.«

»Wahnsinn.« Phil pfiff und runzelte dann die Stirn. »Ich wußte gar nicht, daß es einen Bruder gab.«

»Pomerantz sagte, daß er einen jüngeren Bruder hatte, der

kurz vor der Befreiung ums Leben kam. Anscheinend ist er doch nicht gestorben.«

»Wohl nicht. Davon habe ich schon gelesen – daß Unterlagen falsch sind und Leute Jahre später erfahren, daß Verwandte von ihnen überlebt haben.«

Jessie nickte. »Ezra Nathanson hat mir von einem Mann aus L.A. erzählt, der in die Tchechoslowakei gefahren ist, weil er gehört hatte, daß sein Bruder in seinem Heimatort beerdigt sei. Er geht auf den Friedhof, nennt dem Gärtner seinen Namen und bittet ihn, ihm das Grab seines Bruders zu zeigen. Der Gärtner sieht ihn an, als sei er verrückt. ›Aber Ihr Bruder lebt noch‹, erklärt er ihm. ›Er wohnt keine zwei Kilometer von hier entfernt.‹«

»Er muß völlig von den Socken gewesen sein.«

Jessie nickte. »Ezra sagte, sie mußten sich genau überlegen, wie sie es dem dritten Bruder beibringen. Er war herzkrank, und sie wollten ihn nicht erschrecken. Jetzt leben beide hier in L.A.«

»Ich mag Geschichten mit gutem Ausgang«, sagte Phil. »Zu schade, daß wir nicht mehr davon zu hören bekommen.«

»Zu schade«, wiederholte sie.

»Heißt das dann, daß Pomerantz' Bruder noch lebt?« fragte Phil. »Und wenn ja, wo ist er? Er hat 1946 das Konto aufgelöst. Offenbar dachte er, seine ganze Familie, einschließlich Pomerantz, sei tot. Wohin ist er dann gegangen?«

Ihr brummte der Schädel. Sie preßte die Handflächen gegen ihre Schläfen und versuchte, während sie sich die Stirn knetete, sich in Moses Shtuelberg hineinzuversetzen.

Nach dem Krieg, so hatte Moses seinem älteren Bruder versprochen, würde er ihn und seine Schwester Liebe sowie die Eltern suchen, und dann würden sie von vorn anfangen, mit dem Geld und den Wertsachen, die ihr Vater in der Schweiz deponiert hatte. Moses Shtuelberg hatte das Geld abgehoben und sich vermutlich auch die Wertsachen geben lassen, aber er hatte niemanden von seiner Familie gefunden.

Wohin war er gegangen?

Keine Eltern, keine Frau, keine Geschwister. Nichts, was ihn in einer Stadt hielt, in seiner Heimat, die verwüstet war und ihn ständig an die Schrecknisse erinnerte, die er überlebt hatte, aber seine Familie nicht …

»Er ist *hierher* gekommen!« rief Jessie leise aus. »Nach L.A.«

Phil schnaubte. »Hast du ein Orakelbrett, das ich nicht sehen kann?«

»Spul mal zurück, Phil. Pomerantz hat seinem Freund Stanley und der Frau, die ihn interviewt hat, erzählt, daß er ein Geheimnis hätte, das sein Leben verändern würde. Außerdem hat er Stanley gesagt, er würde eventuell nach L.A. ziehen.«

»Na und?«

»Warum sollte er New York verlassen, wo er gelebt hatte, seit er in dieses Land gekommen war? Er war vierundachtzig Jahre alt, Phil. Warum sollte er seinen besten Freund und alles verlassen, was ihm vertraut war, um in eine andere Stadt zu ziehen, wo er keine Menschenseele kannte?«

»Wegen des Smogs?«

Sie knuffte ihn sachte am Arm. »Komm schon, Phil. Sein Geheimnis hat ihn nach L. A. geführt. Er hatte seinen Bruder gefunden. Eine Fundsache. Das ist die Nachricht, die er für …« Sie hielt abrupt inne. »Mist!« flüsterte sie.

»Was?« Phil sah sie befremdet an.

Ihr schlug das Herz bis zum Hals. »Warum hat er die Stiftung aufgesucht, Phil? Weil er Maurice Steele sprechen wollte. Er hat der Empfangsdame gesagt, daß er den ganzen Weg von New York aus diesem Grund gekommen war. Und als sie ihm erklärte, daß Maurice nicht zu sprechen war, wollte er dessen Söhne sprechen. Warum war ihm das so wichtig?«

Phil runzelte die Stirn. »Was willst du damit sagen, Jess?

Daß Maurice Steele Pomerantz' Bruder ist? Der Bruder hieß Shtuelberg, nicht Steele.«

»›Maurice‹ könnte von ›Moshe‹ oder ›Moses‹ kommen. Der Bruder hat vermutlich seinen Nachnamen geändert. Das haben viele Einwanderer getan, als sie in dieses Land kamen, ihre Namen amerikanisiert, um sich einzufügen.«

»Du phantasierst«, sagte Phil freundlich.

»Es paßt aber«, beharrte sie. »Ezra Nathanson hat mir erzählt, daß Maurice Steele mit ein bißchen Geld in die Staaten gekommen ist und ein Vermögen daraus gemacht hat. Ich glaube, er hatte das Geld von dem Schweizer Konto, das sein Vater eröffnet hat.« Sie hielt inne. »Pomerantz fuhr nach L.A., um sich wieder mit seiner Familie zu vereinen. Er hat eine Nachricht mit seinem Namen hinterlassen, weil sein Bruder dann begreifen würde, daß Pomerantz noch lebte.«

»Warum hat er dann nicht einfach angerufen und gesagt: ›He, Bruderherz, ich lebe noch und du auch. Laß uns mal den Schampus köpfen.‹«

Jessie schüttelte den Kopf. »Das ist nicht Pomerantz' Stil. Er hat es gern ein bißchen dramatisch.«

Phil zog die Brauen hoch. »Bist du auf einmal seine engste Freundin?«

»Ich habe mir das Video etwa zehnmal angesehen, Phil. Ich weiß, wie er denkt. Er wollte seinen Bruder überraschen, indem er einfach auftauchte. Aber Maurice war nicht da. Deswegen hat er eine Nachricht hinterlassen. Er ging davon aus, daß sein Bruder sie verstehen würde.«

»Und dann was? Warum haben sie ihr großes Wiedersehen nicht gefeiert?«

»Weil Maurice die Nachricht nie bekommen hat. Seine Söhne haben sie nicht weitergegeben. Er ist krank – herzkrank, glaube ich. Warum sollten sie ihn damit belasten? Und dann hat Zimmer Pomerantz umgebracht.«

Phil setzte eine finstere Miene auf. »Maurice' Söhne haben den Namen ihres Onkels nicht erkannt?«

»Vielleicht hat Maurice nie erwähnt, daß er und sein Bruder verschiedene Familiennamen hatten. Warum sollte er?«

Phil schwieg einen Moment lang und drehte sich auf seinem Stuhl hin und her. »Wie hat Pomerantz herausgefunden, daß Maurice Steele sein verschollener Bruder ist? Der Name ist nicht der gleiche.«

»Von der Bank wußte er, daß sein Bruder den Krieg überlebt hatte. Er muß etwas erfahren haben, das ihn glauben ließ, daß sein Bruder noch am Leben ist.«

»Und das wäre?«

Sie seufzte. »Wenn ich das nur wüßte.«

Sie begann die Biographien der Holocaust-Überlebenden durchzulesen und suchte die Personen heraus, die verwitwet und kinderlos waren und in Seniorenheimen oder allein lebten. Sie hatte etwa zwanzig davon durch, als Lucinda Blake, die Freundin der toten Hure, im Revier auftauchte. Jessie erkannte sie sofort an der Art, wie sie ihre Finger ineinander verschlang.

»Kann ich Sie sprechen?« fragte sie Phil. Gesenkter Blick, schüchterne Stimme.

»Klar. Setzen Sie sich.«

Er klang gelassen und bewegte sich mit zeitlupenartiger Grazie, als er vom Nebentisch einen Stuhl herüberzog. Jessie wußte, daß er gespannt war.

»Ich habe noch mal über Cassie nachgedacht«, sagte die Frau, als sie Platz genommen hatte. »Und was sie von mir erwarten würde.«

Phil sagte nichts. Verschränkte die Hände hinterm Kopf. Wartete.

»Ich möchte ihrer Familie nicht noch mehr Kummer machen.« Erneute Pause, weiteres Verschlingen der Finger. »Es ist nur so, daß ich glaube, ihr Bruder Duane war es.« Lucinda sah auf. »Der sie umgebracht hat, meine ich.« Sie murmelte die Worte nur.

»Warum glauben Sie, daß er es war?« fragte Phil.

»Er hat gedroht, sie umzubringen, wenn sie nicht damit aufhören würde. Es wäre zu gräßlich für ihre Eltern, meinte er.«

»Vielleicht wollte er ihr nur angst machen.«

Lucinda nickte. »Das dachte ich zuerst auch. Aber er ruft mich fast jeden Tag an, seit sie umgebracht wurde. ›Wie geht's, Lucinda?‹ ›Was tut sich, Lucinda?‹ Will wissen, ob ich irgendwas von der Polizei gehört hätte, ob sie irgendwelche Hinweise darauf hätten, wer Cassie ermordet hat. Früher hat er mich nie angerufen.«

»Warum haben Sie uns das nicht schon früher gesagt?« wollte Jessie wissen, bemüht, neugierig, nicht kritisch zu klingen.

»Ich dachte, was ist, wenn ich mich täusche? Duane ist groß und sieht fies aus, wissen Sie? Ich möchte mich nicht mit ihm anlegen. Aber dann habe ich mir gesagt: ›Cassie ist tot, und wenn er es war, mußt du das der Polizei sagen.‹ Und jetzt bin ich hier.« Stolz streckte sie das Kinn vor.

Phil stellte noch ein paar Fragen und ließ sich Duanes Adresse geben. Er versprach ihr, Duane nicht zu verraten, daß sie die Polizei auf seine Spur gebracht hatte.

Sie nahmen Phils Wagen. Duane war zu Hause. Zuerst leugnete er, doch Phil trieb ihn immer weiter in die Enge, und schließlich begann Duane zu weinen. »Ich wollte nicht, daß sie stirbt«, stöhnte er.

Er hatte jemanden geschickt, der seine Schwester einschüchtern sollte. »Cassie packte ein Messer, als es ein bißchen handgreiflich wurde. Er versuchte es ihr abzunehmen, und dann lief alles aus dem Ruder.«

»Er hat siebenmal auf sie eingestochen«, sagte Phil.

»Ich bring ihn um«, flüsterte Duane.

»Ich glaube, Sie haben schon genug Probleme«, meinte Phil. »Wie heißt dieser Typ?«

Anderthalb Stunden später war alles vorbei. Der Mörder von Cassandra Jones saß hinter Gittern und wartete auf einen Pflichtverteidiger. Duane saß auch in einer Zelle. Der Staatsanwalt würde entscheiden, ob er als Komplize angeklagt werden würde.

Espes war erfreut – ein Fall erledigt, blieben noch zwei. Bis zum nächsten Mord.

Jessie tippte Duanes Aussage. Phil hatte sich zwar erboten, es ihr abzunehmen, doch er wußte, daß sie darauf bestehen würde, es selbst zu tun. Als sie halb fertig war, rief sie in der Schule an und erwischte Ezra gerade noch, bevor sein Kurs begann.

»Danke für die Kerzenständer«, sagte sie.

»Gefallen sie dir? Das freut mich.«

Sie hörte ihm an, daß er lächelte. »Ich habe sie am Freitagabend benutzt. Es war ... etwas Besonderes.« Ihr fiel nichts Besseres ein, um zu beschreiben, was sie empfunden hatte.

»Das freut mich auch. Übrigens, weißt du, ob die Beerdigung von Mr. Pomerantz schon stattgefunden hat?«

»Ja, gestern. Stanley Goldblum sagte, es war eine hübsche Feier mit vielen Leuten. Und der Rabbi hat ›schön‹ gesprochen, um Stanley zu zitieren.« Sie lächelte.

»Stanley Goldblum klingt, als wäre er ein sympathischer Mensch. Und ein guter Freund. Ich muß Schluß machen, Jessie. Meine Klasse wartet. A propos, kommst du diese Woche?«

»Ich werd's versuchen. Ezra, was bedeutet der Name ›Shtuelberg‹?«

»Das ist Jiddisch. ›Berg‹ heißt auf englisch ›hill‹, und ›shtuel‹ ›steel‹. Hilft dir das weiter?«

»Vielleicht. Danke.« Sie legte auf und ging zum Wasserspender, wo Phil stand.

»›Shtuelberg‹ heißt auf englisch ›hill of steel‹«, sagte sie.
Phil nickte.

34

»Die Deutschen erklärten uns, wir würden nach Dachau gebracht werden. Während wir vor dem Lager warteten, kochten wir Grassuppe.

In Dachau holten sie uns aus den Waggons. Wir konnten uns kaum rühren. Mein Kumpel tauschte etwas Tabak gegen Bohnen ein. Sie waren hart, aber wir kauten sie trotzdem. Dann zwangen uns die Deutschen, uns auszuziehen. Sie sagten, wir müßten zum Duschen und zur Entlausung.« Pomerantz holte tief Luft. »Wir dachten: ›Das ist das Ende – jetzt vergasen sie uns.‹ Aber es war wirklich nur eine Dusche.« Er seufzte. »Wir benutzten das Wasser, um Suppe zu kochen. Wir aßen sie nackt – unsere Kleider hatten sie uns weggenommen.

Wir waren immer noch nackt, als sie uns zu einer Baracke trieben und uns Schlafkojen zuwiesen. Ich konnte keine der oberen nehmen – ich konnte mich kaum rühren, da die Eiterbeule an meinem Hals so groß geworden war. Also legte ich mich auf den schmutzigen Fußboden.

Es gab einen ukrainischen Krankenpfleger, aber er weigerte sich, uns zu helfen. ›Stirb doch‹, sagte er auf russisch zu mir. Wären die Amerikaner nicht ein paar Tage später gekommen, wäre ich tatsächlich gestorben. Sie kamen mit einem Kaplan und einem Soldaten. Ich lag auf dem Boden, und mein Kumpel war dem Tode nahe. ›Wie viele Juden sind hier?‹ fragte der Soldat. Wir sagten ihm, daß noch drei oder vier Juden übrig seien. Er sah mich an. ›Warum liegen Sie auf dem Boden?‹ wollte er wissen. Ich zeigte ihm die Eiterbeule und erklärte ihm, daß der ukrainische Pfleger sich geweigert hätte, mir und den anderen zu helfen, weil wir Juden waren.

Der Kaplan weinte. Der amerikanische Soldat auch. Er ordnete an, den Unkrainer hinauszubringen und sofort zu erschießen.

Und so geschah es.«

Zwei Personen riefen mit Hinweisen, die sich auf das tote Baby bezogen, im Revier an.

Jessie nahm beide Anrufe entgegen. Sie schrieb sich die Namen der Anrufer auf, aber nachdem sie sich aufmerksam angehört hatte, was sie zu sagen hatten, kam sie zu dem Schluß, daß sie nicht wirklich etwas über das tote Baby oder seine Mutter wußten. Beide Anrufer hatten offenbar von der Belohnung in Höhe von zehntausend Dollar gehört, die die Polizei ausgesetzt hatte. Jessie hatte es auch gehört, am Abend zuvor in den Elf-Uhr-Nachrichten und am Morgen im Radio.

Im Pflegeheim anzurufen war ihr zur täglichen Gewohnheit geworden. Jessie sprach mit dem Geschäftsführer – Hilda ging es gut, versicherte er ihr. Sie hatte eine ruhige Nacht verbracht. Nein, niemand hatte für sie angerufen, und niemand war gekommen, um sie zu besuchen. Er würde Jessie Bescheid sagen, falls sich jemand meldete.

Sie legte auf und tippte weiter an Duanes Aussage, doch sie mußte ständig an Pomerantz denken. Phil hatte recht – wie war der alte Mann darauf gekommen, daß Maurice Steele Moshe Shtuelberg war, sein Bruder, den er für tot gehalten hatte?

Sie ging alles noch einmal von Anfang an durch, von dem Moment an, als sie Pomerantz' Leiche im Gras hatte liegen sehen. Den nächsten Tag, als sie von Mason, dem Verwalter des Golden Palms erfuhren, wer er war.

In seinem Zimmer waren keine persönlichen Dinge gewesen. Kein Adreßbuch, kein Reiseplan, keine Zettel mit Namen von Personen, die er anrufen oder besuchen wollte. Jessie und Phil hatten das gleichermaßen seltsam gefunden. Auch Fotos waren keine vorhanden gewesen. Wenn sie recht hatte und Pomerantz hierher gekommen war, um seinen Bruder wiederzusehen, hätte er dann keine Bilder von sich und seiner verstorbenen Frau mitgebracht? Hätte er dann nicht die Fotos mitgebracht, die er im Film erwähnt hatte – Familienfotos, die vor dem Krieg gemacht worden waren und die er retten hatte können, Fotos wie das, das Frances Jessie geschenkt hatte?

Vielleicht hatte er die Fotos mitgenommen, als er zum Century Plaza gefahren war, um sich mit Zimmer zu treffen. Aber warum hätte er das tun sollen, wenn er Zimmer wegen Hilda befragen sollte? Die Fotos mochten ja wertvoll sein, aber er hatte keinen Grund, um sie zu fürchten, wenn er sie in seinem Zimmer im Golden Palms liegen ließ.

Hatte er sich mit einem der Steeles getroffen?

In Gedanken ging sie noch einmal die Gegenstände in seiner Suite durch. Kleidung, Medikamente, Reisegepäck. Einige Ausgaben jüdischer Zeitungen, erinnerte sie sich, manche auf englisch und eine in einer Sprache, die sie für Jiddisch gehalten hatte. Stand darin irgend etwas, das sie hätte lesen sollen?

»Ich wollte Sie schon die ganze Zeit anrufen und fragen, was ich mit Mr. Pomerantz' Sachen machen soll«, sagte Mason. »Aber wir hatten unheimlich viel zu tun, eine Krise jagte die nächste.«

Jessie lächelte verständnisvoll. »Haben Sie noch alles?« In Gedanken drückte sie die Daumen.

Er nickte. »Im Lagerraum.«

Sie fuhren mit dem Aufzug in den Keller, eine weitläufige, feuchte Fläche voller Kisten, Gerätschaften und einer Sammlung nicht zusammenpassender Möbel – Lampen, Matratzen, Tische, Stühle.

»Da ist es.« Mason schob einen Couchtisch beiseite und

wies auf eine übergroße Kiste. Jemand hatte in riesigen Blockbuchstaben POMERANTZ daraufgeschrieben.

Die Kleider waren ordentlich gefaltet und auf sein Gepäck gelegt worden. Sie fand die Zeitungen sowie das eine Exemplar von *Art World* in der Nylontasche und war dankbar dafür, daß derjenige, der Pomerantz' Zimmer ausgeräumt hatte, sie nicht weggeworfen hatte.

Sie bedankte sich, und während sie sich vornahm, Goldblum um Rat zu fragen, erklärte sie Mason, daß sie ihn anrufen würde, um ihm mitzuteilen, wohin er Pomerantz' Sachen schicken sollte.

Im Auto überflog sie die Ausgaben des *Forward*, der englischsprachigen jüdischen Zeitung. Weder die Stiftung noch Maurice wurden erwähnt, aber jemand – sie tippte auf Pomerantz selbst – hatte eine kleine Notiz über eine neue Sammlung unterstrichen, die momentan im Skirball Museum ausgestellt war. Sie nickte. Randy, der Fahrer des Golden Palms, hatte ja erwähnt, daß er Pomerantz dorthin chauffiert hatte.

Sie nahm die jiddische Zeitung zur Hand, legte sie aber rasch wieder beiseite. Sie konnte kein Wort lesen. Sie würde Ezra bitten, ihr zu helfen.

Das Exemplar von *Art World* wirkte intensiv gelesen. Komisch, daß Pomerantz es mitgebracht hatte. Aber schließlich war er ein glühender Kunstliebhaber.

Sie blätterte es durch und bewunderte die Hochglanzreproduktionen. Etwa in der Mitte des Hefts hielt sie den Atem an.

Auf der rechten Seite fanden sich unter der Überschrift JETZT IM SKIRBALL Farbfotos von verschiedenen Kultgegenständen, die alle mit dem jüdischen Ritus zu tun hatten. Eine silberne Menora mit einem Löwenmotiv. Eine goldene Mesusakapsel mit kunstvollem Muster. Eine Silberplakette, die eine Thorarolle schmückte.

Und ein großer, goldener Kelch.

»Der Becher des Elias, unbekannter italienischer Meister, um 1745«, lautete die klein gedruckte Beschreibung. »Mit Diamanten, Rubinen, Smaragden und Saphiren besetzt. Leihgabe der Sammlung Steele.«

Pomerantz hatte den Kelch beschrieben, den sein Vater und sein Bruder in die Schweiz gebracht hatten. Es hatte identisch geklungen.

Moshe Shtuelberg hatte das Konto nach dem Krieg aufgelöst. Zweifellos hatte er auch die anderen Wertsachen seiner Familie abgeholt.

Pomerantz hatte den Kelch erkannt. Bevor oder nachdem er herausgefunden hatte, daß sein Bruder noch lebte? Jessie sah auf das Datum der Zeitschrift. Juni.

Herrn Guttmann zufolge hatte sich Pomerantz vor drei Wochen an die Bank gewandt. Also Anfang Juli. *Nachdem* Pomerantz das Foto des Kelchs entdeckt hatte.

Guttmann hatte gesagt, daß Pomerantz zuerst bestürzt gewesen war. Als er den Kelch in der Zeitschrift gesehen hatte, hatte er wohl angenommen, daß ihn jemand gestohlen hatte.

Und dann hatte er die Wahrheit erfahren – daß sein Bruder noch lebte. Damit mußte ihm klar geworden sein, daß falls sein Bruder den Kelch abgeholt hatte und der Kelch Maurice Steele gehörte, Maurice sein Bruder sein mußte.

Wenn A gleich B ist und B gleich C, dann ist A gleich C.

»Er konnte sich nicht sicher sein, daß es derselbe Becher war«, wandte Phil ein. Er hatte schweigend zugehört, solange Jessie berichtete. »Ich wette, es gibt Hunderte von Kelchen, die genauso aussehen wie der auf dem Bild.«

Sie schüttelte den Kopf. »Nur fünf laut Pomerantz. Er sagte, er würde ihn überall wiedererkennen.« Sie war auf dem Rückweg zum Revier zu Hause vorbeigefahren und hatte sich die entsprechende Passage auf dem Video noch einmal angehört. »Sieh ihn dir an, Phil. Er ist einzigartig.« Sie reichte ihm die aufgeschlagene Zeitschrift und zeigte auf den Kelch. »Außerdem sind die Initialen seines Vaters in die Unterseite des Fußes eingraviert.«

Phil beäugte das Foto. »Die sind aber auf diesem Bild nicht zu sehen.«

»Deshalb ist er ja ins Skirball gegangen, Phil.« Sie beugte sich vor. »Randy Taylor, der Fahrer des Golden Palms, hat mir erzählt, daß er Pomerantz an seinem ersten Tag dorthin gebracht hat. Nicht gerade die herausragendste Touristenattraktion, die L.A. zu bieten hat, oder?«

»Wohl nicht.« Phil zog an seinem Schnurrbart. »Dann hat sich Pomerantz also vergewissert, daß es der Kelch seiner Familie war?« sagte er schließlich.

»Genau! Du weißt, daß ich recht habe, du willst es nur nicht zugeben.« Jessie schmunzelte. »Dann ist er zur Stiftung gefahren, weil er jetzt sicher wußte, daß Steele sein Bruder war. Und das erklärt auch, warum er seinem guten Freund Stanley nichts davon erzählt hat. Er wollte *sicher* sein – er wollte sich nicht blamieren, falls er sich irrte. Aber wenn er recht hatte, dann wollte er hierher ziehen. Es paßt alles zusammen, Phil.« Sie wußte, daß sie wie ein aufgeregtes Schulmädchen klang, doch sie konnte es nicht ändern. Herrgott, es war ihr auch egal.

»Und warum hat er dann den Steele-Brüdern nicht gesagt, daß er ihr Onkel ist?«

Jessie stieß entnervt den Atem aus. »Das *hatten* wir doch schon, Phil. Er wollte seinen Bruder Maurice sprechen, doch der war nicht da. Die Söhne wollten ihn nicht empfangen. Also hat er die Nachricht mit der ›Fundsache‹ hinterlassen.«

Phil überlegte einen Moment und schüttelte dann den Kopf. »Das leuchtet mir nicht ein. Er geht ins Museum, praktisch kaum daß er aus dem Flugzeug gestiegen ist, nur damit er sich vergewissern kann, daß Steele sein Bruder ist. Am Dienstag sucht er die Stiftung auf und hinterläßt eine Nachricht. Und dann wartet er und tut gar nichts? Bis *Samstag*?«

»Vielleicht hat er ja versucht, noch einmal anzurufen«, erklärte Jessie ungerührt.

»Das hätte dir die Sekretärin gesagt. Komm schon, Jess. Irgend etwas ist daran faul.«

»O nein. Was paßt dir denn nicht?« Sie knallte die Zeitschrift auf ihren Schreibtisch.

»Und was paßt dir nicht?« fragte er ruhig.

Phil hatte recht, verdammt noch mal. Sie seufzte und gab es zu.

»Ich glaube, daß du mit dem Kelch recht hast«, sagte er. »Wir könnten uns den Fuß ja mal ansehen.«

»Ich weiß nicht, ob er immer noch im Skirball steht.«

»Läßt sich leicht rausfinden.«

Er zog die Kunstzeitschrift zu sich her und wählte die Telefonnummer unten auf der Seite. Zuerst sprach er mit einer Sekretärin und dann mit einem Assistenten des Kurators.

»Die Ausstellung ging vergangenen Samstag zu Ende«, berichtete er Jessie, als er aufgelegt hatte. »Die Leihgaben aus der Sammlung der Steeles wurden zu einem Museum in Pasadena gebracht, wo eine Ausstellung für September vorbereitet wird.«

»Ich habe den Kurator dieses Museums kennengelernt, als ich im Haus von Maurice Steele war und mit seinen Söhnen gesprochen habe«, erklärte Jessie. »Er heißt Larkins. Er ist ganz begeistert davon, daß die Ausstellung bei ihm stattfindet. Außerdem hofft er, glaube ich, daß Maurice einen Teil seiner Sammlung dem Museum vererbt.« Ihr kam ein Einfall. »Pomerantz hat erwähnt, daß sein Vater mehrere Wertsachen in die Schweiz gebracht hat. Vielleicht gibt es noch andere Stücke außer dem Kelch.«

»Möglich.« Phil nickte. »Vielleicht ist es ein Glück für diesen Kurator, daß Pomerantz tot ist.«

Jessie runzelte die Stirn. »Was meinst du denn damit?«

»Vielleicht hat Pomerantz Anspruch auf den Kelch und andere Kunstgegenstände aus Familienbesitz angemeldet? Dann hätte sich Larkins von der Hoffnung verabschieden müssen, von der Familie Steele eine bedeutende Schenkung für sein Museum zu bekommen.«

»Du weißt nicht, ob Pomerantz so etwas getan hätte. Er war Kunstliebhaber. Genau wie sein Vater. Und sein Bruder.«

»Ach, übrigens, wenn Pomerantz beschlossen hat, seinen Anteil zu fordern? Er ist doch der ältere Bruder, oder? Er muß mit ein paar mickrigen Kröten auskommen, während Maurice Millionär ist.«

Sie starrte ihn an. »Jetzt bist du aber albern. Glaubst du etwa, die Steeles hätten etwas mit Pomerantz' Tod zu tun?«

Phil verschränkte die Hände hinter dem Kopf. »He, schließlich heißt es nicht umsonst ›Blutgeld‹.«

35

Donald Larkins strahlte, als er hinter seinem Schreibtisch hervorkam und Jessie eifrig die Hand schüttelte.

»Detective Drake! Das ist aber eine nette Überraschung! Als mir meine Sekretärin sagte, daß eine Ms. Drake mich sprechen wolle, dachte ich mir doch gleich, daß ich den Namen *irgendwoher* kenne.«

Das Lächeln des Kurators war breit, aber steif. Fairerweise konnte ihm Jessie nicht verübeln, daß er nervös war. Vermutlich fragte er sich, was sie hier wollte.

»Ich war gerade in der Nähe«, sagte sie. »Da dachte ich mir, ich fahre mal vorbei und sehe mir Ihr Museum an.« Sie sah, wie Larkins lockerer wurde, und wußte, daß es die richtige Entscheidung gewesen war, ohne Phil zu kommen. Sie wollte ihren Besuch unauffällig halten. »Sie haben neulich meinen Appetit auf die Steele-Sammlung geweckt, und seitdem bin ich neugierig darauf, sie zu sehen.«

Larkins fuhr sich mit der Hand an die Brust. »Ach, du liebe Zeit. Ich dachte, Sie hätten mitbekommen, daß wir die Ausstellung gerade erst vorbereiten. Sie kann erst im September besichtigt werden.«

Nun wirkte er wieder beklommen. Jessie erinnerte sich noch deutlich daran, wie erschrocken er gewesen war, als sie ihm gesagt hatte, daß sie Fahnderin der Mordkommission war. Damals hatte sie sich bei seiner Reaktion nichts gedacht. Damals. Doch inzwischen, nach diesem Gespräch mit Phil ...

»Aber Sie *haben* doch einige Stücke aus der Steeleschen Sammlung hier, oder nicht? Irgendwo habe ich gelesen, daß verschiedene Kunstwerke, die kürzlich im Skirball ausgestellt waren, hierher gebracht worden sind. Ich würde sie zu gern sehen.« Sie musterte ihn jetzt genau.

»Die Judaica meinen Sie?« Larkins nickte. »Die sind hier, unter Verschluß natürlich. Ich bin noch nicht einmal dazu gekommen, sie zu katalogisieren.«

Sie schenkte ihm ihr schönstes Lächeln. »Kann ich einen Blick darauf werfen?«

Der Kurator war nicht beeindruckt. »Das könnten Sie, aber da würden Sie sie nicht von ihrer besten Seite sehen«, entgegnete er ernst. »Ich habe noch nicht entschieden, wo die einzelnen Stücke aufgestellt werden sollen. Die Anordnung ist sehr wichtig, wissen Sie.« Er klang ein wenig pedantisch.

»Oh, das ist mir klar.« Sie nickte. »Tja, ewig schade.« Sie seufzte vor Enttäuschung.

Kurzes Zögern. »Na ja, ich *könnte* sie Ihnen schon zeigen.

Aber Sie müssen versprechen, im September wiederzukommen und sich die ganze Ausstellung anzusehen«, sagte er mit einem Grinsen.

Sie wurde nicht schlau aus ihm.

Larkins ging ihr voraus in einen großen Raum, in dem deckenhohe Wandschränke aus dunklem Holz standen. Er schloß den Schrank in der Mitte des Raums auf und öffnete dessen hohe Türen.

»Das zeigt sie wirklich nicht in gutem Licht«, erklärte er, als er beiseite trat.

Sie kam näher und seufzte unwillkürlich auf. Herrlich, dachte sie ehrfürchtig, als sie die Kunstgegenstände auf den Borden bestaunte. Sie erkannte die Menora, die Thoraplakette und die Mesusakapsel, die sie in Pomerantz' Kunstzeitschrift gesehen hatte. Daneben lagen ein Gebetbuch mit einem aufwendig verzierten silbernen Einband, ein silberner Passahteller und eine goldene Krone.

»Das ist eine Krone für die Thorarolle«, erklärte Larkins. »Wir haben auch einige mit wunderbaren Malereien versehene *Ketubot* – jüdische Heiratsurkunden –, aber die sind zu groß, um sie hier aufzubewahren. Ich glaube, Sie werden beeindruckt sein, wenn Sie sie in der Ausstellung sehen.«

Jessie hatte den Blick bereits abgewandt und studierte nun die anderen Borde.

Kein Kelch.

Sie unterdrückte ein Stirnrunzeln und wandte sich zu dem Kurator um. »Ich erinnere mich vage, daß zu der Steeleschen Sammlung, die im Skirball gezeigt wurde, ein Kelch gehört hat.« Es fiel ihr schwer, aber sie schaffte es, neugierig zu klingen und nicht argwöhnisch.

»Ein atemberaubendes Stück, wenn ich mal so sagen darf.« Larkins nickte. »Mr. Steele – ich meine Henry Steele – war hier, um die Ausstellung zu besprechen, kurz nachdem die Stücke aus dem Skirball hierher gebracht wurden. Dabei fiel ihm auf, daß einer der Steine locker war, daher hat er den Kelch zur Reparatur geschickt.«

Tatsächlich? Ihr Herz klopfte. Sie war gekommen, um sich zu vergewissern, daß der Kelch Yerachmiel Shtuelberg gehört hatte. Doch jetzt hatte sie etwas weitaus Interessanteres erfahren. »Ein Glück, daß der Stein nicht beim Transport herausgefallen ist.«

»O ja.« Erneutes heftiges Nicken. »Das wäre ein entsetzlicher Verlust gewesen. Die Edelsteine sind ziemlich wertvoll. Aber ich bin sicher, daß der Kelch rechtzeitig zu Ausstellungsbeginn wieder in unseren Händen sein wird.«

In deinen *gierigen* kleinen Händen? »Vielen Dank für diese private Vorschau, Mr. Larkins.« Sie wartete, bis er die Schränke wieder abgeschlossen hatte, und folgte ihm aus dem Raum.

Auf einmal blieb sie stehen. »Übrigens, haben Sie Mr. *Henry* Steele gesagt? Ich dachte, Charles Steele würde mit Ihnen an der Ausstellung arbeiten.«

»Carles war mit familiären Angelegenheiten beschäftigt, deswegen ist Henry gekommen. Sie sind beide Kunstliebhaber, wissen Sie.« Larkins lächelte. »Wo Sie schon einmal da sind, Detective, darf ich Sie durchs Museum führen? Im Moment haben wir eine Ausstellung mit Künstlern aus der Umgebung, die Ihnen gefallen könnte.«

Jessie sah auf die Uhr. »Schön wär's. Aber mein Partner erwartet mich.«

»Das ist ja hier wie in einer Festung«, meinte Phil, als die elektronischen Tore aufschwangen. Er folgte Jessie den Fußweg hinauf zur Haustür und sah sich um. »Was meinst du, was man für so ein Haus bekommt? Sechs, sieben Millionen?«

»Mindestens.« Der Rolls stand in der halbrunden Auffahrt. Genau wie die anderen Wagen.

Kurz darauf öffnete ihnen Charles selbst die Tür. »Wie ich sehe, haben Sie sich Verstärkung mitgebracht«, sagte er. Verkniffen lächelnd winkte er Jessie und Phil mit einer übertriebenen, spöttisch gemeinten Geste herein.

Jessie ignorierte Bemerkung und Geste und machte die beiden Männer miteinander bekannt. Ihr fiel das frische Blumenarrangement auf, das auf dem Tisch in der Mitte stand. Lila und Weiß diesmal.

»Henry erwartet uns schon sehnsüchtig in der Bibliothek«, sagte Charles. »Ich hoffe, es dauert nicht lange. Ich würde nämlich heute gern zum Abendessen nach Hause fahren – in den letzten anderthalb Wochen habe ich meine Frau kaum gesehen. Vermutlich hat sie schon vergessen, wie ich aussehe.«

»Ist Ihr Bruder auch verheiratet?« fragte Jessie, während sie und Phil Charles folgten.

»Ja. Mit der langmütigen Lydia.« Er öffnete die Tür zur Bibliothek und bat sie mit einer weiteren majestätischen Handbewegung hinein.

Henry stand mit verschränkten Armen da und musterte die Wand gegenüber. Er drehte sich um, als Jessie und Phil den Raum betraten. Sie stellte Phil vor, und dann setzten sie sich um den runden Tisch. Auch hier frische Blumen. Jessie fragte sich, wer sich um all die Kleinigkeiten kümmerte. Die Mutter? Sarah Miller? Eines der Hausmädchen?

»In Ihrem Anruf sagten Sie, es sei wichtig«, begann Henry und sah Jessie an.

Heute wurden keine Erfrischungen angeboten, bemerkte Jessie. »Das stimmt. Mr. Steele ...«

»Ich habe Charles schon von dem Dokumentarfilm berichtet und von den Leuten, die gestorben sind. Ich bete zu Gott, daß Sie nicht hier sind, um uns zu sagen, daß noch jemand, der von der Stiftung interviewt wurde, umgekommen ist.«

»›Ermordet wurde‹ ist der richtige Ausdruck«, korrigierte

Charles. »Das vermutet Detective Drake nämlich. Das stimmt doch, Detective?«

»Ja, das stimmt.« Sie wandte sich an Henry. »Um Ihre Frage zu beantworten – ich habe die Biographien durchgesehen, aber ich habe noch keinen der Interviewten gesprochen. Haben Sie etwas von Mr. Zimmer gehört?«

Er schüttelte den Kopf. »Ich glaube trotzdem, daß Sie sich in ihm täuschen.«

»Ich muß meinem Bruder zustimmen.« Diesmal kein Sarkasmus von Charles. »Zimmer hat unermüdlich gearbeitet, um diese schrecklichen Erstattungsverfahren durchzuboxen.«

»Die Zürcher Telefonnummer seiner Organisation wurde abgemeldet«, sagte Jessie und bemerkte, daß die Brüder Blicke austauschten. Sie sah Erstaunen. Vorgetäuscht oder echt? »Und es gibt keinen neuen Anschluß.«

»Ernst hat uns erklärt, daß er und seine Kollegen nicht beliebt sind.« Henry beugte sich vor. »Was er Ihnen nämlich nicht erzählt hat, ist, daß er Morddrohungen von Leuten bekommen hat, die etwas gegen seine Arbeit haben. Denkbar, daß die Gruppe ihr Büro geschlossen hat, umgezogen ist und sich eine Geheimnummer hat geben lassen.«

»Schwer, den Leuten zu helfen, wenn sie einen nicht finden können.« Phil schmunzelte.

»Sicher geben sie ihre neue Telefonnummer und Adresse den Leuten, denen sie vertrauen können.«

»Das ist die nächste Schwierigkeit«, meinte Phil. »Festzustellen, wem man vertrauen kann. Man wird doch andauernd hinters Licht geführt.«

»Wie schade, Detective, daß Ihr Beruf Sie so zynisch gemacht hat.« Charles schüttelte den Kopf. »Ich betrachte die Menschen nach wie vor optimistisch. Ich suche nach Schönheit, nicht nach Häßlichkeit. Deshalb liebe ich die Kunst.«

»Übrigens«, sagte Jessie, hocherfreut über diese ideale Einleitung, »habe ich heute Mr. Larkins' Museum besucht, und er war so nett, mir einen Teil der Sammlung Ihres Vaters zu zeigen, die im September ausgestellt wird.« Bildete sie sich das nur ein, oder war Henry zusammengezuckt?

»Herrliche Stücke, nicht wahr? Manchmal habe ich das Gefühl, Larkins glaubt, sie gehörten bereits ihm.« Charles lächelte. »Er rechnet damit, daß zumindest ein paar davon permanent in seinem Museum bleiben, zusammen mit einigen anderen Kunstwerken, die mein Vater im Lauf der Jahre gesammelt hat. Ich nehme es ihm nicht übel – sie würden die Bedeutung seines Museums zweifellos erhöhen, und seine eigene ebenfalls.«

Phil stieß Jessie unter dem Tisch mit dem Knie an.

»Hat Ihr Vater schon entschieden, was aus seiner Sammlung werden soll?« fragte sie.

»Mehr oder weniger. Ein Teil der Sammlung bleibt in der Familie. Einige Stücke gehen an hiesige Museen, das Getty, das Skirball und das LACMA«, erklärte Charles, wobei er mit letzterem das Los Angeles County Museum of Art meinte. »Und Larkins' Traum geht auch in Erfüllung. Mein Vater mag ihn und ich auch. Er kann manchmal grauenhaft kriecherisch sein – und ein bißchen neugierig.« Ein weiteres hastiges Lächeln. »Aber er kennt sich aus und ist ein leidenschaftlicher Kunstliebhaber. Welche Stücke haben Sie denn gesehen?«

»In erster Linie die Judaica. Ich war ganz enttäuscht, als ich hörte, daß der Kelch, der in der *Art World* abgebildet war, nicht darunter war.« Jessie wandte sich an Henry. »Ich habe gehört, daß Sie ihn mitgenommen haben, um einen der Steine neu fassen zu lassen.«

»Das hast du mir gar nicht erzählt«, sagte Charles in fast vorwurfsvollem Ton.

»Einer der Steine war locker«, erklärte ihm Henry. »Mach dir keine Sorgen. Der Kelch kommt rechtzeitig zur Ausstellung zurück.« Er sah wieder Jessie an. »Aber Sie sind doch nicht gekommen, um über Kunst zu diskutieren.«

»Nein«, stimmte sie zu. »Es gibt eine interessante Entwicklung bei den Ermittlungen um den Mord an Mr. Pomerantz.«

Die Brüder sahen sich erwartungsvoll an.

Sie wandte sich an Henry. »Gestern habe ich Sie gebeten, für mich einen Namen in der Internetliste der nachrichtenlosen Konten nachzusehen.«

Henry nickte. »Er war nicht dabei.«

»Genau. Und zwar weil das Konto schon vor über fünfzig Jahren aufgelöst wurde. Das habe ich heute von der Schweizer Bank erfahren.«

»Tja, dann ist das ja geklärt«, meinte Henry.

»Der Name, den ich Sie nachzuschauen bat, war Yerachmiel Shtuelberg«, fuhr sie fort, wobei ihr bewußt wurde, daß sie das gutturale Phonem ausnahmsweise einmal richtig ausgesprochen hatte, was jedoch momentan kaum eine Rolle spielte. »Mr. Shtuelberg war Pomerantz' Vater. Mr. Pomerantz trug den Nachnamen seiner Mutter, weil seine Eltern zum Zeitpunkt seiner Geburt nicht offiziell verheiratet waren, zumindest nicht nach polnischem Gesetz.«

Charles runzelte die Stirn. »Das ist ja sicher alles sehr interessant, Detective«, sagte er in einem Ton, der alles andere als das ausdrückte. »Aber was hat das mit uns zu tun?«

Sie sah, daß Henrys Blick auf ihrem Gesicht lag. »Eigentlich glaube ich, daß Sie diese Geschichte ausgesprochen bewegend finden werden. Nachum Pomerantz hatte einen jüngeren Bruder namens Moshe Shtuelberg.« Keiner der beiden zeigte eine Reaktion. »Er glaubte, Moshe sei vor über fünfzig Jahren in Auschwitz ums Leben gekommen. Vor drei Wochen hat er zu seiner Verblüffung festgestellt, daß vor fünfzig Jahren jemand das Schweizer Konto seines Vaters aufgelöst hat. Und dann erfuhr er, daß dieser Jemand sein Bruder Moshe war. Er hatte überlebt! Und Nachum fand heraus, daß er immer noch lebte. Und raten Sie mal, wo?« Jessie lächelte. »Hier.« Sie klopfte auf den Tisch und sah Henry an. Sie schwieg einen Moment und fügte dann hinzu. »In Los Angeles.«

Charles legte den Kopf schief. »Das ist wirklich eine überaus rührende Geschichte, Detective, aber ich begreife immer noch nicht …«

»›Shtuelberg‹ heißt auf englisch ›hill of steel‹«, erklärte Jessie. »Das habe ich gestern herausgefunden. Ich wüßte gern, wie Ihr Vater hieß, als er ins Land kam.«

»Soweit ich mich erinnere, schon immer ›Steele‹.« Er sah seinen Bruder an. »Henry?«

»›Steele‹ ist der einzige Name, den ich je gehört habe. Ich verstehe nicht, worauf Sie hinauswollen, Detective.«

Jessie lächelte. »Ich glaube doch.«

Charles zog die Augenbrauen hoch. »Henry, ich glaube, Detective Drake hat dich soeben als Lügner bezeichnet.«

»Halt die Klappe, Charles«, sagte Henry genervt.

»Ich konnte Ihr Gesicht nicht sehen, als ich Sie gestern gebeten habe, Shtuelbergs Namen zu suchen«, sagte Jessie. »Aber ich kann mir vorstellen, wie erstaunt Sie gewesen sein müssen, als Sie Ihren Familiennamen hörten.«

Henry schüttelte den Kopf. »Ich habe absolut keine Ahnung, wovon Sie reden. Sie haben mich gebeten, einen Namen nachzuschauen, und ich habe ihn nachgeschaut.«

»Ihr Vater heißt mit Vornamen Maurice. Das ist auf hebräisch Moshe, nicht wahr?«

»Es könnte alles möglich sein.«

»Welcher Name wird genannt, wenn er in Ihrer Synagoge zur Thora gerufen wird?« Sie fragte Charles. Nun hatte sie seine Aufmerksamkeit, das sah sie ihm an.

Henry räusperte sich. »Sie unterstellen, daß unser Vater dieser Moshe Shtuelberg ist und daß er und Pomerantz Brüder waren. Ich muß Ihnen leider sagen, Detective Drake, daß niemand aus der Familie meines Vaters den Krieg überlebt hat. Sie kamen alle um, seine Eltern, seine Schwestern, alle.«

»Hatte er einen Bruder?« fragte Jessie.

Henry nickte. »Es gab tatsächlich einen Bruder. Aber auch er hat nicht überlebt.«

»Ich habe von einigen Fällen gehört, in denen Holocaust-Überlebende nach vielen Jahren entdeckt haben, daß ein Verwandter, von dem sie annahmen, daß er tot sei, in Wirklichkeit noch lebt.«

»Glauben Sie mir, wir wünschten alle, dem wäre so. Mein Vater hat nachgeforscht. Er hat gesucht und gesucht, doch er hat keinen gefunden.« Henry seufzte. »Sie haben einen falschen Schluß gezogen. Und, so könnte ich hinzufügen, dabei haben Sie uns einiges an Kummer bereitet. Wenn das dann alles war?« sagte er und erhob sich halb. »Ich würde gern nach meinem Vater sehen.«

»Die Geschichte ist noch nicht zu Ende«, sagte Phil gedehnt.

»Als Moshe Shtuelberg das Konto aufgelöst hat«, sagte Jessie, »hat er nicht nur das Geld abgehoben, sondern auch die Wertsachen mitgenommen, die sein Vater dort deponiert hatte, einschließlich einiger Kunstgegenstände.«

Henry seufzte und setzte sich wieder hin.

»Nachum Pomerantz hat eines dieser Kunstwerke erkannt – er hat es in einer Kunstzeitschrift gesehen«, fuhr Jessie fort. »Daher wußte er auch, daß sein Bruder noch lebte, und zwar in L.A., die Zeitschrift nannte ja den Eigentümer des Werks. Es war ein mit wertvollen Steinen besetzter Kelch, der Becher des Elia. Mr. Pomerantz hat ihn in einem Interview, das er für eine Dokumentation gab, genau beschrieben.«

»Soweit mein Vater uns mitgeteilt hat, wurden von ein und demselben italienischen Künstler mehrere Kelche angefertigt«, erklärte Charles. Er starrte nun seinen Bruder an.

»Yerachmiel Shtuelberg hat seine Initialen in die Unterseite des Fußes geritzt«, sagte Jessie.

Charles nickte. »Na, dann läßt sich das ja ohne weiteres klären. Ich kann mich nicht erinnern, jemals Initialen auf dem Kelch meines Vaters gesehen zu haben.«

»Wir würden gern einen Blick auf den Becher werfen«, sagte Phil. »Wie heißt denn das Geschäft, das die Reparatur ausführt?«

»Offen gestanden«, erwiderte Henry, »ist der Kelch hier im Haus. Ich bin noch nicht dazu gekommen, ihn hinzubringen.«

»Dann hol ihn, o Henry, o Henry, o Henry«, sang Charles. »Bringen wir es hinter uns.«

Henry warf ihm einen wütenden Blick zu und ging hinaus.

Charles trommelte mit den Fingern auf den Tisch.

Kurz darauf kam Henry mit dem Kelch in der Hand zurück.

Er war großartig, das Foto war ihm in keiner Weise gerecht geworden. Der Diamant blinkte ihr zu, als ihr Henry den Kelch reichte. Sie drehte das Gefäß um.

Die Unterseite des Fußes war glatt.

Keine Initialen.

Charles spähte über ihre Schulter. »So, das war's dann wohl. Er seufzte. »Wenn Sie recht haben, ist dieser arme, alte Mann extra den weiten Weg nach L.A. gekommen, und dabei war es nicht einmal der Kelch seines Vaters. Und dann wurde er ermordet.«

Jessie sah Phil an. Seine Miene war ausdruckslos. Sie wandte sich an Henry und reichte ihm den Kelch. »Welches ist der lockere Stein?«

Er zwinkerte. »Was?«

»Sie haben zu Mr. Larkins gesagt, daß Sie den Kelch mitnähmen, um einen lockeren Stein neu fassen zu lassen. Welcher Stein ist denn locker?«

»Ich glaube, es war dieser Saphir.« Er wies auf einen glänzenden blauen Stein.

»Darf ich?« Jessie nahm den Kelch und berührte den Saphir leicht. »Mir kommt er fest vor.« Sie drehte den Becher langsam und überprüfte sämtliche anderen Steine. »Sie sind alle in Ordnung.« Sie verlieh ihrer Stimme einen Hauch Überraschung.

»Vielleicht habe ich mich geirrt.« Er fuhr sich mit der Hand durchs Haar. »Ich neige dazu, übervorsichtig zu sein. Außerdem ist dies ein wertvoller Gegenstand. Es ist ein einzigartiges Stück.«

Jessie stellte den Kelch auf den Tisch. »Offensichtlich haben Sie die Initialen entfernen lassen, um eine Identifikation zu verhindern. Wovor haben Sie Angst?«

»Das ist ja lächerlich!« Henrys Stimme bebte vor lauter Empörung. Sein Gesicht war aschfahl.

»Ich glaube nicht, daß es schwer sein wird, denjenigen zu finden, der die Initialen entfernt und den Fuß neu versilbert hat.«

»Ein paar Anrufe müßten genügen«, meinte Phil. »Das ist kein Stück, das man wieder vergißt.«

»Sie machen einen entsetzlichen Fehler.« Schweißtropfen standen über Henrys Oberlippe.

Jessie sagte: »Wollen Sie uns erzählen, was geschehen ist, Mr. Steele? Ihr Onkel kam zur Stiftung, konnte aber weder Ihren Vater noch Sie oder Ihren Bruder sprechen. Deswegen hat er eine Nachricht hinterlassen – ›Fundsache‹. Sie haben mir erzählt, Sie hätten in dem Altenheim angerufen, wo er wohnte, ihn aber nicht erreicht. Sie haben aber doch mit ihm gesprochen, stimmt's?« fragte sie sanft.

»Wenn mein Bruder sagt, daß er nicht mit Mr. Pomerantz gesprochen hat, dann hat er auch nicht mit ihm gesprochen«, erklärte Charles.

»Als ich Sie gebeten habe, den Namen Yerachmiel Shtuelberg nachzusehen, wußten Sie genau, wer das war«, erklärte Jessie. »Ihr Großvater. Der Vater von Nachum Pomerantz, Ihrem Onkel, dem Mann, von dem Sie behaupten, ihn nie getroffen zu haben.«

»Was ist passiert, Henry?« Phil beugte sich vor. »Hat er gedroht, Sie auf die Hälfte des Vermögens Ihres Vaters zu verklagen? Ich kann verstehen, daß Sie das verärgert hätte. Haben Sie ihn deshalb umgebracht?«

»Okay. Dieses Verhör ist beendet!« Charles trat an die Stelle seines Bruders.

Henrys Augen waren vor Angst ganz weit geworden. »Ich habe ihn nicht umgebracht!« flüsterte er heiser. »Mein Gott. Wie können Sie *das* nur glauben?«

»Ich weiß, daß es schwer für Sie ist, Henry«, sagte Jessie freundlich. »Vielleicht fiele es Ihnen leichter, wenn Sie allein mit uns sprächen.«

»Ich lasse meinen Bruder nicht allein, damit Sie ihn dazu bringen, etwas zuzugeben, was er nicht getan hat. Ich weiß doch, was in Ihrer Branche läuft.« Charles lächelte grimmig.

Phil sagte: »Die Telefongesellschaft überprüft sämtliche Gespräche, die von dem Tag an, als Pomerantz die Stiftung aufgesucht hat, bis zu dem Samstagabend, an dem er umgebracht wurde, im Golden Palms eingingen. Ich möchte wetten, daß einige Anrufe aus der Stiftung, aus Ihren Privathäusern oder von hier kamen. Bald werden wir es wissen.«

Phil war ein überzeugender Lügner. Die Telefongesellschaft tat nichts dergleichen – bis jetzt. Dazu bräuchten sie zuerst einen Durchsuchungsbefehl. Doch das wußten die Steele-Söhne nicht.

Henry war auf einem Stuhl zusammengesunken und stützte seinen Kopf mit beiden Händen. »Ich habe ihn nicht umgebracht! Sie müssen mir glauben!«

»Wann haben Sie sich mit ihm getroffen?« fragte Jessie ruhig.

Charles packte die Schulter seines Bruder. »Henry, du sagst nicht ein verdammtes Wort!«

Henry sah ihn mit zornigem Blick an. »Ich mach' das nicht mehr mit! Sie finden es ohnehin heraus.« Er sah Jessie an. »Wir haben beide mit ihm gesprochen. Zuerst ich und dann Charles.«

36

»Du bist ein solcher Idiot!« zischte Charles. Er setzte sich und funkelte seinen Bruder an.

Henry ignorierte ihn. »Er ist am Dienstag in die Stiftung gekommen, aber wir waren zu beschäftigt, um mit ihm zu sprechen. Barbara hat jedem von uns einen Zettel mit seiner Nachricht hingelegt, mit der Telefonnummer, unter der er zu erreichen war.«

»Wie lautete die Nachricht genau?« Aus dem Augenwinkel konnte Jessie Charles sehen. Seine Miene war versteinert.

»›Etwas geht verloren, und jemand wird gefunden.‹ Charles hat die gleiche Nachricht bekommen – wir hatten keine Ahnung, was es bedeutete, aber wir wollten Dad nicht damit belästigen. Ihm ging es nicht gut.« Henry räusperte sich. »Ich habe Pomerantz noch am selben Abend im Altenheim angerufen, doch er war nicht da. Ich habe meinen Namen nicht genannt.« Henry räusperte sich erneut und stand dann abrupt auf. »Ich brauche einen Schluck Wasser. Möchten Sie irgend etwas?«

Jessie schüttelte den Kopf. Phil ebenfalls.

»Vergessen Sie nicht, in Ihrem Bericht zu erwähnen, daß mein Bruder der perfekte Gastgeber ist, selbst wenn er von der

Polizei verhört wird«, sagte Charles, während Henry auf dem Weg zur Bar den Raum durchquerte.

Henry kehrte mit einem Glas aus geschliffenem Kristall zurück, das mit einer klaren Flüssigkeit gefüllt war. Wasser, fragte sich Jessie, oder Schnaps? Er sah aus, als bräuchte er dringend einen Drink. Charles genauso.

»Entschuldigen Sie.« Henry nahm seinen Platz wieder ein und stellte das Glas auf einen Korkuntersetzer. »Mr. Pomerantz hat am Mittwoch nachmittag angerufen, Barbara war beim Mittagessen, daher habe ich das Gespräch entgegengenommen. Er sagte, es wundere ihn, daß ich ihn nicht angerufen hätte. Ich erklärte ihm, daß ich angerufen, aber nichts ausrichten lassen hätte. Ich fragte ihn, was er mit dieser Nachricht von ›verloren und gefunden‹ meinte. Da hat er gesagt, daß er mein Onkel sei.« Henry trank einen Schluck. Seine Hand zitterte.

»Henry wollte ihm zuerst nicht glauben«, sagte Charles. »Er dachte, Mr. Pomerantz sei ein Gauner.«

»Das müssen Sie verstehen, Detective. Mein Vater ist ein extrem reicher Mann. Ich kann Ihnen gar nicht sagen, wie oft ihn Leute angesprochen und sich als Verwandte ausgegeben haben, in der Hoffnung, von seiner Großzügigkeit zu profitieren. Aber dann erzählte mir Mr. Pomerantz von dem Kelch, den er in der Zeitschrift gesehen und wiedererkannt hätte. Daß er sich an die Schweizer Bank gewandt und ... na ja, alles, was Sie schon ermittelt haben.«

»Also wußten Sie, daß er die Wahrheit sagte.«

Henry nickte. »Ich war verblüfft, fasziniert, durcheinander. Ein richtiger Gefühlsaufruhr ...« Er schüttelte den Kopf. »Er wollte meinen Vater auf der Stelle sehen und die Familie kennenlernen. Ich erklärte ihm, daß Dad ein schwaches Herz habe. Ich fürchtete, der Schock könnte ihn umbringen, wenn wir ihm einfach so erzählten, daß sein Bruder noch lebte. Ich sagte, ich würde ihn am nächsten Tag anrufen. Er sagte, das könne er verstehen. Er wollte das Leben meines Vaters nicht gefährden.«

Jessie versuchte sich Pomerantz' Enttäuschung vorzustellen – er war Tausende von Kilometern gereist, um seinen Bruder in die Arme zu schließen, den er über fünfzig Jahre nicht gesehen hatte, einen Bruder, von dem er gerade erst erfahren hatte, daß er noch lebte. Noch einen Tag länger zu warten muß ihm wie eine Ewigkeit erschienen sein.

Henry trank noch einen Schluck Wasser. »Ich erzählte es Charles. Wir einigten uns darauf, zuerst mit Mom zu sprechen und dann Dad zu dritt auf die Wahrheit vorzubereiten. Aber wir kamen nie dazu, es ihr zu sagen, weil Dad an diesem Abend krank wurde. Charles hat Mr. Pomerantz am Donnerstag angerufen und ihm erklärt, daß wir noch warten müßten, bis sich Dads Zustand gebessert hätte.

Das war also der zweite Anruf im Golden Palms gewesen. »Sie haben keinen genauen Termin vereinbart?«

»Wir faßten ins Auge, daß er dienstags oder mittwochs kommen sollte, falls es Dad gut ging. Mir war wirklich nicht wohl dabei, alles gewissermaßen in der Luft hängen zu lassen, aber Mr. Pomerantz war so verständnisvoll, so nett. Er sagte ...« Henry schloß die Augen und seufzte. »Er sagte, jetzt habe er schon so lange gewartet, nun würden ihn ein paar Tage mehr auch nicht umbringen.«

»Warum haben nicht Sie oder Ihr Bruder sich mit ihm getroffen?«

»Rückblickend betrachtet hätten wir das tun sollen. Aber wir waren ziemlich verstört wegen unseres Vaters. Jedenfalls sollte mich Mr. Pomerantz am Montag morgen hier anrufen, um den Termin zu bestätigen. Als ich nichts von ihm hörte, nahm ich an, er sei vielleicht unterwegs und habe kein Telefon bei der Hand. Doch als er sich gegen Ende des Tages immer noch nicht gemeldet hatte, begann ich mir Sorgen zu machen. Er war so erpicht darauf gewesen, Dad zu sehen und uns alle kennenzulernen. Ich rief im Seniorenheim an, und sie teilten mir mit, daß er tot sei. Ich konnte es nicht fassen. Ich konnte es einfach nicht fassen.« Henry nahm seine Zweistärkenbrille ab und rieb sich die Augen.

»Und Sie haben Ihrer Mutter nie davon erzählt?« fragte Phil.

Henry schüttelte den Kopf und setzte die Brille wieder auf. »Sie war wegen der Krankheit meines Vaters so besorgt, und außerdem geht es ihr selbst nicht besonders gut. Wir hatten vor, es ihr am Montagabend zu sagen, wenn alles wie geplant lief.«

»Warum haben Sie gelogen, als ich letzte Woche hier war?« fragte Jessie. »Warum haben Sie mir nicht gesagt, daß Mr. Pomerantz Ihr lange verschollener Onkel war?«

Charles schnaubte. »Darauf hätten Sie ja wohl inzwischen selbst kommen können, Detective. Wenn wir Ihnen die Wahrheit gesagt hätten, hätte mein Vater davon erfahren. Und die Medien hätten sich auf ihn gestürzt. Bei seinen Herzproblemen konnten wir das nicht riskieren.«

Phil runzelte die Stirn. »Also weiß es Ihr Vater immer noch nicht?«

»Was sollte es für einen Sinn haben, ihm in einem Moment zu eröffnen, daß sein Bruder den Krieg überlebt hat, und ihm im nächsten beizubringen, daß er ermordet worden ist?«

Dagegen wußte Jessie nichts einzuwenden. »Warum haben Sie den Kelch geholt?« fragte sie Henry.

Er warf seinem Bruder einen raschen Blick zu und sah dann wieder Jessie an. »Das war dumm, ich gebe es zu. Ich bin in Panik geraten. Ich wußte nicht, wem Mr. Pomerantz von dem Kelch erzählt hatte. Ich wollte nicht, daß er zu meinem Vater zurückverfolgt wird. Ich versuchte, ihn zu schützen.« Er hielt inne. »Ich hoffe, Sie werden es ihm jetzt nicht sagen müssen. Was hätte das für einen Sinn? Er weiß rein gar nichts über den Tod seines Bruders.«

»Wenn es nicht erforderlich ist, befragen wir ihn auch nicht«, sagte Jessie. Was im Grunde kein Versprechen war. »Wer außer Ihnen beiden weiß, daß Mr. Pomerantz Ihr Onkel war?«

»Ich habe es niemandem auf die Nase gebunden«, erwiderte Charles. »Da können Sie sicher sein. Und mein Bruder hat es bestimmt auch nicht ausgeplaudert.« Er sah zu Henry hinüber.

Henry rutschte auf seinem Stuhl herum. »Ernst Zimmer weiß Bescheid. Er war in meinem Büro, als ich Mr. Pomerantz' Anruf entgegennahm. Ernst ist natürlich hinausgegangen. Als ich ihn wieder hereinrief, hat er mich gefragt, warum ich so aufgelöst sei.« Er sah Charles an. »Ich habe keinen Grund gesehen, es ihm nicht zu erzählen – ich war so aufgeregt, und du warst in dem Moment nicht da.«

Der gute alte Ernst – es mußte ein Schock für ihn gewesen sein, als er hörte, daß Hilda Rheinharts Freund Maurice Steeles Bruder war. Hatte er befürchtet, daß Pomerantz seine Bedenken gegen Zimmers »anwaltliche Dienste« einem der Steele-Söhne mitteilen würde? Zimmer wäre als Dieb entlarvt – und womöglich mit Mord in Verbindung gebracht worden.

»Sonst niemand?« wollte Jessie wissen.

Henry schüttelte den Kopf und leerte sein Glas. Jessie sah Phil an. Er zog beinahe unmerklich die Schultern hoch. *Das war's fürs erste.*

»Wir werden Ihnen vielleicht noch weitere Fragen stellen müssen«, erklärte sie und erhob sich. »Wenn Ihnen noch ...«

»Donald Larkins«, sagte Charles. Er runzelte die Stirn. »Er war in letzter Zeit so oft im Haus und hat Kunstwerke für seine Ausstellung ausgesucht, daß ich ihn gar nicht mehr wahrnehme. Er war auch am Donnerstag hier, als ich Mr. Pomerantz angerufen habe, er schwebte von einem Zimmer ins andere. Womöglich hat er etwas mitgehört und meine Diskussion mit Henry darüber, was wir nun tun sollen, mitbekommen.« Er wandte sich an seinen Bruder. »Weißt du noch?«

»Du hast recht.« Henry nickte nachdenklich. »Ja, jetzt, wo du es sagst, fällt mir sogar wieder ein, daß ich Larkins im Wohnzimmer gesehen habe. Er telefonierte und legte auf, sobald er mich sah. Er entschuldigte sich, sagte, er hoffe, es mache mir nichts aus, aber er habe kurz einen Anruf erledigen müssen.« Henry hielt inne. »Rückblickend betrachtet kam er mir schreckhaft vor, aber schließlich hat er auf mich schon immer ein bißchen nervös gewirkt. Seinerzeit habe ich mir nichts dabei gedacht.«

Charles' Stirnrunzeln war zu einer finsteren Grimasse geworden. »Du glaubst, er hat mein Gespräch mit Pomerantz belauscht?«

»Kann sein. Das würde auch erklären, warum er so hastig aufgelegt und so nervös ausgesehen hat. Aber vielleicht war es ihm auch nur peinlich, daß er das Telefon benutzt hat, ohne vorher zu fragen.«

»Aha.« Charles klang unsicher.

»Doch selbst wenn Larkins gelauscht hat, Charles, was soll's? Warum sollte es Larkins kümmern, ob Dad einen Bruder hatte oder nicht?«

Jessie brauchte Phil gar nicht anzusehen, um zu wissen, daß er vor Zufriedenheit schmunzelte.

»Ich weiß, was du denkst«, sagte Jessie, als sie und Phil wieder in seinem Auto saßen. »Larkins hat damit gerechnet, daß er die Sammlung Steele für sein Museum bekommt. Und auf einmal muß er fürchten, daß Pomerantz behauptet, das Zeug gehöre ihm genauso. Aber das ist wohl kaum ein Motiv für einen Mord.« Sie zog ihren Sicherheitsgurt zurecht.

»Nein?« Phil warf ihr einen Blick zu und ließ den Wagen an. »Ohne die Sammlung hat Larkins kein Prestige. Er ist nichts als ein armseliger Kurator in einem armseligen Museum.«

»Und das ist ein Motiv?« Sie stellte die Klimaanlage auf HIGH und lehnte sich zurück.

»Ich kann mir vorstellen, daß er wütend wird, wenn er daran denkt, was er verliert, weil ein verschollener Verwandter – ein alter Knabe, der vermutlich sowieso nicht mehr lange leben wird – ihm einen Strich durch die Rechnung macht. Du hast ja gehört, was Charles gesagt hat – Larkins tut so, als würde das Zeug schon ihm gehören.«

Es war immer noch heiß im Auto. Sie legte die Hand auf einen der Lüftungsschlitze. Warme Luft fächelte ihre Finger. »Du brauchst FCKW.«

»Schwer zu kriegen, seit es verboten ist. Denk kühle Gedanken.« Phil fuhr los.

Sie schnaubte. »Und wie hat Larkins Kontakt zu Pomerantz aufgenommen?« fragte sie kurz darauf.

»Nehmen wir mal an, Larkins hat das Gespräch zwischen Charles und Pomerantz tatsächlich belauscht. Er erfährt, daß Pomerantz seinen Bruder frühestens am Dienstag treffen wird. Außerdem kriegt er mit, wo Pomerantz wohnt.«

»Eine Menge Vermutungen«, meinte Jessie. »Und wie kommt er an Pomerantz heran?«

Phil schwieg eine Weile. Jessie sah, daß er vor Konzentration die Brauen zusammenzog.

»Er ruft Pomerantz an«, sagte Phil schließlich. »Behauptet, er sei ein Freund der Steeles. Sie sind im Moment ein bißchen überlastet, weil sie sich um den kranken Vater kümmern, aber es tut ihnen leid, daß Pomerantz allein ist, daher haben sie Larkins gebeten, ihm den Aufenthalt ein bißchen zu verschönern.«

Jessie lachte. »Mensch, Phil. Du verschwendest deine Begabung als Polizist. Du könntest Millionen verdienen, wenn du

Drehbücher schreiben würdest. Ich habe gehört, Quentin Tarantino sucht einen Partner.«

»Es funktioniert«, beharrte er. »Er bittet Pomerantz, sich mit ihm im Century Plaza zu treffen. Er mischt ihm etwas in den Drink und gibt ihm dann das Digitalis. Pomerantz ist aus dem Weg, und Larkins muß sich nicht mehr um seine Spielsachen sorgen.«

»Wer ist dann der Unbekannte Nummer zwei? Er ist doch derjenige, der mit Pomerantz weggegangen ist, vergiß das nicht.«

»Stimmt.« Phil sah unglücklich aus. »Okay«, sagte er einen Augenblick später. »Larkins ruft Pomerantz an und verzapft ihm dasselbe Märchen. Pomerantz sagt ihm, daß er im Century mit jemandem verabredet ist. Larkins kommt ›zufällig‹ vorbei. Er ist die Nummer zwei.«

»Und die Nummer eins?«

Phil zuckte mit den massiven Schultern. »Irgendein bekannter von Pomerantz, von dem wir nichts wissen. Vielleicht ist er hier jemandem über den Weg gelaufen.«

Jessie dachte darüber nach. »Jetzt *glaubst* du den Steele-Brüdern also? Vor kurzem hast du noch gedacht, sie hätten ihren Onkel umgebracht, weil sie nichts von Daddys Geld abgeben wollten.«

»Vor kurzem hast du noch gesagt, das sei hirnverbrannt.« Er schenkte ihr ein Lächeln und widmete seine Aufmerksamkeit dann wieder der Straße. »Vielleicht ist einer der Brüder der Unbekannte Nummer Eins. Larkins hat mitgehört, daß er plante, sich mit Pomerantz im Century zu treffen und ist dort aufgetaucht. Das paßt doch, oder nicht?«

Jessie gab keine Antwort.

»Was? Hast *du* es dir etwa anders überlegt? Möchtest du, daß die *beiden* den Mord begangen haben?«

Sie schüttelte den Kopf. »Ich bin mir nicht sicher, ob sie die ganze Wahrheit sagen, aber ich sehe immer noch kein Motiv, warum sie Pomerantz hätten umbringen sollen. Die Familie ist steinreich, Phil. Sie sind bekannte Philanthropen. Wenn sie Millionen an Organisationen und Fremde spenden, warum sollten sie dann ihren Reichtum nicht mit einem engen Blutsverwandten teilen wollen?«

Phil zuckte die Achseln. »Weil sie dadurch keine Publicity bekommen?«

»Ezra hat mir erzählt, daß sie Publicity *hassen*, vor allem der Vater.« Sie wickelte ihre Haare um die Hand und hielt sie vom Hals weg. Besser. »Ich halte Zimmer für den Mörder. Als ihm Henry von Pomerantz erzählte, ist er vermutlich panisch geworden. Er wußte, daß es nur eine Frage der Zeit war, bis Pomerantz ihm auf die Schliche kommen würde.«

Phil nickte. »Wann meldet sich denn dieser Schweizer Kripomann bei dir?«

»Frühestens morgen vormittag. Dort ist es jetzt mitten in der Nacht. Und vielleicht hat er mir ja gar nichts zu sagen.«

»Glaubst du, Zimmer hat das Land verlassen?«

»Kommt darauf an, für wie gefährlich er Hilda hält.«

»Hast du in letzter Zeit mal nach ihr gesehen?«

»Kurz bevor wir zu den Steeles gefahren sind. Sie ist schwach, aber es geht ihr gut. Sie hatte ein paar Anrufe, Freundinnen aus dem Golden Palms. Und eine Besucherin, Lilly Gorcheck, die Geschäftsführerin des Golden Palms. Eine nette Frau.« Es hatte Jessie gefreut, daß einige Leute sich um Hilda besorgt zeigten.

»Was ist mit der Physiotherapeutin? Gladys?«

»Gloria. Das habe ich dir doch erzählt – sie war nicht Mendel Blumenkrantz' Therapeutin.«

»Trotzdem«, beharrte Phil.

»Du hast recht. Ich sage dem Heimleiter, er soll mir Bescheid geben, falls Gloria auftaucht.«

Eine Weile fuhren sie schweigend weiter. Jessie schloß die Augen und stellte sich vor, sie wäre an einem Strand. Mit Gary. Sie würden heute abend zusammen ins Kino gehen. Egal wohin, Hauptsache, es gab eine Klimaanlage, hatte sie zu ihm gesagt.

»Warum glaubst du, daß die Steeles nicht die ganze Wahrheit sagen?« fragte Phil unvermittelt.

Sie schlug die Augen auf und sah ihn an. »Zum einen kann ich mir nicht vorstellen, daß sie sich nicht mit ihrem Onkel getroffen haben. Ich war mir sicher, daß zumindest einer von ihnen der Unbekannte Nummer Eins im Century Plaza war.«

»Sie haben behauptet, sie seien wegen Papas Zustand zu aufgeregt gewesen.«

»Vielleicht haben sie Angst, uns die Wahrheit zu sagen. Sie wollen nicht mit dem Mord an Pomerantz in Verbindung gebracht werden. Sie wollen kein Aufsehen.«

»Damit hast du dir deine Frage selbst beantwortet.«

»Wohl schon.«

»Noch was?«

»Ich bin mir nicht sicher. Ich kann es nicht benennen.«

»Etwas, das einer von Ihnen gesagt hat?«

»Ich weiß nicht.« Sie schloß erneut die Augen. »Es fällt mir schon noch ein.«

37

»Es kursiert eine interessante Geschichte über den alten Bobower Rebbe«, sagte Pomerantz. »Haben Sie nie von ihm gehört? Er war ein bedeutender chassidischer Rabbi in Polen, und jetzt ist sein Sohn in Brooklyn Vorstand einer großen Bobower Gemeinde. Vor dem Krieg hat mein Vater mich und meinen Bru-

der ein paarmal nach Trzebinia mitgenommen, wohin der Bobower Rebbe mit seiner ganzen Familie und seinen Talmidim – seinen Schülern – gezogen war. Sie mußten Bobow wegen der Deutschen verlassen. Aber das ist eine andere Geschichte.« Pomerantz lächelte.

»Na, egal. Die Geschichte, die ich Ihnen erzählen will, stand in der jüdischen Zeitung von Warschau, De Moment. In Kamionka, einer Stadt in der Nähe von Chrzanów in Galizien, war ein Mord geschehen. Man fand die Leiche eines Pojer … ähm, wie heißt das auf englisch?« Pomerantz rieb sich das Kinn und zwinkerte. »Eines Bauern.« Er nickte. »Dieser Bauer hieß Belliewsky. Der Verdacht fiel auf einen jüdischen Wirtshausbesitzer namens Bellaire aus Kamionka, weil der Bauer zwei Tage vorher mit dem Wirt in Streit geraten war und ihm zwei Ohrfeigen versetzt hatte. Belliewskys Freunde behaupteten, der Wirt habe den Bauern ermordet, und obwohl Bellaire auf seiner Unschuld beharrte und es keine Beweise gab, wurde er verhaftet.

Einer von Bellaires Söhnen fuhr zum Bobower Rebbe und erzählte ihm, was geschehen war. Sein Vater sei unschuldig, erklärte er, und er, der Sohn, hätte erfahren, daß drei Bauern schon seit geraumer Zeit geplant hatten, Belliewsky umzubringen. Aber wie sollte er das beweisen?

Der Rebbe sagte dem Sohn, er solle sofort nach Hause fahren, noch bevor der Tote begraben war, und den Richter dazu bringen, Bellaire und die drei Bauern zu der aufgebahrten Leiche zu führen. Nach der Trauerfeier sollten alle vier Männer die Hand des Toten ergreifen. Demjenigen, dem es nicht gelang, die Hand des Toten wieder loszulassen«, sagte Pomerantz mit immer höher werdendem Singsang und hob dabei den Finger, »der sei der Mörder.« Pomerantz ließ die Hand wieder fallen.

»Sie finden das albern, stimmt's? Ich sehe es Ihnen an.« Er

schmunzelte. »Schon in Ordnung. Ich nehme es Ihnen nicht übel. Der Richter fand den Rat des Bobower Rebbe auch albern. Er hat sogar gelacht. Aber aus Respekt vor dem Rebbe, und weil der Rebbe bei seinen Anhängern so beliebt war, willigte der Richter in den Plan ein.«

Pomerantz beugte sich vor. »Und jetzt hören Sie mal, was passiert ist. In der Leichenhalle drückte Bellaire die Hand des Toten und ging.« Er machte ein imaginäres Handschütteln nach. »Das gleiche tat einer der Bauern. Josef Polnick, der zweite Bauer, war als nächster an der Reihe. Er trat vor – und wich zurück!« Pomerantz preßte den Rücken gegen den Stuhl und riß dramatisch die Augen auf. »Er fing an zu heulen und zu schreien, daß er Angst habe, Belliewskys Hand anzufassen, weil sich der Tote an ihm rächen würde.

Der Richter und alle Umstehenden sahen, was geschah. Und Polnick gestand vor aller Augen, daß er Belliewsky umgebracht hatte – sie hatten sich vor langem wegen einem Stück Land zerstritten. Und so wurde Polnick verhaftet, und ganz Galizien sprach vom Bobower Rebbe, wie klug er war und wie er einen Juden vor einem entsetzlichen Unglück bewahrt hatte. Eine gute Geschichte, was?« Pomerantz lächelte.

»Der Rebbe war sehr weise. Ein Jammer, daß die Polizei keinen wie ihn hat, der sie beraten könnte, nicht wahr? Ich höre fast jeden Tag im Radio, daß dieser ermordet wurde, daß jener ermordet wurde.« Pomerantz seufzte und schüttelte den Kopf. »So viele Morde. Die Polizei tut ihr Bestes, um die Mörder zu fassen, aber manchmal sind die Mörder zu schlau.

Nicht wie dieser Pojer *namens Polnick.«*

Der Kriminalbeamte aus Zürich hatte nichts über Ernst Zimmer herausgefunden, erklärte er Jessie am Dienstagmorgen um halb neun. Oder über Hermann Leider. Vermutlich waren beide Namen falsch.

Damit hatte Jessie bereits gerechnet. »Und was ist mit Suisse Générale?«

»Die Adresse, die Sie mir genannt haben, ist eine Wohnung, die an einen Franz König vermietet war, dieselbe Person, auf die auch das Telefon für Suisse Générale angemeldet war.«

Jessie wurde hellwach. »Also *gibt* es König.«

»Ja, aber die Wohnung steht leer. König wohnt nicht mehr dort, und die Hausverwaltung hat keine Ahnung, wo er sich jetzt aufhält. Die Miete wurde bezahlt, das ist das einzige, was sie interessiert. Er hat übrigens immer mit Scheck bezahlt. Genau wie bei der Telefongesellschaft und den Stadtwerken.«

Waren König und Zimmer/Leider dieselbe Person? Und wenn ja, war Zimmer dann nach Zürich zurückgekehrt, um seine Wohnung auszuräumen und unterzutauchen? Oder war König Zimmers Komplize? »Haben Sie überprüft, ob er einen Führerschein hatte?«

»Ja. Auf den Namen Franz König wurde nie einer ausgestellt. Aber vielleicht hat er sich einen gefälschten gekauft. Jedenfalls muß auch dieser Name ein Deckname sein.«

»Sie haben also keine Ahnung, wer dieser Mann wirklich ist?« Wie sollte Jessie ihn finden, wenn es schon die Zürcher Polizei nicht konnte?

»Vielleicht doch. Wir haben im Mülleimer vor dem Haus neben anderen Dingen, die ein Nachbar als Eigentum von König identifiziert hat, einen Geschäftsbrief gefunden, der an Franz Klagswald adressiert war. Wir glauben, König und Klagswald könnten ein und derselbe Mann sein.«

Zum Glück für die Polizei war Klagswald ein bißchen schlampig gewesen. Aber schließlich hatte er nicht damit gerechnet, daß er übereilt zurückkehren und die Spuren seiner Existenz verwischen müßte. »Konnten Sie irgend etwas über ihn in Erfahrung bringen?« Sie hatte fast Angst zu fragen.

»Ja. Wir haben die Nummer seines Führerscheins, seine momentane Anschrift und seine Telefonnummer. Wir wissen, daß Klagswald Anwalt ist, aber nicht mehr praktiziert.«

Das paßte zu Zimmer. Es sah so aus, als wäre Klagswald ihr Mann. Sie wurde ganz aufgeregt. »Und was macht er jetzt?«

»Aus dem Brief, den wir gefunden haben, geht hervor, daß er Investoren für verschiedene Projekte sucht. Sie haben mir ja erzählt, daß das auch dieser Zimmer macht, oder?«

»*Ja*«, sagte Jessie gedankenlos auf deutsch und hoffte, der Kriminalbeamte fühlte sich nicht nachgeäfft.

»Ich habe mich an den Absender des Briefes gewandt, einen von Klagswalds Investoren, wie ich erfuhr. Er hat viel Geld in ein Immobiliengeschäft gesteckt. Er wurde allmählich ungeduldig, weil Klagswald seine Anrufe nicht erwiderte. Er zog Erkundigungen ein und fand heraus, daß Klagswald einen Kredit aufgenommen hatte, der durch die Bauprojekte abgesichert war, die er und die anderen Investoren finanzierten.«

Jessie nickte, obwohl der Schweizer Kollege sie nicht sehen konnte. »Klagswald hat mit dem Geld die Zahlungen an Mrs. Seligman und Mr. Blumenkrantz geleistet.«

Und vermutlich an weitere alleinstehende Überlebende. Sie hatte begonnen, kinderlose Altenheimbewohner anzurufen, die für den Dokumentarfilm interviewt worden waren. Von den sieben Witwen und drei Witwern, mit denen sie bis jetzt gesprochen hatte, war eine Frau vor zwei Monaten von einem Schweizer Anwalt angerufen worden, der ihr angeboten hatte, ihr zu einer raschen, jedoch geringeren Barauszahlung ihrer Ansprüche zu verhelfen. Die Frau war interessiert gewesen, hatte allerdings dem Anrufer gesagt, daß sie alle Unterlagen von ihrem eigenen Anwalt überprüfen lassen würde, bevor sie irgend etwas unterzeichnete. Der Schweizer Anwalt hatte sich damit einverstanden erklärt, aber nie wieder angerufen. An seinen Namen konnte sie sich nicht erinnern.

»Wir haben noch etwas anderes herausgefunden, das Sie interessieren könnte«, fuhr der Schweizer Kollege fort. »Klagswald hat diesem Investor gegenüber anklingen lassen, daß er empört sei, weil die Schweizer Banken eingewilligt haben, die nachrichtenlosen Konten freizugeben und die Einlagen an die überlebenden Erben auszuzahlen. Es gibt wirklich Schweizer, die so denken«, fügte er hinzu, allerdings in einem Ton, der vermittelte, daß er nicht zu ihnen zählte. Er klang betreten. »Klagswald sagte, er fürchte, diese Handlungsweise könne die finanzielle Stabilität der Schweiz gefährden. Was lächerlich ist.«

Genau das Gegenteil dessen, was er Jessie erzählt hatte. Wenig verwunderlich, da alles an ihm gelogen war, einschließlich seines Namens. »Werden Sie ihn vorladen?«

»Das dürfte schwierig werden. Herr Klagswald ist am Montagmorgen nach New York geflogen. Von dort aus könnte er natürlich einen Flug nach Los Angeles genommen haben. Dazu braucht er zwar einen Paß mit Lichtbild, aber ich schätze, daß er gefälschte Papiere besitzt. Die Frage ist, unter welchem Namen er reist.«

Und warum sollte er in die Staaten zurückkommen, insbesondere nach Los Angeles? Es sei denn, er hatte noch etwas Wichtiges zu erledigen.

Wie Hilda Rheinhart. Soweit Jessie wußte, war Hilda die einzige, die Leider alias Zimmer alias Klagswald identifizieren konnte. Und damit die Verbindung zu den Morden herstellte.

Fünfzehn Minuten später hatte Jessie ein Fax von Klagswalds Führerschein mitsamt seinem Konterfei. Sie hatte nicht im geringsten daran gezweifelt, daß es Zimmer war, aber es durchlief sie doch ein kleiner Schauer der Befriedigung, als sie das Gesicht des Mannes erkannte, der ihr in der Stiftung begegnet war. *Fast* dasselbe Gesicht, er sah nur ein klein wenig anders aus. Mit Schnurrbart und ohne Brille. Und das Fax war gräßlich grobkörnig.

Sie zeigte es Phil.

»Das ist er, was?« Er musterte das Foto. »Und jetzt? Willst du es allen Fluggesellschaften faxen, die Flüge nach Los Angeles haben, in der Hoffnung darauf, daß ihn jemand erkennt?«

»Das könnte ich tun. Aber ich vermute, daß er inzwischen hier ist, wenn er am Montag in New York angekommen ist.«

Phil nickte. »Unter welchem Namen?«

Sie überlegte kurz. »König. Er hat auch seine Wohnung in Zürich unter diesem Namen gemietet. Vermutlich besitzt er gefälschte Papiere auf diesen Namen.«

»Also mietet er sich in L.A. auch unter diesem Namen in einem Hotel ein?«

Sie schüttelte den Kopf. »Er weiß, daß wir ihn finden, wenn er das macht.«

»Er weiß doch nicht, daß wir hinter ihm her sind.«

»Er ist sehr vorsichtig, Phil. Er hat alles bis ins kleinste geplant. Er hat bei jedem seiner Opfer einen anderen Namen benutzt. Als er mich in der Stiftung gesehen hat, begann er wahrscheinlich zu fürchten, daß wir ihm irgendwann auf die Schliche kommen würden. Deshalb ist er ja nach Zürich zurückgefahren und hat seine Wohnung ausgeräumt.«

»Na und, dann warst du eben in der Stiftung. Er konnte doch nicht wissen, warum.«

»Henry Steele hat gesagt, daß er Zimmer von Pomerantz' Auftauchen erzählt hat. Infolgedessen hat Henry vermutlich auch erwähnt, daß ich Pomerantz' Tod untersuche. Zimmer muß annehmen, daß wir ihn suchen und womöglich über Franz König im Bilde sind.«

Phil überlegte kurz und zog an seinem Schnurrbart. »Okay«, sagte er schließlich. »Welchen Namen benutzt er dann?«

»Er kann jeden x-beliebigen Namen verwenden – sein letztes Hotelzimmer in Los Angeles hat er mit Reiseschecks bezahlt. Vermutlich macht er es jetzt genauso. Ich hinterlege eine Kopie dieses Fotos in Hildas Pflegeheim.«

»Wie hält sich denn die alte Dame?«

»Ich habe heute noch nicht nachgefragt.« Sie griff nach dem Telefonhörer, wählte die Nummer des Heims und wurde mit Samber verbunden.

»Ich wollte Sie gerade anrufen, Detective«, sagte er.

Jessie atmete hastig ein. »Geht es Mrs. Rheinhart gut?«

»Bestens. Tut mir leid, wenn ich Sie erschreckt habe. Sie haben mich doch gebeten, Ihnen Bescheid zu geben, falls Mrs. Rheinhart Besuch bekommt. Nun, gerade war Mr. Leider da und wollte sie sehen.«

Jessie umklammerte den Hörer. »Sie haben ihn doch nicht in ihr Zimmer gelassen, oder?«

»Natürlich nicht. Ich habe ihm erklärt, daß Mrs. Rheinhart zu schwach sei, um Besuch zu empfangen. Er war sehr enttäuscht. Er versicherte mir, daß Mrs. Rheinhart ihn *bestimmt* sehen wolle, wenn auch nur für ein paar Minuten. Aber ich habe ihn nicht zu ihr gelassen.«

Der Stolz in der Stimme des Heimleiters war unüberhörbar. »Das haben Sie sehr gut gemacht, Mr. Samber. Hat dieser Mann eine Telefonnummer hinterlassen?«

»Nein. Er sagte, ich solle Mrs. Rheinhart ausrichten, daß er da gewesen sei und daß er am Nachmittag wiederkäme. Er hat übrigens Blumen mitgebracht und mich gebeten, sie Mrs. Rheinhart zu geben. Soll ich?«

Sie nahm an, daß die Blumen keinen Schaden anrichten konnten, sagte Samber allerdings, daß sie sie erst untersuchen wolle.

»Hat er noch etwas anderes dagelassen?« Vielleicht eine Schachtel Pralinen, genauso präpariert wie die letzten?

»Nein. Er schien ernsthaft um Mrs. Rheinhart besorgt.«
Darauf möchte ich wetten, dachte Jessie.

38

Das Latex juckte. Jessie äugte in den Spiegel und seufzte. »Mann, sehe ich alt aus.« Ihre Augen waren geschrumpft und hinter Falten aus Plastikhaut verschwunden.

Der Visagist schmunzelte. »Nicht alt genug. Aber wir kriegen's schon hin. Stillhalten, Süße.«

Er hieß Walter und arbeitete freiberuflich für mehrere Filmstudios. Jessie saß nun schon seit über einer Stunde in Walters Wohnung und sah zu, wie sie in eine Achtzigjährige verwandelt wurde. Sie verstand nicht, wie Schauspieler die täglichen Schminksitzungen überstanden. Da war nichts von Glamour, nur absolute Langeweile.

Mit geschickten Fingern schuf Walter weitere »Falten« in ihrem Gesicht und konzentrierte sich auf das Gebiet um ihre Augen, das ihr jetzt schon verdammt alt vorkam. Eine halbe Stunde widmete er ihrem Hals und dem Dekolleté, wobei er mehrmals zurückwich, um sein Werk aus der Distanz zu betrachten.

Er bearbeitete ihre Arme bis über die Ellbogen. Dann die Hände. Sie sah zu, fasziniert und abgestoßen zugleich, während sie vor ihren Augen zu schrumpeln begannen. Er tunkte ein dünnes Bürstchen in ein paar Farbtöpfe; zehn Minuten später hatte sie eine blaßblaue KZ-Nummer auf den linken Unterarm tätowiert. Es vermittelte ihr ein schauriges Gefühl.

Zuletzt kam die Perücke. Eine rosige, hautfarbene Latexkappe mit weißen Haarbüscheln. Er rückte sie zurecht und bürstete ihr dann die Locken in die Stirn und über die Ohren, um den Haaransatz zu verbergen.

Walter wirbelte ihren Stuhl herum.

»Na, wie findest du's?« fragte sie Gary.

»Für eine achtzigjährige Mieze siehst du tierisch sexy aus.« Er grinste. »Wie wär's mit ein bißchen Action, Süße?«

»Nicht heute abend, ich habe Arthritis.« Sie stand auf und fragte sich, was ihre Mutter und Helen sagen würden, wenn sie sie jetzt sähen. Vermutlich fielen sie in Ohnmacht.

»Seien Sie vorsichtig, wenn Sie etwas über den Kopf ziehen«, warnte Walter. »Am besten wäre ein Nachthemd, das sich vorne knöpfen läßt.«

»Ich passe gut auf. Danke, Walter.« Sie zwinkerte ihm zu und fuhr sich lüstern mit der Zunge über die Lippen.

»Vorsicht, die Lippen!« stöhnte Walter.

Gary fuhr sie ins Cedars.

»Ich hoffe, du weißt, was du tust«, sagte er, als er den Wagen parkte. »Mir wäre wohler, wenn Phil mit dir im Krankenzimmer wäre, unter dem Bett.«

»Phil paßt nicht unters Bett.«

»Er könnte im Badezimmer warten. Zimmer würde ihn nicht bemerken.«

»Womöglich sieht Zimmer im Bad nach, bevor er irgend etwas unternimmt. Hör mal, ich bin nicht in Gefahr. Phil sitzt als Pfleger im Schwesternzimmer. Sobald Zimmer in meine Nähe kommt, ziehe ich ihm eines über und drücke den Rufknopf. Dann ist Phil im Handumdrehen da. Eigentlich müßte er gleich kommen.«

Sie hatten auf dem Revier alles detailliert geplant.

Wenn Leider am Nachmittag ins Pflegeheim käme, würde ihm der neue »stellvertretende Heimleiter«, Marty Simms, erklären, daß Hilda keine Besucher empfangen durfte. Simms würde zögern und ihm dann anvertrauen, daß Hilda ganz aufgeregt war, nachdem sie mit einigen Polizisten gesprochen hatte, so aufgeregt, daß sie dem Zeichner, den sie mitgebracht hatten, keine Angaben machen konnte. Hilda habe darauf bestanden, noch am selben Abend zur Beobachtung über Nacht ins Cedars gebracht zu werden. Wenn ihr Gesundheitszustand für zufriedenstellend erklärt wurde, was Simms für wahrscheinlich hielt, könne sie wieder in das Seniorenheim zurückkehren. Simms würde »Leider« auch erzählen, daß die Kriminalbeamten ihn gefragt hatten, um welche Uhrzeit sie am nächsten Tag mit dem Zeichner wiederkommen konnten.

»Diese Geier«, würde Simms sagen.

Das war das Drehbuch. Sie waren alles zuerst auf dem Revier und dann im Pflegeheim ein paarmal durchgegangen. Jessie hatte befürchtet, der echte Heimleiter wäre verschnupft, weil er in den Hintergrund gedrängt wurde. Aber Samber war erleichtert gewesen. Er hatte Jessie gestanden, daß er »saumäßig nervös« gewesen war, als er »Leider« sagen mußte, daß er Hilda nicht besuchen dürfe. Er glaubte nicht, daß er seinen Part natürlich spielen könnte.

Simms konnte es. Er war bei der letzten Probe perfekt gewesen.

Und falls heute abend alles gutging und Simms überzeugend agierte, würde Zimmer sich gedrängt fühlen, rasch zu handeln, bevor Hilda sich mit dem Polizeizeichner zusammensetzte – er mußte annehmen, daß sie dabei helfen würde, ein Phantombild von »Hermann Leider« zu erhalten. Und zwar bevor sie ins Golden Palms zurückkehrte, wo ein Todesfall einen Anruf beim Notarzt erforderlich machte.

Hilda würde natürlich im Pflegeheim bleiben, während Jessie in ihre Haut schlüpfte. Der Umzug ins Krankenhaus und der ausgeklügelte Zeitplan waren unverzichtbar: Jessie brauchte die Unterstützung durch die Nacht – sie fürchtete, Zimmer würde bei Tageslicht sofort merken, daß sie nicht Hilda war. Und in einem Krankenhaus wurde im Gegensatz zu einem Pflegeheim das Kommen und Gehen von Besuchern und Personal kaum beachtet, nicht einmal nachts. Zimmer würde sich sicher fühlen.

Jessie ging mit Gary zum Südturm, wobei sie darauf achtete, sich wie eine ältere Frau zu bewegen. Sie glaubte, auffallend zu wirken, aber niemand achtete auf sie. Der Wachmann hielt ihr die Tür zur Halle auf und lächelte. Genau wie die Leute im Aufzug.

»Wir sind gleich da, Oma.« Zärtlich tätschelte Gary ihren Arm.

Sie versetzte ihm einen Tritt.

Im fünften Stock stiegen sie aus und gingen den langen Flur zu ihrem Zimmer entlang. Vorm Schwesternzimmer blieb Jessie stehen. Phil saß auf einem Hocker. Er sah sie an und zuckte nicht mit der Wimper. Dann bemerkte er Gary und musterte Jessie noch einmal. Er begriff es erst auf den zweiten Blick. Jessie verkniff sich ein Lächeln, indem sie auf die Innenseite ihrer Wange biß, sie durfte ja ihre Maske nicht beschädigen.

In ihrem Zimmer legte sie den kleinen Koffer aufs Bett und begann auszupacken. Ein kurzärmliges Baumwollnachthemd mit Blumendruck. Von Hilda. Kleine braune Fläschchen mit Hildas Medikamenten. Hildas Kamm und ihren pinkfarbenen Max-Factor-Lippenstift. Jessie stellte Hildas Pantoffeln auf den Fußboden neben das Bett. Sie hängte eines ihrer Kleider in den schmalen Schrank und stellte ein paar bequeme Schuhe unten hinein. Das Beste kam zuletzt: Sie stellte das Foto von Leon auf den Nachttisch – Hilda hatte es noch einmal gegen ihre Brust gedrückt, bevor sie es Jessie aushändigte.

Sie war baff gewesen, als ihr Jessie von Leider berichtet hatte. »Das kann nicht wahr sein!« hatte sie immer wieder gejammert. »Er ist doch so ein netter Mann!« Jessie hatte es ihr eigentlich nicht verraten wollen, aber sie brauchte Hildas Requisiten. Sie wußte, daß Zimmer vorsichtig war. Sie mußte davon ausgehen, daß er sich erst im Raum umsehen würde, bevor er sich der schlafenden Gestalt im Bett näherte. Er kannte Hilda gut, er hatte ja ihr Interview gesehen.

Jessie wußte nicht, wie er Hilda umbringen wollte. Sie wußte auch immer noch nicht, wie er Anna Seligman und Mendel umgebracht hatte. Hatte er sie erst betäubt, bevor er ihnen das tödliche Medikament verabreicht hatte? Einen Digitaliscocktail für Blumenkrantz? Eine hochdosierte Insulinspritze für Anna?

Sie sah auf die Uhr. *Hildas* Uhr. Es war fünf vor sieben. Sie rief Simms an, bis jetzt keine Spur von Leider. Den ganzen Tag hatte sie befürchtet, Leider könne zu früh auftauchen und argwöhnisch werden, weil er Hilda nicht besuchen durfte, argwöhnisch werden, weil ein neuer Heimleiter da war. Nun fürchtete Jessie, er werde womöglich überhaupt nicht auftauchen. Sie wußte nicht, ob sie Espes dazu überreden konnte, sie diesen Auftritt noch einmal wiederholen zu lassen. Er war von der Idee ohnehin nicht besonders angetan gewesen, obwohl Simms und Boyd sie unterstützt hatten.

Sie sah Gary an. Er spielte mit der Fernbedienung, die um das Gestänge des Betts geschlungen war, und testete die Knöpfe, mit denen man Kopf- und Fußteil heben und senken konnte.

»Du bist wie ein kleiner Junge«, sagte sie. »Macht's Spaß?«

»So etwas habe ich mir schon immer gewünscht.«

Sie hörte ihm an, daß er nervös war.

Sie sahen sich die Sieben-Uhr-Nachrichten an und dann *Jeopardy.* Sie spielten drei Runden Maumau. Sie hatte gerade noch eine Karte, als ihr Handy klingelte.

Es war Simms. »Leider« war gerade gegangen.

»Ich bin sicher, daß er es geschluckt hat«, sagte Simms. »Er sah ein bißchen erschrocken aus, als ich den Polizeizeichner erwähnt habe. Er fragte, in welchem Zimmer sie läge, und ich sagte, das wüßte ich nicht.«

Das war Jessies Idee gewesen. Sie wollte nicht, daß Zimmer das Gefühl bekäme, es liefe alles zu glatt. Sollte er ruhig im Krankenhaus anrufen und mit der Telefonzentrale reden, die Telefonistin würde ihm sagen, in welchem Zimmer »Hilda Rheinhart« lag. Jessie rief jetzt selbst dort an, um sich zu vergewissern, daß Hildas Name eingegeben war. Er stand auf der Liste. Und sie lag auch im richtigen Zimmer. Worauf man sich in Kliniken nicht immer verlassen konnte.

»Du gehst jetzt besser«, sagte sie zu Gary. »Ich rufe dich sofort an, wenn es vorbei ist.«

»Egal, wie spät es ist, okay?«

»Egal, wie spät es ist.«

Er zog sie fest an sich, wobei er darauf achtete, ihr Make-up und ihre Haare nicht zu beschädigen. »Ich liebe dich, Jess. Paß auf dich auf.«

Sie zögerte. »Ich liebe dich auch.« Behutsam küßte sie ihn auf die Lippen.

Sie sah ihm nach, drückte den Rufknopf und verlangte Pfleger Okum. Kurz darauf stand Phil in ihrem Zimmer.

»Er hat das Pflegeheim soeben verlassen.«

Er starrte sie an. »Es ist nicht zu glauben, daß du das bist.«

Sie lächelte. »Ich werde nicht älter, sondern immer besser.«

»Nervös, was?«

»Ein bißchen.« Jetzt, wo Gary weg war, konnte sie es ja zugeben. Sie war schon häufig in Situationen gewesen, wo die »perfekte« Inszenierung sich dann doch nicht als so perfekt erwiesen hatte.

»Ich bin ganz in der Nähe, Jess. Und ich weiß, wie er aussieht – ich habe mir sein Gesicht eingeprägt. Wenn ich ihn sehe, melde ich ›Code sechs‹. Dann weißt du, daß er im Anmarsch ist.«

»Er hat sich den Schnurrbart abrasiert, vergiß das nicht. Und womöglich sieht er anders aus. Vielleicht hat Patsy Williams ihn deshalb nicht erkannt.« Oder womöglich war es gar nicht Zimmer gewesen.

Jessie und Phil waren im Hotel gewesen und hatten der Kellnerin das Fax mit Zimmers Foto gezeigt.

»Er trägt keinen Schnurrbart mehr«, hatte ihr Jessie erklärt. »Und es ist bloß ein Fax. Ist das einer der beiden Männer, die Sie gesehen haben?«

Patsy hatte lange auf das Bild gestarrt und schließlich den Kopf geschüttelt.

»Er ist es, aber er ist es auch wieder *nicht*, wissen Sie?«

Jessie wußte es *nicht*. Was sie allerdings wußte, war, daß sich *irgend* jemand an jenem Samstagabend mit Pomerantz im Century Plaza getroffen hatte. *Zwei* Jemande. Vielleicht hatte Phil doch recht gehabt, vielleicht hatte Larkins Pomerantz zu einem Treffen gelockt. Laut Hilda hatte Pomerantz sich sehr auf die Verabredung im Century Plaza gefreut. Warum hätte er sich darauf freuen sollen, *Zimmer* zu treffen?

Falls Larkins der Unbekannte Nummer eins war, wer war dann Nummer zwei? Und warum war Pomerantz bei ihm sitzen geblieben?

Waren einer oder beide der Steele-Söhne gekommen, um ihren Onkel kennenzulernen? Sie hatten abgestritten, ihn je getroffen zu haben, aber vielleicht taten sie das nur, weil sie fürchteten, mit dem Mord an ihrem Onkel in Verbindung gebracht zu werden.

Oder vielleicht hatten sie ihn wirklich umgebracht. Blutgeld, hatte Phil gesagt.

Aber warum sollten sie ihren Onkel umbringen?

Ein unergründliches Räderwerk.

Sie wollte, daß es endlich vorüber war.

Sie schlüpfte in das Nachthemd, wobei sie darauf achtete, ihr Gesicht nicht zu verschmieren.

Sie legte sich ins Bett, schaltete das Deckenlicht aus und ließ nur eine Leuchtstoffröhre am Kopfende des Betts an. Die Fernbedienung nahm sie mit unter die leichte Decke und plazierte sie direkt neben ihre rechte Hand.

Bereit oder nicht, hier komme ich …

39

Sie hatte nicht bedacht, wie schwierig es sein würde, in einem fast dunklen Raum im Bett zu liegen und sich schlafend zu stellen, während ihr Herz raste und ihre Hände feucht waren und sie nicht wagte, sich allzuviel zu bewegen, um ihr Make-up nicht zu ruinieren.

Mit offenen Augen lag sie auf der Seite. Sie hatte vergessen, wie laut es in einem Krankenhaus sein konnte. Es war zwei Jahre her, seit sie hier Patientin gewesen war. Sie hatte im dritten Stock gelegen – auch im Südturm wie jetzt, nicht im Nordturm. Im Norden war die Entbindungsstation. Der Südturm war der Gynäkologie vorbehalten. Sie wußte nicht, warum sie ausgerechnet jetzt daran denken mußte.

Sie hörte ein Knarren und erstarrte. Dann begriff sie, daß es ihr Bett war. Phil hätte sie doch auf jeden Fall gewarnt. »Code sechs.«

Sie sah auf die Uhr – Viertel nach zehn. Sie fragte sich, was Gary wohl machte. Vermutlich saß er neben dem Telefon und wartete auf ihren Anruf. Er war so lieb, so nett. Sie liebte ihn wirklich, aber sie war sich immer noch nicht sicher, ob sie ihn heiraten sollte. Die Angst vor dem Scheitern.

Eine weitere Stunde verstrich. Sie fühlte sich schläfrig, was nicht gut war. Sie lag zu bequem in diesem Bett, aber sie konnte sich nicht aufsetzen. Ihr blieben nur Sekunden von dem Moment an, in dem ihr Phil Bescheid gab, nicht genug Zeit, um sich wieder hinzulegen und so zu tun, als schliefe sie.

Ihre Lider waren schwer und juckten vom Make-up. Sie war versucht, sie zu schließen, doch sie fürchtete einzuschlafen. Sie hielt sie gewaltsam offen und begann Musicalmelodien zu singen, wie sie und Helen es an regnerischen Tagen immer gemacht hatten. *My Fair Lady*, *Les Misérables*, *Das Phantom der Oper*. Jessie hatte die Texte auswendig gekonnt, doch nun gab es Passagen, an die sie sich nicht mehr erinnerte. Sie wiederholte die Stellen, die sie konnte. Phil hatte es gut, dachte sie, er hatte Leute, mit denen er reden konnte, und Kaffee zum Wachbleiben.

»Code sechs.«

Die Worte gellten in ihrem Ohr. Indem sie sich zwang, flach und gleichmäßig zu atmen, griff sie unter die Decke und schlang die Finger um die Fernbedienung. Gott sei Dank leuchtete der Rufknopf.

Die Tür ging auf und tauchte den Raum in gelbes Licht vom Flur. Ihr Herz pochte.

Schritte näherten sich ihrem Bett.

»Falscher Alarm, Jess«, flüsterte Phil. »Ich habe jemanden, der aussah wie unser Mann, in diese Richtung gehen sehen. Tut mir leid.«

Ihr war nicht bewußt gewesen, daß sie die Luft angehalten hatte, bis sie ausatmete. Sie schlug die Augen auf, sah ihn an und lächelte. »Macht nichts. Gute Übung.« Ihr Puls raste.

»Ich glaube nicht, daß er auftaucht«, meinte Phil. »Wahrscheinlich hat er Angst bekommen.«

»Es ist halb zwölf. Noch ist alles möglich.«

»Geht's dir gut? Wirst du nicht schläfrig?«

»Alles bestens«, schwindelte sie. Voller Stolz und Entschlossenheit, die Sache zu Ende zu bringen. »Und du?«

»Ich bin ziemlich aufgedreht. Ich habe genug Kaffee in mir, um einen Schnellimbiß aufzumachen. Ruf mich, wenn du glaubst, du schläfst ein.«

Sie versprach es.

Sie fragte sich, wie es Hilda wohl ging. Vermutlich schlief sie tief und fest, dachte Jessie mit einem Anflug von Neid. Sie hatte kurz Rommé mit Hilda gespielt, um sie zu beruhigen, nachdem sie ihr von Leider berichtet hatte. Hilda hatte darauf bestanden, die Karten zu mischen und zu geben. Es hatte sie geschmerzt, der alten Frau dabei zuzusehen, wie sie ihre arthritischen Finger zum Gehorsam zwang. Die Ärmel ihres Nachthemds waren zurückgerutscht, als sie ihre Karten ordnete, und hatten die blaue Zahl auf dem linken Unterarm enthüllt. Sie hatte Jessie dabei ertappt, wie sie darauf starrte.

»Sie schauen auf meine Nummer«, hatte sie ruhig gesagt. »Stört sie Sie?«

Jessie war rot geworden. »Entschuldigung.«

»Sie brauchen sich nicht zu entschuldigen. *Mich* stört sie nicht. Nach so vielen Jahren käme es mir komisch vor, wenn ich sie nicht mehr sähe. Als wäre ich jemand anders.«

Jessie hatte die Stirn gerunzelt. Etwas hatte sie gestört, wie wenn ein Bild ein ganz klein wenig schiefhängt.

»Sie glauben mir nicht?« hatte Hilda gesagt, die das Stirnrunzeln falsch interpretierte. »Ich hätte sie mir ja entfernen lassen können, aber ich wollte nicht. Nachum hat mir erzählt, daß er seine hat wegmachen lassen, und dann hat er es bereut.«

Das hatte Pomerantz auch in dem Video erzählt. Irgend etwas daran hatte sie gestört, etwas, das er über seinen Bruder gesagt hatte … Sie versuchte, das Video in ihrem Kopf ablaufen zu lassen. Es war alles da, sie hatte es fast, aber sie war einfach zu müde.

Sie sang Songs von den Beatles und von Simon und Garfunkel. Sie und Phil hatten das einmal zum Zeitvertreib getrieben, als sie ein Haus beobachteten. Sie hatte gerade »Cecilia« zu Ende gesummt, als sie beschloß, die Augen zuzumachen, nur für eine Minute. Sie würde nicht einschlafen – sie war ja hellwach. Das leiseste Geräusch würde sie wecken. Garantiert würde sie Phils »Code sechs« hören.

Sie erwog, Phil anzupiepsen, aber dann würde er alles abblasen und darauf bestehen, sie nach Hause zu fahren. Sie hielt die Augen offen und sang »Killing Me Softly«. Sie liebte Roberta Flack.

Um zwei Uhr wußte sie, daß Zimmer nicht kommen würde. Nicht heute nacht. Was ihr ganz recht war, da ihre Augen inzwischen unsagbar schwer waren und sie sie nur noch mit Mühe offenhalten konnte.

Sie schloß die Augen. Herrlich, dachte sie, das ist herrlich. Kurz darauf – vielleicht eine Minute später, es konnte nicht mehr als eine Minute gewesen sein – kam der Raum ihr dunkler vor. Sie spürte die Luft aus ihren Nasenlöchern warm auf ihrem Gesicht, doch auf einmal spürte sie die Luft überhaupt nicht mehr, konnte nicht mehr atmen, weil etwas ihre Atemwege verstopfte.

Sie wußte, daß es nur ein Alptraum war, die hatte sie als Kind schon gehabt und bereits mit ihrem Therapeuten darüber gesprochen. »Sie haben das Gefühl, erstickt zu werden«, hatte er gesagt, und genauso hatte sie sich gefühlt, genauso fühlte sie sich jetzt, in diesem Moment, erstickt, als würde ihr ein Kissen gegen Nase und Mund gepreßt, und deshalb konnte sie nicht mehr atmen.

Ihre Augen traten hervor.

Er war da!

»Es tut mir ja so leid, Hilda«, flüsterte er. »Adieu.«

Sie hatte ihn nicht einmal hereinkommen hören.

Kein »Code sechs.«

Ihre Hand fuhr unter die Decke und fegte die Fernbedienung aus dem Bett. Klappernd flog sie gegen das Metallgestänge. Keine Luft, keine Zeit. Sie streckte beide Hände aus und packte eines seiner Handgelenke.

Riß heftig und unvermittelt daran und drehte es dann um.

Ein Knacken.

Ein Schmerzensschrei.

Sie rutschte ans Fußende des Bettes und keuchte, als er sich auf sie stürzte. Sie winkelte ein Bein ab und trat ihn ins Gesicht. Er stolperte zurück. Dann sprang sie aus dem Bett und rang ihn zu Boden.

Sie warf ihn herum wie eine Flunder und vernahm das satte Klatschen, als sein Gesicht auf das Linoleum prallte.

Sie drehte ihm den Arm nach hinten und drückte ihm das Knie ins Kreuz, während sie in weiter werdenden Kreisen den Fußboden nach der Fernbedienung absuchte.

Sie fand sie und drückte den Rufknopf.

Binnen Sekunden stand Phil im Raum. Er machte das Licht an, eilte an ihre Seite und reichte ihr die Handschellen.

»Deine Festnahme«, sagte er.

Sie zerrte Zimmer den anderen Arm auf den Rücken und fesselte seine Handgelenke aneinander.

Zimmer stöhnte.

»Ich glaube, ich habe ihm das Handgelenk gebrochen«, sagte Jessie. »Vielleicht auch die Nase.«

»Der arme Kleine.«

Sie halfen ihm auf die Beine. Jessie zog Zimmers Brieftasche heraus und klappte sie auf, während Phil ihn abtastete.

»Franz König«, las sie von seinem Führerschein ab.

»Er ist sauber«, erklärte Phil. Er stieß Zimmer auf einen Stuhl.

Zimmers Nase blutete und war schon etwas angeschwollen. Mit offenem Mund starrte er Jessie an.

Phil sagte: »Die Omis sind auch nicht mehr das, was sie mal waren, was, Franz? Sie sehen übrigens ziemlich heiß aus.«

Er war gekleidet wie ein Chirurg. Grüne OP-Kluft, die Mütze auf dem Kopf, während ihm die Maske lässig um den Hals baumelte. Darunter hing ein Stethoskop.

Und er hatte keinen Bart.

»Kein Wunder, daß du ihn nicht erkannt hast«, meinte Jessie.

»Ich hätte ihn erkennen sollen.« Phil klang verlegen. Sein Gesicht war rot angelaufen. »Der Dreckskerl sah einfach so passend aus, ist den Flur entlangmarschiert und hat den Schwestern zugewinkt.«

Sie beschloß, ihm nicht zu gestehen, daß sie halb geschlafen hatte, als Zimmer auf sie losgegangen war. Vielleicht später.

»Ich brauche einen Arzt«, erklärte Zimmer. »Ich habe Schmerzen.«

»Arzt, heil dich selbst.« Phils Grinsen war fies.

»Ich habe ja schon von der Brutalität der amerikanischen Polizei gehört, aber ich dachte immer, das sei ein Märchen«, sagte Zimmer hochmütig. »Ich werde Ihrem Vorgesetzten davon berichten.«

»He, Franz, da krieg' ich ja direkt weiche Knie. Möchten Sie uns erzählen, was passiert ist?«

»Nicht unbedingt.«

»Wir wissen, daß Sie Anna Seligman und Mendel Blumenkrantz ermordet haben und warum.«

Zimmer runzelte die Stirn. »Die Namen sagen mir nichts. Sollten sie?«

»Wir wissen, warum Sie versucht haben, Hilda umzubringen«, sagte Jessie. »Sie ist der einzige lebende Mensch, der Ihren richtigen Namen kennt – Franz Klagswald.« Sie hielt inne. »Pomerantz kannte ihn auch. Er war in Hildas Zimmer, als Sie sie einmal besucht haben. Er hat Ihren richtigen Namen auf der Vollmacht gesehen.«

Von Zimmer kam keine Erwiderung.

»Deshalb mußten Sie ihn umbringen, stimmt's? Weil er Verdacht geschöpft hatte? Zu viele Fragen stellte? Sie müssen in Panik geraten sein«, fügte sie in verständnisvollem Ton hinzu. »Das kann ich begreifen.« Sie schwieg einen Moment. »Es wäre für uns alle am einfachsten, wenn Sie uns erzählen würden, was passiert ist. Wahrscheinlich wären Sie erleichtert. Haben Sie Norman Pomerantz umgebracht?« fragte sie leise.

»Warum fragen Sie nicht Charles Steele?«

»Warum sollte er seinen Onkel umbringen?« fragte Phil.

Zimmer schmunzelte.

Und auf einmal wußte Jessie Bescheid.

40

»Manchmal denke ich über all das nach, was wir mitgemacht haben, und ich kann nicht glauben, daß es passiert ist«, sagte Pomerantz. »Wenn ich mit meinen Freunden spreche, merke ich, daß es ihnen genauso geht.

Ob wir viel darüber reden?« Pomerantz lachte. »Die ganze Zeit. Über diesen und jenen. Es gab gute und schlechte Menschen. Starke kamen um, und Schwache überlebten. Man dachte nicht an nächste Woche. Man dachte nur, laß mich den heutigen Tag überstehen.

Wissen Sie, am Ende tat man alles, um zu überleben.«

»Ich hatte gehofft, wir hätten alle Ihre Fragen beantwortet«, sagte Henry, als er die Bibliothek betrat. Er sah erschöpft aus. »Was kann ich für Sie tun?«

»Wir müssen Ihren Vater sprechen«, sagte Jessie. Sie fragte sich, wo Charles steckte.

»Das ist unmöglich.« Henrys Ton war vorwurfsvoll. »Sein Zustand hat sich verschlechtert, und der Arzt hat ihm Besuch verboten.«

»Wir müssen leider darauf bestehen«, sagte Jessie mit ruhiger Autorität.

Henry sah erst sie, dann Phil und schließlich wieder Jessie an. »Sie verstehen das nicht«, begann er im selben Moment, als Charles in der Tür erschien.

»Was ist denn los?« fragte er Henry.

»Sie bestehen darauf, Dad zu sprechen.«

»Ausgeschlossen.« Charles verschränkte die Arme über der Brust und sah Jessie an. »Wenn Sie meinem Vater erzählen, daß sein Bruder noch am Leben war, hierherkam und hier ermordet wurde, wird ihn das umbringen.«

»Das glaube ich nicht.«

»Was zum Teufel soll das heißen?« Charles funkelte sie an. »Wenn Sie mir nicht glauben, gebe ich Ihnen die Nummer vom Arzt meines Vaters. Er wird Ihnen bestätigen, daß mein Vater schwer herzkrank ist.«

»Das bezweifle ich ja gar nicht, Mr. Steele. Aber ich glaube nicht, daß die Nachricht über Mr. Pomerantz Ihren Vater schockieren wird. Ich bin mir sicher, daß er über alles, was vorgefallen ist, genau Bescheid weiß.«

Beide Brüder starrten sie an.

Henry sagte: »Ich weiß nicht, wie Sie zu diesem lachhaften Schluß gekommen sind. Charles und ich haben peinlich darauf geachtet, die ganze Geschichte von unserem Vater fernzuhalten. Warum in aller Welt hätten wir es ihm sagen sollen?«

»Ich glaube, *er* hat es *Ihnen* gesagt«, erklärte Jessie.

»Detective ...«

»Henry.« Charles legte eine Hand auf den Arm seines Bruders und wandte sich an Jessie. »Detective, wir haben Ihnen alles gesagt, was wir wissen. Natürlich sind Sie frustriert, weil Ihnen Mr. Zimmer entwischt ist. Das tut mir leid. Aber wenn es stimmt, was Sie behaupten, ist er ein verachtenswerter Mensch, und ich hoffe, Sie werden ihn fassen. Ich verstehe nur nicht, warum Sie uns mit Mr. Pomerantz' Tod in Verbindung bringen wollen, und ich habe das Gefühl, daß es in unserem Interesse ist, wenn wir keine weiteren Fragen beantworten.«

»Mir ist aufgefallen, daß Ihr Vater dunkelbraune Augen hat.« Jessie wies auf das Familienporträt, das an der Wand hing. »Wie Ihre. Das ist seltsam, weil Mr. Pomerantz gesagt hat, die Augen seines Bruders wären blau. Meerblau, genauer gesagt.« Sie hatte das Video noch einmal im Schnelldurchlauf abgespielt, bevor sie hierherkam, und dabei war ihr der Widerspruch aufgefallen.

Charles runzelte die Stirn. »Was wollen Sie damit sagen? Daß mein Vater gar nicht Mr. Pomerantz' verschollener Bruder ist? Daß sich Mr. Pomerantz geirrt hat?« Seine Augen wurden schmal. »Oder hat er *vorgegeben*, unser Onkel zu sein, weil er auf unser Geld aus war?«

Charles war gut, dachte Jessie. Gestern hatte er auch sehr überzeugend gewirkt. »Sie wissen ganz genau, daß Mr. Pomerantz nichts vorgegeben hat. Der Kelch gehörte Moshe Shtuelberg. Mr. Pomerantz hat ihn erkannt. Deshalb kam er nach L. A. Um seinen Bruder wiederzusehen.«

»Dann hat sich Mr. Pomerantz vielleicht in der Augenfarbe seines Bruders geirrt«, sagte Henry. »Es sind so viele Jahre vergangen, seit er ihn gesehen hat. Vielleicht ist er verwirrt.«

»Vielleicht. Als Moshe Shtuelberg in Auschwitz war, hat man ihm eine Nummer auf den linken Unterarm tätowiert. Als ich am Sonntag hierherkam, bin ich Ihrem Vater begegnet. Er trug einen kurzärmligen Bademantel, und eine Nummer wäre mir aufgefallen. Aber ich habe keine gesehen.« *Mein Bru-*

der Moshe hätte sie sich nie entfernen lassen, hatte Pomerantz gesagt. Das war Jessie endlich wieder eingefallen.

Die Brüder schwiegen. Sie schienen völlig erstarrt.

Dann sagte Charles: »Vielleicht hat mein Vater sich die Nummer entfernen lassen.«

»Vielleicht.« Jessie nickte. »Mr. Pomerantz hat seine entfernen lassen. Trotzdem ist eine Narbe geblieben. Deshalb würde ich Ihren Vater gern sehen. Ein Blick sagt uns alles. Und wenn ich mich irre, entschuldige ich mich in aller Form bei Ihnen.«

Sie irrte sich *nicht*. Die Steeles hatten nicht aus dem Grund wenig Eile an den Tag gelegt, ihren »Onkel« kennenzulernen, weil sie mit ihrem kranken Vater alle Hände voll zu tun hatten, sondern weil sie nicht wußten, was sie mit dem Mann anfangen sollten, der *nicht* ihr Onkel war.

»Das ist sehr großherzig von Ihnen.« Charles lächelte grimmig. »Aber dann haben Sie meinen Vater schon aufgeregt und seine Gesundheit gefährdet. Das kann keine Entschuldigung aufwiegen, oder?« Er schüttelte den Kopf. »Tut mir leid. Ich kann Ihnen nicht erlauben, ihn zu belästigen.«

»Dann müssen wir ihn leider aufs Revier ...«

»Was zum Teufel wollen Sie von ihm?« flüsterte Henry. »Können Sie ihn nicht in Ruhe lassen? Er weiß überhaupt nichts!«

Jessie musterte ihn unverwandt. »Mr. Pomerantz ist am Dienstag im Büro gewesen und hat eine Nachricht hinterlassen. Ihr Vater hat die Nachricht bekommen, ich glaube, sie hat sogar seinen Herzinfarkt in der Nacht zum Mittwoch ausgelöst.«

Henry schüttelte den Kopf. »So ist es nicht gewesen.«

»In dieser Nacht muß er Ihnen beiden auch die Wahrheit gesagt haben – daß er sich die ganzen Jahre fälschlicherweise als Moshe Shtuelberg ausgegeben hat. Als Moshe Shtuelberg in

Auschwitz starb, hat Ihr Vater seine Identität angenommen. Offenbar hat er von dem Konto in der Schweiz und den Wertsachen gewußt und irgendwie kam er auch an die Kontonummer. Vielleicht hat Moshe sie ihm als Gegenleistung für etwas verraten.«

»Schon wieder eine faszinierende Geschichte?« Charles seufzte. »Ich muß Sie bitten zu gehen, Detective.«

»Es reicht!«

Die rauhe, zitternde Stimme kam von der Tür her. Jessie drehte sich um und erkannte Maurice Steele.

41

»Du sollst doch nicht aufstehen.« Henry eilte an die Seite seines Vaters und legte ihm eine Hand auf die Schulter.

Déjà vu, dachte Jessie. Sie merkte, wie ihr Herz pochte.

Maurice Steele schüttelte die Hand seines Sohnes ab. Auf einen Stock gestützt, ging er langsam zum Tisch und setzte sich. Er sah Jessie an. »Was wollen Sie wissen?«

»Dad, tu es nicht«, flehte Charles.

»Es reicht, habe ich gesagt! Sie wissen Bescheid.« Der Vater fixierte ihn streng und sah dann wieder Jessie an. »Setzen Sie sich«, sagte er und wies auf den Stuhl ihm gegenüber. »Sie auch«, fügte er hinzu, während er auf Phil zeigte.

Es war eher ein Befehl als eine Aufforderung, dachte Jessie, als sie sich setzte.

»Moshe Shtuelberg starb zwei Tage, bevor wir befreit wurden, an Typhus«, erklärte Maurice Steele. »Er wäre noch früher gestorben, wenn ich ihn nicht gepflegt hätte. Ich tat, was ich konnte, um ihn zu retten – ›Stirb nicht‹, bettelte ich. ›Halt durch. Nur noch ein paar Tage, dann sind wir frei.‹ Aber er hatte keine Kraft mehr. Das Komische ist, daß wir uns überhaupt nicht begegnet wären, wenn sie das Lager nicht evakuiert hätten. Juden waren im einen Teil von Auschwitz, Nichtjuden in einem anderen.«

Jessie versuchte ihn nicht anzustarren. »Sie sind gar kein Jude?« fragte sie in gelassenem Tonfall. Sie sah zu den Söhnen hinüber – keine Reaktion.

»Das wußten Sie nicht?« Steele zog die Brauen hoch. »Ich dachte, Sie wüßten alles, Sie sind doch eine so schlaue Ermittlerin. Ich war Pole, Nichtjude.« Er schnaubte. »Warum sage ich eigentlich ›war‹? Ich bin nie konvertiert. Hatte zuviel Angst, daß die Wahrheit ans Licht käme.«

»Dad. Du mußt das nicht tun«, sagte Henry leise.

Steele ignorierte ihn. »Ich war Vollwaise. Vor dem Krieg habe ich als Faktotum für eine jüdische Familie gearbeitet. Sehr anständige Leute, freundlich und großzügig. Ich beneidete sie um ihre Lebensweise. Sie standen sich alle so nahe, eine wunderbare Familie. Mir gefielen ihre Feste, ihre Rituale. Ich wünschte mir immer, Jude zu sein, aber dann kamen die Deutschen, und ich war froh, daß ich keiner war.« Er lächelte bitter.

»Wieso sind Sie denn nach Auschwitz gekommen?« wollte sie wissen.

»Als die Deutschen die Juden in unserer Stadt antreten ließen, versteckte ich die Familie in einer leeren Scheune. Die Deutschen haben sie entdeckt. Sie schickten mich zuerst in ein Arbeitslager und dann nach Auschwitz. Ich war politischer Gefangener und mußte das rote Dreieck an den Kleidern tragen. Besser als das grüne. Grün stand für Mörder und andere Gewaltverbrecher.« Wieder ein ironisches Lächeln.

»Sie bekamen keine Nummer?« fragte Phil.

Steele schüttelte den Kopf. »Ich kam erst gegen Ende nach Auschwitz. Damals machten sie sich nicht mehr die Mühe mit den Nummern. Während der Evakuierung beschlossen einige von uns zu bleiben. Moshe konnte sich nicht rühren, er war zu krank. Ich war nicht krank, aber ich wußte, daß ich sterben würde, wenn ich tagelang in der Eiseskälte marschieren müßte. Manche der Häftlinge, die sich weigerten, das Lager zu verlassen, wurden von den Deutschen erschossen. Ich weiß nicht, wieso sie mich nicht erschossen haben.« Steele zuckte die Achseln. »War wohl nicht mein Zeitpunkt.«

Jessie warf einen Blick zu Henry und Charles hinüber. Sie standen da wie Statuen, unbeweglich, mit versteinerten Mienen. Sie fragte sich, was sie jetzt dachten und was sie gedacht hatten, als sie die Geschichte ihres Vaters zum ersten Mal hörten.

»Als die Deutschen abgezogen waren, zog ich in den jüdischen Block. Da habe ich Moshe kennengelernt. Wir mochten uns auf Anhieb.« Steeles Lächeln war nun voller Sehnsucht, fast zärtlich. »Ich tat, was ich konnte, um ihm zu helfen – ich trieb Essen auf und fütterte ihn wie ein Baby, Teelöffel für Teelöffel. Ich wusch ihn und versuchte, sein Fieber zu senken. Aber er war bereits dem Tod nahe. Er wußte es auch. Er erzählte mir von dem Konto in der Schweiz. Die Nummer hatte er auf einem Zettel, den er in seinem Schuh aufbewahrte. Er wußte, daß seine Eltern tot waren. Seine Schwestern auch. Er nahm mir das Versprechen ab, daß ich versuchen würde, seinen Bruder Nachum zu finden und ihm die Kontonummer zu geben. ›Nachum teilt mit dir‹, sagte er.«

»Haben Sie versucht, ihn zu finden?« fragte Jessie.

Steele beugte den Kopf. »Nein«, antwortete er schließlich mit kaum hörbarer Stimme. »Ich hatte Angst, er würde mir unterstellen, seinen Bruder umgebracht zu haben, nachdem ich ihn gezwungen hatte, mir die Kontonummer zu geben. Aber das ist nicht wahr – ich tat *alles*, um Moshe zu retten.« Steele sah auf. Sein Gesicht war gerötet, doch er sah Jessie in die Augen. »Aber warum hätte der Bruder mir, einem Polen, glauben sollen?« Er bekam einen Hustenanfall und schloß die Augen.

Henry trat einen Schritt näher: »Dad ...«

Steele hielt die Hand in die Höhe. »Mir fehlt nichts.« Er hustete erneut und räusperte sich anschließend. »Nach dem Krieg ging ich auf die Bank. Ich bekam das Geld und die Wertsachen. Schöne Stücke, noch schöner, als Moshe sie beschrieben hatte.« Er seufzte erneut.

»Warum haben Sie Moshe Shtuelbergs Namen angenommen?«

Die große Preisfrage – Phil, das wußte sie, war neugierig auf die Antwort. Es paßt nicht zusammen, hatte er eingewandt, als sie ihm von ihren Vermutungen in bezug auf Steele berichtet hatte. Warum hatte Steele nicht das Geld und die Wertsachen genommen und war verschwunden? Warum riskierte er, entlarvt zu werden? Ich weiß nicht, warum, hatte sie gesagt. Aber sie hatte intuitiv gewußt, daß Maurice Steele nicht Moshe Shtuelberg war.

»Wer soll ich denn *sonst* sein, wenn nicht Moshe Shtuelberg?« sagte Steele leise. »Wo hätte ich mit dem Geld, den Kunstgegenständen, hingehen sollen – etwa wieder nach Hause, nach Polen? In Polen gab es nichts für mich. Und wenn ich zurückginge, würde die Polizei mich fragen, woher ich das Geld und die anderen Sachen hatte. Sie hätten mich ins Gefängnis geworfen.« Er hielt inne. »Vor dem Krieg habe ich mir gewünscht, Jude zu sein. Jetzt beschloß ich, Jude zu *werden*. Ich wäre Moshe – ich hatte sein Geld, seine Besitztümer. Ich hatte ihn nicht retten können, aber ich konnte dafür sorgen, daß sein Name weiterlebte. Und ich schwor mir, ein Leben zu führen, das ihm zur Ehre gereichte.«

Ein Abbüßen der Sünden, dachte Jessie. »Hatten Sie keine Angst, es könnte auffliegen, daß Sie kein Jude waren?« Sie rief sich in Erinnerung, daß sie hier war, um einen Mordfall aufzuklären, nicht, um sich Steeles Lebensgeschichte anzuhören. Aber es war einfach faszinierend.

»Es war nicht schwer vorzutäuschen. Meine Geschichte war Moshes Geschichte. Aus der Zeit bei meinen jüdischen Arbeitgebern wußte ich eine Menge, und ich lernte daraus, daß ich andere beobachtete. Außerdem lebte ich nicht streng nach den Regeln, daher mußte ich mir nicht den Kopf darüber zerbrechen, womöglich etwas falsch zu machen. Nach dem Krieg hielten sich viele Juden nicht mehr an die Regeln, also hat mich auch niemand gefragt.« Er zuckte die Achseln.

Wie ihre Mutter, dachte Jessie. Die Ironie war unverkennbar: Frances hatte das Judentum nach dem Krieg aufgegeben. Maurice Steele – wer immer er auch in Wirklichkeit war – hatte es angenommen. »Wie haben Sie denn mit den anderen gesprochen? Sie konnten doch nicht Jiddisch.«

»Ich verstand Jiddisch, konnte es aber nicht sprechen. Mein Akzent war grauenhaft.« Ein halbes Lachen. »Ich habe allen erzählt, daß ich Jiddisch nicht mochte – es sei die Sprache des Ghettos, eine Sprache, die ich vergessen wollte. Auch das fand niemand verwunderlich.«

»Haben Sie nachgeforscht, ob Nachum noch lebt?« wollte Phil wissen.

»Nein. Ich fürchtete, wenn ich es tat und er tatsächlich noch lebte, würde er erfahren, daß sich jemand nach ihm erkundigt hatte. Moshe Shtuelberg ist kurz vor der Befreiung in Auschwitz gestorben, dafür gab es Augenzeugen. Aber ich fühlte mich nicht sicher. Als ich nach Amerika kam, änderte ich meinen Namen. Falls Nachum noch lebte oder falls es irgendwelche entfernten Verwandten gab, würde niemand diesen Namen mit dem Moshe Shtuelbergs in Verbindung bringen.

Ich habe mein Leben weitergeführt. Ich habe eine Wohnung gemietet und ein kleines Textilgeschäft aufgebaut. Ich habe mich sogar beschneiden lassen.« Er verzog das Gesicht. »Sehr schmerzhaft, aber ich wußte, daß ich es tun mußte. Und ich habe eine wunderbare Frau geheiratet, auch aus Polen. Ich habe ihr nie gestanden, daß ich kein Jude bin. Ich hatte Angst, sie würde mich sonst nicht heiraten.«

»Ihre Frau weiß es immer noch nicht?« Phil klang skeptisch.

Steele schüttelte den Kopf. »Ich muß es ihr sagen, das weiß ich. Es wird nicht leicht sein.« Er sah seine Söhne an und dann Jessie.

»Warum sind Sie nach Los Angeles gezogen?« fragte sie.

»Ich dachte, ich würde mich sicher fühlen, nachdem ich meinen Namen geändert hatte, aber ich war ständig auf der Hut, wartete. Ich dachte, wenn Nachum noch lebte, wäre er wahrscheinlich in New York. Dort sind schließlich die meisten Juden aus Europa gelandet. Deswegen habe ich meine Frau überredet, hierher zu ziehen. Ich hatte großes Glück mit meinen Geschäften. Gott hat es gut mit mir gemeint, also half ich anderen. Ich wußte, das hätte Moshe auch getan.«

Steele hatte seinen Reichtum mit Hilfe von Shtuelbergs Geld begründet. Vielleicht hatte er sich gedrängt gefühlt, anderen zu helfen, weil er wieder wettmachen wollte, daß er es gestohlen und nicht versucht hatte, Nachum zu finden und ihm zu geben, was ihm von Rechts wegen zustand. »Aber Sie wollten kein Aufsehen, weil Sie Angst hatten, Nachum würde Sie finden?«

»*Falls* er noch lebte. Ja.« Steele nickte.

»Aber Ihre Söhne standen mehr in der Öffentlichkeit. Sie haben die Stiftung gegründet.«

»Ich habe versucht, es ihnen auszureden.« Steele warf einen raschen, ärgerlichen Blick auf seine Söhne. »Es sind erwachsene Männer, sie wußten es besser. Und ich konnte mich nicht offenbaren.«

Schwerlich. »Also wußten Sie, wer er war, als Nachum die

Nachricht hinterließ. Und sie konnten ihm nicht gegenübertreten, weil er natürlich erkannt hätte, daß Sie nicht Moshe sind.

»*Ich* habe die Nachricht nicht bekommen, das war Henry. Am Mittwoch habe ich ihn telefonieren hören. Ich hörte, wie er mit einem ›Pomerantz‹ sprach. Ich wußte es sofort. Henry hat sich so darauf gefreut, seinen Onkel kennenzulernen. Charles auch. Da habe ich ihnen die Wahrheit gesagt. Was hatte ich schon für eine Wahl?«

»Sie hatten gar keinen Herzinfarkt«, sagte Jessie.

Steele schüttelte den Kopf. »Wir brauchten Zeit, um uns zu überlegen, was wir tun sollten. Wir beschlossen, Nachum zu sagen, daß ich einen Herzinfarkt gehabt hätte. Glauben Sie mir, es lag nicht weit von der Wahrheit entfernt.«

Vermutlich Charles' Idee. »Sie müssen außer sich gewesen sein«, sagte Jessie. »Ihr ganzes Leben, alles, was Sie sich mit harter Arbeit aufgebaut haben, wäre ruiniert gewesen.«

»Sie glauben, ich hätte ihn umgebracht?« Er schnaubte. »Ich kann nicht einmal allein gehen.« Er zeigte auf den Stock an seiner Seite.

»Pomerantz hätte Sie als Dieb und Lügner entlarvt: ein zu Geld gekommener Philanthrop, der Identität, Geld und Wertsachen eines Toten gestohlen hat, genau die Dinge, die die Steele Foundation ihren rechtmäßigen Besitzern wieder zu verschaffen sucht.«

Steele war zusammengezuckt.

»Das reicht.« Charles hatte die Hände geballt. Sein Gesicht war vor Zorn ganz fleckig. »Mein Vater braucht sich das nicht anzuhören.«

Steele wandte sich an seine Söhne. »Ich habe es satt, mich zu verstecken«, flüsterte er. »Mein Leben lang habe ich mich versteckt.« Er sah wieder Jessie an. »Vielleicht habe ich einen Fehler gemacht, indem ich nicht nach Nachum gesucht habe. Aber im Lauf der Jahre habe ich vielen Menschen viel Gutes getan. Das kann niemand bestreiten.« Er sah sie trotzig an, hochgerecktes Kinn, unverwandter Blick. »Ich habe meinen Söhnen erklärt, daß ich mich Nachum stellen müsse, kein Verstecken mehr. Ich brauchte Zeit, um es meiner Frau zu erklären – nicht nur die Sache mit Nachum, sondern auch meine Geschichte. Und dann hörten wir, daß Nachum tot war. Ermordet. Ich konnte es nicht fassen.«

»Sie dachten, einer Ihrer Söhne habe ihn umgebracht.« Sie sah ihn aufmerksam an.

Steele schüttelte den Kopf. »Meine Söhne sind keine Mörder. Ich habe sie gut erzogen – genau wie Moshe Shtuelberg seine Söhne erzogen hätte.«

Schöne Worte, doch der alte Mann wich ihrem Blick aus. Wen hatte er verdächtigt, Charles oder Henry? Oder glaubte er, beide hätten sich zusammengetan, um den Mann auszuschalten, der ihr Leben ruinieren würde?

»Es war sicher sehr schmerzhaft für Sie, Ihre Vergangenheit noch einmal zu durchleben«, meinte Jessie. »Wir sind Ihnen wirklich dankbar für Ihre Offenheit. Wenn wir noch Fragen haben, geben wir Ihnen Bescheid.«

»Wir sind fertig?« Er sah überrascht und erleichtert zugleich aus.

Ebenso die Söhne, Jessie sah ihre Gesichter aus dem Augenwinkel. Sie nickte. »Wir sind fertig.«

»Das war's dann also. Jetzt kennen Sie die ganze Geschichte.«

Er stemmte sich hoch und griff nach seinem Stock. Henry trat vor und nahm seinen Vater am Arm.

»Mir geht's gut«, sagte Steele. »Ich schaffe es allein.«

Jessie empfand einen Anflug von Mitleid, als sie den alten Mann langsam den Raum durchqueren sah. Henry folgte ein paar Schritte dahinter. Er schloß die Tür, nachdem sein Vater hinausgegangen war, und kehrte an seinen Platz neben Charles zurück. *Vereint stehen wir ...*

Phil stand auf. »Henry, bleiben Sie doch bitte mit Detective Drake hier. Sie muß Ihnen noch ein paar Fragen stellen. Charles, wo können Sie und ich uns unterhalten?«

So hatten sie es auf dem Weg hierher geplant: Phil würde sich Charles vornehmen, Jessie würde Henry verhören. Er war der verletzlichere Teil und würde sich womöglich eher einer Frau offenbaren.

Die Brüder wechselten einen Blick.

Henry runzelte die Stirn. »Ich dachte, wir seien fertig«, sagte er zu Jessie.

»Nur noch ein paar Einzelheiten, die wir geklärt haben möchten.« Sie hatten beschlossen, die Befragung hier durchzuführen und nicht auf dem Revier, eine weniger einschüchternde Umgebung und weniger Grund, nach einem Anwalt zu verlangen. Zumindest hoffte Jessie das.

»Sind wir festgenommen?« fragte Henry mit zitternder Stimme.

»Aber nein. Wir wollen nur noch ein paar Dinge wissen.« Sag einem Verdächtigen, daß er festgenommen ist, und schon schreit er nach einem Anwalt. Ende der Befragung.

»Ich begreife nicht, weshalb Sie uns getrennt sprechen müssen«, wandte Charles ein.

»Da steckt nichts Geheimnisvolles dahinter.« Phil schmunzelte. »Warum macht Sie das nervös?«

Er schaute finster. »Ich habe nicht gesagt, daß es mich nervös macht.«

»Na, dann ist ja alles gut. Wo können wir uns unterhalten?«

Charles schwieg. Zweifellos überdachte er die Lage. »Ich glaube, ich sollte mir einen Anwalt besorgen, bevor ich etwas sage«, erklärte er schließlich.

Jessie wurde hellhörig. Wenigstens hatte er nicht gesagt, daß er einen Anwalt *verlangte*. Damit wäre die Befragung zu Ende, beziehungsweise alles, was sie jetzt zu hören bekämen, wäre als Beweismittel unzulässig. »Charles, Sie können Ihren Anwalt anrufen, wenn Sie möchten«, erwiderte sie freundlich. »Aber es ist eigentlich nicht nötig. Sie sind nicht verhaftet. Sie stehen nicht einmal unter Verdacht.« Das war eine Lüge, aber eine erlaubte. »Wenn Sie nichts Unerlaubtes getan haben …«

»Hab ich nicht«, fauchte er. »Und Henry auch nicht.«

Phil lächelte. »Na, dann hat ja keiner etwas zu befürchten, oder? Es ist nichts als eine freundliche Unterhaltung.«

Erneutes Schweigen. Wenn einer der Brüder oder beide die Aussage verweigerten, gab es nichts, was sie oder Phil dagegen tun konnten, es sei denn, sie verhafteten sie. Vorausgesetzt, sie hatten einen hinreichenden Tatverdacht.

Aber wen sollten sie verhaften? Henry? Charles? Alle beide? Sie sah Phil an. Sie konnte es nicht von seiner Miene ablesen, aber sie nahm an, daß er genauso angespannt war wie sie.

»Wir können uns im Wohnzimmer unterhalten«, sagte Charles zu Phil. Dann wandte er sich an Henry. »Beantworte nichts, das du nicht beantworten willst, okay?«

Schon recht, dachte Jessie.

42

»Wir haben ihn nicht umgebracht, Detective. Ich nicht und Charles auch nicht. Ernst Zimmer war es.«

Henry saß Jessie am Tisch gegenüber. Er hielt die Hände gefaltet – vermutlich, um sie am Zittern zu hindern, dachte Jessie.

»Lassen Sie uns ein wenig zurückspulen, Henry.« Sie achtete darauf, ruhig und bedächtig zu klingen. »Erzählen Sie mir von Ihrem ersten Telefongespräch mit Mr. Pomerantz.«

»Es war genau, wie ich schon gesagt habe. Am Dienstagabend habe ich auf Mr. Pomerantz' Nachricht reagiert. Er war nicht da, und ich habe weder Namen noch Telefonnummer hinterlassen. Er rief mich am nächsten Tag an, am Mittwoch, und sagte mir, wer er war.«

»Was haben Sie dabei empfunden, Henry?«

»Schreck und Freude. Ich wußte, daß mein Vater einen Bruder und zwei Schwestern gehabt hatte, aber wir dachten alle, sie wären im Krieg umgekommen. Ich sagte Pomerantz, daß ich mich später am Tag wieder bei ihm melden und einen Termin für das Wiedersehen vereinbaren würde. Es machte mir schwer zu schaffen, meinen Vater damit zu überfallen, er hat wirklich ein schwaches Herz.«

Jessie nickte, um zu demonstrieren, daß sie das verstand und ihm Glauben schenkte.

»Zimmer war in meinem Büro, als ich den Anruf entgegennahm. Er entschuldigte sich, und als ich ihn wieder hereinrief, erzählte ich ihm, was geschehen war. Ich sah keinen Grund, der dagegen gesprochen hätte – es war eine wunderbare Neuigkeit«, sagte er rechtfertigend.

Der arme Henry – offenbar hatten Charles und Maurice ihm die Hölle heiß gemacht, weil er sich Zimmer anvertraut hatte. »Das konnten Sie nicht wissen«, sagte Jessie. »Was ist dann passiert?«

»Ich schilderte Zimmer gerade die Einzelheiten, als mein Vater und Charles hereinkamen. Mein Vater hörte den Namen ›Pomerantz‹ und stieß einen Schrei aus; er wäre fast in Ohnmacht gefallen. Zimmer holte ihm Wasser und als er wiederkam, weinte mein Vater – er sei ein Schwindler, und nun würden es alle erfahren. Solches Zeug.«

»Sie müssen sich entsetzliche Sorgen gemacht haben«, sagte Jessie. Sie wußte, wie wichtig es war, Mitgefühl zu zeigen.

»Das können Sie sich gar nicht vorstellen.« Er wischte sich

den Schweiß vom Gesicht. »Ich dachte, er hätte einen Schock, weil er gehört hatte, daß sein Bruder noch lebte, oder daß er sich vielleicht schuldig fühlte, weil er nicht genug getan hatte, um ihn zu finden. Und dann sagte er, Pomerantz werde erkennen, daß er nicht Moshe Shtuelberg war, sondern eine Lüge gelebt hatte.« Henry atmete schwer.

»Und Zimmer war die ganze Zeit dabei?«

Henry nickte. »Mein Vater merkte natürlich gar nicht, daß er da war. Charles war außer sich, er war starr vor Angst, daß alles herauskommen würde. Ich versicherte ihm, ich würde mit Zimmer reden, was ich auch tat. Er versprach mir, kein Wort zu sagen, und ich glaubte ihm. Ich glaubte, er sei ein ehrenwerter Mann.«

Das sind sie alle, alle ehrenwerte Männer. Die Zeile aus der Lobrede des Antonius aus Caesar kam ihr in den Sinn. »Und haben Sie Mr. Pomerantz zurückgerufen?«

»Ja. Am späteren Nachmittag. Ich sagte ihm, daß sich die Herzbeschwerden meines Vaters verschlimmert hätten. Ich versicherte ihm, ich werde mich am nächsten Tag wieder bei ihm melden. Am Donnerstag rief ich ihn wieder an. Ich sagte ihm, wir würden ein paar Tage warten müssen, bis der Arzt erlaubte, daß wir meinem Vater die Neuigkeit mitteilten.«

»Ich mache Ihnen keinen Vorwurf daraus, daß Sie es hinausgezögert haben«, sagte Jessie. »Sie waren in einer heiklen Lage. Sie wollten Ihren Vater schützen.«

»Genau«, stimmte Henry eifrig zu. »Charles und ich machten uns Sorgen um ihn, wie er all das verkraften würde. Wie er es unserer Mutter beibringen würde. Ich weiß nicht, wie er das bewerkstelligen will.« Er seufzte.

»Fand Mr. Pomerantz es nicht seltsam, daß weder Sie noch Ihr Bruder sich mit ihm getroffen haben?«

»Das fand er sicher, er klang auch verletzt. Ich erklärte ihm, daß wir bei unserem Vater bleiben müßten und geschäftlich stark beansprucht seien. Ich wußte nicht, was ich sonst hätte tun sollen. Und dann, im Laufe des Wochenendes, eröffnete uns Vater, daß er Pomerantz die Wahrheit sagen wolle.«

»Das hat Sie sicher erstaunt.«

»Ein wenig«, gestand er. »Aber Charles und ich standen hinter seiner Entscheidung. Wir waren stolz auf ihn, weil er das Richtige tun wollte.«

Jessie runzelte die Stirn. »Ich weiß nicht, Henry. Wenn mir das passiert wäre, wenn mein ganzes Leben auf den Kopf gestellt, meine Familie in den Medien durchgehechelt und unser Ruf ruiniert werden würde, alles wegen eines einzigen Menschen ...« Sie schüttelte den Kopf. »Charles hielt es garantiert nicht für eine gute Idee. Hab' ich recht?« Sie wußte es, sie konnte es von Henrys Miene ablesen.

»Wir waren beide besorgt, was passieren könnte, was es für Auswirkungen auf uns und die Stiftung haben würde. Aber wir wußten, daß Dad nicht so weitermachen konnte, es zerriß ihn förmlich.«

Nach wie vor vereint. »Charles hat sich auch wegen der Kunstsammlung Sorgen gemacht, oder?« Wieder zog etwas über Henrys Gesicht. Sie hatte erneut ins Schwarze getroffen. »Er engagiert sich so leidenschaftlich, wenn es um Kunstwerke geht, die Juden gestohlen wurden, und nun hat er selbst gestohlene Stücke.«

Henry erwiderte nichts.

Sie beugte sich vor. »Sie dachten, er sei es gewesen, stimmt's, Henry?« fragte sie leise.

»Nein.«

»Es macht nichts, wenn Sie es *dachten*, damit verraten Sie Ihren Bruder nicht.«

»Charles ist kein Mörder.« Er verzog den Mund.

»Menschen planen nicht immer, einen Mord zu begehen, Henry. Das wissen wir, und wir berücksichtigen es. Charles wollte Ihren Vater schützen, das kann ihm niemand übelnehmen. Er wollte auch Ihre Mutter schützen. Mein Gott, ich kann mir gar nicht vorstellen, wie sie damit fertigwerden soll, wenn sie herausfindet, daß ihr ganzes Leben im Grunde auf einer Lüge beruhte.« Jessie hielt inne. »Menschen geraten in Panik. Sie denken nicht mehr klar. Das heißt nicht, daß sie schlecht sind.«

»Charles hat Pomerantz nicht umgebracht.«

Sie wartete einen Moment. »Als Sie hörten, daß Mr. Pomerantz tot im Park gefunden worden war, wie haben Sie sich da gefühlt?«

Henry leckte sich die Lippen. »Erschrocken. Schockiert.«

»Ein wenig erleichtert?«

Er starrte sie an. »Nein. Natürlich nicht.«

»O doch, Henry. Jeder in Ihrer Situation wäre erleichtert gewesen. Ich auch.« Sie wartete wieder.

»Ich war ein *bißchen* erleichtert«, gab er nach einem Moment zu. Sein Gesicht war leicht gerötet.

»Das ist doch klar. Sie kannten Pomerantz ja nicht. Er war nur ein Name für Sie. Aber dann fingen Sie an, sich Gedanken zu machen, stimmt's? Wer Pomerantz umgebracht hat. War es nicht so?«

»Ich weiß nicht mehr, was ich gedacht habe. Mein Hauptinteresse galt meinem Vater.«

Sie legte den Kopf schief. »Was dachten Sie, wer ihn umgebracht hat, Henry?« Als führten sie nur ein theoretisches Gespräch.

»Ich wußte es nicht. Ich hatte absolut keine Ahnung.«

»Na, kommen Sie, Henry«, schalt sie ihn sanft. »Sie können nicht erwarten, daß ich Ihnen das glaube. Pomerantz taucht auf, Ihrem Vater droht die Bloßstellung. Auf einmal ist Pomerantz tot, und alle sind aus dem Schneider. Sie wußten, daß es kein Zufall gewesen sein kann. Sie wollten nicht daran denken, daß es Charles war, aber im Grunde Ihres Herzens *wußten* Sie, daß er es war.«

»Es war Zimmer«, wiederholte Henry hartnäckig. »Ich *weiß*, daß es Zimmer war.«

»Aber damals, Henry, was haben Sie damals gedacht? In der allerersten Minute, nachdem Sie erfahren haben, daß Pomerantz tot ist?«

Henry wandte sich ab.

Es klopfte, die Tür ging auf, und Phil kam herein. »Kann ich dich kurz sprechen?« fragte er Jessie.

Sie stand auf und ging zu ihm hinüber. Sie kehrte Henry den Rücken zu, wohl wissend, daß er sie beobachtete.

Phil beugte sich zu ihr. »Bei Chuck tut sich gar nichts. Er wird nicht weich. Ich kann nicht sagen, ob er es war, oder ob er glaubt, daß Henry es war. Und du?«

»Ich glaube, daß Henry Charles verdächtigt, aber er will es nicht zugeben. Teil zwei?«

»Teil zwei.« Er verließ den Raum und zog hinter sich die Tür zu.

Jessie kehrte an den Tisch zurück und setzte sich. Sie seufzte. »Ich weiß nicht, wie ich es Ihnen beibringen soll, Henry.«

»Was ist los?« Er setzte sich aufrechter hin und stützte erneut die Fingerspitzen gegeneinander.

»Offenbar ist Ihr Bruder nicht so loyal wie Sie.« Sie machte eine Pause, damit er das verarbeiten konnte. »Er hat Detective Okum gesagt, daß Sie es waren.«

Henrys Knöchel waren weiß. »Das ist eine Lüge.«

»Charles hat gesagt, Sie hätten das Treffen mit Pomerantz am Samstagabend im Century Plaza vereinbart.« Sie sah Henrys verblüfften Blick. Volltreffer. »Sie wollten ihm Geld anbieten – eine hohe Abfindung als Gegenleistung dafür, daß er versprach, den Mund zu halten. Er lehnte ab, und Ihnen blieb keine Wahl. Sie haben ihn umgebracht.«

Henry hatte sie mit offenem Mund angestarrt. Jetzt schüttelte er den Kopf. »So etwas hat Charles nie gesagt. Sie lügen.«

»Er sagt, Sie waren es, Henry. Er sitzt nebenan mit Detective Okum und macht seine Aussage. Er hat keine Lust, sich für einen nicht von ihm begangenen Mord bestrafen zu lassen.«

Henry legte die Hände auf den Tisch und beugte sich vor. »Ich weiß, was Sie vorhaben! Sie wollen mich dazu bringen, Charles zu beschuldigen. Tja, Charles hat Pomerantz nicht umgebracht. *Ich* habe Pomerantz nicht umgebracht. Zimmer war es!« Mittlerweile schrie er.

»Sie haben nicht allzuviel Zeit, Henry«, erklärte sie ruhig. »Charles trifft gerade ein Abkommen. Wollen Sie mir nicht erzählen, was passiert ist?«

»Sie können reden und reden und reden, Detective. Das ändert nichts an der Wahrheit. Zimmer hat ihn umgebracht.« Inzwischen klang er genervt.

»Warum hätte Zimmer Pomerantz umbringen sollen?«

»Sie wissen doch, warum«, erwiderte er ungeduldig. »Es hängt mit dem Dokumentarfilm und diesen Holocaust-Überlebenden zusammen, die er betrogen hat. Ich nehme an, Pomerantz hat es herausgefunden.«

»Da gibt es ein kleines chronologisches Problem, Henry«, entgegnete Jessie sanft. »Vor einer Woche wußten Sie noch gar nicht, daß es eine Verbindung zwischen Pomerantz, Zimmer und dem Dokumentarfilm gab. Sie wissen es erst, seit ich Ihnen davon erzählt habe. Vor zwei Tagen.«

Henry vergrub den Kopf in den Händen.

»Reden Sie, Henry«, bat sie leise. »Sie wollen doch nicht den Rest Ihres Lebens wegen etwas, das Sie nicht getan haben, im Gefängnis sitzen. Sie wissen, daß es Charles war. Sagen Sie doch etwas, Henry.«

Nach einer halben Ewigkeit sah er sie an. »Es war Zimmer«, sagte er. »Ich habe es die ganze Zeit gewußt.«

»Henry, Henry.« Sie schüttelte den Kopf.

»Am Donnerstag, dem Tag, nachdem wir die Wahrheit über meinen Vater erfahren hatten, unterhielt ich mich mit Zimmer. Er war voller Mitgefühl. Er fragte mich, was wir angesichts der Lage tun wollten. ›Eine Katastrophe für Ihre Familie›, meinte er. Und ich sagte so etwas wie: ›Es wäre herrlich, wenn Pomerantz einfach verschwinden würde.‹ Und Zimmer sagte: ›Was wäre es Ihnen wert? Eine Million? Zwei? Sie würden nicht einmal merken, daß das Geld fehlt.‹«

Nun hatte er ihr Interesse geweckt. Sie sah ihn aufmerksam an. »Weiter«, sagte sie. Es prickelte sie in den Fingern.

»Wir lachten. Ich war sicher, daß er es nicht ernst meinte, aber irgendwie war mir unwohl, wissen Sie? Es hatte einen ... *häßlichen* Unterton. Ich erzählte Charles davon. Er sagte, daß Zimmer *natürlich* nur Witze mache. Also dachte ich nicht mehr daran. Am Samstag beschloß mein Vater, sich mit Pomerantz zu treffen. Die Wahrheit würde herauskommen. Was geschehen würde, würde geschehen. Ich war schrecklich nervös – wie wir alle. Aber wir waren auch erleichtert, daß wir eine Entscheidung getroffen hatten.« Henry fuhr sich über die Stirn.

Hör einfach zu, sagte sich Jessie. Hör einfach zu.

»Wir beschlossen, daß sich an diesem Abend einer von uns mit Pomerantz treffen sollte, nicht, um ihm die Wahrheit zu sagen. Nur um zu reden. Charles glaubte, ich wäre gelassener. Dagegen konnte ich im Grunde nichts einwenden. Ich rief Pomerantz an und bat ihn, mit einem Taxi ins Century Plaza zu kommen. Ich würde ihm den Fahrpreis natürlich erstatten.«

»Natürlich«, wiederholte Jessie. Als ob das jetzt noch eine Rolle spielte. »Warum haben Sie ihn nicht abgeholt?«

»Ich hielt es so für einfacher. Pomerantz hatte nichts dagegen.«

Vielleicht wolltest du auch nicht gesehen werden, dachte Jessie. »Weiter.«

»Wir tranken Kaffee und aßen Kuchen. Ich hatte eigentlich keinen Hunger, ich war viel zu nervös. Und Pomerantz war zu aufgekratzt, er starrte mich an und wollte wissen, wie Charles aussähe. Er zeigte mir Fotos, die er über den Krieg hinweg gerettet hatte. Ich fühlte mich ...« Henry holte tief Luft und atmete dann wieder aus. »Ich fühlte mich so schrecklich wie noch nie in meinem Leben.« Er hielt inne. »Er erzählte mir Geschichten über meinen Vater ... über Moshe Shtuelberg ... von vor dem Krieg, als überraschend Zimmer auftauchte.«

Der dritte Mann. Jessie verzog keine Miene. »Woher wußte er, daß Sie dort waren?«

»Er wußte es nicht. Er hatte sich im Hotel mit einem Klienten getroffen und war ins Restaurant gegangen, um einen Happen zu essen. Er wunderte sich, mich zu sehen.« Henry hatte den Blick auf Jessie gerichtet, um ihre Reaktion zu beobachten. »Offenbar kannte Pomerantz Zimmer. Zimmer hatte einer Freundin von Pomerantz geholfen, die in dem Seniorenheim wohnte, wo er abgestiegen war.«

Henry runzelte die Stirn. »Er war ein bißchen durcheinander – er dachte, Zimmers Name sei Leider.« Er zuckte die Achseln.

Ganz schön gewagt, von Zimmer, unter einem anderen Namen aufzutauchen. Andererseits hatte Henry den Irrtum vermutlich dem schlechten Gedächtnis eines vierundachtzigjährigen Mannes zugeschrieben. Wenn man von der Annahme ausging, daß Henry jetzt die Wahrheit sagte. Eine schwerwiegende Annahme ...

»Es gefiel mir nicht, daß er sich zu uns setzte. Ich hatte Pomerantz versprochen, ihn nach Hause zu bringen, aber Zimmer sagte, *er* würde das übernehmen. Pomerantz hatte Verschiedenes mit ihm besprechen wollen, warum nicht gleich jetzt, wo Zimmer Zeit hatte? Pomerantz willigte ein. Also bin ich gegangen.«

»Und es hat Sie nicht beunruhigt, Pomerantz mit einem Mann allein zu lassen, der Ihnen angeboten hat, ihn für Sie aus dem Weg zu schaffen?«

Er sah sie ernst an. »Ich habe es Ihnen doch gesagt – ich war mir sicher, daß er nur einen Witz gemacht hat.« Er holte erneut tief Atem. »Am Sonntag habe ich im Seniorenheim angerufen. Die Rezeptionistin sagte mir, daß sie Pomerantz seit Freitag nicht mehr gesehen hätte. Das machte mich ein bißchen nervös. Am Sonntag abend rief mich Zimmer zu Hause an. Er hatte in den Nachrichten gehört, daß ein alter Mann tot im Park gefunden worden war. ›Vielleicht ist es Pomerantz‹, sagte er. ›Ihre Probleme wären damit passé.‹ Ich wußte nicht, wie ich reagieren sollte, also sagte ich nichts. Ich hatte ein schreckliches Gefühl und sprach mit Charles darüber. Er warf mir vor, ich würde Ärger heraufbeschwören.

Am Montag rief ich noch einmal im Seniorenheim an und erfuhr, daß Pomerantz tot war. Ich *wußte*, daß Zimmer dafür verantwortlich war. Am Dienstag traf er sich im Haus meines Vaters mit Charles und mir. Er wollte einen Kredit. Er hätte geschäftliche Schwierigkeiten. Ich fragte ihn, wieviel. Er meinte, vierhunderttausend würden reichen. Als ich ihn fragte, ob er voraussichtlich auch weitere finanzielle Unterstützung benötigen würde, erwiderte er, das wäre unwahrscheinlich. ›Im Moment‹, fügte er hinzu. Wir wußten alle, was los war.«

»Was haben Sie getan?« fragte Jessie.

»Wir haben ihm das Geld gegeben, in bar.«

»Wollte er es so?« Kaum verwunderlich, er wollte nicht, daß das Geld zurückverfolgt werden könnte.

Henry nickte. »Charles auch. Er wollte keine nachweisbare Zahlung an Zimmer leisten. Er meinte, falls Zimmer in die Enge getrieben würde, könnte er behaupten, wir hätten ihn für den Mord an Pomerantz engagiert.«

»Sie hätten zur Polizei gehen können.«

Henry lachte bitter. »Die Polizei hätte uns verdächtigt, nicht ihn. Genau wie *Sie*. Wie Sie bereits ausgeführt haben, Detective Drake, hatten wir alles zu verlieren, wenn Pomerantz weiterlebte. Was glauben Sie, warum ich keine Lust hatte, Ihnen all das zu erzählen?«

Er klang glaubwürdig. Aber gestern hatte er auch glaubwürdig geklungen. Jessie rief sich in Erinnerung, daß Charles ein guter Schauspieler war, ebenso wie Maurice – er hatte über fünfzig Jahre lang eine Rolle gespielt. Vielleicht war auch Henry ein guter Schauspieler. Vermutlich lag es in der Familie.

»Sie haben mir erklärt, daß Zimmer bemerkenswert sei. Sie haben bestritten, daß er die alten Leute betrogen hatte. Sie schienen ehrlich schockiert, als ich Ihnen sagte, welchen Verdacht ich hege.«

»Ich *war* schockiert! Ich hatte keine Ahnung, daß Zimmer sich mit Hilfe unserer Dokumentation seine Opfer aussuchte. Ich konnte es nicht glauben, als Sie sagten, daß zwei von ihnen tot sind und Sie auf Mord tippten. Aber ich konnte Ihnen nicht sagen, daß ich Zimmer für den Täter hielt. Ich hatte Angst, er würde alles verraten, was er über Pomerantz wußte.«

»Und der Mord wäre ganz umsonst gewesen, was? Ihre Familie hätte am Pranger gestanden.«

»Nein.« Er sah sie unverwandt an. »Ich war nicht um unseren Ruf besorgt. Ich hatte Angst, mein Bruder und ich würden des Mordes an Pomerantz angeklagt werden.«

Wissen ist Macht. »Sie sind ein überzeugender Lügner, Henry.« Jessie schüttelte den Kopf.

»Ich sage die Wahrheit.«

»Wie viele Wahrheiten gibt es, Henry?«

Henrys Gesicht lief erneut rot an. »Alles, was ich Ihnen über Zimmer erzählt habe, ist wahr. Fragen Sie Charles! Fragen Sie ihn gleich! Er wird alles bestätigen, was ich Ihnen gesagt habe.«

»Wozu, Henry? Sie beide haben offensichtlich alles genau einstudiert. Erster Akt: Sie tun so, als hätten Sie keine Ahnung, wer Pomerantz ist. Zweiter Akt: Sie stellen sich eine Zeitlang stur, und dann geben Sie zu, daß er Sie angerufen und Ihnen erzählt hat, daß er Ihr Onkel sei. Dritter Akt: Ihr Vater gesteht, daß er nicht Moshe Shtuelberg ist. Jetzt befinden wir uns im vierten Akt, Henry, und ehrlich gesagt, dauert mir das Stück ein bißchen zu lang.«

Sie machte eine Pause. »Ich glaube Ihnen nicht, Henry. Ich glaube, Sie versuchen, die Sache Zimmer anzuhängen, weil Sie wissen, daß ich ihn anderer Verbrechen verdächtige. Möchten Sie meinen Schluß hören, Henry? Sie treffen sich mit Pomerantz im Century, aber Sie richten es so ein, daß Zimmer zu Ihnen stößt. Pomerantz hat für Zimmer nicht besonders viel übrig, aber sein Neffe findet ihn offenbar in Ordnung, also willigt er ein, zu bleiben und eine Weile mit ihm zu plaudern und nimmt das Angebot an, sich von ihm ins Altersheim zurückfahren zu lassen.«

Henry schüttelte den Kopf. »So war es nicht.«

»Verstehen Sie, es spielt keine große Rolle, wer den Mord letztlich begangen hat, Henry. Sie haben Zimmer dafür bezahlt – das ist nicht viel anders, als wenn Sie es selbst getan hätten.«

»Ich habe ihn nicht bezahlt! Ich hatte keine Ahnung, daß er im Hotel war!«

»Ach, Henry. Zimmer taucht *zufällig* in dem Restaurant auf, in dem Sie gerade mit Pomerantz sitzen?« Sie zog die Augenbrauen hoch, um ihren Unglauben zu demonstrieren. »Charles wußte, daß Sie im Century sind. Ihr Vater auch. Einer von ihnen muß es Zimmer gesagt haben.«

»Mein Vater hat keine Ahnung von alledem. Er hat nichts damit zu tun.«

Vielleicht ja, vielleicht nein. Maurice Steele war nicht der schwache Mann, als den ihn seine Söhne ihr dargestellt hatten. Selbst im Bademantel strahlte er noch Autorität aus. »Dann eben Charles.«

»Nein.«

»Charles war nicht erfreut darüber, daß Ihr Vater Pomerantz reinen Wein einschenken wollte.« Falls sein Vater das tatsächlich beabsichtigte, Jessie hatte da ihre Zweifel.

»Es machte ihm nichts aus, ist genug Geld für alle da.«

»Aber was war mit dem Ruf der Familie? Was mit der Herkunft der Steeleschen Sammlung? Was mit der Stiftung, Henry?« Sie beugte sich vor. »Haben Sie sich nicht gefragt, warum Charles Sie ins Century geschickt hat, Henry?«

»Das habe ich Ihnen doch schon gesagt. Er glaubte, ich käme mit der Situation besser zurecht.«

»Er tat es, weil er nicht erkannt werden wollte. Wessen Idee war es denn, den Kelch aus dem Museum zu holen? Seine, stimmt's?«

»Er hatte einen Termin«, erklärte Henry, doch er starrte vor sich hin. Dachte angestrengt nach.

»Er hat sie reingelegt, Henry. Und jetzt sitzt er mit Detective Okum da drüben und besiegelt Ihr Schicksal.«

»Zimmer hat es aus eigenem Antrieb getan. Ich weiß nicht, woher er wußte, daß ich im Century Plaza bin, aber er hat es irgendwie erfahren, und zwar nicht von einem von uns. Er ist hinterlistig und sehr gerissen. Er ist am selben Tag aus seinem Hotel ausgezogen, an dem wir ihm das Geld gegeben haben. Ich habe bei Suisse Générale angerufen – der Anschluß wurde abgemeldet, und es gibt keine neue Nummer. Ich habe keine Ahnung, wo er ist.«

Willkommen im Club. »Stellen Sie sich vor, Henry, Zimmer ist in Los Angeles.«

Henry starrte sie an. »Hier?«

Sie nickte. »Wir haben ihn festgenommen. Wir sind noch

nicht dazu gekommen, ihn zu verhören, aber das kommt noch. Was glauben Sie wohl, was er sagen wird, Henry?«

43

»Das wäre also meine Geschichte«, sagte Pomerantz. »Nachdem ich befreit worden war, fand ich in Deutschland ein paar Freunde. Wir teilten uns eine Wohnung und gründeten ein Geschäft. Ich glaubte nicht, daß ich noch einmal heiraten würde. Ich hatte meine Frau und meine zwei Töchter verloren, ich wollte so etwas nicht noch einmal durchmachen.

Aber dann wurde ich Lola vorgestellt.« Er lächelte. »Sofort wußte ich, daß sie für mich bestimmt war. Klug und schön. Das Witzige war, daß sie Estusha kannte. Sie sagte: ›Glaub bloß nicht, ich sei wie deine Estusha – niemand ist wie sie. Sie war etwas Besonderes, ganz einmalig.‹ Aber Lola irrte sich, wissen Sie.« Pomerantz' Augen füllten sich mit Tränen. »Lola war auch etwas Besonderes. Lola war auch einmalig.

Lola ist jetzt fünf Jahre tot. Sie fehlt mir ganz entsetzlich. Mir fehlen auch Estusha und die zwei Mädchen. Und meine Eltern und Schwestern und Moshe. Ach, was hatten wir für schöne Zeiten, als wir noch Kinder waren!« Er seufzte.

»Ob ich verbittert bin? Nein, nicht mehr.« Er schüttelte den Kopf. »Es stimmt, wir haben Entsetzliches durchgemacht. Wir alle. Aber ich habe überlebt, ich hatte ein gutes Leben. Ich habe immer noch *ein gutes Leben. Ich bin gesund, klopf auf Holz.« Pomerantz klopfte mit den Knöcheln auf die Stuhllehne. »Ich habe ein paar Ersparnisse. Ich habe Freunde. Geld kommt und geht. Wenn man Menschen hat, die einen lieben, ist man reich.«*

»Wer könnte mehr verlangen?«

»Pasty Williams hat Zimmer bei einer Gegenüberstellung identifiziert«, berichtete Jessie Espes am Donnerstag. Es waren der Schnurrbart und die schlechte Faxqualität gewesen, die die Kellnerin verunsichert hatten. »Henry hat sie auch identifiziert.« Nicht verwunderlich, da Henry ja gestanden hatte, dort gewesen zu sein.

»Und was sind die schlechten Nachrichten, Drake? Ich sehe es Ihnen doch an.«

»Sie weiß nicht, ob Pomerantz mit Zimmer oder mit Steele gegangen ist.«

»Toll.« Der Lieutenant schnaubte. »Weiß sie, wer zuerst gekommen ist?«

Jessie schüttelte den Kopf. »Es tut ihr auch furchtbar leid.«

»Schicken Sie ihr eine Beleidskarte.«

»Im Grunde brauchen wir ihre Aussage gar nicht. Wir haben einen Abdruck auf dem Digitalis-Fläschchen, der mit einem von Zimmers Fingerabdrücken identisch ist.«

Wobei Zimmer das Digitalis laut eigener Aussage von Charles Steele bekommen hatte. Charles hatte geleugnet, Zimmer das Digitalis gegeben zu haben. Er hatte alles abgestritten.

Espes klopfte mit dem Stift auf den Schreibtisch. »Also haben wir Zimmer wegen des Mordversuchs an Hilda Rheinhart, und vermutlich können wir ihn auch wegen Pomerantz überführen. Gegen Henry Steele haben wir nichts in der Hand, worauf der Staatsanwalt eine Anklage stützen könnte. Und auch nichts gegen Charles Steele.«

»Wenn Zimmer weiß, daß er untergeht, reißt er womöglich die Steeles mit. Er behauptet, sie hätten ihn für den Mord an Pomerantz bezahlt.«

»Und sie werden sagen, er habe sie erpreßt.« Espes schüttelte den Kopf. »Wer wird Zimmer glauben?«

»Und was ist mit Anna Seligman und Mendel Blumenkrantz?« fragte Jessie. »Hilda hat Zimmer aus mehreren Fotos herausgezogen. Und wir haben die Vollmachten mit der Unterschrift von Franz Klagswald.« Die Zürcher Polizei hatte Jessie die Kopien gefaxt, die sie in Klagswalds Wohnung gefunden hatten.

»Was Seligman und Blumenkrantz angeht – die können Zimmer nicht mehr identifizieren. Und Hildas Vollmacht haben wir nicht, weil er sie ihr nie zurückgegeben hat.«

Jessie runzelte die Stirn. »Also wird ihn der Staatsanwalt nicht wegen Mordes an Seligman und Blumenkrantz anklagen?«

»Ohne die Leichen zu exhumieren, kann der Gerichtsmediziner nicht entscheiden, ob sie ermordet wurden oder eines natürlichen Todes gestorben sind. Und selbst wenn sie exhumiert werden und er Beweise für Mord findet, bräuchten wir Zeugen, die Zimmer mit Seligman und Blumenkrantz gesehen haben und nachweisen können, daß er Gelegenheit hatte, sie umzubringen.«

»Jemand in den Pflegeheimen muß Zimmer gesehen haben. Und Hilda kann bezeugen, was er getrieben hat.«

»Er wird behaupten, daß sie verwirrt sei und er nicht wisse, wer dieser Leider sei. Daß er ihr ein legitimes Geschäft angeboten habe. Und einen Zeugen in den Pflegeheimen zu finden ist unwahrscheinlich. Selbst wenn wir jemanden auftreiben, der ihn gesehen hat, kann sich dann derjenige daran erinnern, wann Zimmer dort war?«

»Dann war das also alles?« Sie konnte es nicht fassen.

»Wir begnügen uns mit dem, was wir haben, Drake. Sie haben gute Arbeit geleistet.« Er lächelte.

»Danke.« Ihr war nicht nach Feiern zumute. Sie hatte das Gefühl, Anna und Mendel im Stich gelassen zu haben. Und vielleicht noch andere, von denen sie gar nichts wußte. Sie hatte noch weitere Namen von Personen, die sie befragen wollte, kinderlose, verwitwete Holocaust-Überlebende in Altenheimen, die Zimmer womöglich angesprochen hatte. Sie hoffte, sie fand nicht heraus, daß er noch jemanden umgebracht hatte.

»Keine Ursache. Vergessen Sie nicht, den Fragebogen auszufüllen. Morgen ist Abgabetermin. Und schauen Sie nicht so düster, Drake. Das Leben ist nicht immer ordentlich«, sagte er freundlich.

Das wußte sie.

Wenn das Leben ordentlich wäre, dachte sie, als sie Espes' Büro verließ, gäbe es keine ungeklärten Morde. Dann würden sie die Mutter finden, die ihren neugeborenen Sohn umgebracht hatte. Auf die ausgesetzte Belohnung hin riefen immer noch Leute an, doch inzwischen lag die Tat einen Monat zurück. Jessie spürte, daß sie die Frau nie finden würden, und sie nie Gelegenheit bekäme, sie nach dem Warum zu fragen. Warum haben Sie es getan?

Wenn das Leben ordentlich wäre, wüßte Jessie sämtliche Antworten auf den Mord an Pomerantz.

Nicht, wer ihn ermordet hatte. Sie war sich absolut sicher, daß Zimmer ihn getötet hatte.

Aber hatte Zimmer aus eigenem Antrieb gehandelt?

Hatte einer oder beide der Steele-Brüder ihn dafür bezahlt?

Kam der Anstoß von ihnen oder von ihm?

Ihr fiel die Geschichte ein, die Pomerantz über den ermordeten polnischen Bauern erzählt hatte. Wessen Hand würde davor zurückschrecken, Pomerantz' Leiche zu berühren? Die von Zimmer selbstverständlich. Und die von Henry? Oder die von Charles?

Die von allen dreien? Und was war mit Maurice?

Wenn die Steeles Zimmer nicht engagiert hatten, hatten sie die Tat dann zumindest gebilligt?

Selbst wenn Henry die Wahrheit sagte, wie hatte er Pomerantz dann mit einem Mann allein lassen können, der darüber gewitzelt hatte, ihn aus dem Weg zu schaffen? Und was hatte

Zimmer glauben lassen, daß die Brüder nichts gegen seine »Hilfe« einzuwenden hätten?

Durch ihr Schweigen hatten sie ihn ermuntert.

Charles hatte schließlich »zugegeben«, Zimmer versehentlich erzählt zu haben, daß sich Henry an jenem Abend mit Pomerantz im Century treffen wollte. Vielleicht hatte er vermutet, daß Zimmer auftauchen und Pomerantz beseitigen würde. Vielleicht hatte er es gehofft.

Oder er hatte die Begegnung arrangiert, da er wußte, wie sie enden würde. Das glaubte Jessie jedenfalls.

Selbst wenn die Polizei nie beweisen konnte, daß die Brüder Steele im Sinne des Gesetzes Mittäter waren, waren sie doch moralische Mittäter.

Jessie wußte nicht, ob Maurice seiner Frau die Wahrheit gesagt hatte. Wenn nicht, sollte er es besser bald tun, weil bei der Verhandlung gegen Zimmer alles herauskommen würde. Der Fall war ein gefundenes Fressen für die Medien. Sie fragte sich, was mit der Stiftung geschehen würde und mit all den Personen und Institutionen, die die Steeles unterstützten.

Und dann der arme Donald Larkins mit seiner sehnsüchtig erwarteten Kunstausstellung. Fragen nach der Herkunft einiger Stücke würden vermutlich die ganze Sammlung brandmarken. Vielleicht die gesamte Ausstellung.

Sie sah die Schlagzeilen schon vor sich.

Gary brannte darauf, die Story als erster zu bringen – das hatte er ihr gestanden. Aber er hatte ihr auch versprochen, nichts zu sagen, bis sie ihm grünes Licht gab. »Du kannst mir vertrauen«, hatte er gesagt.

Und das tat sie. Es war ein Schritt in die richtige Richtung. Sie freute sich darauf, heute einen entspannten Abend mit ihm zu verbringen.

Der vergangene Abend war alles andere als entspannt gewesen. Sie hatte kaum einschlafen können, weil sie sich die Interviews mit Pomerantz noch einmal angesehen hatte. Sie wußte nicht, warum, jetzt, wo der Fall abgeschlossen war. Sie hatte Pomerantz' Stimme gelauscht und ein bißchen geweint. Sie versuchte sich vorzustellen, was er empfunden hatte, als er erfuhr, daß sein »Bruder« noch lebte, versuchte sich auszumalen, was Henry in diesen wenigen Minuten gefühlt hatte, als er glaubte, einen Onkel wiedergefunden zu haben, den er für tot gehalten hatte.

Was würde ich empfinden? fragte sie sich nicht zum ersten Mal. Frances war überzeugt, daß niemand von ihrer Familie überlebt hatte. Sie hatte nachgeforscht. Aber Pomerantz hatte falsche Informationen erhalten, und es gab Geschichten wie jene, die ihr Ezra erzählt hatte, in denen sich Verwandte wundersamerweise nach Jahrzehnten wiederfanden.

Ezras Geschichte war voll bitterer Ironie gewesen. Genau wie die von Pomerantz ...

Wenn der Prozeß vorbei war, würde sie die Bänder Stanley Goldblum schicken. Es würde schwer werden, Abschied zu nehmen, und sie vermutete, daß ihre Mutter recht hatte – in gewisser Weise hatte sie Pomerantz als Ersatz für ihren Großvater gesehen.

Sie bereute es nicht.

Phil und Ed Boyd hatten bereits Feierabend gemacht. Simms saß an seinem Schreibtisch und zupfte an seiner Lippe, während er über dem Fragebogen brütete.

»Ertappt«, sagte er, als er sie sah. »Du siehst so jung aus, Jessie. Verwendest du eine neue Hautcreme?«

Sie lächelte gutmütig. »Hämorrhoidensalbe.«

Sie war von allen aus ihrer Abteilung wegen ihrer Maskerade auf den Arm genommen worden. Das Revier war nahezu leer gewesen, als sie und Phil am Mittwochmorgen um zwei Uhr Zimmer hergebracht hatten, aber es hatte sich herumgesprochen. Heute morgen hatte ein Gebiß, eine Packung Abführzäpfchen und eine Lesebrille auf ihrem Schreibtisch gelegen. Sie hatte es witzig gefunden. Gary auch.

Helen nicht. »Das ist geschmacklos«, hatte sie erklärt, als Jessie ihr am Telefon davon erzählt hatte.

»Sieh's mal lockerer, Helen. Das sind meine Freunde. Sie machen sich einfach einen Jux.« Alles in allem, fand sie, war das Revier West L.A. ein ziemlich guter Laden. Nicht perfekt, aber ziemlich stark. Das würde sie in ihren Fragebogen schreiben.

»Mom würde es nicht gutheißen.«

»Da hast du recht. Ich habe auch nicht vor, es ihr zu erzählen. Auf meine alten Tage werde ich langsam klug. Das sollte aber kein Witz sein.«

»Übrigens, Mom meinte, sie habe gestern abend mit dir telefoniert. Hast du sie nach dem Schweizer Konto gefragt?«

Eines mußte man Helen lassen, hartnäckig war sie. »Sie hat es selbst angesprochen. Sie ist noch unentschlossen. Aber sie ist nicht mehr so entschieden dagegen, Ansprüche anzumelden, wie zuvor.« Vielleicht ist es nicht fair gegenüber Matthew oder dem Baby, hatte Frances gesagt.

Selbst wenn Frances ihre Ansprüche geltend machte, konnte sich die ganze Sache als Seifenblase entpuppen. Noch war nicht sicher, ob die Schweizer Banken tatsächlich die riesigen Summen auszahlen würden, die sie schuldig waren. Vielleicht würden sie versuchen, eine Abfindung auszuhandeln und alles hinauszuzögern, bis weitere Anspruchsberechtigte gestorben waren?

Die Zeit würde es erweisen. Selbst wenn die Banken jeden Cent zurückzahlten, mußten die Schweizer noch ihre moralische Aufarbeitung leisten.

Frances und Arthur würden übers Wochenende nach L.A. kommen. Jessie hatte sie am Freitagabend zum Essen eingeladen, und sie und ihre Mutter hatten vor, am Samstag gemeinsam zu Mittag zu essen und in ein Museum zu gehen.

Ein weiterer Schritt in die richtige Richtung.

Auf einmal fragte sie sich, was ihre Mutter sagen würde, wenn sie sah, daß Jessie Sabbatkerzen anzündete. Wäre Frances gerührt? Ungehalten? Betreten?

Es ist dein Haar.

Es ist dein Haus.

Es ist dein Leben …

Hilda saß gemütlich im Sessel in ihrem alten Zimmer. Ein buntes Transparent mit der Aufschrift WILLKOMMEN ZU HAUSE! hing an der Wand über ihrem Bett. Das gerahmte Foto von Leon stand auf ihrer Kommode.

»Wie schön«, sagte sie schüchtern, als sie die Spitzenstola sah, die ihr Jessie geschenkt hatte. Sie sah auf. »Sie haben aber nicht zuviel ausgegeben?«

Jessie lachte. »Ich habe nicht zuviel ausgegeben.«

Die alte Frau beugte sich vor, legte ihre schmalen Hände auf Jessies Gesicht und musterte sie. Dann küßte sie sie auf die Stirn. »Sie sind ein liebes Mädchen«, murmelte sie.

Jessie lief vor Freude rot an.

Hilda betastete die Spitze und legte den Schal ordentlich gefaltet zurück in die Geschenkschachtel. »Haben Sie Lust, Rommé zu spielen, Jessie James? Zwei von drei Runden?«

»Sie schlagen mich, was?«

»*So* gut bin ich nun auch wieder nicht.« Hilda lächelte bescheiden und mischte die Karten.

Danksagung

Grenzenlosen Dank schulde ich allen, die mich mit Informationen für die Geschichte dieses Buches versorgt haben: LAPD Detective Paul Bishop, West L. A.; Henry und Regina Rechnitz; Paul Solomon; Jill Glasband; Nancy Saul, Recherchen-Spezialistin, Simon Wiesenthal Center/Museum of Tolerance; Adaire Klein, Direktor von Bibliothek und Archiv, Simon Wiesenthal Center/Museum of Tolerance; und Steven Wachtenheim.

Meinen herzlichsten Dank auch an meine Lektorin Carrie Feron und meine Agentin Sandra Dijkstra für ihre wertvollen Beiträge und ihre Unterstützung. Und meinem Mann Hershie und unseren Söhnen Eli und David Krich – Hut ab, daß ihr mich ertragen habt, wenn ich stur und ruhelos gewesen bin und nur noch in Gedanken an meinen Abgabetermin gelebt habe. Ich stehe in eurer Schuld, und das vermutlich nicht zum letzten Mal.

Besonderen Dank schulde ich meinem Vater Abraham Majer, der den Mut hatte, das Grauen der Kriegszeit und das Wunder seines Überlebens mit uns zu teilen. Seine Geschichte ist Substanz und Seele dieses Buches.